德川家康

現代日本的奠基者

第二部

第三卷 朝露
第四卷 葦黴

Tokugawa Ieyasu

とくがわいえやす

Yamaoka Sōhachi
山岡莊八——著

何黎莉、丁小艾——譯

目次

第四卷・葦黴

今川氏、齋藤氏系譜（—為直系。‖為同族或異族）

今川氏

- 長氏（足利氏緣起）
  - 滿氏（吉良氏）
  - 國氏（今川氏）……（六代略）……義忠—氏親
    - 氏輝
    - 義元—氏真
    - 女子（關口親永室）—女子（瀨名姬，後築山御前）

齋藤氏

- 齋藤道三（秀龍）
  - 義龍（左京大夫）—龍興
  - 女子（濃姬）
  - 龍童（左京亮）
  - 龍定（玄蕃）

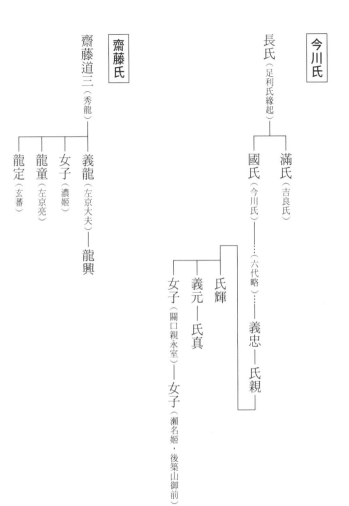

本多氏、酒井氏系譜（—為直系。=為同族或異族）

本多氏 作左衛門重次

信正（源於藤原兼通）—重正

- 重正
  - 重富—富正
  - 重次（作左衛門）
  - 重定
  - 重玄
- 富正、重次
  - 女子（平岩康長室）
  - 女子（本多秀玄室）
  - 女子（都築為正室）
  - 成重
  - 女子
- 成重
  - 重能
  - 重看
  - 重良
  - 重方
  - 女子（松平直良室）
  - 女子
- 重能
  - 女子（岩城重隆室）
  - 重昭

酒井氏 左衛門尉忠次

親氏（源於德川氏）—廣親

- 廣親
  - 氏忠—忠勝—康忠—忠親
  - 家忠—信親
- 忠親
  - 忠善—忠尚
  - 忠次（小平次）
- 忠次
  - 家次（母為清康之息女）
  - 康俊（本多忠次之養子）
  - 信之（小笠原信嶺之養子）
  - 久恒（松平親俊之養子）
  - 忠知
  - 女子
  - 女子
  - 女子（母為山岡景佐之女）
- 家次
  - 忠勝—忠富
  - 直次
  - 忠重
  - 勝吉

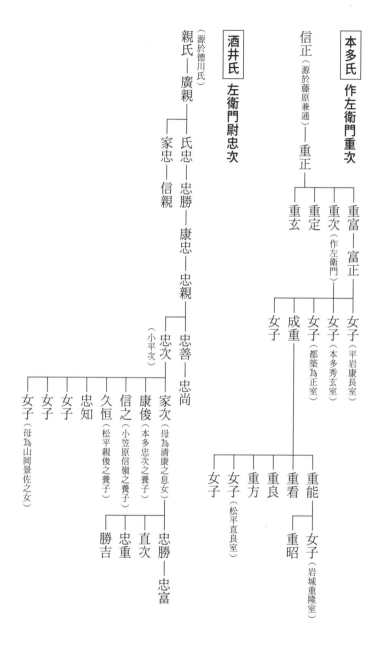

石川氏、井伊氏系譜（—為直系。＝為同族或異族）

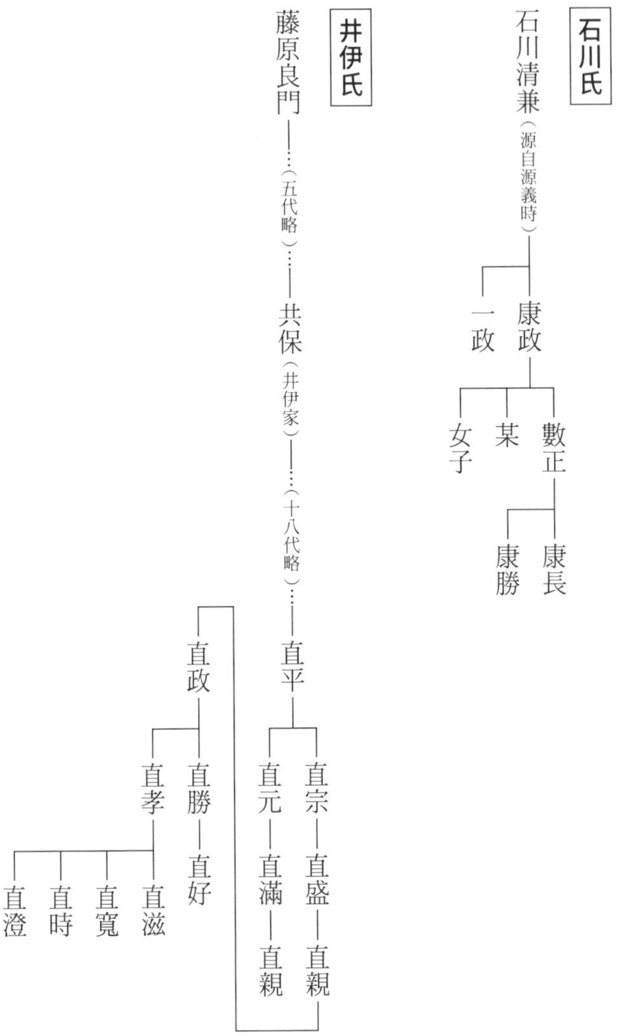

美濃、尾張諸城配置圖

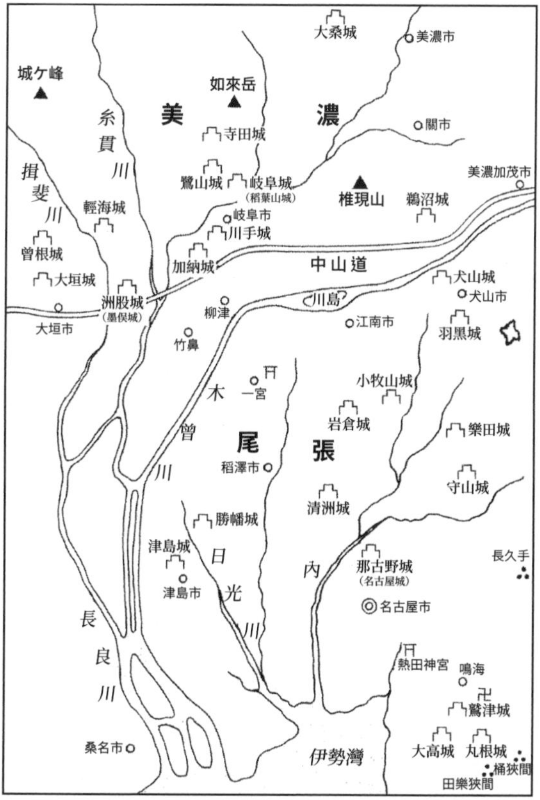
大桑城
美濃市
城ケ峰
如來岳
美
濃
糸貫川
關市
寺田城
揖斐川
鷺山城
岐阜城
(稲葉山城)
椎現山
美濃加茂市
鵜沼城
輕海城
岐阜市
川手城
曾根城
加納城
中山道
大垣城
犬山城
洲股城
(墨俣城)
川島
犬山市
大垣市
柳津
江南市
竹鼻
羽黒城
一宮
小牧山城
木曽川
岩倉城
尾
張
樂田城
稲澤市
守山城
清洲城
勝幡城
津島城
長久手
日光川
內
那古野城
(名古屋城)
津島市
名古屋市
長良川
熱田神宮
鳴海
鷲津城
大高城
丸根城
桑名市
伊勢灣
桶狹間
田樂狹間

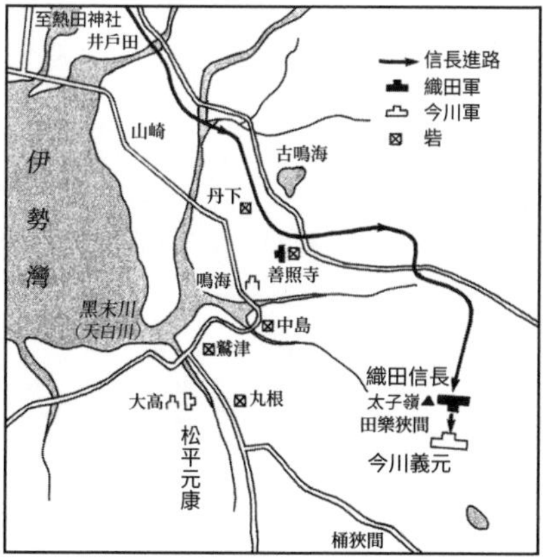
至熱田神社
井戶田
信長進路
織田軍
今川軍
砦
山崎
古鳴海
伊勢灣
丹下
善照寺
鳴海
黒末川
(天白川)
中島
鷲津
織田信長
大高
丸根
太子嶺
田樂狹間
今川義元
松平元康
桶狹間

桶狹間合戰對陣圖

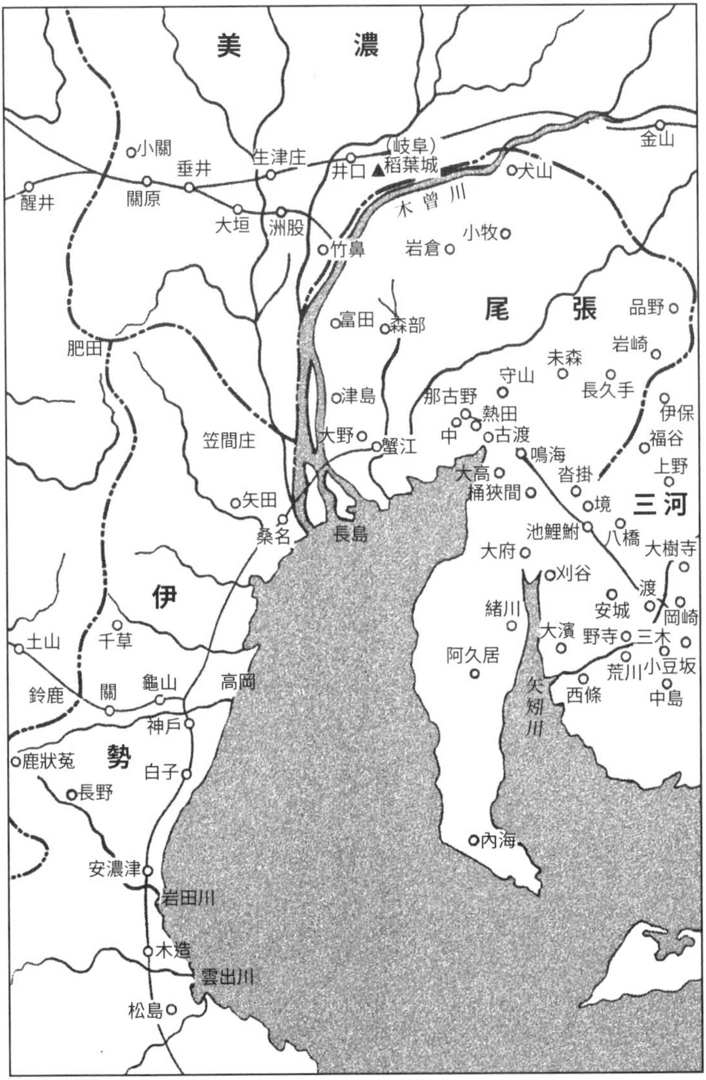
美
濃
小關
垂井
生津庄
(岐阜)
井口
稲葉城
金山
犬山
醒井
關原
大垣
洲股
木曾川
竹鼻
岩倉
小牧
尾
張
品野
富田
森部
肥田
岩崎
未森
守山
長久手
津島
那古野
熱田
伊保
笠間庄
大野
中
古渡
福谷
蟹江
鳴海
大高
上野
沓掛
矢田
桶狹間
境
三河
桑名
長島
池鯉鮒
八橋
大府
大樹寺
刈谷
伊
渡
安城
岡崎
緒川
土山
千草
大濱
野寺
三木
阿久居
荒川
小豆坂
鈴鹿
關
龜山
高岡
矢矧川
西條
中島
神戸
鹿狀菟
勢
白子
長野
內海
安濃津
岩田川
木造
雲出川
松島

第三卷·朝露

死諫

一

信秀的葬禮終於告一段落，然而，事情並未全部結束。打自第二天起，柴田權六就奔走於家族長老之間，攻擊信長葬禮當天的行為。當然，權六與佐久間右衛門並無私心，他們只是念及織田家的未來，不願讓整個家族斷送在信長手裡。

在甲斐的武田家，父親信虎曾被兒子信玄以及女婿今川義元騙往駿府。權六、右衛門，以及林佐渡都深信，信長的暴政將不亞於信虎，因此他們的攻擊也變得十分尖銳，無時無刻不以「忠臣」自居。恐怕……初七法事之後，家族將會正式討論信長隱居之事。

三月九日，日暮時分——

平手政秀在討論完第二天的法事之後，前往萬松寺拜訪方丈大雲和尚。大雲和尚看到平手政秀，未等對方開口就笑著說道：「你的臉色不太好，是否在為殿下的事煩心？」

「還是被你看透了。」

和尚點了點頭，將茶遞給政秀，說：「依我之見，這令人心痛的事應該已經過了……」

政秀喝口茶，說道：「這麼說來，和尚也認為應該將家督交給信行？」

和尚搖了搖頭：「他的器量跟上總介大人是無法相比的。」

政秀看著和尚的前額，「你是指還有得瞧嗎？」

「不愧是政秀，我的看法和你大致相同。這殿下，可不是一般世俗之人能看透的。」

「哦，和尚認為他能成大器？」

這下子，和尚不再點頭，而是以斥責的口吻說道：「若是到現在還無法理解，那就是不忠了。」

「對誰不忠？」

「對剛死去的萬松院。」

政秀屏氣凝神，心想，原來這裡也有個站在同一邊的人……想到這兒，心中不禁湧起一股熱流，激動得說不出話來。

「政秀大人。」

「是。」

「上總介大人看到的是理外之理。」

「理外之理？」

「他已經一腳踏入了世事無礙法界了。從他向父親牌位擲香來看，這種氣勢不僅認清了一切，也破壞了一切，這是一種大勇。」說到這兒，他臉上露出了微笑：「由此看來，輔佐者必須賭上自己的生命。輔佐者若是稍有遲疑，就會被上總介大人驅逐，明白嗎？」

平手政秀豁然醒覺地說：「謝謝您的提點。」恭敬地行禮後便返回宅邸。接著拿出紙硯放在桌上，靜靜坐在桌前。

二

「輔佐者稍有遲疑，就會被上總介大人驅逐。」大雲和尚剛才那番話深刻地印刻進平手政秀的心中。

「輔佐必須賭上自己的生命，」他曾這麼說。「如果現在還不明白，就是對萬松院不忠。」在俗緣上，大雲和尚是信秀的伯父，雖然言行舉止非常溫和，但內心的氣魄卻絲毫不遜於信秀。他的地位可與今川義元和雪齋之間的關係相比擬。雪齋常常站在陣前保護義元，但是大雲和尚卻採取相反的態度，在大本營內培養信秀的信仰與思想。

以去年皇居的修復獻金，以及對伊勢、熱田兩神宮的捐獻來說，信秀最初都是與大雲和尚商討的；以往從戰術戰略到行政細節，也都是信秀、政秀和大雲和尚三人討論出來的。

如今大雲和尚給了諷刺性的一記當頭棒喝。

被信長驅逐是多麼殘忍的說法呀。

「你所教養長大的信長，已經跨入了你所不知道的世界。」這句話也含有相同的意義。政秀明白，這些話不僅是單純的諷刺，他更知道大雲和尚這番話的背後，暗藏著對信長的鼓勵。政秀坐在桌前，閉上眼睛，動也不動。

「父親大人，燈……」三男弘秀走了過來，悄悄放下了燭台，但是政秀仍默不回答。弘秀深知父親有看書思考的癖好，因此靜靜地走了出去。

「甚左……」政秀叫住他。

「是。」

「你對現在的殿下有何看法？」

「是……」弘秀側頭想了想，說道：「我認為他太離經叛道了。」

「嗯。」政秀眨了眨眼，溫和地說道：「五郎右衛門在不在？你把他叫過來。」

五郎右衛門是弘秀的兄長，也就是政秀的第二個兒子。弘秀出去不久，五郎右衛門走了進來。

「父親大人，您叫我？」

「嗯，有件事想問問你，你認為現在的殿下如何？」

「如何？」

「你認為他是明君還是昏君？」

「明君……也說不上……從葬儀那天就可以知道了。」

政秀點點頭。「好，我只是要問你這件事。監物在不在？叫他過來。」

監物是政秀的長子，平時非常害怕信長。信長曾經看上他的一匹馬，但被監物拒絕了。事後轉念奉上，卻被信長憤怒地斥責道：「我不要了。」

沒多久，監物走了進來，在政秀旁邊坐下。

三

「監物。」平手政秀以低沉的聲音說道：「你認為現在的殿下如何？」

「如何？」

「外面有許多關於他的傳言，但我相信，你對他一定也有自己的看法……那麼，你認為呢？」

監物不知如何回答是好，不解地好似在揣測父親心思般地看著政秀。

「你認為他是一個仁者嗎？」

「是不是仁者我不知道，但以他目前的行為來看，倒看不出有什麼仁者之風。」

「啊。」政秀又嘆了口氣。「如果他內心有仁者之風，那麼我們的責任便是要讓他顯現出來，以求家族的和平……」

「您為什麼會問這些呢？」

「我是想問問你，有沒有信心為他效勞？」

「父親大人，監物年紀尚小，沒有這樣的自信。」

政秀點了點頭後，揮揮手叫他下去。很顯然地，監物對信長抱持著反感的心情。正如大雲和尚所言，三個孩子還無法瞭解信長的凜然之氣。房裡剩下政秀一個人，他閉上了眼，陷入沉思。

窗外逐漸暗了下來，燈火倒映出政秀的影子。

「萬松院大人……」政秀口中喃喃呼喚著信秀。「在所有家臣之中，您最信任的就是我……」政秀閉著雙眼濕潤了。

「只可惜……我無法回報您的信任。」他的口氣是那麼哀切，彷彿信秀就在眼前。「我無時無刻不在和吉法師大人較勁，如果吉法師大人能成為尾張一國的太守，如果尾張能收回整個近畿，那麼我這個守護的工作……但這只是我個人的想法……不，政秀並非因悲傷而哭泣，只是感傷……」

此時，不知從那裡傳來老鼠竄動的聲響，政秀卻將這個聲音當作是信秀顯靈。

「聽我說吧……」他抬起頭，望著發出聲響的天花板，像孩子般地流著眼淚。「殿下，我已經無法追趕上吉法師大人了。我現在深感處處受到束縛，無法盡忠孝之義……可是殿下，我是您親自選來守護吉法師大人的，請原諒我的智慧不足，不過政秀也是一介武士，我會竭盡所能的……原諒我吧，殿下。」

四

政秀雙手放在榻榻米上，肩頭激動地抖動，悲傷地哭泣著。他自言自語地說著，眼中的淚水既非悲痛也非歡喜，而是感傷。

（殿下已經離去了……）人的一生實在難以預料，他就這麼突然地死去了。

信秀死了……想到這兒，政秀突然感到一陣「寂寞」，彷彿再過不久，自己也會隨之死去。多少年來縱橫沙場，自己能活到現在實在不可思議。有時他會自問，為什麼仍能生存至今。若是理性歸納，應該要歸於政秀的誠實吧。

若說信秀與自己是去年的樹葉，雖然飄落了，但並不代表這棵樹就此枯死，今年仍然會有今年的生機，今年的枝葉將茂盛依舊。枯老的樹葉腐爛後，會成為滋潤這棵生命之樹的養分，使它的樹幹、枝葉更為茂盛。政秀心想，信長與權六就是今年的樹葉。

當政秀還年輕時，對信秀並不是很滿意，他認為若要一生侍奉這樣的主君，必定毫無前途可言。然而，不知從何時起，他開始欣賞信秀，甚至對他心悅誠服。或許對信長也是同樣的感受吧，他是否擁有能讓柴田權六心悅誠服的力量呢？

（還是順其自然吧……）他實在不願往壞的地方想。

「我把吉法師交給你了。」信秀這麼說道。

「我會好好照顧他的。」政秀這麼回答。

政秀曾經以武士之名發誓，只要活著一天，必定貫徹始終。政秀抬起頭來，臉上布滿了淚痕。但是他的表情沒有悲哀，也沒有愁苦。他看看四周，像嬰兒般笑了起來，緩緩地磨起墨。

人生有樂也有悲。從牙牙學語開始，記憶中曾與宗牧、信秀等人一起進行連唱遊戲，過去的風雅時光浮現眼前，多麼不可思議呀！墨的芳香迎面撲來。今天他要試著寫下遺書，這也算是一種風雅吧！想到這兒，不禁笑了出來。

磨好墨，政秀點起桌上的燭台，四周忽然亮了起來，紙張透出淡淡的清香。他緩緩拿起筆，用墨潤了潤筆尖。此時，家人都已經歇息，宅內一片寂靜。

政秀首先寫了「諫狀」這兩個字，他看著白紙上這兩個尚未全乾的字跡。

五

一旦心意已決，世界彷彿瞬間變得清澈自在，現在已無任何事物能夠妨礙他了，政秀現在只覺得內心一片平靜。

「……數次諫言，未蒙採納，此乃臣之不肖，思之愧極，因而切腹自盡。若臣之死能引起您的同情，盼能參閱下列數條。其中若有任一幸蒙採納，即使九泉之下，臣也不勝寬慰。」寫到這兒，政秀停住筆。他句句誠懇，但是信長看了會有何感想呢？想到這裡，不禁胸口一慟。他與信長之間的較勁，差距已經到了無法看見對方的地步。話雖如此，這場競爭並未停止。他會跑到剩最後一口氣……賭上自己的生命。

或許這些文字無法博信長一笑，但是政秀還是決定一本誠心、毫無掩飾地寫下去：「一、請停止穿著奇異裝束，不要穿戴繩帶、紮茶筅髮型等等；不穿袴，裸露上身的行徑更是不宜。請勿成為尾張一國的笑柄。」寫到這兒，政秀閉上了眼睛。

昨天之前，他的確為了這些事心痛。看到信長騎著尾張的第一名馬，嘴裡咬著柿子、栗子，口中吐著瓜果的種子，與農民狂歡共舞，這行徑的確讓他心痛不已，但今天卻不一樣了。因為他已經明白，信長其實是刻意藉由這些行徑，隱藏起自己的真實想法。

信長對那些讓貧民農民飢餓、填屍路旁，任皇居荒廢，只知滿足自己的食慾、放任殺戮的武將痛恨不已。忘卻了為政的第一要義，談何禮儀、談何儀式？政秀想起信長把香丟往父親的牌位，哭喊著：「你們都是同類！」

或許，他會一滴淚也不流地就將這份遺書撕掉。不，或許他會對著自己的遺骸吐口水。

（這……這樣也好。）

政秀再度拿起筆寫下第二條。或許，想讓信長變成平常人，只是這把老骨頭的一番痴心妄想吧。

（就算這樣也無妨……）

寫完已是夜半時分，政秀從頭到尾看了一遍。幸好家人知道他有看書到天明的習慣，因此不以為意。

政秀把諫狀整整齊齊放在桌上，「萬松院大人，一切都終了了。」

他靜靜站了起來，將二張榻榻米翻過來。刀架上放著備前忠光的短刀，是把長度和信長佩刀差不多的刀子。他取下短刀，放在白色木盤上，然後端坐在木盤前緩緩地巡視四周。

遠處傳來雞鳴聲。

六

政秀再度微微一笑。他不認為自己的死諫能夠阻止信長的奇言異行，但信長的身邊已有不少人開始疏遠了，只要讓他注意到這點也就夠了。

（只有一個人帶頭，是起不了什麼作用的……）

政秀撫著自己的雙肩。春天的空氣不冷不熱，與他此刻不悲不惑的心情一致。他緩緩地摸著自己的腹部，發現增加了許多皺紋。

「今生足矣。」政秀拿起白木盤上的刀，抽出刀鞘，用懷紙擦拭刀尖。

「殿下……」他低聲呼喚著，然後開始凝思。他相信最後的凝思能化為魂魄的意志，永留人間。

（保護信長大人吧，保佑信長大人……信長大人……）突然，刀尖刺入腹部。

（無論如何要保佑信長大人……信長大人……）

政秀的腹部傳來陣痛，手腕開始微微顫抖著。但這一切只不過是皮膚表面的感覺，在遙遠的虛空中，他看到的是意志的魂魄。

「保佑信長大人吧！」政秀在腦海中凝思著。接著，他將刀向右拉開，腸子從白布中露了出來。他將刀從腹部抽了出來，抽出的同時，他的頭也順勢垂下，整個人倒在榻榻米上。政秀感覺到眼中彷彿冒出火花，看到一道如彩虹般奇異的波浪。緊接著他又將刀尖朝左邊頸動脈劃去。血噴了出來，怪異的彩虹化為一片黑暗。

「保護信長大人……」說完這句話，他的身體便靜止不動了。儘管心中不願離開信長，但政秀的軀體還是倒了下來。

「父親大人，您醒來了沒有？該走了。」第二天早上，長男監物已經整理好裝束，準備參加萬松寺的法事。他站在襖門外喊道：「父親大人，父親大人。」門內沒有回應，於是他瞇著眼睛朝門縫望去，頓時頹然地跌坐了下來。

「五郎右衛、甚左、父親大人他……父親大人他……」他害怕得幾乎說不出話來。「他發狂了，不然怎麼會自裁呢？」他喃喃自語著。

次子五郎右衛門飛奔而至，甚左也跟了過來。監物不讓弟弟去碰父親的遺體。他畏懼信長。

「甚左。」

「是。」

「你趕緊入城向信長殿下報告，請他親自前來，就說父親發狂了。聽到沒有，昨天父親大人問起的那些話，千萬不能說出來。」

三男帶著蒼白的表情，隨即朝馬廄奔去。

七

不到半刻鐘信長就來到了平手宅邸。只見他衣著端正，看來正準備參加今天的法事。信長在五郎右衛門和監物的帶領下來到了政秀的房間，當他看到眼前的景象時，眼睛幾乎爆裂開來。

「監物。」

「是。」

「你說你的父親是發狂而死的？」

「是，除此之外……我實在想不出其他原因。他時常談起殿下的恩德，心中絕無不滿……」

「笨蛋！」信長怒喝道：「你看這像是發狂而死的樣子嗎？老爺子啊……」信長悲痛地喊了一聲後，隨即悶不吭聲走到政秀旁，抱起了屍體。他的手腳沾滿了鮮血，但是他毫不在意。信長扯起政秀的屍骸，將他緊握刀子的右手手指一根根地撥開。

「殿下，您千萬別這樣，這些事讓我們來吧。」五郎右衛門慌忙地走過來，但是信長粗暴地將五郎右衛門推開。他接續著動作，將刀抽出以後，又一一將手指按回去。

監物與甚左跪伏在一旁，他們的內心此刻非常害怕，要是不說父親是發狂而死，怕是信長在盛怒之下放逐他們兄弟。

信長將政秀的屍體仰躺平放，雙手合掌放在胸前，接著站了起來，說道：「香。」甚左急忙地點上香。

「監物，花。」信長再度說道。

監物看信長並無憤怒的樣子，急忙供上了花，口中喃喃地說道：「失禮了。」

信長銳利地瞥了他一眼，但並無怒罵之意。甚左此時才好似突然記起什麼似地開始哭泣起來。信長依舊站在那兒目不轉睛地看著政秀。

「五郎右衛。」

「是。」

「把遺書拿來。」

「遺書？」

「笨蛋，放在桌上的那個。」

「啊？」監物愣了一下，朝桌上看去。

信長不屑地看了他一眼，這兄弟三人竟然還不瞭解父親自殺的用心，他不禁為老爺子感到悲哀。

五郎右衛門看到了遺書上的「諫狀」二字之後，臉色立即變得慘白。父親大人是怎麼回事，向這個暴君進諫豈不是自找死路？看來我們家也完了……想到這兒，他那雙把遺書遞給信長的手，抖得更厲害了。

信長看到諫狀兩字後，嚴肅地對五郎右衛門說：「唸給我聽。」

八

（拜託您寫得溫和一點吧……）五郎右衛門以顫抖的聲音開始讀遺書，沒想到事與願違。當他唸到頭髮那一段時，就像是父親斥罵自己兄弟時的情景——不要口出狂言、不要咬指甲。在別人悲傷時，自己也要感同身受地感到悲傷；別人高興時，自己也跟著高興，不要罵人等等。總之，這些話絕不會是信長愛聽的。

讀完第一條後，五郎右衛門全身僵硬，等待著頭上打下一記雷來。但信長仍舊一言不發，只見他抬著頭、閉著雙眼，心裡不知在想些什麼。五郎右衛門讀畢，將遺書摺好，站在那兒手足無措。

過了一會兒，信長終於睜開了眼。他看了看捧著遺書站在那兒顫抖不已的五郎右衛門，生氣地罵了一句「笨蛋」，然後接過遺書放入懷中。

三兄弟不明白他這一聲是在罵五郎右衛門，還是在批評政秀的自殺。

信長轉個身說道：「今天你們三個不必去了，聽到了嗎？」

「是。」伏地的三兄弟乖乖地行了個禮。

信長原本想吩咐他們好好讓父親入葬，不要說明死因，但是想了想，還是止住不說。

（不瞭解父親心意的孩子，再多養幾個又有何用……）

信長走出平手宅邸時說道：「可憐的老爺子……」然後敏捷地躍上馬背，揚手策鞭。

今天，前田犬千代依舊跟在他的後面，但他早已忘了犬千代的存在，只是自顧自地朝庄內川的堤岸奔去。當犬千代跟上時，信長已經將馬丟在堤岸的草原上，捲起衣角站在清澈見底的河川中。信長站在河中仰視天空，犬千代知道信長習慣讓眼淚在眼眶裡風乾，不流出來。每當信長悲傷時總會看著天空。不，不該說看，而是一種茫然的凝視。

「老爺子……」信長口中喃喃唸著：「你怎麼忍心丟下我一個人……今後，我會更……更堅強的。可憐的老爺子……」說到這兒，眼眶再也噙不住淚水，自眼角流洩而下。

「老爺子！」信長悲痛地吶喊著，拍打著清澈的河水。「這是我供養你的水，喝吧。」河水化作千萬顆水珠，迸散在空中，最後落在信長的頭髮上。

「老爺子。」信長再度痛心地吶喊著：「喝吧，喝水吧。這是……我對你的供養……喝吧。」他瘋狂地拍打著河水，最後終於「哇」地一聲哭了出來。「老爺子，你為何這麼傻，總有一天，信長要以你的名字建一座寺院來供養。讓我下地獄吧！」

犬千代把信長的馬拴在滿開的櫻花樹下，站在一旁靜靜等待信長恢復平靜。

雌伏之虎

一

在駿府少將宮町，竹千代宅邸的庭院中種著三株盛開的櫻花。竹千代在櫻花樹下手持著木劍與牢人[1]面對而立。這是他來到駿府的第三年，今年十一歲的竹千代，身體已有顯著的成長。

「來呀，怎麼這麼沒精神。」牢人喊道。

「喝！」竹千代額頭上的汗水在陽光下閃耀。他跳躍著身體，雙腳不停地移動，接著舉起木劍，用身體朝對方的胸部撞去。牢人不禁後退了幾步，按住竹千代揮過來的木劍。他並非故意輸給竹千代，而是其實力的確很強。

「等等。」牢人對竹千代斥責道：「要我叮囑幾遍？這樣不行，不行啊。」

竹千代不解地看著他：「為何不行？你不是才說我沒精神嗎？現在我不是把你撞倒了嗎？」

1〔編註〕無主家的武士。

「所以我說你不行嘛，剛才那樣說，只是誘敵之計。」
「不管是不是誘敵，反正我就是把你打倒了，你還有什麼話說？」
「閉嘴，你究竟是雜兵，還是大將？」
「這……當然是大將。」
「大將的劍法跟雜兵是不同的，到底要說幾遍你才會明白？一點都沒有三河人氏的氣度和胸襟。」
「什麼？」
「被人嘲笑沒精神，受激才採取行動的就是雜兵。大將之材，無論對方如何的挑釁、誘惑也絕不輕舉妄動。」
「啊。」
「注意，指揮大軍之時一定要沉著冷靜，絕不可被敵人的言辭挑撥。還有……」
牢人突然打住，高喊一聲：「喝。」接著木劍突然朝竹千代的肩膀打去。竹千代後退了一步，生氣地喊道：「你這個卑鄙的傢伙。」
「怎能這麼說呢？」牢人笑著說道：「誰叫你不先動手？無論敵人從哪裡開始攻擊，絕對要保持距離。在保持距離的剎那間便可以掌握局面。總之，遭受攻擊時，必須拉開距離才不會受到傷害。此乃大將之劍，明白？」說完，他又舉起木劍揮了過來。
這次，兩支木劍夾雜著汗水在空中交手，但是竹千代不慎摔了一跤，木劍從上方壓下，他急忙揮劍擋住。

「若是如此，竹千代一定會被剁成肉醬，這樣的大將如何讓人放心。如果現在身在戰場，你早就失去領土了。站起來，再來一次。」這位牢人是來自春九州的奧山傳心。

二

奧山傳心本身就是個童心未泯，行事風格猶如頑童般的人，而且經常出言揶揄竹千代。當時劍術的理論尚不精深，講求實用、務實的功夫。主要結合心、手、口與體力，以直逼對方為目的。可奧山傳心卻另有一番見解，他嚴格地將劍分為大將之劍與雜兵之劍，但說也奇怪，每當他和竹千代在一起，卻又像個孩子般地熱情。

（究竟是何原因呢？）他經常這麼問自己，卻始終找不到答案。在竹千代這名少年的個性裡，暗藏著一股神祕的力量，不時挑動著奧山傳心。

「切莫慌張。」傳心斥責道。剛才他還擔心竹千代沒有鬥志，現在卻突然變得像豹一樣凶猛。

說他個性溫和，有時卻又十分沒耐性。說他沒耐性，有時表現出的卻又是那麼悠閒自在。

（真有意思……）傳心這麼想著。

這是一塊待琢的璞玉，若能託付給適當的人，將來必能迸射萬丈光芒。

傳心今天的舉止也有些孩子氣，雖然執持木劍就只是在練劍，並非真正的拚鬥，但他卻不時地逗弄著竹千代。

「這樣我不就完蛋了嗎？」竹千代頹然地咬著嘴唇。

「哈哈哈！」傳心笑了起來。

「你這叫什麼大將呢？真正的大將即使身處困境也仍會思考對策，絕不會這樣輕易束手就擒的……」傳心走上前去，伸手按在竹千代的頭上。這時，傳心後腦勺上卻傳來敲擊的聲響，原來是竹千代出其不意地抓住他的衣袖，轉到他身後，給他報復性的一擊。

「啊，好痛！」傳心揮起木劍喊道。

「哈哈哈……」竹千代高興地拍著手掌。「你知道牛若在五條橋上是怎樣戰勝弁慶的嗎？」

「什麼？」

「雖然只是小孩子，但要是熟知戰術仍舊可以戰勝大人的。哈哈哈……弁慶就是這樣輸的。」竹千代說著站了起來。

奧山傳心一臉不悅，沒想到今天竟栽在這個小鬼的手中，確實應該好好反省一下了。

「別再嬉鬧了。」傳心說道：「來，現在我們練習對打，接著再練習回擊。五百回合開始。」

傳心恢復嚴肅的表情，竹千代也變得一臉正經。於是，竹千代就以櫻花樹幹為對象，手持木劍不斷地揮舞、再揮舞。

祖母華陽院，也就是源應尼，不知何時已悄悄站在庭院旁看著竹千代。傳心則是坐在窄廊邊上，目不轉睛地盯看著竹千代。

三

在祖母的眼裡，竹千代是個十分複雜的孩子。去年秋天，當鳥居伊賀守忠吉離開岡崎來到今川家，在代官手下擔任總奉行之時，他派了自己的孩子元忠來陪伴竹千代。那個時候的竹千代也是這個樣子。

遠從岡崎來此擔任側小性的元忠，常常表示自家是以「信」傳家。他有著一般孩子沒有的忠心。

十三歲的元忠比竹千代大三歲。某日，他看到竹千代將一隻伯勞當做老鷹般馴養、把玩時，說道：「老鷹是老鷹，伯勞是伯勞，怎麼也改變不了的。」

竹千代滿臉通紅，十分憤怒。「混蛋，你再說一遍看看！」說著說著，竹千代抬起右腳朝元忠的肩膀踢了過去。元忠一個不穩，從走廊旁跌了下來，他恨恨地看著竹千代。竹千代立即跟上來，又朝他頭上重重一擊。

當時源應尼看到竹千代這個舉動，內心十分難過。

鳥居忠吉一直是竹千代生命中的鋼索，若非他平日的照顧，他們絕對無法在駿府生存下來。源應尼十分感激忠吉的細心照顧。她實在不明白竹千代為何會變得如此凶暴。源應尼別無他法，只好到忠吉那兒道歉。

忠吉笑了笑，揮揮手說：「他憤怒是當然的事，其實是元忠這孩子太過耍小聰明惹的，竹千代打算把伯勞訓練成老鷹，或許他認為假以時日必能有所成就。不愧是清康大人的孫子，憤怒的時候也毫不保留地爆發。」

聽他這麼說，源應尼才放下心來。但是當她回去後卻發現，竹千代把伯勞鳥放了。

「怎麼了？已經訓練好了嗎？」她問道。

「反正都是訓練，倒不如就拿老鷹來，所以我把牠放了。」竹千代淡淡地回答。

（這孩子怎麼如此急躁呢？）源應尼心想，是不是竹千代有過一番反省？或是因為內心憤怒才這麼做的？但是從他臉上的表情卻看不出絲毫怒氣……

後來，竹千代在尼庵對面的菜園裡追蝴蝶，被今川家家臣的一群孩子圍罵著。

「喂，三河的流浪兒，你怎麼一身的菜味呀？」

無論他們如何諷刺、怒罵，竹千代還是一臉茫然的表情，痴痴地笑著。那種表情不像是在忍受，倒像是個真正的呆子。雪齋長老說竹千代將來必定大有可為，奧山傳心也對他十分欣賞，但是祖母華陽院卻怎麼也看不出端倪。

「好了嗎？我們去越野賽跑。」傳心突然站了起來，大概五百回合的練習已經結束了。

「竹千代，你的身體太差，一個人如果不好好鍛鍊身體是難成大器的。一個差勁的身軀，如何能培養出偉大的個性呢？走，我們到安倍川去。」

四

傳心跟在竹千代後面準備跑出去的時候，一旁的少年侍從也準備跟上來，但是他揮手制止，僅讓自己跟著竹千代出門。出了門，傳心很快地趕上竹千代。

「安倍川的朋友有難，快跑。快跑。」傳心在一旁催促著，兩個人像風一般快速地奔馳著。對此，竹千代早已習慣了，無論怎樣催促，竹千代始終讓自己保持穩定的步伐和速度，因為他知道，如果途中慢下來，一定會遭到斥責。

「這叫大將嗎？」

「太慢了，還不快跑。」

「……」

「難道你要等你的朋友都被殺光了，才趕到那兒去嗎？抬高屁股，手擺動大一點，快點。」

傳心不時忽前忽後地跑在竹千代身旁，出言諷刺。但竹千代始終閉口不語，對傳心更是看也不看一眼。

從上石町經過梅屋町朝川邊村跑去時，竹千代的臉色有些蒼白了。如果開口說話，反而會更加疲累，拖慢腳步。如果停下來休息，雙腿就會像鉛一般地沉重，再也抬不起來了。

「喂，快到了，快呀！」

「可惡！」竹千代內心暗罵一聲，但是仍以同樣的步伐、同樣的速度向前奔跑著。

不一會兒，已經可以看到洋溢春色的河面了。河邊綻放著豔麗的桃花與櫻花，青菜的黃色花朵也點綴其間。來到河邊的平原，傳心的腳步依然沒有放慢。

「咦，那邊好像有聲音，過去看看。我乃海道地區人盡皆知的松平竹千代。」說著的同時，他回頭看了看正咬著牙盡力奔跑的竹千代。

「糟糕，敵人已經發現竹千代了，他們正要騎馬渡河，追上去，追上去……但是我們又沒有馬，怎麼辦呢？」傳心早就知道竹千代已經相當疲勞了，他立即脫下身上的衣服。

「你趕快把衣服脫下，我們不能讓敵人逃了。現在是決定竹千代命運的時刻了。」竹千代剛跑到河邊，傳心就強行地將他身上的衣物脫下。

「敵人……敵人……誰是敵人啊？」竹千代終於忍不住地說話了。只見他胸口急喘，彷彿可以聽到他的心跳聲。

「你的身體真差啊，來，瞧我的！」奧心拍打著自己如岩石般的胸部，「你是想說追不上敵人了吧？這種小聰明是鍛鍊的大敵。追上去，追上去。」也不管竹千代是否同意，他抱起竹千代往河裡走去。水流高及腰部時，傳心將竹千代舉了起來，噗通一聲往水裡丟去。

「開始游，如果你不游，就會被安倍川的水吞下去哦。」

載浮載沉的竹千代拚命地划著水。

五

好不容易到了可以站立的地方，竹千代匆匆吸了口氣。三月的河水依舊冰冷，把竹千代的皮膚繃得緊緊的，全身肌肉也僵硬極了。河水雖冷，但竹千代悶不吭聲地承受著，今年以來，他已在寒冷的河水中泡了好幾回了。

竹千代與水勢搏鬥著，也加深了他的疲勞。當他要站起來時，不小心滑了一跤，又喝了口水。他把水吐出來卻馬上又滑了一跤。

「哈哈哈，喝水了。」坐在下游的傳心還是隨時不忘揶揄竹千代一番。

好不容易來到淺灘，竹千代已經氣喘不已了。

「誰……誰是敵人？」

「你這麼想知道啊！是想繼續對抗，還是逃走呢？」

「逃走吧……敵人究竟是誰？」沒在想著勝負，竹千代只想趕快上到陸地把身體擦乾。

「敵人就是和你淵源不淺的織田上總介信長。」

「什麼，信長……不追了，他是竹千代的同盟軍啊！」說著，竹千代獨自上岸去了。

「你這個狡猾的傢伙。」

「這不是狡猾，我們都是重信重義的好朋友。」

「哈哈哈……好吧，站起來。不能馬上坐下來休息，先跳一跳、伸出腳、甩甩手，臉像這樣右、左、左、右……」傳心把疲憊不堪的竹千代叫起來，像是在跳著近來百姓農民之間流行的盆舞般舒展著身體。兩個人的動作柔軟而自在，充分展現優美的肌肉線條。

「竹千代。」

「什麼事？」

「跑一跑以後又下水游泳，是不是舒服多了？」

「還不錯……」

「以前你有沒有看過別人在河川平原上玩石頭打仗？」

「看過。」

「那麼，當時你有辦法分辨出勝負嗎？記住，人多的一方，如果沒有共同的信念，一定會輸。相反的，人數雖少，但只要能夠團結一致，仍有勝利的希望……」

竹千代沉默不語。

「這些話是雪齋長老告訴我的，現在由我來告訴你。你會不會認為我對你的教導方式太過嚴苛？」

「不會。」

「哦？好吧。我們就在這兒用餐吧，我把午餐帶來了。」

兩人做完體操，穿上衣服就在河川旁邊的平原上坐了下來。傳心坐下來後，把飯袋打開。「這是你的燒米，我的飯糰。」說著，他把裝著燒米的袋子往竹千代的膝蓋上一丟，自己則開始吃起香噴噴的飯糰──裡頭夾著梅干菜，以及紅色的醃鱒魚。

竹千代羨慕地看著他手上的飯糰。

「笨蛋！」傳心斥責道：「大將怎麼可以看著家臣吃美食呢？這是你祖母準備的中餐。」

竹千代點點頭，低下頭嚼著手上的燒米。

六

「我們自己要懂得區分大將和雜兵的行為。」傳心不悅地說著，邊吃著鹹鱒魚。

「怎麼樣，竹千代，你想不想當某些人的家臣呢？」

竹千代沉默不語。

「當家臣是比較舒服，你的生命及嘴巴都由你的主人來打點、照顧。如果要當一名大將可就沒有這麼輕鬆了。除了要學習武道兵法，還要充實自己的學問，禮儀更是不能忘。如果你想要有好的家臣，必須縮衣減食，免得讓家臣挨餓。」

「我明白了。」

「如果你自以為很瞭解的話，那就錯了。你真的明白嗎？首先，你太瘦了。」

「……」

「別露出那種眼神，你以為人瘦是因為吃得儉樸的關係嗎？那你又錯了。」

「為什麼呢？」

「身為一名家臣可以認為不吃美食就不會飽，但是身為一名大將就不能這麼想了。一名大將……」

「如何呢？」

「一名大將光吃空氣就能夠飽，當他肚子餓的時候臉上仍要露著笑容。」

「為什麼光吃空氣就能飽呢？」

竹千代天真地歪著頭且目不轉睛地看著傳心。傳心一貫的教育方法是在談笑中含帶真理，吸引對方的注意。解決對方的疑惑。

「如果一個人認為空氣無法生長血肉的話，不但不能成為一名大將，甚至連成為一個好的雜兵都不可能。人有賢愚之別，你知道是為什麼嗎？」

「這……」

「你的父母就是吸食了好的空氣……這不難解釋吧。一個人如果不能正常地呼吸，就不能好好地說話。如果父母呼吸正常，生下了正常的孩子，但是這個孩子息律不整的話，仍舊不能好好地說話，你明白嗎？空氣之間蘊含著無數種宇宙的靈氣，一個人成不成材就在於他能否調匀氣息、吸取宇宙的靈氣。」

看到竹千代似懂非懂的表情，傳心不禁笑了出來。

「雪齋長老處理公務時所受的苦絕不亞於你。但是雪齋長老坐禪的時候，首先就是調整自己的鼻息，如果一個人鼻息不正，那麼是成就不了任何事的。因為一個人無論悲傷、痛苦、嬉戲、歡樂的時候，都在呼吸、吐納宇宙的靈氣。一個大人物的產生絕不是那麼簡單的。」

竹千代抬了一下膝蓋，點點頭似乎若有所悟。傳心這一番話對於最近在臨濟寺坐禪的竹千代來說頗有幫助。

「吃飽了，我們走吧。」傳心將飯袋整理好便起身離去。竹千代急忙將沒吃完的燒米放回袋子，跟了上去。兩人走在鄉野小路上，朝著街道走去……

「對不起，請問一下。」一名衣衫襤褸的女性，牽著一個年約三歲的小男孩。

七

這位叫住他們的女子，看上去年約二十四、五歲，看不出是農民還是武士家人，腰間配了把短刀，一身衣服早已破爛不堪。再看看她身邊的孩子，大眼大耳、營養不良的雙頰被太陽晒出了油水，儼然一副乞丐的模樣。除了一手牽著孩子之外，背上還揹了一個布包。

「什麼事……」傳心不等竹千代說話，便開口問道。若非此女腰上配了把刀，一定會被認為是沿路乞討的乞丐。

「你應該走了好長一段路了吧，請問，你是不是武士的妻子？想要問些什麼呢？」

「是，我想問怎麼到駿府少將宮町？」

「少將的宮町……」說著，他回頭看了看竹千代。「你怎麼不走大街呢？捷徑小道比較難走。」

「是這樣，但您看看我們，已經非常疲累了。」

「哦，你好像是來自三河。這樣好了，我帶你去少將的宮町，你要找哪一家呢？」

此女臉上立即露出警戒的表情，她看著傳心：「我想去智源院。」

「哦，智源院啊，我知道，我還認識那裡的住持智源大人，還有院內尼庵裡的源應尼……」說著，他走到竹千代身邊輕聲問道：「有沒有見過這個人？」

竹千代搖搖頭。說實在，他真的不記得自己是否曾經見過這名女子。

「這孩子看起來已經疲憊不堪了，你揹他吧。」

竹千代猶豫一會兒，然後下定決心地走到孩子的面前。

「我揹你走吧，我們同路。」

小男孩看起來相當疲累，並沒有拒絕，他將滿是風乾鼻涕的面頰靠在竹千代的背上。

女子連忙行禮，並問到：「請問，岡崎的松平竹千代是不是也在少將宮町呢？」

「啊，在，在。」傳心說道：「你和他有什麼關係嗎？」

「沒有。」女子搖了搖頭。「我的丈夫還活著時，和他是有些關係……」

「哦？這麼說，你是寡婦囉？」

「是的。」

「松平家發生那種事，生活一定非常困難吧。」
「是的。」
「以前我也去過岡崎，你的丈夫叫什麼名字呢？」
女子又顯現出警戒、懷疑的表情，說道：「他叫本多平八郎。」
「哦，原來你就是本多平八郎的遺孀啊？這麼說，這孩子就是他的兒子囉？將來一定能夠繼承平八郎……」
傳心點點頭，回過頭來又對竹千代說道：「你好好地揹著他，他是勇士的孩子，你得向他多多學習喔。」
竹千代兩眼發紅，低著頭慢慢向前走。

八

來到駿府之後，竹千代看到不少流離失所的人，大多是些婦女、孩子跟殘者，很少有健壯的男子。這些不會打獵但也不會偷盜的可憐人，不斷被趕到城外。
（日本到底有多少流離失所的人呢？）竹千代常常想到這個問題，每當想到這兒，內心就一陣刺痛。他曾經和雪齋長老談到這件事。
「所以我們都希望盡快出現一個能夠平定天下的人。」雪齋長老面色十分凝重地這樣回覆竹千代，但是竹千代仍然無法瞭解這句話背後隱藏的意義。

因此，即使在遊玩的時候，竹千代的腦海也無法完全拋開那些流離失所的人。現在眼前就出現了這麼一位，怎能叫他不心痛呢？

竹千代常聽到祖母談到本多一家的忠烈事蹟及本多的遺孀，現在竹千代背上孩子的祖父忠豐，當初在攻打安祥城時，為了保護竹千代的父親而戰死。忠豐的孩子忠高也在四年前攻打安祥城時中箭身亡。當時忠高年輕的遺孀已懷了他們的後代。

聽祖母源應尼說，這名遺孀曾陪她一同來到駿府，後來由於她不願在駿府生下孩子，因此回到三河，一邊耕田一邊撫養遺孤。

「相信在她的調教之下，這孩子一定能夠繼承父親及祖父的遺志。」每當源應尼這麼說的時候，竹千代內心就升起一股熾熱，久久不能散去。

（沒想到我竟然有這樣的家臣……）

每思及此，內心的喜悅總會掩過悲傷。然而，如今卻連本多的遺孀都拋棄了三河成為流民，流落至此……

竹千代悄悄摸了摸孩子的衣角，至少這種衣服的棉花種子是母親從水野家帶到岡崎的。想來孩子身上的衣服是親手織就的，紋路不十分清楚，製作的時候一定十分辛苦，而這名寡婦的衣服也十分樸素，還不時傳出陣陣臭味。

（原諒我……）竹千代的內心向這孩子道歉著。

傳心表面上和這個寡婦閒聊，暗地裡卻仔細觀察著竹千代的各種反應。

「今川家的代官來了之後，岡崎人的生活有沒有好些呢？」

「沒有。」

「難道現在的生活比松平家時代更苦嗎？」

寡婦並未回答這個問題。

「經常有很多物資運往了與尾張相接的國境。」

「照你這麼說，松平家的人都很貧窮囉？」

「是，現在沒有人會為新生兒做衣服了。」

「哦？……這麼說只有在駿府的竹千代可以吃得飽囉。」

「是，而且……」

說到這兒，竹千代背上的小男孩突然開始不安起來，大概是肚子餓了吧。竹千代把腰上的飯袋拿了下來，悄悄遞給小男孩。

九

竹千代與傳心在少將宮町入口與本多的遺孀分開。她到了智源寺後，想必也會順道拜訪祖母源應尼。既然祖母極力讚賞的本多遺孀也離開了自己的國家，想必家鄉的人一定是已窮困至極了。

本多遺孀牽著孩子的手，進入了智源院的山門。

「你明白了吧？」傳心拍拍竹千代的肩膀。「大將若不強，就會有那樣的下場。」

竹千代並沒有回應，只是沉重地嘆了口氣。

「你已經十一歲了，也算個大人了，必須想想自己領地的安危。」傳心說著，微微笑道。「現在還不算晚，三河人的心仍是團結在一起的。你看，剛才那寡婦的眼睛是那麼清澈，她就是那種吃空氣得到了精氣之人。」

「啊。」

「好，今天就到這兒了。你去跟他們玩吧，我要到雪齋長老那兒去。」來到門前，傳心大聲喊道：「竹千代大人回來了。」說完之後，他才轉身離去，讓竹千代自己進門。

平岩七之助、石川與七郎急忙跑了出來，竹千代卻一聲不響地走進房間。去年來到駿府的鳥居元忠已經正襟危坐地等著他了。竹千代看到他，仍舊一言不發。竹千代靠著桌子坐下後，望著遙遠的虛空。

「你在擔心什麼嗎？」元忠問道。元忠今年十四歲，體格已十分健壯。

「元忠。」

「是。」

「你一定知道我們國家的狀況，是不是每個人都很貧窮？」

「是的，稱不上豐厚。」

「吃都吃不飽嗎？」

「是。除了吃粟稗之外，還會吃些野草。」

「衣著方面呢？」

「去年秋天，平岩金八郎才第一次為他的女兒做新衣。」

「第一次……」竹千代露出怪異的表情。「她的女兒幾歲了？」

「十一歲。」

竹千代睜大了眼睛看著元忠。生下來十一年後才有第一件屬於自己的新衣服，這多麼可悲啊！

「除此之外，好像沒有聽說有誰要添製新衣。」

「元忠，你下去吧。」

「是，告退了。」元忠下去之後，竹千代生氣地咬著牙。他知道元忠說的句句屬實，那麼，他究竟是為何生氣呢？……一想到這些事，他就有一種無法克制的怒氣自胸中湧起。

剛剛下去的元忠又折返回來，站在門口喊道：「不好意思。」

竹千代不悅地說：「真煩人，什麼事啊？」

元忠直視著竹千代說道：「家鄉的使者來訪，想見見你。」

「什麼，家鄉的……」突然聽到這個消息的竹千代如坐針氈，眉間皺了起來。「你去問他有什麼事就好了。」但元忠依舊站在那兒，兩眼直瞪著竹千代，沒有要退下的意思。

「元忠。」

「是。」

「你沒聽到我的話是不是？我今天不大高興，你代我去會見他。」

「若君……」元忠不待竹千代說完就插嘴說道：「你不是很想知道家鄉的人過得如何？」

「什麼，你竟敢違抗我？」

「是。」元忠單膝跪下，冷漠地說：「各位家臣，無法打開心胸大口呼吸，無法抬頭挺胸大步而走……如果你連他們這樣苦悶的生活都不瞭解，怎麼讓人信服呢？」

竹千代眼中燃著火焰，回看了元忠一眼。元忠依舊直視著他。兩個少年四目交會，在空中迸發出火花。

「元忠。」

「是。」

「你是說故鄉的人是為了我，才對駿河的人忍氣吞聲嗎？」

「不，」元忠回答道。「單就是你，還不足以讓他們甘願忍受這些屈辱。」

「哦，那麼是為了誰呢？」

「難道你還不明白嗎？一有戰爭，他們就會被派作前鋒。不是失去父親，就是為長兄送行，或讓自己的孩子到戰場上去送死。每天過著三餐不繼的生活，還要咬著牙向駿河的人下跪……在戰場上，男子結髮應戰；在家鄉，女子持鍬犁田……難道您認為這一切都是為了您一個人？元忠不這麼認為，他們只是把希望放在您的身上，只要有那麼一絲希望，就會繼續忍耐下去。」

「為什麼？」

「不是為了您一人，而是您擔負著統一復國的責任。如果能明白這一點，就會知道他們為什麼都把希望放在您身上。為什麼您不去見見家鄉的使者，為什麼不告訴他們，您知道他們所受的苦，請他們再忍耐一陣子呢？」說到這兒，元忠激動地流下淚來。

竹千代全身微微顫抖，好一陣子說不出話來。直到現在他才明白，鳥居爺爺（忠吉）為什麼老遠派了自己的孩子元忠到駿河來。

「起碼……我知道不願擔負起復國大任的……就是昏君，能被家臣信賴的才是明君。您還是要我代替您去接見？」

竹千代轉過臉去，避開元忠的視線。他知道元忠說得不錯，如果失去了家臣的信賴，焉能成為一國之君？

「元忠，」竹千代和緩地說：「家鄉來的使者是誰呢？」

「是本多忠高的遺孀。」

「什麼，本多的遺孀……」

十一

竹千代也被自己的聲音嚇了一跳。

「我見。你剛才說得很有道理，我願意見見她。」

剛才被竹千代當作流民的本多遺孀，竟然是派到這兒來的使者。或者她是顧慮路途上的危險才做此打扮，但是那身衣服實在太破爛了。想到他讓家臣所受的這些苦，以及家臣對他的信賴，竹千代更感到自己肩負著非常重大的責任。

（我不能逃避這些責任……）

「我們需要的是能擔負重任的人，輕手輕腳的人是成不了什麼大事的。」竹千代常常聽雪齋這麼說，而今，這番話的字字句句更是強而有力地敲擊他的心頭。

元忠離去後不久，本多的遺孀和孩子進來了。後面則是跟著源應尼，臉上仍舊一副柔和的表情，手中數著念珠。

「你就是本多的遺孀……這一路辛苦了。」

本多的遺孀尚未抬頭看竹千代，只是跪在一邊，兩手放在榻榻米上。

「謝謝您的接見。」只見她感慨萬分，聲音哽咽著。身旁的小孩子大概是先得到母親的指示，乖巧地垂著頭，將雙手放在榻榻米上。

竹千代突然胸中激起一股熱潮。回頭看看元忠，只見他站在一旁咬著下唇。

此女換了一件簡陋的粗布衣服，雜亂的頭髮也經過一番梳整。從外表看上去甚是平凡，但是竹千代可以從她身上感受到那種堅毅不撓的氣息。

「久松佐渡守夫人偷偷要我帶口信來，她說你日常生活一定不自由，但是請務必忍耐。這是夫人要我帶來的東西……」說著，她拿出三件夏天穿的麻布衣服。

「啊！」這時，她才發現竹千代就是剛才那個幫忙揹孩子的人。「大人是剛才……」

竹千代搖搖手，制止她的話，隨後取出一件衣服說：「這件給你的孩子，我一個人穿太多了。」

她先是愣了一下，但是立刻明白了竹千代的意思。只見她激動地哭了出來。「這怎麼可以，這怎麼可以，這孩子……這孩子……」

竹千代接著說了下去：「他是個好孩子，將來一定很有福氣。來，讓我抱抱。」

小男孩知道竹千代就是剛才拿燒米給他吃的人，於是順從地走上去，坐在竹千代的膝蓋上。

「平八……」她急忙地搖搖手，試圖制止小男孩。

源應尼笑了笑，指指遺孀說道：「別擔心，這孩子是竹千代的左膀右臂……你們子孫三代都是啊！」

鳥居元忠把頭轉過一邊，眼中含著淚水。

盛櫻

一

「阿鶴，來。」氏真喊了一聲，逕自走向庭院。鶴姬羞紅了雙頰，因為在今天招待來賞花的一群女孩當中，他竟然直接喊了自己。

鶴姬低著頭穿上鞋子，跟了出去。花海中的蠟燈像月亮般朦朧閃爍。

「若君大人……」等到四下不見人影時，鶴姬才走上前去，拉著氏真的長袖。

氏真回頭看看她，臉上一副似笑非笑的表情。兩人走到水旁那座假山的背後。

在那群女孩中間有個謠傳，就是芳齡十七，異常豔麗的鶴姬已經是氏真的人了。誰也不知道這個傳說是真是假。最近氏真不是蹴鞠[2]、喝茶，就是和大奧的女子嬉戲、玩耍。他的父親今川義元日理萬機，根本無暇顧及這個柔弱御曹司的日常行為。氏真趁此之便常常四處拜

2〔編註〕日本古來的踢球遊戲，在朝廷公家間相當流行。球多為鹿皮製作。參與者多為八人。

訪家臣或家老的宅邸，今天是今春以來，第二次拜訪關口刑部少輔家。

「到這兒來。」氏真繞過假山，停下來對鶴姬說道。旁邊有塊大岩石，他似乎想在那兒坐下來。鶴姬在岩石上坐下來，用兩袖掩住臉，表情略帶緊張。

或許是教育方式的關係吧，但氏真這種在任何人面前都率性而為的態度，經常讓鶴姬羞得抬不起頭來。

「阿鶴。」

「啊？」

「你喜不喜歡我？」

「怎麼到現在還問這種問題呢？」

「除了我之外，你還有沒有喜歡別的男人？」

鶴姬不悅地從袖子中抬起頭來。

「是不是有啊？」

「沒有……」

「哦，只有我一個嗎？」

「若君。」

「幹麼？」

「家裡其他女孩都在說鶴姬的閒話。」

「什麼閒話？」

「說我沒有得到御所大人的許可就跟你交往。」

「這有什麼不妥的，我又不是誰的家臣，有何不可呢？」說完，他無精打采地坐了下來，在坐下的同時絲毫不避諱地把鶴姬抱了起來。

「阿鶴……」

「是。」

「你喜不喜歡我？」

又是同樣的問題，鶴姬以緊緊靠著他來代替回答。

「既然是這樣，有件事想拜託你。」氏真的語氣突然變得活潑起來。

「義安的女兒最近好像要嫁給飯尾豐前的兒子，在那之前我想和她見個面，一次就好了，一次……」

三

鶴姬簡直無法置信。義安的女兒龜姬，姿色與自己屬於伯仲之間，兩人經常爭奇鬥妍。而今，氏真竟要求和龜姬見面。有權勢的人經常是一夫多妻，但女性也有自己的尊嚴。雖然有個幾人存在，但在彼此之前，通常也會稍加隱晦一下。如今氏真表明這番想法，難道是已經對鶴姬厭倦而露出真面目？還是想激起鶴姬的嫉妒心，要求更熱烈的愛撫？朦朧的燈光無法照清氏真臉上的表情，但鶴姬根據聲音可以感覺得到氏真毫無羞澀之心。

「如何？」氏真問道。

「我能不答應嗎？」鶴姬乾澀地說道。

「若君大人。」

「你去幫我問問看，如果可以的話，今天晚上我就在這裡等。」

「若君大人……」鶴姬緊緊握著氏真的手。如果他不是氏真，鶴姬真想將他揉碎。「您叫我來，就是為了這件事嗎？」

「嗯，沒錯。」

「您……您再說一遍……」鶴姬氣得咬牙切齒。

這時候氏真才發覺鶴姬的怒氣。「啊，原來如此啊。」他雙手摟緊鶴姬。

月亮升起，鶴姬被氏真摟得喘不過氣來。男人……她真不瞭解氏真的心意，他這麼做，是不是為了讓自己嫉妒、吃醋？

銀色的月光照射了下來，將松樹的影子長長地拉到了腳邊。

「若君大人。」

「什麼事？」

「您快向御所大人請求，讓我來侍候您。」

氏真對此並未回答，沉默了一陣後說了：「好熱啊。」然後輕輕將鶴姬推開。

「你應該明白我的心。」

「是。」

「剛才那件事怎麼樣？」

「龜姬的事嗎？」

「我只有今天晚上可以，我在這兒等，你快去帶她來吧！」

鶴姬又被澆了一頭冷水。她把氏真推開，凝視著那張蒼白的臉。

「快點，我在這兒等。」

就在此時，假山上面傳來了打呵欠的聲音。

「啊！」鶴姬嚇得趕忙投入氏真懷中。

氏真提高了嗓門，抬頭問道：「是誰？」

「是我，竹千代。」說著，竹千代從假山上下來。「月亮出來了，可是只剩我一個人。因為聽到小姐的說話聲，我的同伴就跑掉了。」

「你的同伴是誰？」氏真問道。

「龜姬。」竹千代的音調中帶著興奮。

三

聽到龜姬這二個字，氏真內心為之一動。

「你是岡崎的竹千代？」

「是的。」

「到這兒來，你剛才說什麼？你跟龜姬在談情說愛嗎？」

竹千代走到二人身旁，月光灑在他的臉上。最近，竹千代已成熟許多，渾身散發著追求異性的活力。

「不是。」竹千代回答道：「只是在這兒賞月，隨便聊聊。」

「隨便聊聊……你幾歲？」

「十一歲。」

「十一歲嘛……」氏真沉思一陣想喚起自己的記憶，「該懂男女之情了，懂了。」並轉頭看向鶴姬。

鶴姬低著頭，那副羞澀的模樣彷彿想鑽進地洞消失掉。

「這麼說，你是喜歡阿龜囉？」

「她也喜歡竹千代。」

「哦，是嗎？」氏真揚揚眉假笑了一下，立即又拉下了臉。「你喜歡她，她也喜歡你，這就叫愛情，竹千代。」

「哦。」

「阿龜抱過你嗎？」

竹千代點點頭。氏真笑了出來，彷彿他的私生活就是追求不同於常態的刺激。

「你也抱了她嗎？」

竹千代微微歪著頭，避而不答。他這年齡還無法估算什麼會觸怒氏真、什麼會讓他高興，他不知道氏真為何時而惱怒時而開心。

「竹千代，你有沒有抱過她？」

「沒有，我只是讓她緊緊抱著我。」

「她是不是聽到我和阿鶴的聲音才離開的？」

竹千代點點頭。「我們已經看過月亮，也聊過天了。」

「笨蛋……」氏真按捺不住，罵了出來，他很想知道竹千代和芳齡十五即將出嫁的龜姬之間的風流韻事，但竹千代的回答總是那麼曖昧不清。

「竹千代。」

「什麼事？」

「對女孩子，尤其是對喜歡的女孩子，應該這樣抱她們，你瞧。」

「啊……」鶴姬想閃開，但早被氏真緊緊地抱住了。

「要像這樣……你瞧……」

「若君大人……別這樣……若君大人。」

竹千代毫無表情地站在月光下，就像個木偶。氏真感到無趣，突然推開了鶴姬。

「今天晚上真無聊，竟然被岡崎這小子搶先了。」說著，氏真繞過泉水，回屋裡去了。被推開的鶴姬跌在岩石上，茫然地看著氏真遠去的背影。

——四——

氏真的身影消失在屋內，竹千代卻還站在那兒。

鶴姬突然放聲哭了出來，竹千代知道她哭泣的緣由，想必是把氏真的甜言蜜語當作了愛情而委身於他，但是氏真卻這麼拂袖而去，的確是嚴重的打擊。除此之外，多少還受到一點思春情緒的影響吧？

「小姐……」竹千代走到鶴姬身邊，將手放在她那不停顫抖的圓潤的肩上。頓時間，竹千代產生了一種訝異的窒息感。「別哭了，其實竹千代根本沒有見到龜姬，那是胡謅的。」剛才確實是說了謊，除了不忍看到鶴姬傷心難過的樣子，還有一種男性的情感促使竹千代這麼說。

竹千代很喜歡義安的女兒。每當他看到年已十五，出落得漂亮大方的龜姬，就會想起許久未見的母親。也許是因為龜姬的氣質魅力，多少與祖母源應尼有些相似。竹千代在今年一月曾將這種感覺告訴龜姬。當時也是在這裡——關口刑部少輔的宅邸。

「竹千代喜歡小姐。」他認為直接表明心意才是武將的作風。

「我也喜歡竹千代。」龜姬回答道。

竹千代點點頭，彷彿這幾句話就足以表達一切。「那麼我去對御所大人說，請他把你嫁給我。」

龜姬嚇了一跳，急忙坐正身體。「你千萬不能對御所大人提起這件事。」她想了想，臉上露出笑容。

竹千代不在意地點點頭，他認為龜姬是因為害羞才會說出如此言不由衷的話。沒想到在這件事之後，龜姬處處躲避竹千代，竹千代這才發覺事態的嚴重。

就像今晚他邀龜姬到假山這兒來，龜姬只是笑一笑，搖搖頭拒絕了他。夜裡，竹千代獨自來到假山，想著本多遺孀的臉和龜姬的臉，對她們做了一番比較。

（女人究竟是什麼呢……）

就在他百思不解的時候，腳下那塊大岩石上的情景回答了他的問題。

當氏真提到龜姬的名字時，竹千代突然感到胸口一熱。竹千代很尊敬義元，但對義元的兒子氏真卻不敢領教。想到這種男人竟然打著龜姬的主意，內心不禁一陣反感，猛然地走上前去。然而，眼前看到鶴姬哭得像個淚人似地，心中不禁湧起一股憐愛之心。

「好了，別哭了。」語氣溫柔地，「我瞭解你的感受，別哭了。」竹千代在她耳邊輕輕地說著。

突然，鶴姬舉起衣袖，朝竹千代的面頰揮了過來：「討厭，討厭，討厭……」

竹千代不知她為何發怒，嚇得跳了起來。

五

鶴姬亂打了竹千代一陣之後，又縮著身體哭泣起來。

月亮升起，照在鶴姬的身上。她哭得這麼傷心，沒注意到衣角下露出了潔白的腳踝。

竹千代歪著頭思索了一會兒，又走到鶴姬的身邊。他心想，即使在月光下，年輕女孩也不該露出腳踝。因此，他輕輕拉下鶴姬的衣角好遮住白皙的腳踝，然後輕聲地說：「我回去了。」

玄關那邊傳來通報氏真回城的聲音。如果氏真回城，其他客人也會相繼回返。竹千代不願一個人留在這裡，因此也打算回去了。就在他邁出兩、三步後，鶴姬右高聲喊住了他。

「等等。」

「你叫我嗎？」

「你先別走。」

於是竹千代轉身走了回來。

「好痛，我的胸口好痛……在這裡……」

竹千代上前揉揉鶴姬的胸口。

「竹千代大人。」

「嗯?」竹千代觸到鶴姬的乳房，內心一驚，連忙低下頭來。

「這裡，再用力一點。」

「這兒嗎?」

「啊，這樣好多了。竹千代大人。」

「什麼事?」

「竹千代大人剛才在假山上是不是都看到了?」

「沒……沒有。」竹千代含糊地搖搖頭。「我只聽到你們的一些談話，什麼也沒瞧見。當時月色很暗，根本看不到什麼。」

「你騙人……你一定看到了。」

「我沒有看到嘛……怎麼這麼多疑呢?」

「不，你一定看到了，我心裡很清楚。」

「那你又何必問我呢?」

「以後……我該怎麼辦呢?」

「別擔心，我什麼都不會說的。我發誓，我絕不會告訴別人的……」

「此話當真?」

「我一定信守諾言。」
「一定？」
「一定，你放心。」
「那……」鶴姬把手放在竹千代壓住她胸部的手上，加重了力道，彷彿表示她放心多了。
不遠處的老櫻花樹幹旁，閃過一個人影。那是這裡的主人，關口刑部少輔親永。親永發現是鶴姬和竹千代之後，便踮著腳尖，急急忙忙回屋裡去了。
看到妻子在屋前焦急的樣子，他走上前去，附耳說道：「緣分，這是緣分啊……」他繼續自言自語似地咕噥著，「十一歲應該算是成熟了，這個年齡結婚應不為過。沒想到竟是竹千代，竹千代……竹千代……」

六

親永看見竹千代把手放在鶴姬胸口時的表情，模樣就像是一般年輕人，不是害怕也不是畏懼，而是男性征服女性時的特殊表情。倒是鶴姬顯得有些顧忌的樣子。
「什麼，你說鶴姬和竹千代大人……」
親永打斷皺著眉的夫人，微笑地說道：「這是緣分，絕非壞事。駿府這些年來一直沒有像他這樣有膽識的年輕人。」

「可是，御所大人已經和三浦大人談過鶴姬的事。這個三河的孤兒靠得住嗎？」

「不，不，那是你不瞭解竹千代。放心好了，御所大人絕不會反對的。」

「可是像他那樣的小孩子……鶴姬會喜歡嗎……」

「那是我親眼看見的。你看，他們兩人來了，先別說話。」

鶴姬是義元的外甥女，如果鶴姬被這個年僅十一的三河孤兒征服的話，在駿府一定會引起騷動。親永的夫人對此不甚滿意。

二人走到屋前，親永嚴厲地說道：「你們不送客，在這兒幹什麼？」

正如親永所料，竹千代並未露出驚慌的表情，說：「我們在假山下看月亮。」

「年輕男女做這些事，別人會怎麼說呢？」

「難道年輕男女不能看月亮嗎？」話說出口，竹千代才明白親永的真正含意，頓時覺得不好意思。但是回頭看到鶴姬一臉受挫的表情，內心也為之不忍。「這不是小姐的錯，都是我沒注意。」

「不，是我不好。」

「是我不好，你不要罵小姐。」竹千代很坦然地行了個禮，回頭對鶴姬說：「我已經道歉了，你進去吧，我也該走了。」

鶴姬羞愧地低下頭來。

「那麼，我告辭了……」竹千代用雙手撫平衣角上的皺紋，態度落落大方，毫不忸怩。他喊了陪同前來的內藤與三兵衛，一起走向玄關。

親永夫婦當然不會送他，就連關口家的家臣也是自己回去的。

「如何？」親永回頭看看他的夫人。「他的態度從容大方。從他的四肢、骨架也可以看出此人相貌不凡。放心好了，他是個值得託付的人。」

親永的誤會愈來愈深了。

「別擔心。」他回頭對女兒說道：「御所大人那兒我會去說的……不過，一些閒言閒語總是免不了的。他們一定會說，關口刑部怎麼把自己的女兒嫁給比她小幾歲的三河少年呢？」

親永夫人沉默不語，女兒今天晚上也特別乖順，不再反抗。親永一個人樂不可支地笑著。

七

那天晚上——

竹千代一如往常般睡得很好。駿河的一切對他來說是可愛的，雖然這裡有著他的國仇家恨，但還不至於到憤恨、厭惡的程度。

竹千代身在岡崎時，有大伯母緋紗暫代母職；從熱田到駿府，竹千代也由於個性的緣故，很快地便適應了環境，可謂處處可以為家。

第二天早上，竹千代起來後，發現自己做了個奇怪的夢。夢中首先出現的是不停啜泣的鶴姬，她一邊哭泣一邊向自己傾訴著，但竹千代卻格外冷靜。後來，不停哭泣的鶴姬漸漸變成了龜姬。看到泣不成聲的龜姬，竹千代突然感到心痛難安。不知什麼緣故，自己也感受到了那股悲傷。

龜姬說她討厭氏真。聽她這麼說，竹千代心底立即湧起同仇敵愾的感覺。當他發現龜姬遭受到與鶴姬同樣的命運而跌坐在岩石上哭泣時，即使是在夢中，竹千代也憤怒得全身顫抖。與其說是憤怒，不如說是一種如火中燒的壓迫感。

「好，別哭了。」竹千代在憤怒的情緒中抱起龜姬，又說道：「御所雖然對我有恩，但是氏真也不該這麼待我。你看著好了，我一定要拴住他的鼻子，為你報仇。」他氣憤地說著。就在這個時候，竹千代醒了。窗外的天空發白，傳來小鳥的鳴叫聲。

（該起床了——）竹千代內心這麼想，但就是無法如往常般決然地踢開棉被起身。龜姬的臉龐還清晰地留在眼前。

「龜姬……」竹千代閉上眼睛輕聲地呼喚著。一種難以言喻的悲傷與溫柔的感覺再度遍布全身，幾乎使他流下淚來。

（我喜歡龜姬，或許這就是愛情吧……）

想到這兒，眼前突然出現大伯母緋紗的臉龐，接著是在熱田加藤圖書的姪女，接著是一些更具體的人物漸漸出現，有本多的遺孀、鶴姬、龜姬，這三個人像三顆水珠般在他眼前不停地閃爍、流轉。

對於本多的遺孀可以說是一種同情，也可以說是一種愛戀；對鶴姬是一種憤怒；而對龜姬……是一種強烈的幻想。

（好！）竹千代睜開眼睛。

該把龜姬讓給氏真嗎？這又是一場戰爭……竹千代一腳踢開棉被。

「你醒來了。」坐在一旁的石川與七郎說道。

八

早上的課業開始了。先是在後方的靶場練射三十次，然後再來是揮舞木刀，為的是讓自己全身出汗。做完這些暖身運動後才是用餐的時刻。早餐是一湯兩菜，玄米煮得稍微硬了些，一口要咀嚼四十八下。竹千代每次都吃兩碗飯，並將菜盤中的菜吃光，然後才在石川與七郎或是松平與一郎的陪同下前往智源寺，接受住持智源十分嚴厲的教導。竹千代每個月還要去雪齋長老那兒接受兩次考試。但今天來到智源寺還不到一刻的時間，內藤與三兵衛就來接他了，是御所大人要接見竹千代，請他立刻進城。

竹千代準備先回住處換一套衣服。回到住處後，本多的遺孀已經站在那兒等候了，幫忙竹千代換上新的衣服。

「這是怎麼回事？」竹千代問道。「好漂亮啊，這不是元服禮穿的嗎……」

本多遺孀目不轉睛地看著竹千代，輕聲說道：「這是鳥居伊賀守送的。」
「哦，是老爺子送的啊？」
「是的。此外還有一些金子，放在我這兒保管。」
「金子？」
「是的，但是為了避免御所大人不高興，我會盡量小心的。」
竹千代點點頭。「原來如此……」他整整衣冠接著問道，「你什麼時候回岡崎呢？」
「就這兩、三天，田裡還有很多事要處理。」
竹千代走出房間，跟著內藤與三兵衛進城去。他穿上這身新衣服，不僅是要讓義元知道他已經長大成人，同時也代表了許久未見的母親、家臣以及岡崎的名譽。竹千代心想……
（我不會輸給任何人的。）
正當竹千代還在幻想有一天自己成為這裡的主人，一定要好好修理氏真這批人的時候，已不知不覺來到大手門前了。
一個人可以自由自在、無拘無束的幻想，但是現實卻是要一步步走出來的。走進大玄關，與三兵衛就站到一邊，接著由一批年齡與竹千代相仿的童坊（茶坊主）陪著他來到一間布置得十分精緻的房間，在那兒等待接見。在這些童坊中，有些頗受義元和氏真的寵愛，因此竹千代說話必須十分小心。
今天竹千代沒有等太久，一位名叫菊丸的童坊前來迎接他。「竹千代，御所大人在內廳見你。」菊丸時常嘲笑竹千代是個鄉下土包子，但是竹千代從不理會。

「唷，你今天穿得很漂亮。」

「啊，因為季節變了。」

「往這裡走吧。」

竹千代進入了內廳。

「喲，竹千代，這陣子太忙，有段時間沒見你，沒想到你已長這麼大了。」義元瞇著眼睛，上下打量著竹千代。

九

「來，別怕，走過來一點。」

竹千代乖順地走到義元旁坐了下來。義元不知正在讀什麼，把書扔到了一邊。

「竹千代，你是不是馴服了刑部少輔那匹悍馬？」

竹千代歪著頭想了想，老實答道：「關口大人家好像沒有叫悍馬的馬。」

「哦，我認為她是一匹悍馬……不過，你馴服了她總是事實吧？」

竹千代不停思索著親永馬廄裡的那些馬，然後答道：「是……」

說馴服未免太誇張了，當時親永只是叫他試騎看看。

聽到竹千代如此平淡的回答，義元點點頭，眼睛瞇得更細了。從竹千代的表情裡似乎看不出對此感到高興或得意，態度依舊冷靜大方，或許他是在壓抑心中的感情吧。

「竹千代，刑部少輔的妻子是我的妹妹，我和他們有親戚關係。你說，到底是誰叫你這麼做的？」

竹千代不明究裡，只是保持沉默。

「是鳥居伊賀，還是酒井雅樂助，是誰教你這麼做的吧？」

「沒有。」

「沒有……難道這一切都是你個人所為嗎？」

「是的。」

「哦，也罷。最近你的家臣常常到我那裡要求返還領地。唉，我是因為你父親的緣故，才答應了照顧你和你的領土，沒想到他們都曲解了我的好意。」義元口裡這麼說著，但眼中的神情卻完全不是這麼回事……他優雅地笑著。

「我想，一定是有人指使你這麼做的，一來讓我知道你已經不是孩子了，二來想和我攀成親戚關係，這樣就不會背叛我……他們想讓我有這兩種印象，以為這樣我就會放你回岡崎。」

義元從關口親永那兒聽到鶴姬和竹千代錯誤的傳言之後做此結論，自己鋪排出這齣戲碼。但竹千代一直不明白義元在說些什麼。

（親永的馬，還有他剛才說的這些話，到底和我有什麼關係呢？）

「竹千代，你明白我的心意嗎？」

「是。」

「我不會怪你的，這是天地間最自然不過的事，但是……」說著，義元眼中閃爍著銳利的眼光。「如果事情真如他們所預料，你成了我的甥婿，我更不能讓你回去岡崎了。因為你的不誠實，極有可能造成許多衝突。尾張的信長倒不是什麼問題，他是個沒有頭腦的人，信長的父親死後，他和家臣鬧成一片。但是美濃的齋藤山城絕不能掉以輕心，還有越後的上杉……」說到這兒，義元突然壓低嗓門。「還有甲斐、相模……他們都是不可忽視的猛將。你想，除了我之外，還有誰能保護你呢？」

竹千代抬頭看著義元，接著又低下頭陷入沉思。

十

竹千代心想，像義元這樣的人物，大概是用權力塑造出來的，所以說出來的話實在令人難以理解。但有一點可以確信的是，即使面對像是義兄甲斐的武田、姊夫相模的北條等親戚，義元仍然無法信任他們。

「所以，我要把你留在身邊好好監護你，直到你成為卓越的武將，並且有能力守護岡崎，這樣才算是對得起你父親的一片忠誠。」義元大言不慚地說著，突然像想起了什麼似地，臉上堆出了笑容。

「你剛才說沒人叫你這麼做……好吧，就算如此，你也應該教訓你的家臣，你馬上就要成為我的甥婿了，就因為如此，你不但不能提早回岡崎，反而應該繼續留在這裡。我怎麼捨得讓你這麼可愛的甥婿離開呢？你的家臣讓你穿上元服，是希望把你帶回岡崎，但是我反對。即使你已元服也不該回去，因為你還沒成為有能力保護岡崎的大將。這是我的一番好意，你應該明白吧。」

竹千代那雙凝視著義元的眼睛愈睜愈大。

（成為義元的甥婿，這究竟是怎麼回事啊？）

竹千代知道家臣希望他盡早回到岡崎，但為什麼義元會說，即使成為他的甥婿也不能提早回去，以及義元捨不得他離去……這些話簡直讓竹千代摸不著頭緒。

（成為他的甥婿……）竹千代歪著頭，努力思索著。

「你這小子倒挺有辦法的。」

「……」

「阿鶴是匹悍馬……就連我都沒辦法替她找個好對象，以致婚期延誤至今。你說她不是悍馬，或許是因為你年輕，能夠輕易地駕馭她吧。哈哈哈，怎麼樣，阿鶴溫不溫柔啊？」

竹千代全身一震，有如刀刃刺入腦髓一般。此刻，他終於明白義元的意思了。

「……我的甥婿。」竹千代這才明白，義元指的應該是他和鶴姬的婚事。所謂悍馬，指的並非馬廄裡的馬匹，而是鶴姬。

「御所大人！」竹千代不禁叫了出來。他全身冒汗、神魂不定，這究竟是怎麼回事啊？義元談的是竹千代和鶴姬，而竹千代竟然會想到馬廄裡的馬匹……

「御所大人！」竹千代急忙喊道，卻怎麼也說不出話來。在他那顆動盪不安的心中，充滿了對義元的警戒和畏懼。

（是不是義元搞錯了？還是他另有所圖？）

如果莽撞的應答，或許會讓自己陷於困境，如此一來，怎麼對得起老遠送衣服前來的家臣呢？

「哈哈哈……」義元笑了出來。「害羞啦？是阿鶴沒錯，是阿鶴吧……」

十一

除了想向竹千代展現自己的度量之外，義元還想從這個年輕小伙子身上探得如何取悅女人的祕密——義元的夫人也是匹非常棘手的悍馬，或許這是從享有甲斐之鬼稱號的武田信虎那兒遺傳下來的性格吧。

「你去找你那些小姓玩吧。」當義元夫人心情不愉快，就會這樣拒絕義元。從小在寺院長大的義元喜好男色，擁有許多小姓，最後導致不喜追求女色，反而喜歡追求男色。這些小姓是專門用來獻身的奴隸，他們對主君是完全的奉獻與愛慕，和一般女性不同，女人大多喜好弄權、勾心鬥角。就連氏真也漸漸厭棄女色，感慨道：「還是男人好。」

漸漸長大的鶴姬在義元眼中已經是個典型的女人了，沒想到三河這小子竟然輕易地馴服她。

「怎麼樣，剛開始時她是不是很溫順啊？以後可就不一樣了。她是不是對你言聽計從？」竹千代的小腦袋還是一片混亂，一時無法理出頭緒，只好隨口回答道：「是。」

「哦……她有那麼乖啊？最初是你提的，還是她先講出來的？」

「這……」

「是她吧？畢竟年齡不同嘛。」

「不……是我先提的。」竹千代原本打算從在岩石上打呵欠說起，但是想想似乎不妥，於是忍了下來。

在他的背後有許多家臣過著流離失所的日子，還在等待光明的一天。如果他率性而言，一定會激起義元的怒氣。只要讓義元高興，管他是誤會還是真的呢……想到這兒，竹千代的口齒變得流暢許多。「我這個人健忘得很，記不清楚了。」

「這傢伙……」義元笑了出來。「說話的口氣簡直就像個世故的小老頭，別只記得你的家臣說的話。」

「是。」

「你一定沒忘，到底是誰先？」

「就如御所大人剛才所說的那樣。」忍耐啊，要忍耐啊……竹千代內心在吶喊著，但是全身不禁湧起一股想壓制義元的霸氣。

突然，義元瞇起眼睛，拍了拍手掌。「我突然想起一件重要的事，來人啊，把竹千代帶回去。」

竹千代恭敬地行了個禮，跟著童坊走了出去。

（不管他誤解與否，這樣應該比較好吧……？）

菊丸領著竹千代來到走廊。「竹千代，剛才御所大人是不是要你去侍候他？」菊丸的眼神中充滿了強烈的嫉妒之色。

竹千代搖搖頭，頭也不回地說道：「不是。」

初戀

一

櫻花撒落大地，窗外黃色球狀的棣堂花正怒放著。暮色逐漸籠罩花海。龜姬看到窗外有一朵像蝴蝶般的白影在空中飛舞，慢慢地落下。是一張紙條，上面還有字。

龜姬立即站了起來，把頭探出窗外。只見一個嬌小的人影消失在鄰家的菜園中。當時的武家家風已不如往昔般嚴厲，年輕男女是可以自由戀愛的，但是還沒有人敢如此大膽地跑到宅邸內來傳紙條。

嫁娶之日已定，龜姬就要跟青春告別了。她是吉良家的女兒，在三河也算是名門望族，屬足利家的一族。在駿府同樣也是義元的人質，居住的臨時宅邸具有濃厚的京都風味，或許，是為了排解思鄉之愁吧。

（究竟是誰呢……）

龜姬躲在窗後戰戰兢兢地打開紙條，她感覺到菜園中有人在觀望。

（是不是知道我的婚期已定，才來傳紙條呢……）

想了一陣後，龜姬開始看起紙條上的文字。像這樣有勇無謀的行為，大概是竹千代吧。

（啊……怎麼是她？）

打開紙條後，龜姬又愣了一下。這張紙條不是竹千代寫的，最後落款處寫著「鶴」。

「這不是殿下寫的，請別失望。速來少將宮的老松樹下，有好消息相告。」

原來是鶴姬的惡作劇，她們經常像姊妹般地嬉笑玩耍。龜姬打量一下外面後才打開障子門。暮色已籠罩大地，這裡在義元的控制範圍之內，還不至於有危險。

「啊，好香……」洗手鉢旁邊的沈丁花好像開了，暮色中洋溢著甜美的春之氣息。

龜姬悄悄打開柴門，朝菜園走去。鶴姬知道這裡的路，龜姬擔心她會在中途出聲嚇自己，因此在出菜園之前，龜姬始終踮著腳走路，避免發出腳步聲。

「這一路上都不見她的人影……大概是在老松樹下吧……」龜姬口中喃喃自語著，抬頭看看天空，月亮逐漸清晰起來。低空的空氣悶得令人出汗，她把雙手放在胸前，小步跑著。

少將宮裡的祭神與京都的祇園一樣，只有義元捐贈的鳥居在暮色中染上一層微紅，庭院的樹木深處已是一片陰暗。老松樹沿著洗手井右邊的小池畔彎曲蔓延。

龜姬跑到池邊喊道「阿鶴」，她看到池邊站立著一個人影。

「啊，竹千代大人。」

二

「竹千代大人……」龜姬停下腳步，一臉驚訝。她不明白剛才那張紙條究竟是鶴姬還是竹千代寫的。

竹千代走到龜姬的旁邊，「字條上不是寫了嗎，有好消息告知。」

龜姬覺得既失望又憤怒。「那張紙條是竹千代大人在開玩笑嗎？」她斥責地問道。

「不。」竹千代搖搖頭。「那是鶴……寫的。」

「那麼鶴姬呢？……竹千代大人怎麼會在這裡？」

竹千代抬頭看著富士山上的夜色，說道：「不熱也不冷，是個好季節。」

龜姬苦笑道：「竹千代大人，你怎麼會在這兒？」

「我？」

「你怎麼知道鶴姬在紙條上寫了些什麼？」

「這個嘛……」竹千代低下頭來，看著腳尖，「我只是想找你出來玩嘛。」

此時，龜姬不禁笑了出來。她笑的是竹千代那種天真無邪的可愛，以及模仿大人投遞紙條的傻勁。「竹千代大人。」

「啊？」

「竹千代大人是不是想成為海道第一的弓箭手？」

「當然啦……」

「那麼寫假紙條……豈是大丈夫的行徑？」

「不是假的，那的確出於鶴姬之手。」

「不管是誰寫的，怎麼可以說謊騙人呢？」

「我沒有說謊。」

「你還狡辯。」

「我真的沒有說謊。」竹千代一臉正經的表情，撒嬌地靠在龜姬身旁，「這真是鶴姬寫的。」

「為什麼這麼做呢？」

「是我拜託她寫的，絕不是說謊。我喜歡你，我要你做我的妻子。」

「這……」

「我向她說明後，她才肯幫忙寫。但是寫好後，她原本要來的，說是要替我傳話……後來中途又改變主意，所以我就自己來這兒了。龜姬，竹千代以後一定會成為海道第一大將，真的，你相信我嗎？」

龜姬想抽回手，但手腕已被竹千代牢牢地握住，她頓時羞紅了雙頰，眼睛像星星般地明亮，呼吸也失去了原有的平靜。

「竹千代大人，放手。」

「不。」

「我不明白你在胡說些什麼，快放手。」
「不，你若是不喜歡我，我就絕不放手。」
龜姬用另一隻手的袖子掩住嘴角，嗤嗤一聲笑了出來。

三

「我願意為你做任何事。只要是你喜歡的，我一定會要到手，今天晚上和我在一起吧。」
聽到竹千代的這番話，龜姬終於收起了笑容。她記得在某本書裡寫過，愛情使人盲目，
「竹千代大人。」
「嗯？」
「我並不討厭竹千代大人。」
「那就跟我在一起吧。」
「但是有些事我必須想清楚。竹千代大人現在是駿河的客人，元服之後總有一天要回到自己的三河。」
「我不是答應過你嗎，我一定會成為海道第一的大將……」
「等一下。」
龜姬突然同情起竹千代。只要身為武將的孩子，就得在義元的喜怒之中討生死，即使在

那海道第一的夢中也一樣。想到他同為人質之身，龜姬就比竹千代還要難過。

龜姬把另一隻手放在竹千代握著她的那隻手上。兩人默默繞著池邊走，來到社殿後的一棵樹旁，「竹千代大人，人生是一場悲劇。」

「嗯。」

「縱使有情意，有時候還是要自我控制，你明白我的意思嗎？」

「不。」竹千代緊緊握著龜姬的手，搖搖頭。「我喜歡你。」

「啊……你還是不明白。」

「我就是情不自禁地喜歡你。」

「這叫我怎麼辦呢？」

「我不知怎麼地就是喜歡你。」

「竹千代大人，好孩子，放手吧。」

「我不是好孩子，我是壞孩子，我不放手。」

龜姬嘆了一口氣。天色已昏暗下來，連竹千代的五官都看不清楚了。「竹千代大人，真是令人頭痛啊！」

竹千代默默看著龜姬呼出來的白氣。他自己也不知道為什麼緊握著龜姬的手不放，難道他真的那麼喜歡龜姬嗎？還是只是一時好強……

「你生氣啦？」竹千代問道。

「沒有。」

「不要生氣嘛，你一生氣，竹千代真的不知道該怎麼辦了。你可以像之前那樣抱我嗎？」說著，竹千代的聲音跟身體顫抖了起來，眼淚也不由自主地流了下來。

「你哭啦……」龜姬的情緒被竹千代給感染了，聲音也變得怪怪的。

（女人總是心軟的……）

或許是感慨，也或許是感傷，龜姬很本能地湧起了一股擁抱他的念頭。「好吧，我就這樣抱著你。竹千代大人，你要聽我的話。」龜姬將手放在竹千代的背上時，竹千代已緊緊地將她抱了起來。

四

女人的愛情和男人的愛情……不，應該說是龜姬和竹千代的愛情，在互相擁抱的那一刻起，各自朝不同的方向發展。兩人都是漸漸朝理性之外發展、燃燒，但是本質卻並不相同。

竹千代被一種自己也不知曉的力量控制著，與其說是征服慾，不如說是性格裡一種潛在、強烈的戰鬥意志，這種意志驅動著他要將龜姬帶往天涯海角。但是龜姬的想法卻不然。起初，龜姬只覺得竹千代是個很奇怪的孩子，久而久之漸漸產生了同情與愛憐。在她看到竹千代流下淚的那一剎那，母性的本能在她胸中湧現。

龜姬原本打算溫柔地抱著竹千代，耐心向他說明兩人年齡上的差距。但就在竹千代用力擁抱著自己時，理智卻逐漸被另一種特殊的感覺淹沒。

竹千代已經是個擁有特殊力量的男人了，為了達到目的，他可以流淚，也可以威脅恐嚇……男性的特點很自然地展現出來。

當竹千代溫熱的額頭壓在龜姬的乳房上，龜姬頓時感到一種難以控制的火花從全身迸發出來。

「如果你討厭我，我也只有一死了。就這樣抱著我吧，直到天明……不，到幾年後……幾十年……」說著，竹千代將右手滑入了龜姬的胸脯。

龜姬感到全身僵硬，忘我地將手壓在竹千代那隻移動的手上。四周一片寂靜。年齡的差距，即將舉行的婚禮，都在竹千代毫不猶豫的指尖下消失得無影無蹤。

龜姬早已失去了思考的能力。那種超乎意志的神祕自然力，淹沒了竹千代和龜姬……毫無疑問地，龜姬從未有過這樣的體驗。這種感覺十分奇妙，但更令人驚訝的是，她從未想到自己體內竟然蘊藏著如此奇特的力量——令自己沉醉其中。

（這就是男女之間的愛情……）

龜姬曾經想過，常為人詠頌的熾熱愛情，大概就是這樣吧，而今天又加上了竹千代那股男性的力量。微風輕輕吹送著，一、兩顆星星隔著黑松的樹梢向他們眨眼。但對這二人來說，早已視而不見、聽而不聞了。寧靜的四周翻滾著一陣陣的熱浪，春宵為二人掀起了羽翼。

在社殿的後面傳來樹枝的搖曳聲，大概是一隻貓頭鷹飛走了吧。突然，竹千代推開了龜姬。但是在他推開之時，龜姬的手緊緊握著竹千代的左手。

「竹千代大人……」不知是因為羞怯，或是其他難以啟齒的原因，龜姬顫抖地呼喚著他。

竹千代聞言，拍了拍衣角上的灰塵。

五

「竹千代大人……」

「嗯？」

「我該怎麼辦呢？」

「不要擔心，你是我的人。」

「可是你才十一歲……」

「男人的價值不是以年齡來判斷的。」

「可是我已經決定要嫁給別人了。」

「什麼？」竹千代坐正了身子，一手放在龜姬的身上。

「我早晚要讓飯尾豐前的孩子來做我的家臣。」

龜姬哭了出來，剛才那股神祕的力量早已消失在夜空中。

十五歲的女孩愛上了十一歲的竹千代，可這能解除由義元親自決定的婚禮嗎？

（如果不能，該怎麼辦呢……？）龜姬逐漸恢復了理智。

「我一定會成為海道第一大將，到時候我要叫氏真對我刮目相看。你會成為我的妻子，任何人見到你，都要對你俯首行禮，這樣好不好？」竹千代說著。雖然看不見他臉上的表情，但是從說話的語氣中，不難想像出他昂然激動的姿態。

但龜姬卻哭得更厲害了，而十一歲的竹千代無法瞭解龜姬的感情。

（可是他們已經結為一體了……）

龜姬頓時感到羞恥與悔恨。她仍然握著竹千代的手，但心裡頭卻為自己感到可憐。

「我沒臉見人了。」龜姬抽回手。

「這怎麼會呢？我不會拋棄你的。」

「我沒臉見人了……」她一而再、再而三地反覆呢喃著。突然，她在黑暗中站了起來，身上香袋裡的香液四散，隨著微風飄向遠方。

「龜姬，危險！」竹千代也慌張地站了起來，卻又被腳下的樹幹絆住，摔倒在地上。「龜姬，龜姬。」但龜姬則隨著她的香氣在夜色中消失了。

「哈哈哈……」竹千代拍拍手上的沙，不禁仰頭笑了出來。天上的星星不斷向他眨眼，這幅景緻讓竹千代頓時感到放鬆。

「原來……這會讓她害羞。」竹千代笑著邁出了步伐。家臣當然不允許他在夜裡單獨出來走動，因此他是用拜訪關口親永作為藉口溜了出來。這個時候，陪伴他的與三兵衛還不知情地在那兒等著。

竹千代是拜託鶴姬，讓他從後門溜出來的。現在的他，輕鬆地穿過菜園，朝剛才的路走回去。穿過側門，走向鶴姬家的庭院時，他突然覺得自己像換了個人似地，感覺異常清爽。

「是竹千代大人嗎？」當他打開柴門時，鶴姬已經在那兒等著了。「情況怎麼樣？」

六

「好極了。」竹千代回答道，但語氣與舉止卻顯露了一股浮躁不安的氣息，與平時謹言慎行的他大不相同。

鶴姬感覺到自己正經歷著一場艱難的競爭。當初這麼做，是為了避免自己的祕密被洩露，但現在卻嫉妒起了竹千代，也嫉妒著龜姬。當她決定幫竹千代寫信給龜姬時，自己也想前往少將宮。她原本打算，只要竹千代不說出自己的祕密，她也不會說出竹千代和龜姬之間的祕密。

但是……當她寫完這封信時卻又改變了主意。畢竟竹千代年紀還小，如果龜姬不願意接受竹千代的心意，那麼自己又該採取什麼立場呢？經過幾番思量，才終於放棄了這個念頭。可是……竹千代回來後，簡直像換了個人似地。

「好極了？」鶴姬探上前去，怯怯地問道。

「好極了，謝謝你。」竹千代再次說道。站在那兒的竹千代，身上散發出龜姬香袋中的香味。

（莫非……）鶴姬暗自嚥了一口口水，內心既厭惡又感到興趣。

「她是否抱過竹千代大人了？」

「是的。」

「抱得很緊嗎？」

「是的。」

「哈哈……」鶴姬不禁笑出聲來，又急忙用手掩住嘴。「竹千代大人說謊。」

「我為什麼要說謊呢？」

「龜姬即將要嫁人了，她不會這麼做。」

「起初她也不願意，後來被我說服了。」

「不可能……莫非竹千代大人欺騙了她。」

「欺騙……」

「你是不是答應她……以後還會再見面？」

「沒有。」竹千代搖搖頭，「總之，今晚非常謝謝你，與三兵衛還在等我呢，我該走了……」

竹千代一副要回去的樣子，此刻的鶴姬卻感到一股熱血衝上腦門，她說不上來，不知道自己對這兩人的情事，究竟是感到興趣還是嫉妒。

「等等，竹千代大人。」鶴姬抓住竹千代的衣袖，身體靠了過去。
竹千代訝異地站在那裡。
「這麼說……這麼說……龜姬已經要委身於竹千代大人了嗎？」
竹千代站在鶴姬身旁，眨了眨眼默認。
「這……」鶴姬緊緊抓住竹千代的手臂，微微著喘氣，不知在想些什麼。「竹千代大人還不能回去，我要聽聽詳細的情形，走，到我房間去……」說著，她將竹千代拖了進去。

七

鶴姬把竹千代帶到自己的房間，隨即關上了障子門。在燈光下的鶴姬，雙眼露出憤恨的眼神，胸部像波浪般地起伏。
「竹千代大人真壞。」在她眼中，竹千代竟然變成了大人。不，不應該說是大人，而是流露出氏真那讓她厭惡的氣味相同的男人。
「瞧你得意的表情。」鶴姬突然撲上前去，緊緊抱住竹千代。「龜姬是不是像這樣抱你？」
竹千代一臉訝異的表情，點了點頭。
「她說什麼呢？」
「她說她也心儀竹千代。」

「然後呢……」
「她還證明了她喜愛我。」
「如何證明？」
「這……」
「哼。」鶴姬再度加強手腕上的力道。「老實說！把你跟龜姬說的每句話都告訴我。」
「我剛才已經說過了，與三兵衛還在等我。快放開我。」
「我不放。」鶴姬說道。
「為什麼不放呢？」竹千代斜著頭想著，鶴姬柔軟的軀體隔著衣服緊靠著竹千代。竹千代可以感覺到她身上的體溫，與剛才龜姬的一樣。
（她不是龜姬！）竹千代差點將她們兩人混淆了，急忙將鶴姬推開。
鶴姬雙眼布滿了血絲，直直地看著竹千代。「真壞，為什麼不明白我的心意呢？竹千代大人和龜姬……真壞。」
「放開，與三兵衛……」
「不，如果你這樣離開，我就立刻去告訴御所大人。」
「關於龜姬的事嗎？」
「對，我要告訴御所大人。御所大人明明對我父親說過，要把我嫁給你的。」但話才說出口，鶴姬自己也愣住了。為什麼會說出這種話呢？自己不是討厭竹千代嗎？

鶴姬不知道答案，但是她知道身體裡有一股不知名的火花，正在全身上下瘋狂迸射著，使得她的腦袋與胸口熾熱地燃燒著。

是戀愛嗎？是嫉妒嗎？還是對男人的慾望？鶴姬內心十分矛盾，靠在竹千代的膝上哭了出來。但是這並非發自內心的哭泣，而是一種刻意夾帶媚態的哭泣，想要試探竹千代。

「如果你真要離開，那就走吧。我……我也是心儀於竹千代大人的，雖然我們年齡不同，但我一直在等著你……誰知道若君會在這時向我……我竟然……我好悔恨啊。」

竹千代垂下肩，長嘆了一聲。

八

（原來她也喜歡我……）竹千代竟然相信了鶴姬所說的。

竹千代內心忽然湧起一股憐憫之情，於是他將手輕輕搭在鶴姬肩上，鶴姬卻哭得更厲害了。自己怎能一走了之，任她在此哭泣呢。竹千代認為，男人應該要擁有寬大的心胸，珍惜身邊的人……於是他輕吻了鶴姬的頸部。奇怪的是，儘管目睹了氏真和鶴姬之間的那段韻事，竹千代內心卻毫無不潔念頭。

「別哭了……」竹千代喃喃說道：「我不知道原來你喜歡竹千代，別哭了。」

鶴姬蜷著身子，未做抵抗。她很自然靈活地運用了女性嬌媚和撒嬌的本能，這也算是一種技巧。

鶴姬終於停止哭泣，竹千代仍舊沉默不語。四周一片靜謐，只有正屋傳來收拾膳食的輕微聲響。過了一會兒，竹千代站起來，一夜之間經歷了兩種體驗，此刻的他有種飄忽不定的感覺，但，鶴姬的心境恐怕更是複雜吧。

竹千代默默地走出了房間。

「竹千代大人。」鶴姬俯在榻榻米上，抬頭呼喚他。竹千代轉過身，微微偏著頭等待鶴姬說話，但是鶴姬沉默不語。於是他後退了一步。

（該說什麼才好呢……）竹千代正想開口，卻被鶴姬面頰上那股異樣的光彩震住了。這種「紅」，不似御所大殿的桃紅色，而是一種夾帶汗水，彷彿不純淨的紅。他走到走廊，在冷冷的夜色中突然有種想哭的衝動。

燈籠在黑暗的四周散發著淡淡的光暈。「我……」竹千代喃喃自語著，「我已經是大人了。」當他征服龜姬的時候有如置身於雲霧間，對自己做過的事絕不後悔，這就是他的性格。

來到走廊，竹千代看看四周，筆直地朝侍從走去，用著連自己都感到驚訝的嚴厲口吻高聲喊道：「與三兵衛，我們回去。」

初戀——想到這兩個字，內心一股空洞與悲傷的感覺油然而生。當他明白原因的時候，已經是很久以後的事了。

那天，與三兵衛默默地跟在竹千代的後面，一路無語。

忍耐

一

岡崎城自豪的箭倉上空籠罩著灰色雲層，好似要降雪了，樹葉落盡的櫻花樹幹在冷冽的風中嗚咽著。

「不好意思，我遲到了。」來自山中的大久保新八郎忠俊已兩鬢生白，他拍了拍兔皮做成的上衣。「怎麼樣？是不是已經有結果了？」

這裡是能見原長坂彥五郎的家。

「還沒有，我看只有等岡崎的人都死光了才會有結果。」主人彥五郎氣憤地說道。

長坂彥五郎又名血鑓九郎。自清康以來，已經割下了九十三個敵人的首級，他的長槍始終沾著血腥……由於他每次上戰場必定都帶著長槍，還特地把長槍塗成紅色。其個性之急躁與頑固，更是絲毫不輸給大久保新八郎。

「哦，還沒結果啊？是不是談得太慢了？」走進屋內，新八郎看了看剛剛從駿府回來的酒井雅樂助和植村新六郎。除了鳥居忠吉、石川安藝、阿部大藏、平岩金八郎、天野甚右衛門、阿部甚五郎，就連住在附近的榊原孫十郎長政也來了。

竹千代前往駿府至今已有六年的歲月了，他們親身經歷著岡崎的貧窮生活——有人用稻桿來紮綁頭髮，有人的衣服像抹布般破爛，唯有他們的眼神與太刀，透露出自身不同於常人之處。

「竹千代大人已經十四歲了，已經可以元服歸返岡崎了。他們究竟是怎麼說的？」新八郎心想他們一定談得不順利，因此語氣變得十分激動。

「別說了。」血鑓九郎揮著拳頭喊道：「說是尾張的信長平服了內部兄弟之間的紛爭，勢力愈來愈大，所以要我們一起作戰。這倒還好，但是又說了不能把岡崎交還給竹千代，實在是太過分了。我覺得我們已經忍太久了。」

「為什麼不能交給竹千代……如果不能交給竹千代，為什麼還要讓弱小的我們擔任前鋒呢？兩位談判時應該有提到這些吧？」

酒井雅樂助默然不回應，只說道：「倒杯水給大久保。」

本多的遺孀拿出漆黑的麥茶遞給了新八郎。新八郎喝了一口，以質問的眼神望著雅樂助。站在本多遺孀身旁的，是上回一同前往駿府的兒子平八，他睜大眼睛，聽著大家的談話。

「可是……」植村新六郎插嘴說道：「御所要我們相信他們，要我們再等下去。為了竹千代，御所把外甥女，也就是關口刑部少輔的女兒許配給了竹千代。一旦今川和松平成為親戚，總不至於害我們吧。他要我們再忍耐一陣子……」

說到這兒，長坂彥五郎以嘶啞的聲音吼道：「那個卑鄙的傢伙，我才不服呢！」

二

「事不過三啊！每次都叫我們再打一場、再打一場。可是岡崎已經接連失去了兄長、人夫，就連孩子也被送上了戰場。如果他們把岡崎還給我們，我就不相信我們的力量會比不上現在的城代[3]。還說什麼要把關口刑部少輔的女兒……這其中必定有詐。」彥五郎一口氣說了出來。

「這個刑部少輔的女兒，」大久保新八郎向植村新六郎問道：「是要給竹千代大人當妾的嗎？」

新六郎苦笑著不回答。

「當然是正室啦，天下那有這麼好的事。那個女孩幾歲啊？」

「聽說是十九歲……」

「可能嗎？說是十九歲，說不定已經二十二、三了，我看一定是個醜八怪。」

3〔編註〕代理城主處理戰時留守或平時管理之職。

「不，聽說在駿府中有才女的雅號。」

「那麼她一定是出嫁過又被送回的。她出嫁過幾次啊？」

「不，她還是閨女，尚未出嫁。」

聽著他們一問一答，新八郎忠俊厭惡地說道：「你們去駿府到底是去做什麼的？相親嗎？彥五郎，是該做個決定了……我贊成你的想法。」

彥五郎正想說話，本多的遺孀已經把麥茶端到他的面前，插嘴說道：「趁熱喝了吧。」畢竟是女人家心細，見到情況不對，便試著緩和大家的情緒，但是氣氛已經愈來愈尖銳了。

「既然大久保大人也這麼認為，我想問問你有什麼好的計策。」這個時候，雅樂助依然以十分冷靜的聲音說道：「各位不要亂了陣腳，不要忘了，竹千代大人還在他們手中。」

「這是當然。」新八郎說道：「交涉的姿態必定都有強弱之分，我們就是太弱了，所以應該要強硬一點。」

「那麼，你有什麼好的方法嗎？」

「如果他們不願意把竹千代大人交回，我們就不替他們出戰。」

「我明白，但……如果他們並不在意，那又該如何呢？」

「那就不打仗啊，我們的態度總是太軟弱。你們看，織田家如今的勢力比信秀的時代更為強大。信長是難得一見的猛將，此外，我還聽說他們弄到了一種特別武器，用聲音殺人的武器……難道，別人就能抵抗得了織田家的勢力嗎？所以我認為我們一定要有自信，寧為玉碎。」

「別說大話了。」

「你是什麼意思？」

「寧為玉碎又如何呢？那我們不就什麼都完了嗎？」兩人緊握膝蓋，怒目相視。這時，一直在旁邊閉眼傾聽的鳥居忠吉開口說道：「二位稍安勿躁。」

三

「你們說得都有理。」忠吉已年過八十，表情一臉祥和平靜。「但是，應該彼此心平氣和地溝通……就像大久保大人，如果說年紀大的人性急……那我就更該性急了。」

「你這是……」

「我想我們應該平心靜氣地溝通，聽聽大家的意見，瞭解事情的關鍵。如果說，竹千代大人還得暫時留在駿府，那麼最著急的人應該是我了，或許……我這輩子就看不到竹千代大人返回岡崎了……即使這樣也不可以操之過急，要壓抑自己的衝動……大久保大人……」

「看來我是白活了這大半輩子了，還是聽聽大家的意見吧。」大久保新八郎在老人的暗示下退到一邊保持沉默。

「繼續吧。」鳥居老人說道。

植村新六郎點點頭，繼續說著：「既然我們都已經隱忍到今天了，各位又何必急於一時呢？我已經向御所請求，讓我們至少能有山中千貫般[4]的收入，同時在竹千代元服加冠之後，立即讓他回來。」

「什麼，請求？」這回不是大久保新八郎，而是血鑓九郎彥五郎插嘴：「這是早已承諾過的事，怎麼會算是請求呢？當初雙方訂下的承諾，為什麼還要忌憚對方？你何不直接告訴他，我們今天就要把竹千代大人帶回領地。」

「我當然說了，但如我剛才所言，御所說竹千代還年輕，暫時還是由他來照顧。他會挑個好時機替竹千代準備元服與婚禮。」

「他這樣說，你就膽怯退縮了嗎？」

「什麼叫膽怯？」

「竹千代大人已到了足以元服的年紀，他是家族團結的希望，大家都希望他能回到岡崎行元服禮，婚禮應該是以後的事。當務之急是要讓岡崎的人團結在一起。其實，這麼做也是在增加今川家的勢力呀，難道這點你沒說嗎？」

「我當然都說了，但是他回說『難道我派去的城代無法指揮？莫非竹千代和他的家臣不願聽從我的城代指揮……』，我看他臉色不對，不敢再說下去。萬一激怒了他，我怕對竹千代大人不利。」

「可恨啊。那你為何不提出第二個條件？如果我們服從城代的指揮，御所何年何月何日才願意把竹千代送回來？希望能夠如約定而行。」

「這種話能說嗎？」
「不敢說就是膽怯。」
「彥五郎，你不要出口傷人，人的忍耐是有限的。」
「我已經忍夠了，膽小鬼！」血鑓九郎怒喝道，把右邊的刀放到左邊。
「來啊，血鑓！」植村新六郎也抽出了刀。鷹鴿兩派的人同時站了起來，空氣中透著濃濃的肅殺之氣。

四

大家原以為鳥居忠吉會出言阻止，卻見他只是閉目沉思，而大久保新八郎也和鳥居忠吉一樣靜默，只是不知在想些什麼。這時，本多的遺孀突然放聲哭了出來，事出突然，一直保持沉默的榊原孫十郎開口問：「怎麼了？是哪裡不舒服嗎？」

但這寡婦卻哭得更大聲了。「爺爺，還有彥五郎，你們為什麼這麼沒有耐性呢？」
「女人說什麼話。」
「不，我要說，如果我的公公跟丈夫還活著，絕不允許你們如此不忠。」

4〔編註〕此處意指與山中城年收一千貫相當之數額。

「什麼不忠……是血鑓九郎不忠。」

「你們都是不忠的人！而今討論著如此重要之事，竟然還想逞意氣動刀槍，你們想想，自從駿河城代來到這兒，這六年來我們所承受的痛苦與辛勞……不僅僅是男人難以忍受，我們女人和孩子也一樣受苦，你們可知道嗎？」

「你的意思是，你們再也無法忍了？」

「聽我說！自從他們進城，一些雜兵也跟著進來了，不但搶奪了我們許多珍貴的寶物，對於婦女更是沒有放過。好些農婦在丈夫面前被人凌辱之後選擇咬舌自盡，還有一些女人，生下了父不詳的孩子，隨後發瘋失去了理智。其他家裡的婦女害怕遭受凌辱，都用炭灰塗在臉上，走路時也總是彎腰駝背，盡量避開大路。只要看到駿河的人，無不嚇得發抖……」

平八看到母親如此激動，擔心地把手搭在母親肩上，睜大著眼睛看著她。

「還有，我們每天要為三餐擔心，還要擔心是否有足夠的衣物禦寒；家裡沒有糧草，還得想辦法別讓馬匹再這樣瘦下去……儘管如此，大家都忍了下來，沒有人抱怨。你們聽過誰抱怨了嗎？我們都想著，只要竹千代大人能平安無事回來，洗雪前恥，恢復以往榮光，即使要再多等幾年，我們也可以咬牙忍過去。如果你們認為自己對得起這些婦女孩子，那我也不阻止你們了，你們殺吧，最好把我也殺了……」語畢，四座一片寂靜，僅有遺孀激動的哭泣聲迴盪著。

不久，酒井雅樂助哭了出來；榊原孫十郎也跪了下來，暗自落淚；大久保新八郎仍頑固地閉著眼睛，只是那紅褐色的皺紋中卻泛起了一條條白色的筋；而鳥居忠吉的眼眶裡也含著老淚。

「殺吧，你們殺吧！跟著你們這些自私的男人生活也是枉然，快動手啊！」

植村新六郎悄悄放下手上的刀。

長坂彥五郎看到後也「哇」地一聲，猶如決堤般嚎啕大哭了起來。「原諒我，是我不對，是我的錯，請原諒我。」像是離開母親懷抱的嬰孩般痛哭著。

五

不僅是血鑓九郎，在座的每個人都被本多遺孀的這番話勾起了這六年來所受的種種委屈與痛苦。在竹千代前往駿河、今川家的城代前來代管的那一天，大家就為了家族一統做了約定：「無論對方如何無理，我們都要忍耐、必須團結起來。」

無論自己如何有理也絕不反駁。從今天起，岡崎所有人都要忘了自己身而為人，必須忍辱負重地生存下去，否則，會給竹千代大人帶來危險。

「為了竹千代大人，大家要停止一切無謂的反抗，岡崎的堅忍是日本第一的……大家要深記於心，盡量忍耐。」當時，血鑓九郎也激動地說道。

「好，從今天起，我就是一條狗，只要有人餵我吃東西，就必須向他搖尾巴。從今天起，我見到今川家的城代就向他搖尾巴。各位，現在我們大家都是狗。不要忘了，在路上遇到那些足輕，也要向他們搖尾巴。」後來，血鑓九郎每遇到一個人，便含著淚水這麼說道。

當然，大家心中都懷抱著相同的意念，未料，這竟助長了敵人的氣焰。糧食不足時，他們理直氣壯地取走糧食，毫不客氣地說：「我拿走了。」甚至還穿著草鞋闖入寢室問道：「有沒有女人在啊？」幾乎每個人都遭遇了這種無禮的對待。

但也再沒有反抗的事故發生，大家都咬著牙忍耐。不過，他們也有展現自我的一面，每當戰爭發生，大家都表現出烈焰般的氣勢。因此，今川家族中還曾有人不解地問道：「為什麼平常像貓一般的岡崎人，會突然變得如此強大呢？」

「都是我沒耐性才破壞了忍耐的誓言，是我不對，你就打我這個光頭吧，你要怎麼打，就怎麼打。」直腸子的彥五郎道歉之外還有實際的行動。

「剛才我是想到，既然今川如此欺負竹千代大人，所以……內心一怒就忍耐不住。是我錯了，在竹千代大人回來之前，我一定要像狗一般地生活。我不該忘了這點，是我不忠。你打我吧，要怎麼打，就怎麼打。」

彥五郎說得十分真切激動，他抓起站在本多遺孀旁邊的平八的手，朝自己的頭上打去。這突如其來的舉動讓平八愣住了。最後，他真的打起了彥五郎的頭。

「好，打得好，謝謝你。我一定要改改自己的脾氣……光說不練非男兒本色。平八將來一定會也成為家臣，請原諒我吧。」

聽到他這番耿直的話，大家眼中再度熱淚盈眶。

六

「彥五郎大人，住手吧，明白就好了。除了內心有了體悟，我們還得要忍耐，直到竹千代大人回來，大家必須團結一條心。」

聽到本多遺孀這麼說，植村新六郎低下他那淚水縱橫的臉，說道：「我也明白了，請原諒我。」

「好了……」

四周恢復了祥和的氣氛，鳥居老人睜開眼說道：「酒井、植村是我們共同選出來的使者，所以我們必須全力支持他們。」

「的確。」阿部大藏點點頭說道。

「現在我們要討論的是繼續忍耐呢？還是再去做一次交涉？」

「關於這個，伊賀我有個意見。」

「請說。」酒井雅樂助說道。

鳥居忠吉隔了一會兒之後說：「當務之急是我們要先瞭解，竹千代大人成人之後，他們是否有意願將領地歸還？我們不妨先這樣試探，讓他們處理元服、婚禮的事，但在舉行元服加冠的同時，也可以請求御所，讓他回到岡崎來參拜祖先的墳墓。」

「的確……這是個好主意。但是，如果他不同意呢？」

「那麼，我們就必須重新商討了。」鳥居老人加強了語氣，看著在座的每個人，四周一片寧靜。

當然，應該沒有人會反對。

「我們可以說，謝謝御所的照顧，讓竹千代得以平安長大成人，而今，全城的人都希望能讓祖先看看竹千代。這麼說的話，我想他應該沒有拒絕的理由。如果御所能爽快答應，就表示還值得我們信任。」

「有道理。」

「而且每個家臣都忍耐很久了，如果能迎接竹千代大人回來，向他說明我們的計劃，也算是了卻了一樁心事。」

「的確，您說得沒錯。一次也好，我們大家都想見見竹千代大人。」

大久保新八郎探出身子，「然後呢……」

老人沉默了一陣，說道：「然後，我們要讓他知道，以竹千代大人為首的岡崎擁有鋼鐵般的意志與信心。等竹千代大人打頭陣立下功績後，我們就能再度展開交涉了。到時候，以此功績為後盾，向他證明我們已經有守護岡崎的能力……否則，我們便只有一直忍耐下去了。各位認為如何呢？」四周一片寂靜，每個人都握緊了拳頭，彷彿這是最後的結論。

「如果各位還有其他意見，請提出來。如果沒有，就要麻煩兩位使者再次前往駿河，說明元服與掃墓的事。各位意下如何？」

「我們沒有異議。」

「這是個好主意。」

「如果就這麼定了，那麼，請大家喝一杯我帶來的薄酒，忍耐，共勉之吧！」說著，老人面帶微笑，向這家的主婦與本多的遺孀做了個手勢，請她們到後面準備。

風雲

一

小城阿古居沐浴在溫暖的陽光下。老松樹文風不動，靜靜地佇立著。兩個孩子在屋邊玩耍，久松彌九郎俊勝摸了摸他們的頭，然後又看了看於大胸前。他和於大的第一個孩子是三郎太郎，接著源三郎，還有現在偎依在於大懷裡吃奶的第三個孩子，長福丸。

每當做父親的俊勝坐下來，源三郎就會馬上爬上他的膝蓋，胡亂地玩弄著父親的下巴。

「好痛啊，源三郎……」他瞇著眼看看於大。「我逗弄他的，我們家的人都是和平派的。」

於大輕聲喚來奶媽，把長福丸交給她。「太郎、三郎，來，跟長福一起去玩。」

兩個孩子離開後，於大把茶端到丈夫面前。「從鳴海到大高的防禦還沒有完成嗎？」

「是啊，現在今川家對尾張是寸土必爭，而織田家當然寸步不讓，戰事很可能一觸即發。反觀我們家……」

「如何呢？」

「或許是祖先積德，還有我等的信心使然。」

「的確……」已是三個孩子母親的於大，眉宇間洋溢著穩重的慈祥。「我常常想，如果能夠長此下去永不打仗，那該有多幸福啊。」

「不過，這是不可能的……」俊勝喝了口茶，繼續說道：「今川家和織田家，好比火和油，總有一天會冒出火花的，而且必定會有一方被燒為灰燼。信長大人的作法和個性，比起上一代是更激烈、更前進。」

「能夠平息家臣對自己的反對，讓大家平心靜氣地歸順，這不是常人能做到的。」

「無論在智慧或度量上，他都是無人可比的大將之材。」

「的確，如果是普通人，恐怕早就殺了柴田、林、佐久間那些人了。」

「他那種容人的肚量以及知行合一的作法，確實非一般人所有。但是，也正因如此，戰爭反而會擴大。不過，今川家也非泛泛之輩。」

信長的器量愈大，接下來的戰事也就愈激烈……雖然是這樣說，但似乎也潛藏著一種不安——儘管信長如此，但卻未必能戰勝義元……

「儘管如此，不管別人如何壯大，我們只要在自己領地實行德政就是了。」

「打擾了。」走廊傳來近侍的聲音。

「何事？」

「竹之內久六大人剛從古渡回來了。」

「哦，久六回來了？快叫他進來，這裡只有我與夫人二人。快叫他進來……」

近侍下去後，俊勝自言自語著「希望是好消息」。他看了看於大，又整了整自己的衣袴。

二

竹之內久六向兩人行了禮，便坐到俊勝面前。他抬頭說道：「有好消息，也有壞消息。我先報告一下信長大人的近況。」

信長首先平定了家中不滿的情緒，然後前往拜見岳父齋藤道三。由於今川家藉由三河對他施加壓力，因此他必須拉攏美濃的岳父。當然，齋藤道三也非省油的燈，如果他知道女婿那兒有機可乘，一定會併下尾張的。不過，在初次見面時，信長就給道三下了十足的馬威。

兩人會面的地點是在富田的正德寺。

「尾張在正德寺擺出來的陣勢是鐵砲槍百挺、三間長的紅色長槍五百枝。」

「等一下，你說有一百挺鐵砲槍……」

「是的。齋藤屋形[5]一直想要弄來鐵砲槍，他應該是藉此示威吧！」

「啊。」俊勝點點頭。光是一挺鐵砲槍就已相當貴重，能收集到這麼多，的確讓人吃驚。

5〔編註〕原指公家或武家等有一定身分者的宅邸。之後，名門、武家當主、藩主，也擁有屋形之稱號。

「三間長的紅色長槍，也讓美濃的人大吃一驚。不過，最讓人吃驚的還是信長大人站在路中央仰天的氣勢。」

「是因為那身奇異的裝束嗎？」

「還是一樣奇異，他穿著用四塊虎豹皮裁剪而成的半袴，腰間掛著打火袋、瓢和燒米等等的。衣帶繫的是草繩，衣裳則是像浴衣的麻衣，還露出一隻臂膀呢。」

「嗯，可以想像得到。會見的結果呢？」

「信長大人處處占上風，會見完畢後，齋藤屋形還驚魂未定地感懷了一番。」

「說了些什麼嗎？」

「好像是說我等之輩，遲早落得為信長牽馬的境地。」

「哦，這麼說，他已和美濃取得同盟了。這樣一來，和今川家的決戰已經不遠了。」

於大默默聽著兩人的談話，她明白丈夫的嘆息。

「是不遠了，卻還有個不太妙的消息。」

「不太妙的消息……」

「是。松平竹千代大人馬上就要元服，受命成為入侵尾張的先鋒。」

「什麼？這……」

於大不禁挺直身子，隨後又悄悄低下頭。她最擔心的事終於要發生了。像今川義元這種人，是絕不會忘記利用岡崎人的堅毅、忍耐與善戰的。

「讓他回到岡崎建立功績。」說著，他們彷彿已經能看到竹千代挺拔的英姿。但是這對竹千代及岡崎的子民來說絕不是好事，面對信長的精銳軍隊，只會成為今川家野心的犧牲品。

「竹千代他……」

「夫人，還有一個消息……請您務必保持冷靜。華陽院夫人在竹千代大人婚禮舉行之夕……去世了。」

「什麼？母親大人……」

三

關於竹千代的婚禮，於大也是首次聽說。沒想到除此之外，還從久六的口中得知生母去世的消息。化名久六的他，不也是華陽院的孩子嗎？

由於丈夫在身邊，於大只好忍了下來，眼睛直直看著久六，但是久六早已將感情昇華。

「人生充滿了生死吉凶，最令人傷心的莫過於此了。」

「哦，你的母親去世了嗎？於大，要哭就哭吧，別悶在心裡。」

「是。」

「我們一定要好好地祭拜她。久六，她的卒時是？」俊勝問道。

久六低著頭回答道：「十一月二十三日，日落前的四半刻。」

「你還聽到了什麼？都說出來吧。」
「是。華陽院夫人對竹千代大人的婚禮，似乎不大滿意。」
「婚禮的對象是誰家的女兒？」
「是關口刑部少輔的女兒，也就是義元的外甥女。」
「義元的外甥女……」又是一樁政治婚姻，於大不禁睜大眼睛看著自己的丈夫，然後嘆了一口氣。沒想到人與人之間最自然的事也會被政治所扭曲。
「這個女孩應該比竹千代大吧。」
久六點點頭，他不敢提起竹千代對這樁婚事也不甚滿意。根據他得來的情報，為了團結，岡崎上下為了盡早收回領地、迎回竹千代，正熱心地向關口刑部少輔、義元運作著。
「華陽院夫人臨終時曾與竹千代單獨談過，就連嫁給酒井忠次的小女兒也退了下去，好像對著他一人鄭重地交代什麼事。」
「單獨和竹千代在一起……」
「是的，她叫竹千代大人進去的時候，神智尚且清楚。後來傳出竹千代大人的哭泣聲。小女兒和她的外甥大河內源三郎大人急忙進入那間狹窄的庵室，想要靠近枕邊時卻都被竹千代大人阻止了。」
「為什麼呢？」
「大概他們祖孫二人有什麼話要談吧。竹千代將他們喝退後，整晚都守在遺骸旁，不讓人接近。」

於大點點頭。她瞭解十四歲的竹千代從祖母不幸的命運中體悟了哪些感受，而且，華陽院在臨終之前一定交代了些什麼。

（或許是交代竹千代在自己死後，要和於大聯絡……以及在織田、今川兩家決戰時，不要欠下人情，要自留退路吧。）

「十一月二十三日。她對我們的孩子如此細心地照顧，而我們卻不能好好地奉養她，趕快為她供上香華吧。」俊勝說道。於大終於掩面哭了出來。

四

久六面無表情地看著於大點香，沒多久就退了出去。離開玄關時，久六遙望著阿古居谷，嘆了口氣，便急急地朝城裡的街道而去。

久六的家在城門外的左手山岡下，僕人急忙出來迎接。久六一聲不響地走了進去。「我回來了。」他輕聲說道。

屋中的談話停了下來。

「哦，你回來啦？於大還好吧？」說話的是自從在笠寺交換人質以來，一直不見蹤影的竹之內波太郎。坐在波太郎前面的雲水，正盤著腿坐在那裡吃著無花果。

久六在兩人之間坐了下來。「當然是哭了。」他說道。

波太郎頭頂上依然梳著髮髻，冷冷地看著久六問道：「你說出了令堂的遺言了嗎？」久六點點頭。

「久松彌九郎可能不瞭解箇中深意，不過，於大應該瞭解吧。」

久六看著窗外茂密地掩過廂房的梨樹枝葉，默不回答。

「我們正在談，越後的長尾、甲斐的武田，你的主君會選哪一個。」雲水替波太郎接話。

「等等。」波太郎打斷雲水的話。

「關於令堂之死，你有打算去駿府嗎？」

久六看著窗外，靜靜地搖搖頭。

「久六沒有親人。」

「哈哈哈……」雲水高聲笑了出來。「不管有沒有親人，時間一到，還不都免不了一死。我們談的是如何保住那些時辰未到，卻得要死的人。不過，又有誰能做到這一點呢？」說著，他把兩粒無花果一起丟入嘴中，然後將手掌伸到波太郎的鼻子前，撥著指頭數道：「齋藤、松永、織田、今川、北條、武田、長尾，這些該見的都見過了，都是成不了氣候的人物。倒是織田還不知如何，你認為呢？」

波太郎說道：「武田、長尾、織田這三個一定要合在一起。」

「這麼說，你還是要咬住今川和織田囉？」

「不咬住的話，就無法合而為一了。」
「合而為一之後又如何呢？」
「接下來是武田……」波太郎說著，回過頭來看了看久六。
「對於再見竹千代的事，你有什麼看法？在古渡的時候，信長曾說過，竹千代才是他的敵人。」
久六凝視著波太郎好一陣子，深深嘆了口氣。

五

雲水就是比叡山的僧侶隨風。他遊歷各國，自稱能一口氣吞下海天，繼承釋尊的偉業。就在波太郎對久六說話時，他則是嗤之以鼻地說道：「水野氏還是世俗之人啊。」
波太郎並未理會，繼續說道：「信長……在我眼裡，他還是以前的吉法師。你認為吉法師怎麼樣？」
「是個了不起的人物。」久六回答道：「他知道不能讓岡崎落入敵人手中，否則將會威脅到尾張。因此他極力保護竹千代。」
波太郎頗表贊同地頻頻點頭。「原來你也有這樣的看法，所以他要聯合美濃的齋藤道三。我們最後的願望就是在尾張的大地上發芽。」

「不不不，你們太心急了，我可比你們有耐性多了。」隨風拍了拍盤著的膝蓋。「我在遊歷各國時，發現了兩顆明珠，可不是竹千代喲。」

「什麼？兩顆明珠……是誰？」

「一個是美濃，一個是駿河。」

「是不是美濃的齋藤家？」

「不，是明智鄉下的一個名不見經傳的小侍，真名叫十兵衛。」

「哦，」波太郎眼睛一亮，說道：「那麼你是怎麼樣相待這位英才呢？」

「我派他去比叡山，一窺釋尊之志去了。」

「另一顆駿河的明珠呢？」

「哦，這個啊，我已把他帶來了。」

「什麼？你把他帶來了。」

「是啊，我把他叫進來讓你們看看好了。我可以問他古往今來和天下間的事，所以一直把他帶在身邊。」

「他在駿河是什麼出身呢……」

「這個我就不太清楚了，我是在曳馬野（濱松）的小旅館裡遇上的。他以賣針為生，也是個浪跡天涯的流浪人。」

「這個流浪人有何可取之處呢。」

「我有時會問他如何才能取得天下。當然，不只這些，他在工作時，心與氣都順乎自然。」

久六一直保持沉默。他看著窗外，最後終於開口說道：「那個流浪人就是你帶來的人嗎？」

「哦，你說他呀，他剛到這兒就開始打掃四周。這個人說起話來真是有趣，即使針賣不出去也絕對餓不死，還傳授了我這個妙法。」

「哦，不怕餓的妙法？」

「是啊……」想到這兒，隨風不禁又笑了出來。「就是廁所啊，我指的是掃廁所，不過這需要很大的決心，無論到哪兒都不愁吃。」

說著，一名年約二十左右的年輕人捧著一個盆子走了進來，應該是那嚴肅的表情讓他看來活像隻猴子。

「里芋蒸好了，來吃吧。」

久六驚訝地打量這名年輕人。

六

這名身高約五尺的矮小男子，眉宇之間有著皺紋，一點也不像年輕人，但眼神卻十分銳利。久六彷彿在哪兒看過此人。

有的時候，會因為懷疑這傢伙而心存警戒，特別注意著他的舉動。

由於時代的變動，門閥制度崩壞，各種人物便開始嶄露頭角。像是信長奇特的頭腦和性格便是一例。信長的岳父齋藤道三以前也是在鄉閭小巷之間來往的賣油郎。

「我賣油絕不用漏斗量算，你們看，我讓油穿過這個一文錢的洞，如果有一滴漏出去，就免費贈送。」而今這個賣油郎已經掌控了美濃一國。

像隨風這種胸懷大志的流浪人最近愈來愈多，這個貌似猴子的男子也是其中之一吧。

「我好像在那古野、刈谷和岡崎見過你。」久六問道。

「是啊，我是賣針的，也去過駿河和遠江。」

「你是哪裡人？」

「尾張的中村。」

「大名是……？」

這名老氣橫秋的年輕人在榻榻米上坐下，呵呵地笑了出來。「別擔心，我絕不是織田的間諜。」

「他在問你叫什麼名字呢？」

「我不是什麼有頭有臉的人，村人都叫我日吉，也有人叫我猴子……先父曾經是織田家的小廝，最近又有人叫我針猴……」

「你有修習過什麼武藝嗎？」

「修習……你性子太急了吧？我只不過是個小孩子，萬事才剛起頭，還請多多指教。」

「我也好像在哪裡看過……」久六回頭看看波太郎。只見波太郎銳利地看著這名年輕人，說道：「你將來打算替誰做事呢？比如說，你應該有欣賞的人吧？」

「哈哈哈……」年輕人又笑了出來。

「我走過很多國家，還是覺得尾張比較好，那是第一個引起我注意的地方。」

「尾張有哪些地方值得你欣賞呢？」

「那裡土地富饒，是前往京都的必經之地。除此之外，還有個最令我欣賞之處。」

「是什麼？」

「信長大人的茶筅髮型。如果要我為他做事，一定是為了這個。但是梳這種茶筅髮型，應該很難接受我這個掃廁所的吧。」說著，他低下頭來，從盆子裡取出里芋，剝了皮後津津有味地吃了起來。「我嘗過了，這個沒有毒，別客氣。」

「啊！」久六和波太郎相對看了看，不禁露出苦笑。

七

能在亂世中成長的，大多是在戰火中存活下來的奇葩或精華，然而這個捧著芋盆的年輕人，竟壓根一點也不顧忌久六這批人。

看他一副天不怕地不怕的樣子，波太郎的眼神緩和了許多，心想，屬於這等人物的新時代快要到了。

「你剛才說你很喜歡信長的茶筅髮型，說真的，你到底欣賞他哪些地方呢？」

「哈哈哈……首先，當各地武將都神經兮兮地固守國境之時，他反而頒布通令，讓各國人通行……這是頭一個讓我欣賞的。」他毫不畏懼地說道。

隨風露出得意的表情，「如何，他可不是一般的猴子吧？」

波太郎禁不住又跨出一步，問道：「信長頒布通行令，可以得到什麼？」

「首先，他會得到各國民眾的支持與感謝。關所的通行費一直讓旅人相當苦惱，現在這個煩惱沒有了，各國商人必定高高興興地聚集在尾張，其中所得到的利益，遠非通行費或過橋費所能相比……當然也有缺點，例如混入間諜密探或是國家防禦的風險等等。」

「什麼？」年輕人豎著耳朵，隨即笑了出來，「恐怕各位也沒有那種能耐。」

瞧著這名年輕人愈說愈有勁。波太郎點點頭，問道：「你是不是打算為織田家做事？」

「若有，你打算怎麼做呢？」

「即使如此，也不能拜託你們。找人拉關係……信長大人未必會接受。而且除了要不要我這個猴子的問題之外，信長大人可能即將引起一場大風暴了。」

「一場大風暴？」久六問道。

猴子嘿嘿地笑著，簡直像變了個人似地：「是的，一場驚天動地的大風暴。」

「你指的是今川家和織田家的衝突嗎？」

「正是。像信長大人那樣的人，不可能屈服在今川義元的旗下的，而今川義元也不願在信長的威勢下生存。因此，勢必會有一場很大的衝突，其中一人必然會消失在這個世界上。為了駿、遠、三、尾四國的百姓，務必得在雙方還未強大之時引發戰爭。」

「這麼說，你是在等著這場戰爭囉？」

「哈哈哈……無論是大高或鳴海，只要稍微從後面……從後面點個火。」猴子說著，充滿厲色的眼神逡巡著波太郎和久六，再轉而望著隨風。

（他絕非普通的流浪漢。）波太郎慢慢閉上了眼睛。

八

誠如竹之內波太郎所見，歷史的流轉常常可以從這些流浪人的言行舉動中看出徵兆。能夠洞悉這些徵兆、事先做好準備的便是賢君。而能聽聽這些賢者的忠言、愛護百姓、勤練軍隊的，往往是在亂世中出頭的名將或英豪。

他就是基於此種見解，才會容納平手政秀向信長吉法師灌輸自己的思想。但是信長吉法師的成長遠超過他的期待。他的教育方針是「拋棄古舊的一切」，讓信長不要在頹廢的貴族文化中搜索，如今的貴族文化只是一片殘骸。因此，在信長的思想中，對貴族文化是抱持否定態度的。他任性而為，像匹脫韁野馬，卻也導致了平手政秀的切腹自殺。

然而，今日的信長無論從政治、經濟到人事行政，無一失敗之處。從他平息家中內亂的方式，到開放領地內的通行自由，無不令人懾服。而這個賣針的流浪人，對奇怪的信長卻是如此地欣賞、憧憬，這是有心者不能忽視的重大情事。

「猴子。」波太郎睜開眼睛。

「你是要信長和義元打仗，然後在打仗的時候幫助信長嗎？」

「是。」

「這麼說，信長會得勝囉？」

「這就不得而知了。」

「你無法肯定這點，卻還要幫助他？」

「是。」

「有一點我想向你請教，你認為未來世界的支柱是神還是佛呢？」

「不知道。」猴子簡單地搖搖頭。「像這種事還是交給神或佛吧，人是無法預知的，人只要能明辨是非就夠了。」

「誰來決定是非呢？」

「由神或是佛來決定。」說到這兒，猴子又笑了出來。「戰爭是連綿不斷的，不如讓他們早點開戰，早點交給神或佛……」

「呼！」波太郎低吟一聲。「可是，我們很擔心……」

「早一天開始，和平就早一天到來。猴子該到廚房去幫忙了。」說著，他像在自己的家似地拿起了吃掉大半的芋盆，起身離去。

（真是個奇妙的人啊，明天早上再和他談一談吧。）

波太郎內心這麼想著，打算明天早上帶他到信長那兒去。但是他沒有想到，第二天早上猴子已經離開了。在小廝起身之前，他已經從庭院到馬廄都給打掃得乾乾淨淨，並煮了一鍋飯，為自己做了五個大飯糰。

「如果有緣的話，我們再見吧。」他便離開了阿古居谷。

步調的協調

一

對竹千代來說，弘治元（一五五五）年真是多事之秋。人生的悲歡離合，一波又一波地襲向他，一點喘氣的時間都沒有。在家臣的苦心運作與安排之下，終於在三月從義元的手中獲得了烏帽子[6]，完成了元服儀式。

義元原本想等竹千代十五歲再舉行儀式，但是在竹千代的家臣一再請願之下，只得提前一年。

舉行儀式那天，義元一直保持愉快的心情。讓竹千代穿上他設計的新款成人衣裳（在這天之前竹千代還是個小孩），為他戴上烏帽子，賦予他名字中的「元」這一字，加冠的儀式便告

6〔編註〕日本禮制，男子十五成年行元服之禮。除了束成髮髻，還會換上成人的服飾。公卿子弟一般在此時承襲位階，故同時穿上束帶。武家則會由會授予元服者烏帽子，授予與被授予者兩人就建立了義父子關係。一般烏帽子親都是選家中最有權勢的人。

完成。

從那天起，竹千代削掉前髮，就是個名叫松平次郎三郎元信的成人了。家裡所有的人都很高興，那種心情實非筆墨所能形容，只是沒想到隨之而來的卻是祖母華陽院源應尼的噩耗。

在他與母親分別後，華陽院代替了他心目中母親的位置。源應尼來到駿河，為了免於流言，不敢和他以祖孫相稱，而是以一個被世人拋棄、生活於陰影中的哀傷者之姿出現。她關心竹千代的衣食，暗中伸出慈愛的雙手。她從不踏進義元的宅邸，就連關口刑部少輔的宅邸也未曾在那露過面。

祖母去世時，脫離竹千代成為次郎三郎的他，徹夜在枕邊飲泣。

祖母的遺言只提及在阿古居城的生母於大。「……無論如何，我想御所總有進京的一天；屆時，你必然會跟隨在其身邊。刈谷和阿古居谷一定會成為激烈的戰場，在戰場上，可千萬不要忘了你的母親，是她要我到這兒來的。無論你母親做什麼，總是為你做考慮。你要請求御所大人，讓你們母子平安相見，你要時常銘記於心啊！」

次郎三郎元信睜大眼睛，聽祖母敘述著。

（無論你母親做什麼，總是為你做考慮……）

如果母親根本不記得我，或是必須以敵將的身分攻擊母親所在的城池，到時候該怎麼辦呢？

（這是無法避免的。）

對年僅十四歲的次郎三郎來說，自然無法顧慮到那麼遠以後的事。他茫然地送走祖母之後，緊接而來的便是婚禮之事。

這件婚事當然不盡如次郎三郎的意。單純的次郎三郎無法說服即將嫁給飯尾豐前守的吉良御前，只得將對她的思念默默藏於心中。

迎娶的時候，義元的外甥女和吉良之女在身分地位上畢竟還是有很大的差距。

義元把次郎三郎叫到自己的房間。

「你已經是一名年輕的武者了，我準備在明年正月讓你和朝思暮想的阿鶴完婚，你讓家臣去準備一下吧。」

聽到這兒，次郎三郎在心中行了個禮。

二

鶴姬個性剛強，然而三郎次郎並不太在意。

或許是早熟的關係吧，鶴姬比一般同齡女孩要冷靜多了。不僅如此，當府內諸將聽到次郎三郎和鶴姬的婚約之後，都開始對次郎三郎另眼相待。

昨天還罵他「三河流浪兒」的那些人，突然變得十分殷勤。從前那些自視甚高的女孩，這會兒見到次郎三郎也都變得乖順、溫柔。以往次郎三郎前往拜訪她們的居間時，都還會幫忙整理墊褥。

（要相處一輩子的妻子就這麼決定了……）

想到這兒，次郎三郎便感到自己的青春歲月太單調了，但是倒也沒太大的不滿。

今天次郎三郎僅在刑部少輔的宅邸停留一刻便回到自己的寓所。為了迎娶鶴姬，寓所中的家臣辛辛苦苦地揮動斧頭，打算另建一幢房子。

次郎三郎看看四周，走入玄關的時候——

「竹千代大人……哦，不，元信大人。」雪齋身著墨染袖的的侍僧叫住了他。

「您不是臨濟寺長老的使者嗎？請進。」

「不，事情緊急，請您馬上過去一趟。」

侍僧顯得十分焦急：「事情是這樣的，長老身體不太好。」

「什麼，生病了？」

「是的，這件事連御所大人和重臣都還不知道。他說要先和竹千代大人……哦，不，要先和元信大人見個面。」

「我知道了，您辛苦了。」次郎三郎點點頭，說道：「我騎馬過去，您先請吧。」

說著，他立刻回到關口少輔的宅邸，牽出親永的馬匹。說是親永的馬匹，其實是次郎三郎的棗色的馬。

聽到連御所大人和重臣都不知道這件事，就更不能跟著侍僧一起回去了。他急忙地裝上馬鞍，一個人奔往臨濟寺。聽到雪齋生病，他的心像颳著強風般地動盪不安。

如果雪齋一病不起，今川家該怎麼辦呢？

義元把軍政兩方面幾乎都交給了雪齋，他的家臣之中幾乎無人能與雪齋相比。義元對自己並無好感，而自己能平安無事成長至今，多虧了雪齋的照護。

加上義元的孩子氏真，其昏庸愚昧更是不在話下，而雪齋也看不上其他的人選……看來駿府城即將掀起一場風暴，次郎三郎將會受到很大的影響。

次郎三郎騎著馬急速朝山內奔去。兩邊的紅葉早已飄搖，花瓣慢慢地散落下來。當他把馬拴在山門前時，雙手不禁顫抖起來。

三

次郎三郎還未進去，侍僧聽到腳步聲便早早迎了出來。

次郎三郎手持太刀，穿過本堂，往建築在屋邊的寮房走去。

「是元信大人嗎？」

「是的。」

「到我的枕邊來。」

屏風中傳來清晰有力的聲音，反倒叫次郎三郎的內心為之一震。他恭順地走到枕邊。「您的身體還好嗎？」
雪齋以十分平靜的聲音說道：「今天天氣不錯喲，你瞧。」
次郎三郎從吊鐘窗往外望，窗外正是小陽春時節，梅枝歷歷在目。
「我躺在這兒的時候，總覺得自己就是太陽，就是梅樹，心情很愉快。」
窗外的梅樹只剩下三片葉子。
「春去夏來，秋盡冬至，大自然甚是偉大。」
「長老大人，您的身體是否安好？」
「我不知道，冬天已經到了，是不是？」
「是。」
「所以我必須為春天留下生命的種子、意志的種子。」他的眼神憔悴，笑容背後隱約顯出冬天空氣中的冷冽。「我想為你的婚禮祝福，婚禮是在明年春天吧？元信。」
「是的。」
「老實說，為了你著想，我真希望不要舉行這場婚禮。」
「為什麼？」
「難道你還不明白嗎？你又增加了一項負擔。今川家的嬌妻將是很大的負擔。」
次郎三郎點點頭。
「以前對你的情義，是看在你的父親與今川家的交誼，現在你娶了他的外甥女，將來你們的孩子就與他有血緣關係了啊。」

「是。」

「起先我很反對，後來想想，還是贊成了。你知道為什麼？」

「不知道？」

「就像你以前所說的，人生中的負擔愈重，愈能領悟透徹。但願你擔負起這個重任，能把你磨鍊得更堅強。你要有這個信心，好嗎？」

「是。」

「這樣想以後，我就轉念了。但是有一陣子，我真不知道該怎麼向你說明。」

次郎三郎看見雪齋每說一次話，雪白的棉被就均勻地起伏著。死亡的腳步已漸漸邁近了。想到這兒，次郎三郎感慨得眼角濕潤了。

「這對你來說將是個很重要的負擔。我原本想就這樣算了，不必再加以說明……後來想想，還是有必要明說。這個念頭是當我透過窗戶，看到外面的陽光、櫻花以及梅樹上的小鳥和月亮之後才體悟的。」

「是。」

「你是個有遠見的孩子，老實告訴我，你是否曾經想過和義元的外甥女結婚求得兩家的和平？……以及，你有沒有想過我死去的事？」

次郎三郎微微搖著頭，淚水滴落在膝蓋上。

四

「沒想過嗎？這也難怪。」雪齋說著，慢慢閉上了眼睛。

「除非自己碰到了，否則年輕人是不會想到死亡的，但是……任何人都免不了一死。然而，在我死後，情勢會如何發展呢？御所一定會急著朝京都出發。屆時，他會忘了我已不在人世。我的死將會加速這件事。與北條、武田同盟成立的那一天，就是向京都出發的時候。」

次郎三郎點點頭，靜靜看著雪齋的雙眼。在窗戶光線的映照下，這位老職權的表情就像是木雕般地沉靜。

「當然，他會打算經過尾張時潰敗織田軍，但是織田絕不會束手就擒。他們會和越後結盟，威脅甲斐，再與美濃同盟，以阻擋今川的勢力。這樣，御所的軍隊勢必會和美濃、尾張的同盟軍展開決戰。如果是我的話，我會在那兒慢慢地對陣，見機行事。但是，御所大人就沒有辦法這樣了。」

「為什麼？他不是個性急之人。」

「這不是性急的問題，而是掛懷著往後所致。如果我來指揮，我會在尚未分出勝負之前，先讓御所留在駿府監視小田原的北條。但是，如果是他自己出征的話，一定是把氏真留在駿府，因為心懷氏真便會急著向前，而且……」說著，他指指枕邊的水瓶：「我有點口渴，麻煩你倒杯水……」

次郎三郎起身倒杯水，餵他喝下。

「還有，御所平日過慣了養尊處優的日子，根本無法適應對陣的生活。他整天唱歌、蹴鞠、享受美食，是絕對無法應付長期抗戰的。這也是他急於出兵的原因……」雪齋的一言一語解開了次郎三郎心中的疑惑。

（這名老者已經看清了自己死後的世界……）

「所以他必須趕快進行。他擁有潰敗敵人的大軍，所以必須一次押上，而打頭陣的……當然是你了。」

次郎三郎握緊了放在膝蓋上的雙拳。他從未想過雪齋過世後，今川家將會有何種轉變。

「元信大人……到時候如果御所命令你，或是你的家臣率先打頭陣，全部戰死沙場的話……」

「這……」

「到時候該怎麼辦呢？這件事你必須仔細考慮。」

窗外的梅樹上飛來一隻小鳥，看來好像是白頭翁。聽著牠自在的叫聲，次郎三郎幾乎無法呼吸。

「若要處之泰然，一定得有相當的覺悟，否則必會變得十分狼狽。對於剛才我所說的，你若有異議，盡可提出來。」

「元信也是……這樣認為的。」

「到那時候，你的妻子在駿府，而且結了婚之後自然還會有孩子。御所美其名會說是讓你無後顧之憂，而將你的妻子作為人質，在這種狀況下被迫戰死沙場。面對這險境，你會怎麼做呢？」

五

到現在，次郎三郎才明白自己的處境。他原以為和今川義元的外甥女結婚，與今川家攀上親戚，可以求得松平家的安寧。如今看來固然稱不上錯誤，但也絕非是什麼益處。

誠如雪齋所說，今川義元以巧妙的手段將次郎三郎元信操弄於自己掌中。

「如果他把你的妻與子留在駿府當人質，要你為他誓死效命，你該怎麼辦？……」

次郎三郎忍住了心中的悲淒：「我一定要現在回答嗎？」

雪齋慢慢睜開眼，微搖著頭笑道：「這是我留給你的最後一個重要公案……不過，或許當你能夠回答的時候，我已經不在人世了。元信……」

「是。」

「到那個時候，一定要到靈前告訴我你的決定。」

「是。」

「你知道我為什麼要把這個公案留給你嗎？我為什麼不向御所獻計、教他如何驅策你，反而把你叫到我的身邊來……」

次郎三郎雙肩顫抖，忍不住哭了出來。到現在他才知道，雪齋長老對他的愛遠勝於義元。不，這絕非一般的小愛，而是一種至高無上的大愛。是一位對佛道有精深研究、以不殺之劍為武裝、叱吒三軍的豪僧所懷抱的願望，一個血脈相傳的悲願。

次郎三郎哭泣的時候，雪齋閉上了眼，似有若無地嘆了一口氣。

「長老大人，我現在就回答。」次郎三郎擦乾眼淚說道。

人死後又能知道什麼呢，次郎三郎決定現在回答，以求得老師安心的一天。於是，他以滿腔的熱血說出了未經思考的話。

「哦，你現在就能解開這個公案嗎？」

「是的，我可以解開。」

「好吧，你就說說看。」

「我會忘掉留在駿府的妻子。」

「你是說，你能效命沙場，忘掉他們的存在？」

「我不知道。」

「為什麼不知道？」

次郎三郎被他逼問得羞紅了雙頰。

「我會忘掉妻子，顧全大局。元信會和家臣一起效命沙場，如果他有不殺的誠意的話。否則，就算是御所的命令，我也會拒絕的。」

「混帳！」

次郎三郎欲縮身的時候，左肩已經被打到了。

「你這個自以為是的傢伙，你再說一次看看。」

「再說幾遍也一樣。即使是御所的命令……」

說著，他頭上被重重地一擊。

六

這第二擊讓次郎三郎退縮了，他不僅被老師僅剩的氣魄震住，同時也為自己侵害這即將消滅的生命而感到害怕。

雪齋躺著，激動的呼吸在室內喘著，次郎三郎忍著嗚咽。

「元信……」

「是。」

「不知道的事，為何如此輕易地說出呢？你現在還沒有妻和子，因此不瞭解其中的意義。既然不能體會，又怎能輕易將他們遺忘呢？」

「是。」

「如果妻和子是那麼容易忘掉，世人就不會被感情所苦了。」

次郎三郎沒有想到自己輕率的答覆會觸怒老師。早知老師要如此教他，無論怎麼難忍，他都一定會忍住的。

「你的母親現在還在阿古居城為你祈禱，這就是母親的心……你瞭解嗎？……母親的心是天地間最自然的事。」

「是。」

「輕易切斷這種天性是違反自然的……」說著，他伸出雙手，要求喝水。

「如果你不服從御所的命令，你以為他會輕易放過你嗎？真是太孩子氣了。」

（的確！）次郎三郎頓時感到心頭一涼。

一心想進入京都的義元，怎會讓次郎三郎一個人壞了他的軍紀呢？次郎三郎原本是想要慰藉衰老的老師，卻惹得他一臉失望的表情。

「請原諒我。」說著，他崩潰地哭了出來。

雪齋閉上眼睛。窗口的陽光漸漸變淡，鳥兒也不再鳴叫。待次郎三郎停止哭泣後，雪齋說道：「好了，你回去吧。我會在黃泉路上聽你的回答。錯誤的選擇不僅拯救不了我的靈魂，就連你也會一起喪命的，人世間的戰亂便也永無止息。」

「我一定會小心的，請原諒我……」

「好像有人來了，可能是御所，你快回去吧。」

「難道……我們就這樣分別了嗎？」

「怎麼還這麼說，難道你忘了我剛才說的那些話了嗎？這不是分別，到了明年春天，你的身上會萌發出我的新芽。」

「是。」

「如果你在途中遇到任何人，就說是如往常般到我這兒來問經。發現我生病了，所以沒有請教。」

「是，那麼元信就此告辭了。」

「保重身體。」

「是。」

「莫要急躁，急躁會使人盲目的。」

「是……」

七

就在次郎三郎離開雪齋的寮子後，一些知道雪齋生病的人也陸續來到了山門。一如雪齋所安排，無人懷疑次郎三郎為何如此早來探望，或許是認為他還不足以對今川家構成威脅吧。

第二天，義元親自來探望雪齋。見他如此病重，立即命令六位侍醫下藥。但是誠如雪齋自己所說的，當冬天真正降臨時，人是無法改變或挽回什麼的。

十月十日，雪齋終於離開了這個世界。臨終前，他還是那麼豪爽、理智。在他離去的那一刻，次郎三郎在自己的房內供上香華，心想著祖母和雪齋的遺言是如此地類似。祖母說要盡量避免與母親那方之爭；雪齋則要他繼承遺志。兩者最後悲劇的焦點都落在了義元上洛。然而祖母的遺言，以及雪齋臨終前委託的公案，對十四歲的次郎三郎來說，並非簡單的事。

雪齋所說的話，在他葬儀結束時便立即成真了。那一年三月三日，三好長慶攻打播磨的明石、三木兩城，越後的長尾景虎與武田晴信在川中島交戰，展現了他那不可輕視的力量，同時將敏銳的先鋒轉向北條氏康的領地關東。

這些事雖然十分引人側目，但在雪齋發喪的十月中旬，他派出的密探帶回了毛利元就在嚴島擊敗陶晴賢，準備上洛的情報。

（人總免不了一死……）

年近不惑的義元，不得不正視四周崛起的情勢。群雄各個覬覦京都。北條、長尾、武田、三好、毛利……各個蓄勢待發，就看誰第一個上洛。

如果政治策略無法將織田的力量納入麾下，那麼也就只好用強硬的手段踏平，否則會失去時機。

（人總難免一死……）

在這種焦慮下，義元終於將次郎三郎的婚禮提前到一月五日。

義元把次郎三郎叫來，告訴他這件事的時候，臉上帶著笑容說：「你馬上就要成人了，婚禮結束後，你可以回岡崎探視一下祖墳，也讓家裡的人看看。」

次郎三郎將雪齋交給他的公案祕密地藏在心中。

「謝謝您。」他只是低下頭來，輕聲說道。

薄陽

一

弘治三年正月，對關口刑部少輔親永來說是一段充滿希望的日子。他從元旦的賀宴回來後，一如往常地立即卜了卦，看看一月五日就要舉行婚禮，即將成為自己女婿的次郎三郎命運。因為，不久前在城內的大廣間裡，義元的一句話使他十分掛心，臉上藏不住憂慮。

義元在賀宴席上，發表次郎三郎和鶴姬的婚禮日期之後，就把親永叫了過來。

「有件事我想問你，元信名字中的元字，是從我的義元取的，而信字是否另有深意？」

親永不知他為何問此，驚訝地看著他。

義元露出苦笑，說道：「我聽到了一些流言。」

「流言？」

「有人說，元信的信字是取自信長的信，竹千代在熱田的時候和信長交情匪淺。」

「不是這回事吧！」親永搖搖頭說道：「並非來自信長的信，而是取自甲斐晴信大人的信。

當代英雄豪傑中，除了御所之外，以甲斐的領導者最受尊敬。元信的名字是把您的名字放在前頭，後頭放的才是甲斐領頭的名字。」

「哦，這樣就好了，我當初也是這麼想……」

從義元這番話中推測有人惡意中傷，親永內心頗為不安。於是他立刻卜卦一看，卦象顯示一些尊貴、近親都與次郎三郎和平相處，也沒有足夠的力量破壞他的運氣。親永笑嘻嘻地收起了算木，然後對小姓說道：「請小姐到這兒來。」但隨即又突然想起了什麼似的，立刻叫住小姓：「你去看看次郎三郎是不是回來了，就跟他說，我有話要和他談一談。」

約莫三、四年前，鶴姬就已經不再出席元旦賀宴了。一方面是自從龜姬嫁到飯尾豐前後，鶴龜二人變得生疏；同時鶴姬已不再是少女，不宜參加年節酒宴。

鶴姬首先來到父親的居間。在親永進城前，父女之間已經彼此拜過年了，但是鶴姬仍依言來到父親身邊。親永瞇著眼打量著鶴姬的髮型和妝扮。

「婚禮決定在五日，那天御所無法出席，派若殿來替代。」

「什麼，若君……」

氏真是鶴姬最痛恨的人。不，不僅是痛恨，他的出現還會讓次郎三郎回想起他們兩人過去的關係，因此，她極不願意氏真參加婚禮。

「這樣的話……我不希望若君大人參加……」鶴姬說道。

「什麼，你不希望他參加，你瘋啦？」親永顯得十分著急。

二

義元是不可能出城參加次郎三郎在宅邸的婚禮的，因此派遣氏真前來應該算是很有心意的了。

（這應該是無上的光榮啊，她怎麼……）

親永不解地看著女兒。

「我不容許你這麼任性……」他嚴肅地壓低了聲音說道：「將來你就是松平家的女眷了，一定要懂得分寸，不可任性。」

鶴姬還是搖搖頭說道：「我不要，如果是若君大人……」她不希望在婚禮那天想起以前所受的種種傷害。

如果是鶴姬一個人也就算了，但是她和小自己幾歲的元信都已經忘掉了過去，和平相處。因此，她不希望元信又回想起過去的種種。

「如果父親大人不願拒絕的話，那麼我自己去好了。」

「你怎麼會有這種念頭呢？想想看，若君蒞臨是表示他對松平家的重視，你為什麼還說這些這麼不自愛的話呢？」

「若君他……」鶴姬想說，但是又忍了下來。「他太喜歡開玩笑。」

「哈哈哈，原來你是擔心這個。好，好，我會請他不要開玩笑的。」

此時，次郎三郎走了進來。

「元信大人，五日婚禮那天，若殿會代替御所參加，但鶴姬不願他出席，這當然是不可能的。我想問問你的意見是否與我一致？」

鶴姬立刻低下頭來，不敢出聲。她可以想像次郎三郎臉上屈辱的表情。

「我剛才也跟她說過了，若殿出席與否對松平家來說是非常重要的。我相信你應該瞭解這點吧。」

次郎三郎久久沒有回答，因為他眼前浮現出氏真和鶴姬挑逗的姿態。

「怎麼樣呢？」親永催促地問。

「我同意。」次郎三郎終於說話了，冷靜地點點頭。「這是很難得的事。」

「正是，這是他對於親戚關係的一番好意。御所也說了，等鶴姬嫁給你之後，不能稱關口御前，要稱駿河御前。不過，鶴姬還是他的外甥女。」

「謝謝。」

鶴姬悄悄揚起眉，偷看次郎三郎的表情。現在後悔已經來不及了，她和氏真的過去將永遠夾在兩人之間，成為一道不快的陰影。

「除此之外，還有兩、三點要注意的。那天，在府裡招待諸位將軍一定要用心，莫要忘了。」

次郎三郎靜靜低著頭，臉上的表情很凝重。鶴姬看到他的模樣，內心感到難過，羞慚之際眼淚汨汨地流了下來，她靠在次郎三郎膝頭說道：「元信大人，原諒我……鶴一定會做個好妻子的。」

三

次郎三郎依舊保持沉默，把手輕輕地放在鶴姬的肩上，一言不發。

（弱者總是可憐的……）他迎娶被氏真玩弄過的女子為妻，還必須接受這是一種光榮，次郎三郎將沉痛壓在心中，不敢表現出來。

（次郎三郎，你千萬不可發怒。）在他心中有另外一個聲音對他說道。

（肩上的擔子愈重，對你愈好。你一定可以擔負起來的……）這是雪齋的聲音，也是以稻草束髮的岡崎家臣的聲音。這些聲音讓次郎三郎冷靜下來。一方面他也想到，在這個事件中鶴姬也同樣是弱者。

關口刑部少輔驚訝地看著女兒，實在不瞭解女兒為何突然哭泣。

是羞恥嗎？不，不是這樣。或許是太高興的緣故吧，但也不該如此失禮。親永嚴厲地喝斥道。「鶴姬，你這是幹什麼？」

而他年幼的女婿首次以較重的口吻說道：「別再責罵她了，她只是在向我立誓。」

「哦？」親永點點頭。

婚禮將近，或許鶴姬是因為自己年齡較長，所以說出了一些誓言，淚水不禁流了出來……看著趴在膝上泣不成聲的鶴姬和冷靜的次郎三郎，親永覺得不解又有趣，或許這就是年紀的差距吧。

（我實在不瞭解這個女婿……）

「來，把眼淚擦乾吧。」次郎三郎溫柔地撫觸鶴姬的肩膀。接著，他們開始談論婚禮當天的事宜。

次郎三郎談到，雖然這是義元的一番好意，但是他不打算鋪張。或許會被別人譏笑寒酸，但為了將來著想，他仍決議如此。首先，另建新住處就已經十分棘手了，若再大費周章治辦婚禮，恐怕會苦了家臣。

起初親永頗表不滿，他原本想讓御所外甥女的婚禮辦得極盡奢華。但是次郎三郎以極巧妙的說詞說服了親永。他說氏真的光臨必定會引起他人的嫉妒，因此招待諸將官的時候，一定要盡量儉樸。

「好吧，就依你說的好了，畢竟你的眼光比我看得更遠。」面對這位自己頗為滿意的女婿，親永只好讓步了。

在他們談論之間，鶴姬默默地看著父親與次郎三郎。她並沒有專心地聽兩人的談話，而是想著次郎三郎受盡屈辱地娶她，她一定要好好地表現。

四

三日——距離婚禮僅剩兩天。一大清早，鶴姬在侍女協助下梳理頭髮，小心地化妝。

這是個晴朗的好天氣，庭院裡不時傳來鶯鳥的鳴叫聲。天空一片蔚藍，打開窗可以看到屋簷外的富士山，但是鶴姬的神情卻相當平淡冷靜。昨晚她想了一夜，輾轉難眠。想到過去的輕浮，不禁深深自責。

當次郎三郎還是竹千代的時候，她對他總是諷刺和嘲笑，沒想到這個小男孩如今要成為她的丈夫了。鶴姬也曾站在次郎三郎的立場來看自己。在次郎三郎的心中，她一定是個淫蕩又任性的女人吧。

因為覺得竹千代還是個孩子，便毫無顧忌地把他抱在懷裡，問他喜歡龜姬還是喜歡自己？當她愛慕三浦的若殿時，甚至還挑逗著這少年的好奇心。

後來，被他看到自己和氏真的祕密約會。為了不讓竹千代洩露她和氏真之間的祕密，便委身於他，沒有想到日後竟會成為次郎三郎的妻子。這真是始料未及的。

自去年夏天起，次郎三郎開始追求她。或許源應尼的死，使他突然成為大人了吧。無論在判斷、思考方面，他都變得十分老成，彷彿一夜之間成長了許多，遠超過了自己。而再過兩天，他就要稱自己為妻子了。

父親與義元的好意，原本是出自對自己的疼愛，沒想到反而揭穿了她過去的罪狀。想到這兒，鶴姬不禁閉上眼睛，雙手放在胸前。她不知道什麼時候才能獲得次郎三郎的真愛。

化妝完畢，母親走了進來。她打量鶴姬正式的妝容，說道：「你是不是要出去啊？」

鶴姬沒有回答，只是點點頭。這時，侍女為她穿上了加賀染的小袖。

「你要去哪兒？」

「御所那裡。」

「有什麼事嗎？御所在奧裡。」

「去向他致謝。」

母親點點頭。

義元一直很寵愛鶴姬，向他致謝也是應該的，因此母親高興地露出了微笑。

但是鶴姬並不是真的要向義元道謝。她打算去拜訪氏真，私下與他商量，請他千萬不要參加婚禮。

氏真天天沉醉於蹴鞠、歌舞、美酒與男色之中，然而他卻有一個怪癖，常常會在最重要的時刻感冒。有了這個前例，就算他在婚禮當天稱病不來，也不會引起懷疑。為了丈夫，她絕對不允許氏真參加婚禮。

鶴姬乘轎入城，當她抵達二之丸的氏真住宅之時，已經接近十時了。氏真雖然從小田原那裡迎娶了妻子相模御前，但是卻很少到她那兒去，大多在自己的房間和一些小姓住在一起。剛起床的氏真躺在墊被上，讓看起來像女孩般的加納綾千代幫他揉腰，由菊丸替他揉腳。

「昨天晚上我踢球踢多了。」他臉上帶著酒意。「聽說你要嫁了，是岡崎的那個小子吧？我真替你惋惜啊。」

鶴姬看著氏真說道：「確實是糟蹋了。」

「的確，的確是糟蹋。你長得如此漂亮，實在太可惜了。」

「不，我是說元信大人……娶我為妻，實在太糟蹋他了。」

氏真驚訝地上下打量鶴姬，接著說道：「你已經是個成人了，難道還看不出父親的企圖嗎？」

「御所大人的企圖？」

「不管是甲斐、相模，或是岡崎那小子，他們都在為父親進攻京都的鋪路啊。」

鶴姬突然感到胸口一熱，原來氏真以為她嫁給次郎三郎是為了義元的政略，所以才露出傲慢的態度。

（把我玩過的女人嫁給竹千代……）

他內心一定隱藏著這種優越感。鶴姬一臉正經地看著氏真。
「若君大人，您誤解了。」
「誤解……」
「你誤解了我的心意，我是很高興嫁給他的。」
「我知道，我知道。」氏真笑著點點頭。他點頭的方式，代表著他以為鶴姬還是像往常那般愛慕著他。
鶴姬著急地不知該如何解釋，內心暗自詛咒自己過去的輕率行為。
（我以前怎麼會喜歡這種男人呢？……）
「若君大人。」
「什麼事？」
「我想和您私下談談。」鶴姬此話一出，隨即招來了綾千代和菊丸嫉妒的眼神，但她並未察覺。
「什麼，你要和我私下談談？」氏真臉上露出輕浮的笑，心裡大概又想到了淫穢的事。
「新春這麼大清早的，好吧，綾和阿菊，你們先退下。」
二人互看一眼，站起來走了出去，而氏真還躺在墊褥上。
「說吧，有什麼事？」他伸出手，放在鶴姬的膝蓋上。
「若君大人。」鶴姬嚴厲地看著他。

「若君大人。」

「怎麼了？臉色如此差。」

「請您起來好不好？這樣我們怎麼說話呢？」

「哈哈哈，你說話怎麼跟相模御前一樣？我最討厭虛偽的禮節了。我有耳朵、有眼睛，你要說就快說吧。」

鶴姬氣得雙唇顫抖，只可惜現在不宜暴露出來。

「若君大人，鶴希望能夠跟元信大人和睦相處。」

「哦，你說的是真心話嗎？」

「是的，元信大人是個很難得的丈夫。」

氏真又是一笑，他以為鶴姬說這些話只是為了維護自尊。

「所以，有件事想麻煩您。」

「你說吧，就憑我們之間的關係，放心好了。」

「婚禮那天，您要代替御所大人……」

不等鶴姬說完，氏真就搖搖手說道：「你放心，我也想看看你和竹千代站在一起的樣子，不必你說，我也一定會去。」

鶴姬委屈地顫抖著，她搖搖頭：「不，不，我不是要您去，我是希望您別去。」

「什麼？叫我不要去……」

「是的，元信大人知道若君與我之間的……」

「等等。」

「是。」

「聽你這麼說，是竹千代抱怨了你我之事嗎？若真是如此，你把他叫來，我要好好罵他，這個不知輕重的傢伙。」說著，氏真憤怒地站了起來。「他真是這麼說的嗎？」

鶴姬臉色變得十分蒼白，事情完全出乎她的意料，沒想到反而會被氏真逼問。氏真大概以為，次郎三郎能娶到自己玩過的女人，應該感到光榮才對。

「他到底說了什麼？這個不知天高地厚的傢伙。把竹千代講的每句話都說出來。」

「若君。」鶴姬大老遠地跑來，沒有想到結果竟是如此。氏真對次郎三郎的憎惡，絕不是因為松平家。

「若君大人，請您體諒我，元信大人並沒有說什麼，這都是鶴的想法……」

「這麼說，是你不希望見到我囉？」

「是，只有婚禮那一天。」

「哼，你怎麼和以前不一樣了？」

「我是變了。元信大人和若君大人比起來……」

「更令你喜歡，是不是？」

「是。」

此時，氏真的臉上已毫無笑意。「說得好，說得真好，你竟然在我的面前說出這種話。」說著，他伸出一隻腳，朝著鶴姬的方向移動。

七

鶴姬不禁向後退了一步。她從未看過氏真這樣的眼神，嚇得說不出話來。

「鶴。」

「是……」鶴姬本能地又朝後退了一步。她看著氏真身後的刀架，如果能夠拿得到手，或許可以安全逃離。

「你太過分了。」

「如果有冒犯之處，請原諒……」

「你以為我不會生氣？」

「是的，若君大人心胸寬大……我以為只要向您說明原因就……」

氏真憤怒地搖頭喊道：「住嘴。」隨即，他那張薄薄的嘴唇上露出了怪異的笑容，那代表著他想到了某種殘忍的事。「我要毀了你的婚禮！」

「什麼？」

「我要讓你感受到痛苦……我要毀了……」

他和鶴姬之間只有一膝的距離，他突然伸出手，抓住了鶴姬的肩膀。

「饒了我吧……」鶴姬很快地躲向一邊。她不知道自己已經觸怒了氏真。

氏真再度露出詭異的笑容，眼睛像蛇一般地盯著鶴姬顫抖的雙唇。

「您真要毀了我的婚禮？」

「是，你為了和竹千代在一起，竟不惜一切地傷害我。」

鶴姬驚訝地看著氏真，終於明白氏真憤怒的原因了。一股寒意湧上背脊。

「從來沒有人敢像你這樣侮辱我，竟然不願意我代替父親去參加婚禮。你以為這樣不會惹怒我嗎？」

「是……鶴……鶴以為您會答應的，請原諒我。」

「不。」氏真抓住鶴姬的黑髮，拉了過來。

鶴姬驚叫一聲，但是她知道這樣反而會加深氏真的怒氣，因此急忙閉上嘴。氏真將黑髮用膝蓋壓著，呼吸由於情緒激動而變得急促，全身微微顫抖，內心有如波濤洶湧般地激動。

他努力地思索可以說出哪些諷刺而有效的話語。

「鶴。」

「是……」

「只要你答應我一個條件，我可以不參加你的婚禮。」
「您請說……」
「今天你要乖乖地順從我。」
「什麼！」
「否則無法平息我心中的怒氣，你就等著被竹千代拋棄吧。」
「饒了我吧……」鶴姬咬著牙、拉著髮想向室外衝去，但是氏真右手已經攬住她的脖子，將她按在地上。

八

一個好勝的女子要和一個有權勢的男人拚鬥，是毫無勝算的。愚蠢的鶴姬竟然沒有看出氏真的嫉妒心。當她被氏真抓住手腕拉到隔壁房間時，心臟幾乎爆破了，她從來沒有過這樣的挫折感。那不是愛撫，而是對女性的肉體和情感上的蹂躪。
（我已是待嫁之身，卻被……）鶴姬哭也哭不出來，連生氣的力氣都沒有了。
（這究竟是怎麼回事啊……）再怎麼後悔、反省也無法消除心中的羞辱。
氏真推開鶴姬，毫無顧慮地拍拍手，叫小姓進來。「把臉盆拿來。」
鶴姬幾乎昏了過去，但還是忍耐地整理頭髮和衣服。看到氏真的鏡中倒映出自己狼狽的身影，她有股想打碎鏡子的衝動。

「唉呀，小姐還在這兒啊……」菊丸拉開了襖門，妖媚地諷刺道。

「好了，後天我不會出席婚禮的……」氏真用小姓端來的那盆水洗淨雙手後，冷冷地說道。

鶴姬穿過客廳，來到走廊。這個交換條件未免太大了，為了不讓氏真出席，自己將一輩子生活在屈辱的記憶中……

（自殺吧……）當轎子離開二之丸的大玄關進入薄陽中後，她突然起了這個念頭。

正月三日，四處都是熱鬧的景象，鶴姬的心卻像鉛一般地沉重。在婚禮之前自殺當然要留下遺書，道盡氏真帶給她的屈辱。若不這麼做，實在難消心頭之恨。

（可是……）

再仔細思索之後，心中又起了疑惑。或許次郎三郎可以瞭解她所受的苦痛，但是這份遺書真的能公諸於眾嗎？對方可是氏真，父母懼於義元的勢力，恐怕會悄悄將她埋葬了吧！如此一來，世人的說辭將會完全相反，一定會說鶴姬是不願意嫁給松平元信才自殺的。

轎子進府了，鶴姬還茫然無知地坐在裡頭。侍女走過來，為她拉開轎門。

「你回來啦。」

鶴姬走出了轎子，幸而蒼白的臉色與雙唇被妝容隱藏住，但是那雙茫然的眼睛，像失了魂的人偶。鶴姬恍恍惚惚回到自己房間後俯臥在榻榻米上——但卻流不出一滴淚水。她心裡不停地想，如果自殺了，真的能向氏真報仇嗎？變為鬼魂後，真的能為自己雪恥嗎？

不如歸

一

早晨六時不到，信長就騎著愛馬來到城外的市場巡視。早上騎馬的習慣，是信長自父親信秀死後的每日課程，最近更是熱中於此。各國自由聚集來的商人使尾張愈來愈熱鬧、繁華。如果說泉州的堺是朝向海外活動的大市場，那麼這裡可以說是面對著內陸開放的堺了。

北條氏的小田原也有許多極為繁榮的城市，但據說已被尾張超越。自由開放的尾張當然會混入許多間諜，而尾張卻很巧妙地利用了他們。

他之所以能收集許多鐵砲槍，以及製作能夠自由伸縮的新式胴丸鎧，也是利用了自由貿易之便。此外，他可以透過來往於各國之間的商人，替他散播製造正面的流言與謠傳。這也是自由貿易的好處之一。

在這兒，他聽到了許多消息。例如，改名為次郎三郎元信的松平竹千代已經完成了元服之禮，而他名字元信中的「信」字，據說隱藏著對信長的仰慕。如今他又迎娶了今川義元的外甥女為妻，稱之為駿河御前。

信長放出的間諜不僅裝扮成商人模樣自由出入，還負責收集商人之間的傳聞，再提供給信長。

那天早上，信長騎馬來到市集盡頭的一家魚舖前下馬。他將馬交給小者頭[7]藤井又右衛門，自己則走進鬧市之中。

已是初夏時分卻還未見鰹魚，而在灣內捕獲的黃鱗魚散發著初夏的芳香。

人群中有人認識信長而向他恭敬地行禮，當然信長並不認識他們是誰。信長的打扮不同於以往的怪異，現在變得樸素穩重多了。每當他巡視市場總會刻意打扮得使自己不致太過顯眼。

「今年的蔬菜長得如何？」

「現在還在播放菜種。」

「哦，種子已播下去了吧？今年的雨水似乎比較少？」

「會多起來的。尾張特別受到老天的照顧。」

「哦，這樣啊！」

魚舖旁是家蔬菜行，另外還有古老武具商家，以及賣著弓、太刀、陶器的商舖等等，有許多人穿梭其間。

信長走到一家磨鏡面的商舖旁停了下來。旁邊有個年輕人，面前只排了少許的針，他正抬頭看著信長，那張面孔看起來與一般人著實有些不同。

「哈。」信長停下腳步，打趣說道：「這位賣針郎，你的生肖大概是屬猴吧？」

二

信長如此說道，但是這位面貌奇特的年輕人臉上並無笑容。

「我是猴年生的，那你就是馬年囉？」

信長笑了起來，心想對方大概是根據自己的長相做此猜測，倒沒想到還真被說中了。這個年輕人臉上的皺紋十分奇特，乍看之下便像猿猴，仔細打量後更是愈看愈像。

「你猜中了，我是屬馬。如果你是猴的話，一定不是普通的猴。看你那張臉，一定是在猴年猴月猴日生的。」

「的確。」年輕人點點頭。「能猜得那麼準的人，大概也不是普通人吧。好吧，給你一個忠告，今天你身邊會有怪事發生。」

「什麼？我會發生怪事……哈哈哈，你怎麼知道呢？」

「我看起來雖是個到處流浪的賣針郎，但是我上知天文、下知地理，對這個世界無所不

7〔編註〕各種奉公職務的領頭人，職稱為職名後加上頭字。例如擔任雜役的小者，領頭人為小者頭；擔任部族的足輕，領頭人為足輕頭。

知。我剛才指的怪事是那種……」他放低了聲音，顯得十分陰沉。「不過，這件事對你來說也未嘗不是件好事……」

信長突然感到一陣風掠過胸前。他苦笑了一下，走了過去。上知天文、下知地理……如此誇張的說詞令他不安。

（這傢伙的這番話，究竟是什麼意思……）

信長在市場繞了一圈，回到在原地等待的又右衛門旁邊，接過馬韁。

「回去吧。」說著，他揚起馬鞭朝城裡奔去。

信長很快地來到濃姬的北對屋，高聲喊道：「濃，有沒有人從美濃來啊？」但是濃姬並沒有回答，出來應對的是一位老侍女。

「夫人在佛堂。」

信長看了看老侍女，只見她雙眼通紅，好像哭過的樣子，於是他急忙地走入佛堂，只見到濃姬正紅著眼哭泣著，前面排著四個新牌位，各自點上了香。旁邊坐了個年近三十的女子，大概是護送牌位來的吧。她悄悄地低著頭，坐在旁邊。

信長的預感果然是真的……不，應該說是賣針的猴子向信長示警。

信長靜靜站在濃姬後面，看著牌位上的字。最前方的牌位上頭寫著「齋藤山城守秀龍入道道三公尊靈」，其次是「道三公夫人明智氏尊靈」，再後面二個是「喜平次龍元」及「孫四郎龍之」——他們是濃姬在稻葉城的雙親與兄弟。

「嗯。」信長用太刀刀頭輕輕敲了垂頭坐在一旁的女子肩膀。

這名女子驚訝地抬起頭來，「啊……」

三

信長覺得這名女子似乎很面熟，原來是父親的愛妾岩室殿最寵愛的侍女。這名女子在末森城的時候，就因為美貌而引發了不少事。據說，起初喜歡這名女子的是信長之弟勘十郎信行，但是在此之前她已與信行的小姓互有愛意。信行反而成全了他們二人。

然而，這名女子還有另外一個男人愛慕著，那就是信行的家老佐久間右衛門的弟弟七郎左衛門。七郎左衛門不滿信行成全這名女子與小姓之間的戀情，因此殺了小姓。於是這名女子便開始了她輾轉曲折的人生。後來她獲得鷺山城主，也就是濃姬同父異母兄長義龍的寵愛，最後又成為父親道三入道的妾。

道三與義龍父子爭奪愛妾，使得鷺山城和稻葉山城之間的氣氛十分緊張。而今，這名多事的女子捧著道三等四人的牌位來到這兒。

信長拿著太刀站在她的前面問：「你是不是阿勝？」他看著對方，心想該來的終於來了。

如果道三喪命的話，那麼一定是傷在兒子義龍的手下，畢竟他們父子之間的感情早就不和了。

齋藤道三原本是叫做庄五郎的賣油郎，後來到土岐家工作。不久，取代了主人的位置掌管美濃一國，同時將義龍的生母從土岐家帶出來，成為道三的妻妾。

一些對道三不滿的土岐遺臣趁機散布許多流言。由於義龍是他母親在成為道三妻妾沒多久生下的兒子，因此外界紛紛認為「小殿下有土岐的血統」。

賣油郎出生的道三，對長子義龍也不甚喜愛，常在生氣的時候這樣說道：「他不是我的兒子，看到他就令我厭煩。」道三本身這樣的說法，更加深了眾人心中的猜疑。

道三以實力篡奪美濃一國，因此他也如此為自己辯白：「在這個世界立足就必須倚靠力量，擁有力量的人，隨時都可以從我手裡搶走這個位子。」他也經常在孩子面前這麼說道。

起初從濃姬那兒聽到這些事，信長頗不以為然。沒想到，不幸的事終於還是在美濃發生了。

「岳父那時究竟是在哪裡？是在山城嗎？」信長站著問道。

阿勝微微搖搖頭。信長這時才發現到她的臉上塗了煤炭、畫著皺紋，或許是為了躲避世人的眼光吧！淚水和煤灰混合著。

信長看到這名女子哀傷的表情，更深刻地體會到世事無常。

四

「他出城後就在千疊台的宅邸。」阿勝低聲說道。

「你陪著他嗎？」

「是。」

「太粗心了，一點也不像平常的他。」信長激動地敲了敲地板。如果在稻葉山的城內就不會如此輕易地被殺了。從水手口到八町半，從七曲口到十三町，一千一百尺的高地上有許多險要。

「這麼說，城內有奸細囉？是誰？」

「是武井肥後守。」

「下面有義龍，上面有城裡的武井肥後……這麼說來，明智御前、龍元、龍之是在城內被殺，而岳父則是在千疊台被殺的？」

「是……是的。」

信長銳利地看了濃姬一眼，怒喝道：「別哭了。」當信長在詢問阿勝的時候，濃姬的哭聲愈來愈大了。

「他是和你同寢時遭受襲擊的嗎？」信長嘆了一聲，抬頭看看天井。

「遺骸呢？」他小聲地問道：「首級一定是被義龍拿去了，遺骸在哪兒？」

「被丟到長良川裡去了。」

「岳母呢？」

「大概被燒了，沒留下一點痕跡。」

「濃。」

「是……」

「現在你只剩下我了。」在這種情況下，信長實在不知道該如何安慰妻子。而濃姬聽到信長這番話，哭得更大聲了。

濃姬回想起父親曾經自豪地說道，嫁到尾張就死在尾張，絕不允許有人攻打尾張。父親致力於建設地方，是庶民百姓的朋友，更受到商家農民的愛戴，雖然在武將之間被罵為梟雄，但一直無人敢蠢動。而今，連首級都沒了的遺骸，還不知在河裡的什麼地方漂流……還有可憐的母親，自從她從土岐一族的明智家嫁過來之後，經常為龍元、龍之兄弟的無能擔心……

「濃……」信長說道。

「上香，讓她休息吧。」他走出佛堂，說道：「弄好之後到我房間來，我有事要問你。」

「是……」

濃姬目送著信長遠去，心想，多希望他就是個普通的丈夫，此刻能和自己並肩站在一起，一同為慘死的雙親上香迴向。而今，除了信長之外，濃姬已別無依靠了。她站在靈位面前，聽見阿勝的哭聲。

窗外傳來杜鵑的鳴叫聲。

五

過了一會兒，阿勝淚眼汪汪地將千疊台奇襲那一晚的事告訴濃姬——

天色微明的時刻，千疊台被白色的山嵐籠罩著。阿勝才睜開眼睛，就聽到齋藤道三說了：「咦？」接著只見他踢開棉被，立即打開窗戶。下面傳來一陣如潮水般的聲音。

「糟了。」道三拿起長槍走了出去。

道三原本打算如果下方受困，可以立即繞到後山回城，但這時的後山已是一片通紅。城內的武井肥後，早在義龍由下方上攻之前就放火截斷了道三的退路。

「阿勝，到尾張去，找我女婿。」這是道三給阿勝的最後遺言。亂兵進入，結束了六十三歲道三的生命。

「大人一定是要尾張的殿下替他報仇。」

濃姬點點頭。她打了一盆水讓阿勝洗洗臉。阿勝一邊洗去臉上的煤炭、整理頭髮，還一邊哭泣著。

濃姬要她下去休息，但是她站在牌位旁邊不肯離去，說道：「我還想在佛堂待一會兒……」於是濃姬留下阿勝，離開佛堂朝信長的房間走去。

信長應該不會如此輕易就放過義龍，如果可能的話，希望能在牌位面前聽他親口說明。

「濃。」信長躺在榻榻米上，望著外面庭院的樹葉。「我想暫時離開你。」

「什麼，離開我？」濃姬十分驚訝，在信長的枕邊坐了下來。「我不明白你的意思，你再說仔細一點。」

「我說出來之後，希望你不要驚訝。」他看著庭院，繼續說道。「駿府的竹千代。」

「元信大人嗎？」

「他好像有孩子了。」

「這……」

「你無法生子，所以我想納妾。」

濃姬臉上頓時罩上一層雲霧。雖然信長時常說出令人意外的話語，但竟然說出了她無法生子的這番話，畢竟這是讓濃姬十分痛苦的事啊。

「為何等到今天才說出來呢……」

「因為我不得不說，那麼，你會反對嗎？」

濃姬看著信長的側面。

六

「從今天起，納妾一事我想自己決定，所以要暫時離開你。」

「殿下怎麼可以說出這種話呢？我明白自身的不足。」

「這麼說，你不反對囉？」

「我不反對，也不嫉妒。但是，我的雙親遇害，你為何不跟我說，你要討伐義龍呢？」

信長默默拔著鼻孔，原以為她繼承了齋藤道三的智謀和才氣，沒想到還是……

「為了上京，今川義元已經準備好要踢飛我信長了。」信長說道。

「這跟納妾有什麼關係呢？」

信長沉默一陣說道：「也不是毫無關係。」

「可以說得清楚一點嗎，你是不是有心上人了？」

「啊。」信長猶豫之後，說道：「沒有。」

濃姬屏住氣息，凝視著信長。沒有，就是代表有了……信長究竟在盤算什麼呢？過了一會兒，濃姬終於有些明白了。

如今今川家已經準備好上洛了。當時信長與道三交好，是為了求一臂之力。而今美濃已經落入兄長義龍的手中，很顯然地與信長為敵。想到這兒，濃姬感到一陣心痛。

信長離開自己，大概是為了要緩和與義龍之間的關係吧。這麼做，至少可以讓義龍不至於妄動。否則，義龍一定會藉著討伐父親勢力的理由，進而向尾張進攻。

（原來如此……）想到這兒，濃姬忍不住流出淚來。

父親死了，而今丈夫又離自己遠去。她真的是無依無靠了。難道竹千代生母於大的悲傷，如今也要降臨在自己身上了嗎？

「我懂了。」濃姬跪伏在丈夫面前，「我無法生兒育女，但是你絕對不能沒有孩子。」

信長看著濃姬，眼神為之一亮。

（她終於明白了……）想到這兒，信長對她更加憐愛，但是並沒有說出來。

「我絕對不會怨殿下的，你想怎麼做，就怎麼做。」

「你真的明白嗎？」

「是，我明白了……」

「濃。」

「是。」

「面對義龍……你要忍耐。」

濃姬俯下身，哭了出來。

七

信長留下哭泣的濃姬，走了出去。

這裡已經不是以前的古渡城了。斯波義統一死，織田的宗家彥五郎也滅了，信長移轉到清洲城，已經擁有統一尾張的實力。而濃姬則在背後為信長護守這一片霸業。

信長擁有卓越的戰略能力，濃姬也有相當的經營才能。最近，每思及此，信長就感到十分幸福。他盡心整治每年雨季就肆虐的木曾川，吸引各國商人到此；同時也平息了兄弟間的不滿，並且書寫不為人知的奇異戰略，獲得了家臣的信賴，領導百姓邁向富足康樂。

想到美濃的父親、尾張的丈夫……濃姬常常暗自滿足地笑了出來，但是父親的橫死卻是她始料未及的。道三的事不僅影響了濃姬的心情，同時在信長的生涯也激起了相當大的漣漪……濃姬一向信任父親，因此這次事件對她來說的確是個不小的打擊。

（人生中有很多事是無可抗拒的……）

如果說，父親的生涯猶如一場幻夢，那麼他在美濃所做的一切經營，以及母親的努力，也都如同泡影。不僅是濃姬的雙親，還有她一切的力量與希望，也全被剝奪了。

就理性而言，信長如此迅速地展開準備行動，自己應該為他感到激賞才對。但為何一切變得如此空虛呢……

老侍女輕輕走了進來，小聲叫道：「夫人。」

濃姬的臉上依舊布滿愁雲，但是仍勉強露出淡淡的笑容。當她看到老侍女那雙畏怯的眼神時，笑容立刻消失了。

「佛堂……」老侍女氣喘噓噓地說：「阿勝自殺了。」

「什麼……」濃姬閉上眼睛，又是一個悲慘的結局。

這個薄命的女人終於結束了苦難的一生。她雖然容貌出眾，但卻在男人之間輾轉讓渡，成為爭奪的導火線……往後無論發生什麼事，濃姬大概再也不會驚訝了。

天空中的雲層愈來愈厚，已經是五月的雨季了。此時此刻，濃姬真希望天空能夠放晴，即使是短暫的一瞬也好。

老侍女率先走進佛堂，雙手合掌低聲說道：「你看……」

濃姬站在那兒，看著躺在榻榻米上阿勝的側面。她還未完全死去，胸部下方的懷劍還在微微跳動著。阿勝的臉上不但沒有痛苦，反而十分平靜。

「阿勝……」濃姬低聲唸著。

八

這個時候予以安慰反而是件殘酷的事。阿勝的側面很美，那張原本看似三十出頭的臉龐，洗掉煤灰後露出了年輕、充滿光澤的皮膚。大概只有二十五、六歲吧。這個令勘十郎信行、信行小姓還有七郎左朝思暮想，以及讓義龍心存覬覦，引起父子之爭的女人。到底是誰給這個可憐女人的一生覆上了詛咒？恐怕當她躺在男人懷裡時也一定是悲傷多於喜樂，不安多於祥和吧。

「哦……夫人。」阿勝發現濃姬站在她旁邊時，抖動著雙唇喃喃喊道。她已經快看不清眼前的事物了，那雙眼睛像剛出生的孩子般地天真無邪。「阿勝……阿勝……阿勝是個罪孽深重的女人……請您原諒……」

濃姬內心突然湧起一股怒火，她把手放在阿勝的肩上說道：「你沒有罪，你有什麼罪呢？」

但是阿勝已經聽不到她的聲音了，靈魂不知飄盪到何處去了。她再次小聲地說著：「原諒我……」便閉上了雙唇。

濃姬突然想到，阿勝是信長的父親信秀最後愛妾岩室殿最寵愛的侍女。她回頭對老侍女說：「去請岩室殿來。」

老侍女急忙走出佛堂，去請岩室殿前來。梳著典型未亡人髮型的岩室殿在城裡育有一子又十郎。

「阿勝在這裡嗎？」岩室殿走了進來，看到阿勝，又看到靈位，淡然地站立著。

「她就快要……有什麼話要對她說嗎？」濃姬催促道。

「阿勝。」岩室殿將手擱在阿勝的肩上，看著她的側臉。岩室並沒有哭泣，只是茫然地看著濃姬，而濃姬已經激動得泣不成聲了。

阿勝、岩室殿都和自己年紀相仿，現在有一人即將與世長辭，另一人則是帶髮出家，而她自己……想到這兒，濃姬有一股想要詛咒的衝動。

（為什麼好人都那麼命苦呢？……）

老侍女在阿勝的枕邊悄悄點上香。阿勝的靈魂隨著裊裊輕煙在空氣中慢慢地游移。濃姬停止了哭泣，打算為她唸經。

（能拯救她的靈魂嗎？）

咬著牙忍聲哭泣的岩室殿，突然以小女孩般的聲音說：「咦，又是杜鵑……外面的雲層好厚啊！」

在寂靜無風的庭院樹梢上掛著壓低的雲層。細細的雨絲泛著柔弱的光線。

信長圖

一

信長竟然難得地選擇徒步，他跟著身影若隱若現的毛利新助一步步走著，與往常驚風般的步伐全然不同。

清洲城在五條川的西邊，東邊是商店和市場，街道已經有三十多條，而且還在日漸增加中。

清洲的織田彥五郎信友討伐斯波義統的時候，信長已經決定移往清洲，以便號令尾張。同時他又派了森三左衛門斬掉彥五郎，與義統之子岩龍丸一起來到古渡，就意義上來看，他已達到目的了。

但是他今天的步伐沉重，顯然齋藤道三的死隱伏著危機。

信長望著雨要下不下的天空，再度來到市集。菜販和魚販早已消失無蹤，賣武器、陶漆器的商人看了看天空，也動手收拾起店面來了。

信長穿過西街，尋找著那位賣針郎的斗笠。

（這傢伙應該還在吧。）

這名貌似猿猴的年輕人，比信長的諜報網還更早告知了美濃的事件。根據事後的調查，他知道是道三的疏忽以致缺乏防備，以及義龍奇襲的詳細始末。總之，他絕不是普通人。他是好意告訴信長呢？還是義龍放出來的間諜？無論如何，他一定不知道信長會再度來到這兒找他。

（啊，還在。）

賣針郎面無表情地在同樣的位置招呼客人。信長看到他，便放慢腳步，散步似地走了過來。

「猴子，生意還好嗎？」他若無其事地問道。

年輕人從斗笠下探出臉來。「唷，這不是馬大人嗎？」他和氣地笑了笑，說道：「如何，我的話應驗了嗎？」

「猴子，是不是在這裡等誰？」

「當然是等你啦。」

「有什麼事嗎？」

「我想幫你。」

「為什麼？」

「我不知道，我只是想把自己知道的天文、地理……等等知識貢獻給你。」

「猴子是哪裡出產的？駿河，還是甲斐？」

「不。」他搖搖頭。
「更近一點，就在馬大人腳下。」
「我的腳下？」信長不再追問下去。
「那麼請問，我會不會有孩子？」他走到年輕人面前，突然轉變話題。
年輕人對突如其來的轉變愣住了，他睜大了一雙眼睛問道：「孩子？」

二

「如何，我會不會有孩子？你不是會看面相、骨相的嗎？」
「會呀。」年輕人點點頭。「要幾個就有幾個。」年輕人回答了，但是仍舊一臉疑惑，不知道信長為何問這個問題。
信長臉上露出了笑容。
「如何？猴子，我也來幫你看個相吧，你在等著天下大亂吧？」
「沒有的事。你搞錯了。」
「難道我說錯了？你額頭上的皺紋明明寫著，不知哪兒會出現亂世。」說到這兒，信長又轉變話題：「如果我會有孩子，那我就得去找女人了。」
「咦……？」

「無法生出子嗣的女人，就好像用沒有底的水桶打水。縱使再怎麼聰明伶俐，也不能滿足我的需要。」

猴子眼裡立刻放出一道銳利如虹的光芒，但是隨即又消失了。

「啊，山城入道的女兒……」說著，他和信長一起徒步出去。

（看來他對我瞭若指掌。）

「想要掌握機會就跟我來。」

「哦。」猴子狂叫一聲便將攤子擱在那兒，說道：「陪你去找女人……好吧。」

看到像是猴子的傢伙跟了過來，毛利新助憂心忡忡地加快了腳步，但是信長揮了揮手要他退下。

「人嘛。」

「怎麼？」

「年齡到了就會想要孩子。」

「這是天地間最自然不過的了，沒有不對。」猴子說話的口氣突然有了改變，信長覺得十分有趣，但仍不敢掉以輕心。

「你有妻子嗎？」

「有。雖有才幹卻是個冷冰冰的女人。」

「在哪兒娶的？」

「遠州，是今川家松下嘉平次說的媒。」

「那你怎麼到尾張來了？」

「嘿嘿嘿……」年輕人笑著說道：「表面上我是替族人來買甲冑。」

「甲冑？」

「是啊，主人叫我到尾張來買衣服……甲冑，但是我把錢給用完了。」

信長回過頭來疑惑地看著這名年輕人。他似乎想跟隨自己，但是言辭上卻毫不矯飾。

「這麼說，你是帶著你家主人的錢逃跑囉？」

「嘿嘿……」年輕人又笑了笑。「也可以說我是為了躲避妻子而跑出來的。她雖然長得非常標緻，但我寧願去抱一塊溫柔的石頭，也不想聽她每一次開口都要說：『我的丈夫像猴子。』」

信長差點笑了出來，但又急忙擺出凝重的表情。「哦，你妻子是這麼說的嗎？真是不可原諒，逃得好。」

年輕人還是歪著頭，看著信長。

三

想讓他笑的時候，就擺出凝重的表情；吹牛的時候，他又不笑。這個外表嚴肅、內心溫和，看來激動，實則溫順的信長，實在令人討厭。不過老實說，也正是這股魅力，讓這名年輕人不忍離開尾張。

當信長丟下一句「找女人」的奇妙謎題時，他就有一股想解開謎底的衝動。

兩人穿過市場，朝城南走去。

「就在這兒，你也進去吧。」

「這是生駒大人的宅邸，我進去合適嗎？」

「就說你是替我提草鞋的好了。」

「提草鞋！這太瞧不起我了吧。」

「我是說如果他問起的話再這麼說。」

「好吧……」年輕人不再拒絕。「你就叫我猴子吧。」

信長也不點頭，就直接敲了生駒出羽的大門。

「出羽在不在？我是信長，來喝杯茶的。」他拉大了嗓門旁若無人似地喊著，然後又繞到前庭，而年輕人一直跟在他的後面。

信長的喊聲引起了裡面一陣騷動，比信長大四、五歲的出羽很快便出來迎接。

「原來是殿下，請進……」

「這是我的隨從，來喝杯茶的。」

「我馬上準備。」

「出羽。」

「是。」

「你有沒有妹妹？」

「有。」

「叫什麼名字？」

「叫阿類。」

「幾歲了？」

「十七歲。」

「好極了，請她端茶過來吧。」

「咦……」出羽斜著頭，不解地看著他。

「你有沒有納妾？」

「還沒考慮。」

「我愈來愈不喜歡我的妻子。雖然是個才女，卻無法為我生下孩子，所以我們愈來愈疏遠了。」

「您的意思是……你們一向不是處得很好嗎？」

「現在我對她心生厭煩了。」信長略為激動地說道。

單膝跪在階梯旁的年輕人，臉上露出微妙的表情。就在信長說話的同時，他拍了拍膝蓋。信長感覺到這名年輕人似乎想說些什麼，於是也拍了拍膝蓋，假裝撣去膝蓋上的灰塵。

「你也別緊張，如果阿類不同意，我也不會勉強。你先請她端茶出來，然後再問問她。快去吧。」

生駒出羽聽到這突如其來的求婚，慌忙走到裡面。想到以前他曾要求交出父親的愛妾岩室殿，想必這裡頭應該也藏著什麼謀略吧，出羽無精打采地走了進去。等到出羽進去後，這名貌似猿猴的年輕人嗤一聲笑了出來。

四

「猴子，有什麼值得奇怪的嗎？」信長表情嚴肅地回頭看了看這個年輕人。

猴子仍然不停地笑著：「笑不代表奇怪。小的有一個怪癖，一遇到令我感動的事就會笑。」他摸著下巴，不知何時，他改稱自己為「小的」。

「奇怪的癖好？不過在我面前不可以這樣。」

「遵命。不虧是我猴子的主人，所說的話就是天地之音，我想他們應該不會拒絕的。」

「又是天地……」信長苦笑一聲。不久，生駒出羽神色緊張地走了出來，後面跟著十七歲的阿類，她羞怯地看了看信長。

信長之所以令大家害怕，或許是因為他年少時太過霸道，以及非比常人的特異性格所致吧。但這名貌似猿猴的賣針年輕人一點也不害怕信長。不，不只是這年輕人，現在跟在出羽後方的阿類，似乎也沒有畏懼之色。

「您好。」阿類很有禮貌地打了個招呼，端著茶來到信長的面前，跪下來正視著信長。

「啊。」未等信長開口，年輕人就說道：「實在是，實在是……」他或許是想說實在是太美了，但是又不敢造次。

信長只是對阿類淡淡地看了一眼，便端起茶杯喝茶。

「阿類。」

「是。」

「你能不能生孩子。」

「一個人生不出來。」

「笨蛋，誰要你一個人生？我是問你，你能不能為我生孩子？」

出羽驚訝地回頭看了看妹妹。若是正常的男女，絕對不會有如此怪異的對話吧，想到這，出羽感到腋下出汗，脖子發紅。

「如果是殿下的孩子，我想沒有什麼不好的。」

「哦？」信長隨意地點點頭。「聽說你是清洲第一美人？跟相貌醜陋的人比起來，我當然是喜歡好看的人。」信長整了整衣著，站了起來。

「猴子，走吧。」說著，他看了看出羽。「就如我剛才所說的，如果她同意的話，明天帶她進城來。」

「明天？」

「是的，愈快愈好。猴子，走吧。」年輕人若有所思地歪著頭，然後慌忙地向出羽兄妹行個禮，跟在信長後面出去了。出了大門，年輕人把斗笠遞給信長。看來信長的行為遠非年輕人所能想像的。

緊接著，信長沒有回城的打算，他朝右轉並快速地大步向前。

五

「現在要去哪兒？」猴子問道。

「你怎麼如此囉嗦，跟來就是了，別問。」

信長稍微拉起斗笠，朝須賀口的方向走去。這名貌似猿猴的年輕人不解地歪著頭，跟在信長後面。

信長停下腳步，前面是他的重臣吉田內記的府邸。信長向守門的打了個招呼，便直接穿過前庭，朝書房走去。

門房大概已緊急通報了，只見吉田內記拖著肥胖的身體，抖著身上的肉，顫顫地跑了出來。

「發生什麼事了嗎？」他站在門邊，皺著眉問道。

「是有一點事。」信長原本打算將美濃的事件說出來，但考慮一下後說：「我今天想打獵。」

「哦？那怎麼沒有帶老鷹來呢？……」

「不用老鷹，我要親自動手。內記，你的女兒幾歲了？」

「女兒……哦，你是指奈奈啊？今年十六歲。」

「啊，年齡正好。我想見見她，我已經喝太多茶了，就請她倒杯水來吧。」

吉田內記不解地看著他，但依舊喚來家臣命令道：「請奈奈為殿下倒杯清水過來，動作快點。」

信長在一邊坐了下來。

「快要漲水了，今年的堤防沒問題吧？」

「你是指……木曾川嗎？」

「是啊，如果在美濃附近決堤，農人就遭殃了。」

「美濃附近……」

內記正在沉思之時，傳來了衣服摩擦的聲音。

「水來了。」奈奈稚氣的聲音打斷了兩人的談話。

「殿下，這位是奈奈。」

「哦，長這麼大了，身材簡直和父親一樣嘛。」

奈奈羞紅了雙頰。

貌似猿猴的年輕人睜大眼睛看了看奈奈，又看了看信長。剛才的阿類若說像一面磨光的鏡子，那麼眼前的奈奈就像一個熱騰騰的大餅。雖然她的年齡較小，但羞怯的表情的確令人著迷。

「奈奈……」信長看了看奈奈，回過頭來說道：「內記，我的妻子無法生孩子，所以我想納妾。」

「什麼……妾？」

信長點點頭。「雖然我擁有許多城池，但是還沒有任何孩子，這樣是不行的。」

「的確。」

「我已經從夫人身邊選了一位叫深雪的女子，另外一位是出羽的妹妹阿類，但這樣還不夠，所以，希望你把奈奈給我。」

「這……」吉田內記當然會十分驚訝，因為信長一向對女人十分挑剔，這會兒卻一下就擁有了四個妻妾。

六

「殿下，您不是在開玩笑吧？」內記一臉不敢置信的表情。他看了看女兒，只見女兒早已羞紅了雙頰。

在當時的風俗，一夫多妻的情況並不少見，但若是發生在信長身上，那就不一樣了。

「開玩笑？」信長站了起來。「這可不是開玩笑。如果你同意就把奈奈帶過來，愈快愈好。」

內記呆呆地站在那兒，忘了回話，只是目送信長遠去。信長來匆匆，去也匆匆，只留下了一頭霧水的內記。

看看女兒，似乎是瞭解信長的意思了。說起來，信長改掉了奇裝異服的毛病之後，的確稱得上是美男子。

「殿下如此要求，我又怎能拒絕呢……」內記喃喃地說道。

「猴子。」這時候，信長大聲喊道。只見在前庭等待的年輕人向內記點了點頭，就跟在信長的後面走了出去。

「主人。」

「我不是你的主人。」

「你現在已經有了深雪、阿類和奈奈了。」

「別以為真有這麼容易。」

「我明白，尾張守信長的作風真是令人大開眼界。」

信長默默朝著城內走去。

「我在松下嘉平次麾下時，叫做木下藤吉郎，藤吉郎吃驚得無話可說了。」藤吉郎跟在信長的後面，以頗富興味的眼光打量著他。

「那麼，我這賣針的就到美濃鷺山去，說信長大人染上了膽小病、害怕義龍而遠離妻子……」

「誰？」

「嘿嘿嘿，就是主人你呀。」

「我還不是你的主人。」

「就讓流言滿天飛吧。因為信長難耐寂寞，找來了深雪、阿類、奈奈……哎呀，聽起來實在是不像話。」

信長面無表情地繼續走著。藤吉郎加快腳步，跟了上來。

「主人，美濃之後會是誰呢？」

「我怎麼知道。」

「是駿河，還是伊勢？不，不，不，您說，我的針在哪裡可以賣得比較多呢？」

「……」

「您不回答也沒有關係……不過，如果我是您，我還要去丟一塊大石頭。」

「……」

「這塊石頭要遠遠地丟向越後，越後的長尾景虎……」

聽到這兒，信長突然停下了腳步。他們已經來到了五條川的岸邊，對面是靜靜聳立在那兒的清洲城。

七

信長回過頭來看了看藤吉郎，藤吉郎依舊奸詐地笑著。

「你說你叫藤吉郎？」

「是的，主人。」

藤吉郎似乎千方百計地想成為信長的屬下。信長很快恢復了嚴肅的表情。

（他不是普通人……）但是信長仍保持冷靜。

（對了，越後可以從後方威脅今川義元……）

信長重新打量著藤吉郎。

「笨蛋。」他怒斥道：「這麼重要的事，你以為我會忘了嗎？」

「嘿嘿嘿……」藤吉郎笑著說道：「主人，我只不過怕你忘了。」

「我還不是你的主人。」

「沒有關係。前往美濃之後，是否要順道繞過伊勢和駿河再回來呢？」

「伊勢無礙，駿河也無須擔心。」

「那麼只有美濃囉？」

「我不知道。」信長搖搖頭。

「一切都會順利的。」藤吉郎拍了拍自己的胸口，很滿意地點點頭朝市場走去。信長目送著他遠去，藤吉郎一直沒有回頭。

「好奇怪的傢伙。」信長嘴邊終於露出了微笑。

這麼做的話，義龍應該不會太早攻擊尾張。他才剛剛弒父，國內一定還有敵人，應該得先懷柔兼壓制，對於尾張應該會採取暫時觀望的態度。

「新助，回去吧。」

坐在堤岸對面柳樹下的毛利新助聞言，立刻起身走了過來。「剛才那個貌似猿猴的男人是誰呀？」

「你是說他啊……」信長高興地說道：「有一天他會成為我的左右手……」

「他是以前的間諜嗎？」

「不，昨天在市場上才碰到的。」

「昨天才碰到的人……您信得過他嗎？」

「新助！」

「是。」

「人和人之間都會有第一次的，無論兄弟或父子，都是一樣。」說著，他走上了通往城內的橋。「如果一個人不能在第一次見面就讓對方知曉自己的長處，又有何用？他……」信長想了想，笑著說道：「也罷，不談這個。哦，對了，我已經找到妾室了。」

「什麼？」

「外面的兩個，裡面的一個……哦，對了，不知道濃姬會怎麼說。」
烏雲密布的天空開始下起雨來了。

歸雁之宿

一

岡崎人眾所企盼的日子終於來臨了。身在駿府的次郎三郎元信得到了一個小女兒，由於女兒的誕生，次郎三郎總算可以回故鄉掃墓了。

新生兒取名為龜姬，岡崎人並不知道為什麼會這麼命名，會不知道是因為駿府流傳的閒言，並未傳達到這裡的緣故。

龜姬未足月就出生了，不過並沒有她是別人孩子的謠傳。反而傳說的，是雙親在婚禮之前就早已發生過關係了……

名字，是依照駿河御前的意見取的。義元並未用駿河御前的幼名「瀨名姬」，而是以和鶴對稱的吉良姬的龜來稱呼她。大概這個「龜」字在駿河御前心裡曾有過什麼牽繫吧？或許，這不代表她對次郎三郎心裡的「龜姬」特別執著，反而意謂著自己的讓步也不一定。

總之，女孩的誕生似乎讓義元鬆了一口氣，他說：「必須在正月之前返回。」

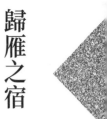

十二月初，當次郎三郎被允許前往岡崎的通知送抵岡崎時，他本人已經從駿府出發了。岡崎的臣民隨即群集到城下。究竟是在什麼樣的條件下允許的呢？總之，自從他以竹千代的身分乘著二人轎離開後，這是十年以來第一次歸國。首先面臨的問題就是次郎三郎的下榻之宿，針對這個問題，出現了兩種派意見。

由駿府來的城代似乎並不打算為次郎三郎開放本丸，但是，如果讓次郎三郎住在二之丸，也無法平息家臣的不滿。爭論分成了兩派，一派主張讓城代暫時開放本丸，另一派則認為這樣不妥。

「如果殿下決定不再回駿府的話，最好就不要進入敵人駐守的城內。」

「哪有這種事，夫人與小姐並未一同前來。」

「可是，你瞭解長大後的殿下內心的想法嗎？」

兩派各持己見僵持不下之際，在三之丸擔任奉行的家老鳥居忠吉做了個決定。「先安排殿下到大樹寺，再請教他的意見。既然是掃墓，這便是最理所當然的安排。」

終於，成為次郎三郎元信的竹千代，於十二月八日抵達了岡崎。

這是個天空湛藍、萬里無雲的午後，家臣由傳馬筋來到大平並木迎接，忘了冬天的寒冷，一逕坐在枯草上等候著。

今日出迎的人形形色色，男人皆作武士裝束，而女人家則做出了種種妝扮，令人無法分清她們是農婦還是商家人。只有本多平八穿著小袖夾雜在人群當中。這件小袖是用他和母親在駿府工作時，竹千代給的絲綢裁縫的。

「還沒到嗎？」就在明顯抽高的平八搖著母親的手問時，不知道誰大叫了一句：「啊，看到了。」

二

「啊，看到了。」

「哇……哇……真體面。」

「騎著這麼……健壯的馬。」出迎的人從喃喃細語逐漸變成了奇怪的嗚咽。

後面有酒井雅樂助和植村新六郎跟從著，前面則有立著槍的平岩親吉，在這中間騎著馬施施而來的次郎三郎，早已不是十年前的樣子。

當時，他只是個天真無邪的孩童，如今搖身變為眉清目秀、魁梧健壯的年輕人。不過，對那些老公公和老太婆而言，卻還是可以在這個年輕人的身上明顯看到他祖父清康的影子。

「啊！和祖父一模一樣……」到處響起了這樣的低語聲。

鳥居忠吉與大久保忠俊首先向馬挨近，次郎三郎比他們早一步勒馬開口道：「哦，爺爺嗎？辛苦了。」

「哪裡，殿下平安……」忠俊說到這裡，突然哈哈大笑了起來，聲音充塞在胸口，以致無法說下去。

鳥居忠吉默默走近次郎三郎的馬並接下他的轠繩，把馬拉向眾人所在之處。他一直沒有開口說話。四周又恢復寂靜，除了鼻子發出濃濁的呼吸聲外，沒有絲毫聲響。

本多的遺孀突然拉著平八的手，走到前面。「請讓平八替您拉轠繩。」話一說完，平八一面上前抓住忠吉的手，一面叫道：「殿下，歡迎回來。」

次郎三郎還沒有往前走。溫暖的陽光灑在背上，使他的胸口泛起了前所未有的感受。（像我這樣的人……）他這麼想，知道自己無論面對什麼磨難，都必須成為這些人內心的支柱。

「那麼，到菩提寺去吧。」忠吉說。

當坐在枯草上屏息靜氣的人吃驚地抬起頭來時，行列已經靜靜經過他們的面前。

「太好了，太好了，岡崎總算有主君了，一個可以團結千萬人力的殿下。」

在不知情的下級武士家人，有些人似乎猜測次郎三郎將從此停留在岡崎，他們跟在行列的後面又開始吱吱喳喳低語起來。

「現在成了駿府大人的親戚了。」

「嗯，駿府的人馬撤退之後，岡崎又是我們的了，我們可要加把勁。」

「當然要加把勁，現在的日子可真是苦啊！」

「無論如何，這總是值得慶賀的事，而且，今年的春天來得特別早。」

抵達大平並木之前，這行列只不過四、五人而已，揹負著簡單的行李，但一行人進入岡崎時，卻演變成彷彿要前往伊賀八幡宮祭祀的行列一般龐大，而且，每張臉孔都浮現出忘卻辛苦的笑容。

次郎三郎坐在馬上慢慢走著，那些真摯的臉孔，使他數度哽咽得抬頭仰望天空。

三

次郎三郎愈是瞭解人民的欣喜之情，胸中就愈痛苦。他尚未具備任何足以回報此般期待的力量，只能依著義元的命令當個人質、行元服之禮、成婚，然後回來掃墓。同時，他也相當清楚接下來會有什麼命令——擔任義元上洛的前鋒，被強迫和日益壯大的信長決戰。他可以想像得到，自家疲累的老弱殘兵與富足的尾張精銳短兵相接時，全員被吞噬的悽慘場面。

看看今日吧！返回自己祖先的長眠之地祭拜，卻連個歇宿的家也沒有。即使暫住大樹寺，也是因為有了今川家的許可，才讓他們敢安心地迎接。

（我就是個……沒有家的大名……）

不，與其說是大名，不如說是所有力量完全被剝奪的人質罷了，而且不只是自己，就連新婚的妻子、新生的女兒，都逃不過身為人質的命運。

「那麼，先去伊賀八幡參拜吧。」一行列沿著足助街道走著，次郎三郎看向左邊自己的城池，態度上表現得很堅強，對走在前頭的忠吉這麼說。

「這樣也好。」忠吉應聲後突然挨近馬的旁邊，囁嚅地說：「接下來再去月光庵。」

次郎三郎抬頭看著清澈的天空，未做任何表示地默許了。忠吉告訴他，其父廣忠的遺骸一度放置於大樹寺，接著又密葬在月光庵。忠吉大概以為眾望所歸的次郎三郎很感傷，所以才要帶他前往月光庵。

（可悲的不只是我……）

父親還長眠在右邊能見原的對面。不論待會兒掃墓會是如何，今天都要先忘掉父親。

度過伊賀橋，松平家代代尊崇信仰的伊賀八幡就在左邊。次郎三郎下了馬，在神社前祭拜了好一會兒。十五歲的年幼心靈，早已學會隱藏住內心的悽苦。

在神主柴田康忠揮搖的神拂下，次郎三郎聚精會神地朝內殿直直走進去，臉上並未露出任何悲嘆與感傷的表情。

「願此後的武運能歷久不衰。」他朝眼眶盛滿淚水的植村新六郎輕輕點了個頭，退到神社門前又慢慢跨上了馬。

「老爺爺……這附近也是祖父走過的土地吧？」

大久保老人比忠吉早一步先點了頭。

「啊，正是，我現在想起來了，血讜九郎扛著大紅的槍、忠俊拉著馬轡，路過這裡無數次。哦，當時的英勇風姿完全傳給了殿下。是血統啊，血統！」老人這麼說著，又以秋風掃落葉似的笑聲來代替哭泣。

——四——

一行人抵達鴨田鄉的大樹寺時，太陽已經升到頭頂上了。

松平家第四代的先祖左京之進親忠所建立的這座淨土宗寺院，是附近僅次於岡崎城的建築物。自次郎三郎的祖父清康於天文四（一五三五）年修復七堂伽藍以來，已經過了二十二個年頭了，卻沒有任何一處顯現出荒蕪的樣子。關上寺門後，這裡簡直比軍營還堅固。

「太好了，太好了！」住持天空大和尚親自出來迎接，殷勤打著招呼。並排在他背後的健壯和尚，一共有四十人。他們是在這個亂世當中固守法城、對抗暴力的保護者，並非一般所稱的僧兵。

次郎三郎在門前下馬，筆直地朝天空和尚走了過去，開口道：「許多不如意的事接踵而來，無法兼顧禮數，還請原諒。」

「哪裡，本寺與松平家是結了三、四層緣分的古剎，請別放在心上，請到客殿來。」天空和尚說著，率先走了進去，卻又回頭深深注視著次郎三郎。早熟的十五歲，但那不像他父親廣忠的那種小心翼翼，而是激越的頑強精神展現。

客殿隔成了三個空間，最裡面的房間，是建立者親忠和祖父清康的休息室，正面設置了一個上等的房間，隔壁則還有個側房。共二十四疊大。這是次郎三郎在岡崎停留這段期間的起居室與臥室，也是接見家臣的地方。然而，和駿府的寓所相比，這裡顯得更像是御殿啊！

老臣進入了用襖門隔著的另一間房間。

和尚端茶給次郎三郎後，又仔細地端詳著對方的臉。這絕非凡人之相，他擁有即使夾雜在千人之中，也能立即引起注目的臉頰和耳朵。但是，他的眼睛到眉毛之間流露出了過於陽剛的線條與顏色。

（太像祖父了……）

那種剛強之氣，令人覺得他如果太躁進或太勇猛，會有粉身碎骨之虞。他具有深入的洞察力，一旦燃燒起熱情，怕會有誤了自身的危險。

「喝過茶後，要馬上前去掃墓嗎？或是要稍作休息？」

和尚料想次郎三郎會回答現在立刻出發，因此故意含糊地問著。沒想到他卻回答：「看大家的意思。」

和尚出乎意料地再看著對方，這並非經過思考後的答案。

次郎三郎似乎被什麼看不見的力量壓倒了，覺得待在此處的自己彷彿會完全消失。剛才所見的城池另當別論，至於自己的祖先究竟期待什麼、依靠著什麼來經營這七堂伽藍呢？……他仍無法瞭解隱藏在這個精神最深處的意義。

（究竟是什麼樣的境界呢？）

此時，老臣出了房間向他報告：「掃墓的一切已經準備好了」。

——五——

習慣了人質的生活，次郎三郎的身上彷彿有種類似流浪者精神的輕快感。他很少有機會接觸一般人平凡而缺乏變化的生活。

看到那古野城也好，看到天王寺和萬松寺也好，接近駿府壯大的城郭也好，對他而言，這些都不過是大型的建築物罷了，即使他幼小的心靈有種興奮感，也無法貫穿到內心深處。然而，現在一看到由自己的祖先所建造、再由祖父所修築的伽藍，心裡卻清清楚楚泛起了對自己今日生命的不可思議感受。

（一個次郎三郎，絕不是偶然存在著的……）

他清楚地明白，從自己無所覺的時代，延伸連貫到今日的縱面上，自己正處在這個連貫線的末端。

妻子已為自己誕下了女兒。這麼一來，自己也成為了一個點，使線條永遠向未來延伸下去……

在天空和尚的引領之下，後面跟著重臣，首先參拜了祖先的墳墓。上頭聳立了五棵大松樹，樹梢有幾個貓頭鷹的巢。

「到了夜晚，這些貓頭鷹會守著墓。」和尚用手遮著眉梢仰望樹梢，再到墓前準備香火。

次郎三郎朝著夕陽合掌，他不知這種場合要祈求些什麼。我的生命之根就在這裡。驀然的，一股熟悉的暖流湧上了心頭。自己算來是第九代……接下來會再持續多少代呢？

掃過墓後，天空又引領他們來到山門，介紹懸掛在樓上的後奈良天皇勅額，上面寫著大樹寺。

「清康公時代，天文二年十一月頒賜的。」和尚從這個時候起，似乎領悟到了次郎三郎內心裡的想法。

接著又引領他到多寶塔，指出在真柱上祖父漂亮的筆跡，並引領他到親忠捐贈的山越彌陀畫像之前。在這期間，次郎三郎只是默默點頭。剛剛只是看到以自己為中心的家臣，現在已不知不覺地已與眾多祖先連結在一起。

眾人再度回到客殿。

「還有要讓您一看的，各位重臣也請這邊走。」

天空把重臣叫到次郎三郎的前面，陸陸續續擺出先祖捐贈的各種寶物。

僅僅活到二十四歲就去世的父親，捐贈的東西竟意外的多，這更壓迫著次郎三郎難受的心。有青貝摺的文庫；有聖德太子的畫像、牧谿筆下的畫軸、他親手寫的和歌……正當次郎三郎全神凝視著，目光似是要把那些遺物吞噬之時，坐在旁邊的鳥居忠吉喃喃自語道：「既然專程回國，請務必前來我位於渡里的家。我這個老人還想再多看看您。」

次郎三郎聽到了他的自言自語，眼睛仍然注視著父親捐贈的物品，不肯移開視線。

六

次郎三郎和鳥居忠吉一起前往渡里的房子是在兩天後。

前一天，他進城向今川家的城代簡單地打了招呼。對方認為次郎三郎還是個少年，而且又有義元的指示，因此準備了五菜二湯的料理和他共同用膳，完全沒有談及政治，只是以充滿教訓的口吻說了「早晚御所會要你陪他一起上洛的，因此要好好鍛鍊你的武藝」，以及「既然專程返鄉，就不要忘了說些慰勉家臣的話，這一點很重要。」次郎三郎很少答腔，只是不斷點頭，並省視自己心中所點燃的一把火。

我真窩囊！

這是家臣的悲哀！

還有另外一點，在這裡的所見所聞，比起在駿府所聽到的祖母遺言和雪齋長老公案，有著更強烈的影響。下次再來就是戰爭的時候了。只要想到自己愈來愈艱苦的立場，次郎三郎就整個人熱血沸騰起來。

「既然是我的城，我就不能這麼回去。」他極想下定決心，拋開駿河御前與女兒，就這樣開始向自己的城挑戰。

大概也是因為看穿了次郎三郎血氣方剛的脾性，鳥居忠吉沒有帶他去三之丸的官舍，而是去了自己村裡的房子。到達渡里一看，忠吉的房子被繁盛的長青樹重重包圍，比一個小軍營還要更大。

「這是爺爺的家。」次郎三郎覺得這是他第一次看到像樣的溫暖的家。四周有築地塀，門很豪華，牆壁也沒有頹落。

家臣之中，只有忠吉一人住在這樣整潔的屋子。因為富有，才能對在駿府的自己進行諸多救濟，但卻沒有想到他竟這麼富裕。

家僕出來相迎，落座後發現這兒是一座書院造形的建築。看來，忠吉家似乎也務農，擁有相當多的傭人與家僕。

茶點端出後，忠吉也為次郎三郎一一引見家僕。雖然家僕都穿著樸實的粗布衣服，與房子的構造不太相稱，卻也可以嗅出富裕的味道。

冬日的陽光溫暖地照射在障子窗上。

「等殿下休息過後，我這個老頭想單獨見您。」忠吉催促著次郎三郎，由書院旁邊走向庭院。繞到後門時，一股馬糧的味道撲鼻，原來對面建造了四間倉庫。

忠吉站在倉庫前，要下僕拿來倉庫的鑰匙後，便命令道：「到一邊去吧。」接著，他把鑰匙插進第三間倉庫的門，堅固沉重的門緩緩地打開了。

「請進。」

次郎三郎不知道他到底要自己看什麼，就彎下腰進了門。

「咦？」他不由得瞪大了眼睛。地板上放滿了串起來的銅錢，堆得很高。

「殿下，」忠吉靜靜的說。「銅錢如果成縱向的堆積，就絕不會腐爛，請記住這一點。」

七

「這麼多錢，究竟都是誰的？」次郎三郎並不關心銅錢如何堆放，而是這些錢到底是誰的？如果是老人的，數量似乎太多了。究竟有幾千貫？或是更多？年輕的他無法目測出數量。

「你怎麼還問這個問題，這些，全都是殿下的啊！」

「什麼？是我的……」

忠吉未再多說，只是等著次郎三郎的驚愕過去。

「我是為殿下歸城之戰準備的。戰爭時最重要的是軍費，如果屆時讓領民叫苦連天，並且慌慌張張地整頓軍備，遲早會招來不少民怨。」他一面說著，一面靜靜地折回門外。

「殿下，可別忘了在您背後藏著多少家臣的辛苦血汗啊。」忠吉紅著眼睛關上了門。接著，他又打開下一間倉庫的門，走進裡頭一看，全是馬具、鎧甲、刀、槍等等的武器。

「首先準備錢與武器，其次收集糧食。這些全都為殿下的初陣準備的。」

「你是說，糧食也有了？」

「如果目前要應戰，我們什麼都不缺，有人，也有馬糧……就連枯草也割了二千貫。」

此刻的次郎三郎已經說不出話了。老人家竟為他做了如此準備……然而，這也沒使家臣更貧窮，在這種非常時期有著如此的儲備，那不就意謂著……

「爺爺。」

「是。」

「我好想哭喔，你做的這一切，我這輩子銘記在心，但，我還有一句話想問。」

「請說。」

「你被今川家任命為收租稅的稅吏，是不是貪汙了？」

忠吉吃驚地在微暗的倉庫裡注視著次郎三郎。當他看出對方並無責備之意才鬆了一口氣，嚴肅地回答：「這本來就是松平家領地的租稅，絕非貪汙。」

「是我措辭失當了……但爺爺為我們儲備這些，若是被對方發現了，豈不是讓你獨自承擔惡名？」說著，他激動地搥打著忠吉的老肩。

「啊，殿下難道會讓他們查出這件事嗎？」

「老爺爺。」

「殿下。」

「老爺爺，次郎三郎有這麼好的家人實在幸福之至。這是父祖的庇蔭，真的，爺爺……」

次郎三郎說著，跪在忠吉那滿是皺紋的手前。忠吉也任由他抓著自己的手，然後劇烈地咳了起來。

此時，跟著次郎三郎一起來的忠吉之子元忠，來到倉庫外面大聲叫道：「父親大人，殿下，不好了，從岡崎來的酒井雅樂助大人說，出大事了。」

兩人趕緊擦乾眼淚，走到門外。踏出倉庫，映射下來的陽光分外耀眼。

——八——

兩個人和元忠一起回到廳裡，騎馬趕來的雅樂助正站在一角拭擦汗水。

「發生什麼事了？」老人這麼一問，雅樂助回頭用眼光示意要他留意旁邊的人。三個人走出書院，次郎三郎和老人交換了一個眼色。

「織田信長好像來到大高城了。」

「戰爭……要開始了嗎？」

雅樂助點點頭。「美濃的丈人道三入道被殺，他應該不會親自發動戰爭，但是看這情形，大概是要和岳父的仇人義龍結盟吧。」

老人若有所思地偏著頭說：「我以為他不會和義龍結盟……然而，信長先行而至，這或許意謂著他是個有勇無謀的男人……」

「看情形，或許會爆發一場大戰，因此我趕來商議對策。」

次郎三郎默默聽著兩人對話。對於孰悉信長部分性格的他而言，覺得這是件不容易的事。首先，他所想的是，這正誇耀著信長的勢力已經完全不受岳父生死的影響了。其次，自己所想的則與他們完全相反，這不正是他和義龍已經有了默契，想阻止今川上洛的證據嗎？

可是，信長的行動，在內幕裡往往還會有一個內幕。

（看這情形，他是得知次郎三郎返鄉掃墓，才想利用這個時機襲擊駿府的，信長以前一直是很幫忙竹千代的。）

這也可以想成只是他派使者前來的藉口。

就在不久之前，信長希望讓家臣的女兒陪侍在自己身旁，結果一找就找了三個——信長是奇葩的傳言也傳了開來。

「如果這是信長有勇無謀……」雅樂助開始對老人說：「駿府一定不會保持沉默的。就趁此機會把殿下留在城裡，請他帶領我們，您覺得如何？」

老人閉上了眼睛。雅樂助所說的話確實有理，但卻很難馬上斷定得失。

現在直接攻進城裡，就不僅僅是和義元作戰，而是先和城代諸將的先鋒對峙了。還是要趁早把次郎三郎送回駿府，在義元親自出陣時，再反擊比較好呢？

然而，次郎三郎心中想的卻和這兩個人完全不同。他幼小的心靈又開始迷惘了起來——早晚有一天會被要求拋妻棄子……

（既然早晚都要拋棄他們，乾脆就趁現在……）只要一想到這點，他的心中就像燃燒起一把火似的。

忠吉睜開了眼睛，靜靜撫著膝蓋，以說服次郎三郎的口氣對雅樂助說：「看看這兩、三天尾張那方會有什麼發展，或許，必須馬上回駿府不可。」

信長投出了一塊問路石。

次郎三郎只是直盯著忠吉的臉。

鬮鶯之城

一

櫻花已經逐漸綻放，鶯啼聲卻仍不絕於耳。這不是早春幼嫩的聲音，而是爭奇鬥豔的婉轉聲，聲音傳入在場武將的耳裡。

駿府城本丸的庭院裡，今川義元的世子氏真，與京都來的中御門宣綱一起興高采烈地踢著球，諸將圍在一旁看著。極為難得的是，義元也在場，四周掛滿幔幕，地上鋪著坐墊，環視著這個頗有來歷的都城。

陽光晴朗地照射著，可以清楚看見富士山頂的白雪。照例，表演結束後應該會拿出酒來，再加上鬮鶯婉轉的啼聲，的確令人心生悠閒寧靜之感。

義元一身京風盛裝還畫了眉，肥胖的身子輕靠在扶手上，他大半時間都未把注意力放在觀看蹴鞠，而是輪流盯著諸將的表情。他的內心裡正遐想著這個有傳統風格的遊戲場所，漸漸地將由駿府移往京都了。

從父祖的時代，今川家族就長期蟄伏於此。

小田原的北條和甲斐的武田，對義元而言是結了雙重親戚關係的同盟，即使到了現在，對他們仍是難以放心。

如果義元進京，他擔心可能會有一方在背後倒戈。而武田晴信（信玄）的危險性比北條氏康來得大。

義元娶的是晴信的姊姊，並把晴信的父親留在駿府城，然而義元很清楚地瞭解晴信的志向和自己是相同的，一樣是以京都為目標，因此，他覺得遲早有一天必得大戰一場。但是晴信還壓抑著野心，按兵不動。因為他正和越後的上杉景虎（謙信），打著進退兩難的長期拉鋸戰。

（就是現在了！）

因此，義元的腦子不時地仔細檢討著出發的時機與準備。他環顧著和關口、岡部、小原一起觀賞蹴鞠的重臣，當視線停在松平次郎三郎元康的側面時，突然想起了一件忘在腦後的事。

「對了。」說著，悄悄站起了身。為了不掃其他人的興，他只帶了一個身旁扶持的小姓，若無其事地從幔幕內消失。

松平次郎三郎原來叫做元信，十五歲的正月去了岡崎掃墓回來後，就改成了「元康」。義元似乎很討厭元信這個名字，因為元信的信與織田信長的信是同一個字。

義元穿過天守旁的高廊，回到最裡面的起居間。在這裡也聽得見鶯啼，台階下的桃花盛開著。入口處，有個女人牽著還很年幼的女兒坐在那裡。

「啊，是阿鶴啊？等很久了吧？」

義元特地蹲了下來，用手撫摸著三歲小女孩的頭，而女人就是嫁給松平元康的外甥女，關口刑部的女兒，瀨名姬。

二

被暱稱「阿鶴」的瀨名姬，恭敬地向義元打招呼。除了帶著元康的長女龜姬，她肚子裡還懷著第二個孩子，而且即將臨盆了。以前的女孩模樣已經完全不見了，現在的她，予人一種成熟女性的感覺。她的年齡比元康大六歲，如今已二十四歲了。

義元似乎不堪負荷那肥胖的身體，靠著椅子的扶手說：「找你來也沒別的事。」一面說著，一面頻頻注視著孕婦透明的肌膚。「是想問你元康的事。」

「什麼事呢？」

「二月初，連尾張的信長都上京了。他大概要籠絡被三好之徒打敗的將軍義輝。織田那小子應該做不了什麼，但是我也該出發了。」

瀨名重重地點了點頭。

「因此，我考慮了很多。對了，元康跟你們母女怎麼樣啊？」

「您是指哪方面？」

「處得好嗎？」
瀨名輕輕將兩隻裹在寬大袖子裡的手肘蓋住自己隆起的腹部上。
「這一回是元康說想要個男孩的，我也想要再生一個。」
「哦……不必擔心吧？」
「可以放心……」
「好，好。」義元輕輕點了點頭，眼光又恢復了嚴肅。「我拿不定主意，上洛時由元康打先鋒不知好不好。」
「您懷疑元康嗎？」
「不管怎麼說，總不能太大意。」義元再度頻頻從瀨名的臉看到身體，說：「不是因為你比元康年長，我才這麼說。但是，我聽說元康家裡還有人是心向著織田家的。當了先鋒的元康，如果受到那些家臣的操弄而拋棄你們母女，進而和尾張的勢力相結合的話，上洛之事很可能會節外生枝。」
瀨名微笑著搖搖頭說：「我相信不會有這種事。」
「你是說你已完全抓住元康的心了嗎？」
「就是因為我比他年長，所以嫉妒心也重，一個侍女也不可以有。而元康也無所謂……」
「你是說他很滿足嗎？既然你這麼有自信，大概錯不了。」
瀨名抓住要走出去的龜姬身上的帶子，說：「如果御所大人還有所懷疑，可以在上洛之前先試探看看元康的心。」

「這也是個好辦法。」

義元突然從剛強的外甥女言語中得到了靈感。織田信長經常來騷擾笠寺、中根、大高的邊境，不妨就讓元康的初陣在那上場，看看他的器量與動用族人的能力。

瀨名看到義元注視著院子裡陽光照射之處，臉上一副若有所思的樣子，好強地說：「鶴是元康的妻子，御所大人的外甥女。」

三

對於丈夫被義元懷疑一事，剛強的瀨名心中氣得牙癢癢的。元康應該沒有拋棄自己和孩子去依靠織田的勇氣，更何況，他們馬上又要多添一個孩子了，元康也深知娶了御所外甥女的榮耀和體面。

「是啊，那麼就依你的建議試試。今天說的話，別對元康提起啊。」

「是。」

「你進去吧，拿點京都的點心給孩子吃，我還得出去外面。」義元說著，就站了起來。因為坐太久，起身時搖搖晃晃，有點站不穩。

「小心。」瀨名跑過去扶住他。義元靠著瀨名的手好一會兒，皺著眉頭說：「小心吶，你比較年長，要注意打扮，免得元康的心溜走囉。」

「這個我知道。」

「不要老用命令的口氣對他說話，女人要經常撒撒嬌比較好。」

瀨名笑著點點頭。這一點她做得相當成功——她的微笑意謂著權力高漲的成功。

義元一走出去，瀨名拉著龜姬的手，沒有進去裡面的起居間，反而直接走出了玄關。一想到元康初次掛帥出陣一事已經定了，她興奮得像是自己的事一樣。都十八歲了仍無法被任命去指揮家臣，這對元康，對瀨名而言，都是件相當尷尬的事。

義元並不是信不過元康帶兵的手腕，而是害怕他會倒戈。不過一旦決定上洛了，除了岡崎這一黨人以外，大概也沒有人能攻得進尾張。

瀨名姬打算把義元要她保密的話，原原本本告訴元康。

當然，初陣是進攻三河和尾張的邊界，屆時一定要讓尾張的信長等人大開眼界，齊聲讚嘆元康不愧是松平清康的孫子、關口親永的女婿。

她是義元的外甥女，但也是元康的妻子，為丈夫合計未來才是為妻之道。這般細心為他打算，也可以讓元康早點下定決心。

元康對這個年長的妻子還算言聽計從，要是不聽，瀨名就會發脾氣，而最後總會說一句：「我是為殿下著想。」只要她說出這一句，十八歲的元康就會老成地點點頭答應了。

「小女兒，這個，鶯和花，仔細看看啊，春天終於在今年來拜訪你的父親了。」等在外面的乳母把龜姬抱過來，一起走出了玄關，瀨名心情甚佳地在花下哄著孩子。

外面的蹴鞠好像終於結束了，接著傳出了笛和小鼓的聲音。

（殿下什麼時候才會回來呢？）一時間，身為女人的瀨名，內心裡浮現出不希望元康離開自己的矛盾感。

四

人的緣分是很不可思議的，而女人這種動物也是愈想愈不可思議。起初，瀨名對竹千代時代的元康只有嘲弄而毫無其他心思，接著就突然和他訂了親──訂婚的當下，她就後悔了。

（和這樣的孩子怎麼過日子呢？）

沒想到，漸漸地發展到離不開他。在婚禮之前還主動為了元康而跑去找氏真，搞得自己相當狼狽。

當瀨名知道自己懷了龜姬時，深深感覺到前途黯澹。她完全不覺得這是元康的孩子，總覺得是氏真的，光想到這點，她就受不了了。但是現在那種不安已經消失了，她初次感覺到擁有元康的安定感。

丈夫的年紀比自己小也無所謂，婚前就發生關係也不覺得羞恥了。只要一想到元康，她心裡就是又疼又愛。或許是因為四周的環境，致使年輕的元康無法有任何作為，因此，這種夫妻間的關係便遠比一般人來得深厚。

元康不斷地索求著瀨名的身體，而瀨名也變得沒有元康在身旁就無法安眠了。在這種狀況下，她很快就懷上了第二個孩子，這次可千真萬確是元康的血脈了。

瀨名繞過馬屋曲輪走出了西邊的門。堤岸的櫻花受到充足的陽光照射，已經開了七分，搖曳的姿態映照在綠色的草坪與壕溝上。

「乳母，我希望這一胎是個男孩。」

「是啊，如果生個幼君，大家該有多高興啊！」

「既然是松平家的後代，就依殿下的幼名竹千代命名。你也要祈求我生男孩喔！」

「這當然。」

瀨名伸手折了一枝壕溝邊的櫻花枝，給龜姬抓在手掌裡。「現在全日本除了駿府，好像沒有讓女人和小孩散步的地方了。到處都是盜賊猖狂出沒之地，我們能生活在這裡，實在幸福啊。」

但乳母沒有回答。她是岡崎來的堅田左右六之妻，內心無時無刻不在期待著能返回岡崎。

她們回到少將宮町的元康住所已是下午三時左右。太陽仍高掛著，庭院裡卻沒有任何一株裝飾春天的樹木。酒井雅樂助正一個勁兒的在剛冒芽的茶樹與梨樹之間撒著旱稻的稻穀。

瀨名經過自己的起居間，馬上叫住雅樂助問道：「殿下還沒法回來嗎？」

雅樂助將手放在跪著的膝蓋上，曖昧地笑著。映入他眼簾的瀨名姬、駿河御前用情實在太深了，開口閉口都是殿下，雖然春風和睦的相處是很好，但這位御前對岡崎似乎沒有什麼感情，而這就是使元康延遲返回岡崎城的原因。

「聽說您去了御所大人那裡，怎麼樣？」雅樂助巧妙地避開了她的問話，以詢問的眼光問道。

——五——

「談了一些話，一定要告訴殿下才行。對了，也應該老實地對你明說。」瀨名抖動著全身，像小女孩似地吃吃笑著。她沒有留神到雅樂助一臉苦惱的表情。「御所大人交代我不能告訴殿下，不過，我對殿下能有所隱瞞嗎？殿下是我的生命啊！」

「是什麼事呢？」

「對殿下而言是好事啊，他終於被允許上陣出征了。」

「上陣出征？」

「雅樂助，出征時，我們能跟著去嗎？」

雅樂助皺起眉頭，歪著頭沒有回答。

「既然是初次上陣，時間應該不會很長才對。可是，要到尾張的國境邊界……得花上多少日子啊？他出門太久我會受不了了。」瀨名好像在揶揄雅樂助的老實似的，歪著頭說。

「是的。」雅樂助無視瀨名的態度說道：「如果是前往尾張的邊境，可能要一年、兩年，不，又或許終其一生也無法回來。」

「雅樂助。」

「是。」

「為什麼要說這麼不吉利的話？」

「既然您要開玩笑，雅樂助也開開玩笑。」

「開玩笑也要看情形。一聽說初陣的日子馬上要到了，我連這些都原原本本告訴你了，你還不瞭解我的心情嗎？」

「可是，御前，這也不是光高興就可以了。」

「為什麼？」

「我們的對手織田信長整頓了家族內部，統一了尾張，他們現在的勢力如日中天。」

「這麼說來，我們很難輕易勝過他們囉？」

「殿下十八歲了，但到現在才獲准動用一兵一卒；而對方自十三歲初次上陣以來，卻已經歷過各式各樣的戰爭了，連沙場老將也自嘆弗如。殿下要平安無事地凱旋歸來也不容易啊。」

瀨名聽了雅樂助未經修飾的話，露出明顯的不快。「幫他建立功勛不就是你們的責任嗎？未戰先怯，以後怎麼辦？算了，你回田裡去工作好了。」

雅樂助依言離開了位子，但心裡卻隱隱感覺到這位御前與殿下的生母於大，有著相當大的差異。

駿府和三河的女性不同。三河的女性謙恭樸實，駿府的女子則打扮得相當華麗，什麼話都說得出口。她曾露骨地向殿下表達愛意，而且認為現在這種生活會一直持續下去。這些都還不至於影響到殿下元康，便也放任御前。有時候，御前拿他的膝蓋當枕頭，或是任意拉拉他的耳朵，而殿下常常背著雙手，呆呆地思考一整天。

「哦，殿下接受試練的日子終於來臨了。」雅樂助再度站在田間，當他正要抓起一把稻穀時，看見元康和隨從平岩七之助表情一派輕鬆地進了門。

六

元康來到雅樂助的身邊就站住了，雅樂助故意不出聲。他一定是要來談駿河御前剛剛在城中和義元的談話。雅樂助默默看著他，大概是想試探年輕的殿下有什麼反應吧？

「雅樂助。」沒辦法，元康只好先開口了。

「啊，您回來了。」雅樂助抱著裝稻穀的竹簍，抬起了頭。

午後的陽光把門口的松影投射在剛翻過的黑土上，元康的臉在黑土和松影的對照之下，愈顯出柔弱的白皙。

「蹴鞠實在很有趣，你看過嗎？」

「沒有，而且我也不想看。」
「為什麼？相當風雅呢。」
「我對這種與我們無緣的都城遊樂，一點興趣也沒有。」
「老爺爺……」元康悄悄和身邊的平岩七之助交換了一下眼色，說道：「你還是執拗了些。我剛剛回來時，還一面和七之助談著這件事。我們在猜，如果向你問起這個問題，你大概會怎麼回答，結果不出所料。」
雅樂助掀起上眼皮看看元康，卻沒有回答。
「這也難怪。我如今已十八歲，從岡崎前來當人質時也才六歲。十二年的歲月不算短，還不知什麼時候才能回岡崎……」元康說到這裡，突然改變話題：「我現在正在培養沉靜的耐力，等待春天的下一季，夏天的來臨。大自然是沉靜的。今天城內的森林響遍了美妙的鶯啼聲，然而，大自然是不會讓鶯鳥啼唱一年四季的。哦？老爺爺。」
「是。」
「你剛剛說蹴鞠是與你無緣的都城遊樂？」
「是的，是無緣的遊戲。」
「我卻不這麼想。我在陽光普照的庭院裡悠哉地想，希望有一天能踢給你們大家看。」說著，元康催促著七之助，一起朝玄關走去。
雅樂助以銳利的目光目送他們的背影。他瞭解元康話中的意思——等待自然的時機，卻還是禁不住生起氣來。

元康的祖父清康被稱為海道箭術的第一把交椅，在他二十五歲戰死之前，已經奮力展翅，大大發揮了一番。可是，他這已經十八歲的孫子元康卻……

人和刀劍一樣，長久不用就會生鏽。岡崎人仰望如光的元康被叫到城裡觀看城市風情，回到城外的家裡又倚在駿河御前的雙膝前，再這樣下去他會逐漸變成生鏽的鈍刀。一念及此，雅樂助就不能自已。

七之助在玄關大喊殿下歸來了，可惜，並不是大批將士出迎的身分。

雅樂助悄悄看了一下抱在懷中的竹簍，發覺自己的眼睛有點模糊。他慌忙用袖子擦擦眼，又開始撒起稻穀來。

七

元康在鳥居元忠和石川與七郎的迎接下，走上了玄關。

元康六歲時，和他一起離開岡崎的可憐孩子，如今都已變成健壯的年輕武士了。這些孩子的心裡，比起以雅樂助為首的大久保一族、鳥居、石川、天野、平岩等老一輩，蘊藏的是何等激動的血氣與不滿啊。

元康想到這點，就必須裝出無所事事的悠閒。但是僅僅是偽裝，就已經讓他苦得不得了了。他巧妙地把自己融入這種境遇，想抓住可以聽到春天鶯啼、夏天蟬鳴的時光，並設法將這樣的時光發揮擴大。

元康一上玄關，點頭說聲「辛苦了」，旋即往內室走去。因為他彷彿已經看到駿河御前瀨名姬眼裡閃著光輝，站在內室門口等著自己。

即將臨盆的瀨名姬，如果生逢其時，自己當然會建造一座產殿讓她另外居住，可是現在卻沒有能力這麼做。

「可憐的傢伙。」對現在的元康而言，瀨名姬各方面都很可憐。看起來好似可以任意妄為，其實只不過是一隻闌籠罷了。

從臨濟寺雪齋長老這棵巨木倒下的那一刻開始，駿府的春天就已經要過去了。就整個局勢來看，瀨名也可說是毫無自由的犧牲者。她存在的價值，只是為了讓這個能號召岡崎人團結的人質元康繼續存活的玩具。而這個玩具的擁有者，一旦等來時機，又不得不為了家族的幸福與前途舉起義幟。只要起義，恐怕連回顧這個可憐玩具的餘裕都沒有。

「要有拋妻棄子的覺悟才行。」

雪齋和尚所留下來的公案，給元康帶來一個難題。在緊急時刻，是要選擇妻子，還是選擇苦苦守候十多年的岡崎人呢？

岡崎人裡，有那種跨越二代、三代的，也有父祖子孫兄弟一同的，支撐著松平家族；而飽受非言語所能形容的辛酸折磨的，更是大有人在。實在無法只為了謀求妻子和自己的安全，而捨棄這些人。因此，元康現在的腦袋裡已經清楚理解了和尚留下的公案。因為理解，也就更為瀨名感到悲哀。

「回來啦。」果然不出所料，瀨名姬的眼眸閃著光芒，從內室迎了出來。她伸出雙手接過太刀，右手的手指頭泛著淡淡的紅。

馬上就要臨盆了，她的眼睛卻意外的發亮，露出水汪汪的嫵媚。

（真美！）

元康心想。女人在成為人妻後要比少女時代更美，而為妻者一旦生了孩子，就會增添各種不同風情的美。然後所有生活就完全依賴丈夫的愛，這種依附，最終發展出想完全擁有男人，並意圖指揮男人的本能。

「殿下，快點進來，我聽到了一件大事。」瀨名斜著頭，對喘著氣的元康說。

八

元康一進入瀨名的起居室，侍女就紛紛退出了房間——大家都知道瀨名姬的脾氣，她不喜歡任何人挨近她和元康的身旁。

瀨名把太刀擱到刀架上，挨著他坐了下來。床之間[8]插著一瓶不知從哪帶回來的紫色杜鵑花，使得四周顯得活潑明亮，香爐裡添著沉香。

「殿下，」瀨名雙手擱在元康的膝蓋上，「殿下出去之後，御所大人就派人來了。」

「找誰？」

「找我。來人說御所大人想見龜姬，要我帶她去。」

「御所想見龜……」

瀨名撒嬌似地搖搖頭。「那只是個藉口，主要是問次郎三郎是否愛我。」

元康不可思議地低頭看著瀨名。此時，二十四歲的瀨名和十八歲的元康絲毫沒有任何不協調之感，反倒是元康看起來更成熟些。

「殿下，請緊緊抱住瀨名，瀨名回答御所大人說你愛我，我很幸福……沒錯吧？殿下。」

元康認真地點點頭，依言擁住了瀨名的肩。

「為什麼御所會問這個問題？」

「上洛的時刻已逼近了，屆時他決定讓殿下指揮岡崎族人進京……瀨名一聽，實在心痛極了……和殿下一別，不知要等上多久呢？殿下。」

「……」

「御所當時說，他擔心如果擔任前鋒的殿下向織田倒戈，拋棄我和龜姬及胎兒，那我該怎麼辦？」

元康驚愕地動了動眉毛。瀨名深深注視著他的眼睛，一瞬間，他覺得呼吸好似停止了。

「御前當時怎麼回答？」

「我回說不會有這種事。」
「你是很篤定地回答嗎？」
「是，如果讓他有所猜疑，就不會准許你的初陣了。」
元康鬆了一口氣，點點頭。
（不可以大意。對了……我真讓御所如此憂慮嗎？）
「殿下，開心嗎？」瀨名又用力地搖著元康的膝蓋。
「殿下，我很瞭解你一直在期待這一天的到來，所以請求御所給你這個機會。即使殿下不在會讓我感到寂寞，但我願意忍耐。御所大人也同意了。」
「是嗎？那太好了。」
「殿下，獎勵我啊，看看瀨名的手腕。」
「好，獎勵你。即使想獎勵你……」元康抱起靠著他撒嬌的瀨名，胸中不由得一熱。
（活玩具哭泣的日子終於要來臨了……）
毫不知情而撒著嬌的瀨名，眼眸裡流露出難捨的情感。

8〔編註〕和式房間中略高出一階，可掛幅軸、置放擺設或裝點花卉的空間。

亂世之相

一

當元康環繞著瀨名肩膀的手腕用力時，她悄悄閉上了眼，濃密的睫毛微微顫抖著。這種顫抖可說是女人的幸福，也可說是女人心田深處不斷詢問什麼是幸福時，來自靈魂的顫抖。

元康第一次感到懷疑，這種感傷是否出自自己內心不尋常的柔弱感。瀨名很可憐，自己也很可憐，就連這些陸陸續續生下來的孩子也很可憐。想到這裡，他忍不住要放聲大哭起來。他不想告訴妻子真實的狀況，也無法培養對孩子的感情。

（自己究竟是懷著什麼罪孽生下來的呢？）

然而，他現在已經從這個迷惑中脫身了。兒子不信任父親，父親也不信任兒子；兄弟同志間的爭鬥，女婿和岳父自相殘殺，這些事絕不僅僅發生在元康身上，也會發生在甲斐的武田、越後的上杉、尾張的織田身上，當然也曾發生在駿府裡。現在的人世，就是亂世之相。可以說，任何一個家裡，妻子都是敵人的間諜，兄弟更是最親近的敵人。

武田晴信的父親信虎，因為兒子和女婿義元之故，至今還被幽禁在駿府城內。織田信長終究殺了至親的弟弟勘十郎信行，因為他想篡奪兄長的地位。信長的岳父齋藤道三入道，也遭兒子義龍征討而滅亡。這種縈繞在骨肉之間的不信任，除非能從根本上消除其原因，否則，互相殘殺的人間地獄就會一直存在。

思想的混亂與道義的喪失，已使人與人之間不知何者為善、何者為惡，只剩下追求生存的本能，正好描繪出無間地獄的情形。

孫子曰：「好戰者必亡。」元康最近正細細推敲這句話的意義。僅僅只靠強大的武力，也無法終止這種骨肉相殘的地獄。與其真去搶初陣的功勞，還不如把今天的不幸看成是神所給予的試煉。

「我該怎麼做呢？」元康認真思索起來。

「啊！殿下……」閉著眼睛，心蕩神馳的瀨名皺起了眉頭。

「胎兒在動，痛……殿下。」

「是嗎？我幫你揉揉吧。」

「好……」

元康擁抱著瀨名，一隻手伸進她的衣服裡，緩緩地用手掌撫著她圓滾滾的光滑腹部。當手掌輕輕地繞過肚子時，瀨名微微睜開眼笑著。這個笑容看在元康眼裡，竟覺得不可思議。

（只要丈夫待在身邊……這個女人就相信自己幸福了。）

太陽漸漸偏西了，智源院傳來晚課的木魚聲。

既然生在這種對明日充滿懷疑的時代，能使人肯定生命的，大概就是剎那的滿足感吧——元康心想。

二

在這剎那的滿足中，最能肯定「生命」的，就是男女肉體的結合。因此，愈是亂世，男女的肉體結合就愈頻繁，而這種結合愈頻繁，就產生出更多悲哀的後代。雖然如此，因為這個緣故而責備這不知何時即將分別的妻子，實在是件很殘酷的事。

「不痛了嗎？」

「唔……」瀨名搖著頭。

瀨名好像希望元康能一直繼續撫摸著自己的肚子。不，她即將臨盆的身體不只希望丈夫能在身邊，更渴望著肉體的接觸。

對胎兒而言，做這種事可以嗎？元康知道，至少自己出生時沒有這樣的事。母親水野御前於大，早就遷到簡陋的產殿，不與外界往來，專心求佛、潔身茹素地生下了自己。

這樣的反省刺痛了元康的心，但是元康沒有勇氣說出來。第一，他沒有建產殿給瀨名；第二，瀨名很可憐，他無法拂逆她。或者更進一步的，他頑強地想試試看，身為亂世中的一分子，究竟擁有多大的力量，足以抗拒情慾的世界。

「殿下……」瀨名稍稍噘起嘴唇撒嬌道，「如果這孩子是個男孩，請替他命名竹千代。」

元康點點頭。竹千代是祖父清康的幼名，也是自己的幼名。也可以說，瀨名的心裡認定這個孩子是松平家的繼承者。

「還有，好好向御所請求，初陣要在孩子生下來後，請看過孩子再出發。」

「我知道。還痛嗎？」

「嗯。」

元康又靜靜撫摸著那圓突的丘陵——不幸的父親、淫蕩的父親、蠻橫的父親、可悲的父親。這個父親不認為自己在撫摸妻子的腹部，反而像是在對胎兒致歉。

（你要做個好孩子，父親雖然無法對母親說實話，不過既然你還在神的世界，應該能瞭解吧。）

此後，這個孩子會碰到如何悽慘的風暴呢？當然，不是你一個人才會遭遇，因為這是亂世的風暴。

（父親想找一個風暴吹不到的地方，知道吧。）

這時，走廊上傳來腳步聲。「殿下，我知道御前和您在一起，不過，我方便打擾嗎？」這是剛撒完稻穀的雅樂助的聲音。

元康沒有移開擱在腹部的手，回答道：「進來吧。」

三

雅樂助一進來，就露出不以為然的表情，蹙著眉頭避開兩人的眼光，在襖門邊坐了下來。

「稻穀都撒完了嗎？」

「是的。為了讓自己不要忘掉岡崎的人，我就在田裡幹活，一面撒種，不知不覺眼淚也掉了出來。」

「我知道，這些眼淚就成了肥料，或許不久就會有超越尋常的收穫。」

「我不是開玩笑的，殿下。」

「誰說在開玩笑？老爺爺，這個世界上也有流不出的眼淚和枯乾的眼淚吶。」

雅樂助並未轉過頭來，只是握緊膝蓋上的拳頭。他並非不知「男兒有淚不輕彈」的道理，只是最近經常猛然醒悟到，自己和元康的位置竟在不知不覺中對調了。以前總是雅樂助責備竹千代的意氣用事，可是最近卻反過來被元康責備。

（自己在這一點，是甘心依附著殿下。）

殿下竟在不知不覺中，讓雅樂助這個男人甘心依附於他。由此，雅樂助必須重新評估殿下的器識，但如果換作御前，則又另當別論。

松平家代代都相當好色，經常因此招來災禍。祖父清康把水野忠政的妻子，也就是於大的生母華陽院搶過來當妻子，結果吃了不少苦頭，而父親廣忠的死因也與獨眼八彌的怨恨有關。而元康雖說實在太過於寂寞，和比他年長六歲的瀨名姬在一起，最後意外地與今川一族結成了姻親，雅樂助認為這是無法挽救的大失策。同時，他竟然若無其事地在自己面前撫摸著御前的腹部，成何體統。

「殿下，你是否已經從御前那兒知道了初陣的事了呢？」

「嗯，聽得很詳細。」

「初陣的戰場是尾張的邊境吧？」

「我知道，是笠寺或中根、大高附近吧。」

「那麼，殿下有沒有勝利的把握？這次初陣，是為了試探殿下的實力，看看您是否適合擔任上洛的先鋒，畢竟，敵人是勢如破竹的尾張啊。」

「是的，當然啦。」

「既然知道這一點，不會覺得不安嗎？」

「老爺爺……」元康說著，視線卻越過瀨名的肩膀，對雅樂助眨著一隻眼搖搖頭。

「所謂戰爭，是不能未戰先畏縮的呀。」

「戰爭一旦敗了，便是後悔也莫及了，這就是戰爭。」雅樂助對瀨名的火氣似乎更勝於對元康。他假裝沒有看到元康對他使的眼色，繼續說：「如果初次上陣就遭遇戰死的不祥事件，該怎麼辦？」

「哈哈哈！」元康笑了出來，這時瀨名姬猛然抬起頭來，略帶憤怒地說道：「雅樂助，你們難道就這麼不中用，初陣就要讓殿下戰死嗎？」
「話不是這麼說。御前難道認為，御所會允許岡崎儲備足夠的軍力好打敗勢如破竹的尾張嗎？」
「你說什麼？」瀨名豎起眉毛，推開元康的手，粗暴地拉好衣服的下袖。

四

「你這話實在太刺耳，好像暗指御所故意要讓岡崎眾人吃苦似的。你別忘了，若非御所的協助，你們早就被可怕的織田打得落花流水了。」
雅樂助聽到瀨名這種嚴厲的反駁，猛然抓住膝蓋的褲管，向前走了幾步。「御前，雅樂助膽敢在此抗辯，是因為這些話對殿下而言相當重要。若是說得太過，還請多原諒。」
「哦，說說看，我洗耳恭聽。」
「在下並非意指御所不懷好意，然而，這種好意絕無法滿足岡崎眾人。您看看，殿下自年幼時來到此地，元服已四年過去，可是現在依舊是三浦上野介與飯尾豐前守兩位大人擔任岡崎城代，御前又做何解釋？難道這不是御所輕視殿下，認定殿下不如三浦、飯尾的證據嗎？」
「我不這樣認為。」瀨名的眼睛露出光芒，激烈地搖著頭。「殿下貴為一族之婿，御所當然會特別照顧，一切安排也都慎重之至……然而，岡崎的眾人竟然曲解了這一點，這是嚴重的偏見。」

「御前。」雅樂助偷偷瞥了元康，繼續說下去。元康把被瀨名推開的手任意擱在膝蓋上，輕閉上眼，聽著他們的對話。

「雅樂助指的，並非御所無所關愛，而是何以讓實力不如三浦、飯尾二位的殿下擔任上洛的先鋒呢？為何不讓殿下進入岡崎城，並讓三浦、飯尾二位擔任先鋒？殿下既然身體康泰，加上岡崎又是我們過去世居之城，即使兩位先鋒戰敗，我們也會死守岡崎。可是御所不這麼做，反而任命殿下擔任先鋒，征討虎視眈眈許久的織田。我已說過，初陣之人有時是無法生還，難道我們會畏縮嗎？」

「不會畏縮？」瀨名全身顫抖地反問他。「沒有任命三浦、飯尾，而是任命殿下，這就是承認殿下的實力，你卻胡扯莫名所以的理由，這不是畏縮是什麼？」

雅樂助一臉愁苦，咋了一下舌頭。「實在糟糕透了，御前。」

「什麼事，雅樂助。」

「請原諒我在言語上的冒犯。不過，如果御前真的衷心愛著殿下、小姐以及即將出生的孩子，我想請求您一件事。請御前向御所爭取，讓殿下回岡崎城，讓現在岡崎以西的諸將去擔任先鋒……」雅樂助還沒說完，便被元康嚴厲地斥責：「不要過分了啊，雅樂助。」

「瀨名是元康的妻子，有什麼事，元康自己會說，無須多言。」

「是……」雅樂助彷彿要倒下去似的，用兩手撐住榻榻米。「失……失禮了。」他抖動著半白的髮髻，良久抬不起頭來。

五

瀨名單純地信任著義元，可是雅樂助卻無法信任義元。

直到現在仍不讓殿下返城，卻讓他擔任上洛的先鋒，這是何等惡毒的處置啊。義元的心裡，一定是想著讓元康指揮的岡崎老弱殘兵，和聲勢如日中天的織田軍隊殘殺，待雙方勢力被彼此削弱後，他再率領自己的本隊堂堂皇皇進入尾張。

因此，岡崎和織田勢必又會重蹈覆轍，展開比小豆坂合戰及安祥攻城更為慘烈的拚戰。織田必定會遭受痛擊，因為岡崎自滅亡至今，已積累了十三年的辛酸與怨恨。雅樂助深深瞭解這一點，因此才會當著御前之面表達出怨恨，但既然被元康斥責了，也只好閉上嘴，別無他法。

元康看著雙手拄在榻榻米上、淚流不已的雅樂助說道：「老爺爺，這就是亂世啊！」接著，他又以含糊的聲音說：「怎麼想都沒有用的，不是嗎？我們正是站在街口，朝著杖倒下去的地方走去……御所現在就是要看著杖倒下去，但……這樣不好嗎？我想過了，你不妨也退一步想想啊。」

不知不覺間，四周逐漸昏暗了下來，狹窄的廚房傳來飯菜的陣陣香味。

「是……知道了……失禮了。」雅樂助悄然站起身，向依舊橫眉瞪眼的瀨名鞠了個躬。

瀨名一直注視著丈夫的臉龐，直到雅樂助出去為止。雅樂助的這番話，為她帶來了莫名的不安。沒有別的，戰爭最直接的就是帶來死亡，這也是最現實的。

（如果元康初陣就戰死了……）她好不容易才忘掉的不祥與可憎的恐怖再度襲上心頭，她把身子轉向元康。

「殿下有沒有……殿下有沒有勝算呢？」

「有，別擔心。」

「如果尾張的勢力太強，無論怎麼抵抗也……如果殿下戰死了，孩子該怎麼辦？」

元康把手輕輕放在瀨名肩上，說：「別太憂心，這樣對身體不好。」

「對身體……啊！肚子裡的小傢伙又……」這是陣痛的開始。

瀨名用手指抓住元康的膝蓋，扭曲著身體。「嗚……」她咬著嘴唇呻吟著。「殿下，好痛啊！啊……嗚……」

「來人，誰來一下，來幫我啊！」

三個侍女聽了，慌張地進入起居間。

「點……點燈。」

「快去燒熱水……」元康把瀨名交給侍女後，站起身，整整褲腳。

（又要生了……）他不知高興好還是哭泣好，只得離開暫時改為產房的起居間，慢慢走至簷廊。

六

「又一個孩子要出生了……」

元康走進自己的起居間，卻無法靜下心來。究竟會生下什麼樣的孩子，他又會有什麼樣的命運呢？在這種為求生存就必須先打倒對方的亂世，人為什麼會陸陸續續來到這個世界呢？如果身處可以單純祝賀新生的時代倒還好，可現在不是，不過……也並非完全沒有喜悅。

元康心不在焉地在房裡來回踱著步，最後還是走到院子去。「七之助，把木刀拿來給我。」

抬頭仰望，夜空已布滿繁星，雖然無風，智源院的松樹卻依然搖動著發出聲響。西邊的山依稀可見其稜線，高聳直入雲霄。

（男人似乎也有陣痛。）

七之助把拿來的木刀遞給他。

「生了就告訴我一聲，我要在這裡待一會兒。」元康吩咐著，揮舞著木刀。

要攻擊什麼呢？他正眼朝前方站立，調整呼吸，一心想做到心無雜念，卻反而聽到來自廚房的嘈雜聲。而有好幾次，疑似瀨名呻吟的聲音，在他心裡迴響著。

「喝！」他揮舞著木刀，卻無法砍除心裡的感觸，右邊的天空，一顆長長的流星滑過。

（但願是個幸運的孩子。）

祖父二十六歲、父親二十四歲就被殺死了，死神也時時刻刻朝他逼近。元康每一念及此，就覺得無法忍受。

初陣既然要擔當義元上洛的先鋒，大概也無法活著回來了。到了那個時候，這個孩子是剛學會爬，還是會站了呢？不管如何，總還是不會走路的。

「呀！呀！呀！」元康低喊著，想斬斷種種妄念。他連續踏出步伐，朝天空揮著木刀。只有在這個時候，才能把孩子的事自腦子裡除去——生孩子的事已經不是人的意志，而是宇宙的意念了。

「呀！呀！呀！」汗水沿著背脊淌下。他想把義元、信長、自己、瀨名、家臣，甚至於虛空統統斬下，在這個衝動的內心深處，只有靈魂微微張著眼顫抖著。

把現世的一切當成做夢吧，或者要一直對現世執著下去？

凝望著星星時，他想的是前者；聽到廚房的聲響時，後者又占滿了他整顆心。人只要活著就會畏懼靈魂之眼，經常想斬斷什麼，然而除了焦躁、嘶喊之外，別無他法。

「殿下，您在做什麼？」當他再度擺好架勢、調勻呼吸時，雅樂助來了。雅樂助大概也是因剛剛那一席話，以及生產的準備等煩心的事，而無法冷靜下來吧？

山的稜線逐漸清晰起來，月亮也出來了。元康並未回應雅樂助，只是讓雙眸凝注在刀尖上……

「殿下，剛剛是我糊塗了，說了些莫名其妙的話。」雅樂助一走近元康，就自言自語地說著。「月亮出來了，馬上就要生了吧。」

「……」

「這回，神一定會保佑這個孩子，使他一直到成人後，武運昌盛。」

「老爺爺。」

「是。」

「你認為我會戰死？」

「敵人已經不是以前的尾張了。」

「我知道。可是，我不能這麼想不開。」

「你不這麼做，就會朝死亡邁進……」

「老爺爺……」元康放下木刀，第一次回頭看雅樂助。

「我已經下定決心了。就向你明說吧，請你不要告訴別人。」

「您的意思……」

「我不會再受妻兒的束縛，我已從這個束縛脫身了。」

雅樂助把臉逼近元康，注視著他那映著星光、發亮的雙眼。

「能夠牽絆我的，只有一樣，就是留在岡崎忍辱偷生至今的家臣，你能懂我的心嗎？」

「懂，我都懂。」

「我從離開駿府城下的那一剎那，就會成為完全的岡崎人了，不要妻子，也不要孩子。」

「殿下。」

「至少，要忍耐到那個時候，還有，先要忍耐到開戰。」

「是……是。」

「戰戰戰！戰爭的勝敗與生死豈是人的力量所能決定？我不但沒有這個能力，就是御所和信長也沒有這個能力。老爺爺，看看天空。」

「是。」

「數不盡的繁星閃爍著。」

「是吶。」

「你看，又滑過一顆流星。你知道這當中的哪一顆是元康的星嗎？」

雅樂助搖搖頭。

「不知道吧，我也不知道，不過，這星星只是發著光，並不知道何時會消失。」

「您是說盡人事、聽天命？」

「不，即使要盡人事，也必須了悟如何盡才行。」

「是的。」

「人從出生直到離世的那一瞬間，都必須依著各自的智慧與能力去拚命奮鬥。這是人類的本性，我也相信如此，如果我沒有智慧與能力，到時候就讓我和大家一起死去吧。」

雅樂助此刻已說不出話來。元康這一席話是要讓他瞭解自己會捨棄妻兒，與岡崎眾人一起殉死的。事實上，又有什麼辦法呢？既然到了關鍵時刻必須拋棄妻兒，就無須再透過他的妻子去阻止義元了。

「知道吧？不要對別人說。」

「是……是。」

八

元康看雅樂助點了頭，又揮舞起木刀。「我啊，或許運氣會比較好也說不定。」

「我不要聽這種話。」

「如果運氣不好，六歲那年大概就會在老津之濱被殺了。在熱田作為人質之時，性命也時時危在旦夕，我能平安活到今天，大概老天對我有什麼期待吧……」說著，正待元康又舞起木刀時，平岩七之助慌張地在圍牆邊大叫：「殿下！殿下！生了，是個如玉般的世子，殿下。」

「什麼，是個男的？」雅樂助比元康先回答。「要不要進去看一下？殿下。」

元康把木刀遞給雅樂助，隨興地朝圍牆邊走去，可是一到了牆邊，卻猛然停下腳步。

男兒，竹千代。他覺得宿命實在可怕，新的生命就是來當松平家的子嗣的。

自己也是松平家宿敵水野家出身的母親所生，而今這個男孩，又是由家臣都不滿的今川一族女性生下來的。

「殿下，現在正替嬰兒擦洗身體，馬上就可以看了。」

元康一動也不動，雅樂助則匆匆跑進屋子裡。既然生的是個男的，就代表年輕的殿下要自己替嬰兒做胞刀儀式，即使只是形式上的。

「殿下。」七之助又喊了一聲。

「好，走吧。」元康這才點點頭，進了房間。「我要換件衣服，七之助，幫我一下。」

「遵命。」七之助取出今日登城所穿的全套服裝，替元康穿上。

當元康蹙著眉頭穿上時，裡面傳來雅樂助拉動弓弦的聲音。弓弦述說著不讓惡魔走近的胞刀故事。到此，元康深深感到一種難以割捨的、屬於人的軟弱感。

大家都相當清楚，這種習慣是源自古老時代可笑的習俗，但還是代代遵從下來。

整好衣服後，七之助率先朝裡面跑了進去。

「這裡，殿下，在這裡。」在狹小的住所裡，聲音清楚地傳開來，去年秋天才來的少年本多平八郎，鄭重其事地佩著太刀。

總有一種遊戲的感覺，離莊嚴氣氛太遠了。但為了對剛出生的嬰兒有所表示，也只好如此了，畢竟這是為人父所應盡的義務。

即使如此，燈光比平常都還明亮。元康一進門，龜姬的乳母恭恭敬敬抱出了嬰兒，元康看著他。紅通通的小臉在純白的產褥中閉著雙眼，微微抽動著鼻翼，胸部像喘不過氣來。

「我的孩子……」元康喃喃自語，接著把視線移到嘴唇發白、微微張開雙眼的妻子身上。

「瀨名，辛苦了。」

瀨名輕輕動了動嘴唇，微笑著。

魚水相會

一

高漲的河川瀰漫著一層朝霧，左邊的青田裡布滿純白的鷺鷥。兩匹馬在其間奔馳著。前方是信長，稍稍落後的是前田犬千代。犬千代已不再是從前小姓的樣子了，現在他是荒子城主，二千二百貫（約二萬石餘）的前田利春之世子，元服後自稱為又左衛門利家。

兩人沿著河川，大氣不喘地奔馳了約三里路。每天早上，他們都要跑馬三里以上。這是最近信長日課的開始。

信長依舊是令人出奇不意的行事作風。已有了深愛的妻子濃姬，卻又一口氣納了阿類、奈奈、深雪三個側室，三人也都分別為他生下了孩子。

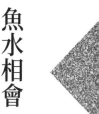

頭一個是女兒，接著陸陸續續生下了男孩。當信長看到第一個出生的男嬰時，又抓又捏著那紅通通的臉頰說道：「好奇妙的臉啊，就叫他奇妙丸吧。」

第二個男孩頭上有著很長的胎毛。「哦，這個也很有趣。這麼長的胎毛，可以直接綁上攬拌茶葉末的茶筅，這傢伙的名字就叫茶筅丸。」

第三個男孩剛好在三月七日出生。「……真麻煩，就叫他三七丸吧。」

他無視所有的習慣和規矩，自從制止了弟弟信行和柴田權六等的叛亂後，便經常到村子裡跳舞。起初，農民對於領主混在他們之中、身著奇異裝扮並隨興起舞而非常吃驚，但是久而久之……「這才是我們的殿下啊。」

他們對信長產生了奇特的親切感，而准許諸國商人自由進出後，他們也不害怕領地內會增加什麼危害。

「又左……」一口氣奔馳三里餘的信長停下了馬，霧還沒有消散，眼前的櫟樹林瀰漫著一層煙霧。「我們在這裡休息片刻吧，今年青田的作物很棒哩。」

「是的，又是豐收。」又左衛門利家從馬上跳了下來，飽滿而年輕的額頭上淌著汗水。

「休息吧，到草原上坐去。」

「無論什麼場合都不要坐下來休息，殿下不是這樣教我們的嗎？」

「有時也可以變通，休息吧。」信長這麼說著，隨即躺到露水未乾的草地上。「啊，好舒服。」

正當他們的脖子因碰觸到冷冷的感覺而伸長時，傳來一聲「拜託」，樹林裡出現一個打扮奇特的男人。

「什麼人？」又左衛門吃驚地跳起來。而信長依舊躺在草地上，一面吃吃地笑著。

眼前出現的男人，肩上披著滿是皺紋的木綿製成的陣羽織，腰上佩掛著兩把彎刀，髮髻梳得高高的，那張臉則長得像猿猴一般。

「什麼人？」利家又吼道。

「我想見御大將信長公。」猿猴似的男人大聲地回答，說完又加上了咳嗽聲。

二

「什麼？你想見御大將？」又左衛門是第一次見到這個相貌奇特的男人，或許信長認得他吧……又左衛門回頭，卻發現信長瞇著眼睛，看向早晨清澄的天空……「我不能這樣幫你通報，你先報上名來。」

猿猴似的矮小男人彷彿嘲笑他地呵呵笑了起來。「你是前田又左衛門利家吧。在下木下藤吉郎，上知天文，下知地理，所有世事無所不知，無所不曉，萬事通智者也。」

「什麼奇怪的傢伙，上至天文，下至……」又左衛門撇了嘴。「無聊，你瘋啦，你再走過來，我就殺了你。」

「這麼小心眼，你知道御大將每天早上騎馬出來城外是為了什麼嗎？」

「你還在胡說些什麼？」

「為了天下，我非說不可。前田又左衛門大人視今日天下為何物？我深知御大將的心。駿遠的總大將今川治部大輔義元終於要率軍上洛了，難道你沒發現御大將正為了要屈服還是迎戰而苦惱嗎？如果屈服，就永遠只能是治部的部將；如果擊敗對方，就能成為東海的霸者。而擊敗他們的方法只有一個，治部一直坐擁城池，學的又是正統戰術，完全無法理解野武士的戰法。因此，御大將為了求得深諳正統戰略的人才，才會每天早上騎馬出城。我們能夠相會是上天的恩賜，得到我這個人，就象徵得到天下的吉兆。」

又左衛門愕然，又悄悄回頭看信長。他知道不需要對信長重述一遍這些話，因為這些狂妄的言詞已傳進了信長的耳裡。

「又左，」信長睜開瞇著的雙眼，「把這個猴子帶回去交給足輕頭。」

「不要緊嗎？」

「沒什麼大不了的。讓足輕頭指派他照料我的馬。」

這個披著木綿陣羽之的人一聽到這句話就竊竊笑了起來。

信長起身伸直背部，輕敲正在吃草的愛馬疾風的頭。「又左，我先回去了。」說著，翻身跳上馬背。

留下來的又左衛門利家站在那兒一動也不動，跟奇妙的陣雨織對看著。

「你說你叫藤吉郎？」

藤吉郎點點頭。「上知天文，下知地理。」信步走近利家，在他的肩膀上拍著。

「那是胡說八道的呀，犬千代大人。」

「不要叫我犬千代。」

「那麼，我稱呼您又左衛門利家大人吧。在下原是尾張人，中村彌助的兒子。父親是先殿信秀大人的足輕，不幸在戰爭時失去雙腳，只能淪為農人。等著看吧，我一定認真效力的。」

又左衛門利家又呆呆地看著這個奇特的男子。不知道為何，怒氣竟然消失了，只剩下差點兒噴飯的可笑感。

三

「那麼，你以前見過殿下嗎？」

「沒有，今日第一次見面，就承蒙推薦成為足輕，請接受木下藤吉郎的道謝。」說完，馬上自又左衛門的手裡抓過轡繩，說道：「我拉轡，請上馬。」

又左衛門終於朝著天空哈哈大笑了起來。一想到他直呼他人名諱，自稱精通天文地理等等，現在卻又變成這個樣子——雖然如此，卻不令人嫌惡，像人又像猴，以為是個瘋漢卻又恭恭敬敬請人上馬。

「好，就走段路吧，你說你叫藤吉郎？」

「是。」

「你剛剛說你有野武士的動亂戰法？」

「是的，我深入研究過蜂須賀村的小六、西三河的熊若宮，還有本願寺徒眾的戰法等等。」
「深入研究，好大的口氣。」
「不，我說的是事實，在這種亂世，採用據守城池的戰法不足以養活人民。不利用城池，而是從村子至山地皆有布署，情勢緊急時馬上形成軍團，解散後又消失隱匿於民間，這種力量強大得令人難以想像。不愧是御大將，他看準了這點，和農民不分上下一起跳舞……而且，又相信總有一天會找到我這個藤吉郎。」
「原來如此，只用據守城池的戰法，是無法統治今日的世界啊。」
「是的，如果您懷疑，就讓藤吉郎潛入前田大人的領地，不出半個月，我一定可以把那裡攪得天翻地覆。」
「不，不必如此。依據這種情形，你會先從何處下手呢？」
「第一，是放火。」
「真是危險的傢伙。」
「人一看到火，就會產生極度的恐懼。第二，是搶。」
「哦。」
「第三是煽動。只要告訴大家，領主絲毫不愛惜人民。如此一來他們就不會把辛苦工作的收穫拿去繳納年貢了。」
「唔……」

「那麼，讓我們一起打倒領主吧！跟隨我！——表面上是鼓動了一揆，實際上不到半個月，我就取代了前田大人的領主地位。」

又左衛門沒有回答。

（這傢伙說的話，有點討人厭……但的確，用這種方法可以打敗無數敵人。）

「藤吉郎。」

「是。」

「你既然擁有這麼好的策略，為何遲遲沒有動作？」

藤吉郎露出微笑搖搖頭：「我實在太微不足道了，這麼一來，了不起成為一個強盜出身的小大名罷了。要知道，若不有所防範以制服天下，就無法拯救亂世。因此，我要從足輕幹起，盡力效勞。前田大人，您就等著看藤吉郎的表現吧。」

又左衛門又哈哈放聲大笑。霧已經散盡了，青田的蒼綠和河川的銀白，在碧空下相互輝映。

——四——

二人回到清洲已近中午。此刻的又左衛門利家，已對藤吉郎產生了一股奇異的新鮮感。藤吉郎不過是個默默無聞的中村農民之子，卻能縱橫談論駿河、遠江至三河、尾張、美濃、伊勢的事務。他對人物的評論也與一般武將大異其趣，這些全都觸動著利家的心靈。

他曾投身於遠江今川家的家臣松下嘉平次麾下，卻不認為今川家的前途光明。

「為什麼？」被利家這麼一問，藤吉郎馬上裝模作樣地以教訓口吻說道：「世上一般擁有城池的大名都不懂，亂世如果持續太久，自己也毫無安全可言。今川家如今正以悠閒的心境享受著都城式生活，對民間生活的實情則毫無所知，農民百姓也是人，平時受盡大名欺凌，也不知小命能留到何時。一旦機會來了，就會和野武士聯合，加入一向宗蓮如上人的一揆。然而，當今亂世裡的大名，沒有一個不視其他大名為敵的。為了防禦外敵而使人民吃苦，只是當武備完成時，內患也產生了。這麼一來，無論準備多少武力，總不夠應付，這一點，今川沒有注意到，反觀是御大將，有如此的器量允准諸國商人自由進出，讓人民得以日漸富裕。繼位之後，更減輕農民年貢，並和農民一起跳舞作樂。這麼一來，御大將可以安心地隨時離開領地去攻打敵人，可是今川啊……」

雖然前田又左衛門利家不時覺得對方口出狂言，但卻又認為，如果能和這個男子談個兩、三天的話，也不會覺得厭倦。

進了清洲城門，來到住在二之丸旁邊長屋的足輕組頭藤井又右衛門的門口時。利家此時也不再覺得藤吉郎今天的舉動有那麼奇異了。

（啊哈哈，是啊。）

藤吉郎徹頭徹尾地誇讚著信長，而信長也已打算進用藤吉郎了。或許，他們二人早就商量過，今天要以這種方式相見，正式成為藤井又右衛門的部下。

「有人在嗎？」利家出聲。

「在。」一聲清澈的回答傳來，接著，又右衛門的女兒八重出現在門口。

「又右衛門不在嗎？」

「是，不過應該就快回來吃午飯了。」

「哦，那麼我們在這裡等他吧。」

八重的視線越過利家的肩膀，悄悄看著藤吉郎。她豐滿的臉頰，老實清亮的眼睛，圓圓耳朵透著櫻桃的顏色——八重滿懷心思的想從足輕組頭父親屬下的年輕武士裡挑選夫婿。

「這個男人，今天起要在你父親手下做事……」

利家說到這裡，藤吉郎好像想起什麼似的，朝著天空大笑起來，然後說道：「哦，太好了，真是個大美人啊，哈哈哈……」

五

八重吃驚地看著藤吉郎，利家也驚愕地紅了臉。藤吉郎脫下陣羽織，繼續說道：「前田大人是個清秀的美男子，這位小姐也美得如詩如畫。在下木下藤吉郎，請多多指教。」

八重更慌張了。「我叫八重，請裡面坐。」她打開玄關邊的柵欄，引二人進門。

「出落得如此標緻，想必提親的人應該讓你不勝其擾吧，八重小姐？」

「是……哦不。」

「年輕的武士應該很難沉得住氣。所謂的美，是一種功德，前田大人快活地紅著臉，而在下也彷彿站在盛開的花朵之前，倍感清爽。令尊大概很滿足吧。」

「喂，藤吉，你說得太過火了。」當八重逃也似地離去後，利家不由得蹙起眉頭提醒。「八重小姐不是喜歡這類恭維的人。」

「哦。」藤吉郎坐了下來，狂笑著大搖其手。「現在，她大概是去端麥茶了吧。」

「你今年究竟幾歲？怎麼說起大話一點都不覺得羞恥。」

「哈哈，即使覺得羞恥也不會表現出來，畢竟在下也是男人啊。」

利家又差點要笑出來。對方的年齡大概和自己差不多，可是額頭上卻布滿了老人才有的皺紋。仔細想想，剛剛那種肉麻的讚詞，似乎是這個矮小男子一貫的手法。這個男人並不介意被取笑或被視為滑稽。無論他在什麼地方，一定可以給對方帶來深刻的印象。

「前田大人。」

「何事？」

「在下從今天起擔任馬夫，大概可以見得到御大將。不過，我可以再告訴你一個立功的機會。」

「立功的機會？」

「是的，你知道三河的松平清康的孫子在駿府嗎？」

「竹千代……我知道。小時候是殿下的玩伴，經常一起遊戲。」
「那位竹千代大人元服之後叫做元康，最近就要上陣出征了，你知道嗎？」
「什麼？竹千代要出陣！去什麼地方？」
「你知道的地方，就是御大將的丸根、鷲津、中島、善照寺、丹下這一條線上。」
「你怎麼知道？」利家吃驚地瞪大了眼睛。
「哈哈……上知天文，下知地理……」藤吉郎逗趣地縮了縮脖子，正準備往下說時……
「麥茶來了。」內側的紙門開了，八重端著茶盤進來。
「太好了，才覺得喉嚨好渴，真是心有靈犀，哦，前田大人。」藤吉郎從八重手上接過茶杯，呆呆地笑著。

六

兩個人默默啜著茶，直到八重離開。
長屋前方不遠處，二之丸曲輪的大榎樹上，不時傳來長尾鳥的啼叫聲，聲音竟和藤吉郎的有些相似。
「藤吉。」八重離去後，利家放下了茶杯。「你果真像個智者。八重的確是端了麥茶過來，可是，竹千代即將出征尾張，這和麥茶的預言是截然不同的事，你倒是說說看，這是從哪兒的天文讀來的？」

藤吉郎瞇起眼睛說道：「不不不，這個世界完全是依循著天理進行。到了夜晚，太陽就會下山，早晨天就會亮，這都是不容質疑的事實。我先告訴你解釋這個真理的方法。今川治部大輔要上洛，自然是想取代足利將軍以號令天下，這你明白吧？」

「是。」

「那麼，到時候必定得經過尾張才行。」

「這我也明白。」

「御大將會老老實實地降順，還是狠狠一戰呢？如果對方預料御大將會迎戰，為了安排堅強的攻擊陣容，那麼由誰擔任先鋒好呢？」

「你是說由松平竹千代擔任先鋒？」

「因為……沒有更合適的人選了。」

「啊，」利家歪著頭：「也不是沒有人選。朝比奈泰能、鵜殿長照、三浦備後，這些人都很強大。」

「會這麼想就表示你還不懂。這幾位都是義元譜代[9]重要的大將，平安通過尾張後，並不是馬上到達京城，還有美濃和近江。因此，義元當然要選一個即使在尾張戰死也不會影響大局，更不會覺得心痛的人，這是人之常情。合乎這個標準的，只有松平元康。若是元康的岡崎軍與御大將打起浴血戰，治部大輔必定會樂不可支。因為……岡崎就像是失去城池的餓虎，由他們擔任先鋒，正可以好好利用。」

「藤吉！」利家的聲音逼迫過來：「這解釋確實合情合理，那麼，你認為我們需要預先和松平元康串通起來嗎？」

「這種事，在下就不知道了。在下最重要的工作是照料馬匹。只是請你告訴御大將，當元康與御大將進行浴血之戰時，治部大輔必定會樂不可支。這些話，可以助你出頭。」話題竟扯到出頭——前田利家露出苦笑，然而藤吉郎並未打算停止，反倒是話鋒一轉。

「那麼，先鋒的確就是松平元康了。這麼一來，治部大輔接下來會怎麼盤算呢？如果先鋒一進入尾張便與御大將握手言好，這絕對是不好的兆頭。因此，要先觀察他的動向……否則只要一進入雨季，情況就不好處理了。所以這半個月中，應該會發動小型戰爭以便觀察。」

「由誰發動？」

「你知道的，松平元康。」

利家聽他滿不在乎地回答後，不由得猛眨眼睛。

9〔編註〕譜代，數代侍奉同一個領主家族的家臣。

七

如果屋主藤井又右衛門沒有返家，藤吉郎勢必會一直說下去。利家很想誇讚他的流利口才……但是他愈說愈忘了自己的身分，竟規勸、斥責、嘲笑起利家這個年收二千二百貫的御曹司。

「容易被人看透、容易被人料中心思之人，我絕不任用。」這是信長的習慣。看來藤吉郎已是信長勢必要用的人，他是信長所喜歡的、典型亂世中的怪傑。

「哦，前田大人。」正當回來吃午飯的藤井又右衛門出現時，像是猴子的藤吉郎隨即停止了談話，恭敬地整了整木綿的陣羽織，站起了身。

「這是新招進來的人，名叫木下藤吉郎。殿下指示，要他跟著你，照料殿下的坐騎。」利家說完，藤吉郎認真地行個禮，正當利家想著他會不會又口若懸河地說個不停時，藤吉郎開口了。

「我住在中村，是大殿下的足輕彌助之子，此番前來為御大將效力，我什麼都不懂，請您多多指導。」

「嗯，中村彌助的公子嗎？怪不得有點面熟。對了，令堂好嗎？」

「都好，正等著我成大器呢。」

「太好了，就好好幹活吧。我會請求殿下讓你住到長屋裡的。前田大人，這個人我就收進來了。」

藤井又右衛門簡單地向利家招呼後，利家站起身，卻有一種不想和藤吉郎分別的感覺。

「那麼，我們現在就去馬廄吧，我來告訴你殿下的坐騎，然後再替你引見其他人，藤吉，來吧。」

「那麼……待會兒見。」藤吉郎相當有禮地低頭鞠躬，跟在利家的背後走了出來。一走出長屋，他便馬上拉起利家的馬轠。

（這傢伙很精明。）

「藤吉。」

「是。」

「只有你我二人之時，就以朋友之禮相待吧。」

「這就不好意思了，二千二百貫的若殿……」

「你嘴裡這麼說，心裡可不這麼想。剛剛不是還說要幫我出頭嗎？就請你幫我吧。」

「哈哈哈……完全說對了，既然您這麼說，我就遵命了。前田大人，藤吉郎有一天會幫你的。」

「這個以後再說。對了，你以前有照料過馬匹嗎？殿下的馬可都是稀世寶馬，個性也非常強悍。」

「我沒有照料過馬，卻對付過凶悍的人。只要和馬混得很熟，馬就會看我的面子了。」藤吉郎毫無顧忌地皺臉笑著。

八

馬廄裡有兩排信長的愛馬，十二頭都很健壯，從棚欄裡伸出頭來。

信長只要一聽到哪兒有名駒，就一定派人去弄過來，馬和刀是年輕的信長的兩大喜好。站在最前面，是匹擁有一身連錢葦毛[10]、身材高大的馬，正是今早藤吉郎見到的那匹。「疾風——」上面掛著牌子。接下來的白葦毛是「月光」，第三匹的山鳥葦毛是「電光」，第四匹的月毛叫「斑雲」……正當藤吉郎依次看著，電光在他的肩上高聲嘶叫。

藤吉郎嚇得跳開了，模樣看起來就像隻青蛙，利家忍不住捧腹大笑。「啊哈哈……藤吉，你這樣能照料馬嗎？」

藤吉郎抹去額上的汗水，慢慢走近電光。「喂，你這個壞習慣，怎麼可以欺負人呢？還好是我，如果是膽小的人，會被你嚇死的。」接著，他戰戰兢兢地伸出手，撫摸著電光的鼻子，就在電光乖乖接受撫摸後，藤吉郎突然拍了一下電光雙眼之間的小突起。「以後再嚇人就這麼對付你。」說完，還回頭看了看利家。

利家又忍不住笑了起來，這種舉動充滿稚氣，卻又因為表現得一本正經而更顯滑稽。

「藤吉。」

「什麼事？」

「你有這種先撫摸對方，再拍打對方的習慣嗎？」

「哪有這種事。嚇人者，人恆嚇之，我是依著天理行事的。」

「這是什麼歪理，好了，我以朋友的立場告訴你，殿下要騎馬時，總習慣只叫一聲馬。」

「原來如此，馬……的確，這些都是馬啊。」

「當你聽到他叫馬時，要拉哪一匹馬出來呢？如果不能判斷他是在喊哪一匹，就無法替殿下拉馬轡。」

「原來如此，言之有理。」

「你能依著殿下的臉色以及行程，判斷出今天要騎哪匹馬嗎？」

藤吉郎拍拍胸脯點頭道：「在下是來照料馬的，既然如此，藤吉瞭解馬的心一定更甚於殿下的心，這不就解決了嗎？」就在這個時候，十二頭馬高聲嘶喊了起來。「啊！」藤吉郎瞬間變了臉色，環顧四周。

隨著馬的視線看去，是信長出現了。這些馬一看到信長就齊聲嘶喊了起來。

「哈哈哈！」利家又笑了起來。「這些馬是在說，比起負責照料牠們的你，殿下可要好多了，哈哈哈……」

10〔編註〕擁有圓形斑點的灰毛色馬。是信長的愛駒中最知名的一匹。

信長一走近來，疾風就抽抽鼻子，喉嚨發出撒嬌的聲音。

「猴子。」信長一面拍著疾風的脖子，一面叫著藤吉郎。

風起雲湧

一

藤吉郎被信長一叫，就低著頭靠了過去。

「有件事必須鄭重告訴你。」

「是，什麼事呢？」

「你胡謅是無所謂，但不可以打馬。」

「嘿……您看到了？」

「信長的眼睛，可以觀照八方。」

「我知道了，一定注意。」

「還有，你要培養出跑得比馬快的腳力。」

「遵命，不然就無法在戰場上替御大將拉馬韁了。」

「誰說要你拉馬韁？」

藤吉郎被信長瞪了一眼後，又恢復了老實謙卑的模樣。「不小心說溜了嘴，我的意思是，我已有死在您馬前的覺悟了。」

「你……」信長對藤吉郎的態度和言語並不在意，他說：「實在令人又愛又恨，你應該是覺得，自己從今天起就會得寵吧？」

「嘿……」這回輪到藤吉郎歪頭了，大概……是以為對方會講出相反的話吧。

「這世上有很多因為得寵就忘了自己身分的人。信長最討厭這種人了。」

「哦……」

「知道嗎？被人憎恨無妨，但要被馬喜歡，就以這種方法去做吧，馬是誠實的，而當今的人都是虛偽的。」

藤吉郎砰的一聲，用力地拍拍額頭。「我已把這句話深深地刻進這裡了。」

「刻完後，去又右衛門那裡，分配一下長屋的房間……」接著，他又好像想起什麼似的說道：「對了，我看你的面相，似乎頗好女色。可是，不要去惹又右衛門的女兒八重。」

「這些叮囑必定銘記在心。」他又拍了一下額頭，便退下了。

「又左，」信長依序撫摸著每匹馬的脖子，說：「猴子說了些什麼？」

「他說，在這半個多月當中，進入雨季之前……」

「他說松平元康會在國境發動戰爭嗎？」

利家吃驚地抬頭看著信長。這時，信長已經轉過身，朝馬廄內的武器庫走去。武器庫的對面是靶場，他應該是要去練習每日的功課了——練射五十次。

太陽照在他的茶筅狀的頭髮上，本就高大的身材顯得更雄偉了。信長一面走，一面小聲地唱著：

死有定數，
草兒能做什麼呢？
留給後代——
一些好評吧！

——二——

信長一到靶場就打起赤膊，拿起三所藤弓。但是他並沒有很熱中於射箭，拿起箭來，歪著頭好一會兒才射出一支，隨即又若有所思地停了下來。

信長老早就算出，在自己的一生當中，會有兩次從東邊來的大危機。一是今川義元上洛，二是大破今川後，武田晴信的進攻。然而，第二個危機是要能破解了第一個危機之後，才會出現的。

因此，在他人的眼裡，信長依舊是輝煌騰達的將軍模樣，可在他的內心深處則隱藏著無可計量的苦惱。射完五十箭後，信長把弓摔給了小廝，又哼著歌朝本丸走去。陽光照射在嫩葉上，鴿子在箭倉的屋頂停著。天空蔚藍，一點風也沒有，可在信長的眼裡，最近老見到湧起的風雲。

「不是擁有一切，就是完全沒有……」

如果能阻止義元上洛，他的人生就會綻放光輝；如果阻止不了，就會陷入無限的黑暗，站在命運的叉路上，一次又一次遭受著血氣、謀略、迷惑、焦慮的侵襲。

「濃……」信長粗暴地穿過起居間。

「汗！」大叫一聲，就把腰帶解開。叭一聲把小袖往後一拋，裸著身子出現在門口，一直到因為瞭解他而跑著趕來的濃姬幫他把全身的汗水擦拭乾淨為止，他都像是仁王[11]一般站立在門口注視著外面。

濃姬很快地幫丈夫擦乾汗水後，替他穿上乾淨的單衣，並綁上腰帶，信長任由濃姬擺布地說道：「濃……」

「是。」

「我終於要行動了……」

「要做……什麼呢？」

被濃姬這麼一問，信長才回過神來，微笑盤腿坐下。「你想要我做什麼？」

「側室與孩子都有了，尾張也平定了，接下來是美濃的……」

「替你父親報仇嗎？那還得再等等。」他搖頭打斷了濃姬。

濃姬摺著他脫下來亂丟的衣服，點點頭。

（沒有忘記就好。）信長雖然任性，可是深獲濃姬的信賴。他應該會征討兄長義龍來為父親報仇的。

「濃，如果你能生出孩子就好了。」

「啊，您說什麼？」

「孩子，如果孩子是你生的，我也可以放心……」

濃姬故意裝做沒聽見。對於無法下子嗣的妻子提起孩子，是最殘酷的事。現在已經有三個妾和四個孩子了，濃姬一想到信長對那些孩子的執著，正束縛著他奔放的心……就倍覺寂寞。

三

他說如果孩子是濃姬的就好了，暗指的是正室濃姬的脾氣、個性比那些側室要好。如果是她生的孩子成為繼承人，自己就可以安心地將生死置之度外地上戰場了。

11〔編註〕寺院門外左右兩邊，現憤怒相的護法神。

信長隨口將心中所想說了出來，而且似乎認為自己是在安慰妻子，可對濃姬而言，聽到這些話，心裡更覺得難受。

「濃，我啊。」

「是。」

「你瞭解我替孩子取這些怪名字的心情吧？」

濃姬笑著點點頭。來自生駒家的阿類，最早生下德姬，之後又生了世子奇妙丸，再來是茶筅丸；而深雪生的是三七丸。然而，茶筅丸和三七丸是同日同時分別由不同母親所生的，兄弟的排序，依生母的地位決定了茶筅丸是兄長。那時，信長還在正室之前張口大笑著：「這麼看來，我是在同一天找上她們兩個的囉，哈哈哈！」

由信長的這種心理看得出來，他是不拘泥於人世間父子親情的，他隨時都具備著厭惡常理的強烈革命意識。可是……這樣的信長終究是要屈服於骨肉血親之情的嗎？

「殿下，好久沒見到奇妙丸了，把他喊來好嗎？」濃姬想把母愛傾注在阿類生的兒子身上，而奇妙丸也很親近正室。

「嗯，一說到孩子就會先想到奇妙……就叫他來吧，看了他那奇妙的臉，說不定會想起什麼妙策。」

濃姬心領神會地前去阿類那裡。而信長雙掌一拍，喚來了小姓愛智十阿彌。十阿彌曾經和前田犬千代爭寵過，是個英姿煥發、稀世罕見的美男子，年紀還很輕。

「十阿彌，熊若宮還在等著嗎？」
「是，殿下一直沒有露面，他等得有點不耐煩了。」
「是嗎？那就讓他等，別忘了好好伺候著。」
「是。」十阿彌華美的年輕身影一離去，濃姬就牽著三歲的奇妙丸進來了。
「喏，奇妙丸大人，父親大人等著你呢。」
不知道是誰教奇妙丸的，這孩子竟規規矩矩地坐下，低下頭說：「父親大人平安。」
信長歪著頭看他，既未開口也沒有詢問，只是以一副不可思議的眼神認真地注視著孩子。奇妙丸被他的眼光嚇住了，偷偷看了濃姬一眼。當他看到濃姬盈盈的笑臉才安心地鬆了口氣，低聲嘆息。
沒想到信長卻呵呵地笑了起來。「好，好。」他猛然站起身，回頭對濃姬說：「給奇妙丸來些小點。」說著，就一陣風似地走出了起居間。

四

信長彷彿從兒子奇妙丸小聲的嘆息裡得到了什麼感受，一離開起居間，就直接往前面的書院接見來客。
愛智十阿彌以及他那打扮得十分華麗的兄長，正在書院裡與熊村的豪士竹之內波太郎相對而坐。

竹之內波太郎是熊若宮的主人，信長在名叫吉法師的年幼時代，經常去那兒聆聽神道的故事。信長這種凡事喜歡與眾不同的強烈個性，受了他很大的影響。當時，沒有在尾張至三河諸將手中敗下陣來的怪傑有二，一個是野武士首領蜂須賀村的小六正勝，另一個便是熊若宮竹之內波太郎。小六正勝經常裹著毛皮，一副山賊打扮，而竹之內波太郎則依然一身風雅穿著小袖。

他的年齡應該比信長大了十歲以上，面孔看起來卻仍然非常年輕，充滿光澤的頭髮束起來，手上拿著一柄蝙蝠扇，搖動之間散發出白檀的香味。

「十阿彌，退下……」信長一進來，就要愛智十阿彌退下。

「梅雨究竟什能時候來呢？」他很沒有禮貌地盤腿坐在波太郎面前。

「再過五、六天吧。」

「剛剛把奇妙丸叫來，我沒有說話，只是一直瞪著他，他竟害怕得嘆了氣。」

「哦……」波太郎白皙的臉頰上浮現出輕微的笑意。「究竟要命令我做些什麼呢？」

對信長而言，波太郎就好比是老師，可是信長連表面的尊敬也沒表現出來，隨意說道：

「要殺了岡崎的小冠者[12]，還是要解救他？」

「所謂岡崎的小冠者，是指松平竹千代吧？你的話依然這麼不直截了當，波太郎很難瞭解。你是想問竹千代最近要做些什麼嗎？」

信長露出別裝傻了的表情，笑著說：「你應該知道的，寺部的鈴木重辰告訴我了。這次進攻只是藉口，今川義元是想試試竹千代的能力與心態，因此才叫他出征的。」

「嗯，有可能。」

「問題是在這次之後的上洛。我是應該在竹千代初陣時就打倒他，還是……」信長說到這兒時，波太郎呵呵地笑了出來，接著說：「如果想攻打卻打不倒，如何是好？」

「你是說，我信長沒有擊潰岡崎眾人的實力嗎？」

「你又來了，真是匹難以調教的春駒。不過，無論怎麼攻也攻不破？這不是很好嗎？」

「什麼？」

「你剛剛瞪了孩子，孩子就嘆息。待會兒對他笑笑看，他一定會用更長的嘆息來回應你。」

信長睜大眼睛瞪著波太郎，他的想法一定和信長相反。信長是想嚇倒松平元康，可是波太郎卻說要想想如何攻打卻打不倒……

五

「若宮，」信長猛然聳起右肩：「那麼，你是說，我要幫竹千代建立功勛囉？」

12〔編註〕剛元服不久的年輕男子。

「也就是說，你擁有成就他的器量。」波太郎睜著那雙彷彿女人的雙眼，以細細的聲音說：「要是我的話……特意與沒有敵意的人為敵，我覺得很可惜。」

「呼……」

「要使刻意被製造出來的敵人臣服，很可惜！想讓拚了老命的岡崎眾人臣服，必然會損失重大的兵力。」

信長抬頭瞪著天井，以此代替點頭。的確，就如波太郎所說的，元康這回初陣，岡崎臣民必定會想藉此確保他們的領土，因而拚了命奮戰。要讓他們臣服並非易事。

「問題不是竹千代，而是治部大輔。在他準備上洛時，如果我們特意迎戰竹千代這新手的大軍，那是愚蠢；損耗自己的力量，也是愚蠢。」波太郎這麼說著。

「哦，起風了，好涼。」波太郎看了一眼庭院，繼續說道：「對方退，我們就進。對方進，我們就退……哦……被風吹拂的嫩葉好柔軟。有法子了，竹千代的生母在阿古居城，刈谷的水野信元相當於他的舅父。」

信長突然敞開來大笑。「我懂了，都盤算好了，那就這樣吧。」

波太郎苦笑道：「你就只要問我這個？」

信長又轉換成不怎麼認真的表情，搖搖頭。「本末倒置了。我要和你談的是其他的事。」

「那麼，說說看吧。」

「上洛的時機。」信長用力地說：「你的天文有觀出什麼象嗎？」

「竹千代會先盤點自己所有，然後才以總大將出陣，因此不會像是亂民或野武士那麼輕易決定。最快，也要陽春三月，慢的話是五月……」

「那個時候是夏天吧？」

「不怎麼好受喔。」

「兵力呢？」

「愈多愈好，起碼，大約要有三萬吧。」

「唉……」信長嘆了口氣。北邊要抑制美濃，信長最多只有三千兵力可以迎敵，波太郎明知如此，卻說對於兵力的安排愈多愈好。

「怎麼啦？十分之一的兵力就連吉法師也無法得勝？」

「你得幫我，這才是我找你來的目的。」

「呵呵。」波太郎以女人的聲音笑道：「又要強人所難了，是要出城迎戰呢？還是要籠城？」

「不知道。」信長回答。

「對方進，我們就退。對方退，我們就進。這句話是誰說的？我認為完全相反。對方進，我也進，對方退了，我就回來睡午覺。」信長不客氣地說：「好吧，你得幫我。」他眼裡浮現怒氣，再度叮囑著。

波太郎的眼睛忽然閃現著光芒。

信長不停跳動的腦袋裡，像火花散開似的強烈，這一點是可以確信的。

「這麼說，你是要堂而皇之地與駿、遠、三這三國作對，還自認可以睡午覺？」

信長若無其事地抬頭看天井，一面拔著鼻毛。拔鼻毛通常是信長感到得意時，習慣出現的動作。

「所以才要你幫忙。要是知道這會是場敗戰，若宮又豈肯幫忙？」

「我也幫不上什麼忙，如果能利用竹之內流的兵法，我想就很足夠了。那麼，就到這裡吧，我也該休息了。天空若布滿了浮雲，就會開始下起梅雨了。趁著梅雨尚未到來之前，趕快回到刈谷，晒點太陽。」竹之內留下謎一般的話語後，波太郎便站起身——這也是無視於信長的威嚴，一點也不把他放在心上的表現。

會出現這種人物也是因為處於戰國的時局。攻防無常，在甲、乙爭奪領土時，隱藏著一股強勁的力量。當新領主來時，他就起來威嚇新領主，久而久之，就占上了與領主對等的位置。如果領主是檯面上的政府，他就等於是地下的支配者。

戰爭頻仍之際，為了避免背後遭到襲擾，領主對於這種豪族非常禮遇，以便加以利用。

波太郎一走出門，信長就站起身來推開書院的窗子。他對著空無一人的庭院投以一個微笑，接著又盤腿坐了下來。

「有誰在？叫前田又左來，順便也叫愛智十阿彌來。」

不久，這兩個人便出現了。信長撫慰似地打量著這兩個深得己心之人——一個是看似女人，蓄著前髮、容貌出眾的年輕人，一個則是已行元服，體魄健壯的前田又左。

「又左。」信長首先開口叫利家。「你被十阿彌叫『犬』，好像不是很高興哦？」利家極為認真地注視著信長，的確如此。才氣煥發的愛智十阿彌總愛訕笑利家的頭腦駑鈍，直至他元服後的今天，仍然把他的幼名犬千代省略成一個字。只以「犬」這樣地叫他。

利家實在很難嚥下這口氣，於是也經常回嘴：「愛智小子，有什麼事？」

然而，信長為何要讓他們兩個人並立於前，然後刻意談起這個，實在令人費解。「如何？一個武士竟被年紀輕輕的十阿彌喚做犬，你不在乎嗎？難道不會生氣嗎？」

「當然生氣。」

「應該會吧，那麼，今晚亥時（十時）在本丸高樓外殺了十阿彌，然後逃亡吧。記得拿出武士的志氣，不要手軟。」

「啊？」利家大吃一驚，偷偷看了十阿彌一眼，只見他聳聳肩膀，吃吃地笑著——於是利家的血往上衝。

（這傢伙，又瞧不起我。）

七

「如何，要殺掉他嗎？」信長又接著說道。「可是，我禁止私鬥，所以如果你幹掉他，就必須得逃亡才行。」

利家終於瞭解他的意思了——假裝殺了人，假裝逃亡，是要派他去什麼地方的意思。

「要逃去什麼地方？」利家一本正經地問出口後，十阿彌又吃吃地笑了起來。

「有什麼好笑。」利家不由得轉向十阿彌：「真無禮。」

十阿彌低下頭去：「失禮了，請原諒啊。可是我突然覺得很好笑。是因為惹怒了主君才逃亡的，沒想到竟然還問主君自己該往哪兒逃，這話聽起來很奇怪。」

信長把目光移向十阿彌：「那麼，你知道方向嗎？」

「是的。」

「那麼，我便不說出逃亡的目的地。十阿彌，好好地被又左殺死喔。」

「遵命。」

信長呵呵大笑。他看了眼前庭，然後站起身。「我也趁梅雨還沒來時……多晒晒太陽吧。」

接著信步走到書院外。

「十阿彌。」

「什麼事？犬。」

「你裝作伶俐聰明的樣子，表示明白殿下的指示，你是真明白嗎？」

「你的意思是說，犬還不明瞭自己的去向嗎？」

「少說蠢話，這可是一件大事呢。」

「既然如此，你就得相當小心地進行，我要從這個世界上消失了。」

「要往哪兒去？」

「去那個世界。」

「十阿彌，你是打算不告又左你要去哪兒嗎？」

「我不是要被殺死了嗎？死了應該是去另一個世界吧？如果是犬被殺死，大概會滿不在乎地跑去駿河吧。」

利家咋舌，膝蓋上的拳頭發抖。木下藤吉郎那個長得像猿猴的男人雖然多話，卻總有可愛之處，可愛智十阿彌的多話，卻像刺骨的毒舌一般可惡。

利家抑住憤怒，故做笑容說道：「被殺死了，一定會殘留下怨恨吧？我是問你要往哪兒去？」

「哈哈哈……」十阿彌嘲笑道：「這就是犬深思熟慮後的結論？抱歉，但要是你依舊困惑不解，也不要和我的怨魂逃到同一個地方去，否則，你將會被人視為笑柄。」

利家再度猛然地全身發熱，但還是努力抑住了憤怒。「那麼，亥時咱們在本丸高樓外見。」

他一說完，便抓著刀站起身。

十阿彌好像要追上去似的說著：「犬，你真的知道了嗎？要是不明白，就要像個大男人般地向我請教。殿下也是這個意思呀。」

利家沒有回答，發出粗暴的腳步聲離開了。

八

愛智十阿彌皺著俊美的臉，微微笑著。他不明白自己為何會如此嘲笑利家。他明白利家誠實的人格，也喜歡利家的脾氣與作法，但是只要看到他那故作老實的表情與豐盈的臉頰，就忍不住要奚落他一番。或許兩人均是年輕好勝又棋逢對手，才會在信長面前爭寵。

（過分消遣他實在不好。）他心裡這麼想著，卻意識到自己往往不由自主地對利家展開以毒舌鞭打似的惡言。

不過在他的內心深處，似乎有著尊敬、喜歡利家的地方。

（這可不是個為了小事就生氣的小人物。）

明知不會生氣還要逞口舌，看似無恥，但無疑也是一種親密的表現。

每次遇上了十阿彌的惡毒言語，以及利家回嘴的唇槍舌戰，旁人聽了都會捏一把冷汗，而信長非常瞭解這一點，因此才有「又左衛門利家生氣了，把十阿彌殺死」的想法。

十阿彌聽到這句話時相當高興。利家在殺人後展開逃亡，而十阿彌則是被殺死的。逃亡之人隨時可以回來，但是「死去」的人就暫時不能出現了。

敏銳的十阿彌已經決定前往岡崎，會見松平元康的重臣，告訴他們信長無意與元康為敵。然而，卻也不能馬上就回來，至少要在迎戰義元上洛大軍，直至一決勝負的這段期間，監視著岡崎的動向，並隨時向信長通風報信才行。因此，自己必須成為人質好安他們的心。由此，他歸結出自己假裝被殺死的必要性。

然而，殺人後逃亡的利家呢？他可以藏身於阿古居的久松佐渡守處。在那兒，他可以將同樣的話告訴元康的生母於大，藉著於大的手，還可以把這個訊息傳給刈谷的水野信元及岡崎的老臣。

十阿彌貿然斷定殿下的用意，就對利家說出不要去駿河，因為他怕誠實的利家會誤解殿下的意思，反而跑去元康那裡說出這件事——若真是如此，元康毫無疑問一定會被義元殺死。

（犬，你真的能明白殿下的用意嗎？）

十阿彌等著夜晚的來臨，並拜託毛利新助要實地檢查打鬥的現場。幸好有個人因為在夜裡搶錢處死，可以順勢用草蓆包裹屍首來偽裝。

「愛智十阿彌和前田又左衛門被白天的舌戰沖昏了頭，兩人終於要決鬥了。結果，十阿彌被殺，又左衛門逃走。」擬好這樣的說法，就靜待夜晚降臨。為了避免被別人看見，十阿彌故意打扮成華麗的小姓姿態，浴在春天的月色中，假裝在城內散步。

約定的時刻到了。十阿彌把橫笛插在腰上，走出了本丸。

流星

一

在約定的高樓外，楓樹鬱鬱蔥蔥地舒展著枝葉。淡淡的月色照在剛修繕過的土牆上，遠處傳來了蛙鳴聲。

十阿彌從腰間抽出橫笛，吹出一曲調子。想到自己就要從這個城裡消失，心裡感慨萬千。距離約定的時刻還有點時間，他打算吹吹笛子自娛一番，正當他要吹奏時，發覺楓樹對面的椎樹下有輕微的聲響——毛利新助應該還沒到，於是他小心地朝椎樹走去。

「是誰？」

「十阿彌嗎？」當他這麼一問，回答他的是利家的聲音。

然而利家並不是一個人，他的身旁還有個小影子挨著他移動。

「犬，你好像不是一個人來的。」

「的確如此。」

「你帶誰來？」

「阿松，我的未婚妻。」

「什麼，還帶女人來？」十阿彌驚訝地望著樹叢下的陰暗處。利家的未婚妻今年才十一歲，露出一副無助的表情對看著。

「犬，你到底在想什麼啊？」

利家默然。

「想要帶著十一歲的新娘跑嗎？」

「這還要問嗎？你不是什麼都能看穿的人嗎？」

「唔，這就是你的報復嗎？可這麼一來，你的意志會變弱……你究竟想帶著這個走不了太遠的女人上哪兒去？」十阿彌的舌頭開始無法克制地抖了起來。「你該不會要帶她去駿河吧？要丟臉，在尾張就好，可不要到三河、遠江、駿河那裡去散播你做的蠢事。」

「這是你那種猴子智商的想法。既然要逃亡，自然要帶著妻子。你知道美濃的明智十兵衛嗎？」

「齋藤道三入道夫人的外甥，你怎會把這事跟那人扯在一起呢？」

「他也是帶著妻子在諸國間流浪的，到處為人下屬。不過，這只是表象，其實他是齋藤道三的間諜，所以我也要帶著新娘走。」

「唉……」十阿彌驚愕地嘆息。

「真有你的，我由衷佩服。可是，你不覺得帶著條母狗有點冒失嗎？果真是犬啊，你……」

此時，就連阿松也忍不住出口說道：「愛智大人，你這話太過分了吧。」

「這位是夫人吧？我天生說話就不好聽，請別在意。」

「你說的母狗，是指我吧？」

「雖然是指你，還是要請你原諒，因為我是對著犬說的。」

二

神，有時會創造出人的聰明才智所無法想像的事物，而愛智十阿彌就是這種無法想像的創造物之一。外表看起來如菩薩一般，可那副毒舌卻像惡魔的利劍。他那華麗的美貌就連信長的側室也比不上，只有濃姬和信長最小的妹妹於市，姿色勘與之匹敵。然而，此刻他的毒舌卻碰到了強勁對手。

「我不會原諒愛智大人的。既然你是對犬說話，為什麼說阿松是母狗？」十一歲的阿松（後來的芳春院）身形雖然嬌小，個性卻是清州出了名的任性。大概是因為在濃姬身邊出入的關係，受到薰染，表現出來的敏銳已經不像是個孩子了。

「這位小姐一定會成為犬千代非常倚重的賢妻吧。」濃姬經常這麼說。

十阿彌被阿松這麼一激之後，舌頭又漸漸圓滑地轉了起來。「夫人這麼慎重其事的質問，我就這樣回答了。叫他犬，是指他對殿下忠實，然而腦子稍嫌不夠靈活，也不完全是輕蔑侮辱的言語。既然你是犬的夫人，便也稱呼你為母狗了，這是一連串的語理，你可知吧？」

阿松突然從樹木後站出來。在月光下，她那少女的眼睛閃閃發光。

「那麼十阿彌大人也是犬囉。」

「這個十阿彌嗎？很遺憾，十阿彌不是犬，你看錯了。」

「那麼，十阿彌大人是人卻迷戀上畜生囉。呵呵呵。送情書給母狗，還被義正詞嚴地訓了一頓，你忘了嗎？」

「什……什麼……」十阿彌狼狽極了，但是他卻沒有忘記。

由於濃姬大大地誇獎了阿松，他曾寫過一封略帶嘲諷的情書給她。這個十一歲的少女完全以大人的口吻回覆他：我已是訂了親的女人，如果接受你的情意，就有損人倫了，請死心吧。

十阿彌在利家面前被提起這件糗事，簡直像被矛尖刺了一下似的。

「哪有人犬相戀的道理。就當十阿彌大人是隻連母狗也討厭的野狗吧。」

「等等。」利家說：「你對我口出惡言也罷，竟連對我妻子也如此，堂堂武士孰能容忍。拔刀吧，十阿彌。」利家大概以為這是個演戲的好時機，若是此刻有人聽見，也會以為這是真正的決鬥。

但十阿彌尚未問出利家的去向，他把這個解讀為利家真的生氣了。雖然他是這麼認為的，但是依照十阿彌的個性，他的字典裡是不說「抱歉」的。

「來啊。」兩人走了出來，在月光下亮出了白刃。

三

終於到了毛利新助把犯人屍體搬出來的時候了。

決鬥之後，他們要偷偷地由上條的不淨門溜走，然後混入夜色，消聲匿跡。可同樣是消失，十阿彌卻要比利家來得辛苦。利家是逃亡，因此被人看見不打緊；死去的十阿彌卻不能被任何人看到。所以十阿彌很焦急，他必須盡快把兩人此後的去向商量好——殺人逃亡的利家，若是和被殺死的十阿彌在岡崎城下碰上面，這將會成為笑柄。

「哈，看來犬也會嫉妒。」十阿彌拿著刀擺好架式說：「既然這個新娘這麼重要，就不要輕易自懷中鬆開，應該緊緊地把她纏在肚臍四周。」

「廢話少說，我已下定決心不會原諒你了。既已決定，就一定要斬了你。又左與你不同，並非只是個好逞口舌之徒。」

「要殺就來吧！倒是你，拖著新娘要逃到哪兒？阿古居的久松佐渡那兒嗎？嗯？」十阿彌這麼說，是暗示著要利家前去佐渡那裡的意思。沒想到利家卻把刀口逼向十阿彌，搖頭說道：「要逃當然是要去依附敵人啊，我要寄身到尾張的敵人那裡。」

「什麼？敵人那裡……這不就成了害群之馬嗎？」十阿彌覺得狼狽至極。利家的想法自然有其道理，殺了殿下的寵臣，逃亡到敵人那邊去，自然是比逃去盟友那理要來得合理。

（犬也想去岡崎……）

老實坦率而頑固的利家，一旦決定了就不會改變想法。這是他的性格，此時卻成為十阿彌沉重的負擔。

「我呀，」利家低聲說：「我和松平元康見過面，也認識跟在元康身邊的小姓。如果去他那裡，一定可以藏身。」

愈來愈糟了，十阿彌果然猜中了。

十阿彌想提醒對方箇中的道理，便狠狠地說：「犬，你的頭腦用到哪兒去了？像前田犬這樣的人，如果寄身到元康的家臣那裡去，一定會破壞好不容易安排妥當的大事的，大笨蛋。」

「廢話少說，來吧。」利家揮動刀劍，砍伐下去。

「來吧。」

十阿彌在擺好架式的刀上用了力。而前田又左衛門利家突然把刀尖移到左邊，撥開了十阿彌的到，然後舉起那把與信長一起鍛鍊純熟的豪刀，向右猛然揮去。

「唔！」出乎意料的手感讓利家應了一聲，往旁一跳並查看周身。

十阿彌是在平田三位那裡學習刀法的，也是個精通兵法的人，應該躲得過利家的刀才對。可是他好像被凸出來的樹根還是石子絆倒似的，以致無法躲開，便狠狠地挨了利家一刀。

「犬……真的要殺嗎？」十阿彌低聲喃喃自語後，砰一聲當場倒下。

四

「十阿彌……」利家迅速地靠近十阿彌，這才彷彿呻吟似的發出「糟了」囁嚅聲。

阿松折回樹的後方，便一直看著兩人的決鬥。利家沒有告訴過她什麼，可聰明的阿松已經猜到今天的決鬥另有隱情。

利家蹲下去檢視十阿彌的傷口。這一刀殺得真漂亮，連他自己都嚇了一跳。從左邊脖子耳根處砍到胸部，四周滿是血。

「十阿彌，你的運氣真差啊。」

十阿彌的父親在小豆坂會合戰時便壯烈犧牲了，從小就是孤兒。好不容易到了元服這一年了，如果這回的計劃能夠成功，應該可以獲得好幾千貫的賞賜而重振起家聲的。不知道有沒有聽到利家的聲音，十阿彌用盡了最後力氣緊抓住草，倒下去的身體像蝗蟲似的顫抖著。

「犬……去……」他拚了命地想說下去，可是利家聽不見接下來的話。不久，面色慘白的十阿彌就完全沒了氣息。

「那麼，逃吧，有人來了。」利家似乎已經跟阿松商量過了，她靠了過來，催促著單腳跪在草上的利家。

利家猛然站起身。

好像是毛利新助帶著兩個非人[13]搬來了屍體。利家一隻手向十阿彌拜了一下，隨即取出懷紙來擦拭刀刃。人生總有著無法預期的意外吧，利家經常想殺死十阿彌這個可惡的毒舌，而利家的愛刀——赤坂千手院康次，似乎也瞭解他的這個想法，採取了行動。

利家把刀收進刀鞘，默默轉向小新娘。新娘伸出兩袖伏在他背上。利家揹著新娘轉過高樓下，讓正穿過櫟樹林的毛利新助先過。錯身之後，利家又覺得擔心，走了七、八間的距離後身不由主地折回，豎起耳朵聽著。

毛利新助來到十阿彌倒下的地方。「短命鬼！已經死了。」他嘟囔著。

「好吧，把那個屍體抛開，再把這個用我們帶來的草蓆包好搬出去。」

搬運罪人屍體來的其實不是非人。為了怕洩露出去，從足輕裡頭挑了兩個出來，其中一人就是木下藤吉郎。

藤吉郎和另一名足輕把兩人搬來的屍體放在草地上，蓋上草蓆，接著走近十阿彌的屍體一看。「咦，流了好多血。」

「連血都有嗎？真是謹慎。」新助站著苦笑，他以為這些全是十阿彌一手演出來的戲。

「究竟這人是誰，被誰殺了呢？」

「這個嗎？是前田又左殺了殿下寵愛的愛智十阿彌……」

「啊？前田大人……這就糟了！那麼前田大人就無法待在城裡了，他會逃到哪兒去呢？」

毛利新助低笑著，用腳尖踢著小石子。

五

「前田大人為什麼會和十阿彌大人打起來？他可不是度量一般之人啊……」藤吉郎這麼說著，突然發現什麼似的：「哇！這一刀殺得真漂亮，從左頸的筋到乳下為止，就只有一刀。」

「別盡在那兒胡說八道，快點用草蓆包起來。還有，聽清楚了，嘴巴要注意，十阿彌這傢伙因為得到殿下的恩寵，就得意起來了，見人就是那副毒舌。最後才落得這個下場，連我都想踢他。」新助以為十阿彌裝死，就順便替從前受過氣的自己出一口氣。

「是，是。我們一定要小心說話。或許我多嘴了，可是，為什麼要偷換屍體呢？」

「你們不必知道這件事。」

「即使如此，奇怪……脖子垂了下去。脖子砍了超過一半了。」

新助聽了，說：「什麼？……」就靠了過來。「脖子垂下去，怎麼會呢？」

當他靠近藤吉郎抱起來的十阿彌臉孔時，「啊」的一聲，蹲了下去。

在朦朧的月光下，可以清楚看見咬著牙被砍死的十阿彌，而碰到草的那半邊臉孔上，有著黑色的血潮。新助慌忙地碰碰他的額頭試試。

「放下，來不及搬了。」他低聲說道。

13〔編註〕非人，與穢多同屬社會最底層的賤民，主要從事處刑、賣藝、乞討等工作。

前田又左難以嚥下白天的怨恨，真把十阿彌殺死了。明明聽到殿下交代他這件重大的事，沒想到居然半途……新助一想到這裡，認為除了據實向信長稟報以外，別無他法。

「快，把帶來的屍體直接從不淨門搬出去，快把門關起來。」至少不能讓違背主命、殺了朋輩的利家就這樣逃走。趁他還沒有出城之前，趕緊把所有的門關起來，然後逮捕利家。

信長會如何處理這件事，新助並不知道。

藤吉郎和另一個足輕依言把一度放下的犯人屍體放到擔架上，快速扛走。

前田又左衛門利家綳著臉目送三個人從面前跑了過去。背上的新娘似乎還不清楚這一切似的。「啊！有流星。」她用手指著天空，附在利家的耳邊說。

利家再度慢慢地搖著小新娘，說：「阿松。」

「是。」

「你一個人回濃御前身邊去。」

「不要。」阿松搖頭。「我不是御前的侍女，我是前田又左衛門利家大人的妻子。」

「可是，沒想到又左會失敗，成了殿下要殺的罪人。你什麼也不知道，又左啊……失手把十阿彌殺死了。」

「啊？……」小新娘第一次瞪大了眼睛，從利家的肩膀上注視著他的臉。

「你真的把十阿彌大人……」

利家在阿松的凝視下，點點頭。

「所以，你必須一個人回去。這樣，殿下還不至於斥責你，知道嗎？」

「不要……」阿松在他的背上繼續搖著頭。「如果又左大人會被殺死，松也要陪著你。」

利家苦笑地往前走，他聽不進年幼的阿松所說的話。他打算背著阿松潛入奧庭，藉故斥責一番後把她放下。接著去見信長。此後就任憑信長處置了。

「阿松……」

「是。」

「你天生就很聰明，以後要小心，不要固執，要以開闊開朗的心來被愛。」

「是。」

「好孩子。阿松……」

「又左大人，那是什麼聲音？」

「這是找我的聲音。你看，有很多火炬移向各處的門……知道了吧？只要門一關，就出不去了。逃跑或躲藏都會成為一生的恥辱，你還是老老實實回濃御前身邊吧。」

然而，他背上的阿松並沒有聽進去。她的目光追逐著在朦朧夜景中逐漸增加的一點一點的火炬。「啊，有人……」她在利家背上叫道。阿松在身邊的萩樹後發現一個黑影。

利家不由得後退一步：「前田又左不逃跑也不躲藏，你是誰？」

地上的黑影說了一聲「噓」，好似在暗示他不要發出聲音。

「是誰……」利家又問。

「上自天文……下至地理……」

「新來的藤吉嗎？你不要牽扯進來啊。」

「我不是新來的，那已是很久以前的事了，我們和殿下肝膽相照是在去年九月哩。」

「藤吉，不要這樣，我沒時間聽你開玩笑。」

「開玩笑，跟我來，我也沒時間聽你囉嗦。」

「跟你去做什麼？」

「為了御大將，從不淨門逃走。」

「不。」

「不要開玩笑了，現在如果出去自首，一定會被那悍馬殺死的。」

「我早有覺悟會死了。」

「這真是玩笑……已經死了一個御大將的重臣了，如果你再被殺，御大將的損失就變成兩倍了，連這種簡單的計算都不會，你的腦袋可真笨啊！逃吧，如果殺了你，御大將以後一定會後悔。讓御大將後悔，那就是不忠了，現在趕快逃走，將來擔起兩人份的工作就可以了。」

藤吉郎一口氣說到這兒。

利家背上的阿松發出鈴蟲似的聲音，微弱地同意道：「是啊，雖然不知你是誰，不過你說的有道理。沒錯，又左大人，快逃吧。」

利家直挺挺地看著城內逐漸增多的火把。

（被殺後，信長會後悔……）這句話銳利地刺著利家的心。明知信長這麼喜愛自己卻還逃走，這是誠實的利家做不出來的。

七

藤吉郎看利家還在思索著，便靠過來抓起他的手。「別再想那些愚蠢的問題了。路只有一條，對吧？新娘子。」

「是。」阿松在背上答道：「讓殿下蒙受兩倍的損失是不忠，快走吧。」

這麼回答後，她突然想起什麼似的啪地一聲拍著利家的肩膀：「不知道他是誰，竟如此為你著想。」

「是，是。在下和又左大人是曾經立誓的知心朋友。」

「那麼，我們逃走後，就別說是誤殺了。請說成是十阿彌大人私戀松，利家大人才殺死他的……要把事實隱藏起來。」

「啊！」就連藤吉郎也忍不住要笑出來，趕緊用手蒙住了口。

（這麼一來就得救了……）

藤吉郎心想，這個開朗又天真無邪的夫人待在身旁，正好救了利家一命。

「我知道了。這是事實嗎？怪不得利家大人無法忍受。那麼，快吧。」藤吉郎使勁地拉著利家的手往前走。利家一面向前移動、一面哭泣。他咬著嘴唇、仰望天空哭著。

「御大將馬上就要碰到挑戰了，可至少我們都還在他的身邊。就在這個重要的時刻，在織田家這麼有名的犬千代怎麼可以白白死去呢？」

「的確如此。」

「夫人知道就好。只要又左衛門利家大人活著，就必須連同十阿彌大人的工作也擔負起來，是吧？夫人。」

「這是當然的，平田三位大人也說我們利家大人是最堅強的。」

三個人走在樹木之下，越過內壕乾涸的溝渠，途中碰到一組出來尋找利家的人，藤吉郎大喊大叫地企圖引開對方，以便他們通過。

「我們是藤井右衛門的手下，前來檢查通往不淨門的道路。來者報上名來！」

對方也大聲回答：「新來的，我們是同一組的。」便直接往二之丸的兵糧倉庫去了。

「到了，用開闊的心胸看待世間事才好。」藤吉郎不知為什麼這麼說，由裡頭反鎖起來的不淨門裡，沒有半個人影。

藤吉郎俐落地開了鎖，抽出門閂。天空不時有流星滑過，城外的水田傳來陣陣蛙鳴聲。

「藤吉。」利家朝外站著，搖動著背上的阿松，低聲說道：「前田又左衛門利家，自與你碰面時起，就一直蒙受你的照顧。今生今世不會忘記這份情的。」

「這場……突如其來的災難讓我們只能暫時分別，多保重……」藤吉郎說著，真的流下了眼淚。

梅雨之路

一

今川義元一邊讓小姓在兩側替他搯風驅汗，一邊露出挑剔的眼色聽著松平元康說話。

小竹千代已經出生了。形式性的初陣選在了寺部城附近，義元似乎還算滿意。她想看看這僅有一隊之軍的大將能夠展現出什麼力量呢？而這回的出兵，只不過是上洛戰的演練罷了。

「那麼，你認為應該讓誰負責重要的糧食呢？」聽了元康的布陣之後，義元面色平靜地問道。

「尾張的信長必定會發動毫無規矩可循的攻勢。我們的大高城被圍，鵜殿長照只好來求糧食和援兵。糧食比援兵還重要，可說是第一目的，只要有糧食，城就不容易陷落。」元康以一種瞭解義元想法的語氣說著：「既然如此，我打算命令酒井雅樂助負責糧食。」

「哦，老謀深算的雅樂助最可以讓人安心了。那麼，誰來管馬呢？」

「鳥居彥右衛門元忠、石川與七郎數正、平岩七之助親吉。」

「都是年輕人，令人不放心……」義元好像不滿意元康這種用心極深的安排。不派謀深慮遠的重臣到前線去，這種安排不像是出自年輕人的手法。

「還有大久保新八郎忠俊，鳥居伊賀守忠吉，這些重臣又要安排到那兒？」

「當游擊軍。」

「哦，那麼……本隊由誰指揮？」

「元康自己負責。不過，前鋒和右翼由石川安藝之子彥五郎家成指揮，後衛和左翼的指揮則由酒井左衛門尉忠次擔任。」

「石川家成今年幾歲？」

「二十六歲。」

「植村新六郎安排在什麼地方？」

「在元康身邊。」

「由他擔任軍師嗎？」義元偏著頭，想了一下又說：「也可以派任酒井將監，他在家臣中的表現很是出眾。」接著他又重新扳著指頭說：「大久保一族、本多廣孝、榊原一族、石川清兼……還有鳥居，這些人都必須交代任務才行。好，你和我的想法大致相同，馬上出發吧。」

元康靜靜垂頭站立。義元一定認為要是岡崎族人沒有當前鋒的實力，就要他們在織田軍前玉碎瓦解。

究竟會玉碎瓦解，還是會得勝？元康動搖不安的心已逐漸穩定下來，他的內心十分清楚，這是一次與命運一決勝負的機會。他慢慢走出大玄關，在外面等著的本多鍋之助（平八郎忠勝）跑了過來，對他彎著腰——鍋之助才十三歲，卻已經長得相當健壯了。

「鍋，七之助怎麼了嗎？」元康來的時候是平岩七之助陪著的，不知怎麼搞的，現在變成了鍋之助。

「故鄉的母親來了一封家書。」

「本多遺孀寫了什麼？」

「她說我已經十二歲了，應該請殿下讓我一同上初陣。請讓我替殿下拉馬。」

元康並未回答，逕自朝外面走了出去。

昨日還十分晴朗的天空，今日已處處飄浮著厚重的雲，富士山頂似被薄墨籠罩著。

——二——

本多鍋之助追趕著默默走出去的元康，在後面喊著：「殿下，您知道吧，如果我被留下來，無法跟著出征，我就沒臉見母親了。」

「……」

「殿下或許會說時候還早。信上還說，若真是如此，就要我偷偷溜出駿府，即使殿下不允許，鍋之助還是要跟去。」

元康依舊沒有回答。本多的遺孀個性非常剛強，會說出這種話來並不奇怪。但是，這畢竟是場生死未知的戰爭，被義元點到的家臣另當別論，至於這些年幼的孩子，元康想把他們留下來。這些人會長成什麼樣是無法預知的，元康自己也留下了龜姬、竹千代兩個孩子。

不只是元康。指揮另一支軍隊的酒井忠次，他的妻子是清康和華陽院（後來的源應尼）所生，對元康而言，等於是他的姑姑。酒井忠次出征的同時，也留下帶有人質意味的妻子在駿府。也就是說，這是場背對著義理的槍口，把人逼往死路的戰爭。

他們走出大手門，壕溝旁的嫩葉隨風擺動，鍋之助又接著說：「母親信上寫著，或許殿下已覺悟到會戰死沙場而表示下一次再帶我去，那就對殿下說『武士能夠有下一次嗎？』殿下，請帶我去吧，我不會成為累贅的。我是祖父的孫子、父親的兒子，鍋之助。」

元康終於開口了，「囉嗦。」他罵道。

「什麼囉嗦？」鍋之助聳著肩反問：「把忠義家臣所說的話當成囉嗦，是差勁的大將喔。」

「什麼？你這麼伶牙俐齒地在說什麼？」

「我沒說什麼，難道殿下不瞭解鍋之助的想法嗎？」

「你這傢伙，簡直是在罵我。」

「如果討厭被罵……殿下，就請說要帶我去吧，鍋之助知道……」

「知道什麼？」

「殿下不會再回來駿府了。」

「啊？」元康驚愕地回過頭，盯著鍋之助的臉……連鍋之助都看出來了，也難怪義元要警示他了。

（是嗎？連這小子都看出來了嗎？）

「你……」元康為了掩飾自己的狼狽，嘆了口氣說：「你可以跑得比任何人都快、替我拉馬韁嗎？」

「如果跑不動，就搶敵人的馬來騎。」

「鍋之助，你的母親個性剛強，你在她的養育之下也變得有點粗暴，元康的軍紀是非常嚴格的，你能遵守嗎？」

「呵呵。」鍋之助知道殿下已經允許了，就開玩笑地聳聳肩。「戰爭是活的，要看當時的情勢見機行事，軍紀就如同河童放屁一般。因此，殿下，在非不得已的時候，務必讓我代您戰死，我絕不會輸給祖父和父親。」鍋之助似乎打算三代都死在君側，面上露出了恬靜的表情。

三

「鍋……」

「殿下，什麼事？」

「伴隨著戰爭而來的……是死亡，你可要仔細考慮。」

「我並不考慮這件事。」鍋之助簡單地搖著頭。「母親說了，當我還在母親懷裡，就已經不考慮這種事了。殿下，戰爭只有勝和敗。」

元康失望地看了一眼鍋之助，就不再說話了。

生與死的問題在母親腹內就解決了，這些話一定是本多遺孀告訴他的。不過，戰爭只有勝敗這句話，倒是殘酷的真理。不得不戰的話，一直拚命追逐著勝利的一方就會勝，被追逐的一方就會敗。

（對，不能分心去想別的，這樣不行。）

「帶我去吧，殿下？」鍋之助慎重地問著。

元康只得回答：「好。」說完，他腦海裡盤算起出陣的隊形來了。

這次出陣，信長大概不會直接出現在他的面前。想到從前吉法師的模樣，一股懷念之情油然而生，這點令元康感到不安。一定要把這種人情拋開，轉變成為武器才行。前鋒安排在糧食前方四、五丁處[14]，後衛安排在後方四、五丁處。左右在分別距離半丁的位置，再安上弓和鐵砲槍固守側面。老臣的那些游擊部隊安排在後面，可以伺機展開行動……可是，他最擔心的是鐵砲槍的數量。

擁有最多鐵砲槍的，大概就是信長了。據來自岡崎的間諜報告，信長為各國商人，開放了那古野、清洲、熱田為自由市場，以向農民之外徵收來的地子錢，增添了不少鐵砲槍。他還任命了射擊高手橋本一把，負責訓練優秀的足輕射擊。一旦戰亂來臨，這種新式兵器就足以把人和馬嚇倒。

（鳥居老爺爺究竟準備了多少鐵砲槍呢？）

當他進入少將宮町的寓所時，天空正好下起大顆大顆的雨點。

很快就要出陣了，府內的家臣不消多說，就連岡崎也來了三、五個與諸將間往返的聯絡兵，小小的房子住不下這麼多人，有的還暫且移往瀨名姬娘家，也就是關口刑部的家裡去。

「殿下回來了。」鳥居元忠大聲叫著，他已經披上了鎧甲，一副隨時可以出發的打扮。經他這麼一叫，擠在玄關前的人馬上讓出一條小路出來。

「殿下，什麼時候出陣？」酒井雅樂助問道。

「明天一早，今晚要好好休息。」元康回答，突然看到兩個女人朝玄關伏首。

一個是住在駿府的姑姑。另一個不就是鍋之助的母親，本多的遺孀嗎？

四

「本多家的遺孀，鍋說你捎了信給他，怎麼自己也跑來了呢？」

這位堅強的女性抬起充滿懷念之情的臉看著元康。她身上依舊穿著補丁的衣服，對於年

14〔編註〕一丁約為一〇九公尺。

紀輕輕就失去丈夫的平八郎忠高遺孀而言，元康是主君，同時也是靈魂深處的依歸、內心的明燈。

「許久未見殿下了，這麼重要的出陣，我無法什麼事都不做啊！信是託人拿來的，但我就隨後趕了過來。」

元康覺得遺孀那年輕而黝黑的臉頰透著健康美。

「是啊，你已不是女孩了，不須待在裡頭，跟這些男人在一起也無妨……」說著，元康就踏進了門。

遺孀隨即跟在後面進入起居間：「鍋之助，你達成初陣的心願了嗎？」

鍋之助微笑著從元康手裡接過太刀，掛在刀架上。

「有什麼話要說嗎？」

元康慢慢坐定後，本多遺孀笑笑地說道：「是的，想請殿下在鍋之助初陣之前，替他行元服禮。」她刻意用很大的音量。接著又皺起眉頭說「請把旁人屏退」，像是為了其他的祕密要事來的。

元康點點頭。「我和本多遺孀有話說，大家退下吧！」他手一揮，大家便退開了：「士氣如何？」

「大家都很有精神，而且我還去道道山中鼓動大久保一族，一個一個煽動他們加入。」

「好，你有什麼要事？」

「首先是鳥居伊賀大人要我傳話。」
「嗯，老爺爺……」
「他說鐵砲槍準備得很充足，請放心。」
「是嗎？那太感謝了。」
「其次是尾張……」她看了看四周，繼續說：「前田利春的曹司因為私怨殺了信長大人的小姓愛智十阿彌，現在流浪到這兒來了。」
「什麼，前田犬千代……」
「是。」本多遺孀雖然意味深長，但卻放鬆了神情繼續說道：「他說信長大人想要在駿府御所上洛時，再見到竹千代殿下。」
「再……再見面？」元康的眼睛不住地眨動著。
「是的，還有……」
「還有？」
「在阿古居陪伴久松佐渡守大人身旁的殿下生母也說……」
「母親說了什麼？」
「在上洛之戰時，想見您一面。」
「在上洛之戰時……這麼說，這一回就不見面了……」元康不由得敲了一下膝蓋，而本多遺孀則是再次意味深長地笑著點了點頭。

五

本多遺孀帶來的情報對元康而言，個個都深深打動了他的心。

前田犬千代的流浪。

上洛之戰時，想再次見面的信長情懷。

這次的戰爭，主要的目的是給大高城運送兵糧，如果順利達成使得鵜殿長照得救，也不可以得意洋洋地就想會見生母──從於大那兒傳來的話，大概是這個意思。

「你對元康母親所說的話有什麼看法？」

本多的遺孀依然皺著臉頰：「我的看法和殿下一樣。」

「現在，很難見面……這點我懂，可是後面這一句有兩種解釋。」元康一邊微笑，一邊斜著頭說：「別被困住，還是打勝仗了再見面比較好。」

「打勝仗……」

「是的，只有打了勝仗才能見面。」在本多遺孀的言語中，顯露出性格的強烈，元康呵呵地笑了。

「本多遺孀。」

「是。」

「我替鍋之助想好了名字。」

「殿下要替他命名？」

「讓我替他戴上烏帽子吧，就叫他本多平八郎忠勝。」

「平八郎忠勝……這個忠勝是什麼意思？」

「三代皆忠的一家。還有你剛才所說的，只要勝利的勝。」

本多遺孀笑開了臉，「本多平八郎忠勝！」

「不喜歡嗎？」

「感謝賜名。」本多遺孀高興地低下頭去，元康也沉湎於過去的情感之中，此時他聽到了落在屋簷的雨滴聲。

距離真正的梅雨尚早，可是季候也像是沿著水田與水田之間前進，逐漸朝尾張逼近。如果困在大高城的鵜殿長照因為兵糧不足而後撤，那麼好不容易鞏固起來的今川家前線就會崩潰。

（在上洛之戰時再見……）元康細細玩味著信長帶來的這一句話。

「元服在今晚進行。」他對遺孀這麼說之後，就站起身。

這種令人似懂非懂的話就是信長的性格使然。

再見面是一句反話，可以說我這次既然來到岡崎，不管義元怎麼說就不要再回駿府了。但，也可以解釋成相反的意思——平安的勝利後回到駿府，獲得義元的信任，然後下次再……

元康站起身，鍋之助也慌忙地拿起刀跟在後面。

下雨了，必須把馬匹和兵器移往小屋裡，因此外面傳來一陣騷動。元康來到內奧門口，鍋之助對著裡頭吼道：「殿下回來了。」

瀨名姬聽到了這句話後，把嬰兒交給了乳母，小跑步地跑出起居間。「您回來了。」她嫵媚地說著，從鍋之助手上接過元康的刀。

六

瀨名姬在做完月子之前，就已經化上冶豔的妝，親近了元康。多數男人會娶側室，大多是在正室孕期前後，瀨名姬警戒著這一點，不但衣著年輕，臉上的妝也化得很濃。月子已經做完了，孕期的憔悴也已消失，皮膚終於又慢慢出現了女性的光滑與豔麗。

「竹千代大人，父親大人回來囉。」元康一進到居間，瀨名就把嬰兒抱到丈夫的面前。

元康注視著嬰兒的臉，在小臉頰上親吻了一下。他對嬰兒還沒有產生出深厚的感情，只是一想到這是從自己生命分出來的，就有一種不可思議的感覺。

「殿下……」竹千代一被乳母抱走，瀨名的聲音就變成了只有兩人相處時的撒嬌語氣。「明天一大早就要出征了呢。」

元康沒有回答，只說：「不要讓龜或竹生天花，你也別受涼了。」

「殿下……瀨名很擔心。」瀨名姬把雙手放在元康的膝蓋上，上身貼了過去。

「你是說我會戰敗嗎？」

「不，」瀨名搖著頭：「後頭有御所支持，一定會戰勝的。」
「那麼……你擔心的是？」
「我很瞭解殿下的性子。」
「我的性子？」
「殿下啊，」瀨名姬扭著身體拉著元康的手，說道：「是個不能沒有女人的人。」
元康蹙蹙眉，並沒有伸手推開她。「別說傻話，馬上就要出陣了。」
「不，對我而言，這是件大事。殿下的性子是兩、三天還可以忍耐，連續五天就不行了。殿下在軍旅中可不能愛上鄉下的女子……」
元康不想回答，只是聽著外面的聲音。他的內心複雜地交纏著生氣和女人擔心的哀求。
「殿下……答應我，直到歸來都不要去看別的女人，殿下……」
元康加重了語氣：「我知道。」
他轉向別處，心裡想著自己是否有餘裕像瀨名所說的那樣去找別的女人。就在他全心想著自己將會是生或死，要拋妻棄子或是被拋棄的時候——竟有了這種想法。就好比突然碰到什麼冰冷東西似的，一陣寒意上襲。
在瀨名的言語裡，是否潛藏著她身為女人的告白呢？生命中不能沒有元康的女人，又或者可以說，她是不能沒有男人的女人——或許瀨名是害怕自己會移情元康之外的男人，才要求元康答應自己的。

「我知道了，我答應你。」元康抑制住感情，再度溫和地說著，並撫著瀨名的圓肩。

七

瀨名抬起頭，呆呆地看著丈夫的下巴好一會兒。那種表情透出的，是根本不願知道世間會發生戰爭，也確實不知道這一切。

如果是太平盛世，這個男人大概也會跟瀨名一樣，終日恍恍惚惚地過日子。可是，在這個起居間的外面，卻到處洋溢著為了求生存不得不放手一搏的氣氛。有人說道：

「我啊，這次一定取下敵人的首級給你看。」

「言之過早，不要執意地陷入死地啊！這一戰的目的，只是為了平安把兵糧送進大高城。」

「我明白，但為了平安送進城去，就必得一戰啊。」

「雖然不得不戰，可殿下心裡是希望一兵一卒都不要損失。」

馬兒正被牽往瀨名起居間外的庭院，其中一人是阿部正勝，另一個聲音好像是天野三郎兵衛。

「雖然殿下不希望有所損失，可如果我們不勇敢奮起，折損還是在所難免。」

「不是說不需要勇敢，而是必須沉著思考再行動。」

「我知道，可是年輕人似乎很難如此。本多家的鍋也要元服了，他初次上陣就以勇奪首級為目標呢。」

「他的個性剛強，和他的母親一模一樣。原來是他要元服了呀。」

「連名字都取好了，他可得意呢，好像叫本多平八郎忠勝。忠勝，凡事必勝……」

元康一面聽著這些對話，一面嗅著瀨名的髮香。瀨名微微發紅的耳朵裡，好像完全沒有聽進窗外的對話似的，她只想緊緊抓住自己的幸福。可是這個世界上哪有人可以獨享幸福的呢？若她無法覺察到這一點，那正是女人的悲哀。

「瀨名……」

「是。」

「我出陣之後，你就去御所那裡，告訴他，元康是充滿自信出征的。」

「當然。」

「請他好好看看我元康是以什麼手腕處理戰事的。元康不會抄襲他人的戰術，我有萬全的準備，也不會被敵人看穿。」

「這麼有志氣的話語，正可以在你不在時用來排遣我的寂寞。你要叫身邊的人組成人牆，好替你擋住對方射過來的流箭啊。」

元康以哄小孩的心情點點頭：「別擔心。對了，我要去開軍機會議了。你可以和酒井姑姑聊聊。」

「殿下，別忘了你答應我的啊。」

「知道，知道。」元康正要站起來，瀨名再度用手按住他的下巴和臉頰，這才依依不捨地放開。

八

雨下了又停，停了又下。鍋之助的元服禮過後，又舉行了一場慶祝出陣的儀式，結束時已是凌晨四時了。竹千代也由乳母抱著，出席了勝栗和昆布的餐會，額頭上也灑了土器裡的神酒。此刻，關口刑部的人馬也聚集到了元康的寓所，一時之間，少將的宮町充滿馬嘶聲。

前鋒的大將是石川安藝之子彥五郎家成；後衛的大將是元康姑姑之夫，酒井左衛門尉忠次。要送往大高城的兵糧是由待在岡崎的鳥居伊賀守忠吉老人準備的，小荷駄奉行[15]的酒井雅樂助正家，在抵達岡崎以前會一面行軍，一面警戒著總大將元康的四周。

行軍途中，大久保新八郎忠俊老人會帶著他的兒子加入行列，等抵達岡崎後，舊臣會丟下鐵鍬來集合。總數應該會有二千，但是今晨只有六百多。

瀨名的父親關口刑部親永跑來此，看見穿著甲冑、坐在玄關小椅上的元康，說道：「真是威風凜凜的武者。」

他打開白扇、說了賀詞之後，元康才站起來，對著下雨的天空伸出手掌。天空飄下了像霧般的小雨。

元康帶上了祖父的遺物緋色皮袍與軍扇，而前額蓄著瀏海的本多平八郎忠勝，此刻也昂然地持著馬印旗。元康平靜地打開軍扇遮著雨。雅樂助配合著他的動作放出信號，於是野野山藤兵衛大吸一口氣，吹起法螺貝。

內藤小平次拉著馬來到元康的面前。這是元康親自去馬市挑選的月鹿毛馬，外表相當溫馴，卻很耐得住長跑，是匹五尺一寸的肥馬。

元康翻身坐上馬背，前鋒大將石川彥五郎隨之上馬後便朝最前方奔去。

堅苦守節，十八年生涯中有十三年是以人質身分度過的青年元康，終於上陣出征，賭上自己的命運了。

雨停了，無風的空氣裡飄盪著悶熱的溽氣。天空已經現出微曦。元康的馬一出了門，酒井雅樂助就拉著青毛駒走近元康。

「殿下。」

元康回頭微笑著。

「一定要得勝。可是，如果老把非得勝利這樣的重擔扛在肩上，反而容易敗下陣來。因此，請輕鬆地出發。」

元康依舊微笑：「我知道，我已經贏了。」就這樣，軍隊走出了寓所，本多的遺孀與酒井

15〔編註〕奉行為執行官職。小荷駄奉行為負責兵糧運送的執行官。

忠次的妻子微笑著目送輕鬆愉快的軍隊出門。

弦月之聲

一

阿古居谷蒙上了濃濃的霧。下個不停的雨才剛剛停歇，松樹、櫸樹完全濕透了，此刻依舊見不到太陽的蹤跡。

再嫁給久松佐渡守俊勝的於大，走下久松家的菩提寺洞雲院斜坡，一路不停扳著手指頭算著，她把叫做竹千代的元康留在岡崎，離開松平家，已過了整整十六個年頭了。於大十四歲出嫁，十七歲就嘗盡了別離的滋味。她在松平家雖然只有三年多，卻覺得彷彿有半生那麼長。

「我已經三十三歲了……」大家迷信三十三歲是女人的厄年。如果有什麼值得她擔心的，那就是不在身邊的兒子了。當於大聽到十八歲的元康已成為一個威風凜凜的武者，又聽到他成了龜姬、竹千代兩個孩子的父親時，感慨得眼淚都要掉出來了。

身為祖母的自己，是否有一天能夠見得到孫子，也就是元康的孩子呢？她懷著這種心情，在閒暇之餘來到寺院祈求——元康要出征的消息已經傳到了於大這裡。

（這……）於大的內心激烈地翻攪著。

和已經具備大將之風的信長相比，初次上陣的元康怎麼想也不可能得勝。於大說動丈夫差遣了密使去見刈谷城主，也就是她的兄長水野信元，商量請他伸出援手救元康。

元康的背後有今川義元嚴密監視著。如果信長要久松佐渡去攻打大高城，那麼丈夫就要跟我的兒子作戰了……於大想要避掉這事，便再度以自己的血抄寫《觀音經》，同時注意著八方的動靜。

於大相信，這個祈求已經得到應允了——信長並未命令丈夫出征，而且據說三天前，也就是五月十五日，元康的軍勢以奇異的縱隊隊形由岡崎出發了。

於大再度扳開手指頭算數著——今天已經是十八日了，說不定在於大毫不知情之下，早已分出勝負了。她雖然請人傳話給元康，告訴他即使勝利了，也不能因懷念母親就乘勝踏上阿古居谷的土地，可自己卻也十分明白，這是十之七八不可能得勝的戰爭。

下了坡道，於大朝著與城口相對的竹之內久六家走去。久六比於大更在意這次的戰爭。說不定他那裡會有什麼消息，於大今天說要去寺裡上香只是個藉口，其實是想造訪久六。

於大來到久六家門口，就讓陪同的小廝先回去了。久六家大門內側種著竹子，還從山裡挑來清泉，與其說這是武人的住居，還不如說已漸漸變成了茶人雅士的住所了。

「有人在嗎？」於大看到四周有馬蹄的痕跡，不由得全身緊張起來，開口叫喚。

二

於大的聲音似乎直接傳到了裡面。

「來了。」久六喊著，馬上把中間的門打開了。「我早就等著……夫人的前來了。」久六行的完全是家臣之禮，把於大迎進裡面去了。

「熊村的波太郎大人，還有兩位稀客正好也來了。」

「熊若宮來了，太好，太好了。」於大跟在久六後面進去，一看到裡頭的來客，嚇了一跳。竹之內波太郎的到來是在預期之中，可與波太郎並列而坐的，是前田又左衛門利家和一個彷彿可愛人偶的少女。

「這位是前田犬千代大人吧？」於大在波太郎旁邊坐下說。

「現在已經元服了，叫做又左衛門利家。」犬千代已經低下頭來打招呼了。

「那麼，這一位是利家大人的妹妹囉。」

「不！」利家搖搖頭：「是我的妻子。」

於大睜大眼睛，可是並沒有露出笑容。「太好了，我是久松佐渡的妻子。」

「我是前田又左的妻子，阿松。」年輕的女孩毫不畏縮，坦然與於大應對著。

「剛剛我們三個人正在討論這次的戰爭，松平次郎三郎元康的表現極好。」利家這麼一說，於大上身忍不住往前傾了一下，她抑制住胸中的激動問道：「那麼，戰事結束了嗎？」

利家使勁地點頭。「這一次，就連殿下也上當了。次郎三郎元康幾乎沒有損失絲毫兵力，平安把軍糧送給了大高城。」

「啊？那麼元康……」於大放心地看了一眼波太郎。波太郎靜靜搖著扇子，久六的臉上浮現出笑容，點點頭。

「清洲的殿下會被打敗……松平究竟採用的是什麼戰法？」

「我們這邊，」這回是久六開口：「如果今川要送糧食給大高城，我們就打算馬上聯合鷲津、丸根兩地來商量對策。沒想到松平突然出兵寺部城，使我們的計劃泡湯了。」

「啊……進攻寺部城……？」

「寺部向鷲津、丸根求救兵，這是理所當然的。而這兩地也都派了援軍去寺部，援軍一到，只見整個城都在燃燒，卻完全沒有看到敵人的影子。原來這是假裝攻擊寺部、聲東擊西的策略。那麼，那些游擊部隊和主力都上了哪兒去了？這兩地的援兵趕緊撤退，來到大高城的正門一看，發現元康已經把糧食送進去了。佐久間大學、織田玄蕃這些身經百戰的將領都恨得咬牙切齒，同聲喊道上當了。」

「真讓人意想不到啊。」於大說著，淚水湧上了眼眶。

三

想進入大高城，先進攻寺部，然後等織田的力量在寺部集合之際，趁隙進入大高城，這的確是個漂亮的戰法。

於大彷彿看見了十八歲的元康站在陣前指揮作戰。不，她所幻想的元康，其實並非元康，而是於大最初的丈夫，松平廣忠穿著甲冑的雄姿……

「是嗎？佐久間大人也……織田玄蕃大人也……」她沒有說出「上了我兒子的當」這句話，只是在心裡想著，並深深嘆息。

「信長是……」波太郎突然開口，「好像是預測他會先打鷲津，等丸根的兵去援助鷲津時前進大高城。這一戰，我也覺得很有意思。」

「所謂的有意思是指？」

利家一問，波太郎就得意地笑著回應：「今川義元、織田信長這兩個人，這回也不得不承認松平次郎三郎元康的實力了。也可以這麼說，松平次郎三郎元康通過了武將的測驗，而認可他的人，更是橫跨了敵我雙方，實在有意思。」

波太郎那對看起來冰冰冷冷的眼睛，彷彿能把所有事看穿似的澄澈，「而這一戰也意謂著……以後誰得到松平元康，誰就可以成為東海的霸主。因此，這一戰大大地提高了元康的地位，有意思……」

「若宮大人是……」利家著急了，他不太滿意波太郎對織田的這種冷漠。「您認為要讓進城的松平勢力平安回到岡崎嗎？不需要在中途派野武士襲擊他們嗎？」

波太郎輕輕搖著頭：「不需要。」

「為什麼？」

「我不願去踐踏生趣盎然的芽，而且，把花朵當作毒草，是愚蠢的作法。」

「哦……」利家偏著頭思考——波太郎似乎認為，在義元上洛時，今川、織田勢必得要面臨一戰，藉此一戰，這水火不相容的兩家便可決定彼此的命運，同時也會產生新的局勢。為了這一天的到來，暫時先別對付元康比較好。

利家這麼理解後，就不再追問下去。現在的他認為，能讓於大認為信長對元康沒有懷抱恨意就好。

明白了波太郎的想法後，利家突然對於大說：「我們殿下是……」，他忘了自己正在逃亡的身分：「他是這種豁達的個性，或許現在正在清洲城裡舉杯慶祝呢，也許他會說，竹千代勝利了，他是我弟弟。」

「哪有這種事……」

「哦，岡崎的力量沒有折損，也就代表著織田的力量沒有折損。既然如此，殿下的心裡一定也輕鬆多了，畢竟，殿下對元康特別親切。」

波太郎從扇子後面一直觀察著於大的表情變化。

四

於大的心情很複雜。她不認為駿府的今川義元會因和織田一戰就敗北，相反的，對織田家而言，下一次的戰爭才是織田家是否會被消滅的重要關鍵。於大相當清楚這一點。

正因為如此，所有的行動一定會陸陸續續出現。信長特意把竹之內波太郎召進清洲，大概是拜託他動員蟄伏於其勢力底下的野武士、農民、信徒等等，在義元進攻之際，從後方進行擾亂。而且，前田又左衛門利家離開主家流浪，似乎還意謂著……

如此一來，她的回應就必須更謹慎了。如果信長明白地表示過什麼，於大與元康之間如果被認定有所聯繫，不知會帶來何等的災禍呢？

「我聽說久松大人的夫人是水野氏，水野氏的菩提寺是緒川的名剎乾坤院。是否可以帶領我們夫婦去參觀參觀？」利家這麼一說，波太郎搶先用扇子遮住自己的臉。因為波太郎相當清楚利家要說的話。

「去緒川的乾坤院？」

「我一直很想造訪那裡。我曾參拜過賴朝公墓所的所在地大御堂寺，也參詣過稱為時宗公遊行道場的大濱寺。在這段流浪的歲月中，我希望能四處參仰德高望重者的教誨。聽說緒川乾坤院裡的住持是名氣遠傳京都的聖人，希望您能為我寫張介紹函，我想去打個七日禪。」

於大無法馬上回答，緩緩地把深思熟慮的目光自利家移到久六身上：「如何？殿下會允許嗎？」

「夫人決定就可以了。」

於大靜靜地點頭。十一歲的新娘見她還在考慮，便也開口向於大央求：「我也想去看看那偌大的寺院，請夫人帶我們前往。」

（參拜並非他們的目的……）他們一定是想讓從大高城歸返的元康與自己見上一面。於大微笑了，她心裡清楚，這些人讓自己和元康見面是做了什麼樣的打算。她確實想見元康，想偷偷看一眼自駿府運送兵糧出來的兒子，可現在到底不是追溯母子之情的時候。

元康是信長的敵人，現在正在戰勝信長後的歸途上。眼前的狀況看起來是沒什麼問題，可如果未來發生了任何可疑的事，這就會變成了久松家被責難的口實了。

「如何？請帶我們去吧？」

於大靜靜地點了點頭。她好像已經下定決心了，溫和的微笑漲紅了臉頰，用著沉著冷靜的聲音回答：「既然你這麼虔誠，我們又都是佛門子弟，如果我還拒絕，就對不起佛祖了，就讓我帶二位前去吧。」

五

於大的觀察的確沒有錯。前田又左衛門利家是想讓於大與元康偷偷見面，再透過於大將信長的善意轉達給元康。他相信，這在上洛戰之時，對尾張會有所助益，這也是愛智十阿彌的意思，他必須努力地完成兩人份的工作。

當於大答應帶他們去緒川時，竹之內波太郎猛然站起身來——他向來是不輕易洩露情緒之人，不知這回想到了什麼，至少，這個舉動是唐突了些。

「失禮了，那麼，我先告辭。」波太郎起身離開，久六也跟在後面慌忙送他出玄關。

「太多事了。」波太郎抬高下顎，指了指房子裡面，然後直接拿起馬鞭朝馬廄走去——他是說利家多事呢？還是於大？

天空依舊烏雲密布，微溫的風吹向地面。久六也跟了出來，目送波太郎沒入大手門外的松樹後。

途中，波太郎在馬鞍後面豎起一面小紅旗。他好像是想讓人看到這面紅旗，卻又彷彿想讓人認為這面紅色的小布條沒什麼特別，只是掛在腹帶的背部罷了。波太郎幾乎不走大道，不時穿梭在村落裡，有時似乎發覺來到了剛剛走過的路線，因而又折返。當他來到桶狹間的流水注入境川的小石原時，下馬信步走進了緒川的渡船場小屋。

「熊若宮大人。」裡頭一位將近五十歲的渡守拉起纜繩，彎下腰來說。

「交戰。」波太郎說。

「敵人呢？」

「以回程的岡崎部眾為目標，如果被問到你們是誰，就自稱是刈谷的水野所埋伏的人，但不要追擊。」

「如果被問起是誰，就說是刈谷的水野所埋伏的人，但不要追擊。」渡守複誦後，馬上放開船，朝上游的入江划去。

這附近的船屋、農民、豪士中，潛伏著許多波太郎的手下。也可以說，他們有時是野武士，有時是良民。

一旦戰事發生，領主可能馬上就會換人。波太郎察覺到人民的這種不安，便把他們組織起來，傳授他們智慧和武器。如果發生饑荒，就由難波或堺走海路運糧給他們；在精神上，他們是南朝遺民，並慢慢地擴大神道的信仰。在這樣的運作下，自西三河開始，一直到東部尾張這個範圍的人，表面上是領主的人民，可其實是波太郎家的子民。

然而，剛剛才說要讓元康平安返回駿府的波太郎，為何突然改變想法，要在歸途中襲擊他們呢？而且還要假藉元康的舅舅水野下野守信元之名。波太郎把馬繫於柳樹旁，進入了小屋裡。

六

波太郎繃著臉，從小屋一隅拿出看似浸漬著醬菜的舊水桶，掀開蓋子後，從裡頭拿出了甲冑來，面無表情地穿上。這是南蠻鐵輸入堺與博多之後所製成的新式甲冑，很樸實卻很好活動。

他向來都穿得像是個女人般華麗，換上甲冑彷彿變了個人似的，看起來像個不知哪兒來的雜兵，連額頭的鉢金都發出了暗光。他把華麗的衣裳放進原本收著甲冑的舊水桶裡。槍則是收在小屋一隅的藁（秸稈）和魚網下面，刀也不像原先那把小刀，而是可以掛在背上的太刀。待他裝備好，再度走出小屋，此時已有四、五艘不知從何處划來的小舟和漁船聚集在水邊了。波太郎對他們一一指示了埋伏的地點後，再度騎上馬。

時間已近黃昏，天色暗了下來。波太郎依然在馬鞍後豎起似乎代表著什麼信號的紅旗，朝堤旁的上游策馬飛奔而去。這好像是他自稱為若宮流的野戰埋伏手法。只要一看到他的影子，在田地、河川上工作的人就都會消失——大家一定是忙著回家武裝去了。

布陣之際，從大高城返回的松平元康正好來到，此時正好過了九時。月亮尚未露面，地上一片陰暗，熱氣中湧上了喧囂的蛙鳴聲，不時有一點一點的亮光出現，原來不是燈火，而是飛舞的螢火蟲。

站在隊伍最前頭的是酒井左衛門尉忠次，在最後面的則是石川彥五郎家成，與去程正好相反。

酒井雅樂助與元康並肩，在本隊的正中央。他們在敵人開始追擊之前，就已經把糧食送進大高城並折返了。這前後一連串的行動好似一陣疾風似的。

白天的時候，佐久間盛重與織田玄蕃一定交頭接耳地討論，要如何打倒今夜進入大高城的岡崎部眾吧？

元康就是想趁他們討論之際返回岡崎，好做到不傷一兵一卒。突如其來地進城，又突如其來地消失，這便是他的戰術，不會有任何障礙阻擋在岡崎部隊的前方。

「這附近會有野武士、亂民嗎？」元康不時側耳傾聽四周的聲音，問著雅樂助。

「不會的。」雅樂助回答：「這附近是熊若宮的領地，若宮領主對殿下有好感，一定會公開表示，若有人侵襲我們，必定不放過。」

就在他這麼回答的時候，右邊小高岡附近，呼的一聲升起了一道紅色狼煙。由於事發突然，雅樂助與元康都朝那方向看著。此時，有喊聲自背後嚷起，襲擊著左翼……

七

松平本隊本來認定不會有追兵了，正想放下心中的大石，卻碰上了襲擊，驚愕得無以名狀。前鋒指揮酒井忠次已經來到小石原盡頭，正準備要渡河，殿後的石川家成稍稍落後，還在前方回望所看不見的狹間。

還有更令人畏懼的，就是一片漆黑的夜。既不知對方人數，也不知是哪兒來的伏兵。前鋒和殿軍大概也看到了右邊所燃起高升的狼煙了吧，可卻沒想到本隊已遭襲擊。每個人一定都愕然地停止前進，分別擺好防禦的陣勢。

「唔，早就躲在這裡了。」十二歲的本多平八郎忠勝一看到左翼被襲，立即像蝗蟲般跳到元康面前，抽出太刀。此時，他的眼前瞬間出現了一道由左跑向右的敵人身影。對方並未發出聲響，平八郎只看得見他背上掛著的太刀和健壯的馬駒。

「哇」一聲，敵我再度騷嚷起來。一邊是盛氣凌人的攻擊聲，另一邊則是狼狽的應戰之聲。

「隊伍被截斷了，快跟上來。」是植村新六郎的聲音。

「是誰？報上名來，襲擊酒井雅樂助正家隊伍的是誰？」雅樂助不想讓對方發現這是元康的本隊，於是也在黑暗中大聲吼著，和植村新六郎的聲音夾雜在一起。

「殿下。」平八郎在抓著元康馬韁的手上吐了一口水，重新握緊刀：「本多平八郎忠勝在您身邊，請安心。」盛氣凌人的語氣聽起來有點怪，元康不由得在馬上笑了起來。

一度自左邊切至右邊的人影，這回又切回左邊。使用這種騷擾戰術嚇阻松平的陣勢，就是要把他們困在小石原。但如果在這裡浪費時間，到了漲潮時就過不了河了，然後，背後的織田部隊很快趕到，一場勝仗轉瞬之間就會成了苦戰。

「是野武士吧。」元康囁嚅著。

突然，右方二十間處傳來高喊聲：「松平次郎三郎元康本隊聽著，小石原是我水野下野守信元的本營，不許任何人侵略我們固守的土地。膽敢通過者，勢必讓你們屍橫遍野。」

「什麼？舅舅的本營……」元康握著槍在馬上斜著頭思考著。「舅舅不會特意來迎戰的，這……」到底要一舉打散他們，直接通過？還是繞到左邊的大道上，減少死傷才好？

這時，黑漆漆的地上現出朦朧的月光。遲到的月亮出來了，烏雲匆匆地飄過天空。

八

酒井雅樂助來到元康身邊：「照這個情況看來，我認為突破重圍才是上策。」

「等等。」元康阻止他。

右邊堤岸又「哇」地傳來敵人的威嚇聲。雲的飄動愈來愈快，或許是月亮認定這場混亂是該告個段落了，所以特地趕過來看熱鬧。對敵人而言，黑暗讓他們占了上風，可對松平家而言，亮光反而救了他們。

「雅樂助。」

「是。」

「逃吧！」

「啊，逃？」發出瘋狂似叫聲的，是站在馬前的平八郎，「忠勝能逃嗎？」

元康策馬靠近雅樂助。「為這種無聊的事爭鬥，然後把已經得手的勝利給丟了，可是會對不起伊賀八幡的。依我看，對方是野武士，是曾領受舅舅恩惠的人，如果不發動任何攻勢而讓我們平白通過，就會對不起織田家了。我想，這是他們的動機。」

「原來如此。」

「你看，只是大叫而已，也不見有人殺過來。我們趕快繞到左邊逃走吧，這是一場苦戰啊。好吧，如此一來也可以對大家說，我們已苦戰過了。」

「……」

「你還不懂嗎？只要能逃到上游，我們就可以隨時渡河，但若是往下游，一旦碰上漲潮，就只能等著被前後夾擊了。」

「是。」雅樂助大叫一聲，便離開了元康。他是去向前鋒、後衛傳達這個旨意的。

「七之助在嗎？彥右衛門呢？元忠呢？」元康壓低聲音，朝著圍住自己的那一圈人裡，把年輕的武士召集出來。終於，元康第一次開口對平八郎說道：「鍋，跟我來。」

「要逃嗎？殿下。」

「為了下次的戰役，我們必須如此，必須保持實力應付下一戰。」

「既然如此，為了下次戰役，那只好繞路了。走吧。」平八郎把刀收進刀鞘裡，與元康並肩策馬奔馳而去。

「前進。」植村新六郎也把白刃收了起來。四周已經相當明亮了，徘徊於天空和谷間溪流處的雲朵出現了縫隙。

信長估計元康會在梅雨之前來到，可元康卻一直等到梅雨來了才出發，來去如一陣疾風；而且他一定認為元康會在這裡打上一仗的，沒想到元康居然逃了。這種避開兵將傷亡的手法，是何等漂亮的策略。

隊伍自小石原向上游移動著，與後衛的指揮者石川彥五郎家成聯繫上了，這一隊正巧妙地向河邊展開，防備著躲在暗處的敵人。

不一會兒，弦月自雲縫中露出臉來。

——九——

前田又左衛門利家不時聽到人馬聲，猛然一腳把棉被踢開。

他不認為松平家的部隊會如此迅速抵達這裡，可如果等他們離去之後才把於大帶出來，那就沒有意義了——他這麼想著，慌忙地帶著於大坐上轎子來到東浦。這裡的豪士仙田惣兵衛與父親有交情，於是便借住在他家裡。

「明天早晨出發去乾坤院。」他讓於大和阿松睡在別室，自己一個人睡在隔壁房間。

（奇怪。）

他拿起刀架上的太刀，悄悄打開窗戶望出去。入夜後，夜空裡的烏雲散成千萬片，透過榛樹枝枒縫隙放眼望去，境川已然沐浴在銀色的月光下。利家悄悄穿上木屐走了出去，掛在天空的弦月把他的身影映照在地上。

沿著河邊朝上游走的大隊人馬，如墨畫似的鮮明——已經沒有懷疑的餘地了。元康一定避開了與織田苦戰的蠢事，一將糧食送給鵜殿長照後，就馬上往回走了。

「漂亮。」利家喃喃自語，急忙轉身進了房內。

（多麼想見一面呢。）

只要想到這一點，他毫不遲疑地進了於大的房間。

「夫人，請起。」

於大似乎已經醒了，開口問道：「什麼事？」並馬上坐了起來。

「有你想見的，請速到外面來。」

於大已經看穿了利家的想法，默默站起身，整整衣裳，跟上利家走出去了。睡在於大身邊的阿松，則露出一張天真的睡臉，正做著甜美的夢。

利家請於大穿上鞋子，自己則打著赤腳。「我跟在您身邊，您大可放心，走吧。」於大點點頭，跟在他後面。一面是由河邊堆積起來的七尺餘石垣，三面是土牆。打開北面的門，視線驟然開闊起來。

利家雙眼觀察著河邊通過的黑影中，推測元康所在的本隊究竟在什麼地方。最前面有兩個人騎著馬，接著有步兵，跟下來有七、八騎形成一團。應該在這裡吧。

（是那裡吧。）正當他這麼想著，前鋒停止了前進。

他們是因為竹之內波太郎並未追擊，才打算在這附近整隊的，可是利家並不明白這一點。他只是想去拜訪元康的本隊，好讓相隔十多年的母子重逢——若能讓元康對尾張的好意有印象，也就足夠了。

不，這麼做也是一種謀略——他這麼思忖著，又不知不覺想到跟在身後那位歹命的母親，自己也忍不住要為她傷心落淚。

很奇怪的，有箭射至不遠處。利家在長著五、六棵榛樹的堤邊等著行列走近。

十

前鋒的行列已經出現在眼前。騎馬的人下了馬，讓馬喝水，步兵拄著槍正在歇腿，等著本隊過來。說話聲很清楚地傳至榛樹後面。

「真的是刈谷的水野來夜襲的嗎？」

「如果不是又如何？我們已經度過了難關。」

「說度過難關是太誇口了，我看見了敵人的影子……」

「閉嘴！雖然是甥舅的關係，可是水野家也是尾張的人啊，完全不派兵就讓我們通過，說得過去嗎？」

「原來如此，所以我們是拚命度過難關的嗎？」

「是啊，真是艱苦的一戰。」

利家實在無法理解這些話，只好在樹下等待本隊的到來。

「告訴松平元康……」利家打算要他們告訴元康，他的生母已經來到這裡了。年輕的利家只要一想到元康母子會有多高興，心裡就興奮不已。突然，於大拉著利家的袖子，小聲的說：「前田大人，你是要我來看這個行列的嗎？」

「當然，這是把糧食送進大高城正要往回走的松平元康之軍。」

「前田大人。」於大的聲音突然變得很尖銳：「你為什麼要我來看松平的隊伍呢？」利家意外地被於大這麼一問，呆呆地看著她。

「我是織田家這邊的人，久松佐渡的妻子。」

「我知道。可是，你同時也是松平元康的母親啊。」

「前田大人，你說這話就太殘忍了。分屬敵我的母子在這個時候豈能握手言歡？」

「你是說不能……」

「我們母子完全沒有見面的道理。如果見了面，就必須用這隻手刺殺他，這是久松佐渡教導妻子的處世義理。」

「什……什麼！刺殺元康大人？」

於大凝視著月光，靜靜地點頭。「我不會忘記你的好意，不過，久松佐渡家並無二心。這一點，請你牢牢記住。」於大說著，咬著嘴唇低下頭，輕輕聳著的肩膀，一看就知道正在哭泣。

利家一語不發地站了一會兒，內心裡交織著對自己魯莽舉止的悔恨，以及對於大堅定而殘酷的覺悟所油然生起的尊敬。

（我太天真了。）

事實上，如果於大就這麼高高興興地見了元康，不只是於大，就連久松佐渡也會變得不可信了。

（是嗎？我竟沒有想到這一點……）

正當利家長聲嘆息時，此刻元康走向了堤下的河邊，在殘月的光線下，和植村新六郎齊深而至。

「我知道了，請原諒我。」利家在她的耳邊輕聲說著，悄悄指向河邊。

十二

於大全身顫抖，在她的心中是多麼的感激利家，可是她卻不能輕易地說出感謝，如果留給信長的會是誤解，那麼過去的苦心就成為了泡影。

他必須讓利家明白，久松佐渡的妻子深明大義，明明可以和兒子見面，卻沒有這麼做——這麼說才會使得信長對於大的信賴提高。

元康騎馬的雄姿出現在眼前了。

「啊……」

他已經成長為一名威武的大將，在月光下，那張威風凜凜的臉像極了廣忠，更是於大父親水野忠政的翻版。既然面貌相似，性情應該也有相似之處吧？水野忠政過去是以思慮深遠、堅忍剛強的性格，才能有如此出眾的成就，這也是為什麼他身處這個戰國爭亂之世，卻還能死於床上的原因。

（希望這個孩子不要死在戰場上……）

松平家祖父和父親皆非壽終正寢，因此於大會去寫經，也是為了祈求第三代不要走上同樣的命運。

在她眼前的河邊上，渾然未知母親就在身邊的元康停下了馬。有個人提了桶水過來，元康的月鹿毛馬津津有味似地喝著。

「雅樂助。」元康喊道。

回應是草上傳來的，他大概是下馬去小解吧。

「太可怕了。」

「嗯？」雅樂助似乎不懂這位年輕大將話裡的含意。

「剛剛，我聽到夜襲的隊伍是來自舅舅的軍隊時，不禁背脊發涼。」

「啊……」

「而且不只是舅舅的軍隊，還有附近的野武士也加入了，今晚是他們聯合起來的襲擊。回去駿府後，千萬別忘了向御所稟報這件事。」

「是，這當然。」雅樂助好像開始瞭解元康說這話的意思，清楚地回答著：「這的確是非說不可。」

「這附近的野武士對今川這邊有強烈的反感，未來再次出戰時，必定要特別注意。」

「是……是……」雅樂助的回答又含糊了起來。他知道有必要將水野下野守對織田很忠實的事告訴義元，可是，他卻不懂把野武士對今川反感之事告訴義元，對岡崎究竟有什麼好處。

「總算脫離了虎口，該走了吧。」

植村新六郎聽了，立刻發出信號。前鋒的酒井忠次前進了。

月色愈來愈明亮，將這附近的明與暗鮮明地映照出來。元康來到母親的正前方之下，抬起頭看著月色喃喃自語：「這月亮來得真是時候啊！」

於大緊緊咬住牙注視著他，利家整個人也冰凍似地直立在樹蔭下。

呼雲者

一

永祿二（一五五九）年，織田和今川的勢力就這樣彼此對峙著。

初次上陣，松平元康平安地把糧食送進大高城，並得到今川義元的大加褒獎。松平家的老臣本多廣孝和石川安藝利用這個機會，請求義元讓元康返回岡崎，但還是被強硬地拒絕了。元康愈有實力，就愈能幫助義元達成上洛的大願，但也因此成了必須留在駿府的重要人物。

如果能平安上洛，就可以決定織田信長是滅亡或屈服了。

義元的想法是，讓元康返回岡崎一事，必須排在上洛之後。如果信長屈服，自己的成功進入京都，就可以完全鎮住信長，到時再讓元康回到岡崎；如果信長有任何反抗，也可利用元康當作擋箭牌。

永祿三年二月，對義元更是一個好時機。對峙於川中島的上杉景虎和武田晴信終於進入膠著狀態，雙方已無法和睦相處，卻也無法打破僵局。

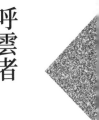

三月開始，義元開始為直入中央進行軍備了。他把入冬以來就陸續購進的糧食分別運送到尾張、三河國境邊的城池，並下令「各自盡可能集合軍力，準備出發。」如果義元直入中央成功，東海諸將就將成為持國有功的富有大名。為求功名，大家各自竭盡全力地集結兵力。

假若這時候雪齋長老還健在，可能會給他無比的助力，不過，義元也不還至於太過辛苦。這是個不可輕信親族的時代，因此最讓義元頭疼的，是究竟要留多少人給待在駿府的氏真，以防止小田原的北條氏在背後作亂。

上洛之軍預定為兩萬五千。

先鋒松平兩千五百。

第二陣朝比奈泰能兩千五百。

第三陣鵜殿長照兩千。

第四陣三浦備後三千。

第五陣葛山信貞五千。

第六陣義元的本隊五千。

其他運送糧食兵器的約五千。就率領這些人數出發，另外在駿府、濱松、吉田、岡崎諸城分別留下後備兵力。

當時的日本國內，大概沒有人能調動這樣的大軍。織田信長最多五千，上杉謙信八千，武田信玄一萬兩千，北條氏康能動用的限度頂多也就是一萬左右罷了。

到了五月，義元把駿府城下的松平元康喊進城去。熊村的竹之內波太郎預測的沒錯，梅雨季還沒到，可天氣已經熱到彷彿進入夏季。四十二歲肥胖的義元，以柔和的表情把元康迎進起居間。

二

「你來了，時候終於到了。」西下的陽光還很強，義元拉上了四周的障子門。他那化了公卿風妝容的額頭上，不停地滑落著汗水。

今年的暑夏來得特別早，蚊子已經出動了。義元相當討厭蚊子的騷擾，從太陽一升起就叫人把障子全部拉起來。

「今年真熱啊，歇會吧。」他叫小姓從兩邊搧風。

「軍旅的準備都好了嗎？」

「是的，都好了。」

「鶴好嗎？孩子都健康吧？」鶴是瀨名姬駿河御前的暱稱。

元康聽了，詼諧地答說：「鶴、龜都很健康，可以安心的出發。」

「真吉利。」義元正要說下去，突然想起什麼似地說道：「你記得嫁給飯尾豐前的龜吧？」

元康嚇了一跳。吉良義安的女兒龜姬是元康十一歲時認識的女子。

「龜好像無法生子啊，女人還是要能夠生下孩子比較好，這一點鶴贏了。」義元這麼說完後，又漫不經心地說：「可以嗎？這一次是以你元康為第一陣吶。」口氣故作若無其事。

元康早就覺悟到會有這樣的安排，只是默默垂眉點頭。

「不用我說你也知道，這次是松平家千載難逢的好機會，知道嗎？」

「是。」

「織田家和你的父祖兩代都是敵人。」義元突然加強語調說：「你的祖父清康雖然攻進了守山城，最後卻沒有打敗織田；你的父親終其一生與織田戰鬥。如果把你們的宿敵交給其他部將，會對不起你的父祖，因此才決定讓你擔任先鋒。」

元康抑制住心中洶湧的情感，靜靜低下頭說：「感謝……」他心裡不覺得遺憾，倒覺得有點好笑。

「怎麼樣？我想織田的兵力最多不過四、五千。他們光看到你的軍威，就知道我的厲害了。」

「您的意思是要問我，只靠松平的力量就可以打敗織田了嗎？」

「是啊，他是你父祖代代的宿敵，也是你的家臣憎恨的敵人。」

「很抱歉，我不認為光靠松平的力量即可取勝。」

「那麼，你是害怕織田囉。」

「不是怕，是沒有充分的準備。因為這附近的農夫，以至於野武士、亂民之類的，都是織田那邊的人。」

「哦，你總是這麼說。可是，如果我的大軍出來了，他們一定會倒向有利的那一邊。我會到處貼出安堵狀[16]，讓他們知道應該投靠哪一邊才有利……這種事交給我好了，你只要把織田的部隊趕盡殺絕就可以了。」

元康壓抑住感情，明確地點頭：「是。」

三

元康點了頭之後，又好似很擔心什麼似地玩弄著膝蓋上的扇子。

「還有什麼好擔心的嗎？」

義元這麼一問後，元康既不點頭也不否認，含糊地說：「這附近的土民當中……相當有……」

「相當有什麼？」

「很多有骨氣的人也潛藏在裡頭。去年出陣，我們在回程遭到了夜襲而被包圍，就是以為他們是站在我方的，沒想到竟成了他們的餌食。」

16〔編註〕上級領主承認下屬領主領地所有權的保證書狀。

「還是野武士嗎？」

「是的，不能疏忽啊，請御所要萬分注意。」

「我知道，我知道。」義元笑了，覺得元康好像未經深思熟慮，只是留心著自己的周身，才會說出不能疏忽這句話的。

「我會特別注意的。對了，元康，他們如果看到三萬大軍以及本陣的威嚴，一定不會不順從的，你放心地去鼓舞家臣吧。」接著，義元以罕見的好心情說：「給元康倒酒。」

元康喝了酒，很快便走出了義元的居間。酷暑下的義元姿勢一向很難看，而且很討厭被人看到他的樣子，因此如果待太久，義元一定會不高興的。元康深知這一點，很快就退出來了。

一出居間，元康就苦笑了起來。這次出陣後，就真的不想再回駿府了。即使能夠跟著義元上洛，即使必須和織田的勢力作戰，他都不想回來了。他仔細盤算過雙方的情勢，如果被命令去和織田對敵，到時他就回報因為遭遇刈谷領內的野武士群擊，以致無法前進。然後等到後續部隊抵達後，再一起往前進軍。如果他真的服從義元指示，僅以岡崎的力量去抵擋信長的精銳，岡崎一定會被殺得片甲不留，做這種愚蠢的事只會給家臣帶來悲劇。要是這麼一來觸怒了義元，他就在四周找一個比信長更弱的隊伍對抗一番，然後朝別的方向尋出一條血路。

一年的歲月使得元康大膽了許多，不過義元好像還未發覺。

元康走出城門時，太陽已經下山了，黃昏裡，富士山的火紅山頂對著天空，就好像在煽動著元康的雄心似的。

（長久以來受您的照顧……）元康仰望富士山，心中默唸著。

（駿府是為我而準備的好道場，有富士山……雪齋長老也待過……還有慈祥祖母的墓，以及妻子和兒女……）元康停下腳步，掀開前袍在溝壕土牆邊自在地小解，他突然想起初為人質在慶賀新年的典禮上小便的事。

（那時候是出城，這次也是出城，可那個時候的罣丸還很小，現在已經變大了。你看啊，富士山。）元康呵呵地發出笑聲，一個人獨自在那兒笑著。

四

清洲城的廚房是由四梁八柱與木板搭建起來的。正中央由一個正方形的爐子隔斷四方，在爐子前方有個人盤腿而坐，大聲吼道：「喂，試吃的膳食還沒弄好嗎？」

這個人就是新的台所奉行[17]木下藤吉郎。

「是，馬上來。」掌廚的小廝這麼一回答，藤吉郎就說：「快啊，肚子餓了。」接著又馬上改口：「肚子餓的不是我，是殿下啊。」

一年的歲月，也為這個像極了猿猴的男人帶來很大的變化。他已經不再是藤井又右衛門

17〔編註〕台所即廚房。台所奉行為廚房的執行官。

下面的小厮了，現在是領著三十貫俸祿，待在織田家廚房的奉行。

起初在馬廄清掃，不知不覺地開始為信長提草鞋、接著握馬轡，然後再由管理山林升到台所奉行，一步一步往上爬。沒有人知道為何信長會喜歡這個像是猴子的男人，可這個男人卻自己製造出一段有趣的話，說給大家聽。

「人啊，必須在用鼻子呼吸的同時，就使用頭腦才行。」每當他在炕爐對面這麼說著，廚師跟下女就以一種「又來了」的表情，吃吃地笑了起來。

「稍微笨一點的傢伙，是在用嘴巴吸氣時，才用到腦子的。但遲了！魚是在用口呼氣時迎接死期的。可是，還有更笨的人，直到死後才開始用腦。記住啊，頭腦是活著的時候用的，也就是用鼻子呼吸時用的。」

每當他說到這裡，一個叫做阿常的下女總是諷刺似地說：「台所奉行是因此才出人頭地的嗎？」

「是的。在下在清掃馬廄時，就決心要成為聽懂馬語的人，如果能和馬交談，就可以成為好的飼馬者。所以花了三天下苦工，學會了馬的語言。」

「那麼，你在幫殿下提草鞋時，也學會了草鞋的語言囉！」

「開玩笑，草鞋會說話嗎？那時我每天早上都比別人早一刻上工，把草鞋放在背上使它溫熱起來。如果用腹部去溫熱它，會得疝氣啊。」

「哦哦，那麼，在管山林時，你又做了些什麼？」

「什麼也沒有，只是不盜伐而已。人有一種劣根性，喜歡欺騙上司，偷主人的東西。有這種劣根性就不可能出人頭地，大家都要用心注意啊。」

這個認真教訓著大家的新任台所奉行有個習慣，每當用膳時，就叫廚師多準備一份和信長一模一樣的料理，然後在炕爐對面高談闊論。因此在這個城裡最好的美食，除了信長，就是這個台所奉行享用了。

「晚餐好了。」

「哦，辛苦了。」藤吉郎大模大樣說著，然後拿起了筷子。

五

「嗯，好棒，一定很好吃。」

米飯是用淺藍色的碗盛著，湯是雞肉味噌湯，有醋漬蘿蔔絲，以及小鯛魚干和漬物。平常總是一湯三菜，今天多了鮑魚和胡桃燒鮎魚——津島鄉的村長進貢了鮎魚來，因此今天特別加了這道菜。

藤吉郎毫不客氣地夾起鮎魚送進口裡。當他要吃第二道菜時，酒也倒來了。信長平常習慣都會喝個三巡，不過，他的酒量是沒有限度的，興致來時，不但自己一直喝，也愛強迫身旁的人喝。

廚師小久井宗久看到藤吉郎狼吞虎嚥地吃著鮎魚，禁不住吞了吞口水。「這盤鮎魚怎麼樣？」

「不差。」

「你在吃之前就說不差了。」

「你又來了……」藤吉郎又把另一尾魚拋入口裡。一盤一共有兩尾。「我在所有魚都還活跳跳時，就能辨認出味道好壞。吃進嘴裡才曉得味道的人，沒有資格當台所奉行。」宗久恨恨地咋舌，把頭轉向一旁。

碗櫃、碟櫃與米櫃並排，對面還堆著每天所需的米袋，有二十多袋。

「這生鮑魚不怎麼好吃，不過味噌湯無論怎麼弄都很好喝。喂，拿飯來。」

藤吉郎火速把盛得滿滿一大碗的飯塞進肚子裡。正當第二碗飯送上來時，他發現靠在米櫃旁的阿常表情有點不尋常。就在這個時候，突然有雷聲自後面傳來。

「猴子！」信長的怒吼聲響徹雲霄。

然而藤吉郎以不輸給他的聲音，更大聲的回答：「是！」

「這是御大將的嗎？」信長以憎惡的眼光看著藤吉郎掉在桌上的菜屑和黏在嘴角的飯粒。

「是。」藤吉郎回答著，馬上坐正了，可是臉上卻也沒有半點不好意思。

「您特意駕臨有什麼事嗎？」

「到起居間來。」

「是，馬上來。喂，你們把試吃的飯菜收拾一下。」藤吉郎極為冷靜地跟在信長後面走。

信長一進入起居間，突然就笑了起來，這反而讓藤吉郎感到有點害怕。他並不怕生氣的信長，可是如果信長笑了出來，藤吉郎反而就會擔心起來。

「猴子。」

「是。」

「你為什麼會被我叫來這裡，說說看。」

「我的胃裡裝滿了食物，頭腦轉不動了。」

「是嗎？那麼我來告訴你。因為我要褒獎你，你每天要試吃三頓飯菜，可真辛苦呀。」信長忍住怒氣諷刺著。

六

「尤其是今天的飯菜，真是讓你費盡苦心了吧？雞湯和鮎魚、小鯛魚跟生鮑魚。」被信長這麼一說，藤吉郎就恭恭敬敬地行了個禮，回道：「謝謝您的誇獎，這樣我也值得了。猴子從小就是吃粗茶淡飯長大的，像今天這種豐盛的菜餚，光是看著就足以頭暈目眩了。要忍住這種暈眩來試吃，可真是費了一番苦心……」

「猴子。」

「是。」

「你真厚臉皮啊，從今以後，試吃只能吃一碗。」

「我會依您的吩咐做的。」

「還有，味噌太鹹了吧。」

「咦，您說這話真令我意外。味噌不是只給御大將一個人吃的，而是連城內值勤的下人都要吃。凡是出賣勞力者都需要吃點鹹的，如果吃甜的，身體可是會虛弱的。」

「小聰明。鹹是生命之本。如果戰爭突然來了，鹽卻不足，要怎麼作戰？鹽庫消耗得太快了。」藤吉郎抬頭看了信長一眼，眼神意謂著信長說的只是小事。「我會遵照您的話去做。」

「猴子……」

「是。」

「你觀過天象沒？」

「御大將又開玩笑了……」

「怎麼樣？今川義元想從駿府出發了，你說說看，他會在第幾天進入岡崎。」

「我不說，說了也沒用。」

「什麼……」信長看了看四周，壓低聲音說：「沒用是什麼意思？」

「對方想必是率領了應仁之亂後史無前例的大軍，他的軍隊幾天會到濱松，幾天會到吉田、岡崎等等，與我們毫無關係。還是御大將想率領我們手邊僅有的兵力，去遠征那如雲霞般壯盛的敵軍嗎？」

信長大聲叫道：「開玩笑。」他繼續說：「我是要問對方的行動啊。」

「這就離題太遠了。如果是藤吉郎，就會問什麼時候到尾張，在這之前的事都是白想的。」

「你這耍小聰明的傢伙。」信長再度壓低聲音：「你說，前田又左來道歉了嗎？」

「是的，他說之所以會殺死殿下喜愛的愛智十阿彌而逃走，完全是因種種的不湊巧，還請大人原諒。」

「不成。你跟他說，如果他再來提此事，信長就殺了他！」

藤吉郎沒有回答，只是一直看著信長的臉。

（這究竟是什麼意思呢？）

是真的生氣？還是要他在與今川一戰時立了功再回來呢？當信長以這種方式說話時，最忌諱的就是妄下結論。

「如果我照御大將所說的把傳話給他，正直重義的又左大人可能會切腹謝罪……」當藤吉郎想探出他的用意時，信長冷淡地把話支開：「湯都冷了。你已經試過飯菜，為什麼還不端上來？你這可惡的台所奉行。」

「真抱歉，馬上來。」藤吉郎一站起身，信長馬上嘲諷似地叫住他：「好了，你不用自己去，叫小姓去就好。也讓他們把你的飯菜送來，我們一起吃。」

信長拍拍手叫來小姓，微笑著要他也把藤吉郎的飯菜送來。

藤吉郎的臉上閃過一絲狼狽，他並沒有叫廚房特別準備他的，因為光是每餐試吃就已經夠飽了。如果照信長的命令傳下去，負責配膳的人肯定驚慌失措，不知道該準備些什麼給藤吉郎。當然，信長就是曉得這一點才這麼說的，要是端來的是和信長一樣的飯菜，可就不得了了。

「猴子……」

「是。」

「要不要打賭？」

「賭什麼？」

「飯菜呀。」信長微笑地說：「你吩咐過他們要替你準備些什麼嗎？」

「沒有。」

「奇怪，你的臉色很蒼白，是被鮎魚毒到的嗎？」

「御大將，」藤吉郎老實地摸摸臉：「毒恐怕是來自御大將之口。」

「賭什麼？猴子。」

「對了，如果藤吉擔心的沒有錯，就請在與今川交戰之時，派一隊由我猴子指揮。」

藤吉郎即使內心忐忑卻還是不忘隨時尋求機會，這種性格使得信長覺得既有趣又生氣。

「那麼，你擔心的是哪個環節？」

「這個我放在心裡。」

信長呵呵大笑，仔細端詳著能巧妙掩飾狼狽的藤吉郎——猴子有著林佐渡、柴田和佐久間等重臣所沒有的臨機應變，拉攏人心的同時，卻不會讓人有輕薄之感。他可以一面說著該說的話，一面緊緊抓住對方的心。一度當過他上司的藤井又右衛門也說過，他相當受女人歡迎。

「我本以為他那張臉哪會吸引什麼女人，沒想到足輕的妻子、女兒紛紛悄悄地送飯菜去長屋給他，真是糟糕。」規規矩矩的又右衛門這麼說，又加了一句：「我也很嚴厲地叮嚀過八重，要她小心。」

信長現在就是困惑著，不知要不要把一件差事交代給這樣的藤吉郎。能在這種亂世殘存的，必須要擁有幾個條件。第一當然是能力與手腕。這一點，藤吉郎早就合格了。然而，第二是後天素質之外的……也就是說，他是否生來就具有世人所謂的「運」。信長現在就是想試試藤吉郎的「運」。

飯菜似乎端來了，近侍退到隔壁去了。

信長的飯菜先送了上來。送來之後，藤吉郎便以一副極為仔細的神情檢查著。而當小姓捧著自己的飯菜過來時，則故意一眼也不看。飯菜放下來了，等等是否挨罵決定了藤吉郎的未來。然而，藤吉郎還是很鎮靜地低著頭看自己的菜。

信長也雙目銳利地注視著。

藤吉郎鬆了一口氣，馬上轉向信長磕頭，說道：「很抱歉，您輸給猴子了，完全輸了。」飯的上面只有蘿蔔、漬物，還有烤味噌。

信長的臉上浮現出苦笑。明知道自己贏了，卻反而馬上磕頭道歉，真是個難以掌握的傢伙。信長倒是還想聽聽，藤吉郎道歉過後會說些什麼理由。

「你這個混蛋，以為這樣就算了嗎？」

「對不起，我已經告誡過太多次，今後不要再犯錯之類的了。」

「如果是你輸了，你打算怎麼解釋？說說看。」

「是，您平常總把『節儉第一』這話掛在口頭上，如果他們送來和您一模一樣的菜餚，我就會說這是故意的，否則豈不是有意在御大將面前諷刺我們平時的伙食有多差嗎？御大將常說要和我們吃同樣的飯菜，以表同甘共苦。」

信長咋舌。「猴子！」他叫了一聲，露出牙齒卻沒有說話。信長沒有繼續說下去，是因為猴子起初雖然狼狽，運氣卻很好，又能利用小聰明說些令人無法真正厭惡的話，這大概就是猴子能夠生存下去的原因吧。

「好，吃吧。」信長自己從高麗酒壺倒出酒來，但並未示意讓藤吉郎倒。主從兩人靜默地用膳。

「猴子。」

「是，吃飽了。」

「我不是說飯的事。我啊，打算在今川抵達城下大手門之前，好好的睡覺。」

「哦，籠城之前，是得要好好睡上一覺。」

「你也說了，不需要知道治部大輔何時到達濱松，抵達吉田、岡崎，或是殺入敵人陣地等事，所以我就在家睡覺吧。不過，等他們到了尾張，我們就不能只是睜著眼睛看而已。」

「確實。」

「因此，你必須在敵方靠近水野下野的領地，就隨時掌握敵方兵力的詳細情形。」

「您的意思是……要我也加入這次的會戰？」

「開玩笑，籠城是連女子小孩都必須參與的大事。」

「謝謝您的任命。」

「可以吧？當天我可是在睡覺的。等時刻一到，我就睜開眼發號施令。我已經明白告訴你了。」

服侍他們的近侍彼此互看一眼，藤吉郎低下頭津津有味地喝著味噌湯。

「我完全清楚了。」

桶狹間前奏

一

藤吉郎隱約可以瞭解信長在想些什麼。對信長而言，這是個重要的關頭，是一場生死之戰，是死是降，信長似乎已經覺悟到必須選擇前者了。

他一定從各個方面假設了種種出手的方式，結果得出了「無法得勝」的結論。但信長也明白，自己並不具備屈為人臣以求保全性命的性格。

「愈來愈有趣了啊。」

藤吉郎之所以選擇信長為主君，並不完全是因為認定他的戰略與經營才能超群。柴田、林、佐久間等重臣認為，信長的缺點就是太傲了，但藤吉郎看上他的就是這一點——這是身為一個大將應該具有的個性。

信長既然想試試藤吉郎所擁有的「運」，那麼，藤吉郎對信長的「運」也很感興趣。因此，如果信長在此時說出「向今川投降」的這番話，藤吉郎一定馬上離開信長，前往別處。畢竟，這麼一來，此處就不再是木下藤吉郎的人生「賭場」了。

然而果如藤吉郎所料，信長寧願「死」也不願「降」。依信長的個性來看，應該不會默默地籠城才對。不過，如果沒有出陣的機會，說不定就會真的在城裡睡覺等死。信長不喜歡做那些別人做過的事，總喜歡標新立異，藤吉郎正也是欣賞他這一點。

「愈來愈有趣了。」

藤吉郎對信長行過禮後，馬上又回到廚房的炕爐旁：「喂，宗久，來做個名冊。」他把廚師小久井宗久招了過來。

「什麼名冊？」

「現在開始要去買味噌了。」

「哈哈，我們已經買了味噌了。」

「不，不夠。」藤吉郎搖搖頭。「籠城之策啊，御大將已經打算好封鎖城門了。這麼一來，城外的家臣，甚至他們的家人都必須進到城裡。米麥倒還好，可是味噌就不夠了。」他一本正經地說著。

「那麼，就馬上來煮大豆吧，早一點做……」

「不，不行。大豆要另外準備。還得去向農民商家買味噌才行。做個名冊給我。」

宗久呆呆地注視著藤吉郎的臉，好一會兒才攤開美濃紙，摺成一本簿子。

「唔，這樣好了，拿硯台來。」

宗久依言拿了硯台筆墨過來，平素不大寫字的藤吉郎竟很難得地抓起筆來在封面上寫字——「味噌採買人名冊」，他恭敬地寫好後，再把筆綁在冊子上，一起掛在腰間。

「我要出去一段時間，如果味噌送來了，就把它收下。」藤吉郎說著，便很快地出去了。

二

人生的賭注不像下棋那麼爽快，然而，想要豪賭一次的信長還是把籌碼給押了下去。既然如此，藤吉郎勢必要竭盡自己的能力與智慧來一決勝負不可。他把自己的生命押在信長這匹一生奮鬥、至死方休的烈馬身上。

「該找哪個家臣去買味噌好呢？」藤吉郎走出城門，在壕溝旁思考了一會兒。那些得意洋洋的重臣根本就沒有商量的餘地。他又想到了服部小平太和池田新三郎，又或是毛利新助比較妥當時，突然拍了一下膝蓋說：「對了，還是梁田好了。」

梁田政綱住在三之丸，於是藤吉郎又折回壕溝內，去拜訪政綱的家。

「什麼？猴子來了……」政綱還不完全認可藤吉郎。他是殿下的寵臣，想到此人被提拔為台所奉行是因為這點，真讓人不太愉快。然而現在這猿猴竟然在夜裡來訪，只得趕緊出來玄關。

「什麼事這麼火急？」

「是這樣的。」藤吉郎露出凶惡的表情，從腰間解下剛剛做好的簿本。
「那是什麼？」
「上面不是寫了嗎？」
「味噌採買人名冊。」
「還不到新年，這只是用來記錄採買味噌者名字的簿子。」
「買味噌……買味噌跟我有什麼關係？」
「沒想到這種話竟會出自梁田大人之口。唐天竺我是不知道啦，但在日本，沒有哪個人是和味噌沒有關係的。大家都吃烤味噌、喝味噌湯……」他說到這裡，微微一笑：「還有很多用味噌這兩個字引出來的俗語，例如『手中的味噌』意謂著自吹自擂、『加味噌』則代表失敗。我就是要來跟您談這件事。」
政綱嚴肅地偏著頭想了一會兒，看出藤吉郎好像有什麼事似的，便說：「請進。」說著說著，他率先進入了外面的起居間。藤吉郎也跟了進來，在坐下來之前便開口說道：「希望向您借來五個機靈的人手去採買味噌。」
他見著政綱在看他，又加了一句：「御大將好像打算籠城，因此需要味噌。」
「什麼！殿下要籠城……誰說的？」
「誰也沒有說。」藤吉郎若無其事地說：「說不定得從鳴海、笠寺附近，買到安祥、刈谷去，請出借四、五個機靈的人手吧。」他攤開簿子放在膝蓋上，以奇怪的握筆之勢抓住筆說：

「要借誰呢？請說出姓名，我好把名字記在這上面……」

「什麼，要我的家臣去買味噌？」政綱端詳著這個初次出現在自己面前，奇怪的臉。

——三——

「政綱實在不懂你在說什麼，再說詳細一點吧。」

梁田政綱這麼一說，藤吉郎輕輕用手碰了碰鼻尖：「多說無益，採買味噌的人手，就也只是去採買味噌的人。我想告訴您的，是或許這些採買味噌的人還沒回來，戰爭就展開了，就只是這個而已。」

「什麼？還沒回來，戰爭就……」

「是的，戰爭就開始了。如果您認為等戰火延燒到尾張以後，才趕緊去採買味噌也來得及……也可以，隨便你。」

「唔。」

「戰爭爆發後才要回來，一般人在回來之前可能就丟了性命了。看看您是聰明人，還是普通人囉……懂了吧？」藤吉郎又習慣性地以教訓口吻說著。

政綱再度閉口注視藤吉郎，似懂非懂地體會著這個矮小的男人何以得到信長的歡心，因為他比任何人都更瞭解信長的心理。

「您不必再考慮什麼了，讓機靈的人去向農民商家買味噌，就算戰爭發生了也還是能夠回到您身邊的……」藤吉郎說著，皺起額頭呵呵笑了。「在諸將之中，您的口風是相當緊的，才會來請您幫忙。」

政綱沒有回答，猛然伸出一個膝蓋：「是要他們假裝採買味噌，實際上去探測情勢的嗎？」

藤吉郎搖搖手。「買味噌就是買味噌。」

「好，我借你五個人。」

藤吉郎只是得意地點點頭，並沒有道謝。

「有朝一日，這事必定會對您有所助益。您是個有才能和警覺性的人。那麼，請告訴我這五個人的名字。」他翻開名冊，用奇怪的手勢抓著筆。

「根來太郎次。」

「……還有呢？」

「橋場正數。」

「嗯哼。」

「安井清兵衛、田端五七郎、向井孫兵衛。」

政綱一面說一面挨近看，努力地克制住想發笑的表情。剛才以伶俐口吻說著話的人，竟連人名的漢字都不會寫。

（究竟這個傢伙是什麼樣的人？）

正當政綱這麼想著時，藤吉郎流利地回答了他的疑惑：「從現在開始，局勢就要變了。過往，擁有學問的人在社會上四處都能行得通，而行不通的人只好乖乖地聽人使喚。不過，在下深信我本身就是學問，所以能在社會上走動。那麼，請馬上把這五個人叫來吧。」

政綱沒有任何異議，他似乎有一種錯覺，認為這個台所奉行有一天會成為自己的主子似的。雖然如此，他心裡並沒有動怒，實在很不可思議。

四

藤吉郎向梁田政綱告辭時，已是夜裡九時了。然而藤吉郎卻完全不在意時間，他對借來的五名強壯武士說道：「從今天起，各位就是在下的隨從了，要照我的吩咐好好工作喔。」他以對小孩子說話的口氣說完後，便直接來到林佐渡的門前。林佐渡的宅邸也在三之丸裡，戒備森嚴的門口站著值夜的衛士，充分顯露出主人的個性。

遮掩住大門的老松上傳來貓頭鷹的叫聲。藤吉郎一聽到貓頭鷹的叫聲，就忍不住笑了出來。因為他突然想起林佐渡那種自以為是織田家支柱而故作愁眉苦臉的姿態，彷彿有一點像貓頭鷹。

「有人在嗎？」藤吉郎明知松樹下有門房，卻仍朝裡頭大叫。

門房大吃一驚，說：「有什麼事呢？主君已經休息了。」他迎著亮光向藤吉郎靠了過來。

「我是台所奉行木下藤吉郎，有十萬火急的口信要傳給家老，趕緊通報吧。」

屋內已在休息的人還沒有等外面的通報，便匆匆忙忙跑到玄關來開門讓他們進去了。

「大家都進來吧。」藤吉郎聳聳他的小肩，帶著五個人進入玄關。

來到這裡也是一樣，佐渡自己正站在玄關口，仍舊以自認為與眾不同的表情，不苟言笑地說道：「猴子嗎？大半夜的有什麼事？」

藤吉郎一板一眼地行了個禮。「台所奉行木下藤吉郎現在要出城去買味噌，正是為了此事而來的。」

「什麼，去買味噌……是誰指示的？」佐渡看了一眼他背後並排的五個人。

藤吉郎誇張地說：「木下藤吉郎是御大將的家臣。」

「又是個奇葩……」佐渡說著：「殿下可真是你的好夥伴。為了買味噌，非得大半夜出發不可嗎？」

「是，刻不容緩。等到籠城就來不及了。」

「什麼？籠城……是誰說的？殿下嗎？」

「恕我無法奉告。總之，這是刻不容緩的事，告辭。」

林佐渡意味深長地凝視著藤吉郎轉身出去的背影。猴子會說出這樣的話，一定是殿下自己洩露了籠城之事——林佐渡這麼想著，將近五十歲的他彷彿可以聽到織田家崩壞的聲音在耳邊響著。

（為什麼不暫時屈服於今川家，再作重振的打算呢？……）

耳邊突然傳來藤吉郎洋洋得意的聲音：「門房辛苦了，好好地鎖緊門啊。」

五

凡是面臨了這樣的大事，所有將領身邊自然都會出現主戰派和自重派。信長對這種事雖然無甚顧慮，可重臣當中卻還是有不少人憂心忡忡。信長認定這種場合不是死就是勝，但是自重派卻認為還另有其外方法：可以暫時屈服於義元，以圖謀織田家的振興。藤吉郎知道林佐渡就是這麼想的人，因此特意繞到他家去放話。他一離開林佐渡的家，就按著肚子笑了起來。

「他一聽說要籠城，額頭上出現了多少皺紋，我如果是猴子，那他就是一隻呆猴子。哈哈哈哈！」

那五個人不由得面面相覷，他們實在不瞭解主人為什麼要把自己借給這樣的人物，而且是負責採買味噌這種奇怪的任務。

根來太郎次走近足輕長屋，在馬場前方的櫻花樹下忍無可忍地發聲：「今夜就這樣出城買味噌？」

「不。」藤吉郎爽快地搖頭：「這身打扮不能出去。今夜到在下的長屋痛快地飲一杯。」

「那麼，你剛剛跟林大人說這是刻不容緩的事，是假的囉。」

「不是假的。如果是假的，在下豈不就成了欺騙家老了。這不是假的，不過，倒也不必急成那個樣子。」

他們又對看了一眼，跟了過來。

「你叫根來……？明天先由城下著手，問問看有沒有賣味噌喔。」

「如果他們不賣，是不是就向他們徵收呢？」

「開玩笑。御大將統治的尾張境內，可說是幾乎沒有盜賊。來本地做買賣的諸國商人都說，全日本只有尾張人民可以夜不閉戶。所以，你們認為御大將會做出那種盜賊才做的事嗎？」

「不過，如果對方不賣，我們該怎麼辦？」

「就說『是嗎』便可，然後再繼續往前問。總之這是機密之事，因為今川來勢洶洶，我們已經決定籠城了。因此，慌慌張張地去買味噌，正好可以洩露這個祕密。」

「這麼重要的事……」

「唔，不要太過張揚，要祕密地。」

他們五個人總算明白了被交派的工作是什麼，彼此點點頭。看來，買味噌不是目的，散布要籠城的消息才是。

「瞭解以後就輕鬆多了。那麼城下結束後，接著去哪兒？」

「名古屋、古渡、熱田，然後慢慢由知多郡進入西三河，見到農民都要問有沒有味噌。」

說著說著，一行人已經來到藤吉郎的長屋前了。藤吉郎現在就住在過去的組頭藤井又右衛門的對面，跟兩個年輕家臣住在一起。

「喂，準備酒啊，有客人，客人！」藤吉郎大聲在長屋前吼著，然後回頭看那五個人，高興地笑著。

——六——

玄關邊八疊大的房間，是藤吉郎的起居間，也是客房兼寢室。

隔著走廊，對面是另一個年輕人的房間和廚房。八疊大小的房間後面，還有一間六疊大的，也是隔著狹窄的走廊。這間就是一般有家室的人所謂的奧室，不過藤吉郎還是單身，所以今晚他打算讓這五個臨時的家臣睡在這裡。

「有酒嗎？虎。」藤吉郎對走出來留著瀏海的年輕人說著，對方馬上露出不太高興的表情說：「有酒，不過沒有菜。」

「是嗎？去對面藤井氏那裡，向八重要點什麼來，今晚有五位客人。」

「是，遵命。」回答他的，不是那個叫做虎的少年，而是一個服侍他的二十七、八歲年輕人。

「那麼，各位請別客氣，我們在這裡合計好之後，明早就出發。」藤吉郎隨意地把腰間的刀拋到後面：「政綱大人大概也跟你們說了，我們在買味噌的途中，戰事可能就會開始了，一旦開打，就麻煩五位依序回到主君身邊。」

「依序是什麼意思？」

「也就是說不能一道回來。同時，返回的那個人，還得關注敵方大將——今川義元當日的行蹤，像是住在何處、經過何處、要前往何處等等，然後一一向政綱大人報告。」

「那麼，第一個回來的人要選在什麼時候？」橋場正數問道。

「就在敵人離開知多郡，漸漸靠近西三河的時候。」

「是指本隊而不是其他部隊吧？」

藤吉郎簡單地點點頭。「其他的部隊不成問題。總之，每半天回去一個人，等於一天傳遞兩次消息回到政綱那裡。」

「知道了。」向井孫兵衛大聲嚷著，又趕緊有禮地重覆道：「完全明白了。」

「好，政綱能不能出人頭地，就看你們的能力了。看事辦事，說不定政綱也必須出城一戰。屆時如果發生無人知道主君在何處的這種蠢事，會給後代看笑話的。」

「遵命。」

「不是說說就算了。不要忘了，如果你們熱心地散布要採買味噌以為籠城做準備的話，對你們的性命是有所幫助的。」

「哦。為什麼？」根來太郎次問著。

「你們想想，如果決定要籠城一戰，對方在還沒有抵達清洲城之前，也不太可能動刀……」此時，虎端了酒出來。酒裝在打野戰時用的紅鍋裡，大盤子上放的是碗而不是酒杯。

「來，多喝一點。要離開清洲好一段時間吶。」藤吉郎趕忙站了起來，替大家倒酒。

七

這是藤吉郎派人採買味噌，從城下散至那古野、熱田的第三天——五月十四日的午後。從本丸內部傳來恬靜的小鼓聲，外面崗亭裡，林佐渡守通勝以苦悶的表情安撫按捺著柴田權六。

「勝家大人別生氣，殿下不是愚笨之人。」雖說正在安撫比自己年輕的勝家，倒更像是在安撫自己，因而露出了一張苦瓜臉。

「我也希望如此。」勝家焦躁地拍著膝蓋說：「但是，直到今天為止，殿下都還沒有開過一次軍事會議。他只是把妻妾聚到一處，唱歌取樂。敵人的本隊都已經進入岡崎了呀。」

「逼我也沒有用，殿下是不會聽我們的諫言的。」

「那麼，你認為我們就只能眼睜睜地等著滅亡了嗎？」

林佐渡沒有回答，回頭對弟弟美作守光春說：「先鋒松平元康是十日從駿府出發的吧？」

「沒錯。本隊在隔兩天後，也就是十二日從駿府出發，分別由東海、本坂二路前進。這些都已向殿下報告過了。」

「那殿下有說什麼嗎？」

「他只說了『是嗎』，然後又談到其他閒事去了。」

「我們是……」權六又倔強地說：「想知道殿下的打算。」

林佐渡試著轉換一下氣氛。「猴子說是為了準備籠城才去買味噌的，或許這就是殿下的本意吧！每個家族滅亡時都是這樣。這是命運啊！」

「你是說殿下已經覺悟到這是命運了嗎？要籠城就籠城吧，總得有所準備啊！」

「所以，猴子才說要去買味噌啊。」

權六露出嚴厲的眼光瞪著佐渡，卻沒有說話。

無人表示要去探探殿下的意思。權六去過，卻沒說上兩句話就被罵了回來。

「我想知道殿下的本意。」他才一開口，提筆作著小唄歌詞的信長便冷冷地回答：「沒什麼特別的本意。」

「不應該有什麼本意的。你知道今川家的勢力範圍嗎？駿河、遠江、三河，還有尾張的一部分，加起來已突破百萬石。」

「我知道。」

「既然知道還問！我的勢力範圍最多不過十六、七萬石。一萬石的兵數大約二百五十人，因此還不到四千，連他的六分之一都不及。」

「既然如此，是不是要籠城，還是……」說到這裡，他忍不住想跪下一條腿。

「混蛋！下去！」信長斥責他後，又悠哉地修改著小唄的歌詞。

柴田權六碰了一鼻子灰回來後，便無人敢去詢問了，只不過，大家私下卻都是相當不滿。究竟什麼時候開軍事會議？為了等信長開口，從十日以來，重臣從早到晚都聚集在這裡。他們相當瞭解信長那種出其不意的性格，因此即使回家後，上了床，仍把甲冑擺在枕邊，馬匹的身旁也都備著飼料。

然而，信長卻未發一言。有時，他從內奧出來，僅僅是詢問諸國盂蘭盆節舞蹈的異同，或者南蠻人的小唄，又或者對市井的旅人、商人等問來有趣的奇異風俗等等興趣。

這期間，義元的軍隊漸漸逼進東海道了。前鋒已經接近三河的池鯉鮒，本隊則走到了岡崎。愈逼近尾張，他的陣容就愈壓迫著織田家重臣的心。

義元一旦進入岡崎城，就會在那裡發出下一道命令。他的眼中不只是織田家，當然，在蹂躪過織田家後，還打算大破美濃的一色、近江的佐佐木、淺井等諸家——這是他們所得到的情報。義元如果從岡崎城出發了，會留下一千四、五百人，以庵原元景為守將；而為了監視緒川、刈谷，他又會在池鯉鮒留下四千人給崛越義久，因此擁入尾張的將有二萬五千大軍。加上其他重要地點所留下的人數，據說他動員的人數已超過四萬。

「佐渡大人，現在只有你能夠去請示殿下了，義元已經進入岡崎，我們有什麼計劃，希望殿下明示。現在並非窮等的時候。」

柴田權六說完，平手汎秀也開口：「是啊，除了拜託佐渡大人，也沒有其他法子了。」

林佐渡一直瞪著汎秀：「不行，殿下不會聽我的，他只會把我罵個狗血淋頭。我已經下定決心了。」

「所謂決心，是……？」

「共死……如此而已。」他以苦澀的表情說完後，對出羽說：「生駒出羽大人比我更適合吧。」

生駒出羽是德姬和奇妙丸的生母阿類的兄長。如果他去問，大概不會是夾帶諷刺的回答吧。

「既然如此，我……」出羽嘆了一口氣，點點頭站起身來。這一瞬間，大家默默地把視線移向出羽的背影。

今天也是一個乾爽的晴天，清朗的薰風吹過城廓。

（織田家就這樣完了嗎……）出羽感慨良深。

本來，自己這一家總算留下了後代……可一旦城池陷落，阿類的三個孩子也不可能像以前那樣了。

（不知道會把他們趕到那裡去，還是……讓我親手殺了他們吧……）

出羽懷著一顆沉重的心，耳裡還聽著清亮的小鼓聲。

龍虎

一

清朗的天空突然變成炎熱的酷暑，無風的沉重空氣像是從地殼裡蒸發上來一樣。

如今已經可以看到臨近今村的沓掛城了。義元的進軍極其謹慎，行經一村一鄉之時，必定先派出斥候試探當地的動靜，確認沒有異常之處，轎子才會繼續前進——因為上次出征的松平元康常說，這附近的土民很頑強。

永祿三（一五六〇）年五月十八日（陽曆六月二十一日），已經開始安排翌日拂曉向織田軍前線進行總攻擊的程序。因此，不僅身邊必須嚴格警戒，義元自身的武裝更是無懈可擊。

他穿著蜀江錦鎧甲，羽織下是胸白甲冑；二尺六寸長的太刀，是他引以為傲的宗三左文字；小刀則是重代松倉鄉的義弘。他那肥胖的身軀自然無法騎馬，便悠然地盤腿坐在綴滿金銀釘的轎子裡。旁人只見到那副華麗富貴的打扮，而他則是不停地拭著汗。

十六、十七兩日，義元本隊陸續抵達岡崎城，完成了所有兵力布署。今天在沓掛城休息，等待明日拂曉總攻擊的成果，預定本隊在明日進入大高城。

前鋒自昨日起已經進入鳴海周邊，頻頻在各村子裡放火。義元擦著汗，不時看著膝蓋上的地圖與兵力配備。夜將明未明時，松平元康就會率領兩千五百岡崎部眾去襲擊丸根了。固守丸根的敵將，是身經百戰的佐久間大學盛重。元康雖然年輕，可是，他還有一群老練的岡崎部隊，勝敗還很難說。

其次就由朝比奈泰能的兩千人去進攻鷲津。此處的敵將是織田玄蕃信平，也是個老練深謀的戰將。因此，不只朝比奈，三浦備後守的三千人也得擔任後援，以防萬一。

進入鳴海城可由岡部元信加上新兵七百人來堅固陣容，沓掛城則由淺井政敏的一千五百人留守。

大高城的鵜殿長照，則可依情形支援松平元康和朝比奈泰能。

這所謂的三段式進攻，至此可說是已獲得初步勝利。因此，葛山信貞以下的五千人便可直接朝清洲城逼進了。

不管對方投降也好，籠城也罷，又或是信長出陣來襲也無所謂。即使葛山的五千人敗了，接下來也還有本隊的五千人，兩者加起來，進攻清洲的勢力就有一萬了。不，不只一萬，還有松平、朝比奈、三浦部隊，也可以乘勝進逼清洲……

「即使對方使出籠城戰術，也不過撐個二、三日吧。」正當義元這麼想時，近侍新關右馬允來到轎子的旁邊：「報告。」

「何事？」義元捲起膝上的配備圖，平靜地說。

二

「附近的土民派人前來，想說些祝賀的話……」

聽到右馬允這麼一說，義元馬上閃著尖銳警戒的眼神。「什麼？派人來祝賀……不必特意來見，叫他們留下名字就好。」

「是。」

「等等，右馬允。」

「是。」

「你看那些土民有沒有可疑或不馴的樣子？」

「沒有，一個是僧侶，一個是神官，另一個則是農民。」

「只有三個人嗎？」

「說是附近三鄉的總代表，帶來十袋米、二樽酒、乾魷魚、昆布等等，看起來很老實。」

「搬運這些禮品的人手呢？」

「是一些愚鈍的農民。」

「好，那就見見他們，帶上來。」

轎子停下來了。義元抽出太刀，卻沒有下轎。「好熱！來點風。」

「是。」兩名足輕馬上在左右搧風，由僧侶帶頭的三人一走過來，義元就柔聲說：「我是治部大輔。這次給各位添麻煩了，但請放心，我的家臣是不會亂來的。」

三個人在路旁跪了下來。義元停轎的位置正好有古松遮蔭，而三人所跪之處，則是在豔陽高照、泥土乾澀的地上。

「你們是在誰的領地上？刈谷？還是池鯉鮒？」

「現在是刈谷，不過御大將將直接出馬，明天會如何就不得而知了。」年近六十的僧侶說。

「無須擔心，戰爭馬上結束了。」義元得意洋洋地點著頭，又說：「不過，織田是個強勁的對手，援兵如果來了，或許就沒有這麼容易了。」

「是啊。」這回是農民開的口。他接著說：「我們也擔心這附近會成為激烈的戰場，不過援軍似乎不會來了。」

「哦，為什麼呢？」

「織田方面早已決定要籠城了。是的，我們之所以會知道，就是因為他的御廚派人出來採買味噌好做準備，這些人還慌慌張張地來我們這兒收購呢。」

「什麼？來買味噌……」

「是的，派廚房的僕役來的。」

義元點點頭，側著頭想了好幾回。他所獲得的情報是信長很小心，內部準備得很充實。

「是嗎？那麼，戰禍所及之處就小了。你們向值勤官留下姓名後就可以回去專心自己的事了。」

「感謝。如果需要什麼人手，這個時候……」

「好了，好了。治部大輔擁有足夠的家臣，並不需要借用各位的力量，不用擔心吶。」

「真抱歉。」三個人對看了一眼，發紅的眼眶足以證明義元的話深深打動了他們的心。

——三——

三個總代表回去後，義元要近侍拿水來，津津有味地喝著。

「作為弱將的領民實在悲哀啊。」他苦笑著，把最後一口水噴霧似地噴出，從太刀的刀柄吹向刀身。

「其實也不能太大意，據我所知，這附近應該埋伏了一些不好馴服的野武士。好了，起轎。」行列再度動身朝沓掛而去。

因為松平元康曾經說過好幾次——不可以疏忽大意，因此每當要進入區隔水田與水田的山崗時，他總是先派斥候前去看看。儘管他這麼嚴密警戒、探查著，青田中也只有一些白鷺悠閒地在尋找獵物而已。不久，太陽終於落到遠方的地平線下了。

時序尚未進入酷暑的季節，太陽雖已下山，氣溫卻絲毫沒有下降。在悶熱靜止的熱氣裡，緩緩飛出了螢火蟲。

本隊度過境川抵達沓掛時，四周已經一片蛙鳴了。沓掛是從前的休息站，京都——鎌倉六十三宿之一。從這裡到鳴海有一里十四丁的路程，到熱田則有三里的距離，雖然是個小城，不過崛越義久防守得相當嚴密。

本隊集合在境川附近的裕福寺與城的內外一帶，四處升起了炊煙，可是義元卻覺得冷靜不下來。他倒不特別擔心明日總攻擊的戰果，只是比起待在駿府的活，在外頭總是不便得多，同時附近還有很多討厭的蚊子，令他無法忍受而心生煩躁。

「點香。」

在吃飯時，他曾下過數次點香的命令，飯後的軍事會議也不斷要兩名近侍揮趕蚊子。

「明天終於要總攻擊了，您要騎馬，還是乘轎呢？」崛越義久這麼問著。

「織田那乳臭未乾的小子。」義元只這麼回答，就再也沒說什麼了。

他倒不是無法騎馬，只是那肥胖的大腿若是騎上馬，會被馬背磨到受傷，進而無法在重大戰役出現在頭陣。為此，他選擇了比較沒有危險的轎子。

義元在書院的中央鋪上寢具睡下，並讓兩名近侍不斷替他趕蚊子——他知道近侍非常疲倦，可如果自己失眠，那就糟了。

「夜晚實在不適合我，沒有蚊子的白天就好多了。」

明天終於要踏上信長的領地了，他對這次戰爭有著十足的把握，至少，應該把「道賀之人」送來的酒樽打開，慰勞近侍一番，可如果房間迷漫了酒香，蚊子就更會來得更凶猛了吧。

（得勝以後再說吧。）

這麼想著，即使沒有喝酒，精神卻莫名其妙地興奮起來。

燭火終於點燃，過了午夜，四周慢慢平靜了下來。義元總算入睡了。當他再睜開眼，已是松平元康的岡崎部隊要向丸根發動猛攻的時候了。

——四——

義元一起身，馬上就開始裝束起來。人實在太胖了，因此一定要靠近侍幫他穿戴鐵護手等等。至於穿甲冑、綁帶子等事，還得要兩個人幫忙才行。等他穿戴完畢，汗水開始如泉水般湧出。蜀江錦禮袍看起來是何等莊嚴，可是在如此炎熱的天氣，平時未穿慣的人一定受不了。

好不容易穿妥了，在唐櫃上面鋪起帶來的豹皮並悠然坐下時，前線傳來了緊急的報告。

天亮前開始襲擊丸根的松平元康，碰到敵將佐久間盛重勇猛地開城迎戰，現正陷於苦戰之中。

「盛重算什麼！告訴元康，一步都不能後退！」義元睡眠不足的雙眼又恢復了猛烈的眼神。他命令鵜殿長照在元康危急時，派兵由大高城直接出來救援，同時自己也匆忙地離開沓掛，出發了。

此刻是八時多，他拒絕了接見再度來朝見的「道賀者」，本隊在鎌倉街道上浩浩蕩蕩朝西前進。

天氣依然熾熱。過了梅雨季，天氣就將變成盛夏似的酷暑了。

「現在是最需要一場驟雨的時候了。」

「看來，今年梅雨不會來了。」

「無風的天氣實在讓人受不了，和這附近比起來，駿府的氣候好多了。」

因為大將穿著嚴整的正裝，因此每個人也都規規矩矩地穿戴上甲冑。行進時，義元依然陸續派出斥候，確定前方安全無虞才肯前進，這是非常謹慎的進軍行列。一行人終於來到落合與有松之間的大脅，俗稱田樂窪的地方。

用煙燻躲在山裡的人，

讓他們紛紛跑出田樂窪。

這個使後人如此狂歌的窪地，距離有松十八丁，在鳴海站東邊十六丁的位置。距離南邊的桶狹間也有十七、八丁。當他們進入這個四邊皆圍以小高崗的窪地時，前線又傳來了緊急消息。

松平元康的軍隊猛烈地進攻敵人，終於一舉擊潰對手，勇奪守將佐久間盛重等七人的首級，完全占領丸根了。

「是嗎？幹得好！」義元的轎子停在路旁，他第一次現出笑容。

「元康，幹得很好，應該褒獎。馬上傳話給元康，今日的軍功不可沒，馬上直接進大高城，讓兵士休息。」說完，又接道：「叫大高城的鵜殿長照傾其全力，向清洲進軍。」

讓從拂曉開戰的元康進城休息，再由鵜殿替換，馬上進逼清洲。這是義元的兵法，一分空隙也不肯留下。

「抬轎啊！我們也要在日落之前進入大高城才行。」義元這麼說時，前線的傳令兵和「道賀者」一起被帶到了轎子旁。

此時已十時多，馬上就要進入正午了……

五

傳令兵帶來了朝比奈泰能進攻鷲津的消息，他與松平元康是同時出擊的。

敵將織田玄蕃信平防守得很好，但是朝比奈也不輸給松平。他凶猛地逼近，燒了大門與營柵，最後終於殺了進去。敵人守不住，死傷慘重，玄蕃逃往清洲方向，因此城砦也落入了泰能之手。

「太好了，不過，元康取得了敵將的首級，泰能卻讓敵將溜走了。回去告訴他，馬上追。」

義元打開軍扇，揮去汗水，等傳令兵離開後，不由得放聲笑了起來。一切沒有障礙，照著計劃順利地進行著。「好預兆。看來，信長那小子明天就要降服了。對了，那就見見那些道賀的人吧。」

一旦戰勝，道賀的人就顯著地增多。那些無力的土民，除了向新統治者獻媚示好，也別無他法。這回有十多個人，最前面的是兩名僧侶和一名神官，扛著剃了毛的羊戰戰兢兢地來了。

「我們是水野下野守的領民。」

義元一邊聽侍從介紹一邊點頭說：「安心吧。我會相當注意，不讓暴徒起來作亂的。你們回去好好工作吧。」

「謝謝。」五十歲左右的僧侶把額頭靠到地面上，右邊的神官大聲說：「我們聽說駿府的大人德高望重，土民心中甚感欽慕。我們希望能對軍旅聊表敬意，因此做了五十擔粽子、二十袋飯糰。正好快正午了，請笑納。」

「什麼?還特意做了粽子……真是體貼。是啊，已經快到正午了，我就欣然地收下了。」

「謝謝。」神官把頭低了下去，僕役呈上明細，並對義元補充：「另外還拿了很多酒菜來，都非常美味。」

義元又得意地點點頭。這些人知道近午了，不僅送來午餐，甚至還有酒菜。在這群機靈的總代表之中，那個隨意開口說明的男人就是熊若宮竹之內波太郎。義元送走了這行人後，說道：「就在這個窪地午餐吧。食物在這麼熱的天氣也無法保存，把剛剛道賀者的貢物分給大家。」說完，自己也慢慢從轎子裡出來。

「把折凳拿過來，選個陰涼處，我也休息一會兒。」

前方已經停止前進了。近侍幫義元把折凳安在樹蔭下，本隊的五千名官兵在這窪地中開始準備用餐。

六

同一天的早晨。

清洲城會所空蕩蕩的，只有幾個人影，裡面的會館傳來一陣小鼓聲……庭院吹來的微風，將北側布告欄下的一張告示吹得輕輕地搖動。告示上寫著：「當此盛夏之時，大家可除去辛苦的武裝。」就是這張告示上的話語激怒了大家，也令大家失望，因此諸將今天延遲進城。

當然，昨天十八日，鷲津、丸根兩個城砦都來求過援軍。到了今天，任何人都認為，除了籠城之外，別無他法。

「再怎麼剛愎的殿下，今天也該下令了吧。」

昨天，大家紛紛戴上甲冑進城等候指示。到了將近正午，小姓岩室重休拿了張紙從裡面出來。

「這是指令啊。」

大家以為這一定是分派誰固守哪個城門的命令，蜂擁上前一看，未料指令上竟寫著那樣極富諷刺的話語。

岩室重休是先君寵姬岩室殿的弟弟，加藤圖書助的外甥。

「重休，這是什麼意思？」林佐渡最先罵了起來。

「我不知道，殿下是這麼說的。」

「雖然是殿下說的，可敵人已經兵臨城下了，不是嗎？」

「殿下說，逼近也好，在這麼熱的天氣貼出這張告示，大家會輕鬆一點。」

「你認為這種事輕鬆得起來？」

雖然這麼說，可是責罵重休也沒有用。大家面面相覷地嘆息著，脫掉甲冑透透風，竟有一絲寒意逼上身。

到了夜晚，信長穿著麻布夏裳、捲起袖子，好像剛剛出浴似的，出來說道：「今晚大家可以回到各自的住所休息了。」

大家連生氣的力氣都沒有了。究竟為了什麼，為何故意使大家沮喪到這種地步……

「看這情形，殿下是考慮籠城……等死……今晚的命令是要大家回去和家人做最後的團聚啊。」歸途中，吉田內記在玄關這麼說著。

林佐渡仰望著星空，回答：「反正就要滅亡了，這種體恤已經太遲了。」

因此，今日天雖已亮，來到這裡的人卻寥寥可數。

「又是小鼓的聲音。」

「今天特別悠閒喔！現在，丸根不是已經開始作戰了嗎？」

木下藤吉郎滿不在乎地進來了。他全副武裝，完全沒有把那張告示放在眼裡。

「各位，丸根的佐久間大學大人，已經被松平元康的鐵砲槍給打倒了。」他淡淡地說著，直接朝傳出小鼓聲的內館走去。

七

藤吉郎進來時，信長正悠然地揮舞著金扇。

人生在世五十年，
與天地長久相較，
如夢又似幻。

這是他在戰陣上使敵人畏懼的叱吒之聲，足以令他自豪。這聲音震破早晨的空氣，朗朗地自內奧傳到外室，再由外室傳至庭院。這就是他得意時，一定連歌帶舞的一節歌謠〈敦盛〉。

藤吉郎微笑地閃到一邊去。信長還是一副平常的麻布夏衣裝扮，旁邊站著露出神祕表情的濃姬、奇妙丸與德姬。他們後面是阿類、奈奈和深雪，這三人與藤吉郎並排成一行。二男茶筅丸和三男三七丸被乳母抱著，坐在對面的窗邊。

近侍是少了一隻手的長谷川橋介以及岩室重休二人，他們分別看了藤吉郎一眼，又馬上把視線收回，放在信長身上。

與天地長久相較，
如夢又似幻。
一度得生者，
豈有不滅者乎？

側室中，感情最脆弱的是奈奈。眼裡貯滿淚水，正強忍著不掉下來。孩子還不懂事，而濃姬似乎已經覺悟到會有今天，早已平靜地整理過內心與外表了。

信長唱完歌，啪的一聲把扇子丟給打小鼓的城下町人有閑。這是他喜歡的一個鼓手。

「猴子，你是來叫醒我的嗎？」信長以斬釘截鐵的語氣問。

「正是。」藤吉郎慢慢低下頭去：「丸根已經陷落，鷲津正在苦戰。」

信長沒有回答，只問道：「治部大輔的本隊呢？」

「今天早晨自沓掛出發，確定是朝大高城去……這是梁田政綱手下的人傳回來的消息。」

信長微笑著連點三個頭，接著猛然脫掉麻布夏衣，說：「把甲冑拿來！」他發出怒吼似的吼聲，拍打著裸露的腹部。

反應不及的三名側室吃驚地面面相覷，只有濃姬不愧是齋藤道三最疼愛的女兒，馬上站起身，凜然命令道：「趕快把準備好的甲冑拿過來！」

「是。」兩名近侍像彈簧似地彈起來走了。

「飯。」信長又拍拍腹部叫道。

「啊，您說什麼？」早餐才剛剛結束，因此阿類反問他。

這時，末座的深雪搖搖晃晃地站起身來。

「喂……」濃姬叫住深雪，以對侍女說話的口吻嚴厲叮嚀：「這次出陣極為重要，別忘了拿備好的御酒和勝栗來。」

八

甲冑一送到，信長便以迅雷不及掩耳的速度穿上，就連藤吉郎都瞠目而視。

駿府的龍，已經靠近尾張了。清洲的虎，抑制住高漲的鬥志，等待時機成熟。老虎是山野中的野獸，不向雲間的龍挑戰，一直要等到龍降臨到地面上，虎才會開始跳躍。

籠城的消息已讓敵我雙方都深信不疑。他穿好甲冑，一旁的濃姬隨即問道：「要帶上哪兩把刀？」

「光忠、國重。」這之間就如同火花散開般，一絲隙縫也沒有，令人感覺到氣息合一。

「是，這是光忠。」就在濃姬一問，信長一答後，失去右手腕的長谷川橋介已經遞出光忠了。信長微笑地接了過來。

「國重呢？」

「我也想您大概會要國重，所以國重也拿來了。」

「哈哈哈……」信長高聲笑道：「勝利了呀，猴子。」

「正如您意。」

「橋介都已如此聰慧地摸透了我的心，這一戰勢必要勝利了呀。」他接過愛刀「長谷部國重」放在身旁。此時，深雪端來白木盤放在他面前。然而信長卻沒有坐下來，只是直挺挺地站著說：「斟酒。」

濃姬一看，趕快把酒杯拿起，親手倒酒。信長一口氣喝乾後，拿起了阿類送上來的飯碗。他端起飯碗後，看了四個孩子一眼，說：「所謂戰爭就是這樣，看到了吧。」他仍然是以斥責的語氣說著，點頭的只有奇妙丸。其他孩子則害怕地靠到乳母身邊。

「哈哈哈……」信長瞬間吃下了兩碗飯，放下筷子，拿起頭盔。「吹號！」下了命令後又說：「猴子，來。」

抓起太刀，信長和猴子一起走出內奧。藤吉郎往前一步跳到信長的前面。

「要騎疾風啊，這是親駕出陣。快！快！」藤吉郎一面吼叫，眼淚也突然掉了出來。這麼激越的個性，這十多天來卻一直按捺著，是多麼痛苦的事啊！

（能做到這樣的人，我藤吉為他而死也心甘情願……）

這種感動像電擊似地閃過藤吉郎全身。

軍號聲自後方不斷吹起。「出陣了，殿下已經召集人馬了。」聚集在會所的諸將慌忙整頓戎裝，此時信長已經騎上愛馬疾風，奔往城門而去了。

疾風之音

一

信長一走，內奧就如同暴風雨過後般的寧靜。

阿類、奈奈都茫茫然地看著窗外的朝陽，一切都像在做夢似的。這裡是清洲的城內，身為信長的側室，還生了孩子……這一切都像夢一般……他這麼匆忙地出去，究竟能不能回來？是生？是戰？還是死？

側室中身分最低的深雪更是覺得悲哀。她還不脫婢女時代的習慣，因此無意識地收拾起像是一陣風捲過似的殘局。她緊緊抓住信長吃剩的飯菜發抖著。

奇妙丸不在生母阿類身邊，而把手擱在正室濃姬的膝蓋上，不安地環顧每個人。另外兩個小的則倚著乳母顫抖，只有德姬像個小大人似的，懷著不安和恐懼坐在那裡。大家以為她還很年幼無知，其實，她已知曉事情的嚴重性了。

眾人就這麼默默呆立了一會兒，濃姬才緩緩地環顧每個人。長谷川橋介和岩室重休已經不在這兒了，他們也以最快的速度換上軍裝，追隨信長去了。

「生駒夫人，」濃姬每次看到阿類，胸中總會泛起一股奇怪的情感——除了嫉妒這個女人替信長誕下了自己無法生育的兒子之外，對於她即使生了兒子卻還是無法擁有指揮別人的地位，便替她感到悲哀，自己的一股優越感也油然而生。

「我們該覺悟了。」沒有料到她會這麼說，奈奈和深雪比阿類更大吃一驚。

「為了殿下著想，無論發生什麼事都不能亂了手腳，大家都要有這個覺悟。」

「您所謂的無論發生什麼事……」曾經是濃姬侍女的深雪是最老實的。她雙手合掌，求救似地說：「請指示，我會照您所示的做。」

「這一戰可能會有三種情形。」

「第一種是？」這回是阿類問的。

濃姬以寒冰似的眼神再次環顧大家後，說：「就這樣戰死。另一種是退回城裡籠城固守，最後一種是……」說到這兒，她停了下來，微笑了。「得勝凱旋歸來。」

三個人互相對看一眼，點點頭。不只她們三個人，就是德姬和奇妙丸也齊聲道：「會勝利啊！」

「是，是，勝利……」濃姬一隻手放在奇妙丸頭上，以嚴厲的聲音叮囑著：「若是戰死，或者決定撤退籠城時，這內奧就由我指揮。大家有異議嗎？」語畢，又靜靜撫摸了奇妙丸的頭。

二

當然，這三個人不會有異議的。

濃姬以一種完全盤算過的冷靜態度，斬釘截鐵地說：「那麼，我就下指示了。」三個人也露出洗耳恭聽的神情，圍成一個小圈子。

「如果殿下戰死的話……」

「戰死的時候？」

「不一會兒，敵人必定會圍攻這座城，大家就分別拿起薙刀奮戰一場。」

奈奈用力地點點頭，阿類則閃過奇妙的神色。濃姬知道她是在擔心孩子，便接著說道：「殿下既是武勇的大將，如果內奧混亂，留給下一代的就會是恥辱。不過，我並未要求迎敵一戰之後必須如何，為了表現出不願投降的氣節，可以戰死，也可以自殺……」

「御台所夫人。」阿類露出嚴峻的臉色，伸長身子說：「到時候，孩子呢？」

「孩子……」濃姬正要說下去，突然意識到孩子的視線全在自己身上，就對他們笑了笑，說：「我會看顧到最後。」

「那麼，您的意思是要與此城共生死？」

「啊，這是……等到我看到敵人的圍攻，或許會把孩子送到美濃，又或許委託給某位老臣……」

「御台所，在那之後呢？」深雪似乎很擔心似地又恢復了過往侍女時代的樣子，露出依賴的眼神。

濃姬收起笑容，嚴厲地回答：「你們應該知道的，就追隨殿下而去。」

「那麼，大家去準備準備吧。」

三個人露出堅決的表情各自回房。此時，濃姬為探查信長動靜所派出的第一個傳令兵，正慌忙地穿過庭院進來。

濃姬吩咐過藤井又右衛門，在足輕中挑選八個優秀一點的，替內奧傳遞今日的戰況。最先進來的叫做高田半助，以前是熱田的漁夫。又右衛門的女兒八重領著他進來。八重已經繫上白木棉帶子，額頭也戴上了男用的鉢金，手上舉著薙刀，一副勇武非常的樣子。濃姬對八重這種裝扮投以微笑。

「殿下去了哪兒？」她低頭問著單膝跪在庭院口喘著氣的半助。

「一出城門就說要去熱田，說著就策馬奔去了。」

「有誰跟去了呢？」

「只有五個人，岩室、長谷川、佐脅、加藤，還有木下藤吉郎大人，他牽著馬轡，在街上快速地跑著。」濃姬的胸口一陣騷動，只有五人跟去……殿下究竟在想些什麼？

「好，你也跟上去，看仔細了再來通報。」

「是。」半助跑走了。

「夫人！」留在後面的八重發出喊聲，可是沐浴在朝陽下的濃姬彷彿沒有聽到似的，一直凝視著虛空。

——㊂——

濃姬所擔心的是信長「性格」上的信仰。信長確信要重整這亂世，完全靠的是「力」而已。

「治理國家要靠德。」平手政秀生前如此諫言時，信長就會打心底笑了起來。

「所謂亂世啊，就是在喪失了古代道德的價值時才產生的。所謂德是什麼？德啊……哈哈哈！」

信長嘲笑「德」，他認為若上下皆有德，亂世就結束了。因此，他一切都用「力」來處理。每件事都出人意表，不論是骨肉相爭或重臣謀反，他統統以「力」來使之戰慄屈服。因此，現在信長的領地內連盜賊的影子都沒有，他律己嚴謹、待下寬大是原因之一，但連盜賊都畏懼信長更是不容忽視的事實。

如此的信長，今天飛奔出清洲城一睹織田一族的命運時，身邊只有五個人跟著……要是有人爆發平素的不滿，在這麼重大的時刻發動叛亂的話，該怎麼辦？

「夫人。」八重再度出聲，濃姬才回過頭來。「半助說有五個人跟去，其實大家都跟在後面，慌忙追隨殿下去了。」

「哦……大家都追過去了嗎？」

「是的，柴田大人、丹羽大人、佐久間右衛門大人、生駒大人、吉田內記大人都跟去了……這些家臣都一面穿戴頭盔，一面策馬揚塵奔馳而去。」

濃姬點點頭，但僅是聽到大家都跟上去了，還是無法讓她放心。如果那些人不願追上信長，因不滿而故意放慢腳步的話……

「那麼，我也準備一下。你注意一下第二個傳令兵。」

濃姬送走八重後也拿出了薙刀。她用帶子固定住袖子並捲起頭髮，突然間卻想起了父親齋藤道三入道最後的情形。父親是被兄長殺死的，而這個做兒子的也會在落入敵人之手前被叛軍殺死——她心裡有這種預感。

濃姬把薙刀斜斜地擺好架勢，凝視虛無，「啊」的一聲揮了一刀。

白皙的手腕使出了鍛鍊過的氣力。敵人也好，叛軍也好，只要靠近的統統斬殺。

濃姬發覺了自己勇猛的姿態便恢復了笑臉。這時，第二個傳令來了，是個名叫矢田彌八的年輕人，向來以腳力比野豬還快而非常自豪。

「殿下到了什麼地方？」

對方喘了一口大氣，拍著胸部說：「殿下……一口氣跑到熱田神社的大鳥居……」

「在那裡下馬了嗎？」

「是，一面大聲叫赤飯[18]、赤飯。」

「什麼？赤飯？」濃姬雖然不知道他的意思，不過也撫著胸口鬆了口氣。

信長必定一開始就想把大家集合在熱田神社之前的。濃姬想到這一點後，同時也馬上領悟他為何這麼做了。

「原來要在神社前……」濃姬說著，手裡雖然仍舉著薙刀，眼眶卻紅了起來。

四

信長把兵將集合在熱田的神社之前，起碼有三個意義。

首先，當然是不讓敵人預知己方的行動。其二，由家臣跑過來集合的速度，可以測知己方的士氣。第三，因為熱田的神社是最靠近敵人的地方。

當他騎馬到大鳥居前時，大叫「赤飯！赤飯！」，其實不是要赤飯，而是在叫祐筆[19]武井肥後入道夕菴。他事前已經吩咐夕菴準備了今天的祈願文，要把鏑矢和祈願文一起拿到神前──這種事不像是出自信長的手，但是他就是打算在這裡等那些跟過來的家臣的。

「赤飯！赤飯！」當他這麼開口叫時，社家加藤圖書助順盛就把事先祕密煮好的赤飯盛了半

18〔編註〕以赤小豆與米飯煮成，多於喜慶時食用。

19〔編註〕武家的文書官職。

碗送出來。同時，好不容易追上信長的夕菴遞上祈願文，一面擦拭著汗水，站在信長的前面。

信長露出嚴厲的眼神，數著後面跟過來的人數。總算已經有了兩百多騎，時間已經是上午八時了。

「由先君的遺訓得知，您一定會出陣，因此準備了赤飯。請吃飽了再出發。」

信長沒有直接回答圖書助的話，只是對後面叫：「這是好意，大家接受吧。」

接著轉向武井肥後說：「夕菴，讀吧。」

肥後擦著額頭上所冒的汗，開始讀起祈願文。

源氏（今川家）的義元暴威，揚於駿河、遠江、三河三國，最後終於暴露了心中的不敬，率四萬大軍犯京。平氏的信長意欲破其陰謀，遂起而討之，然而勢力不足三千，猶如雞蛋撞石頭。信長確無私心，只是擔憂王道衰微，為拯救黎民而舉義，請謹慎過目，切勿誤解。

肥後的聲音時而高亢，時而顫抖。然而，站在神社前大聲吼叫的信長，並沒有在聽祈願文的內容。

肥後讀完後，恭恭敬敬地把祈願文交到信長手裡，信長叫一聲「好」，便抓住祈願文登上拜殿，進入中殿。

攜弓的長谷川橋介跟在左後方，岩室重休捧著信長的頭盔跟在右後方。他們都穿戴著紫色的甲冑，臉頰泛著桃紅。

信長把鏑矢與祈願文放在圖書交給他的白木盤上，又取下了裝盛神酒的陶杯。神女恭恭敬敬地倒酒，信長一口喝乾，並一直注視神殿內部，然後把酒杯放回去，直接走到神社前。

現在的信長就只掛心陸續來到大鳥居的人數了。他下了拜殿（神社一進門後的前殿）揚了揚眉角，對聚集來的人大吼似地叫道：「大家聽好了！聽到了今祠殿傳來的金革聲了吧！神明會幫助我們的。若有懷疑之人，殺無赦！」

五

信長在神前祈願意外地鼓舞了士氣。因為他平常是不理會這種事的，只會在京都的皇居、伊勢大廟，還有熱田神社拜拜而已。如今他卻捧著祈願文來到熱田神社，並且獻上鏑矢。祈願結束後，兵士的人數增加到五百左右。

信長看著他們，向內殿出來的加藤圖書招手。「這一次啊，曾經在這裡待過的松平元康……哦，就是竹千代啊，他也在敵陣中。你叫彌三郎啊……」說著，他用力拍打停在臉頰的蒼蠅。彌三郎是圖書的兒子。

「叫他盡量多集合這一帶的農夫、商人、漁人、船夫等，我們的人數不夠。還有，要他們用舊布做些旗子。」

圖書點點頭跑了出去。兵力還是不夠，若不找些偽兵來瞞騙敵人，就很難接近敵人——圖書這麼想著，胸口被一股寒意哽住了。

「四萬和五百的懸殊……」

這時，重臣總算集合在信長面前了。柴田權六、佐久間右衛門、吉田內記、丹羽長秀、林佐渡、林信政、平手汎秀、佐佐正次、生駒出羽，還有不知什麼時候出現的梁田政綱，他是負責警戒信長四周的。

「殿下。」林佐渡首先開口：「重臣幾乎都趕到了，請下令。」

信長只是以銳利的眼光環顧四周，什麼也沒說。

「我知道要作戰。」

「作戰……」信長嘔吐似地說：「這種人數去作戰，馬上就被四萬敵人剷平了。」

「有什麼打算嗎？」

「不知道。」

「不知道的話，步調就不會整齊了。」

「步調不齊的人就會落伍，到時就讓信長一個人去作戰。」

這時，有個打扮怪異，看不出是商賈還是武士的人飛奔而至。這個男人在信長背後的梁田政綱面前跪了下來。

「主君！我是橋場正數。敵人的大將義元依舊坐著轎子離開沓掛城。」
梁田政綱點點頭，轉向信長。
「我們的目的地是大高城吧。」
「對！」
「就這麼出發吧！」梁田政綱說著。信長轉身離開大家。
「赤飯要吃飽！好吧？吃過之後跟我來。猴子，拉馬來！馬！」
藤吉郎馬上從大鳥居旁悠閒地拉著馬出現了：「在這裡。」
已經八時了，額頭上的鉢金被太陽晒得發熱。

六

信長對悠閒的藤吉郎咋一下舌，隨即跨上了馬。雖然已經跑了三里路，可是疾風的脖子上絲毫未見汗水。不只是疾風，拉馬過來的藤吉郎，也露出跑得快折斷似的細足，撫慰著馬：「疾風，辛苦了。不要輸給在下啊。」
「出發！」信長大叫一聲，接著策馬狂奔。此時追隨的人數已超過八百。
「喂，別落在殿下之後啊！」家臣依序策馬出去。當然還有很多人是一面穿甲冑，一面策馬奔馳的。

由那古野到熱田一帶的農人、商人看到這種情形，沒有不失望的。

「這究竟是什麼？」

「這究竟是怎麼回事？對方有五萬、八萬的人，我們卻一副沒有準備好的樣子。真是連想都沒想到。」

「是已經敗了吧。」

「什麼？連甲冑都沒有穿好！」

「不不不，還沒有敗吶！」

其中也不乏仰慕信長而對他寄予希望的。他們仔細觀察過後說道：「這不是戰敗而逃啦，現在才要進攻……是連戰袍都還沒有穿好就衝出來了，太勇敢了，一定會得勝的。」

兵力陸續增加，可是全部加起來還是寥寥可數。此時，偽兵已經準備好了。他們由加藤彌三郎指揮，約定好一旦會戰，就捲起旗子到田地裡避難。現在他們陸陸續續混進了兵隊裡面。

旗子不僅是草薙派上了用場，就如同農民一揆一般，裹腰布、舊布、抹布、襠布，全都拿了出來。

信長跑在最前面頭。如果跟進的人稍有落後，藤吉郎不等信長指示就會把馬拉到路旁的草叢，讓馬繞著圈子跑——大將的脾氣是無法忍耐停下來的，一旦停下來，內心就會受挫，藤吉郎深知這一點，忍住自己的疲乏不停下來。

從熱田的海濱到天白川都是漲潮，因此無法直接往大高城去。信長把馬頭自大街過道轉向舊道，度過黑末川上游，朝古鳴海前進。等到了笠寺的主街道時，已經有敵人出沒了，一定是葛山信貞所率的五千名清洲進擊部隊經由這裡來了。如果碰到這一隊，尾張的全部勢力就會被牽制在此而動彈不得了。

將近十時。

「猴子，停馬。」

由古鳴海到丹下這一片前方的天空，正揚起火災似的巨煙。鷲津與丸根正燃燒著。

「唔……」信長在馬上活動筋骨時，看到負傷的殘兵三三兩兩、互相扶攜著自前方退了下來。

七

信長的眼睛閃著光，不過心裡卻意外地平靜。丸根燒起來了，鷲津也燒了，然而，這是很自然的事。信長並不想在丸根或鷲津阻擋今川的銳勢，反擊的時機是在這之後。

一面聽著前方傳來的捷報，一面悠然隨著本隊前進的今川義元，會和信長在什麼地方決戰呢？這個決戰時刻就是決定信長命運之時。

待在城裡的妻妾，以及自己信賴為守護神的熱田神社，一定都沒有預期自己將會得勝。他們會認為，自己這既不肯屈服又不肯籠閉城的性格一定會採取行動，而這只不過是率性而為罷了，不會有勝算的。

「停馬，」信長發出怒吼聲：「是誰？」他停在敗陣而來的兵士面前。

「啊，殿下。」被兩名小兵扶著的武士按住甲冑右邊抬起頭來。從鬢角流下來的血潮，沿著臉頰到脖子的部分全都變黑了，頭髮亂七八糟，前面的牙齒也掉落了。他就是鷲津的守將織田玄蕃。

「是玄蕃嗎？戰況如何？」

「殿下，防守無效，佐久間大學在丸根戰死了。」

「唔……」信長呻吟似地點頭：「大學以外的大將呢？」

「鷲津這邊是飯尾近江……」玄蕃說著，勉強拿刀當杖，搖搖晃晃地站著。他的馬被拉到背後，發出悲鳴聲。除了知道主人的異樣之外，牠的脖子和屁股一共中了四隻箭，這也是牠悲鳴的原因。

「殿下，真悔……悔……悔恨。」

因為信長沒有回答，玄蕃便想抬眼看他。然而，他似乎連把視線抬高的力量都沒有。烏雲逐漸圍攏過來，他只能看到遠遠被烏雲遮蔽而一反酷熱的天空一角。

信長舉起手制止了敗兵的行進，然後突然膝蓋一蹬，站到馬鞍上。

這個時候玄蕃已經氣力用盡，搖晃地倒了下去。兩旁趕緊扶住他伏在地上。

「各位，看看這個。」信長站在馬上，從鎧甲的脅下拉出像繩子而閃閃發亮的東西。

「啊！念珠……」

「是念珠，銀的大念珠。」

大家實在猜不透信長拿念珠的用意，全部視線都集中到他身上。信長很快地把它掛在肩上。

「各位，這是信長今天的覺悟。我雖然還在馬上，卻已下定決心赴死，知道嗎？」

「啊！」

「各位把性命交給我。要把性命交給我的，就到後面來。戰爭從現在開始，願意把性命交給我的，就跟我走。」

這時的信長看起來像是比平常放大了好幾倍，有如一尊矗立在烈日強光下，令人睜不開眼睛的巨像。

「哦！」大家不由得抽出刀來，拚命揮舞著。

——八——

敗仗而退回的士兵再度恢復了力氣，跟在信長背後，與剛剛追上信長的家臣形成了信長的進攻部隊。

從井戸田越過山崎，又加入自古鳴海附近以及丹下退下來的佐佐正次約三百名的兵力。這些人被命令直接防守鳴海，本隊的背後與右邊分配妥當後，連喘息的機會都沒有，讓敵將岡部元信的五千士兵經過主街道後，就朝善照寺奔去。這次進擊完全是以義元為目標，其他的都不放在眼裡。

途中，失寵而逃亡的前田又右衛門利家也指揮著三百人，不停在信長後方作為誘敵之餌。當信長得到通報後也沒有停馬，只說了一聲「好」而已。

每個士兵身上已經滿是泥濘和汗水了，當然也相當疲勞了。但在肉體上，由於昨晚卸除了武裝，且休息到今日清晨，因此在耐力上絕非今川的部隊所能比擬。

被太陽蒸烤的天空，時而因雲飄來而分裂成二，在分割處蒙上一層醒目的蒼白，使得大家受著烈日的侵襲。到了田狹間，善照寺已在眼前。此時傳來往鳴海而去的佐佐正次及其下五十人已戰死的通報。信長恨得咬牙切齒，一下子調馬轉向中島。他似乎想改變原來的行進路線，出了鎌倉街道去為佐佐正次復仇。

「殿下，不要意氣用事啊。」林佐渡守通勝策馬來到信長面前，露出被灰塵和汗水染黑的臉，擋在細狹的街道口。

「要到主街道的路是條細窄的路，一次只能過單騎，不快點不行。」

「唔！」信長搖晃著馬鐙上的身體。「你是不要我去替正次復仇囉？」

「如果您一定要這麼做，就先把通勝殺了再前進好了。」擔心信長脾氣而前來阻止的佐渡，好像已經覺悟到這麼進諫，一定會被信長所殺。

信長又是咬牙切齒。不一會兒卻意外平靜地說：「既然如此，就在這裡等一會兒，看看戰況吧。」

藤吉郎鬆了口氣，環顧四周。他本就認為，前進至此，等一會兒應該可以看見敵將義元的動向——沒有下一戰了，當他們碰到義元，就是決定義元與信長命運的一戰了。

林佐渡得到意外的回答，突然變得有點茫然，只是隨著馬匹的腳步前進。

「讓開，讓開，我要向殿下報告。」這時，梁田政綱輕巧穿過狹窄的道路，來到信長的馬前。「報告，敵將義元現在正把轎子停在田樂狹間休息。」他一面下馬，一面說。

「什麼，義元在田樂狹間……」信長的眼裡瞬間迸出虹光，閃閃發亮著。

九

梁田政綱又繼續說：「斥候帶來的消息是，他停下轎子與來道賀的人舉杯，還配合謠曲歌舞慶祝戰勝。」

「義元也跳舞啊？那本隊的五千騎呢？」

「都在田樂窪吃午餐。」

信長閉上了眼睛。雲，正快速地自頭上蔚藍的青空掠過。

「辛苦了。」信長馬上又睜開眼睛看看四周。

（勝了！）信長的直覺就如同磨得光亮的白刃刀尖，也正閃閃發光。

他隨即把兵力分成兩隊。跟在最後方的人和偽兵一千人直接進入善照寺之城，自己則率領特選的一千精銳朝義元本陣前進。

分配妥當後，信長站在陣前又怒吼道：「要重振家聲就靠這一戰了，不過，各位切莫因急於立個人之功而錯失全軍的勝利。大家要一起去踏平敵人，取得義元的首級回來，知道嗎？」

「是。」就在大家回答的同時，信長已經驅策愛馬疾風，向前狂奔而去了。目標是田樂窪。

可是，敵方看不見這些精銳的雄姿，只看到了留在後方的殘兵和偽兵一同進入善照寺城砦。

「信長的確出來了，可是在見到了我們的軍力，連對抗都不敢就進了城砦。」讓敵人有這種印象是信長故布的疑陣。信長一口氣繞過桐原北方的山腳，登上小斜坡。從這裡越過太子根，衝向今川的右背後，就可以一舉拿下了。此刻信長一方的士氣高漲，汗水與苦痛早已超越意識，只有強烈的戰意緊緊包圍著這一千精銳。

到達太子根山時是正午。此時，快速的流雲再度遮蔽了天空，變成雷雨欲來的形勢。信長不曉得想到了什麼，在小山丘上停馬說道：「等等。」他制止正快速前進的精兵，命令他們休息。

他們由上往下俯瞰，對窪地的內部一目瞭然。而對方由下往上望，由於雜木的阻擋，什麼也看不見。如果一鼓作氣衝下去，敵人勢必陷入大混亂。

信長命令大家休息，自己卻沒有下馬。他撥開濃密的樹叢，頻頻觀察著天空和下方的窪地。當他還在猜測著待會兒或許會有冷風吹襲山頂時，頃刻間，瀑布似的雷雨已傾盆而下了。

下方的窪地傳來了躲雨的混亂聲。信長拂掉自頭盔上滴下來的雨滴，不斷低頭看著下方的騷動。迅電劃破天空，雷鳴鎮壓住山頂和窪地。

十

周圍突然暗了下來。以為雷鳴已經遠去，誰知緊接著又是一陣豪雨伴隨疾風而至。這麼大的雷雨很少見，簡直是能用「沛然」二字來形容了。

「不要貿然行事啊，等待時機。」現在，就連信長那頗負盛名的怒號也被雨聲遮蓋，只能傳到近身人們的耳裡。

窪地裡混亂得像是螞蟻掘穴般，有的人去民家躲雨，有的就在樹蔭下將就著。只有義元的本隊，不愧是強勁的隊伍，動也不動，只有在強風突襲時，忙著拉住帳幕，不讓帳幕飛掉而已。

豪雨在下午二時才稍稍減弱威勢——信長在全軍中穿梭著下達命令：「直到殺進義元本陣為止，所有人禁止發出聲響！除了取得義元首級，其他人同樣格殺勿論。」

信長終於在雨空中高舉起名刀長谷部國重。一看到這個信號，久等的精銳爭先恐後朝義元所在的田樂窪地奔下去，而不知道發生何事的今川部隊，在泥濘中發出狼狽的叫聲。

「怎麼啦？怎麼啦？」

「是叛亂，有人謀反了呀！」

「是誰……這麼大膽？」

「不，不是叛亂，是野武士、亂民來襲擊了。」他們一面躲閃，一面大叫。

「敵！是敵人來襲……」也有人這麼叫著，可是大部分的人都聽不到，只是躲到泥堆中去。道賀者的進貢、拂曉的勝利，以及出人意外的雷雨，都令今川軍沉醉了，其中還有人脫下甲冑，也有人把武器拋在遠方。而義元也醉了，這個深謀遠慮的大將竟在這種地方停馬……做出這種決定已經是非常不得了，甚至還喝了道賀者進獻的酒——這酒正在暗地裡消毀他的盛氣，使他衰頹……

「現在這聲音是什麼？」義元說：「喝酒慶祝可以，可不能喝醉而自相殘殺啊，去叫他們收斂一點。」正當他要從折凳上站起來時，一騎武士彷彿要踢開濡濕的帳幕似地漸漸靠近了。黑色的甲冑，加上高舉的大槍，從馬上跳下來。「服部忠次進謁今川屋形。」他挺出槍尖，朝義元的胸甲猛刺下去。

「混蛋！」義元大叫，在他還來不及抽出二尺六寸長的豪刀宗三左文字時，對方的刀尖早已經刺了下來。但服部小平太的槍被對方一撥，稍微偏下，僅刺進義元肥胖的大腿。

「混蛋！」義元不理會大腿的傷，再度揮出太刀。

十一

義元的豪刀向前一揮，服部小平太忠次「啊」地大叫一聲，跌坐到泥中。一個膝蓋已經斷碎了，他仍然抓著被斬斷的槍柄。此時，義元尚未發覺這是織田的人馬，他還以為這是酒醉後的殘殺，或是陣中的叛亂。

「混蛋，你說你叫什麼服部？是誰的手下？可恨的傢伙！」義元抓起服部小平太的髮髻，讓他的臉往上抬，太刀也已經擱到他的脖子上了。

「小平太，我來了。」就在這個時候，突然有人自背後跳上義元的巨軀。

「大膽！無禮！」義元試著搖動身體怒吼著，覺得自己彷彿醉了，因為大腿流了太多血，再加上搖動的身體令他頭昏目眩。雷電在他的頭頂上劃了個十字火花，而後消失。

「你是誰的手下？」

「毛利新助是也，織田家人。」

「什麼？織田……你們竟然混了進來！」

毛利新助秀高沒有回答，用力拉扯義元的右手。

義元巨大的身體搖晃了起來。突然，他感到一陣疼痛，自脅邊到下腹有一股烙鐵似的灼痛傳到了背脊——一定是槍尖刺穿了甲胄，刺進身體。

「嗚——」義元忍著痛，再度猛烈搖動身子，想把新助甩開。然而新助已經把身子挪開，用雙手抓住了他的身體。

新助被逼得身體懸空。搖晃的義元由於受不住自己和新助雙重的重量，倒了下來。腰部受傷的義元「啊」的一聲倒在地上，敏捷的新助則在他倒下的同時，巧妙地鬆開雙手，坐到他的胸口。

「混蛋傢伙……」義元想把對方彈開而拚命扭動身體著。此時雷雨尚未停止，雨滴一直打下來，義元無法看清楚坐在自己身上的武者臉孔。雖然如此，他依舊不認為自己會死在這個地方。「誰來把這混蛋……」他一面抖著身子，一面掙扎。

「啊，真難看。」坐在他身體上的武者大吼：「今川的屋形，老老實實地把頭交出來！」

「混蛋。拔刀了啊！」義元此刻才發覺對方已經抽起了他的短刀。

（死在這裡……實在太不像樣了！）

他在對方要刺下來的短刀之下，感受到鎧甲重量的令人生厭。因此，他用那口高貴的牙齒咬住對方擱在嘴旁的拳頭——有什麼東西留在他的舌頭上了，是手指頭？還是肉？正當他想著這個問題時，衣襟內的脖子一冷——「滋」的一聲湧起一股腐爛似的熱氣。

就這樣，這位駿、遠、三的太守在信長模仿野武士的新戰法之下，嚼碎了毛利新助的一隻手指頭，消失成了田樂狹間的露水。

第四卷・葦徽

重逢

一

就在雷雨伴隨著驚人強風來臨之前，阿古居的城內正為了迎接不速之客而鬧得天翻地覆。起初，那位客人在十餘騎的武士保護下來到大手門前，也不通報姓名就嚷著要見竹之內久六。

信長雖然沒有下令要久松家出兵，但由於大高城近在咫尺，與清洲之間的聯絡道正被猛烈地攻擊著，因為不知道敵人何時兵臨城下，所以久六也穿上了甲冑守著城門。

「那個人說，只要見了面，就知道他是誰了。會不會是清洲來的密使？」聽通報的人這麼說，久六偏著頭疑惑地出去迎接。當他見到來訪者時，對方已下了馬，正抬頭仔細看著高聳在右邊的洞雲院老松。

「我是竹之內久六，你是……哪一位？」久六走過來問道。

年輕的武者用平靜的表情將視線轉向他。

「咦……哪一位？」久六一看到那張圓臉上有著血色紅唇與大耳，不由得發出一聲驚叫聲：「啊！」

這時，來訪者才初次露出淺淺的笑容。「松平藏人佐……不，是路過的旅人，就我一人，想到城內休息。」

久六慌忙點了三次頭。「是嗎？松平……哦不，是旅人。夫人不知會有多高興……我現在就去通報。請等一等……」

自從他去了駿府，久六就再也沒見過他了。可是當他還在熱田時，久六經常送點心和衣服過去，那張稚嫩的臉，如今已長成豐滿的額頭和臉頰了。

久六在於大居間的院子前說道：「夫人，有位稀客……」才開口，聲音就哽住了。

「稀客……這怎麼回事啊？」於大把今春才剛出生，正在吸吮自己豐滿乳房的長福丸抱開。她被久六不尋常的表情嚇了一跳。

「難道從大高城……」

「噓！」久六用眼神阻止她：「他說自己不是松平藏人佐，而是路過的旅客……」於大點點頭斟酌著。從大高城來的松平藏人佐元康是敵方的大將，當然不能堂堂報上姓名。

「那麼，我先去把這事報告給殿下，在此之前，先請客人到裡頭的書院，別怠慢了。」於大彷彿在做夢一般。佐久間大學盛重在丸根城砦被殺，從昨夜一直到今天拂曉，元康奇妙的戰略已經傳到了阿古居。而後，他進入了大高城取代鵜殿長照，準備進行下一次的攻擊……

現在，他騰出了片刻時間直接來訪小城阿古居。

（這是為母的勝利。）

於大的全身發熱，她不知道自己是怎麼走到武器庫前正布署陣容的丈夫面前的。

二

知道松平元康來訪後，久松佐渡守俊勝和善的臉上一片愕然，睜大眼睛問：「這是真的？」

於大以為他的驚愕可能是對元康存有戒心，便小聲問：「殿下，能見他嗎？」

「哦，怎麼不能見。」他胸有成竹地用軍扇拍拍胸脯，說：「松平與久松家的緣分是特別的。不過，我不會馬上去，你們一定有很多話要說吧？我等備好酒菜再過去。在這之前，你們可以先敘敘舊……三郎太郎、源三郎、長福，不都是他的同母弟弟嗎？讓他們見見面，知道嗎？」

於大的雙眼不禁模糊起來——這個男人武藝並非特別精湛，可心胸裡沸騰著溫暖的血液。

「知道吧？你的重要客人對我俊勝而言，對孩子而言，也是重要的客人。」

「是，那麼，我在內奧書院跟他會面。」

「哦，沒有什麼好招待的，就是一顆歡迎的心啊。」

「是……是。」

於大回到自己的房間，把三個孩子叫來。長子三郎太郎如今已經十二歲，就快元服了，源三郎七歲，長福丸才幾個月大。分別幫他們整理好衣衫後，於大對長福丸的乳母命令交代：「等我叫你時，就把三個孩子都帶進來。」接著，便獨自往書院走去。

在這個於大嫁過來後才新建的書院裡，松樹與岩石對面的山，長著一片幽靜的竹林。於大刻意繞了遠路，想讓自己的兒子感覺到母親正逐漸靠近。待在屋內的松平元康舒適地坐在上座。陪伴他前來的近侍此刻皆不在身旁，書院裡只有元康與久六搖著扇子對坐著。

「太好了，太好了。歡迎歡迎，我是久松佐渡的妻子於大。」於大壓抑著波濤洶湧的情感，坐在入口說道。即使松平元康現在仍未入主岡崎城，但松平家與久松家的家格仍有所差距。

元康的視線一與於大接觸，就像被牢牢吸住了般。於大的眼眶馬上紅了起來，元康的眼裡則盪漾著深深的微笑。

元康站起身來走近母親，拉起她的手，小聲囁嚅著：「坐在這裡不好說話啊。」說著，把於大安置在與自己坐蓆並排的位置上。

「有緣……」元康一直注視著母親，「從出生起就一直讓您費心，元康一日也無法忘懷。」說著，他的眼裡初次湧上了淚水。

於大笑了。

三歲就分離的孩子，從六歲起就成為人質，能否與這個孩子重逢一直是於大生活中的陰影。而這個孩子現在正拉著自己的手微笑著，臉龐與眼神都酷似外祖父水野忠政，連那雙拉著自己的手與指甲的形狀都那麼相像。

「真可惜。」於大把這孩子和溫暖的手刻在心上以後，便鬆開了手。「現在正是情勢最險惡的時候，無法好好招待你。不過，還請寬坐。」

「謝謝，本多的遺孀經常提起，說您是個女中豪傑。」元康在扇子的遮蓋下悄然拭去淚水，恢復了笑容。

女中豪傑這個詞好像把母親塑造成一個強韌的偶像，但現在眼前所見到的母親，卻是聲音、皮膚、肩膀和心都相當溫柔的。母親一定具有從不生氣的寬柔性情。當初被懷抱的我已經長大了，而抱著我的母親還是這麼年輕。

「您離開岡崎時，我才三歲吧？」

「是，你那時長得圓滾滾的，還送我到城門。記得嗎？」

元康老實地搖搖頭：「不記得了。不過每次聽大伯母和祖母說起，就會掉眼淚。」

「真的……好像才是昨天的事，一轉眼已經長成這麼優秀的大將了。」

此時侍女端著茶與點心進來了。元康突然覺得，自己沒有替母親帶點什麼過來，實在有欠考慮。

「哦，孩子呢？」於大最先想問的是孫子。元康一聽，蹙起眉毛說：「長得很快，不過都留在駿府了。」他含糊其詞地回答著，接著若無其事地轉移話題：「我好像還有兄弟吧？」

「是啊，他們正在整裝。」

「我想見見他們，可以嗎？」

「要見嗎？那麼，趕快帶他們來。」於大對久六說，久六馬上站起身離去。室內第一次只有母子二人。

「竹千代大人……」

「我不是竹千代，是元康。」

「不，是竹千代大人……你出生時有很多稀奇的祥瑞，將來你一定可以成為海道第一等的人物……現在不必急著居功。」

元康吃驚地重新注視著母親。這是母親嗎？完全沒了剛才的溫柔，搖身一變成為與本多遺孀相似的堅強女子。於是他也露出嚴肅的眼神，點點頭。

就在這個時候，侵襲田樂狹間的雷雨也向阿古居投下了傾盆大雨。

四

元康聽著雨聲，同時也聽到於大的孩子走近的腳步聲。

他在岡崎有兩個同父異母的兄弟，可是一個出家，一個體弱多病，因此他感到非常孤寂。事實上，使他孤寂的並非兄弟，而是留在駿府的妻子兒女。這一回出陣，駿府大概不會讓元康回去了，勝了便為家臣，敗了則是命運的滅亡。這種孤寂的感受，促使元康此行訪母。而對這些同母異父的弟弟倍覺關懷的情緒，可能也是這份孤寂使然。

腳步聲在房門口停住了。

「哦。」元康情不自禁地發出叫聲。

大概是母親的血統比較強，最先進來的長子，和元康的少年時代幾乎一模一樣，第二個也長得很像。第三個則還在襁褓中，由乳母抱著。

「來，過來跟客人打招呼。」於大恢復了原來的溫柔，呼喚著孩子，於是孩子依次坐到元康面前。

「我叫三郎太郎，您好。」

「我叫源三郎，您好……」

「這是長福丸。」乳母與襁褓中的嬰兒一起低下了頭，於大從旁說明著。

「三郎太郎，這個給你。」元康再度為沒帶禮物來感到懊悔，只好隨手抓起端出來宴客的茶點，從最大的開始給起。

「源三郎嗎？長得很聰明喔，幾歲了？」

「七歲。」

「好孩子。」

源三郎雙手把茶點接了過去。

元康把雙手伸到乳母前面。「他叫長福啊？讓我抱抱看。」

乳母看了於大一眼，等於大點了點頭，才把手上的嬰兒交到元康。長福丸穿著有白綢下擺的藍色衣服，兩隻拳頭並放在下巴下面，視線從客人身上緩緩移向天井。

元康嚇了一跳，這不就是留在駿府的竹千代嗎？

（血統是不容爭辯的。）他感慨著，腦海裡也同時掠過不知能否再見到竹千代的感觸。

母親也是隔了十六年才見到了自己的兒子，而今自己似乎也被這種宿命圍繞著。

「好孩子。」元康只這麼嘆道，卻未說出長福丸很像竹千代的事。

「哪個最像元康小時候呢？」他把笑臉轉向於大，一面把長福丸交給乳母。

「我覺得長福最像。」

「是嗎？是長福嗎？」他猛然吁了一口氣。

「好大的雨啊，吹到竹林的風還發出迸裂的聲音吶！」這時，準備好酒菜的久松佐渡守俊勝，挺直著粗壯的脖子，身著鎧甲進來了。

五

這是久松佐渡第一次見到元康。對於元康的印象，他最深刻的事跡並非對方是松平家的當主，而是大家都像述說著名人似地談論元康初次上陣展現的實力，好像已經有人開始稱許他的能力在其祖父清康之上了。

「請多多指導這三個與你有血緣的孩子。」久松說著，元康也慎重地點著頭。

「當我們必須同心協力的時機到來，三個人都可以改名松平，反正，我的親人很少。」

雷雨仍不見歇，這場豪雨應該也讓義元的本陣無法前進了。雖然如此，總不能在義元到達時，自己卻不在城裡迎接吧。

「天氣似乎不會放晴，看來要被這場雨困住了。」

雨好不容易變小了，待元康離開阿古居城時，已將近二時了。於大與佐渡一起送他到大手門前。

「再會……」不知道彼此是否能再見面，這就是亂世的離別。元康走出街道後，在馬上回頭看了好幾次，才揮揮手策馬而去。

雨勢在三時才止歇，可雲依舊在天空盤桓不散，天色仍像夜晚一樣昏暗。於大回到居間，對兩個孩子說起元康的種種。當她告訴他們，元康小時候和長福丸長得一模一樣時，三郎太郎和源三郎還特意靠到長福丸身邊哄逗著他。

將近四時，臉色大變的俊勝忽然跑進來。「御前……接下來的事，聽了切莫驚慌。」佐渡忘了身邊還有孩子，匆忙說道：「駿府的屋形被殿下殺了！」

「啊！」於大一時之間無法相信。「駿府的屋形……」她懷疑地問道：「是真的嗎？」

「我本來也不相信，可是沒有懷疑的餘地了。清洲的殿下，高舉著義元的首級，策馬發出勝利的呼聲返回清洲……這是探子傳令兵親眼所見的，實在太好了。」

「真令人無法相信，究竟在什麼地方被殺的？」

「聽說，在田樂窪到桶狹間成了一片血海。當然，五千大軍也全被滅了。」

「那麼……那麼大高城呢？」

「就是呀，殿下舉著首級暫時回到清洲。照清洲殿下的脾氣來看，應該等不到明天，今夜就會乘勝追擊……」俊勝本來想說一舉消滅敵人，但卻即時打住了，因為他想起了剛剛在此告辭返回大高城的元康，是於大的兒子。

於大閉上了眼睛——這次的勝利應該要為織田家感到高興，但這也是將自己的兒子置於死地的戰爭。若是織田傾盡全力，而元康身處於一個不熟悉的小城與之對抗，即使是鬼神相助，元康也勝不了。

「殿下。」閉著眼睛的於大發出絞痛似的嘆息聲。

「殿下，請別責怪我為了與十六年不見的孩子會面，而把一切弄得亂糟糟的。」

「有什麼好責怪的？在我們不知不覺當中，勝負就已定了。就連我，都覺得彷彿在做夢一般。」

「殿下，您能允許我說出有些自利的想法嗎？」

「別說允不允許，你有什麼計策就說說看，畢竟那是你的孩子啊，你不會做出對久松家不利的事的。」

「那麼，請馬上讓久六去一趟清洲。」

「讓久六去……要他去做什麼？」

「就說大高城的松平元康已經被母親說服了，絕對不會違抗清洲的殿下……」

「哦。」俊勝拍了拍膝蓋，「是讓殿下不要攻打他嗎？」

「是的，我會讓他棄城撤退，除此之外，我想不到其他法子了。」於大說完，俊勝點點頭，隨即跑出去了。

留在房裡的於大再度閉上了眼，調整亂了息的呼吸——命運！再無其他能夠帶來比命運更大的衝擊了。

君臨駿、遠、三這三國，看似可享永久榮華的今川義元，如今成了一具沾滿汙泥與血漿的屍首了……要近臣喊他駿府御所、不喜歡被稱呼為屋形的義元……他的憤怒也成了泡影。

對女性而言，再也沒有像亂世這麼可悲可恨的時代了，如今，這個亂世又將因駿、遠、三的安定根基動搖，而捲入更洶湧的怒濤中。

（此後，究竟會是誰得勢呢？）

於大當然無法預知，如果可以，她只希望自己身邊不要出什麼差錯，大家都能平平安安地度過。

「母親大人，發生什麼事了？」源三郎看到雙親不尋常的樣子，開口問道。

於大沒有回答，只說：「誰去喊平野久藏過來。」她不能全都仰賴丈夫，自己也必須傾盡所能，保護捲入怒濤中的兒子。

此刻，義元被殺的捷報已經傳到這個小城的每個角落，人人聞之色變。長福的乳母把平野久藏叫來了。平野久藏與竹之內久六一樣，都是過去經常被派遣至熱田元康那邊的老臣。

「夫人，發生不得了的事了！」

久藏在入口跪下時，於大隨即命令道：「你趕快去刈谷城。」隨即又囑咐：「要下野大人不要攻大高城。與其讓舅舅及外甥相殘，不如讓元康早早退出大高城……知道嗎？如果能退回岡崎更好，告訴下野大人，於大拜託他，不要再讓大家流下無意義的血。」

此刻說話的於大已非平常溫柔的那個女性，渾身散發著女中豪傑的威嚴，說話口氣堅決得不讓人家有回嘴的機會。

七

直到元康平安返回大高城前，岡崎部眾都懸著一顆心在等著。因為義元命令元康代替鵜殿長照守大高城並要人馬休息的決定，讓一眾老臣甚覺奇怪。

這個深入織田領地的孤城，不知道何時又會隨著戰爭的變化而變成死地。明知如此，義元卻讓他們休息，而且又說了這麼一句：「如果織田的主力攻打大高，逃亡也沒有關係。」

「這是要我們滅亡的手段，不要大意啊。」

要是跟織田的主力決戰後而棄城逃亡，那麼岡崎部眾就完全失去根據地了。或許也可以這麼說，這就是今川義元考慮到萬一戰事對自己不利而設下的奸計。在這種情況下，元康要出城前往拜訪生母於大，恐怕是不可能的。

植村新六郎皺著眉頭進諫：「怎可如此！萬一敵人趁您不在時攻來怎麼辦？」

元康笑著斥責：「敵人也好，我方也好，只有出乎意料才是決戰的好時機。別擔心，只要今川的主力本隊平安無事，信長就不會把主力轉向大高這種小城了。元康還有更進一步的想法。」

更進一步的想法是什麼？或許他想……萬一得逃亡，就聯絡久松佐渡、水野下野等親戚。植村這麼想著，便送他去了。可沒想到這段期間遇上了豪雨，無法立刻歸返……直到他在薄暮中平安歸來，老臣才拍了拍胸口，鬆了口氣。

現在只等義元到來了。

「嚴密守衛城門，在城內升火煮食吧。」元康回到奧內，而酒井雅樂助與大久保新八郎則在巡視過城門後，下令開始炊事。

義元被殺的消息傳到大高城時，最先聽到的是據守城外的天野三郎兵衛康景。但是康景並不相信，便向石川清兼報告。石川清兼也隨即下令徹查謠言出處，因此，消息尚未傳至元康耳裡。

然而，到了漆黑的夜晚時分，有一武士策馬直驅大手門前。

「來者是誰！」固守正門的大久保老人喝道。馬上的武士下了馬，一面擦汗，一面喘著氣道：「我是水野下野守信元的家臣，淺井六之助道忠，有事要直接向元康大人報告，讓我進去。」

「閉嘴，水野下野是我們的敵人，怎麼可以讓敵方的家臣進去呢？」

「大人自然知道我們是敵對的，可是他和元康殿下是甥舅的關係，因此才祕密派我前來。如果您擔心，可以跟在我的身邊，一覺可疑，便立刻把我殺了。」

對方滔滔不絕說著，大久保忠俊呵呵笑道：「有骨氣，請等一等，一起進去吧。」

八

水野下野守的家臣淺井六之助道忠在大久保忠俊的引領下來到了元康面前。

元康在鵜殿長照房間正對面的廣間，此刻他已卸下甲冑盤腿坐著，剛剛才喝完湯。他的兩側有鳥居彥右衛門元忠、石川與七郎數正、阿部善九郎正勝，還有本多平八郎忠勝，他們分別武裝著，一聽到腳步聲就異口同聲地喝道：「是誰？」

室內已經暗了下來，偌大的房間裡只點著一枝蠟燭。如果沒有走近看，根本看不清對方是誰。

本多平八郎最先取下太刀，站了出來。

「鍋之助，是我，是我啊。」大久保老人發出聲音，直接走到元康面前。

「老爺爺嗎？這個人是？」

「水野下野守的使者，淺井六之助道忠。」淺井六之助這麼說著，逕自在距離二間左右的位置坐了下來。「吾乃主君的密使，請讓眾人退下。」他轉動身子直視著元康，燭台的火焰在他清澈如水的眼裡搖晃著。

「不行。」大久保老人站在他旁邊斥責著：「在這裡的人都是和大將松平元康同體一心的，無須顧忌，快說出你的來意。」

淺井六之助笑了：「我可真羨慕你。那麼，我就說了。」

「洗耳恭聽。」老人又說。

「本日未時（午後二時）許，今川治部大輔義元在田樂狹間被織田上總介信長取了首級。本隊五千人當場潰滅，其他部隊進退兩難，支離破碎……」六之助說到這兒，暫時打住，想稍微確知元康的反應。

元康的臉色流露出驚愕之色，然而……「口信只有這些嗎？」他開口詢問的聲音卻意外平靜。

六之助再度點頭吸了一口氣說：「我家主君是看在甥舅的情分上才來告知的。在這個孤城很危險，是否今夜集合士兵退回去比較好呢？但，這不只是家主君的意見。」

「還是誰的意見？」

「是……阿古居的御台御前的意見。」

元康的臉上閃過一絲激動，但僅是一瞬間而已。

「鍋……」元康平靜地回頭，對本多平八郎說道：「水野下野守是我們的敵人，這個不懷好意的人想用奇怪的話來迷惑我們，馬上搜搜他身上的兵器。」

「是。」

「沒收所有兵器，再帶去石川清兼那兒，讓他仔細看守著，別讓這傢伙給溜了。」

「遵命，把刀拿出來。」平八郎站起身一喝，淺井六之助又微笑著，老實地交出所有兵器。

「站起來。」

「那麼，再會了。」六之助冷靜地對元康點點頭。「撤回去的路可由在下帶領。告辭。」

九

淺井六之助被本多平八郎帶走後，滿座陷入異樣的沉默中好半晌。

在桶狹間吃完午餐，今夜本該進城的今川義元，如今已不在世上了。元康雖然嘴裡罵著六之助胡說八道，其實心裡沒有懷疑。不只是元康，就連大久保老人似乎也相信密使的口信，突然發出「哈哈」的笑聲。

「罪有應得！哈哈哈，駿府這隻老狐狸一面褒獎我們的功績，一面又想置我們於死地，罪有應得，真是天理昭彰。」

「老爺爺。」

「是。」

「我們的斥候還沒回來嗎？」

由於義元遲遲未到，因此他們派了好幾名探子去義元預定行經的路上打聽消息。

「還沒，再等一會兒。」

「馬上確定消息的真假，還有，召集重臣立刻來這裡集合。」

「遵……」老人話都來不及說完，已經轉身走了。

「如果消息屬實，那可是大事了。」石川與七郎說。

「噓。」鳥居彥右衛門制止了他。

他們這才發現，元康抿著嘴唇、閉上了眼——終於要從十三年的人質生活中解放出來了，不過，還是困在敵人環繞的孤城裡……

（幸虧去見過母親了。）他深深感覺著。

織田信長的心思難測，而一旦要撤退，水野下野守信元不說，野武士與亂民也會乘勢襲擊。此外，駿河的守城官進駐了岡崎城，因此無法退回駿府。眼下這個孤城的兵糧即將在幾天內告罄，一旦決定籠城，信長必定會命刈谷和阿古居的城兵前來攻打，屆時又是一場浴血戰。換句話說，等著他的就是進退維谷的死地了。命運把元康置於死地之中，考驗著元康：

「如果有能力，就活下來啊。」

元康忽然微笑了，他腦海裡浮現出在駿府苦等他歸去的瀨名姬，以及年幼的孩子。

（瀨名……畢竟不能回去了啊……）元康突然站起身，默默走到門邊。

自己不是不曾想過。除非義元死了，否則松平藏人佐元康的命運，就注定得留在駿府當人質了。因此，他的潛意識裡一定在期待著義元的死亡。

「即使如此……」元康抬頭看著天空，一面喃喃自語。雲層漸漸散開，露出滿天繁星，其中一顆「嘶」一聲，落到南海上去了。

十

在這廣大的天地中，沒有我容身之處——元康曾這麼深深感嘆過，然而事情卻沒有這樣絕望下去。

山窮水盡疑無路，柳暗花明又一村。元康仍然抬著頭仰望星空，心裡卻默數著如今應該捨棄的人、事、物。第一，必須趁早拋棄這個小城。而妻子兒女是已經被他給捨棄了。終於與思念不絕的母親見了面，卻也就是離別。

對岡崎城的執著也必須拋開，冥冥之中支持著他的「幸運」也該漠然的視如幻影，完全棄絕。

不，只是這樣也還是無法擺脫桎梏，那麼，究竟還有什麼呢？

（是什麼呢？）元康想著，突然想起雪齋長老生前的臉。

元康呵呵地笑了。最後要捨棄的就是——否定自己的生存。在否定自己的同時，就會有無限寂靜的「無」留下來。

雪齋長老留給元康的「無」，再度與元康相會了。

「是啊，元康本是已死之人……」元康再度在口中呢喃著：「是該面對死亡了。」此時，石川清兼跑進了廣間：「殿下，」他發出叫喊似的聲音：「傳言是真的嗎！」

清兼的妻子與於大同為水野忠政的女兒。這回擔任侍大將的是他的兒子彥五郎家成，與元康同為忠政的孫子。

「彥五郎那裡有密使過來，已經不容懷疑了。他說看到信長在馬上拿著義元的首級，意氣風發地策馬回清洲城了。」

元康沒有回答，只是慢慢地從牆緣走回中間。同時，他聽到陸陸續續集合到廣間來的重臣腳步聲。燭台增加了，每個人的臉上都因為異樣的興奮而僵硬著，在閃爍搖晃的燭火下，好似鬼面般莊嚴。

酒井左衛門尉忠次在最後面，其他的人並排在兩側，直到他們排好之前，元康都未發一語。

「大家都到了嗎？」

「是。」

「都聽到消息了吧？可是，我們不能就這樣相信謠言，因為聽信謠言而畏懼逃走，是會留給後代恥辱的。因此，是要馬上進攻清洲？還是閉城等死呢？」

滿室噤口，無人可以回答。

夜襲清洲——今夜的清洲正在慶祝勝利，或許有機可乘。可是，大家同時也困惑著，有必要為可惡的義元討回義理嗎？因此，誰都沒有開口。元康看清楚了他們的想法，才說出他的本意。

「還是，」元康微笑了：「先回岡崎老家，再慢慢看看以後的動靜呢？」這是元康為了那些捨身為己的家臣，所下定的決心。

「這樣甚好！」這回，元康兩側的同意之聲響徹雲霄。

女人的立場

一

今年的天氣跳過梅雨，直接進入了酷暑。在駿府城義元的公館裡，留守的氏真露出了苦痛表情，一隻手支著下顎，一隻手搖動著摺扇。府中諸將的夫人並排坐在他面前，連額頭上滲出來的汗珠都忘了擦拭了。

陸陸續續回來通報的傳令，帶來的都是慘澹的敗績——山田新右衛門戰死了；與瀨名爭風吃醋後嫁給飯尾豐前的龜姬，她的丈夫也戰死了；義元的叔父蒲原氏政被殺，外甥久能氏忠也死了。曾是女人暗戀對象的駿河旗頭三浦左馬助已被殺，吉田武藏守、淺井小四郎、岡部甲斐、朝比奈秀詮的死訊也陸續傳來。

瀨名屏息等著丈夫元康的名字出現在這一連串的名字裡。

只有一個消息讓氏真暫時鬆了口氣，那就是岡部五郎兵衛元信守住了鳴海城不肯投降，與信長拚戰到最後，終於收回了父親的首級。

根據目前為止傳回來的報告，被殺的武將，已知的即有五百五十六名，雜兵約二千五百多名。但報告並非就此結束，還會陸陸續續地送回來。文書官每次根據新的報告填上戰死者的名字，就有新成了寡婦的女人低垂著頭，淚水和著汗珠一起流了下來。

（為什麼要把大家集合在這種地方……）

瀨名和那些已知丈夫戰死的女人都認為，應該各自回家上香祭拜才對……可氏真不允許——有太多的武將被殺了。

「來聽聽看丈夫是否平安。」氏真說。若不把這些女人集中到城內當人質，萬一發生叛亂就糟了。

午時（十二時），氏真低聲囁嚅著：「去淋浴。」說著，他站起身，這才發現身邊的瀨名，便對她說：「鶴……真可憐啊。」

「您說可憐是指？」

「元康被殺了。不過，他已經建立了家譽，別擔心。」

「啊！」瀨名懷疑自己的耳朵：「我家殿下也被殺了嗎？」

「嗯，被殺了。」氏真輕聲點頭，就往內殿走去。

瀨名飛也似地挨近文書官的桌前。「松平藏人元康已經記入戰亡欄了嗎？」

文書官仔細看過簿冊後說：「尚未出現。」

瀨名不由得笑了起來。太多人戰死，把氏真都給搞糊塗了。她鬆了口氣，回到座位上。

「鶴夫人。」已經知道丈夫去世的飯尾豐前之妻吉良御前（以前的龜姬），紅著眼靠了過來。

二

瀨名突然感覺到一股冷風自心底拂過。已經確知丈夫戰死的女人，與還有一絲希望的瀨名之間，有道說不出的隔閡。

「真令人羨慕，元康大人……」吉良御前輕悄悄地在瀨名身邊坐了下來。「武運強盛的人，一定會平安無事的。」

「不。」瀨名反駁著：「情況如此嚴重，我家殿下一定也在某處被殺死了。只要看到留下的稚兒，我就連思考的力氣也沒了。這麼比起來，沒有子嗣的龜夫人才令人羨慕啊。」

吉良御前看了瀨名一眼，垂下了頭。沒有子嗣反而令人羨慕這句話，與此刻的孤寂及憤怒恰恰成了對比。雖然如此，她卻不想和瀨名爭辯，故意用著低沉的聲音，表示接受瀨名所說的：「我要向鶴夫人懺悔。」聲音若有似無地呢喃著。

「如果元康大人平安無事，就請把這些話忘了，當作沒聽過好了。」

「你說懺悔……是什麼事啊？」

「我恨元康大人。」

「我的殿下，為什麼？」

「元康大人是這個世上最先碰觸我的身體的人。」吉良御前的視線仍然投注在榻榻米上，彷彿沒有羞恥與感情似地低語著。

瀨名一時之間說不出話來。她記得相當清楚，元康在十一、二歲，還叫做竹千代的時候，喜歡的是吉良御前。但是，此刻提起這些，到底是為了什麼？在深信元康只屬於自己的瀨名面前……

「我那個時候也喜歡著竹千代大人。」吉良御前以細微而清晰的聲音繼續說：「我勉強壓抑自己的情意……因為他是要成為鶴的丈夫之人。但是，有一天黃昏，他將我帶往少將宮的樹林……」

瀨名慌忙地搖著手。現在正是擔心丈夫生死幾近窒息的時刻，可吉良御前的懺悔卻給自己帶來異樣的刺痛。正是因為眼前的吉良御前遠比生了孩子的瀨名，更早與元康肌膚相親的緣故。她一想到元康和吉良御前肌膚相親，就直接聯想到兩人的閨中情形。

「請別說了，我想知道你為什麼憎恨我家殿下，只要告訴我這一點就好。」

「請原諒我。自從許身元康大人後，我就更加愛他了，好似要發狂一般。」

「就因此，恨……我的殿下？」

「是，直到丈夫死了，我都還抱持著一顆不貞的心……所以我恨他。」吉良御前說著，把視線移向遠方，緊緊閉著線條柔美的嘴唇。

三

瀨名愕然地注視著吉良御前，胸口猛然一陣燥熱。她抓起頭髮想紮起來。

對方一面說恨，卻一面做出愛情的告白。

「龜夫人，瀨名代替殿下向你道歉，請你原諒。」

「我是個罪孽深重的女人……」吉良御前不知有沒有聽進去，只是一味繼續說著：「心裡想著別人，卻和丈夫……不，正因為有如此的罪孽，才說應該要懺悔。鶴夫人，請聽聽我的想法。」

「什麼想法？」

「既然你不是外人，我就明說了。我擔心，元康大人平安無事地回到駿府。」

「這又是為什麼？」

「我已經失去丈夫了，如果連鶴夫人都一起憎恨，那可怎麼得了。鶴夫人，我想要一死，至少要為對丈夫生前不貞謝罪而死。」

瀨名的頭昏眩起來。

（是啊！這個女人已經沒有丈夫了……）她可能是元康的第一個女人。這女人如此年輕便守了寡，一定會纏上元康的。不，她就是怕纏上元康，加深罪孽，才說出想死的話。

瀨名壓抑住即將脫口說出的「去死吧」，只低頭看著吉良御前。

「可是，如果這樣死了，一定也不會獲得戰死丈夫的原諒的。瀨名夫人，拜託，請去問問若君，什麼時候要替御所大人報仇。」

瀨名為對方急轉直下的話鋒嚇了一跳。「報仇，你打算做什麼？」

「我要女扮男裝，帶領剩下的孩子赴沙場決一死戰。請幫我向若君請託。」

瀨名覺得自己的憤怒遠去了。

（是啊，這樣很好。這麼一來，夫人就可洗脫不貞的罪名了。）

與吉良御前相比，瀨名委實單純多了。大概也是因為夫人明白瀨名的脾氣，才打算要她去問問氏真有無報仇的念頭——能去見到氏真並直接詢問他的想法的，如今只有瀨名了。

「這是個好辦法，別擔心，那麼我就……我現在馬上去問他。」瀨名說完，便回到自己的住所，等到認為氏真休息得差不多了，就急急忙忙到內殿去。

瀨名進去時，氏真正裸著身體擦汗。起居間的桌上點起了香，氏真像個被斥責的孩子似的，呆呆地凝視著裊繞的白煙。

四

氏真似乎沒有發覺瀨名進來了，凝視著煙霧的雙眼貯滿淚水，整個人像是虛脫了一般。

「要是……」瀨名第一次為義元的死感到難過，悄悄在氏真身邊坐下。「真不幸啊。」她小聲囁嚅著，眼裡也溢出了淚水。

氏真一動也不動。由開著的窗外與門口傳來蟬聲，更增添了難以忍耐的焦躁。

「您的臉色不好看，請節哀……」

「鶴……」

「是。」

「我該怎麼辦？」氏真初次把視線移向瀨名：「我好恨父親大人！」

他洩恨似地喃喃自語：「為什麼當了駿、遠、三的太守還不滿足？我一開始就反對他這次上洛。人要知足，才不會招致不幸。」

瀨名聽了頗感意外，她從不知道原來氏真反對義元上洛。相反的，她聽說的是氏真希望能和父親共同進京，跟著御所前去蹴鞠。

「小田原也好，甲府也好，看起來好像是我方的人，其實還不是覬覦著我們的領地。在這種情形之下，父親大人卻率領著重臣一同死了。我好恨他！我成了父親大人野心的犧牲品……」

氏真的話是事實。或許不只是氏真，包括這一族所有的人都是義元野心下的犧牲品。然而，這個事實由氏真的嘴裡說出來，卻令人受不了。如此一來，剩下的孩童究竟該怎麼辦？

「我瞭解您的意思，可是光在這兒怨恨御所大人也無濟於事。何時要報仇呢？」瀨名的語氣不由得流瀉出不滿。氏真直盯著瀨名，又焦躁地搔著膝蓋。

「你也這麼認為嗎？」

「不只是我，那些丈夫戰死的寡婦都這麼想。」

「唔。」

「剛才飯尾豐前大人的妻子也拜託我請求若君大人，讓她扮起男裝率軍去報仇……」

「我知道了。」氏真不快地拍拍膝蓋，打斷她的話。「氏真啊，起初是父親的犧牲品，其次是家臣的犧牲品，乾脆把性命丟上戰場好了！我知道了，讓我獨自靜一靜。你不覺得在大家面前連哭泣的自由都沒有的我很可憐嗎？」

「若君大人！」瀨名的聲音也尖銳了起來。即使是氏真的立場堪憐，可是在這種混亂的情形下，也不允許他如此放肆地狂言。

「我想說的是，御所大人已經不在了，這復仇之戰是要由若君當總大將的。」

五

氏真以怨恨的眼神回頭看著瀨名，默默無語。

「難道您打算這樣就算了？」

「鶴，你別說得太過分了。」

「那麼，告訴我您的打算。」

「你不要恨我啊！你還對以前的事懷恨在心啊！」氏真歪著嘴角笑著，那雙眼睛看起來猶如毒蛇般陰險。

瀨名的心底升起一股無名火。他所謂「以前的事」，一定是指自己在瀨名與元康婚禮前一天，玩弄了瀨名的身體。對女人而言，再也沒有比這種事被拿出來嘲笑更委屈的了。雖然如此，義元死後，氏真便擁有了絕對權威，他應該不會理會瀨名的憤怒。

瀨名蒼白的臉頰扭曲著，內心極力抑制著怒氣，然後笑著說：「不要把這種事放在心上，瀨名已經忘了。」

「是嗎？」

「當然。」

氏真又變回了軟弱的表情點了點頭：「如果你是我的朋友，就允許我哭泣吧，我終究不過是個可憐的傀儡罷了。」

「你打算就在這大城裡這麼住下去？」

「當然不是，父親大人在世時，我是父親大人的傀儡，此後也未必能自由自在地活下去。首先，他們會讓我寫感謝狀給追隨父親而被殺的將士；其次，我得遵從家老的進諫，遠離我所喜歡的蹴鞠遊戲，奔赴戰場。鶴！這就是我的不幸，明白嗎？一切都得受到世俗的約束。希望你能像以前一樣，經常來我這兒，陪我哭、安慰我。」

瀨名啞然，膝蓋不由得往後退。

（這是怎麼回事？）

氏真這番話講得極其認真。他所想要的生活，既沒有戰爭也沒有野心，只想要風雅的遊樂、女人、酒……但是，現在當上了駿府的總大將就不可以如此了。發現彼此間的想法差距竟如此之大，瀨名不禁感到憤怒。

然而，氏真連瀨名抑制憤怒的譏諷都聽不出來，甚至還會錯了意——瀨名表示已經把以前的事忘得一乾二淨，可是氏真卻認為她是忘了怨恨而愛戀著自己的。因此，瀨名才會在尚不知丈夫生死之時來到這裡。

瀨名對氏真失望極了，開始後悔自己來詢問他復仇之事。

（是啊！這一切是由重臣決定的……）瀨名在心中重新對元康與氏真做了個比較，一面告辭氏真退了出來。

氏真是個沒有靈魂的傀儡。

（與他相比，我的殿下……）瀨名想著，對元康的思慕又熱切起來。

六

瀨名再度回到廣間時，下一位傳令兵已經抵達了。不過，裡頭仍然沒有元康的消息。剛知道丈夫戰死的，有澤田長門與由比正信的妻子，她們正執手相對而泣。

瀨名正要走近吉良御前身旁，她好似等得不耐煩似的離開人群走了過來。

「你問了若君了嗎？」

此處無風又聚滿了人，跟氏真的居館相比，實在熱得不得了，到處又沉澱著女人的化妝品、淚水與汗水的奇異氣味。

瀨名故意避開視線，默默坐了下來。

「若君大概馬上要出戰吧，鶴夫人？」吉良御前只想知道這一點。她的問題顯現出了對瀨名的嫉妒，裡頭也包含了對只有瀨名還沒有成為寡婦的羨慕。

「若君討厭戰爭。」

「這麼說，御所大人的仇就這樣算啦？」吉良御前意氣用事地拍拍榻榻米。「他不打算替這些寡婦出一口怨氣嗎？」

瀨名迴避著她的問題說道：「小田原與甲府只是表面上的順服而已，內心卻非如此。你難道不擔心，一旦出征尾張，他們會趁隙侵犯我們的空城嗎？」

吉良御前猛然咬住了嘴唇，胸口突然一陣難受，眼淚迅速掉了下來。她說思慕元康之事是假，飯尾豐前的臉龐現在正清楚地呈現在眼面，還有那段感情和睦的過去。她以不潔之身嫁給他，可是他仍然一無所知地愛著自己。吉良御前想像著丈夫五官扭曲的首級，和著血與泥，汙穢地供奉在桌上的情景。

「是這樣的嗎？」吉良御前喃喃自語地擦拭著眼淚。瀨名的眼睛直看著不肯放鬆，因為她相信了御前所說的話。

「既然如此，」御前說：「請幫我跟若君說，讓我立刻返回曳馬野城去。我要固守城中。要是見到元康大人的眼神，我可是會非常悲傷的。」

吉良御前沒有自己的孩子，但再也沒有比此刻更令她覺得對不起丈夫的了。如果因為無子嗣，而被收回曳馬野城，更使得家中眾人被趕出，她就更對不起丈夫了。

（必須馬上回去收養一個……）

這是吉良御前心中所想。

瀨名鬆了口氣地點點頭。

既然到現在尚未收到元康被殺的通知，可見他一定還活著。這種歡愉如果被比自己年輕的吉良御前破壞的話，實在受不了。

「除了鶴夫人之外，沒有人能說得動若君了，請幫忙。」

「我會的。你和我一起出去吧！然後，你再從若君的居館直接出城，這樣就可以避開耳目了。」

瀨名忘了再度走訪氏真，將使陷於孤獨的他有了更深的誤解，她毫不猶豫地走去。

七

氏真接受了瀨名的建議，讓吉良御前扮成氏真侍女外出的模樣，悄悄出城了。

「你留下來談談再走。」氏真這麼一說，瀨名渾身發起抖來。她非常清楚這句話的意思。這一定是氏真想藉著瀨名，補償自己無法從正室小田原御前所獲得的身心滿足。瀨名過去也曾許身於他。他並非在嘲笑自己，而是哀求似地表白內心的軟弱，使得瀨名似乎也因為憐憫而動搖了。

瀨名克制住動搖的心，試探性地偏著頭說：「我擔心孩子，想回家裡看看。」

「是嗎？回去看看也好。」氏真的確露出回想起過去的表情，點點頭。

瀨名並不畏懼其他夫人會說話，她畢竟是氏真的表妹，因此，在強烈的斜陽下坐著轎子回家了。

（元康的確還活著……）她的心逐漸安定下來，突然間，她往反方向想去。（如果元康戰死了，此後究竟該怎麼辦？）

孩子繼承松平家，自己則投入氏真懷裡，應該會擁有遠比目前更大的權勢吧！

或許是因為和氏真有過關係的緣故，這種突如其來的幻想竟未令她感到不貞。若是元康回來了，在空乏已久的閨房之樂時對他坦承這種想法，他會露出什麼樣的表情呢？

（不能讓男人太放心，偶爾也要讓他擔憂一下。）

轎子一停在家門外的台階，酒井左衛門尉忠次的妻子碓冰最先迎了出來。

「您回來地這麼晚，我們都擔心著呢！」

碓冰是元康的姑姑，有著與生母華陽院相似的美貌，瀨名並不喜歡這個親戚。沒有特別的理由，反正她不會對彷彿在監視著自己的人抱持著親切感。

「有殿下的消息嗎？」

「我想他是平安的，目前為止尚未聽到殉難的消息。」

「那太好了，恭喜。」

瀨名聽了，臉色一變地對碓冰說：「說話小心點，御所大人可是我的舅舅啊。」她冷冷地說著，頭也不回地走向孩子的房間。

竹千代正坐在裡頭裡看著龜姬玩摺紙，兩個人都顯得相當寂寞，這使得瀨名恢復了母性。

「來，龜和竹千代，過來好好聽我說。」

「是。」聰明的龜姬停止了摺紙。

「父親大人啊，應該平安無事……」說到這裡，她突然停住了，因為她發現，偏著頭、抬眼看著母親的龜姬，臉龐看起來酷似氏真……

其實，冷靜地想想，龜姬和氏真長得像也沒什麼好奇怪的，氏真與瀨名同樣流著今川家的血液。但是，現在瀨名卻想到別的地方去了。

（這個孩子真是氏真的孩子？）

俗話說，只有母親才會知道孩子的父親是誰。然而，瀨名這個母親竟可笑地不知龜姬的父親是誰。被氏真玩弄，是在婚禮的前一天，隔天她就成了元康的妻子。如果龜姬真是氏真的孩子，那麼瀨名這個做母親的立場也就動搖了起來——兩個孩子當中，有一個的父親是氏真，另一個的父親是元康。那麼，瀨名究竟是為誰生孩子的女人呢？

「龜姬……」

「是。」

「你看那一邊。」

「這樣嗎？母親大人。」

「再轉到這一邊。」

「這樣嗎？」

瀨名渾身瑟瑟發抖。龜姬實在像極了剛剛低著頭訴說自己是父親傀儡的氏真，而這一點，讓瀨名預感到自己的餘生將會不斷活在痛苦的譴責裡。

元康總有一天會發現的。不，元康不是那種一發現就會說出來的人。或許，他早已經察覺了，卻什麼都沒說就出陣去了。說不定，他早已清楚地看到那晚她和氏真在關口家櫻花下的一切。瀨名突然不安了起來。元康如果生還，大概也不會回到自己身邊來了，她的腦海裡突然閃過這個念頭。

（貞操或許不完全是為男人而存在的……）年輕時的過失，會讓女人終生蒙上陰影——瀨名初次發覺了這個現實。

太陽已經下山了，房子裡突然湧進一股新鮮的空氣。大概是娘家的父親親永來了吧，瀨名站起身。

「辛苦了，殿下怎麼樣了？」忠次妻子碓冰的聲音，一句句真切地傳進了她的耳裡。

「是的，途中歷經了萬般艱難，不過最後還是平安無事地進了大樹寺。」

「那太好了，那麼您是？」

「我是岡崎大樹寺的和尚。」

瀨名慌忙跑出來。「殿下派來了重要的使者，為什麼不向我通報？」她站在外面大廳的入口，嚴厲地瞪著碓冰。

「不是殿下派來的，是忠次派人來傳話。」碓冰冷靜地說，接著深深地嘆息道：「我知道了，這麼一來，留在府邸的妻子兒女恐怕就成了人質了。」

瀨名仍然板著臉站在那裡，也不想去思考碓冰的自言自語是什麼意思。

拂曉

一

松平家的部隊陸陸續續集結到岡崎城外鴨田鄉的大樹寺內外。寺門已經開放，多寶塔的圓形屋頂被金色的太陽照得閃閃發亮。元康在太陽下全副武裝地參拜祖先的墳墓——這是第二次住進大樹寺了。

駿府派駐在岡崎城的，除了田中次郎右衛門之外，還有三浦義保和飯尾豐前所倖存的家臣。因而這一次仍只能遠眺那屬於自己的城，卻不得其門而入。

永祿三（一五六〇）年五月二十三日，義元在田樂窪被殺的第四天。

元康在墓前磕頭時，住持登譽上人抬著頭，看向在老杉樹上頻頻練習振翅的小貓頭鷹。貓頭鷹在白天的視力極差，不過牠們還是如猛禽般嘗試著振翅。上人看著貓頭鷹那圓圓的臉，彷彿與元康有點相似，不由得微笑了起來。站在上人身旁，為元康警戒著四周的，是寺裡勇猛的僧侶祖洞。

元康祭祀完後，上人突然說：「人生如夢，接下來的夢，要自此延續下去了。」接著又說：「殿下此前經歷的種種，還不算真正辛苦的。」

「是嗎？」

「駿府的屋形雖已被殺，但是殿下能平安地回到本寺是祖先積善的福報。」

元康點點頭。

十九日半夜，他踏著下弦月的月色悄悄自大高城出發。要是拖到二十日早晨，猜想信長可能就打來了，因此元康斷然決定——漏夜出發，同時還細心地找了個替身。

揹著指揮旗摻入本隊的，其實是鳥居彥右衛門元忠。元康自己比本隊提早一步，在水野家派來的密使淺井六之助道忠的引導下，率先出發了。主從一共十八騎，在淺井道忠細心的勘察之下，平安地抵達大樹寺。一到大樹寺，元康就提出了要求：「我要死在父親的墓前，把門打開了吧。」當然，他並非是以殉死的心情而來的。

登譽上人深解他這句話的含意，很快地把他引導到寺中央，並故意在諸僧面前訓誡元康：「在父親墓前切腹是一種何等狹隘的器量啊，做出這種事，會對不起祖先的在天之靈。」他對著元康說，其實是想對將近二十位的寺僧下令，要他們掩護元康。

元康明白他的用意，便點點頭表示明白了。可是，有一隊不知是織田的部隊，抑或是野武士，一路追蹤著元康主從來到寺門口。「松平藏人就躲在這寺裡吧？快開門。如果不開，我們就要破門而入把這兒給燒了。」

元康聽到外頭傳來的敲門及吼聲，年輕人的血性頓時沸騰起來。這裡是祖先的廟所，豈能容許外人踐踏。然而，元康此時的憤怒，可說是這次重大事變當中最大的危機。

二

過去一直壓抑著的年輕血性，如今沸騰了起來——自己經常為家臣著想，更是不得不拋棄了妻子兒女；不求取武功，只能一味老成地盤算著一切。現在，他的血液在反動了。

「混帳！」他的心頭猛然爆出怒火，奮不顧身地舉起太刀策馬朝門口奔去。「大家跟我來，先別入寺。」

然而就在這時，有個人如同疾風般躍出，從內裡牢牢地鎖上了門閂。「不能開，先查看敵人的情形。」他站立在元康揮舞的白刃下，斥責著元康。

「滾開！否則，我就用踢的了。」元康做出踢人的姿勢，吼道。

「不能開，尚未清楚外面的人數，不可輕舉妄動。」

「你究竟是誰？」

「我是祖洞，本寺的納所[20]。如果一定要出去殺了他們，那就先殺了祖洞再說。」

20〔編註〕管理寺院出納或寺務之職。

「混蛋！」元康揮出了太刀，祖洞漂亮地閃開了。元康接著朝門閂斬了兩次，可用鋼筋打造的門閂卻把他的太刀給彈了回去。

「快開門，否則我們就要破門而入了。」外面再度傳來用身體撞門的聲音。

正當大門嘎嘎作響時，祖洞也以宏亮的聲音回應：「你們別白費力氣了。目前擋著門的，是大樹寺能夠力敵七十人的祖洞大人，你們就闖闖看吧。」

「祖洞，開門，不開我真的要殺進去了。」

「我不是說了嗎？想殺就殺，愚蠢至極。」

「放肆。」

元康又把太刀揮了出去，這回祖洞只是稍微傾身就避開了，而門閂依然斬不斷。

「別再砍了，請等等。」祖洞把耳朵貼在門上，聽了聽外頭的動靜。「好。」他接著點點頭，猛然拔開門閂。

祖洞不愧是自稱可力敵七十人的大力士，習慣於在黑暗中的眼睛，相貌猶如傳說中的武藏坊弁慶[21]。他把袖子高高捲起，綁緊頭上的帶子，用力推開門閂。蜂擁而入的最前頭兩個人「哇」地驚叫，向前衝的力道使他們像青蛙似地跌在地上。

「來吧。」祖洞大吼地打了出去。「力敵七十人的金剛童子在此，你們人數一共多少？我一次可以打四個。」

直到現在，每當元康回想起當時的情況都還會直冒冷汗。如果當初不聽祖洞的勸諫，自己一馬當先衝出去，首級恐怕早已落入敵人之手了。十三年來隱忍又隱忍，在一朝的憤怒之下可能完全化為烏有。

那個祖洞撐著一根近六尺的樫棒，傲然睨視著四周。

三

「祖洞，辛苦了。」元康出了墓地這麼說道。

「哈哈哈……」祖洞笑了：「如果那個時候被殿下給殺了，我可就要下地獄去了。人生真是不可思議啊！」

「哦，為什麼會下地獄？」

「只要我揮了棒，沒有人能活下來。」

「你殺過人嗎？」

「所以才要下地獄啊！不過現在不同了，我要盡力保護殿下。」

「原來如此。」

元康與登譽上人相視而笑，返回了樓上權充元康起居間的房間，而祖洞仍然像近侍一

21〔編註〕平安時代末期的僧兵，為武士道精神的傳統代表人物。

般，背對著元康坐在入口處警戒四周。

寺僧端茶過來，上人啜了一口後說：「我由衷地佩服您建立本寺的祖先親忠公。」他像突然想起什麼似地又說：「剛剛祖洞也說過，武力用來殺人是要下地獄的。但為了求生存，佛祖會諒解並給予武力。」

元康點點頭，看著牆上立起的旗子。旗子上寫著「厭離穢土，欣求淨土」八個大字，這也算是寺裡的僧徒與元康帶來的十七騎武士，方才合力抗敵的軍旗。據說，建了本寺的親忠，經常把這些字舉在陣頭前。

「厭離穢土，欣求淨土……」元康嘴裡喃喃自語著，突然想到自己的前途，真的還有淨土嗎？由於祖洞出乎意料的行動，使得自己的生命保全至今；然而，自己卻無城可回，也無家可歸。淨土還在十萬億佛土之外，離元康還很遙遠呢。

登譽上人察覺到元康的不安，便出言鼓勵他。「這裡記錄著應仁元（一四六七）年的事。信濃的暴徒一萬餘騎被逼到了三河。親忠公僅率五百騎，朝井田野的鄉里而去。當時因為懷著我佛……慈悲的胸懷去奮戰，終於戰勝了暴徒。現在的千人塚就是紀念那次的勝利所留下的。後來，親忠公建了本寺以超渡暴徒的亡魂，也正是因為他積下的功德，才成為此番殿下的助力。只要有這間寺院，就可以獲得先祖與佛的庇蔭，您一定要寬心。」

元康點了點頭卻沒有完全相信。他並非不相信祖先所積之德會庇佑他，但是，眼下連返回岡崎城的可能也沒有，這可是個悲慘的事實。

（也不能長久待在這個寺裡……）

他們隨意地談說著，但內心的情緒卻波濤洶湧。此時屯駐在西光寺附近的大將酒井左衛門尉忠次慌慌張張地進來求見。

「殿下，真奇怪，駿府派來駐守的田中次郎右衛門出城迎戰了。」

「什麼？駿府派來駐守……」元康的聲音不由得尖銳起來，也停止搖動手上的軍扇。

——四——

駿府派來駐守的人出城迎戰？

（究竟要和誰作戰？）

不應該由這裡攻入尾張才是，田中次郎右衛門也沒有這種勇氣。那麼，就是衝著自己來的了。元康這麼想著，馬上站起身來。「不可疏忽，立即備戰。」

酒井忠次似乎也非常擔心：「是否是氏真的密令？把夫人和幼君當成人質，真夠可恨的。」聚集在此的兵力本就不多，而且有些人早已返家準備兵糧。此時隨便找個藉口攻過來，大概是想殺死元康，把岡崎永久納入手中。

元康阻止了也想站起來的近侍，與忠次走了出去，跳上馬一口氣奔至伊賀橋。

「忠次，你馬上集合部隊，不過，一定要等到我的信號才能出兵。」

「是，不過，不打算先發制人嗎？」

「不。」元康搖搖頭：「我想過了，不可著急。」說完，他騎到伊賀川繞了堤岸一圈後，調轉馬頭。即使對方真的是接到氏真密令才來攻擊，只要雙方還有交涉餘地，他就不想讓這片大地染上血汙。

後方就是在出陣前曾祈願過的伊賀八幡聖地，在河岸對面的綠意中，可以隱隱看出令人深深懷念的出生地城廓。

元康騎至老櫻樹下，用手遮在眉際，看著河川前方、大手門的方向。躲在群樹之間可以看見城內外有人正在移動著——運送糧食的、掌旗的、雜兵、騎馬的……然而，每個人的動作都不怎麼敏捷，不怎麼像是精力充沛要去打仗的樣子。

大概是天氣太熱了，加上失去了總大將義元，所以徹底影響了士氣。

（這麼一來，即使與之一戰也不一定會輸……）

正當元康這麼想時，他突然發覺對方的陣容相當奇怪。

首先，映入眼簾的第一隊看似合理，後面緊接著是運送兵糧的隊伍，但人數卻多得好似要把城內糧倉都搬空似的。如果只是對付就在城外的元康，應該沒有必要運補這麼多糧食。看這情形，或許是某個靠近尾張的城裡還有己方的軍隊，因此要出兵去救援。

（就算是這樣好了，在這個時刻出發也很奇怪……）

元康仍然以手遮眉，偏著頭不解地看著第一隊的去向。他們是要沿著河朝著大樹寺來呢？還是要左轉朝矢矧川的方向去呢？

「咦？」元康忍不住輕聲叫了出來，因為對方的行動完全超乎他的預料，是朝著尾張與大樹寺相反的方向——右轉至主街道去了。

「哈……哈哈……」元康彷彿想到什麼似的，忽然在馬上縱聲笑了起來。

五

「哈……哈哈……」元康的笑聲持續了好一陣子。

留駐岡崎的人既非要來攻打元康，也沒有要去攻打尾張，因此陣形才會那麼奇怪。原來，他們是因為義元之死而士氣大減，故而捨棄岡崎，開始退回駿府。

元康一面笑著，一面摘下前面的櫻樹葉子丟滿了一地。

（這就是人性的弱點吧……）

元康他們平安地退到大樹寺，正當覺悟到非跟駐城守軍一戰不可時，城內的田中次郎右衛門居然撤退了，這必定也是擔憂元康可能會突襲的緣故。因此特意不在拂曉時刻出發，而是選擇元康部眾卸下武裝的時刻動身，這使得元康百思莫解。

元康一直看到運送兵糧的前鋒彎到右方去後才停止了笑聲。然後，他拉了馬韁，沿著來時的道路折回了大樹寺。

大樹寺裡已經做好了準備，只要下令，隨時可以出發。由近侍起，到酒井雅樂助、酒井忠次、植村新六郎、石川清兼、大久保忠俊等老將，已經在半裸的上身罩上了甲冑，正在磨槍預備。

「殿下，情況如何？」忠次抬起眼問道。

「這一次一定要搶頭彩。」十四歲的本多忠勝在元康所騎的馬鼻前捋好槍，元康忍不住又想笑了出來。就在這個時候，他內心突然湧現好久沒有惡作劇的念頭。

「鍋，別吵。」元康故意愁眉苦臉地下了馬。「我要休息一下，大家好好戒備。」說著，就進了寺裡。

「殿下，發生什麼事了？」

「乾脆我們先攻進去，奪回我們的城。」已經武裝完畢的鳥居元忠和平岩七之助走近他提議道。

「不行。」元康在上房慢慢地盤腿坐下。「祖洞，上人剛剛也說了吧？不能打不義之戰。今川義元養我到這麼大，對我有恩。」

祖洞瞪大眼睛，回頭看著元康：「那麼，您的意思是要看在恩情的份上坐著等死？」

「哦，那是他的世子氏真的命令，沒有辦法。」

「哪有這種蠢事。」鳥居元忠握著拳頭，拍打膝蓋憤然道。

「殿下，殿下，很奇怪吧。」這時，酒井忠次搖著頭進來了。

「什麼事？不要緊張。」

「田中次郎右衛門好像要退回駿府。」

「有這種事？」元康正經地回答：「那麼，岡崎不就鬧空城了嗎？」

六

「的確如此。」忠次也露出不解的表情，斜著頭說：「他們明知殿下在這裡，絲毫未有聯繫就決定撤退……實在令人費解，他們的前鋒已經到達大平並木了。」

「大平並木離城約一里，有什麼好奇怪的？」

「實在太奇怪了。後衛也是一面警戒，一面出城，城內又恢復了安靜。」

「哦……」元康故意偏著頭，心裡湧上一股怪異的感覺。或者也不算什麼怪異的感覺，而是一種哭也不是、笑也不是的感慨。

在連續十餘年的灰色人生中幾乎沒有希望之光，只有不斷的絕望。在絕望的驅使下，元康已經認定自己不會幸福了，但現在看來並非如此。在持續靜心、練氣的忍耐，並飽嘗了噩運後，似乎總算有了轉機。

退回大樹寺時是元康悲運的絕頂。能熬過這些噩運，想想也是靠著登譽上人與寺裡僧眾的力量，而寺裡協助的力量則是本著祖先的德行。

（原來，祖先並未完全死去呢！）他深深地感動著。

「田中次郎右衛門真的棄城了嗎？沒辦法，既然如此，雖然我們沒有駿府的指示，但也只能接收下來了。」他說著，環顧著周圍每個人。

天野康景不瞭解元康的心意，血氣方剛地說：「要不要追討？」

「開玩笑。」元康輕聲斥責：「我們對今川家要回報以義。現在是他們把城丟棄的，所以我們才去撿起來的，懂嗎？」

「原來如此，這想法好！」登譽上人彷彿這才聽懂似的，豁然開朗地拍拍自己的膝蓋。

「那麼……」這時元康站起身，「我們去撿空城，大家馬上集合。」說到這裡，他才鼓著臉頰大笑了起來。

「去撿空城？」

「他們真的棄城而逃了嗎？」

「北風也有轉南時，就是這個意思，快，快去準備！」

這對守了苦節十年的岡崎部眾而言，簡直如同做夢一般。由於總大將義元被殺，岡崎部眾日夜企盼的歸城之日終於來臨了。以元康為首，大家帶著一種不可思議的感慨，沐浴著斜陽前進。到了大手門，還有人悄悄擰了自己的臉頰，想確認自己不是在做夢。

元康在大手多門前下馬，把馬韁交給了本多平八郎。這座高約八間四尺、寬約二間四尺的城門再也禁不起任何摧殘了。迎娶母親的轎子，就是來到這個門前把母親接走的，而自己也是由這個門被送出去成為人質的。

由門下往門的上方一直看上去，風吹拂著八幡曲輪老松的聲音，如同很遠、很遠的靈魂之聲，令人感覺四周的大地都動搖了起來。

七

兩個城牆的箭口與四個槍孔都荒廢了。駿府派來駐守的人，當然不會好好維護這個不屬於他們的城。

由平地建起四間五尺高的石牆上，長滿了繁茂的夏草，多門前面那雙層門上的屋頂，還有些類似鳥巢的東西在上頭。元康看了一會兒，很快地進入了多門，生怕再多逗留一會兒，大家就要看到他掉下的眼淚了。

城內果然靜悄悄的，沒有任何兵士的影子。八幡曲輪的倉庫前，以及二之丸的倉庫前，都還殘留著退城前的狼狽狀。巡看八幡曲輪（本丸）、二之丸、持佛堂曲輪、三之丸之時，建造這座城的祖父清康的身影，浮現在了元康的眼前。

祖父清康二十五歲就死了，死時只留下了這座城。城內的武士屋有一百五十八間，武士長屋十二棟，足輕小屋四百五十一間，足輕中間[22]長屋三十四棟，有二十六處鑿了井。這座城由附近一里三町所構成，對一個只度過半生就死了的人而言，已經不算小了。

元康嘴裡忽然冒出祖父去世時，與自己現在的年齡差距「還有六年……」這句話，然後直接進入了八幡曲輪。這裡是戰死的吉良御前之夫飯尾豐前守出陣前所住的地方，只有這裡掃除得還算乾淨，大廣間的榻榻米也沒有破損。

「殿下進城了……」

被允許住在城內外的家族聽到這個消息，彷彿像是要迎接自己的丈夫和孩子似地蜂擁而出。剛剛進城的這些男人還不怎麼敢相信這一切，因此並未馬上解除武裝。

在大久保老人的指示下，他們分別派了些人防守每個城門，並在庭院裡升了火。野武士隨時會來襲，田中的部隊說不定會退回來，盜賊在得知這裡變成空城後，亦有可能來襲。升火的意味，是宣告松平藏人元康的存在，好比立了新旗一般。

老臣、重臣集合在大廣間吃著慶賀餐時，已是夜裡九時了。住在三之丸、被指派徵收年貢的鳥居忠吉老人貯藏了許多糧食與用品，因此燭台的火光很明亮，酒菜也很豐盛。

老人這次是以游擊部隊的大將身分出戰的，他仍然穿著甲冑與大家並排而坐，最先舉起杯子送到元康面前。「請殿下喝下後，也賜大家一杯。」

元康一口飲盡。「好酒」，說著便把杯子還給老人。此時，大廣間充滿了飲泣聲。

接著，鳥居老人把杯子舉到和自己年齡相近的大久保新八郎面前。

「我們都還活著，真好。」鳥居老人這麼說著。

「怎麼這麼說？」大久保老人蹙起眉頭。「我不是在喝淚水，是在飲酒，我……」他喝了一口酒後，放下杯子「嗚」地一聲，像狼嗥似地哭了出來。

八

大久保新八郎愛哭是有名的，可他的哭聲實在太大了。

「山中的狼在哭了。」石川安藝說。

「不是哭，是吼叫。」老人這麼回嘴後，再度大吼著，然後才像回過神似地喝乾了杯子裡的酒。「這是山中的狼在慶祝時所唱的歌，你們也乾了吧！」

再來是阿部大藏，這位老人恭恭敬敬地飲盡了杯裡的酒，默默對元康行著禮，只是他抖動著嘴唇，什麼話都說不出來。

石川安藝是最先能夠鎮定清楚對著元康說話的人：「殿下，您長久以來的忍耐並未白費。此後亦然，關口御前與若君都還在駿府，我們依然不能輕舉妄動。乾杯。」

坐在石川安藝旁邊的植村新六郎是本多遺孀的父親，他曾在戰場上為元康祖父及父親斬殺敵人，是松平家不可或忘的豪勇義士。當杯子送到面前時，他說：「我來舞一段給大家下酒。」說著，他便以奇怪的姿勢手舞足蹈地唱起了〈鶴龜〉中的一節。在場的每個人都是戰場

---

22 〔編註〕中間，公家或寺院召用之人，身分介於小者與侍的中間。

上的好手，對歌舞卻相當不熟悉，只有靜坐觀看的份。

「特意舞這麼一段給大家下酒，竟連鼓個掌也沒有，掃興！」新六郎滿不高興地回座，這時才傳出慢半拍的拍手聲。坐在末座的長坂血鑓九郎鼓掌道：「有趣，呵呵！雖然看不懂，不過，真有趣。」

杯子終於來到了酒井雅樂助面前。雅樂助拿起杯子，眼裡已經蓄滿淚水，什麼也看不見了。從元康的生母於大嫁過來，一直到元康出生、於大別離、先君廣忠過世，他想起了太多太多事了……而現在，真真實實、十九歲便已有大將之風的元康，正端坐在自己城內的大廳上，看起來就像個厚重的巨石高聳在那裡，絲毫沒有先君廣忠的神經質。

「我……」雅樂助舉杯喝酒後，用還舉著酒杯的袖子擦擦眼淚說道：「我不打算對殿下說祝賀之詞。我要對您的父親、您的祖父道賀……還有您在阿古居的生母、長眠在駿府的華陽院夫人。請諸位看看，元康殿下坐在我們的城內，坐在我們的城內啊……恭喜！」

元康忍不住把臉轉向一旁。聽著雅樂助說數著這些無法忘卻的人，元康也重新體認到，這裡是自己的城。

（是的，此後我必須好好努力！為了這些一直幫助我的家臣，我得成為大家的支柱。）元康忍住淚水，微笑點點頭。

（今天是我第二度的誕生之日，請大家拭目以待，看看此後元康的表現，看看我這已經死過一次，如今矗立在大「無」之上的元康。）

利刀、鈍刀

一

信長打開四邊的門，光著臂膀，愛不釋手地一直把玩著那把太刀。他從未擁有過這種樣式的太刀，此刻的他，就像個孩子拿著剛買回來的新玩具似的，一再地雙手持刀擺出架勢，然後又使用單手去揮刀，最後撫著刀尖看得入迷了。而濃姬就站在信長的後面，靜靜地替他搧風。

「濃。」

「是。」

「這把太刀，是今川屋形砍掉服部小平太雙腿的太刀。」

濃姬佯裝吃驚地點點頭，其實這件事信長已經對她提過兩次了。

三好宗三密藏的左文字。他將此二尺六寸的豪刀贈送給甲斐的武田氏，此後就被叫做「宗三左文字」了。這件寶物是義元迎娶武田信玄的姊姊時，自岳家所得到的贈禮。他相當引以為傲，因此這一戰中也帶了出來。

信長對這把太刀也喜愛非常。他不是那種健忘的人，可是今天已經提過兩次了，現在則是第三次。

「宗三左文字，是義元自武田家所獲得的結婚禮物……」

「殿下，這您已經說過了。」信長似乎又要開始進行同樣的說明，因此濃姬笑著打斷他。

「哦，」信長回頭看了一眼打斷他話的濃姬：「你是不是對我有所不滿。」

「這樣說真奇怪，為什麼呢？」濃姬故意認真地蹙起了眉頭。

說到如何不讓信長生氣，濃姬是最得其法的。可能是因為沒有生育，為了不讓三個側室得寵於前，該如何抓住信長的心，濃姬可是下足了工夫，而她的品格、韻味與才氣也逐漸提升。

「你的臉上寫得很清楚，不要一直把玩太刀，應該挾著田樂狹間的餘勢，早一點為你去報父仇啊。」信長說道。

「呵呵……殿下很會推想。」

「可是啊，我暫時不會出戰了。別人都是乘勝追擊，而這不合我的個性。」

「我知道。當您說要出發時，我會替您準備茶泡飯的。」

「這把太刀啊，濃……」

「又是這把太刀嗎？」

「是的，是這把太刀。如果保持這個樣子，就成了一把鈍刀了。」

「天下聞名的宗三左文字，如今成了鈍刀了嗎？」

「嗯，這個樣子就是鈍刀，因此今川屋形才會未殺一卒，就被砍下了首級。所謂名刀，一定會守護主人，但這把太刀反而役使了主人。」

濃姬不懂他的意思，不自覺地「啊」的一聲反問，結果信長反倒像小孩子似的，舉起太刀放聲大笑。

「哈哈哈……你還是想聽吧？太刀的故事有趣得很呢！哈哈。」

濃姬被引出興趣，不由得把靠了上來。

二

「想聽，我就說給你聽。所謂太刀，本來就是配合自己的力量打造的。緊急出陣時，勒著馬韁就要殺敵的大將，如果帶著單手無法揮動的豪刀，就完全不對了。」

信長把宗三左文字的刀尖對準自己的眼睛，又說：「照《春秋》的說法看來，帶上這把太刀的今川屋形，一開始就打算要把首級給我了。」

「這麼說的話，那這把太刀就是相當不吉利的東西囉。」

「沒錯，無法與自己的力量匹配的刀，就不是名刀，反而會成為礙手的累贅。鈍刀利刀的差別，不只是要看刀鋒鍛鍊的良窳，還必須要視持有者來決定，懂嗎？」

濃姬認真地點點頭，這麼做似乎也帶了點像是哄小孩的意味。
「好，我來將這把鈍刀變成名刀給你看。叫橋介來。」
「是，馬上。」濃姬回頭，侍女意會了她的意思，馬上去把小姓長谷川橋介喊了來。
「您找我？」橋介沒有右手，只用左手支撐著下跪的身子。
「橋介。」
「是。」
「這把太刀。記清楚，把它磨成二尺一寸五分。」
「二尺一寸五分……所以要磨掉四寸五分？」
「沒錯，正是要讓這把鈍刀變成名刀。若是因為惋惜而留著那四寸五分，卻讓持刀者無法揮刀自如，這正是我最不想看到的事。」
「是，二尺一寸五分，分毫不差。」
「然後，在上面刻上文字：永祿三年五月十九日。」
「五月十九日？」
「對，這是義元被殺時所持之太刀。」
「是。」
「還有，背面要刻上織田尾張守信長，知道嗎？這麼一來，這傢伙才會成為我的名刀。」
濃姬在後面點頭微笑。聽著信長屢次重覆同樣的話語，她一直擔心他是沉醉在勝利裡而鬆懈了下來，看來，這個擔心是多餘的了。

信長是個非常注重鍛冶方法及技術的人，只要差一點，他就不要了。武器是被人使用的，而非武器來支配人。

橋介恭恭敬敬地舉著宗三左文字出去。

「下一戰能不被太刀役使的，只有兩個人。」信長說著，隨即俯臥下來。「是誰和誰，知道嗎？」

濃姬微笑地馬上回答：「是松平元康與岡部元信吧？」

一個是井然有序地退回岡崎城，一個是自鳴海襲擊至刈谷城，終於從信長手裡奪回義元首級而撤回。濃姬認為，只有這兩個人稱得上是表現卓越，便脫口說了出來。

「哈哈哈，不對。」信長依舊俯臥著，頗富興味地搖了搖頭。

「你還無法區分利刀與鈍刀嗎？下一戰的其中一把利刀，是我。」信長張大了嘴巴，指著自己。

——三——

「那麼，另一個呢？」濃姬對他的話產生了興趣，認真地問著。

信長的魅力是——在看似玩笑的話語之中，隱藏著敏銳的觀察力所及的玄機。因此，濃姬常會逐漸被他的話題吸引，現在，她的內心對信長正是又敬又愛。

「開始認真了吧。好，我告訴你。岡部元信是慌忙敗走的諸將中，唯一的有義之人，我是看在這個份上才把今川屋形的首級送給他的。不過，如果他沒有表現出這種氣概，信長就麻煩了。」

「為什麼？」

「我就要為如何埋葬敵人總大將的頭顱而傷腦筋了。太過鄭重，恐怕會被誤解成我忌憚他，若是隨便處置，又會被說成缺乏武士的情義。」

「確實如此。」

「因此，我在戰場上讓給了元信，讓他能把首級帶回駿府。路旁的人看到了，大多會作何感想呢？是為元信的忠義掉淚，還是畏懼於信長的強勇呢？」

「唔。」濃姬故意蹙起眉頭：「那樣的玩笑話不好輕易掛在嘴上，例如……信長是個可怕的黑心大將，所以大家都很畏懼他。」

「哈哈……既然如此，岡部這把太刀，一半為義元所斷，一半被我砍斷了。不算是鈍刀，但也不能說是利刀。我是為瞭解釋才這麼說的，抱歉，抱歉。」

「那麼，另一把利刀是誰？我還是不知道。」

「你知道的呀，竹千代。」

「果然還是松平元康大人。」

「他這刀銳利得可憎……他是在什麼時候開竅的呢？我們孩提時，每次說到要一起鎮壓征服海道，他總是天真地回答——好。因此，這次他的戰略一點也沒有違背當時的回應——好。我……」信長瞇著眼睛看著天井。「看來，不得不把大女兒送給他的兒子了。」

「要德姬……」

「嗯，是還留在駿府的那個竹千代。」

「不知道耶，元康大人是重回岡崎了，但這真有那麼大的意義嗎？」

「哈哈……」信長又愉快地笑了起來。「如果我和元康一戰，就無法替你報殺父之仇了，因為我必須全心全意對付他。元康這傢伙已經清楚看出我的想法了，美濃離京都很近……」

信長突然壓低了聲音：「濃。」驀地睜大眼睛，坐起身來。「究竟該派誰去元康那裡，告訴他若不結為同盟就等著被剷平呢？」

濃姬大吃一驚，好像被重重地鞭打了一下似地注視著丈夫。原以為他還在為勝利驕傲，沒想到他已經在想下一步了。

四

濃姬非常高興。自從父親齋藤道三被殺後，信長也漸漸撤下了與濃姬之間的那道隔閡，現在，什麼事都會和她商量了。

「那麼，您的意思是，不論什麼事都要和松平家攜手合作嗎？」

「如果不這樣做，就無法替你報父仇了。」

「萬一元康大人顧忌駿府的氏真而不理會我們，那該怎麼辦？應該先確認這一點再來選擇使者比較好。」

「聰明。」信長嘲諷著，但並未生氣。「你有張軍師的利嘴。如果我們派使者去，元康卻因顧忌駿府而拒絕，那他也就是一把鈍刀，沒什麼好說的了。到時就依照使者的報告，去把他們踏為平地。」

「松平會這麼容易被擊敗嗎？」

「開玩笑，我已經說明駿府是鈍刀了，而我正是一把利刀。」

濃姬忖思著信長的心意，不再糾纏。「那麼，派遣不久前因殺了十阿彌而失寵的前田又左如何？他這次在田樂狹間也率領著手下勇敢奮戰啊。」

信長搖搖頭。「他太過講求義理了。你想想看，又左與元康曾經肝膽相照。又左啊，是個很容易為對方的氣質而神往的男人。」

「那麼，就決定派猴子吧。」

「猴子……藤吉嗎？哦！」信長突然彎下身去抓榻榻米上所翹起的鬚，隨即微笑了起來。

「若是藤吉郎，大概就不用擔心他會仰慕對方了。那傢伙總是假裝喜歡對方，其實是想讓對方喜歡自己……」說到這裡，信長用力地拍了下膝蓋：「重休，」他大吼：「叫猴子來。」

「是。」岩室重休正要靠過來，聽見信長的下一句話就直接轉向廚房，慌慌張張地跑了過去。

不久，藤吉郎來了。他已經有點軍師的味道了，信長如果開口說一句什麼，他一定會說上兩、三個意見。信長總是先讓他說，接著再大聲斥責他，最後又回想一次他所說的——這是信長為人的缺點，而猴子在這方面，確實也是那些拘泥於體面與禮儀的諸將所不及的。

「猴子，那件肩衣是什麼？」信長看到藤吉郎披著不知什麼地方找來，像是幸若舞[23]所穿的大紅色段染肩衣。

「我在舊衣店買來的。現在暫時不會有戰爭，穿著上也要配合時下風行的款式，稍微醒目些……」

「夠了。」信長不耐煩地揮揮手：「如果你是我，會如何應對松平元康？說說看。」

藤吉郎認真地行了個禮：「如果在下站在殿下的立場，首先會試試元康是小判，還是穴明錢[24]。」

「什麼，先試試看？」信長微笑著，悄悄地彈著指尖。

23〔編註〕室町時代曾流行的伴唱談的曲舞之一。
24〔編註〕小判為金幣。穴明錢，為方孔錢，圓形中間有個四方孔。

五

「那麼，怎麼試呢？說來聽聽。」

藤吉郎在信長的詢問下，莫測高深地偏著頭，誇張地搖著扇子。

「在下如果是殿下……就會先叫瀧川一益來。」

「嗯，一益嗎？他只是個新來的。」

「既然是新來的，就在試探元康的同時也順道試探他，做事要常想一石二鳥。」

「你說得不錯，其次……」

濃姬也閃著眼睛注視著藤吉郎。

「把一益叫來，吩咐他，今年整年好好監視松平元康的動靜。」

「整年……這不是什麼良策啊。」

「同時吩咐他，如果覺得元康有任何可取之處，那就和談；如果沒有，就逼他投降。大概是這樣了。」

瀧川一益是近江六角氏的浪牢人，在這次戰爭中立下非凡功績，看來也是個人才。

「只有這樣嗎？」信長若無其事地嘲笑道：「萬一覺得元康有可取之處，向他提出和談卻被拒絕呢？」

「那時就可以判定元康是個穴明錢。要討伐穴明錢，我藤吉郎自有法子。」

「哈哈哈，老套，你的想法太老舊了。好，下去吧。」

藤吉郎露出了微笑。「御大將也是個狡滑的人啊，明明是想用舊法子的嘛。是，我退下了。」他滑稽地頓足，下去了。

「濃。」

「是。」

「真是個有趣的傢伙啊。他說過一益很好，而他自己是輕視元康的……我非常明白。叫一益來吧。」

濃姬沒有回答，暗忖如果來人是一益，不要叫來這裡，在外頭下令就好了。這時，信長呵呵地笑了。

「你是想著不要把新來的叫到裡面來，是吧？女人家的想法一眼就可以看穿了。重休。」

「是。」岩室重休跑了進來。

「瀧川一益來了沒有？如果沒有，告訴他，我暴跳如雷地在找他。」

「是。」重休慌忙出去。信長一翻身俯臥下去，注視著院子裡的嫩葉。

「濃……」

近處的松樹樹梢傳來蟬鳴聲。太陽還是很強烈，可是這聲音卻充滿穿腸的哀愁。

「是。」

「你的膝蓋借我一下，我的耳朵好癢。」

濃姬苦笑著拿了耳扒子，伸出膝蓋。本來在外面對一益下令即可，卻偏偏要叫他來，讓他看到自己在掏耳朵。濃姬覺得這樣的孩子氣有些奇怪。

六

信長出神的讓濃姬掏了一會兒耳朵。他有時好似為了試試濃姬膝蓋的彈力，用頭使了氣力；有時又用一隻指頭從下面戳戳下顎，之後又伸進自己的鼻孔挖了起來。

（這是一舉殺了今川義元的大將嗎？……）濃姬這麼想著，覺得自己彷彿置身在非常奇怪的夢境中。

信長不知不覺地打起瞌睡來了，他似乎知道瀧川一益連會所都還沒有來。夏蟬一聲聲地鳴噪，吟唱出牠短暫的生命之歌。

濃姬悄悄停手休息，不由得微笑了。信長實在像個撒嬌的孩子，他睡著的臉顯得異常平靜。沒有鼾聲，就只是沉睡著，宛如死去一般。

不久，走廊傳來了腳步聲。她原以為已經睡著了的信長突然大叫：「一益！」

「是。」一益慌忙地來到門口，見著了把頭枕在濃姬膝蓋上的信長，然後狼狽地在門口坐了下來。

「你稍微立了一點戰功就連會所都不來了是什麼意思？不要辯解了，我非要好好罵你了。」

「是。」

「好，回去吧。」

「失禮了。」一益朝向他的頭部恭恭敬敬地行了一個禮，正準備要出去時。

「等等。」信長突然叫住他。一益再度在門口坐了下來，擔心地眨眨眼。

「你能當個不辱我名的使者嗎？」

三十四歲，精力充沛的一益，深深地看著隨意躺在那兒的信長，回答道：「可以能，也可以不能。」

「自做聰明。」信長這才初次把頭轉向一益：「你以為我會是那種差使別人去做不可能達成的事的大將嗎？」

「抱歉。」

「你的神情不像是有歉意，而是一副對我所說感到莫名其妙而不悅的樣子。」

「不，我沒有這個意思。」

「是嗎？好，那我下令了。仔細記好。」

「是。」

「松平元康啊！」

「回到岡崎的元康。」

「今年一整年，你要好好地看著他在做什麼。」

「而且，要牢記在心。」

「同時，如果他擁有值得結盟的能力，就與他和平相處；如果他只能為人所用的話，那就勸他歸降。」

「明年春天之時。」

「和睦共處或者歸降，全由你決定。不管怎麼樣都要帶他來清洲見我。不來的話，就去踏平他們的城。」

一益抬眼看信長：「這是當然的，如果他不肯來，我不殺元康，就不回尾張。」

「嗯，就這些了。退下。」

一益退下後，信長抬頭看著濃姬的臉，吃吃地笑了。

七

「濃。」

「是。」

「一益的事這樣就可以了。可是，有件不太好的事啊！」

「什麼事，怎麼突然變得這麼嚴肅？」

「你看那屏風上的影子。後面躲著一個人吶！」

「咦？」濃姬吃驚地回頭。此時，一雙白色的腳正待要從屏風後跑了。

「等等。」濃姬正要站起身來，信長已經把頭抬起了。

「請您原諒，我沒有惡意，只是因為您二位太親熱了……」她還在說著話，就被濃姬拉了出來，推到信長面前。

這個侍女名叫楓，今年二十歲，服侍濃姬已經兩年多了。她堅稱信長來時自己正好不在，所以不知道他來了。

「楓，為什麼要躲在屏風後偷聽？如果有事可以直說啊。」

「請原諒我，夫人。」

「原不原諒是另一回事。回不回答也隨便你……」

「等等，濃。」信長打斷她：「既然是你的侍女，怎麼處分是你的自由，可是，讓我來替楓說出原因，好吧？楓。」

楓聳動著肩膀抬起頭來，原本應該是哭泣的雙眼卻閃著敵意的反感，像刺一樣地看著信長。

「我可以替你說出來吧？楓。」

「您什麼都可以說。」

信長開朗地笑了：「那麼，你聽著。楓，是稻葉山義龍派來的間諜。」

「是兄長派來的人！」

「夫人完全不知道……可這樣才好，什麼都不知道，所以濃才一直在照顧她，很溫柔地體恤著她。」

楓的眼睛又像刺一般瞪著信長的臉。

「楓是義龍城下經師的女兒，由於本性善良，因此愈來愈痛苦。她覺得對不起夫人……而經常掉眼淚，是吧，楓。」

到了這個時候，楓才低下了頭——這把利刀完全碰觸到了女性心裡的微妙處，可以說信長觀察得一清二楚。

「楓本想就這麼在城裡住下了，可最近稻葉山的義龍來了一道嚴厲的命令。他擔心信長會挾桶狹間的餘勢一口氣進攻美濃，因此要楓仔細探知信長的心意，再向他報告……是這樣吧，楓？」

不知什麼時候開始，楓已經抖動著身子啜泣著。濃姬以嚴厲的表情看著信長，又看看楓。

「楓……你知道我不會馬上攻打三河，因此擔心我會攻打美濃……不過，不用擔心，我認為殺義龍的時機還未到吶。」

太陽不知不覺地偏西了，映在門檻上的萩影拉得又長又細。

——八——

楓把頭埋在手裡，痛苦地哭著。

「我所要說的就是這些了。接下來，就看夫人如何處置了。」信長把視線投向漸漸陰暗下來的庭院，開始巴巴地敲著足踝。

濃姬凝神仔細地考慮了一番──兄長義龍把雙親和整個家族殺光了，不知從什麼時候開始，他便認定父親並非生父。他深信煽動者所說的──自己的生父是被父親滅掉的土岐氏一族。父親是在義龍的生母懷著他時，把生母奪來的仇敵。現在的他，最怕娶了濃姬的信長出兵報復，因此才派了間諜混進來。

（如果再繼續使喚她，不太好……）

信長並不特別在意這件事，但是萬一有什麼事的話就無法挽救了。

「楓……」過一會兒，濃姬用著讓信長聽得見的音量說道：「你可要好好想想殿下的話。」

楓止了哭泣，但馬上又劇烈地抽搐著身子。

「知道嗎？殿下目前並沒有打算進攻美濃啊，如果有，你也會察覺得到才對。殿下已經原諒你今天的行為了，如果稻葉山有命令來，就照你自己所感覺到的回覆吧。」

楓吃驚地停止了哭泣，她似乎很仔細地分析濃姬所說的話裡有何含意。

「也就是說，不管義龍殿下也好、殿下也好，被滅或興盛都與你有無立功無關，殿下並不在乎這次的事，我也不責怪你。如果你想留下來工作，我就用你；如果想回去，我也不留你。你自己決定，好好考慮過後再回答我。」

楓悄悄地把手放開，認真地注視著濃姬與信長。信長好像已經忘掉這件事似的，驚訝地瞇起眼睛看著時時刻刻變換顏色的黃昏天空。

楓「哇」的一聲又哭了起來。「夫人……請原諒我。」

「剛剛已經說過原諒你了。」

「不，請原諒我……我的眼睛被蒙蔽了……往後我要真心地服侍您。請……請……讓我留在您身邊。」她擠出這些話之後，又伏倒在榻榻米上哭著。

信長猛然站起身，以捉狹的眼神瞥了濃姬一眼。「我要去遛遛馬。利刀啊，如果在太古舊的世界擱太久，也會逐漸生鏽的。」

濃姬慌忙站起身，目送他到走廊。信長以非常認真的表情回頭看了一眼濃姬，又向她扮了個鬼臉，朝前面走去。

三位使者

一

永祿四（一五六一）年春，岡崎城令人懷念的白梅、紅梅紛紛綻放出香氣。

迎回城主元康後，已經過了八個月。進城以後的岡崎部眾服裝明顯變得華麗了起來，這不只是因為十幾年來，人民第一次不用向駿河繳納年貢米的緣故，更加上知道元康回來後，舟船可以沿著矢矧、菅生二川來往於岡崎城下，因而也帶回了生氣與繁榮。過去一心只管著貯藏糧食的農夫，如今可以安心耕作了，也是原因之一。而鳥居伊賀守所祕密貯藏的錢財穀物，更讓岡崎城得以早日整修。

整修各個隔間、修復石垣、在總門的屋簷重新塗上漂亮的顏色。如此一來，這個城就成了領民誇耀的象徵，生氣自此湧出，出入的商人自然增多，城市也繁榮了起來。

整修是先從本丸（八幡曲輪）、持佛堂曲輪、二之丸、東丸、三之丸依序下來的。籠罩在這個城裡的空氣顯然與往年的春天不同，變得開朗新鮮得多。

環繞在年輕城主身邊的新人事也決定了。長者愉快地自第一線退下來，而由酒井忠次、石川家成、石川數正、植村家存等人出任新的家老。不過，也並非完全依靠家老……依仍是由年輕的城主主導著一切，家老可說是近在身邊的手下。

令這些部屬與城主煩惱的有兩路使者。一路不用說，就是今川氏真派來的。另一路則是與竹千代、龜姬一同留在駿府的瀨名姬派來的。

氏真最先派來的使者以質問的口氣說：「任意返回岡崎城而未向駿河提出軍情報告，豈有此理。」

元康恭敬地回答：「如果我們不在此抵擋織田，那麼他們早已橫掃三河，甚至駿遠了。如果若君不在乎，我們隨時可以回去。」

下一位使者則稍微客氣些了：「此處為阻擋織田氏的戰略要地，我們應該派兵增援，合力加強防守才是。」

元康搖搖頭，馬上答道：「駿府勢必也需要不少人防守吧？不必再挪調已經不足的軍力來岡崎了，此處元康一個人守護就夠了。請轉告，務請安心。」

至此為止，總算平息了氏真的干涉。

然而，妻子瀨名派來的使者就沒這麼容易打發了。瀨名與元康分居兩處後，才深深覺得元康對自己是何等重要，於是叫使者送來纏綿悱惻的信件，大致寫著，務必回去一趟與氏真交涉；若是無法與元康在一起，她就要發瘋了。

元康讀了之後，心裡顫動不已。

二

瀨名又派密使來了。這次是瀨名的娘家，關口家的家臣，帶來了厚重的文匣。

正月十六日。元康去持佛堂拜過祖先的靈位後，一路走回來，看著酒谷裡開得似如雪片的白梅。突然，他聽到那個使者發出熟悉的聲音。

「哦，藏人大人。」

「是夫人派我來的。」使者這麼說後，騁目環顧周圍的景色。他的身旁跟著酒井雅樂助的家從，看來，他大概是先到雅樂助那兒去了。

「這裡又成了一座了不起的城了。夫人不知道岡崎城如此吸引人，所以才眷戀著駿府。如果她看了這裡，一定會想搬過來的。」這個名叫小杉某的男子是關口親永身邊的側用人[25]，當元康還被嘲為「三河的流浪兒」時，兩人便已相識，因此無須特別報上姓名。

元康苦笑著，因為他從這個男人的話中可以清楚地感覺到，駿府的人包括瀨名在內，對岡崎的認識實在有限。瀨名自滿地以為這個世界除了駿府以外，其他都是落後的「番地」。她

25〔編註〕負責傳令或協助政務的近侍。

大概是認為，岡崎雖稱之為城，但也不過像是鄉下農家一般簡陋吧。因此，無論她對元康如何深情，信上卻全沒提過要來岡崎。

不要待在那種鄉下地方，趕快回到駿府我的身邊——這些話傷了元康的自尊。然而，現在這個使者的話裡也有相同的意思。

遇上這種情形，如果是信長，一定會很漂亮地說些話來駁倒對方，可是元康正好相反。

「哪裡，這是個微不足道的小城，請進。」他故意不帶使者從大玄關的白洲[26]進去，而是從眾人通用的門進入本丸。同時，又不帶他經由大廣間，而由小走廊進入供作休息的小書院。

「真是太令人驚訝了，一定要請夫人來看一次……」即使如此，使者還是頻頻驚愕地說。而他會提到夫人，大概也是因為瀨名曾經脫口而出「要住在岡崎那種鄉下地方，還不如死了算了」這類的話吧。

「先恭喜您平安地迎接新春。」一到休息室，使者突然想起來似地向元康說了賀詞，接著馬上拿出文匣遞給他。「夫人要我轉告您，希望您能早日返回駿府。」

「辛苦了，孩子還好嗎？」

「都很健康，他們也都在等元康大人回去。」使者說著，看到夫人的信被隨手擺在桌上，他似乎感覺到元康有點不耐煩的樣子，便隨即又說：「請馬上看看夫人的信，我等著覆命回話。」

元康並未點頭，從文匣抽出信來。「如何，氏真大人不打算報仇嗎？」他柔聲問著。

「這種事我不知道，不過，氏真大人是個討厭血債血償的人。」

「你是說……不打算發起復仇戰了？這樣就算了的話，實在不能……」

「元康大人。」使者突然認真起來：「我是有什麼就說什麼，這件事不能就這樣算了。」

「你是說還是要復仇囉。」

「不，我是說夫人的事。」

元康頹然地把頭轉向旁邊。

早晨的陽光晒暖了窗子，婉轉的鶯聲迴盪在早春清新的空氣中。

「武將都不瞭解小姐的感受。像是三浦義之大人家的小姐與她愛慕的人去捉螢火蟲，暗夜中，兩人的手不小心碰到一塊了。小姐抓起對方的手撫著自己臉頰時，聞到了殘留的漬菜香，便與之分手了。」

「原來如此。」

「與小姐相戀的男子，吃晚飯時不小心讓漬菜從筷子上掉了下來，他用了手去撿……而小姐馬上就看穿了此人的身世教養，這種微妙的心理感受，正是小姐的高貴之處。」

26〔編註〕玄關前鋪有白砂或小石的庭院。

元康不敢看對方的臉，因此別著臉點頭。

「夫人也是個敏銳的人，而且若君在很久以前就一直暗戀著夫人……」

「你說的，是氏真殿下嗎？」

「是的，您不在的這段時間，他經常宣召夫人進城。因此夫人更希望您早日回來……」

「所以……瀨名是這麼對你說的？」元康柔聲地打斷他，結果對方一下子結巴了起來。

「擺脫不了氏真殿下的戀慕，請趕快回來……是這樣的嗎？」

「是……正如您所說的。」

「你回去轉告瀨名，凡事皆應以忠義為重。如果現在元康退出岡崎，織田的大軍就會馬上直搗駿府。元康一直忍著在這兒抵抗。」

「是……是真的嗎？」

元康重重地點點頭：「忠義是嚴酷的。」

對方默默看了元康好一會兒，好像還要說些什麼似地掀動了一下嘴唇，卻又停止了。

「還有什麼事？」元康看了，催促地問道。

「是，還有一件事……是這樣的，夫人認為殿下身邊一定有女人，她要我偷偷地觀察看看。」

「是嗎？那太感謝了。」元康相當圓滑地把話鋒一轉：「我很感謝她的關心，不過，我也沒什麼不自在的，你就轉告她，無須安排了。」

「所謂沒有什麼不自在……是……」

「瀨名是說，如果我覺得不自在，就從駿府選個女人送來給我當側室吧？可是，我還不至於到那種地步。軍務太繁忙了，實在沒有時間碰女人，替我謝謝她就好了。」元康漂亮地把話題轉到這裡，接道：「你什麼時候要離開？」

他以認真的態度再度改變話題。

四

元康的話鋒一轉，使者反而慌了。瀨名交代的任務完全沒有達成。瀨名認為元康身邊一定有女人，因而遲遲不肯返回駿府，所以要使者以威脅的口氣告訴元康——若真是如此，瀨名和氏真也會舊情復燃。

「是，休息一天後馬上回去。不過，元康大人……」

「還有什麼事？」

「再這樣下去，夫人會很擔心。」

「我的回覆還不夠明白嗎？」

「可是，夫人很難拒絕若君……」

「我已經說過了，忠義是很嚴酷的。」

「所謂忠義……您是指對主君要遵從吧，意思是再怎麼嚴酷都要忍耐嗎？」

「這個你不明白也無妨。回去對瀨名說了，她自然會懂。不過，女人大概都很需要男人吧？」

使者眼看對方又要轉變話題了，便慌張了起來。

「這實在是令人慶幸的事，夫人並不理睬若君。」

「我最近做了一個夢。」

「夢見夫人？」

「不，我是夢見一個舉世無雙的大蛤蜊在追趕我。」

「大人真是會開玩笑……」

「不，是真的。牠一直追趕著，想要一口把我吞下去，是一隻可以一口吞下我與家臣，甚至整座城的大蛤蜊。你做過這樣的夢嗎？」

使者呆呆地張大了嘴巴，知道自己終究不是敵手。

「我會把您的話轉達給夫人的。」說完，他慌張地像是被什麼追趕似的，在小姓的帶領下退出去了。

那天夜裡，是元康自駿府出來後初次接觸女人。本丸裡幾乎找不到女人。過去他說沒有必要，其實也是因為瀨名之故。老臣裡也有人建議他選個女人在身邊侍候，不過元康並未理會，一來是戰後的重建讓他相當忙碌，二來是一想到在駿府獨守空閨的瀨名，面對女人時他便會緊張。

可是，這一天瀨名派來的使者以及送過來的信件，卻奇妙地刺激著元康。

十一歲那年的夜裡，他撞見成為自己妻子之前的瀨名，與氏真在櫻樹下纏綿……這段記憶使得他的汗毛豎立、神經緊張。

這晚，元康前往三之丸，與還健在的繼母——田原御前花慶院一起吃著禮佛後的供品。這裡只有元康一個男人，另外還有兩個侍女在旁侍候，其中一人是經常去本丸幫洗澡中的元康擦背的可爾。

「殿下，一個人不太自在吧？你就從這兩人當中挑一個喜歡的去吧。」花慶院雖然只有三十多歲，卻在兩個侍女去端菜短暫離開之際，淡淡地向元康建議著。

五

女人過了十幾年的寡居生活，到了三十多歲就逐漸失去羞恥心嗎？她的娘家戶田因為把應該前去駿府的元康出賣給尾張而導致滅亡。花慶院無處可去，只得居住在這城裡的一隅，看著一切世事的轉變。

「青春是非常短暫的，而且，若是太過克制自己的話，對身體也不好。喜歡誰就叫誰去吧。」花慶院大概不知道出賣元康的事吧？她一直盡自己所能地對元康這個義子表示親切——

她心中的孤獨，從言語當中就可以感覺得到。

要是平時，元康說不定會勃然大怒，但那晚他卻問道：「花慶院，女人又是如何的呢？如果男人不在身邊會很難受嗎？」

「當然，」花慶院看著遠山淡淡地說著：「可以說是會到發瘋的地步……連鳥兒交尾、貓兒叫春都會令人生氣。」

「這兩個女人也是如此，如果再不讓她們擁有男人，一定會做出不義的事來。」

「是嗎？」

「這兩個人當中，可爾似乎特別對殿下感興趣，經常說著殿下今天做了什麼，殿下今天如何如何，實在很煩人。」

這時，可爾正好把菜端來放在花慶院的面前。

「哦，可爾，你不是很喜歡殿下嗎？」

「啊……」可爾不懂這句問話的意思，就把視線自花慶院轉向元康。大約十七、八歲的她，膚色白皙、身材豐滿，就像一朵含苞待放的花蕾，混身散發著野趣與健康的氣息。

「你所喜歡的殿下來這裡了，趕快給殿下斟上一杯酒。」

「是。」可爾臉上浮現一抹紅暈，因為她已經領悟到這番話裡的含意了。

「我正在請求殿下，因為你很熱心，所以請他寵愛你呢。」

「啊……」當可爾用袖子遮住臉時，另一個侍女阿孝也來了。元康看了一眼，覺得阿孝比較苗條纖細。

「可爾。」

「是。」

「你真如花慶院夫人所說的那麼喜歡我嗎？」

「是……是的。」

「喜歡到什麼地步呢？女人只要有男人就好，倒不一定非我不可吧？」

可爾猛然抬起頭，哀怨地注視元康，然後慌慌張張地起身去拿酒。元康看了這情形，便想起瀨名信裡的一段話：「殿下一定已經和別的女人同床了。每每對月嘆息，我就幾乎要發瘋了。」

（瀨名認定我已經和別的女人同床共寢了……）

——六——

如果瀨名的信裡沒有充滿對元康的不滿，而是一味掛心丈夫的話，元康的心一定不會動搖的。可事情正好相反，她認定元康身邊已經有女人了。為什麼瀨名會有這種想法呢？不用說，瀨名一定是根據自身的經驗來想的——元康一念即此，就覺得內心有什麼在燃燒似的。

花慶院好似完全洞悉了元康的這種心理，頻頻要可爾倒酒。當元康起身要去如廁時，她對可爾使了個眼色。

「你帶殿下去。」

「是。」可爾以相當清晰的聲音回答，手舉著燭火走在前面。

來到走廊時，障子門上映著月光，相當明亮。

「可爾，你還沒碰過男人嗎？」

「是的。」可爾沒有臉紅地低下頭去，反而搖著頭，用激烈的語氣說：「那種事，沒……沒有碰過。」

「可爾。」

「是。」

「拉開障子門吧，月色很美。」

「這樣好嗎？」

「好，可以滅掉燭火了。你看，外面亮得像下雪一樣白。」

「這樣會著涼的，寒氣很重。」

「可爾，你把臉朝向月亮。對，就是這樣，你看起來就像天仙一般。」

可爾依言抬頭看月亮，她的身體本能地顫抖著。

「枝頭的花、天上的月，以及地上的你。」

「殿下，可以了嗎？」

「等等，讓我再看一會兒。」

「是……是。」

元康很清楚地看到可爾的眼眸裡逐漸湧出的光。她正在等待愛撫，唇邊浮現的嫵媚，使得元康的內心燃起更激烈的火花。

女人——她絕對不是瀨名那種主動的女人，飯尾豐前的妻子吉良御前在剛強中透著謹慎，而眼前的可爾則完全是奴隸式的被動。如果自己伸出雙手擁抱她，她一定會顯出令人愛憐的模樣。

「好了。」元康說：「不開玩笑了，我要上廁所，帶路吧。」

「啊……」可爾驚慌地應著，她似乎以為元康必定會擁抱自己才對。

「可爾。」元康突然嚴厲起來。「是誰命令你委身於我的？」

被元康質問過後，可爾的肩膀聳動著。

七

「可爾，我醉了……」元康又朝著廁所的方向走去，一面說：「從你在月光下的那張臉看來，一切都很清楚了。你還沒有接觸過男人。」

「是。」可爾一面發抖，一面舉起熄滅了的燭火，低下頭回應。

「有人吩咐你來花慶院這兒工作的吧？是不是？」
「是……是。」
「同時，你為了接近我，所以就對花慶院說你喜歡我……不要怕，我不會責備你。」
「……」
「花慶院是好人，便信了你的話，還特地派你來幫我洗澡擦背。可是，你卻漸漸喜歡上了我。」元康柔聲地斷定。而可爾只是垂著頭，沒有承認也不否認。
「我明白你沒有害我的心意，而且還愛上了我……因此，你很難過。」
「……」
「明白這其中的道理嗎？如果我碰了你，痛苦的就會是你。因為你有祕密瞞著我，因此會不斷地煩惱……既然如此，你把祕密說出來就會快樂些了。為了你，我也會保密的。」
「殿下。」可爾突然靠近元康，跪倒在地上。「我說，我說，請原諒我。」
「願意說了嗎？那太好了。」
「命令我的，是織田家的部將瀧川一益大人。」
「瀧川一益……那麼，你的父親是？」
「他的家臣阿久津甚左衛門。」
元康的雙手輕輕環上可爾的肩膀。可爾無力地抬頭看著元康，潔白的牙齒像珍珠般晶瑩，臉上浮現出完全不想隱瞞的神情。

「那麼，他命令你做些什麼？」
「命令我向他報告殿下日常的一切。」
「日常的一切？」
「是的，因為我還不會判斷人的品格等等，因此他要我將殿下的一切直接向他報告……」
「嗯。」
「如果暴露了身分……因為殿下是很寬容的人，一定不會殺可爾的。他交代我，如果被發覺了，就老實地說出這些，再請求殿下原諒。殿下，原諒我，讓可爾在您身邊……」
元康擁著她的肩，再度偏著頭想著——瀧川一益為什麼要叫這個女孩……他想到這裡，發覺還是有些解不開的謎。
「可爾。」元康放開了她。
「你是要我殺你嗎？不要撒謊。」

——八——

「不，我沒有撒謊。」搖搖欲墜的可爾抱住了元康的膝蓋：「他說，我不只是來當間諜的，三河殿下應該很不自在，因此要我誠心地服侍您。」
「是誰說的？瀧川一益嗎？」

「是的，大概是殿下沒有把駿府的夫人接來的緣故吧。他說，反正織田殿下早晚會和殿下攜手合作的，因此要我以對待自己主君的心來服侍您。」

「等等。」元康慌忙堵住可禰的口，燃燒得極其旺盛的情焰，瞬間冰卻了下來。

（瀧川一益究竟是什麼樣的人呢？……）

這必定不是一益一個人所想到的，應該是信長的命令。即使如此，他還是有些意外，沒想到在這裡，這麼清楚地聽到信長的真實意圖。原來如此，她不只是單純的間諜。這是利用少女的誠心為武器的新計謀。

「可禰。」過了一會兒，元康才悄悄放開手，把可禰抱到自己的膝蓋上。「再靠近一點。我瞭解你的真心，也很喜歡你的誠實。」

「是……是。」

「你如果恨我，就對瀧川一益說恨我；若是愛我，也可以對他說你愛我。」

「殿下，這我早就很清楚地說過了。」

「說過了嗎？」

「是。」可禰扭著身子，兩手抵著元康的胸口，連頭髮的香味也彷彿在微微顫抖似的。「可禰說過後，父親就來了一封信。」

「他說什麼？說來聽聽。」

「他說，既然殿下如此令人傾慕，一定是位勇敢優秀的大將。我們的主人瀧川一益大人，最近要以織田家派出的和平使者身分去岡崎城，父親也會一同前往。因此，往後你也要全心全力地侍候殿下……」

元康不由得抬頭看看月亮。

織田家派來的和平使者。這麼一來就決定了元康的命運了。元康的內心是何等期待著這麼一天的來臨啊！只是，妻子至今還留在駿府當人質，如果元康沒有對信長的使者耍點手段，好像也不太好。

（原來是這樣的啊！瀧川一益是和平使者……）

元康用嘴唇輕觸著可禰的耳朵。和平使者除了一益之外，還有已經來到元康懷裡的可禰。

「可禰……」

「是。」

「你是個可愛的使者。既然你對我沒有隱瞞，我也會好好地愛你的。來，站起來，跟元康來。」

「是。」

可禰炙熱如火的手被元康牽著，正要站起來，膝蓋一軟就要跌下去了。元康輕柔地扶住她，再度把嘴唇湊到她的耳邊。

柱腳石

一

瀧川左近將監一益以織田家使者的身分來到岡崎城時，正是元康悄悄到可禰的閨房後的約莫一個月，也就是永祿四（一五六一）年二月十四日。

這天早晨，元康在可禰的房間裡醒了過來。近侍當中有四、五個人發現了他們之間的事，老臣之中也有人發覺了。

「一城之主竟然到三之丸過夜，要是讓家臣知道了可不太好，還是叫她來本丸的內奧吧。」酒井雅樂助勸他，可是元康卻不聽。

「算了，讓家臣知道還無妨，傳到駿府可就糟了。」

「說這什麼話，夫人不在身邊時，當然可以找一、兩個女人陪侍。」

「可是，沒有必要故意招惹瀨名。何況，戀情這玩意兒若是偷偷地進行，更是別有一番滋味。」

事實上，元康獲得了極大的快樂。直到昨日，這個女人還是織田家派來的敵人，現在卻逐漸忘去原本的身分，一味地愛戀著自己，這已經令他覺得很快樂了；而每當他想起偷偷地潛出本丸，溜到三之丸的侍女房間，更是愉快得忍不住要笑出聲來。

男與女，這種交往是人間最具魅力的事。

花慶院明明知曉，卻裝作完全不知道的樣子。無論元康多晚來到可禰的房間，只要他在關雨窗上一敲，可禰馬上就會來開門，這一切都相當不可思議。

有時元康會故意比約定的時間遲些，可禰依舊會熱烈地伸出已經冰冷的雙手來迎接。這不是主人和家臣之間的「忠」，而是另一股驅使著可禰、也驅使著元康自己的力量。正因如此，元康能夠冷靜地反省自己，愈來愈清楚人的堅強和脆弱。

這天早晨，當元康醒來時可禰也已經醒了。她的右手讓元康枕著，一動也不動地睜著眼。她的手腳都像火在燃燒似地發熱。

「您醒了嗎？」她低聲囁嚅有如喘不過氣來似的。

「哦，天這麼亮了，我睡過頭了。」怕睡在隔壁的阿孝聽見，元康抓住她小小的手腕，悄悄地把它從自己的脖子下抽了出來。

可禰抽出來的手，再度抓住元康的衣襟，靠了過來。

「今晚還要來……」

「哦。」

「還有，今天織田家的使者會來。」

「今天嗎？我知道了。」元康輕輕點點頭，下了床。可禰起身開門。

天色還沒有大亮，白色的晨霧自菅生川慢慢地飄至老松的樹枝上。春江水暖。元康快步走到門口。

「我走了。」他壓低聲音苦笑地走出去。

（瀧川一益要來說什麼呢？）

雖說對方是和平的代表，卻一定是有什麼條件的，不過可禰並不知道。

二

重臣酒井將監忠尚進城早朝後，城內成了鬧哄哄的一片。

「織田家的使者來了。」

「什麼？織田家派哪位使者前來？」

「還不知道，不過，大概是來勸我們投降的。」

石川家成報告後，將監忠尚應了一聲「唔」，就抬頭瞪著天井。

與松平家屬同一支派的忠尚有時看不慣元康，便自動肩負起輔佐的任務，就任大目付[27]。

「那麼，殿下應該知道了，為什麼還沒到廣間來？」

「今天他比較遲，現在還在睡。」

「什麼？還在睡……真有他的，快去叫他起來。」

正當家臣要站起身，他又叫住家臣：「等等。」

「在殿下出來之前，我先問問各位的意見。忠次，你認為如何？」

「依殿下的意思。」

「什麼？如果殿下說要投降織田家，你也認為可以嗎？」

「沒別的路了。」

「那麼，留在駿府的若君怎麼辦？你們的妻子又怎麼辦？」

忠次沒有回答，靜靜讀著貼在會所牆壁上的標語。

忠尚咋咋舌，接著轉向植村家存，但卻沒有開口問他，因為家存一定會比忠次更直截了當地回答：「……依殿下所說的做。」

石川數正厭煩了這些話題，便悄悄起身去了廁所。家成端坐著，面無表情。

「哇！現在的年輕人啊……」忠尚焦躁地拍打著膝蓋：「我建議殺了那個使者。如果使者怕被殺，就不要進城來，直接回去。假如他們來攻城，下場就會跟小豆坂之役一樣。」

重臣紛紛討論著，直到使者抵達時（大約十時），城內已充滿了肅殺之氣，並分成了鷹鴿兩派。但是，所有人都不知道元康的想法，所以最終還是得聽從元康的意思……

使者瀧川一益帶著兩名隨從來到廣間時，元康才帶著惺忪的睡眼走了出來。同時，一益在面前坐下來時，他還旁若無人地打了個大呵欠。

「途中沒有碰到對你無禮的人吧？」

一益表情淡然地說：「沒有，不過到處都是血氣方剛的年輕人。如果您到清洲去，說不定會有人對您無禮，到時還請您多多原諒。」

首先，元康已經嗅出對方要自己去一趟清洲是條件之一。

「尾張殿下很好吧？」

「好，每天對著我們大吼。」

「唔，那聲音我很熟悉。我在熱田的時候，他經常帶瓜來給我吃……」元康說到這裡，又打了一個呵欠。

「那麼，使者帶來什麼口信？」他以黏膩的聲音提到重點。

三

「口信相當簡單。」

列座諸將屏息靜聽，瀧川一益露出凝肅的表情，捻著自己的鬍鬚。

27〔編註〕監察之官職。

「今川義元亡後，我們兩家也沒有非戰不可的理由。殿下您是往東，我們殿下則是往西，那麼大家不是可以各做各的事而和睦相處嗎？就是這些了。」

元康凝重地點頭，故意不看緊張的家臣。

「是啊，這也是一策，可是我很難接受。麻煩你回去轉告了。」

「遵命。」

「我對今川家是要克盡義理的，織田殿下可以由西拓展至南北，可是我的東邊盡是今川家的家臣，我不能對今川家進攻啊。」

「原來如此。」

「或許你是新官上任不明白，天下最重要的就是義理。」

「是，是。」

「元康不是背信忘義之人，但也不會特意向尾張發動戰爭。」

瀧川一益皺起眉頭，又捻著鬍鬚點點頭。

「同時，我也想告訴他，我同意和平相處的事。」

「哦。」一益稍稍偏著頭：「這麼一來，不就成了算計今川家嗎？而且，不接受他們的命令，不也是背信忘義嗎？」

元康慢條斯理地回應對方的諷刺：「不是的，因為我並非今川家的家臣。你叫瀧川一益吧？世界上大致分成兩種人，一種是有主君的，一種是沒有主君的。織田殿下應該和我是同一種，都是寧死也不願為人臣。此外，我在生下來時就不是家臣，對今川家的義理也非君臣之義，而是武人之間的情義。這種情義，孩提時期和我一起玩樂的織田大人也有。同時……」

元康說到這裡，又打了個呵欠。

「同時，你告訴他，我會找機會拜訪清洲，以敘敘舊情……」

瀧川一益不由得再看了元康一眼。起初說很難接受，最後不是完全接受了嗎？然而與此同時，更是在呵欠聲中凜然地表白，無論如何也不會成為織田家的家臣。

（這絕不是普通的大將……）一益知道不必勸這種大將降服了。

「在下都清楚了。」

「辛苦了，此後兩家就無條件地和平相處了。太好了，誰去叫他們把送客人的禮物拿來。」

（糟了！）一益心想。不應該是無條件的，元康已經把一定得去清洲見信長的重大條件，改成了「有機會就會去的……」

四

事已至此不能再重新說明到清洲去見信長的條件了。如果再強調一點，元康會笑他是……

（不能洞察人心的傢伙。）

自己是以使者身分前來，一舉一動都和織田家的面子有關。一益感謝地領受了元康的金銀贈禮，對他行一個大禮，說道：「我們的殿下不知會有多高興呢！請先告知要來清洲的日子，以便我回去稟報。」

元康看了家臣一眼：「我現在還抽不出時間，無法安排，改日商討後再行通知。」他輕輕說完後，又拍了拍膝蓋：「對了，我無法隨便行動，但織田大人也很忙吧？先告訴我，他何時有空，我再來找時間。」

一益連聲稱是，然後向元康伏跪告辭。

（絕不是普通的大將……）一益是佩服信長才替他做事的，如今卻對元康動了心。如果將信長比做是以烈風來煽動的火焰，那麼元康就是靜靜照在火焰上的月亮了。

家臣似乎至此才鬆了口氣。起初以為元康似乎會輕易地允諾要去清洲，因此他們都很擔憂，後來元康又說這是無條件前提的和談，斬釘截鐵地不讓對方有插嘴的餘地，家臣這才放了心。

就在家僕準備歡宴款待使者時，元康邀請一益在城內四處瀏覽。他毫無戒備地帶領一益看著本丸、二之丸，甚至米倉、武器庫，這大概有兩個用意吧。是完全不把織田家放在眼裡呢？還是要告訴信長他沒有貳心呢？

進了三之丸的門，來到小松谷旁邊。

「這是從田原嫁過來，我的繼母花慶院住的地方。」

元康用扇子一指，一益「哦」地一聲站住了。

一益相當清楚元康的繼母田原御前的家族，把應該去駿河的元康，出賣給尾張當人質的事。

「我要好好照顧花慶院往後的生活，她待我一向很好。」

「這麼說，您不責怪她的家族對你的不義囉？」

「從前還小，或許會生氣。可是，如果沒有他們，我就不會認識織田大人了。神啊，有時是深謀遠慮地安排好人們所想不到的事啊。」

接著，元康平靜地指著在竹林對面庭院裡走動的人影。「那是花慶院的侍女，叫做可禰，正在修剪水仙。聽說她是尾張人，是個相當柔順的好女人呢。」

一益眨眨眼，看著在早春庭院裡移動的一點色彩。他無法忘掉元康微笑的表情，心裡敬畏地想道：這是二十歲的大將嗎？

五

元康拜訪清洲，是翌年永祿五年正月。家臣之中有很多人擔心元康的安危而加以勸阻，可是元康不聽。

距離瀧川左近將監一益上次拜訪已經過了一年，急躁的信長在這段期間一直等待著，如果元康再這麼拖延下去就失去來訪的意義了。

且再看看駿府的氏真，也不難判斷他已逐漸踏上亡國之路了。就連剽悍的信長都一直按耐著，等他替父親報仇，可氏真偏偏不肯發動戰爭。另外，由於元康遲遲沒有返回駿府，讓他非常憤怒，打算把松平家的松平家廣等十餘個人質綁到吉田城外處死。如果元康因畏懼此事而回到駿府，尾張與三河的國境會如何呢？

「我懂元康的心！」

信長一定會依例一口氣進攻至岡崎。元康以這個理由告訴氏真自己無法離開，可任憑他怎麼說，也無法消除氏真的疑心。

自永祿三年義元被殺以後，直到四年二月，瀧川一益以和平使者的身分來訪為止，元康並未袖手旁觀，不對織田家進攻。至少，元康還打了幾次名目接近於替義元報仇的戰爭。他避開與信長本身勢力的對抗，而使與松平氏有關係的各地，像是拳母、廣瀨、伊保、梅坪等歸順。另外，他還和舅父水野信元在十八町畷和石瀨打了兩次會戰。因此，如果氏真是個不亞於父親的人物，當然會認可元康的「義」，並考慮到他微妙的立場才對。

而元康以和水野信元的這場石瀨之戰為終點，與信長締結和平關係，因此，便也不能再進攻織田氏勢力範圍之內的小城了。然而，正是這些事逐漸讓氏真起了疑心。氏真命令在中島城的板倉重定和吉良義昭、糟谷善兵衛等人，尋找時機反抗元康。

元康只好出兵征討他們，並加強起岡崎的守備。

結果，在吉田城外當作人質的松平家人，遭到活活被刺死的殘忍酷刑。被殺的是松平家廣的幼子右近、西鄉正勝的孫子四郎正好，菅沼新八郎的妻子與妹妹，大竹兵右衛門的女兒，以及奧平貞能、水野藤兵衛、淺羽三太夫、奧山修理等人的妻子。這些都是元康回到岡崎後，念著松平家舊恩而歸順於元康的家族。

當時是夏天，場所是城下的龍拈寺。殺人方式之殘酷，連奉命執行的吉田城代小原肥前守資良與家臣都幾乎要嘔吐了。

在這場虐殺之後，對方又脅迫：「元康如果背叛我，那麼我就把關口御前、竹千代、龜姬也如此斬了。」

這種卑劣的脅迫，也是促使元康決定拜訪清洲的原因之一。隨從自十五歲的本多平八郎忠勝，到將近六十歲的植村新六郎秀安，一共二十二人。大家都抱定視死如歸的心情抵達了清洲。

六

瀧川一益的手下在那古野迎接他們，元康一行由這些人前後守衛著，從進入清洲開始，城下的人就群集到本町的門前想要親睹他們，人潮洶湧得連隊伍前進的路都被擋住了。

岡崎的松平藏人元康來會見因殺死今川義元而聲名大噪的大將，織田尾張守信長——大家這麼傳言著，因此每個人都擠出來看熱鬧。

「那是六歲就在熱田當人質的松平元康嗎？結果他還是來當御大將的家臣了。」

「是啊，信長大人以前經常和他一起玩，當時的御大將就已經不同凡響，是個膽量非凡的人物了。」

「可是，他在馬上不也是威風凜凜的嗎？」

「反正進了城，就得對信長大人鞠躬哈腰了，再讓他威風一陣子吧。」

戰勝國的民眾自然是可以肆無忌憚的，而走在最前面的本多平八郎忠勝每每聽到這種輕蔑的對話，就會回瞪說著：「喂，後退，退開啊！」

他今年雖然才十五歲，身材卻魁梧高大，不時揮動著三尺餘長的大薙刀喊道：「叫你們後退沒聽到嗎？三河的主人松平元康大人要通過，再這麼無禮就叫你們的腦袋搬家。」

元康沒有叱責忠勝也沒有阻止他，只是把視線放在城後愛宕山的森林，然後將馬停在本町門前，而瀧川左近將監一益正也謙恭地出來迎接。

「我乃松平藏人元康的家臣本多平八郎忠勝。如若無禮，我必不饒恕。」平八郎在一益面前依然以如雷的聲音大吼，並揮了一下大薙刀。

一益微笑地回答道：「一路辛苦了。有一益在，請放心。」

「我實在無法放心，聽說尾張有很多狐狸。」平八郎堅定地表示，也是為了讓對方知道，如果膽敢對元康下手，自己就和他們同歸於盡。

一益明白他的用意，更是殷勤地對下了馬的元康低頭作揖。只是如此一來，便讓民眾覺得很奇怪，織田家對一個來降之人太過有禮了。

一進門，一行人就到上畠神明社附近休息。這時，以林佐渡為首，柴田勝家、丹羽長秀、菅谷九郎右衛門等重臣都並排出迎。他們也都相當客氣。當行伍來到暫時下榻的二之丸時，信長已站到大玄關口。

信長一看到元康，就說：「歡迎，居然一樣耶，和小時候的臉還是一樣！」這不像平常的信長，他以盼望了很久似的聲音說著。

元康則是規規矩矩地對他行一個禮。對元康而言，進入這個玄關，就是拿妻子兒女的性命做賭注了。如果傳到駿府，小心眼的氏真大概會把瀨名和竹千代處死——元康一念及此，即使想笑也笑不出來了。

七

信長真情流露的好意，使得三河家臣的心裡有了異樣的迴響。

（這是父祖以來的仇敵——信長的本心嗎？）

在田樂窪殺死義元的倨傲大將，紅著眼拉著元康的手進屋。

大家都想著不可大意。說不定信長刻意表現得沒有惡意，好令他們安心，再趁機偷偷地暗殺，或者是假裝設宴款待，結果端上毒酒……這個時代有太多太多這種例子了。

對三河家臣而言，勝利者信長會要求和平共處已經是件奇怪的事了，因此他們不認為今天的碰面是對等的立場。只是，為了減少降服者的屈辱，每個人都昂然挺胸的來到這裡。

當他們首先來到二之丸的書院，瀧川一益說道：「這裡便是各位的房間，請好好休息。」他表示會再派人來請大家出去後，便直接退下了。

「我們不能大意。」鳥居元忠說：「這些狐狸好像要把我們統統吃掉。」

「他們能有機會嗎？我一定會寸步不離地守著殿下，即使是會面時，也要拿著這把大薙刀。」本多平八郎說。

「不可以帶著大薙刀。會面時，他們一定會叫你把刀交出來的……」平岩親吉憂心忡忡地斜著頭，交抱著雙臂。

元康沉穩地坐在書院的高台上，把窗子稍稍打開，一直注視著聳立在五條川邊的高樓。

抵達城內是九時半，在本丸廣間與信長正式見面是在十時半。元康一點也不畏懼信長，只是心裡彷彿壓著一塊重重的冬日厚雲似的。就算信長有什麼詭計，也不會是什麼問題。無論信長可不可以信賴託付，元康這麼做，是為了岡崎，也是為了海道三國的安泰。然而，他為了讓氏真理解自己的動機，做了許多努力，這些努力真能被氏真接受嗎？這個問題使他的內心絞痛不已……

「松平元康因為自己的野心，害了妻子與兒女……」如果被人如此議論，在為人這一方面，他就不及生母於大了。

他可以感覺得到，今天能平安地與信長面對面，裡頭一定隱含著於大的多方努力，她一定說動水野信元，又說動久松佐渡，極力為兩家製造和睦的氣氛。

（然而，元康卻輕率地認定氏真是愚昧的，結果氏真出手復仇了……）

當他的腦海裡浮現用刀活活把人刺死的酷刑畫面時——

「交給我，年輕人，這一次都聽我的，不要開口說話！」植村新六郎叱責孫子本多平八郎的聲音從隔壁房間傳來。

八

「難道我們不能守在殿下的身邊嗎？」平八郎覺得很荒謬，大聲地對外祖父植村新六郎說道：「我們呆坐在這裡，萬一發生了什麼事該怎麼辦？」

「那麼我就大叫，總之，不能讓每個人都出去和他們會面同座。這種作法，會有損殿下的名聲，被譏為膽小鬼。」

「不錯。」

當元康側耳傾聽時，迎接的人又來了。

「織田尾張守在本丸的廣間等您，我來帶路吧。」

「辛苦了。」元康站起身，整整衣服，植村新六郎馬上拿起元康的太刀跟著元康站起來。

（啊哈！原來是這樣。）

元康對著一臉擔憂的家臣笑道：「無須擔心，我走了。」

信長大概不會提出什麼苛刻的條件。今天這種場合，必須盡量不刺激駿府的氏真。

元康與新六郎一抵達本丸，遠侍之中的一個武士立即擋住新六郎：「持太刀者後退。」

元康故意不看後面。新六郎裝作沒聽到，繼續跟在元康後面。

「就是你！」對方又發出喊聲。此刻人已經來到廣間了，並排兩側的重臣都把目光投注在他們主從身上。「清洲的規定是不能持太刀到殿下御前。你太無禮了，退下！」

「不退。」新六郎突然高聲喊道：「松平家的植村新六郎秀安，拿著主君的太刀跟隨著主君，有什麼不對？」

「閉嘴。」這回是上座的織田酒造丞威猛的高吼：「這裡不是岡崎，是清洲城內！」

「管他是城內還是戰場，松平元康無論去哪裡都有持太刀者跟著。各位為什麼如此害怕太刀？只要我活著，是不會離開主君一步的。」

「啊，真無禮……」酒造允正要站起來時，對面的信長伸手制止。

元康默默地站著。

「三河的跟班是植村嗎？」

「是的。」元康回答。

「植村的武勇是出了名的，松平家的三代忠臣，值得敬佩。無妨，一起過來吧。」

植村新六郎呆了一下，馬上「嘿」的一聲跟在元康後面。他到現在還是無法相信信長是好意的，因此，如果有人出手的話，他就打算把太刀交給元康，自己犧牲。

「三河有不可多得的家臣。刺殺你祖父的阿部彌七和刺殺你父親的岩松八彌，都當場被植村給斬了哩！」信長對著元康開朗地笑著，並做手勢要侍僕擺出宴席。

九

「一別十三年，真令人懷念啊！」

一到座位上，元康便低下頭。他並不覺得屈辱，只是懷念起信長曾經切瓜分給他吃、說戰爭故事給他聽，還送他馬匹的種種，因而由衷地頷首。

然而，從不向別人低頭的信長也和他一樣深深地低下頭去，打招呼說：「一想起童年往事，我就更盼望能再見到你。」

信長是個舊連祭拜父親牌位都不低頭的人，當然更不用提祭拜岳父齋藤道三了，每個人都啞然地面面相覷。

（殿下低頭了……他究竟把三河的元康當什麼呢？）

「你在駿府那麼長的一段時間，一定相當辛勞，我經常想起你吶。」

「元康也經常夢見你。」

「我們都平安地長到了壯年。記得童年的約定嗎？你進我退，我進你退。」

「我銘記在心，只是……」
元康正要說下去，信長卻搖搖手：「你是要說還有一個沉重的負擔留在駿府吧？我知道，不必說了。」
元康鬆了一口氣，看著信長。少年時代相當急躁的信長，如今搖身一變，全身散發著俊美的氣息。他聯想到氏真也有張娃娃似的臉，但信長的美像是冰冷的刀身，生來就是武者的形象，不過，大概沒有這麼秀麗的武將吧！尤其是他的眼神，似乎可以抓住人心。
（完全就如我所想像的……）
元康想，他一定是「天」創造出來代替今川氏的人物，集「銳利、理性、武勇」於一身，真是得天獨厚。
信長的感觸則相反。他一見到元康，就認為元康並非想像中那麼威風凜凜的武者。豐滿圓潤的臉頰，輪廓線條質樸，在他那相當柔和的姿勢中，隱藏著堅定不移的自信。
（這種年紀、這種體格，竟有那麼靈活的策略。）
不只是戰爭的策略，就連他進入岡崎城後的經營以及政策都令人刮目相看。
（一定要與他攜手合作……）
信長先叫近侍捧出今天的禮物。給元康的是一對吉光的長短刀，給植村新六郎的是行光的太刀。
「三河之寶對我信長而言，也是貴重之寶。植村，這個給你，是行光的太刀吶。」

新六郎從信長手裡接過禮物時露出了困惑的表情，抬頭悄悄看著元康。被敵人信長說是「寶」，使得這個以義律己的老武者覺得莫名其妙。

「這是賞賜你盡忠的禮物，快道謝啊。」元康這麼一說，新六郎的眼眶紅了起來。

十

酒杯端來了。

盛裝的小姓頻頻為信長和元康倒酒。一切都和他們初時在岡崎所想像的相反。信長完全以對等的姿態來對待元康，絲毫沒有勝利者的傲慢，使得元康開始害怕起信長了。

（一旦接近了他，就很難抽身……）

當然，元康並不打算以臣禮相待，而對方也不會讓他這麼做。元康突然感到雙肩更加沉重，即使立場是對等的，對方那種猛烈的個性，到最後一定也會逐漸壓過自己。不過，元康現在也只能依靠信長，畢竟放眼望去，也沒有其他人可以信賴了。他對今川氏真已經不抱希望，甲斐的武田、小田原的北條都虎視眈眈地覬覦著今川氏的領地，而近鄰也完全沒有可助一臂之力的力量。

「竹千代……我舞一段給你看，你也要表演一段。」信長醉醺醺地稱呼元康的幼名，然後站起身，開始舞起他最得意的〈敦盛〉中的一段：

人生在世五十年，
與天地長久相較，
如夢又似幻。
一度得生者，
豈有不滅者乎？

他唱起來的感覺，與歌謠的內容完全不同。不是悲嘆人生，而是強烈的生之欲望。
元康也接著站起來舞了一段：

所謂西方乃十萬億土，
是遙遠的生之道。
亦是己身的彌陀之國，
無論貴賤，經聲皆同，
日日夜夜誦念不已……

聲音和舞姿與信長有著明顯的不同。信長的歌謠可使在座的人活潑、激昂起來，而元康則神妙地使大家鬆緩下來。

「好。好。」信長愉快地把酒倒在大酒杯裡。信長每次喝醉就要強迫別人跟著他行動。此時，信長一口喝乾了杯裡的一升酒，再把杯子擺在元康面前。

「竹千代，這一杯是堅定你我的兄弟之情！」

此刻每個人都悄悄注視著元康的臉色。若是元康拒絕了，不知道暴躁的信長會發多大的脾氣呢？

「太好了，我喝……」元康微笑接下了酒杯。他相當自然地倒酒，平靜地一口氣喝下。

信長呵呵地高聲大笑，他為元康擁有他所沒有的一切個性而感到愉快至極。

「竹千代，明天我們回去兒時舊地一遊吧！好嗎？騎馬去熱田。那時候你所住的居館還原封不動地保留著。」

每個人都鬆了口氣，大家都還沒見過大醉後的信長如此老實過。

（元康很清楚那匹悍馬的脾氣。）

他們帶著驚訝，開始和元康親近起來。

十一

雖說物以類聚，信長與元康的個性完全相反，卻彼此親近而相互認同。其實，不只是個性相反，連外表也截然不同。信長的身材瘦長，元康則給人一種圓滾滾的感覺；信長雙眉距離很近，眉梢向上；元康雙眉間距很大，眉梢向下；信長的鼻粱高聳；元康的則厚重多肉。

當這兩人並轡出了清洲城門時，兩家的近侍已不再互相仇視了。信長帶著岩室重休與長谷川橋介，元康則帶著鳥居元忠與本多平八郎。兩人各自帶著近侍，開朗而沒有絲毫不安地朝熱田而去。

「我想單獨和你談談。」信長故意甩掉四個近侍，很快地騎在前面對元康一笑，元康也微笑地點點頭。

「三河與尾張的國境呢？」

「不立即清楚地決定，是不行的。」

「我會派瀧川一益和林佐渡，你呢？」

「我派石川數正和高力清長。」

「在什麼地點比較好？」

「鳴海城內。」

「好，就這麼說定！嚴肅的話題到此為止。」僅僅幾秒鐘，他們就交涉完畢了，此刻也已經可以看到那古野的城樓聳立在冬天蔚藍的天空中，陽光照射在天王寺上閃閃發光。

「我一直想問你一件事。」

「什麼事？儘管問好了。」

「尾張殿下在田樂窪戰役後，是以什麼順序獎賞家臣？」

「呵呵呵！」信長笑了。

「你這個狡滑的男人啊！問這個就是想知道信長的手法嘛。我不瞞你，我第一個獎賞梁田政綱。」

「為什麼？」

「如果沒有他派出去的斥候適時提供敵情，那就不會得勝了。」

「第二呢？」

「先拿槍抵住義元的服部小平太。」

「奪得首級的毛利新助呢？」

「第三。」

「唔！」

兩人的談話到這裡，元康已經完全明白信長用人的心法了。奪得首級是時運，然而最先拿槍抵住義元的勇敢，是應該列在上位的。

不一會兒，兩人抵達了熱田。當已經白髮皤皤的加藤圖書助出現在熟悉的門前時，元康的眼睛紅了。然而，還有一位女性披著斗篷站在圖書的身旁。當元康知道那就是被信長以來熱田參拜的名義而喚來的生母於大時，感覺到自己已經完全被信長擁抱住了。

（好！就以此做為我獨立的柱腳石吧！）

元康慢慢跨下馬，朝向兩人的面前走去。

瘋狂之夜

一

今川氏真從大殿上焦躁地看著在庭院跳舞的人群。這是去年七月左右，從城下開始流行至近鄰各村的舞蹈。人們把這種舞叫做「不可思議之舞」或「風流舞」，據說，起初是各鄉有意之人聚集到八幡村開始跳起的。一村跳過之後，再到下一村去跳。他們組成一團，升起火，太鼓與歌者置於中央，舞者繞著他們圍成一個圓，一面跳，一面繞著圈圈。起初是年輕男女，後來不知不覺地加入老少男女，成了一個大集團。到了八、九月中旬，他們更是穿著華麗耀眼的綾羅錦緞，一村沿著一村跳著，幾近瘋狂的狀態。

農人與商人拋下了工作，從半夜一直跳舞到天亮，又叫又跳，最後連武士也加入了。然後，男女到處野合，有時甚至還輪姦女子，恬不知恥。

有心者紛紛蹙緊眉頭，斷定這是義元戰敗後，其子氏真又無力復興，使得民眾在絕望下才產生的行為；有些人繪聲繪影地說：「這是有人在背後操縱，一定是織田信長的陰謀。」也有人評論道：「這是三河元康的族人松平左近忠次，用伊賀忍者來攪局的計策。」

時序進入寒冬，「風流舞」也跟著衰微，大家因而鬆了口氣，可就在春暖花開時，大家又跳了起來，而且比以往更加盛大。

接著又出現了很多賣地出走的農夫，武家的年輕孩子也都不回家了，這些，都只是為了一夜之舞。

「戰爭已經平息。雖然沒有戰死，但人終究不免一死，因此在有生之年要盡量跳舞。」

「只有舞場的風流韻事不算庸俗。擁他人之妻、遺孀以及別人的女兒，總之男女一夜之歡才是生之象徵。」

在士氣衰頹時看到這種舞蹈，更使得人心惶惶。復仇是庸俗的，士道也是庸俗的；戰爭是庸俗的，勤勞也成了庸俗的。

很多人公開宣稱「人活著是為了享樂」，這下氏真不能不管了。因此，他今天把這些人叫來，要看看這種「風流舞」究竟是什麼樣子。由於是在城內，而且又是白天，無論看的人或跳的人都無法進入情況。

「這種舞有什麼有趣的，我實在不懂。」在他的身邊陪著的是瀨名姬和小姓三浦右衛門義鎮。他撫弄著義鎮那雙比女人還白的手，自言自語道。

「殿下，因為現在是白天，等到了晚上再看看。在那種看不清面孔的氣氛下，殿下一定也會下去跳的。」

「是嗎?真糟糕。」氏真依然沒有放開義鎮的手，而一旁的瀨名頗覺刺眼，不時偷偷地瞄著。

——㊁——

瀨名覺得，氏真是在向自己誇耀他的男人本色。每當氏真把自己叫來，強迫自己聽從他時，瀨名總是暗暗自責動搖的意志:「我是有丈夫的。」

「什麼，你還以為元康是你的丈夫啊?元康已經和信長聯合起來要背叛我了。」

「不，殿下誤解了，元康只是要轉移信長的銳氣才出此下策的。」

然而，氏真並不相信瀨名的話:「說不定，連你都想和元康聯手背叛我哩。」

他當場把三浦義鎮叫來，「只有你不會背叛我。來，靠過來一點。」

氏真把瘦小的義鎮抱在膝上，然後對瀨名說:「退下。」

從那次起，只要瀨名在，義鎮也總是在氏真的身旁。很奇怪的，這麼一來，反倒使得瀨名的心裡產生一股莫名其妙的妒意。

(如果我愛上了義鎮，氏真會怎麼想?)

正當瀨名胡思亂想時，氏真突然站起身。「算了，晚上再來看跳舞好了，義鎮，你來。」

瀨名這才發現，父親關口親永露出不尋常的表情平伏在地上。

「親永也來，到我的居間來說。」

「是。」

瀨名嚇了一跳，慌忙跟著父親站了起來。而近侍隨即走到花開簇簇的庭院裡，叫那些人停止跳舞。

（到底發生了什麼事？是父親建議氏真叫他們停止跳舞的呢？還是氏真自己不想看了呢？）總之，瀨名發現平常一副長者風範的父親此刻失去了冷靜，嘴唇抿得緊緊的。

「父親大人，發生什麼事了？」

「是件大事呀。」父親邊走邊搖手：「你別跟來，我待會兒再告訴你。你在……」

瀨名搞不清楚他是要自己在城內等，還是回家等。而父親只是慌張地揮揮手，快步跟上了氏真。

瀨名在走廊邊呆站了一會兒，原地徘徊了起來。她似乎可以感覺得到父親的狼狽。走廊的右手邊滿是櫻花，夾雜著一朵朵爭奇鬥豔的朱紅花，竟使瀨名聯想到不吉祥的血水。

氏真拉著義鎮的手進入居間，父親也跟了進去，而瀨名則悄悄進入隔壁的房間，在襖門邊坐了下來，並對驚愕的侍女發出「噓」的動作，不准她們開口。

三

「什麼重大的事？」氏真在襖門的另一邊問道。

「麻煩殿下屏退所有的人，好嗎？」親永說。

「那倒不必，不是只剩義鎮嗎？」氏真生氣地說道，親永躊躇了一陣子，最後還是下定決心說了出來。

「我是來報告西郡（蒲郡）城陷落的事。」

「什……什麼？……是……是誰攻打的？元康嗎？」

「是。」

「是你的女婿攻打的嗎？那麼，藤太郎長照怎麼做？」

瀨名聽到這裡，不由得毛骨悚然。不祥的預感竟完全正確。

西郡之城是義元妹妹的兒子鵜殿藤太郎長照的城，元康慢慢開始經營三河後，那裡正是松平家與今川家的勢力邊界。

城是被長照同父異母的兄長松平清善攻下的，正在駿府的長照慌忙趕回西郡，卻為時已晚了。松平清善的家族在元康歸返岡崎後，被氏真刺死在吉田城外，因此駿府曾謠傳松平清善懷恨在心，可能會報復。氏真懷疑他的背後有元康支持著，可卻被瀨名取笑是神經緊張。

「藤太郎怎麼做？那姑姑怎麼辦？」氏真急迫地追問，親永又沉默了一會兒。「可恨的傢伙！背後一定是元康在指使。你也該覺悟了吧？瀨名和竹千代、龜姬要被碎屍萬段了。藤太郎怎麼樣了？」

「藤太郎長照抵達城門時，敵人已經攻進城裡去了。」

「這傢伙在做什麼？他是邊跳舞邊回去的嗎？」
「現在還沒有詳細的報告，不過，長照和弟弟長忠都戰死了。」
「姑姑呢？」
「很遺憾，她也……」
「唔，元康這隻狐狸……」氏真呻吟似地住了口，全身的血液猛往上衝，整個人暈眩了起來。
元康趁著駿府城下風行跳舞之際，有次序地侵略父親遺下的領土，可就算氏真再怎麼憎恨元康卻也無能為力。
事到如今，無論氏真怎麼催促，元康都不會回駿府了。如果氏真發動攻勢，也一定無法攻到岡崎，即使逼近了，士卒也必定會在夜裡狂舞一番後一哄而散。這舞正是因為敗戰之後，大家實在厭煩透了戰爭才興起的。
「親永，把瀨名帶過來！」氏真咬牙切齒了一會兒，突然大叫起來。

——四——

在隔壁房間的瀨名全身僵硬起來。
無法當面迎敵時，氏真會採取什麼樣的殘忍手段來報復呢？從吉田城外的事件就可以知道了。

「不能斬首，用火燒也會燙到手。就用刺刀刺，或者用鋸子鋸吧……」當他對小原肥前這麼下令時，肥前也啞然了。

而這殘虐的火焰，終於波及到瀨名的身上了。瀨名無可奈何。

西郡的鵜殿長照，是氏真也是瀨名的表兄，而元康竟一舉攻下城池，並把他殺了。這是何等殘忍的丈夫啊！比任何人都深思熟慮的元康，竟挑上了氏真的親人加以攻擊。結果會如何自然是可以想得到的。

（他一定認為我和竹千代被殺也無所謂才去進攻的。）瀨名這麼想著，渾身顫抖不已。

「把瀨名叫來，然後把竹千代和龜姬拉到院子裡。我要將他們劈成八塊！」氏真大概是氣憤地隨手丟出了什麼東西，對面障子門骨架裂碎的聲音傳了過來。

「很抱歉，您叫瀨名母子做什麼呢？」親永以沉穩的聲音反問。

「這還用問？元康的妻子和兒女也是可恨的。」

「您別忘了，瀨名在還沒有嫁給元康之前，是已故御所的外甥女。」

「什……什麼？」

「鵜殿藤太郎也是御所的外甥，外甥被殺，就把外甥女劈成八塊，我是覺得很遺憾。」

「所以，你是覺得就這樣算啦？」

「瀨名有什麼錯？瀨名無法控制身在岡崎的丈夫，難道這也有罪嗎？」

「你打算用大道理壓我嗎？親永。」

「抱歉，瀨名的母親也是殿下的姑姑，請把瀨名母子的性命交給姑姑。」

「不行！」氏真又丟了個東西，這回大概是茶碗之類的，掉在院子發出破碎聲。「我打從一開始就不喜歡元康，他的眼睛裡好似永遠隱藏著陰謀，而且那雙眼睛總是不斷地嘲笑我。你把這種人招來做女婿，才會使藤太郎兄弟和姑姑慘死。如果就這樣原諒他們，諸將也會看不起我的。」

親永本來想反駁——諸將看不起你並非這個原因。在亂世中沒有人真正好戰，可為求生存，只得咬緊牙關，忍住眼淚握緊劍把。若不如此，就無法建立秩序。

但氏真無法理解這些，他以為自己可以日日享樂，一味憧憬著虛幻的和平。但是，沉迷於男色、蹴鞠與酒杯、舞蹈之間，是不會迎來和平的。

（今川家至此要滅亡了……）親永這麼想著，嚴肅地用雙手支撐身體伏下頭。

——五——

「可是，如果處罰瀨名母子，就等於給元康侵略駿河、遠江的藉口。不如把他們母子留在此地當作人質，再以已故御所的情誼去說服他……」親永還要說下去，氏真聳動肩膀，打斷了他。

「別說了，親永。我不相信瀨名。總有一天，他們母子會同心協力地引元康入駿府，就連你，都會去依附元康。去把他們帶來。」

親永嚴肅地抬頭看著氏真。

「不聽從我的話也是有罪喔！親永。」

親永沒有回答，在他眼裡已經感覺不到今川家還會有什麼光明的前途了。義元將元康玩弄於股掌之上時，也沒對岡崎人下手。對今川氏狡猾的伎倆瞭若指掌的元康，與因一時之怒而失去人心的氏真，器量的差別實在太大了。

（當我知道義元戰死時，就該果斷地切腹才對……）親永現在想起來，仍像斷腸一般痛苦。

「那麼，您是無論如何都要罪責瀨名母子了？」

「囉嗦！」

「沒辦法，那麼，先砍下我親永的頭吧。」

「什麼，砍下你的頭？」

「是的，選擇元康成為女婿的，是我親永，這是御所也同意的，畢竟一開始，我家夫人和瀨名也不同意……如果殿下討厭他，也就表示是親永與御所看錯人了，先砍下親永的頭吧。」

氏真瞪大眼睛正待發怒，咬著嘴唇焦躁地吞著口水。

在隔壁偷聽的瀨名恍惚地站起身來。她不是要去見氏真，此刻的心情雖然亂糟糟的，身體卻本能地想逃走，只是膝蓋不斷發抖，眼前也一片迷茫，什麼都看不見。總算讓她走到內奧的大玄關，坐上了在外頭等著的轎子。

「快回家。」說完這句話，她便失了神。對元康的憎恨、對孩子的愛，都被迫在眼前的刑罰打散了，她完全茫然了。

「到了。」當她回過神，轎子已經停在自家台階前了。少將之宮附近似乎今晚也要跳舞似的，傳來了陣陣的太鼓聲。十五歲的侍女於萬出現在台階口。

含著濕氣的風吹拂過來，靜靜地在落花上留下哀傷。

「夫人！怎麼啦？您的臉色好蒼白。」於萬慌忙靠近去，伸手扶住像幽靈般飄出轎子的瀨名。

六

「於萬，把兩個孩子帶過來。」穿過居間時，瀨名突然想起來似地說。

於萬是元康不在後才雇用的，她是三池池鯉鮒大明神的神主永見志摩守的女兒，是個令人眼睛為之一亮讚嘆不已的大美人。

元康在的時候，瀨名絕不會讓比自己更年輕漂亮的女子靠近元康，然而從去年夏天起，瀨名卻用了於萬在身邊侍候。她喜歡於萬的程度也非比尋常。經常讓她盤起男性的髮型，還讓她進出自己的臥房。而於萬也竭盡心力地服侍著。

當於萬帶著四歲的竹千代和七歲的龜姬進來時，瀨名抬抬眼，指著自己的前面說道：「竹千代、龜姬，你們都來這裡。」
「母親大人，您回來了。」
「母親大人……」
兩個人並排坐了下來，向母親招呼著，可是瀨名只是看著他們許久，什麼話也沒有。然後，她突然高聲地開口說：「聽好，母親會和你們一起死的，絕對不要傷心或哭泣。你們兩個都是松平藏人元康的孩子，不，是今川治部大輔義元的外甥女，瀨名的孩子。不要露出害怕的樣子，否則會被人家笑的，知道嗎？」
四歲的竹千代呆呆地望著不太尋常的母親，龜姬則「哇」地一聲哭了出來。七歲的小女孩已經知曉母親所說的「死」是什麼意思了。
「龜，為什麼哭呢？聽不懂母親的話嗎？」
「母親大人，對……不……對不……起……我要做個好孩子。」
「嗯，你這個樣子像是武將的孩子嗎？」說著，瀨名的手一拉，龜姬慌忙地把身子扭成一團，但仍然哭泣著。於萬茫然地站在門口看著瀨名的舉動。
瀨名打了龜姬一下，接著又把手舉得比第一次還高，卻沒有打下來。她自己也蹙著眉哭了起來。
「不要覺得母親很殘忍啊！龜，不是母親壞，這完全是你父親大人的錯啊！要記清楚，你們的父親不管我們了。他不顧我們會被殺，一味地擴展自己的野心……是你們運氣不好，生來要成為這種殘忍父親的孩子，不要恨母親啊。」說著，她從衣帶裡抽出懷劍，顫抖地把劍抵在龜姬的喉嚨。她害怕，如果這種激昂的情緒一過去，自己就會失去面對死亡的勇氣了。

「咦！」於萬驚慌地正要跑去喊人，酒井忠次的妻子碓冰正好跑過來。「御前，這是在做什麼？」碓冰打了一下瀨名的左腕，瀨名手一鬆，懷劍掉在榻榻米上。她呆呆看著對方，突然像想起什麼似的，放聲哭了出來。

七

起居間不知不覺已經暗了下來，少將之宮的太鼓聲愈來愈大。大家等不及夜幕低垂，紛紛提早了今宵的歡樂。

碓冰把懷劍收進袋子裡，以清澈堅定的表情護衛著竹千代和龜姬，等著瀨名停止哭泣。瀨名不哭之後全身顫抖著看著碓冰。

「為什麼要阻止我？你和那不是人的殿下一樣，都是要來恥笑瀨名嗎？」

「夫人，冷靜點。」碓冰冷冷地叱責著：「殿下派使者來了。」

「什麼？殿下派……我不見。這種為了野心而不顧妻子兒女的人，我不會見他派來的……」

「夫人。」碓冰打斷瀨名的話，說：「殿下終於伸手來救夫人和孩子的性命了，恭喜。」

「你說什麼？殿下……救……」

「是的，使者是石川數正大人，請馬上召他來這裡，聽他說說殿下的苦心吧！」

「那是……我們的殿下？」瀨名不信任似地反問。「來這裡，叫使者來這裡。」然後，她慌忙地整整弄亂了的衣襟。

「於萬，請石川大人來。」

「是。」

碓冰與牽著竹千代及龜姬的瀨名並排坐在上座。石川安藝的孫子，現在和叔父彥五郎家成同為松平家家老的數正，好似已經覺察到這裡的空氣似的，表情沉重地走了進來。

「御前，一切可好？」語氣很殷勤，眼睛和態度則含著叱責之色。

數正今年二十五歲。元康八歲來到駿府成為人質時，十二歲的他也跟來了，因此，他相當瞭解瀨名的性格。當然，他和瀨名的父親以及家臣也都認識，也曾經陪氏真遊玩，在這群年輕人當中，他的分辨力和口才是極其優秀的。

「與七郎，你快快說明殿下的口信。」

「先別那麼急。這次，使者與七郎數正是冒著生命危險來的，我要依順序說。」

「那快說吧，殿下要怎麼救我和孩子呢？」

「這個……」數正把白扇放在膝蓋上。「殿下對今日的氏真已經完全不抱希望了。他是個沒有武將之風的人，既不孝，又不義，只知沉迷於酒色，是個窩囊廢。」

「等等，這究竟是指誰？」

「氏真。」

「氏真大人是已故御所的嫡男吶。」

「正因為如此，殿下才會生氣。氏真不為父報仇，所以殿下去報仇了，未料他居然刺殺殿下留守之臣的妻兒，真是個愚昧、膽小的窩囊廢……」數正說著，一面冷眼看著瀨名一直在變化的表情。

八

「如果殿下和這種人攜手，等於是對義元公不義。因此殿下自行行動，想喚醒氏真的勇氣。誰知他不堂堂正正地打仗，竟然要向御前與孩子報仇……殿下一想到這個，心就痛了。」

瀨名默然地發抖著。駿、遠、三的太守，絕對的權威者氏真，竟被元康的家臣以這種惡毒的口氣罵著。然而仔細想想，數正的話也是事實。

「如果氏真有義元公十分之一的明智，就該發動復仇戰，並且讓殿下的妻子兒女返回岡崎……這都是考慮到未來的作法。然而，對方竟是個不孝不義的蠢貨，既不為日後著想，也沒有同情心。殿下說，氏真一定會生氣得要把殿下的妻子兒女大卸八塊……而御前慌張起來，一定會殺死兒女並自盡的。因此，交代我快點來。」

瀨名依然顫抖著沒有說話。元康已經預料到她會這麼做，而且他對氏真的觀察又這麼中肯，自己根本沒有反駁的餘地。

「殿下費盡心思，想著如何在氏真的殘虐下保全妻子兒女，才下定決心去攻打西郊的鵜殿，否則沒有別的辦法了。因此就在十日的黃昏……」

「等等，」瀨名初次舉起手來打斷他：「去攻打西郡城就可以救我們？」

「御前夫人難道沒發覺這其中的道理嗎？」

「不知道，為什麼攻打我的表兄就能救我的性命？簡單地說明給我聽。」

「我說。」數正又凝重地點點頭：「御前也知道，鵜殿藤太郎的武勇不及殿下的千分之一，這傢伙也是個沉迷於酒色和歌舞的窩囊廢。」

「說話小心一點，藤太郎殿下也是我的親戚呢！」

「我只是告訴您事實。藤太郎知道自己的城被攻打，慌張地返回城裡。而殿下已經把城拿下了他還不知道，竟然還詢問正在警戒的松平部隊，戰況如何、妻子兒女平安否。雖然當時是晚上，也不至於看不清對方的臉。這種敵我不分，馬上被取下首級的蠢材，也配當一城之主嗎？」

「所以，你們就這樣殺了他？」

「是的，像這種窩囊廢，我們殿下即使想救，也救不及了。不過，請安心，我們把藤太郎的兒子平安地救回城裡了。在下明天早上要去見氏真，好好討論這件事。要氏真老實地交出御前和若君，否則就把藤太郎的妻子兒女碎屍萬段。」數正說到這裡，臉上浮現出笑容。

九

瀨名僵硬似地沉默著，她總算瞭解石川數正話裡的含意了。

元康的策略是攻打西郡的鵜殿長照，以便救出自己和竹千代的性命……這個戰略的確可以讓氏真點頭答應。鵜殿長照對氏真而言，不只是親戚，更是功臣，因此氏真一定會拿瀨名母子來交換，救回他的兩個兒子新七郎和藤四郎的。

「天已經暗下來了，點燈吧。」碓冰朝隔壁房間一喊，於萬馬上拿著燭火過來了。

「竹千代大人與小姐不要怕，父親大人正在為你們的安全做努力呢。」孩子在看到燭火後逐漸安心，碓冰則靜靜撫摸著他們的頭，輕聲安慰著。

太鼓聲愈來愈密了，好像不只由少將之宮那裡傳來。或許城內已經圍了一大圈人，準備在愁眉苦臉的氏真面前大舞一番了。

「御前不體會殿下的苦心，竟要自行對若君下手，實在不對啊。」石川數正提醒臉色蒼白、咬緊雙唇的瀨名。「直到我明天進城和氏真交涉完畢之前，切勿輕舉妄動。這並非數正的意思，而是殿下的意思，請您牢記在心。」

瀨名輕輕地點頭，卻彷彿還在做夢一般。她一向深信不疑的駿府，竟不知不覺地崩潰了，她感到一陣墜入深谷的茫然。連石川與七郎數正都敢開口細數氏真的昏庸，看來元康已經完全捨棄氏真了……

「數正……慎重起見，我還要再問你一句話。如果氏真大人不肯用我們去換鵜殿兒子的性命呢？」

「屆時就會將鵜殿之子押在陣前，直逼駿河……數正相信殿下會如此。」他說得斬釘截鐵，內心其實在發抖。他在離開岡崎時，還沒想到西郡城會這麼快就淪陷。

「鵜殿也是個不易對付的人，大概無法輕易得手。這段期間，竹千代和瀨名的性命不知會有什麼變化，你去看看吧。」當元康這麼說時，數正已經暗暗決定以身相殉了，他認為，氏真會在西郡淪陷之前就殺了竹千代和瀨名。

「請放心。我不會讓竹千代大人一個人被殺的。如果他被殺，必有我與七郎數正伴隨至西天。」

數正說完，元康拉起數正的手：「……抱歉了。」喃喃自語後，眼淚汩汩地灑落下來。

十

在石川數正出發之前，元康已將主力調到名取山，並且要松平左近忠次、久松佐渡守俊勝攻打西郡。

久松佐渡守俊勝是元康生母於大的丈夫，由於元康與信長的和議，他放下阿古居城，自己帶著嫡男三郎太郎（等於是元康的同母異父弟弟）加入了元康的陣容。元康似乎想靠著親人去營救親人。

這一戰，久松佐渡守父子盡了很大的力，而松平左近忠次的策略更奏奇效。

忠次在這個時候，已經用了很多伊賀的忍者。首先由伊賀的伴中書、伴太郎左衛門、甲賀的多羅四郎光俊等十八人潛入城內，再配合由城外攻入的軍隊，在城內放火。鵜殿的部隊遂混亂了起來，因為這讓對方產生了有人倒戈投降元康的錯覺。然後，匆匆忙忙自駿府趕回來的鵜殿長照並未入城，轉駐名取山，但也誤把元康的部隊當成自己人，還向他們問話。

長照和弟弟長忠被殺後，一切就更混亂了。一夜之間，整座城就被久松佐渡占領了，並俘虜了長照的兩個兒子。

數正在前往駿府的途中得知這消息，既安心又覺不妥。雖然已經得到了交換人質的俘虜，可氏真會讓竹千代母子活到那個時候嗎？因此，他搶在她們遭到毒手之前潛入了駿府。

「不用再多說什麼了。既然我數正都已經到了這裡了，就不會讓氏真動你們一根汗毛。」

數正斷然說道，退出了瀨名的起居間，但這一夜卻失眠了。

在這種情況下，氏真的愚昧可說是一道非常大的障礙。如果對方是個聰敏明白的人，一定可以馬上看出數正提出的條件對他有益。

松平元康已經離開了，要是因為憎恨他而使得鵜殿的遺孤被殺，等於失去了松平和鵜殿兩個人。如果氏真能判斷出只損失一個鵜殿比失去兩個人好……那就還好，萬一，他在盛怒之下不顧全大局，可就不妙了。數正輾轉榻上，對徹夜鳴響的太鼓聲感慨地想著。

（這是什麼世界？）數正思考著明日的交涉。元康苦心獲得了交換的人質，究竟會使雙方的五個人質喪失生命呢？還是能夠成功解救他們？

就這樣恍恍惚惚地過了一夜。六時多，數正下了床，故意不梳頭髮也不刮鬍子，佯裝成走了一夜才剛抵達的模樣出了房間。

城門還緊閉著。

「從岡崎來的松平家家臣石川伯耆守數正，有緊急的要事拜見治部大輔，請開門。」他明白氏真還在睡覺，卻朝上高聲叫喊著。

十一

城門開了。當他來到供使者休息的房間時，童坊還在清掃著庭內。

「殿下昨天看風流舞蹈一直看到半夜，還沒有起床。」一個睡眼惺忪的僕役端茶過來，對他解釋著。同時，也打開了旁邊的門。

石川數正沒有回答，站起身看了院子一眼。

院中組起了高高的看台，昨夜狂舞之後的雜亂仍留在台下，氏真一定還在睡覺沒有錯。以前擔任近侍時，數正就知道如果把早晨熟睡的氏真叫醒，他會不高興一整天，因此不敢驚動他。

待到氏真起床，已經超過九時了。他換了衣服，腳步凌亂地走了出來，後面跟著持著太刀的小姓和三浦義鎮。

氏真人還未坐下，就聳著肩膀咬牙切齒地吼道：「元康的家臣還有什麼臉面來見我？」

「這要從何說起呢？」數正故意莫名其妙地偏著頭說。「您應該褒獎我的，怎麼反而罵起我來……」

「別說了，數正。」

「是，是。」

「元康這傢伙，和信長聯手殺了我家的功臣鵜殿藤太郎兄弟，我已經得到情報了。」

「我家主君元康和信長聯手……這究竟是怎麼一回事？」

「還不承認嗎？元康為什麼把本陣調至名取山？」

「請您先冷靜下來，我數正十萬火急地跑來就是要報告這件事。」

「什麼，你是來報告的？」

「否則何必連夜趕來呢？我家主君元康之所以把本陣調至名取山，是聽說西郡城危急，才要調兵去救援的，卻沒有想到竟被認為是與信長聯手……您一定是受騙了。」數正漂亮地把對方的謾罵一轉。

「請先聽我說。」他低下頭說。

「不要強詞奪理……說，照實說來，否則把你大卸八塊！」氏真又劇烈地聳動著肩膀，連身體都抖動了起來，氣得幾乎說不出話。

「那麼，就聽我詳細道來。鵜殿長照殿下的庶兄松平左近忠次，對於妻子兒女在吉田城外被處死之事懷恨在心，便決定與織田家的久松佐渡守俊勝一起襲擊西郡城。我家主君元康一聽到這件事，便出兵名取山想要營救西郡。這完全是事實，神明明鑑。」

「那……那……元康為什麼要殺藤太郎呢？」

「這並非預期之事。」數正說著，很惋惜似地咬住嘴唇，低下頭去。

十二

「並非預期的意思，是指藤太郎兄弟還活在這世上嗎？」氏真喘著氣，嚴厲地說：「殺……殺死了吧？回……回答我。」

「究竟是哪個傢伙如此胡說八道，令數正覺得很委屈。」

「那……那麼，你是說元康沒有背叛之心了？」

「說他有背叛之心實在荒謬，如果長照殿下能撐得了一天，西郡就一定會得勝。」披頭散髮的數正張開嘴唇，眼淚撲通地掉了下來：「我家主君趕到時，城已落入敵人手裡。當時長照大人因把敵人當成自己人而與他們說話，以致被殺了。主君為了正義而衝入城中，救出其二子返回岡崎。此言若有半點虛假，就請把在駿府的若君、御台所和我數正殺了。」

「什……什麼？長照的孩子被救到了岡崎？」

「是的，也是費盡千辛萬苦才把他們救出來的。原以為會到褒獎，主君元康便要我來向您報告的。」數正說完，氏真的臉上閃著疑惑。

「這些和先前傳令兵的回報差太遠了……」氏真回頭看一眼三蒲義鎮，馬上又回過頭對數正說：「你剛剛說，是費盡千辛萬苦才救出來的？」

「是的，用的是苦肉計。」

「是什麼樣的計策？說說看。」

「首先，主君元康告訴佐渡和左近，如果殺了長照的兩個兒子，自己必定會和他們決戰。這是千真萬確，並非空口白話。」

「如果殺了兩個孩子……那麼對方接受了嗎？」

「元康的妻子在駿府，如果殺了這兩個孩子，妻子兒女一定也無法倖存。對元康而言，殺了這兩個孩子等於失去妻子兒女。因此，若是對方老實交出二子還好說，否則，就只能決一死戰。」數正說到這裡，三浦義鎮才開始點頭。氏真看了他一眼：「原來如此……那麼，他們交出兩個孩子了嗎？」

「沒有，但……」數正拚命地搖頭。「只有這樣，對方是不會肯的。因此才又出了一計……元康要回長照的兩個兒子，以這兩個孩子向駿府要回他的妻子兒女回岡崎當人質，並答應他們從此與駿府一刀兩斷……這只是個計策，若不如此便無法救這兩個孩子。這不是很委屈嗎？表面上先裝作要用元康的妻子兒女當人質以交換長照之子，再來想辦法。」

數正終於進入正題，他的額頭和腋下已經汗滿了汗水。氏真再度回頭看著寵臣三浦義鎮。

十三

三浦義鎮像女人似地傾著頭，迎向氏真的視線。對他而言，這根本是不用考慮的。氏真大概不會眼睜睜看著鵜殿長照的兒子被殺。那麼就只有照數正所說的，拿瀨名母子去把他們換回來，別無他法。

（這次氏真殿下輸了……）他暗忖著，卻不馬上回答。

「先聽殿下的意思。」他諂媚地說。

「我不知道這是不是元康在耍花招……所以要聽聽你的意見。」

「是不是該拒絕呢？」

「為什麼？」

「從駿府這種繁華之地搬到岡崎那麼偏僻的地方，關口御前太可憐了。」

「因為御前很可憐，就眼睜睜看著藤太郎的孩子被殺嗎？」

「而且……御前也不願離開殿下……」

石川數正屏息聽著兩個人對話。這次出使成功與否，完全就看寵臣義鎮的一句話了，氏真已經失去了判斷力，完全聽從義鎮的意見。

「否則……」義鎮又蜷曲起上半身。對他而言，瀨名是與他爭奪氏真之寵的情敵，因此他故意先假裝可憐瀨名，然後再同意以交換的方式把瀨名趕出駿府。數正不知道他那微妙的妒心，一直抬眼瞪著義鎮。

「如果懷疑這是花招的話……我數正可以在此寫下誓言書，讓元康不背叛駿府。」

「怎麼寫……」

「就寫現在把御前和孩子交給數正等等，何況還有酒井忠次的妻子在，數正豈敢不把鵜殿的遺孤送過來呢？」

氏真深深地嘆了一口氣，點點頭向數正說：「就照你說的做吧，不過，要寫明元康不會背叛我。」

「是。」數正俯伏下去，眼淚不由得湧了出來，因此也不敢馬上抬起頭來。他已下定決心，即使氏真要他剖腹以表忠心，他也會毫不猶豫。

數正心中感謝著神佛。氏真是無法單獨決定大事的，如果重臣都列席的話，自己的策略大概就會被看穿……

「我家主君本就沒有背叛之心，所以誓書要我怎麼寫都可以，而且，數正一定會拚著命把長照殿下的兒子送到駿府的。」

「好吧。」氏真回頭對義鎮說：「我瞭解了，馬上準備吧。」

義鎮靜靜地起身去取紙和筆。

十四

翌晨，石川數正與瀨名、竹千代一同出發。既已交涉完畢，就沒有必要在駿府多待。瀨名和龜姬坐在轎子上，由關口家的家臣護送著，數正則讓竹千代坐在自己的馬前，以防萬一。

出發時天才剛亮，還可以看到徹夜狂舞的人在野合後，匆忙返家的樣子。

（駿府啊！再見了……）

在晨露中策馬前進，偶一回頭，只見駿府城掩映在櫻花叢中，彷彿已經超越了人世間的悲歡離合，感覺起來駿府城好像在對自己揮手道別似的。

酒井忠次的家人還留在這裡，不過當長照二子平安抵達駿府時，他們應該就可以返回岡崎了。

安倍川的河堤櫻花開滿樹，風吹花瓣如雪般飄落，讓人不忍踏花而行。雲彩很快便會散去，富士山將顯露雄姿，勾起人無限思緒。

當年，數正陪著八歲的元康由同樣的這條路來到駿府時，正是寒氣逼人的黃昏，接著在此度過十三年漫漫的長夜。然而，現在正一步步朝黎明邁進。

（是誰啟開夜幕的呢？）

小竹千代的髮香飄進數正的鼻腔，他咬住嘴唇，忍不住哭了起來。

昨日，他依言寫下誓言，再以血畫押。當他跌跌撞撞走出大手門時，全身氣力盡失，彷彿置身夢境一般。自己平安活了下來還不重要……一想到竹千代、瀨名和龜姬得救了，他突然暈眩起來，膝蓋也虛脫般癱軟無力。

（殿下，聽到了吧？氏真說要趕快交換人質呢，恭喜，恭喜。）

數正好不容易走出了城壕，靠著柳樹連話都講不出來了。出了城門，他就一直淚如雨下，甚至懷疑自己會隨時昏倒在路旁。最後好不容易回到少將宮町。

「數正，怎麼樣了？」瀨名跑出來問道。

數正僵硬地笑了，不，那是想笑但笑不出來的樣子。他拚命壓制著的感情，頃刻間化作號啕大哭。「夫人……恭喜……大家……平安。」他一邊說一邊向隔壁房間走去，結果腳下踩空，摔了一跤。

瀨名很高興，瀨名的父親親永也狂喜不已，因此，一行人今天早上匆匆忙忙由駿府出發了。

竹千代感覺到背後的數正在發抖，回過頭問道：「爺爺，不舒服嗎？」

數正撫著他的頭，呵呵地笑了：「若君，馬上就可以看到富士山了喲！偉大的富士山哩！」

落花紛紛飄落在這對主從的身上。

數正一行人經過了兩晚之後終於進入了岡崎領地，一切都依著預定的計劃進行著。氏真派來的傳令兵已經抵達吉田城了，因此必須嚴密地守護這一行人。待在西郡城的是久松佐渡守和他的嫡男，元康已經將這座城交給久松佐渡了，因為他認為生母的丈夫佐渡守俊勝是個誠實的人。

佐渡把以前的舊領阿古居留給庶長子彌九郎定員，西郡城則由嫡男三郎太郎勝元守衛，並且安排若是元康出陣時，自己就到岡崎城留守。因此，佐渡在這裡也加入行列，陪他們一起前往岡崎，一隊人馬浩浩蕩蕩地前進著。

數正完全不讓竹千代離開自己一步，不但同床共寢，就連竹千代吃飯與如廁，他都親自照料著。而且，他一直走在行列的前頭，乘著自己的馬，也不坐轎子。

「若君，您是威風的武將之子，從現在起得開始學騎馬了。」

近日的相處讓竹千代逐漸與數正親密起來，他抿著嘴唇，昂然地點點頭。

只有瀨名，在接近岡崎城時，心中突然湧現不安。眼力所及還不見岡崎城，那裡有些老家臣，他們絕對不會歡迎自己的，她也擔心當地的居民對她沒有好感。

一行人來到距岡崎城一里左右的大平並木時，城下的武士、農夫與商人紛紛夾道出迎。元康初次回來掃墓時，出來相迎的盡是一些用稻草綁紮頭髮的貧苦家臣。如今出迎的不只是家臣，還有僧侶，人群中還夾雜著商人的妻子與工匠，而且每個人的衣著相較以往皆是相當整齊華麗，臉色也豐腴好看多了，這正是他們獨立富足的證據。

平岩七之助親吉無限感慨地出城迎接，他也是十三年前跟著元康一起被送往駿府的側小姓之一。他站在剛剛長出嫩葉的櫻樹與松樹間，高舉著手迎接遠遠走來的幼年友伴石川數正與竹千代。

他們所騎的馬並不是特別健壯，可是數正仍然愛憐地撫著牠的臉頰和脖子。當他們走近時，七之助忍不住拍拍膝蓋，高聲叫道：「與七郎，歡迎平安歸來……」他排開人群，跳到馬前。

「殿下很高興，他等不及了。快馬加鞭吧，與七郎。」他一邊說著，不由自主地呵呵笑了起來。由於七之助的樣子和笑聲很奇怪，竹千代忍不住吃驚地回頭看著數正。然而，數正並沒有笑，反而露出更加嚴肅莊重的表情。

築山御殿

一

院子裡的樹木以櫻樹最多，上面全都爬著毛蟲。侍女一面警戒著掉下來的毛蟲，一面為龜姬準備著七夕祭。有的人把色紙和小冊子結在篠竹的樹枝上，有的人搬桌子到院子裡，有的人搬燈台、端供物。大家一面穿梭在樹葉間，一面縮著脖子以防櫻葉上的毛蟲掉到身上。

從大殿過來的瀨名穿上廊緣的草鞋，對著正在裝飾放滿供物桌子的於萬說：「你知道七夕的故事嗎？」瀨名滿足地問著。

「不太清楚。」

「七夕是祭祀棚機津女[28]，也就是織女的日子，皇居裡則稱做乞巧奠。」

28〔編註〕古時原指編織神衣供給神明的巫女。另，《古事記》亦有記寫，天棚機姬神編織神衣獻給天照大神。而後，唐帝國因遣唐使七夕文化傳至日本，棚機津女、天棚機姬神與織女便產生了融合。

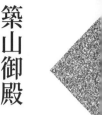

「乞巧奠？」

「是的，我們從京都把它引進駿府，就是要替一些手藝不靈巧的人乞巧。今晚也要如此祭拜……」說到這裡，瀨名突然想起什麼似的用袖子遮住嘴巴吃吃地笑了起來。

「咦，怎麼啦？」

「呵呵，於萬，你認為殿下很偉大嗎？」

「這還用說，他是這座城的御大將。」

「松平藏人……」瀨名又笑了：「在皇居裡，搬運這桌子、燈台和供物的就是藏人的工作。如果讓殿下來搬運這些的話，不知道會是什麼樣子，我是想到這個才笑的。」

「哦，藏人是這麼卑下的僕役嗎？」

「所以我老覺得很遺憾。可是，岡崎畢竟不是京都……」瀨名突然想起駿府，不過臉色不如於萬憂慮的神色那麼黯淡。

來到岡崎已經四個月了，瀨名本以為這是個相當落後的鄉下地方，誰知道竟是個相當繁華的城鎮。而且，松平藏人特地為瀨名母子在城北的築山建了新的御殿。現在，大家都以御殿的名稱來稱呼瀨名。

瀨名本來希望能住在本丸的大奧裡，可是那裡實在太簡陋了，因此就建了一個新的御殿，使她沒有藉口再發怨言。

長時期的獨守空閨，使得瀨名一刻也不想讓元康離開她的身邊。

（今晚元康要來。）

她屈指一算，距離元康上次到來已經過了八天，至少，也該三天來一次……但現在，她滿心的不滿皆因元康告訴她今晚要來而拋之腦後。

侍女依她的指示把九個燈台擺在四張桌上。她看著看著，不由得想起織女與牛郎兩顆星一年相會一次的傳說。

「夫人知道吧……」裝飾好祭壇的於萬自言自語似地說道：「竹千代大人與織田家的女兒，明年春天要訂親，恭喜了。」

二

「你說什麼，竹千代和織田家的女兒？」被瀨名這麼一反問，於萬才回過頭來。而瀨名表情可怕的變化，讓於萬吃了一驚。

「明年春天的什麼時候？」

「是……三月吧……」

「你聽誰說的？」

「唔，是花慶院夫人身邊的侍女可禰說的。」

「可禰……就是大家謠傳殿下心儀的那個女子嗎？」

「是，夫人要我去探探虛實，因此我就去了三之丸，這是在無意間聽到她說的。我以為夫人知道……」才說到這裡，瀨名已焦躁地轉身走向御殿的台階。

瀨名胸中燃著怒火，是一種來自嫉妒的屈辱、憤怒與悲哀。可爾會知道這麼重大的事，可見跟元康之間一定有什麼。同時，更令她生氣的是，元康到現在都還沒把這件事告訴她，她實在恨透了元康。

（真欺侮人！）

今川義元死後，儘管駿府威風不再，她仍是義元的外甥女，怎能准許自己的兒子竹千代去迎娶殺死義元的信長之女呢？

瀨名上了御殿，進入休息室（元康留宿之處）旁的一個化妝間，像石頭般地站了好一會兒。元康救了她們母子，她原本以此確信元康對自己的愛情，可是她的心上總留著抹不掉的傷痕。氏真生起氣來，竟無情地連她都想殺，這是其中一道傷痕。而當母子離開駿府，雙方交換人質後不久，氏真就命令她的父親關口親永切腹自殺了。

「此後你要好好和元康相處，好好侍奉他，好好教育子女。」當這封信祕密送來時，父親已經不在人間了。

（為了元康，連父親都……）

父親的信卻叫自己不要這麼想。她看了之後，怨恨更強烈地衝擊著受傷的心田。他是我的殺父仇人——一想到這裡，瀨名就瘋狂地痛苦起來。不過，任憑自己再怎麼憎恨氏真，他總是自己最初委身的人。

（忘了吧。）

當她在洋溢著新木香氣的御殿中，把臉深埋在丈夫懷裡，終於慢慢地覺得自己是幸福的，卻沒料到於萬今天會自顧自地說了那些話。

（不能就這樣算了。）

然而，不為瀨名所動的元康，對瀨名的抗議會有什麼反應呢？

「誰在那裡？去本丸叫石川家成來。」瀨名站了一會兒，嚷嚷著跑去叫喚侍女。

三

築山御殿沒有男人。

瀨名以為那是元康出於嫉妒的表現。而當有什麼大事發生時，可以叫石川數正的叔父——彥五郎家成充當奧室家老的職務。石川彥五郎家成的母親與於大同為刈谷水野忠政的女兒，所以家成是母系的表兄弟。

彥五郎被侍女喚至築山御殿時，雖然天還沒有黑，可是臉頰通紅，一身酒氣。

「您叫我嗎？」

彥五郎在居間的襖門邊坐下時，瀨名便聞到了酒氣。

「本丸從白天就開始喝酒了嗎？今天是七夕，是女子祭拜的日子，男人竟……實在搞不懂。」

家成一邊搖著扇子搧風一邊說：「因為慶祝殿下改名，所以本丸舉行了敬酒宴。」

「啊，你說什麼，殿下改名？」

「是的，從今天起叫做松平藏人家康，請築山夫人也記著。」家成眼裡溢滿笑容，平穩地說著。

「什麼，藏人家康？」

「是的，元康的元是取自已故義元公之名，今天既已和駿府一刀兩斷，就應該把元字還回去……家康，這個康字是祖父清康的康，而家則是代表不借任何人的力量，松平家的興衰全靠自己之力了。」

瀨名又聽到了一個令自己不滿的種子，頓時覺得眼前一黑。義元的外甥女，這是她一直引以為豪的身分，也是壓制元康的柱石。現在，義元的元字也消失了，那麼，元康就可以肆無忌憚、為所欲為了，僅僅把她當成妻子罷了……

「家成。」

「是。」

「你知道竹千代殿下要和織田家女兒訂親的事嗎？」

「知道。」

「既然知道，為什麼不告訴我呢？殿下也莫名其妙，竟不告訴我，可是，連三之丸的侍女都知道這件事。」

家成慢慢地點頭：「殿下對我說，築山夫人近期發生了許多心痛的事，因此要我找機會再告訴您，不必特別提起……這是殿下體恤您的心意啊。」

「體恤什麼？我是義元的外甥女啊，竟和殺死舅舅的織田家訂親……」她說到這裡，家成舉手制止她。

「請您不要這麼說，岡崎城內有很多人都相當怨恨治部大輔直到殿下十九歲為止，都把他當作人質。」他以勸戒孩子的口氣說著。

四

瀨名的嘴唇顫動著，硬是把難聽的話嚥了回去。

義元對松平家是出自於保護的立場，可當瀨名發覺——從駿府的立場以及從岡崎的立場看待，竟是完全不同的狀況時，她覺得自己的身影愈來愈渺小。

「那麼，家裡的每個人都很高興囉？」

「是的，這是件喜事。」

「好，我不問你，直接去問殿下，看他對今川家的義理是不是就這樣算了。」

石川家成故意裝作沒聽到最後一句，側耳傾聽了一下說：「啊，殿下駕到了。」

太陽還沒下山，元康這時候來倒是很罕有的，這是鐘愛女兒的緣故吧。

「殿下駕到。」今春才到元康身邊的榊原小平太的喊聲傳了過來。

小平太已經十五歲了，可是前額還蓄著瀏海，手持太刀跟在元康後面。他相當不滿自己現在還得做童子的打扮，也經常羨慕已元服的本多平八郎，可是元康並未理會。

「太多急躁的人了，真是糟糕。」元康說，對小平太的焦慮故作似懂非懂。

侍女匆匆出迎。不久，元康好像進了休息室，於萬也趕緊跑來通知瀨名。瀨名看了鏡子一眼，走出居間，只是她的臉色鐵青，不滿的情緒明顯掛在臉上。家成默默地目送她出去。

「殿下……」瀨名本想說出歡迎駕到……可此刻胸中充滿怒氣，實在說不出口。

元康無視瀨名的氣憤，看著庭院逕自說道：「真是好天氣，天上的銀河美極了。龜姬呢？」

「殿下……」瀨名忍不住掉下了眼淚。「今天起稱做家康了嗎？」

「是啊，我已經決定了，這是個好名字。」

「那麼，御所大人在另一個世界也會很高興吧？」

「大概是吧，我們都長大了不少，這就是很好的報恩。」

瀨名崩潰似地把身子投向丈夫，像孩子般的嗚咽著。「當然高興了，已經完全與駿府一刀兩斷了……你有了好的身分了……他一定高興的，當然一定會……」

家康不理會胡鬧的妻子。「今天是七夕啊，要為龜姬舉行祭拜，我想見她，把她帶來這裡吧。」但瀨名仍然扭著身子，不斷嗚咽著。
「是，馬上帶來。」於萬怯怯地站了起來。

五

直到於萬牽著穿著華麗的龜姬出現時，瀨名仍未停止哭泣。她內心期望著丈夫能安慰她幾句，因此依舊無意識地哭泣著。

榊原小平太像個人偶似地舉著太刀站在家康後面，擔心地看著這一切。他想，如果殿下不說點什麼，她大概是不會停止哭泣的。可是，家康卻沒對瀨名說句什麼。

「龜姬嗎？哦，好漂亮，過來讓父親抱抱，坐到膝蓋上來。」

「是。」龜姬偷偷看了母親一眼。瀨名仍僵著臉，但父親卻很高興，可見不是兩人在爭吵，而是母親一個人在發脾氣。她早就習慣母親發脾氣了。

「長大了喔，你知道今晚要祭拜什麼嗎？」

「知道，是七夕神。」

「對，好聰明！天空出來了好多星星，龜姬的星星也在裡面喔。」

「龜姬的星星……在天空？」

「是啊，只要不是悲星就好了……不，只要你乖乖的，將來一定會幸福的。」

「好，我要乖乖的。」

一直垂著頭哭泣的瀨名此刻突然抬起頭來說道：「不能把這女兒……女兒……嫁到敵家去。」

「什麼事，怎麼突然冒出這句話？」

「你不是沒和我商量，就決定要迎娶織田家的女兒，成為竹千代大人的新娘嗎？」

「哦，這件事啊，是誰告訴你的？我本想找個機會親自告訴你的。」

「竹千代大人還年幼無知，而織田家的女兒已經相當大了，這麼勉強的婚配，如果兩人處得不好怎麼辦？」

「處得好的，男人和女人一定可以處得好的。」

「不，不能的。像我當年的年紀，即使經過深思熟慮才結合，心底仍常有不為人知的嘆息。為什麼要因為長輩的野心而與不認識的人結婚……」

「築山夫人。」家康的聲音尖銳了起來：「你說的話，非常不妥啊。」

「當然不妥，身為竹千代之母……以及元康，不，是家康大人的正妻，認為這段姻緣一定不好。」

「不要亂來。」

「我沒有亂來，只是念及竹千代的幸福。」

家康讓龜姬悄悄地下了自己的膝蓋。

「你沒有看到眼前的亂世嗎？」
「不要把話題扯開。」
「你認為，在這個亂世會有你所說的幸福嗎？這是個不夠強大就只能任人宰割的亂世，是個為了生存就要殺人的亂世。對這種亂世無能為力的女子，能如願地嫁給自己所喜歡的男人嗎？外祖母就因為貌美被迫嫁了五次，唉！在今日這種難以糊口的日子，就連京都御所的官女也一面擔心害怕，一面偷偷地在晚上賣春……這就是亂世的真實之相。」

—六—

瀨名不懂家康的話。在駿府一向任性慣了的瀨名，以為人生就是如此。
「你的話愈扯愈遠了。瀨名既沒有賣春，也不是官女。竹千代大人也不是那種不知道什麼時候會死的弱者之子，何必結這種無緣的親事呢？」
家康輕輕地咋舌後，住口了。他不想讓站在旁邊的侍女和榊原小平太聽到更深入的話。
「小平太、於萬，帶小姐下去。」家康若無其事地說著，冷漠地看著窗外好一會兒。
太陽已經偏西了。微風吹動櫻樹枝葉，隱隱約約透下光來，令人覺得鬱悶。
（這就是女人……）他在心裡喃喃低語著，忍不住嘆息了。自己與瀨名之間，隔了一道無法跨越的牆。

同是女人，卻個個不同。成為飯尾豐前遺孀的吉良之女，以及最近接觸的可禰，就都不一樣。跟這兩人相比，瀨名就像哽在喉嚨的痰那般討厭。

（這是為什麼呢？）

的確如瀨名所說的，他們並非自由戀愛的結合，而是因為今川家與松平家的政略才結合的。可是，在今日這種時局下，因政略而結合的婚姻是否合理，則又另當別論了。

在駿府還是竹千代的家康，有拒絕瀨名的自由嗎？還不是藉著這樁婚姻，拯救可憐的岡崎部眾的生命……這就是他的目的。瀨名如果理解到生在這個時代男女的命運，就應該坦然接受人們可悲的愛情才對……

「殿下，怎麼樣？即使我不同意，這樁婚事還是要進行嗎？」

「唔，等一等。」家康的視線仍然投注在庭院上。

「不從頭到尾說清楚的話，你是不會明白的。你知道織田現在的勢力嗎？」

「不知道，我只知道他是今川家的仇敵。」

「冷靜點，織田家怎麼會成為今川家仇敵的？」

「不就是因為他們殺了御所……我的舅舅嗎？」

「為什麼會被殺，你想過這個問題嗎？因為今川家攻進了織田領地才被殺的呀。」

「那麼……」

「我要你冷靜一點。駿、遠、三三國的太守親自進攻，為什麼反而被殺？你沒發現織田家的力量已經強大到能與今川義元對抗了嗎？」

「……」

「就連今川義元都無法正面去對抗與他勢均力敵的尾張，所以要我一個人去迎敵，難道你沒發覺，我也是不得不去迎戰的嗎？」

家康說到這裡，瀨名突然嘲笑地說：「那麼，殿下是把自己的軟弱移轉到竹千代大人的身上嗎？呵呵，你是這樣軟弱的大將嗎？」

家康的眼神突然嚴厲起來，怒氣沖沖地瞪著瀨名。

七

家康投來凌厲的眼神，讓瀨名忍不住害怕了，她很清楚男人生氣的情形，大概會丟摺扇或者杯子什麼的過來吧……她這麼想著，不由得挺直了身子。可是，家康好像一直克制著自己。

「御前。」

「什麼事？」

「你與我的婚姻也是政治，你忘了嗎？」

「就是因為沒有忘，所以才不希望竹千代大人也嘗到這種不幸。」

「好吧，不讓他嘗到這種不幸。」家康以深沉的聲音說：「既然你認定只有婚姻才能決定竹千代的幸與不幸，那我也沒有辦法。」
「那麼，你要毀約了？」
家康點點頭：「可是，這本來就是信長提出的婚事，這下一定會激怒他的。到時候該怎麼辦？」
「可以分析給他聽。因為這麼一來，尾張的小姐也很可憐。」
「他不會聽的，只會認定松平家無意與他結盟，萬一因此挑起戰事來呢？」
「唔……」
「到時候明知會輸也得去迎戰了。結果一戰下來，我也完了，你也完了，竹千代、龜姬、家臣和領土、城池都完了……」家康靜靜地扳著手指頭算著。
「殿下，你好卑鄙……」瀨名全身顫抖地呻吟著：「你說要毀約是假的，只是想說服瀨名罷了。」
家康重重嘆了一口氣：「或許是，也或許不是。」
「或許不是，那是什麼？」
「你要為竹千代的前途著想。如果你想整個被滅亡的話，就和他們一戰，早日離開這痛苦的世界吧。」
瀨名憤怒地瞪大眼睛噤口了。在感情上，她是相當生氣，可是她的理性卻漸漸同意了家康的話。

因為迎戰而被殺死好呢？還是迎娶尾張的小姐以延長生命好呢？她不得不承認家康的話是對的。在選擇或生或死的情況下，並不是只有婚姻如意才能帶給人幸福。

「我啊，御前。」家康繼續以打動瀨名的語調說：「我是很尊敬織田信長的，你知道嗎？當松平家沒落時，駿府說了什麼你還記得嗎？要我去當人質。如果現在信長又說了同樣的話，我們該怎麼辦？為了一族的生存，還不是得忍住淚水把竹千代送往清洲……」

「……」

「再怎麼不捨，也不能感情用事地把一族逼上絕路，這樣的大將會被世人恥笑的。若是他要我們交出竹千代當人質，我們也只能交出了。可是信長卻沒這麼說，不僅沒向我們要人質，反而要把自己的女兒送來岡崎……你認為，把竹千代交給他們比較好？還是迎娶尾張的女兒比較好？」家康閉上眼睛，靜靜調整語尾的呼吸。

八

瀨名又低頭哭了起來。她沒想到自己會從義元外甥女的寶座，淪落到今天這種悽慘的母親之位。

「信長不要竹千代去當人質，反而要女兒來岡崎，這件事令我很感動，因此就答應了。可是，你還是不答應嗎？」

瀨名劇烈地扭動著身子。她很想大喊不答應，並且抓住什麼東西。她並不是氣憤信長和家康、尾張和三河這種現實，而是氣憤如果無法同意這種自然的時勢，就無法生存下去的時局，此刻，她對坐在自己面前的丈夫也憎恨了起來。

「知道了吧？女子是無法和自己所想的男人在一起的……這個世界沒這麼好。因此，我……」

正當他還在說話時，瀨名「喝」地一聲，把茶碗丟到了庭院。呼呼幾聲，擺在庭院七夕祭壇上的供物摔到了草地上。

家康的臉色猛然變得蒼白，一直在克制的痛苦與憤怒終於化成火花，點燃了那對眼睛。因為手邊沒有東西，家康抓起靠肘的墊子，然而，他並沒有拋出去。

「渾蛋。」他只是喝斥一聲，便站起身走出休息室。

「殿下，你想逃嗎？真膽小。」瀨名慌忙站起身，卻踏到裙複而跌了下去。

「殿下。」

此時，家康已經邁著零亂的腳步朝玄關走去了。瀨名又吼了些什麼，他也聽不清楚，只聽見小平太與侍女從後面追過來的腳步聲。

當他穿鞋時，聽到龜姬從後面叫他：「父親大人。」

家康回過頭，過了好一陣子才在尚未恢復血氣的臉上擠出笑容。

龜姬與於萬站在一起，以一種責備與撒嬌的眼神抬頭看著家康。「您要回去了嗎？」

「龜姬。」

「母親大人又怎麼……」

「你說什麼？」家康鬆開緊閉的嘴唇，好像要哭又好像要笑似地揮揮手：「我還會過來，你今天晚上和於萬一起拜星星，要乖乖的啊。」說著便回頭對於萬說：「好好陪小姐玩。」

「是……是。」於萬知道他們兩個人吵了架，紅著眼說。

家康走了出去，抬頭看著日落的天空，喃喃自語道：「請給家康一個溫暖的家……身處亂世，男人和女人都是那麼可憐啊。」

榊原小平太「啊」地應了一聲，家康這時已經朝本丸走去了。

夫與妻

一

家康回到本丸的居間，默默地坐了好一會兒。

妻子與丈夫。他從未如此深入地想過這個問題，過去一直以男女相對的立場來看待女人，以為這樣就可以充分解決了，誰知道今天竟被瀨名粉碎了。

男與女，這種關係，和丈夫與妻子的關係似乎完全不同。如果只是男與女的情形，男人可以很容易征服女人；可是女人一旦成為妻子，就會猛烈地反擊。如果對方是以道理來反擊，說不定自己還會接受，然而，她只是感情用事，既不反省自己也不謙讓，一逕瘋子似地張牙舞爪著。

對妻子而言，肉體被征服可說是一種需要反擊的怨恨吧？仔細想想，瀨名與家康的夫妻生活實在不協調。就因為不協調，才爆發了今天這樣的局面。

家康成長的步調與瀨名的很不一致，瀨名所要求的和家康所想望的也大不相同。家康愈來愈習慣連結世道人生來洞察世事，而瀨名只是追求著個人的幸福。如果能獲得還好，但若得不到所想的，她是不會一笑置之的。

如果這是個平安無事的世界，家康也不會急著替一個四、五歲的孩子訂親了。可是現實並非如此，他們都生活在重重的危機之中，瀨名應該要很明白這一點才對，不過她卻絲毫沒有意願瞭解。就因為她不瞭解，自己才努力要讓她瞭解——今日的武人已經沒有這份閒暇了。

（瀨名到底要怎麼樣？）

為了把她救出駿府已經費盡了苦心，並且還特意為他們母子蓋了新居，等著他們來臨。一想到這裡，家康就怒不可遏。如果她不是自己的妻子，他還可以一笑置之，離得遠遠的就好，偏偏她是自己的妻子，又是竹千代的母親。

大書院傳來家臣的談笑聲，大家都瞭解家康的心意，很為他們與今川家一刀兩斷而高興。

（是啊，別再想這些了。）

只有今晚也好，忘掉所有的不快，與家臣一同融入喜悅吧。

等到天黑後，家康對跟在後面的小平太吩咐：「我要到那邊走走，不必跟來。」他走出了居間，腦海裡浮現出三之丸可禰那張可愛的臉。

二

可爾不是妻子，也不是正式的側室。她努力地獲得垂愛，又不斷地克制自己。如果她成為側室或妻子，是不是也會囂張起來呢？

天色已經暗了，銀河還沒有完全現蹤。滿天的星星一閃一閃的，涼風吹拂在肌膚上。

家康進了中門，卻突然想起龜姬。在龜姬童稚的心靈裡，今晚一定是一直期盼著父親過去。丈夫與妻子不和，對女兒而言就是父親與母親不和。自己本是對瀨名生氣，卻因此使得龜姬覺得孤獨，實在也很可憐。因此，他一出了門，又改變了方向。

（不能就這樣去找可爾……）

如果他又折回築山御殿，默默出現在祭禮的燭火下，龜姬不知會有多高興呢？或許竹千代和龜姬都一起到庭院了吧……他不想和瀨名說話，卻想讓兩個孩子感受被父親摸著頭的溫暖。

（瀨名大概也不會出來吧。）

如果是這樣，孩子就會更想見到父親的笑臉，一邊想著，他也來到了築山御殿，只是，庭院沒有絲毫燈火的影子。

家康打開柴門，進入庭院。彎著腰悄悄看著祭壇四周的地面。

「不可理喻的傢伙……」

瀨名傍晚丟出去的茶碗與散在四下的供物都還在地上，裡面靜悄悄而冷清清。家康轉身往回走，憤怒又浮上心頭。

瀨名大概以為粉碎孩子期待的，不是她自己，而是丈夫。

家康這回直接走向三之丸，心裡還一直想著，如果不來築山御殿就好了。

瀨名似乎無法自行排除不快，只能一直將不滿積壓在心裡。

「這就是妻子的悲哀吧……」家康看到了三之丸花慶院宅邸裡的燈火時，又停住腳步，嘆息了起來。他覺得今天的心情沉重極了，沒有平常的輕快之感。

（回去吧……）

還是去找花慶院聊聊？正當他思考時，有個黑影在可禰房間的窗前移動著。不是裡面的影子，是由外面映照上去的影子……那麼，就是由庭院進到裡面的人了。

是男還是女？家康不自覺地縮起脖子，從後面悄悄走近那個人影。

「誰？」他小聲斥責著。

「是……是。」傳來年輕女人狼狽的聲音。

三

「是誰？」家康又發出聲音。

對方慌忙靠在右邊的柱子上。

「抱……抱……抱歉。」聲音細得如蚊子叫。

「是誰？報出工作的地方與姓名。」

「您……是？」

「這個城的主人。你為什麼潛入這裡？報上名來。」

「啊，殿下。」

可禰好像不在房裡，也沒有開窗出來看個究竟。

「請您原諒，我是於……於……於萬。」

「什麼，於萬？築山夫人的於萬嗎？」

「是……是。」

家康低聲唔了一下。

「好，不要讓人家聽見，跟我來。」

「是……是……是。」

「不要發抖啊，笨蛋。」

「是。」家康這才發覺自己不快地罵了人，便默默地走了一會兒。

銀河已經斜斜橫臥在天空，四周湧現出一片蟲鳴聲。出了三之丸的曲輪，從酒谷走到馬場，這時月亮出來了。雖然月亮僅出現了一會兒便馬上隱入雲層，不過，他的眼睛已經適應黑暗了。

「就這裡吧。」家康找到一株櫻花的樹枝坐了下來，這才回頭對於萬說：「把築山夫人命令你的內容告訴我，只要有半點虛假，絕不饒恕。」他也很奇怪自己為什麼會用這種口氣。

「懇請原諒啊！」於萬已經不再像剛剛那樣顫抖了。她那秀麗一如可爾的額頭沐在月光下，眼裡浮現著悲壯的神色。

「不是築山夫人命令我來的，是我自己來的。」

「什麼？你膽敢替築山夫人隱瞞？」

「不，不。」於萬慎重地搖著頭。「於萬不敢……隱瞞……不過，這全是於萬自己的意思。」

「唔。」家康只當對方是個小女孩，只有厭煩沒有愛。她是跟著瀨名從駿府來的，也就是瀨名的家臣。她竟忘了自己的身分替瀨名掩飾，令家康更覺不快。

（這傢伙有點膽識啊。）

「你是神職的女兒吧？」

「是，我是三池池鯉鮒明神的永見志摩守之女。」

「今年幾歲？」

「十五歲。」

「十五歲，你為什麼要去偷看那房子？快告訴我。」家康故意嚴厲地對於萬說。

四

於萬吞了一口口水，清晰地說：「我說。」
她的個性似乎本來就很剛強，現在逐漸冷靜下來了，抬著眼逼迫似地看著家康。
「我……我愛上了一個人。」
「什麼？愛？」家康呆呆地傾著頭說：「你究竟愛上誰了？那是侍女的房間啊。」
「我愛上殿下了。」
「開玩笑，那是愛上我的樣子嗎？再胡說八道就不饒你。」
於萬又發出吞口水的咕嚕聲。她的內心交戰著，睜大了眼一眨也不眨。「我沒有撒謊，這是真的。」
「於是，你就因為愛戀著我跑去那間房？誰告訴你我要去那裡的？」
「既然愛戀……無須他人告訴我，我也知道。」
「於萬。」
「是。」
「我瞭解你的本性，真羨慕築山夫人有這麼一個好侍女，你以為我會相信你嗎？」
「不管您信還是不相信，這都是事實。」
「哈哈哈，夠了。不用問也知道，你是奉築山夫人的命令來看看我是否在那房裡的。對了，築山夫人為什麼取消龜姬的七夕祭呢？」
「我不知道。」
「你說不知道，是不打算說明了嗎？」
「她說身體不舒服，要休息了。」
「她叫你們不要碰那些供物和桌子的吧？否則，你可以和其他女孩一起重新裝飾過，現在也應該祭祀過了。這樣也好。不過，既然你是個堅定的人，我倒要問你一件事。你今天看到我們的爭吵了，你認為誰對誰錯，老實告訴我吧。」
家康說完，於萬才慌忙地眨著眼睛，她在心裡找答案，過了片刻才說：「我怎麼說都不公平。」
「為什麼？」
「我既然愛慕殿下，一定會偏袒殿下。」
「哈哈哈，夠了，不要再說你愛慕我的話，我會悲哀得掉眼淚的。」
「可……這是事實啊，當殿下進入那個房間，我就會感到非常痛苦。」
家康又蹙起眉頭，看來，她是要替築山夫人掩飾到底了。
「你堅持說你喜歡我？」
「是。」
「我進入那個房間，為什麼你會感到痛苦？」

「嫉妒的緣故。」

「嫉妒……你應該不懂嫉妒的，你還是個沒碰過男人的小女孩啊。」

「不，我碰過了。」於萬好像想到什麼似的，堅決地說。

五

家康幾乎要笑了出來，卻還是忍住了。「你碰過男人？」

「是。」

「幾歲的時候？」對方說得太堅決了，家康的心情也逐漸開朗了。他不知道這個小女孩要替自己的主人掩飾到什麼地步。

「是……十二歲的時候。」對方深思過後才回答。

「哦，你想得很仔細啊。我聽說你是十三歲的時候來工作的。如果是工作後才這樣就不行了，但如果是工作之前就可以不必責罰。十二歲嗎？」

於萬的眉頭聳動著，眼睛卻沒有解除警戒的神色。

「你這麼喜歡築山夫人嗎？」

「是，她是我重要的主人。」

「你會對我產生嫉妒，可是築山夫人並不會吧？」

於萬吃驚地沒有回答。

「你不是懂得什麼叫嫉妒的嗎?應該可以感覺得出主人會不會嫉妒的。」

「夫人……不……不會嫉妒。」

「什麼?築山夫人不會嫉妒……」家康看著雙眼不安眨動的於萬,想起她對瀨名執拗的忠心,不由得苦笑了。「好,既然你這麼說,就這樣吧。」

「是,的確如此。」

「那麼,我可以安心地愛你了。既然你愛慕著我,築山夫人又不會嫉妒,不是一切都很剛好嗎?」

「……」

「為什麼露出這種表情?你不是碰過男人嗎?來,讓我好好愛你。」家康微笑地站起身。

「殿……殿下。」於萬叫喊了。

不應該這樣的,為了掩護築山夫人,她說的話簡直太過火了。築山夫人天性就善嫉,但為了保護夫人,於萬編造了許多謊話來替她掩飾,結果竟露出了破綻。

「你叫我,什麼事?」家康若無其事地回頭,又嘲諷她:「月亮躲進烏雲裡去了,趁天還很明亮時快跟我來。」

「殿下……」

「開心吧,你的臉色好奇怪……等我愛了你之後,你可以回去對築山夫人說。明白地對她說，殿下要立你為側女。」

「啊……」於萬發出奇怪的聲音哭泣著。

她那和築山夫人、吉良之女以及可禰都不同的身體，集幼小與猛烈於一身，哭泣著撲到家康的懷裡。

由於這個動作實在太突然了，家康不由得看看她的手，確認她手上是否拿著凶器。可是，撲過來的於萬只是抓著家康的衣襟啜泣而已。

六

「殿下……拜託不要告訴夫人……不要……告訴夫人……」

家康愕然地看著於萬。於萬飛躍的心已經無法理會家康的揶揄了。被愛是可以，可是卻害怕瀨名的嫉妒，所以才不顧一切地投到他的懷裡。

「為什麼要隱瞞築山夫人？你不是說她不會嫉妒的嗎？」

「可是……這麼一來我就不好了。」她把臉頰貼在家康的胸口，激動地哭泣、顫抖著。

月亮隱進烏雲裡了，天上的銀河像一條玉帶似的鮮明，四周響起悅耳的蟲鳴。擁抱著於萬的家康，思考自己和瀨名的「夫婦生活」。

不知道什麼時候開始，兩個人愈來愈疏遠了。每次處不好，他的身邊總有其他女人出現。如果瀨名和自己一直處得很好，他大概就不會去注意身旁那些出現的女子。可是，正因為兩個人之間的隔閡愈來愈大，因此他才會去碰這些女子。

於萬是在隔閡最大時出現的，她被瀨名派來窺視可禰的房間，在家康沒有預期的情況下投入他的懷裡，瀨名等於是在易燃的油中故意投入火苗，而家康在逐漸和瀨名疏遠中，他的年輕本性也表現在理性之外。

生與死並非人所能控制的，而男女相擁時所燃起的微妙之火，也是人所無法防止的。他本來只是想著看看天上的銀河、吹吹微風、聽聽蟲鳴，好讓自己平靜下來。但是，對方既以愛慕他為前提，化成一團火直朝他逼近，終也使得家康熊熊地燃燒了起來。

家康在於萬身上又感受到人所具有的神祕感，最後就渾然忘我了。

杉樹發出搖動的聲音。遠處傳來粗俗的歌聲，是某人在城內的長屋裡歌詠銀河吧？

「於萬，」家康突然放開於萬，「不要擔心，我不會洩露出去的。」他囁嚅著，慌慌張張地拍拍褲腳走了，只留下於萬還帶著一身的痛苦、恍惚與恐怖，呆呆地望著天空。

祭拜星星。一年一度的相會。夫人的眼神。碰觸過男人的身體……這些斷斷續續地浮現在她的意識裡，此後會怎麼樣呢？她實在不知道該怎麼辦。

「殿下……」於萬搖搖晃晃站了起來，突然驚覺自己為探可禰房間而來但已經出來太久了，趕緊離開了樹下。

瀨名伏在床上，額頭貼著枕頭，等待著於萬歸來。她愈想愈生氣，連連詛咒著自己。她不僅後悔取消了龜姬的七夕祭，也發覺自己對丈夫太強硬了。但是，這些都無法促使她自我反省，只是更加深陷於瘋狂的孤獨與焦躁罷了。

於萬這麼晚還沒有回來。

（到底在搞什麼鬼？）她心裡嘮叨著，又胡思亂想了起來。

瀨名曾經偷偷走到三之丸附近，躲在萩樹後偷看可禰這個女孩。

「哦！是那種女孩嗎？」可禰令她聯想到野外閃閃發光如葡萄般的露珠。她也想像著家康忘我地把手環在那種女子身上的各種姿勢。

（於萬一直看著那些嗎？）

還是……於萬被人發現了，現在正被拉到家康面前審問呢？她曾堅決地表示過，不管遇到什麼情況，一定不會說出瀨名的名字……

這麼想著，瀨名覺得相當悲哀。不被丈夫所愛的妻子。為了丈夫，連父親都被逼著切腹的女人，而這個女人硬生生地把女兒期待的七夕祭給取消了。當丈夫與其他女人相擁時，自己卻孤單地伏在空閨裡哭泣。

瀨名的哭泣聲愈來愈大，她知道，如果被別人聽到了會是件可恥之事，卻還是忍不住。

「母親大人。」居間門口傳來龜姬的聲音，她一定是對七夕祭不死心，偷偷跑來這裡探看的。聽見女兒的聲音，瀨名姬更加悲傷，哭聲越來越高亢。

「母親大人。」龜姬又叫了聲。可母親只是一直哭泣……最後，她關上了襖門走了。

（龜姬，原諒母親……）

她又扭動著身子打算繼續哭時，襖門再度開了。這次的開門聲比剛剛還輕。然後，眼裡蘊藏著奇異畏懼神色的於萬，像鬼魂似地閃了進來。

於萬悄悄在門口坐了下來，只是呆呆注視著哭泣的瀨名好一會兒，卻沒有開口。瀨名停止了哭泣，室內變得很安靜，昏暗的燭火輕輕搖曳著。

「夫人。」於萬略帶顧忌地喊著，瀨名支撐起身體跳了起來。

八

「唔，於萬嗎？」

「是。」

「什麼時候進來的？為什麼不出聲坐在那裡？」瀨名問。

「是……是。」於萬的聲音更小了。「因為夫人……哭得好傷心。」

「所以，你也哭了？還是嚇了一跳？你應該會為我而哭的……於萬。」

於萬垂下了頭。

「看你一副悲傷的樣子，殿下還是去了可爾那裡了嗎？」

「不……啊，他沒去。」

「沒去？那麼你為什麼這麼晚才回來？半路上碰到了什麼嗎？」

「不，不。什麼也沒有。」

「於萬。」

「是。」

「你在騙我。」

「沒有，我怎麼敢。」

「不，你是在騙我。你頭髮很亂，嘴唇也很蒼白，是誰抓到你了？」

於萬知道不能在這裡哭泣卻實在忍不住，哇地一聲哭了出來，但馬上又死命地忍住。

瀨名急忙追究著：「不許隱瞞，究竟發生什麼事了？被誰抓到了？」

瀨名慌張地站了起來。如果於萬被人發現，對她來說可不是什麼好事。她知道，如果這件事傳到家康耳裡，知道是瀨名指使的話，一定會輕視她的。

「你沒說出我的名字吧？」

「是。」

「咦？你的背部有枯松葉……啊！」瀨名輕輕替她拍掉，眼裡閃著異樣的光芒。「你被人欺負了？」

「夫人。」於萬猛然把瀨名的手撥掉，閃開身子，卻又不由自主地渾身顫抖起來。「請原諒。不過……不過……我沒有說出夫人的名字。」

「你沒說嗎？不要隱瞞，好吧。說出那個男的名字，我一定替你報仇。說吧，那個男的是……」

「是……是……殿下。」

「什麼？殿下……」瀨名砰地一聲坐了下去。這一回她是完全被打倒了，她哭不出來，也氣不起來。

於萬本打算說出被發現之人的名字，說出的卻也是自己許身之人的名字……

奇人軍談

一

月亮冉冉升起，是中秋的明月。太過清澈的月色反而浸潤著肌膚，使得波太郎沒有唱歌的興致，也不想跳舞。可是做客的隨風卻頻頻舉杯，談論著諸將與政治。

送酒到刈谷附近熊邸的，是穿著緋袴的巫女們。波太郎的頭髮挽成一束垂在腦後，不時輕點頭贊同著隨風之語。

隨風已非從前的青年僧侶了。他隨意地穿上一件墨染的衣服，露出健壯手腕，一副叡山的荒法師[29]打扮。不過，他的評論一如往昔般犀利，對事物的看法依舊透徹。

這個法師到處旅行，這一回飄然出現時還帶著同伴，名字是明智十兵衛。

「他是若狹小浜鍛冶屋的兒子，卻很討厭人家這麼稱呼他。對不對，十兵衛？」隨風說

29〔編註〕個性隨興，帶點凶暴不羈的僧侶。

著，毫無顧慮地笑了起來。然而十兵衛卻若無其事地自我介紹著：「我是美濃土岐氏一族，是住在明智里的監物之助光國之子，叫做十兵衛光秀，請多多指教。」

波太郎從他的自我介紹中感到一絲無奈。這個人渾身漾著古典的奢華之氣，一副煞有介事的打扮。以前曾在齋藤道三入道那裡一陣子，自從道三為其子義龍所殺，就開始浪跡諸國，想找一位夠格的主子，因而在途中認識了隨風。

「在武略上是武田占了上風，可是沒有地利……這點，十兵衛的意見與我相同吧？」隨風問。

「不錯。」十兵衛篤定地回答。「不過，在下認為能逐鹿中原的是織田，隨風師卻說是松平家康。」

「哈哈哈……」隨風大笑起來，面前的酒杯為之震動。「我並非叫你不要為織田效力，也不是說松平家康會凌駕織田，我在說的是你的脾性。」

十兵衛並未出言反駁，可卻露出冷冷的笑容，明顯反對隨風的意見。

「唔，波太郎大人，您認為如何？他和織田的個性會相合嗎？」

波太郎只是苦笑，沒有回答。

「他的學問淵博，可是，織田不是很討厭食古不化的知識嗎？」

「雖然如此，但也不能老表現出一副匹夫的樣子啊！人總是會隨著地位而通達一些典故的。」

波太郎覺察到這個男人似乎想拜託自己，將他推薦給信長，心情便沉重了起來。

（隨風說得不錯，這個男人的性格很難和信長協調。）

他正這麼想時，十兵衛殷勤地舉起杯子說：「我敬您。」

二

波太郎喝乾了杯子裡的酒，遞給十兵衛：「我喝了。」

十兵衛恭敬地接來後，說道：「我聽說三河發生的一向一揆，是熊若宮在背後支使的。」

波太郎銳利地看了十兵衛一眼，沒有承認也沒有否認，只是以一種奇怪的眼神微笑著。

「我從隨風法師的話裡就可以推斷出您的風格，不過，我發現您的器量比他說的還大。」

十兵衛說完，又思索什麼似地沉默了好一會兒。

家康與今川家完全斷絕往來的翌年，也就是永祿六（一五六三）年起，三河境內就發生了意想不到的內亂，是一向宗的徒眾在作亂。

自從一向宗裡自稱「中興之祖」的蓮如起來領導後，就由念佛專修的信徒變成了武裝團體。

永祿六年秋，家康為了防備今川氏，正要開始修築佐崎城砦時，想不到竟發生了紛爭。他們打算向佐崎的上宮寺商借兵糧，可還來不及提出要求，家康的家臣就已經把穀糧運走了，暴亂因此乘勢而起。針崎的勝鬘寺、野寺的本證寺呼應上宮寺一起興亂，家康現在正為了鎮壓而忙碌不堪。

此事涉及信仰，因而家臣當中也有很多人加入一揆，於是家康不得不親自指揮軍隊。十兵衛認為，站在背後指揮這場內亂的就是竹之內波太郎。

「這種事不必問啊，十兵衛。」隨風責備他：「不管怎麼樣都與你無關。」

「不，不。」十兵衛輕輕搖著頭。「任何事都可以做為日後的參考。若宮大人是為了幫助織田氏進入美濃，才在背後指揮一揆的嗎？還是……」

「還是什麼……？」

「還是想鍛鍊松平家康成為一個好領主才這麼做的？我十兵衛光秀是想知其所然才問的。」

波太郎輕輕點頭，又苦笑了。

（這傢伙也是個壞蛋。）

這麼想的同時，心裡湧現了一股對他的反感。沉著的冷漠、自恃極高的傲氣，反過來說，就是絕對不能太大意——他也可能有反叛之心。

「如果你想知道，我就說。」

「請務必讓我參學。」

「我不想幫助任何一邊。」

「這麼說，您沒有指揮……」

「當然。人是無法改變四季的，只能在天寒時加添衣物，暑熱時脫去外衣。可是，如果以另一種眼光執著於這自然的運作，無疑想是助長寒氣、招來暑熱。」

「哈哈哈哈！」隨風捧腹大笑：「十兵衛這個大傻瓜，我不是叫你不要問的嗎？哈哈哈。」

十兵衛的臉紅了起來。

——三——

「有才能的人，」十兵衛說：「總是深藏不露。可是，他們也會深深體察自然的變化，在漲潮前把船準備好，在下雪前也毫無疏漏地準備好雪靴。我想知道，熊若宮大人究竟比較看重織田，還是松平？」

「十兵衛，你的壞毛病又來了。」隨風皺起眉頭，猛搖著手。「你不是要來拜託他把你推薦給信長的嗎？不要胡扯一大堆，老老實實地請求他吧。」

十兵衛並不理會隨風，繼續說道：「如何？隨風法師說他們無法相比，卻沒有說是哪一點無法相比。我希望能慎重地挑選主子。」

「叫你別說了，」這一回，隨風發怒了：「你的理由就像壞掉的糖一樣，會黏住牙齒。」

波太郎笑著看看他們兩個人。

「那麼，明智大人是因為不曉得要追隨誰而感到困惑嗎？」

「當然。」

「其實沒什麼好困惑的。」

「那麼，請您說說看孰為優、孰為劣呢？」

「沒有優劣。松平家根本不會雇用別家的牢人，自然沒有困惑的道理。」

「哈哈哈……」隨風突然伸出手重重拍打著十兵衛的膝蓋。「知道嗎？十兵衛，你根本沒有必要困惑，哈哈哈！」

十兵衛看了隨風一眼，沒有笑，也沒有發怒。

「是嗎？那麼松平家康就是個被時代所淘汰的大將啊，在這個戰國時代，願意求才是第一要事啊！」

「是……」波太郎比十兵衛更沉著，靜靜地撫著膝蓋。

「除了求才之外還有一個方法，那就是教育自己的下屬，而松平大人好像志在後者。」

「那麼，所以還是會由織田先制服天下囉。」

「在發掘人才、打破傳統上……」

波太郎說到這裡，隨風又拍拍十兵衛的膝蓋，然後對波太郎說：「我反對他去織田家。波太郎，您以為他能一直不使信長發怒嗎？這個世上，有人個性契合，有人就是合不來。」

「隨風大人。」

「什麼事？十兵衛。」

「沒有教養的匹夫或許會如此，可是遊歷諸國苦心尋找主子的十兵衛，會和信長大人合不來嗎？」

「合得來嗎？」隨風正經地問：「如果你想配合，可是對方卻一直發怒，你又有什麼辦法？因此我才反對。不過，不知波太郎認為如何？」

這回輪到十兵衛呵呵地笑了起來。

四

「我對隨風大人的見識深表敬佩……」十兵衛溫和地笑過之後，又說：「特意請您帶我來這裡，卻又反對我。您是不是酒喝太多了？」

「胡說！」隨風的臉沉了下來。

「我是反對，但還是帶你來。雖然帶你來，卻得把自己的意見說清楚，這就是我隨風的個性。不要再扯了，就向他拜託吧，說啊。」

「明智大人。」這一回是波太郎熱心地開口了：「我來推薦吧，真有趣。」

「您所謂的有趣是？」

「我是指信長的個性和您的個性差異。」

「哦，那真是太感激了。」

「可是，以後的事我就不知道囉！我波太郎與松平家康倒沒什麼怨恨。但也可以支援一向一揆，您懂吧？」

「的確是您支使的吧？」

「如果松平家康連一揆都無法制止，還算什麼威風凜凜的大將呢？那就只能當個庶民啊。」

「格局不同啊。」隨風又嘲諷似地說：「浪跡四方只為了找主子，而波太郎則在找神的心。哈哈哈，波太郎，如果我想找主子，你會把我推薦給誰呢？」

「哦，如果隨風大人要為第二君效力的話，應該是修羅王之類的吧！」

「所謂第二君是修羅王嗎？哈哈哈……怪不得您這麼說。那麼我現在所侍奉的第一君是誰？」

「釋尊，至少要盡忠義。」

「什麼？釋尊……」隨風捧著酒杯，眼睛發光，接著深深地點頭。「是嗎？您認為為神工作是忠臣？所謂的宇宙之神。」

一旁的明智十兵衛露出蒼白表情，端正地坐著。他被這兩個人的對話震盪著——他們憑空想像著一種超越人之上的力量，並把自己置身於那股力量裡。

「那麼，若宮大人不見得會一直站在信長大人這邊囉。」

「那還用得著問，」隨風說：「神佛會站在哪個人那邊？我們是站在整個世間的一旁。」

十兵衛又浮現出微笑。他突然想到，如果把波太郎現在所說的話當成有反叛之心的證據，取了他的首級給信長的話……這時，從假山那個方向射來一支箭，咻的一聲，劃破了寂靜的夜空。

「啊！」隨風縮起脖子。

就在這一瞬間，波太郎的右手已經握住了一支箭。「是誰？」他猛然站起身，站在門口看著。

十兵衛不由得屏住呼吸，閃到柱子後面。

五

十兵衛認為這並非普通的射手，如果再來一支箭，大概會直接穿過波太郎的胸口吧。雖然波太郎的動作也快得無隙可尋。

「快趴下！」十兵衛在柱子後面揮著手，可波太郎依然站著，對著月亮大叫：「是誰？」

第二支箭果然乘風而至。波太郎用前一支箭去擋，結果折成兩半落在十兵衛的腳前，箭尾的羽毛冷冷地泛著白光。

十兵衛悄悄拭著額上的汗水。在波太郎看似女人的溫和中，初次顯出英氣來。可以自由操縱野武士和亂民，也可以發動良民、信徒、漁夫、船家的熊若宮。他的資金似乎來自堺、難波等岸邊，由替諸大名與本願寺處理兵糧事務之間，在水陸兩路奠下了基礎。據說，今川義元進京時的御用商人也是他的手下，替義元準備兵糧獲得了相當多的利益。而當義元露出敗象，他就命令村民去搶奪，一解因戰事引起的饑饉。或許，只要戰爭勝負一分，人民就不會飢餓的傳說並非沒有根據的。

任憑波太郎怎麼喊叫，四周還是靜悄悄地。

「呵呵呵。」波太郎站在門口笑了起來。「看這箭羽就知道是誰了，進來吧。」

「什麼？是誰在惡作劇啊？」隨風立起身。

「對，這若不是淺野又右衛，就一定是太田又介，出來喝一杯酒吧。」他把箭往庭院一拋，外面傳來哈哈的笑聲。

明智十兵衛僵直著身子，看著對方。太田又介與淺野又右衛門、堀田孫七同為織田家的家寶，所謂的三弓之一。

「身手還是很矯健啊，我本以為今天可以劃破你的袖子的。」一個頭部蒙著面巾的武士毫無顧忌地走近門邊。「那一位世俗氣相當重的和尚是誰？」

「名為隨風的聖僧。」隨風本人已經舉杯，滿不在乎地回答了。

「那個小白臉呢？」太田又介把下顎指向十兵衛，猛然把弓拋出。

「我是美濃土岐氏一族的明智十兵衛光秀，久仰！」

「牢人嗎？」又介不感興趣地說著，這才拿下面巾與波太郎打招呼。「我平安地去熊野參拜回來了，特地來告訴您！」

「那太好了，京都的情形呢？」

又介故意對外界宣稱是去熊野參拜，其實是跟隨信長到京都。

「啊，很有趣吶！」又介搖著肚皮說。

六

「若宮大人也是軍師啊！御大將實在有趣。美濃的刺客一直跟在我們後頭，我們在京都和堺兩處都殺進對方的旅宿，殺得他們措手不及。」

「去襲擊刺客……真像信長大人的手法，就像田樂狹間那次一樣。」

「不不不！還有更有趣的。在京都，大家都把玩具車結在刀鞘上，一邊拉著走路吶！京裡的孩童都笑得要死。」

「結在刀鞘上？」

「用很多紅白相纏的繩子綁著。要是若宮大人看了，一定也會注意到。究竟為什麼要這麼做呢？」太田又介拿下護胸，巫女出來恭恭敬敬地倒酒。

波太郎突然蹙眉點頭。「這倒是有點奇特。」

「為什麼？」

「這麼走的話，京裡的孩童眼光一定都會聚集在這一行人身上。這不就是利用眾人的環視，使刺客難以偷襲的把戲嗎？」

「哦，不愧是若宮大人，給看出來了。」

「但同時卻也告訴大家：織田的主君是個傻瓜，懷疑起他怎能掌有天下呢？我不知道這種作法好不好。」

聽到掌有天下時，十兵衛的眼睛閃著異樣的光芒，他知道，信長已經立定志向，開始行動了。

（是嗎……已經到這地步了。）他想。

「與武田家的結合，準備得如何？」這時波太郎又說出令人意外的話。

「大概差不多了。」

波太郎點頭。「漫長的亂世已經逐漸走向春天了嗎？」他注視著中秋月，喃喃自語。

「如此一來，三河的一揆不是太過了嗎？」

「的確如此。可是，這麼一來，三河也會因而穩固了下來。就在家康大人揮動太刀一一迎戰之時，他的膽識、手腕和性情就像今晚的月亮一樣，深深打動著領民的心。」

「呵呵呵。」默默聽著的隨風突然放下酒杯，笑了起來。「是嗎？我終於領悟到了。」

「領悟到什麼？」

「你所居的是仁心啊！」

波太郎沒有回答，只是向巫女使眼色要她斟酒。

「是嗎？那麼是你煽動一揆的吧？」十兵衛責問。

「怎麼說？」
「你這個頭腦停不下來的男人。先讓信長大人去旅行，在這無聊的期間……讓還太過年輕的家康……」
「啊。」
「如果信長已經在準備下一步了，家康也正好把內部給鞏固起來，真妙。」
此時，另一個男人走出來說：「我把馬匹給打理好了，所以就過來了。」這是成為材木奉行的木下藤吉郎，他好像是和太田又介一起來的。

七

藤吉郎自個兒在末座坐了下來。他愈不裝模作樣，看起來就更像裝模作樣似的。
「咦？」隨風先責難道：「真不可思議。你應該把頭抬高，讓我看看你的面相。」
「這樣嗎？」
「啊，嚇我一跳，你有統治天下之相。」
十兵衛一聽到天下，眼睛又為之一亮。被這麼一說的藤吉郎卻一點也不感興趣似地說：「那太好了，在下如能取得天下，一定敬獻一半給貴僧。來，乾杯。」他為自己倒了杯酒，津津有味地喝著。

「藤吉，你和我在中途分手，又繞去了什麼地方？」太田又介一問，藤吉郎恭恭敬敬地把酒倒滿杯子。

「明月會突然使人產生鄉愁。」

「沒那麼風雅吧，只是在田野間拉了一泡屎吧。」

「月亮明鑑我心。同時，月亮也映照在我所撒的尿裡。所謂天地合一就是這個意思吧？」

正在斟酒的巫女忍不住笑了出來。

十兵衛光秀愈嚴謹，就更顯得藤吉郎的話愈可笑。

「藤吉。」

「是，什麼事，又介？」

「你說，你是不是在藤井又右衛不在時，碰了他的女兒八重呢？」

「這完全是冤枉啊。」

「這麼說，這謠言是毫無根據的囉。」

「御大將經常提醒我。」

「提醒你什麼？」

「猴子啊，你的面相顯示出運勢會被女子所破壞，千萬要小心。」

波太郎微笑地對巫女說：「倒酒。」

「所以你對女子特別當心嗎？」又介問。

「是，可是這次是不得已的。不過，我對女禍頗有戒心。」

「那麼，謠言究竟是真是假？」

「假的呀，僅僅是八重小姐單戀我，但我並不在意她啊。」

「哈哈哈。」隨風笑了。「原來是對方迷戀你。有時，對方迷戀你而自願奉獻時，你也不得不接受。你很憐憫她，所以就碰了她，是嗎？」

「什麼話！什麼話！」藤吉郎認真地搖搖手。「女人啊，只要碰過她一次，就想永遠不想離手啊。」

「你是說，你沒有碰她囉。」

「不，我碰了。對了，熊若宮大人。」

受到戲弄的眾人還呆在那裡時，藤吉郎巧妙地朝波太郎說：「在下追著又介過來就是為了這件事。想請您幫忙向御大將解釋，我只是幫助一個可憐的單戀女子達成願望罷了。」

「原來如此，這真是個奇人。」隨風忍不住喃喃自語了一句。

八

「那麼，你是希望波太郎替你說好話，讓你能和那叫八重的女孩在一起嗎？」

「唔……」藤吉郎歪著頭遙望遠方的天空。

「若宮大人如果有這個意思，在下也無所謂。」

「這件事不能不管。」

隨風的興緻來了，聳聳肩膀轉向藤吉郎：「你任意地碰了她，然後想丟給別人處理嗎？」

「這麼做是猶如他力本願[30]的妙趣。您看，明月所降之露，今宵一定會浸濕地上的花。不過，露水不是一直沾在花上的，當陽光升起時，露水就蒸發了。」

隨風張著嘴看著藤吉郎。「這麼說來，你是個輕佻的人囉。」

「這是天地之理。」

「你斷定天地是輕佻的？」

「當然，你沒看見無聊的人愈來愈多嗎？」

「喝！」隨風大叫一聲，接著發出哇哈哈的笑聲，與藤吉郎乾杯。

不知何時，明智十兵衛蹙緊了眉頭，太田又介則呆呆地張大嘴巴，只有這房子的主人波太郎以一種似笑非笑的表情，眼光輪流逡巡大家。

拜託自己把他推薦給信長，而心無旁騖的十兵衛。

容易愛上女人，卻能以巧辯說動他人的藤吉郎。

嘲笑二百五十戒，謀求天下平定之器的隨風。

武技優異，活在義理之中的太田又介。

在這當中，究竟是誰具有吸引波太郎的力量呢？波太郎思考之時，藤吉郎又對波太郎說：「若宮大人，如果必須在一夜之間築城來阻擋敵人，要採取什麼手段呢？」

波太郎微笑了，藤吉郎很天真又狡滑地想從他這裡獲得些什麼。

「沒有什麼方法啊！」

「沒有方法就必須拱手投降了。」

「是，這種投降也是順應天理。」

「我投降了。」藤吉郎說著，低下頭來。「請指點我。照這樣指點我。」

波太郎漸漸認定信長要攻打美濃了，隨後又搖頭說：「這種戰術，與其來問我，不如去問蜂須賀正勝。」

藤吉郎點點頭。不知道究竟聽懂了沒有，只見他把話鋒一轉：「八重小姐的事就拜託您了。」

波太郎一面點頭，心裡突然溫熱起來。如果亂世一直持續下去，就會出現各式各樣的年輕人。今夜這麼多人聚集在這裡令他耳目一新。

「倒酒。」波太郎又催促著巫女。

30〔編註〕原指一切眾生若依賴阿彌陀如來之本願力獲得救度。利引申為藉由他人之力坐享其成。

是佛還是人

一

三河的一向一揆，從永祿六（一五六三）年九月持續至隔年二月，但家康並未覺得驚懼。十三年的人質生活，使得岡崎部眾像鐵一般地堅固團結，不為任何事所動搖。他們沒想到家臣與百姓之中有人會叛亂，而佐崎上宮寺借稻之事竟引起了三河一帶的大騷動。

他們原本認為可以立即平息叛亂的，但是叛黨中有太多松平家的家臣，因此戰事延續了許久。

目前殘留在東三河的今川家勢力，僅有吉田、牛久保和田原三城。其中牛久保的牧野新次郎成定與家康互有往來。因此，只要降服吉田城的小原肥前守與田原城的朝比奈肥後守，三河一帶就可以完全落入家康的掌握之中了。

雖然家康與築山夫人有嫌隙，但還是順利地將生母於大迎回了岡崎城，讓於大的丈夫久松佐渡守俊勝擔任岡崎的留守任務，自己則縱橫沙場。

「你們要小心寺門，聽說在加、能、越有很多煽動者在挑起騷動。」家康在佐崎的防禦工事上，費盡心力地向士兵訓話。

只因為沒有經過談判就運走稻米，導致僧徒起兵奪回，而酒井雅樂助派去和談的使者居然在境內被殺了。

「野寺的本證寺、針崎的勝鬘寺、佐崎的上宮寺，這三寺自開山以來都是守護[31]的禁地，年輕的家康竟然擅入並搶奪糧食，到底是何居心。」

使者被他們殺了竟還說這種話，實在令人忍無可忍。然而仔細想想，這一定是受了煽動者的影響，只是這麼一來，他們也激怒了血氣方剛、年僅二十二歲的家康——他正虎視眈眈地等待時機，準備打擊一向宗的暴力革命。

當全國邁向組織化的時候，對家康不滿的一群人，也在今川氏的庇護之下展開了行動。「如果能多累積點經驗也好。」而像是熊若宮竹之內波太郎這麼有潛在勢力的人，不去消弭爭論，反而增添了火勢。

對家康不滿的不平集團中，居於前鋒的有酒井將監忠尚、荒川甲斐守義廣、松平七郎昌久等等，其中以東條的吉良義昭為總大將。他們揭起「宗門的危機、打倒法敵家康」的大旗，而這些人的崛起確實讓年輕的家康十分驚訝。

談到宗門，三河一帶都深信一向宗。幾乎有半數以上的家臣皆是一向宗的信徒，他們都有自己的信念，但對老一輩的人來說卻面臨了一個難題，讓他們不知何去何從。

「該擁戴阿彌陀如來呢？還是領主呢？」

這不是今川與織田的比較，而是現世與來世的比較。比較佛偉大還是家康偉大，以及誰的報應比較可怕？

沒幾天時間，三河人大都決意跟隨阿彌陀如來。

二

他們手上拿著纏上了千段卷[32]的槍、綁著頭巾，還有佛經。「我們是清剿法敵的軍隊。前進是極樂淨土，後退是無間地獄。」

可憐的百姓被這些持著標語的煽動者引導，開始襲擊在昨天之前還被稱為明君的家康。總大將吉良義昭的東條城、酒井將監的上野城，以及野寺的荒川甲斐、大草的松平昌久、安達右馬助、同彌一郎、鳥居四郎左衛門、同金五郎等等，糾集了約有七百部眾。固守本證寺的大津半右衛門、犬塚甚左衛門、同八兵衛等等，以及石川黨、加藤黨、中島黨、本多黨等等，約有一百五十餘人。

31〔編註〕守護，即支配領國的守護大名。

32〔編註〕以苧麻纏繞在刀、薙刀、長槍的刀柄或握把上。

在暴亂中心上宮寺的倉地平右衛門、太田彌大夫、同彌六郎，以及加藤無手之助、鳥居又右衛門、矢田作十郎等等，與松平家有著難以切割兩斷關係的，約有二百三十人。

土呂本宗寺的大橋傳十郎、石川半三郎一族十名之外，大見藤六郎、本多甚七郎、成瀨新藏、山本才藏等等，約一百四十人。

起事的勝鬘寺蜂屋半之丞、渡邊半藏、加藤治郎左衛門一族，以及淺岡新十郎、久世平四郎、筧助大夫以下約一百五十人。

再加上各地蜂擁而起的農夫及其他暴徒，總數大約超過三千。他們口中吶喊著是阿彌陀佛還是家康、是極樂還是地獄……紛亂擁到岡崎城下。

當然，並非所有的人都參與了一揆，像是酒井雅樂助便在西尾城與本證寺暴徒及荒川甲斐旗下的兵士交戰；本多豐後守廣孝據於土井城，與針崎的吉良義昭短兵相接；松平親久則在押鴨與酒井將監的兵士對峙。

這次，敵方的勝算較大。

上和田的大久保忠俊老人指揮一族之人，與土呂、針崎的一揆作戰。當暴徒即將逼近岡崎之時，他跑到自己家的屋頂上，披著白髮、吹著竹貝，高聲喊道──「一揆亂兵靠近了。」

當暴徒逼近岡崎，在城內守候的家康立即跳上馬背，直驅出城。在他出城的那一剎那，亂兵立即後退，但隨即又撲了過來，如同在海邊與海浪戰鬥一般。

見到一張張的臉孔，家康心中湧起了一股怒氣。想著想著，腦中一片混亂。

（連他也……）一些令他意想不到的人夾在一揆之中。他們真的相信家康是佛法之敵？想把他們全部抓起來加以教訓、責備一番，卻又遙不可及，他心中的憤恨實非筆墨所能形容，無論夜裡或白天，他都穿戴盔甲無法休息。動亂始於九月深秋時分，拖延至翌年正月，家康再也無法忍耐了。

家康的憤怒不是為了正月的賀宴，而是因為好不容易豐收的領民，又將再度面臨飢餓的危機。恐怕……到了春天播種之時，他們還沉陷在阿彌陀如來與領主的衝突之中，忘了現實，繼續爭鬥。

（好，我就燒了這些黨徒的根據地！）

二月初，家康終於下定了決心。

三

那天夜裡，一揆的暴徒使得家康無法成眠。

夜裡，他們再度來犯。破曉時分，竹貝聲四處響起。家康不再進行心理戰，也不再故意打開城門。如果暴徒來犯，就準備圍攻，斷了他們的退路，同時在明大寺的堤上安排伏兵。

沒想到暴徒竟燒了隨念寺旁的民家。

寒冷的破曉，天空一片通紅。好不容易得以享受安樂生活的農民，而今連住家都被火化為灰燼。家康內心的怒氣無以復加。

信仰是一種難以言喻的觀念，但因為它而受到煽動、破壞自己的生活，實在是愚不可及。如果目前的年貢比起今川家徵收的還要嚴苛，那還情有可原，但事實卻完全相反。大家的生活遠比受今川家控制的時候還要豐盛、舒適。別說是暴斂了，現在幾乎是家家戶戶都可以在家康的「仁政」之下，開始儲藏自己的糧米。沒想到他們卻以怨報德，竟然襲擊賜予他們力量的家康。

「我再也無法忍耐了。」家康決定不再讓亂民燒毀他們的寺院、城塞，必須針對他們的弱點加以打擊。

「天一亮，我們就進攻。彥右衛，去告訴旗本[33]。」

這次的一揆，使得家康的旗本一下子年輕起來。在戰場上與敵方兵戎相見的時候，有些人還彼此認識，使得老將因為人情關係，對於動員顯得無可奈何。

最年長的鳥居彥右衛門元忠二十四歲，以及平岩七之助親吉、本多平八郎忠勝，及最近剛剛元服的榊原小平太康政等等，都是從駿府就開始跟隨家康，或其後加入的年輕小伙子。

民家的火勢逐漸平息，菅生川河面上泛起破曉的白靄。馬匹似乎也嗅到即將出征的氣氛，振奮地嘶鳴著。

就在這個時候，瞭望台下似乎有人在叫著幔幕內的家康。原來是留守在二之丸的俊勝之妻，也就是家康的生母於大。

「久松夫人在帳外有急事相見。」榊原小平太來報。家康拿起頭盔說道：「這個時候會有什麼事呢？好吧，請她進來。」

於大似乎徹夜未眠。她已年近四十，沉穩的氣度令人聯想起菅生川上的晨靄。

「辛苦了。」來到這兒之後，於大一直扮演著久松佐渡妻子的身分，從不以家康的生母自居。

「一夜沒睡啊？」

「睡不著。」於大溫柔地微笑著。「殿下，聽說您打算出城一舉解決……」

家康皺了皺眉頭。雖然於大是他的母親，但他不想與她討論戰事。

四

看到家康皺著眉頭沉默不語，於大嘆了一口氣。她知道家康為何不回答，為何皺著眉頭。因為家康終於忍耐不住了，準備還擊，但於大不能任他如此。

「如果你決定付諸行動，寺院首先會被燒毀。」於大看著地面，喃喃地說道。

「寺院若被燒毀，就等於又給了他們一個藉口。」

家康仍然默不回答。他知道母親的意思，但是年輕的他滿懷怒氣，認為只有以暴才能止暴。

33〔編註〕主將旗下直屬的近衛武士。

「假設……」於大繼續說道：「假設寺院被燒毀，再把那些作亂的人全部殺掉，又能怎樣呢？事情會就此結束嗎？到時候，松平家的勢力反而會被削弱，而這正是那些躲在暗處的敵人最希望見到的局面。」

「什麼，敵人最希望的……」

「是，我是這麼認為。他們一定希望松平家分裂為二。」

「唔。」這句話提醒了家康。內部相爭，無論誰勝，整體的力量都會減半。減半後的力量再和敵人對抗……

「母親大人……」家康說道：「如果您是我的話，會怎麼做呢？」

「由於他們希望我們分裂為二，所以無論如何，我們一定要團結一致。」

「這正是家康的目的，但他們實在太頑強了。為了避免饑荒，春天來臨之前一定要平息戰火。所以，我決定徹底解決。」這時，他發現母親還站著，於是說道：「小平太，拿把椅子過來。」

榊原小平太拿了一把椅子過來，但於大並沒有坐下，依舊跪在冷冷的地面上說：「你這麼做就太急躁了。」

「您的意思是說，今年不平息戰事也沒有關係？」

「是。」於大明確地說道。

「最重要的是，無論得花多少年，殿下要一直以勸導的方式直到家臣的觀念改變為止。」

「什麼？無論花多少年？」

「是，大家都是松平家的人，如果你砍了他們的手足，或是懲罰他們……要是他們不瞭解你的苦心，彼此誤解，一定會引起更大的憤怒……」

「唔。」

「殿下，試著去說服他們吧，這樣才能和家臣彼此溝通，重新開始。當他們明白大家有著共同祖先……那麼，那些看不見的敵人，以及在後面煽動的人，就無法達成他們的目的了。」於大的聲音、眼神露出熱切的情感。她的身體激動地微微向上傾斜。

五

家康凝視著母親，胸中有一股暖流激盪地翻滾著。

母親的話不無道理。就戰略而言，這的確不失為一個卓越的見解。如果他們知道，無論經過多少年，家康都不會屈服的話……即使是孩子也會瞭解……

（再這樣下去會餓死的。）

那些欺他年輕、依靠煽動者的支持而倒戈的家臣，帶給他深深的屈辱與憤怒，他如何能咽得下這口氣？家康的胸中已經充滿霸氣，他只欲在世人面前展示。

「你贊成嗎？」於大急切地問道，一腳膝蓋不禁前移一步。「一定要仔細考慮清楚。」

「母親大人，如果他們屈服了……到時候，一切都能由我裁決嗎？」家康的語氣突然轉強。

「如果你這麼做，」於大拍了拍膝蓋，揚眉說道：「那你就等於是欺騙了家臣了。」

「可是，那些罵我法敵、拿著刀對著我們的人……」

「你應該以佛為心原諒他們。只要你能證明自己不是法敵，一切就明白了。這才是最重要的。」

「您的意思是要我忍耐下去？」

「殿下，這不是忍耐。」於大放柔了聲音，用著母親對孩子說話的口氣道：「這是佛道，也就是小小的了悟。」

家康凝視著母親，似乎尚未明白她的意思。

「佛是無所不在的，我們都知道。祂以偉大的力量來使世界運轉，讓你誕生在這個世界，也製造了一揆之眾……除此之外，晝夜之分、鳥獸草木、天地水火等等，都是佛力的顯現，我們是無法戰勝佛的。如果不按照祂的道路而行，一定會滅亡的……」說到這兒，她微笑了一下，又說：「你一定會得勝的，只要依照佛道行走，一定能阻止那些一揆之眾與好事僧徒的。」

「我明白了。」家康跪了下來。「我明白了，無論是我或是任何一個人，都是活在佛的力量之中。好，我就遵照您的吩咐，依順佛心。」

「這就對了，你一定會勝利的。」

破曉早已在不知不覺中來臨，霧氣逐漸變濃。人影和樹影在霧氣中隱約可見。就在這個時候，霧中傳來一陣陣的竹貝聲。家康站了起來，豎耳傾聽。

六

這次的竹貝聲特別接近，看來他們是藉著霧的掩飾接近城門了。

「母親大人，您休息吧。」家康對著還跪在地上的母親說道，然後急忙走出幔帳之外。

「小平太，趕快把城門打開，我們還是像以前一樣地出去迎戰。不管是幾次，幾十次，還是幾年，我們都要堅持下去。」他扯大嗓門說道，彷彿是故意說給母親聽的。

「鍋，備馬。」家康叫道。他很快地上馬，和本多平八郎忠勝朝大手門奔去。

以往那股熊熊的怒火不知怎麼地消失了，反而有種想笑的感覺。這是因為他已經能夠懷著一顆真理的心，客觀地觀察那些迷失在紛爭中的人。

（這都是母親的恩惠……）

「鍋，不要急，在霧裡看不清楚的。」

「殿下，敵人已經迫進城門了。」

在霧中一聽到一揆亂民的喊聲，弓箭手就一起放箭。旗本先鋒鳥居彥右衛門元忠在那兒等待家康的來臨。

足輕每十人一組，像以往般地站在大門左右等待開門。

「開。」看到家康的影子，站在前面的榊原小平太發號施令。槍和刀一起指向天空，五百貫重的鐵門朝左右兩邊緩緩拉開。

「出發。」家康、元忠、平八郎、小平太依序騎馬躍入霧中，士兵也先後地衝了出去。

「討平法敵。」

「後退是地獄。」

「前進是淨土成佛。」激烈地太刀交鋒聲中，夾雜著一陣陣的吶喊聲。

他們喊著口號，但城中的兵士一出城，他們便像海浪般般地退去。看來它們並不想與家康的太刀交鋒。

從昨晚算來這已經是第三波了，這次是針崎的勝鬘寺部隊，他們瞞過本多豐後守的眼睛，前來襲擊。

「半藏。」家康在指揮者中看到了渡邊半藏的身影。「可惡的傢伙，你過來啊。」他在馬上高喊著。

在四尺之外的半藏，扛著一把自豪的太刀說道：「前進是淨土、後退是地獄……」然後消失在霧中。

「等等，等一下。」家康拿起槍，追了上去。

「法敵，來呀。」這時，突然有個人拿著長槍從柳樹下衝了出來，擋在家康的前面。

「哦，原來是蜂屋半之丞啊！」

「不錯，你是小平太還是平八？」半之丞拿著矛問道。

七

蜂屋半之丞身高將近六尺，兵器是三間長的白樫長槍。在戰場上，他以此武器襲擊敵人，以人的脂肪滋潤矛尖，使之不會生鏽。他和長坂血鑓九郎的紅槍，是松平家的長槍二絕。而現在，這支三間長的槍，朝著騎在馬上的家康刺了過來。家康一彎腰，躲過了這一擊。

「我就讓你嘗嘗滋味吧。」半之丞拿著長槍，嘲笑地說道：「怎麼樣，你是想逃，還是想和我交手？如果和我交手的話，這次你恐怕得到地獄去。」

家康全身熱血沸騰。對方明明知道他是家康，卻稱他為本多平八郎。百般嘲弄，讓他憤怒得瞬間失去理智。

「半之丞。」

「平八，什麼事啊？」

「竟敢嘲弄我，我絕不饒你。」說著，他從馬上跳了下來。

半之丞在霧色中手持長槍發出冷笑，以往的勇敢和風趣頓時變得十分可憎。家康被憤怒淹沒了理性。當他從馬上跳下來的那一剎那，手中的長槍也飛了出去。

「啊。」半之丞向後退。他似乎感覺到……這不是平八或小平太的槍矛。

「你不是平八……」

「你還胡亂說話，你本是家中要人，如能及時醒悟，我還可以寬恕，但現在絕不饒你。」

「說，你究竟是誰？」

「可惡。」家康一跺腳，大聲吼叫起來。一支二間長，一支三間長，家康只好做智力的搏鬥。家康閃過半之丞的槍尖，朝他的胸部攻去。

「糟了。」半之丞再度向後退。「是殿下，這下麻煩了。」

「站住。」

「不了。」

「你想逃嗎？別跑。」

「今天我狀況不好，改天再較量吧。」半之丞後退四、五間之後，扛著槍說道：「失陪了。」說完便快速地逃走，但家康卻瘋狂地在後面追逐著。

家康執起長槍，正想投出去的時候，眼前突然出現了於大的臉龐。殺人不僅違背佛心，更中了背地裡看不見的敵人的圈套。家康停了下來。

「半之丞，你是松平家的人嗎？難道你看不到背地裡有敵人嗎？」

「什麼……」半之丞不明白這話中的含意。當家康提起松平家的時候，半之丞在霧中停了下來。

「既然您這麼說，我也不好意思逃跑了。」說著，他閉上嘴，拿著槍轉身過來。

家康萬萬沒有想到，剛才落荒而逃的半之丞，竟然會回過身來再度面對自己。

「半之丞。」家康有些後悔了。此刻的半之丞是個頂天立地的男子漢，瀰漫四周的殺氣讓家康幾乎屏住呼吸，說不出話來。

「殿下。」半之丞在濃濃的殺氣中低聲說道：「人是不能與佛為敵的。」

「笨蛋。」家康再度舉起槍。剛才威勇十足的半之丞此刻卻縮著身體，並沒有舉起手上的槍。

家康將力量聚集於丹田。從剛才下馬到現在，家康由於太過專注而沒有聽到四周的刀箭聲。此刻，他已漸漸能從刀箭聲中判斷出全軍的狀態。

看來，一揆的主力已經撤退了，今天又是家康獲勝。明白狀況之後，家康頓時覺得全身輕鬆。與其說是鬥志，應該說是蘊含在體內的武神將心中的恐懼驅逐出來，讓勇氣源源不絕地向外散發。

半之丞的身子再度後退一寸、二寸。

「半之丞。」

「殿下。」

「你以為你那把軟弱的槍能夠穿透我的身體嗎？」

「只要是佛的槍，什麼都可以穿透。」

「住嘴。」家康說著，朝前跨進一步。半之丞畏怯地向後退了一步。

「像你這樣的笨蛋，你以為佛會站在你那一邊嗎？睜開眼睛看看吧，佛正在我的後面啊。」

「什麼？」

「半之丞。」家康再度向前跨進一步。這裡是岡崎城外通往上和田道路的農家庭院。

「你為什麼不向我進攻，難道你害怕了嗎？」

「不……不是害怕。」

「那你就進攻啊！」

「您是殿下，我不能攻擊您。」

「半之丞。」

「是。」

「你知道我為什麼不攻擊你嗎？」

「為什麼？」

「因為你是我的子民，我不能攻擊我的子民。你只是犯了一些小錯，尚可原諒，你是受到偽佛之徒的煽動。是佛告訴我，不要傷害你的，難道你沒有聽到佛的聲音？」

「什麼……殿下聽到佛的聲音了嗎？」

「聽到了。所以，只要你不進攻我，我是絕不會進攻你的。來吧，進攻吧。」

「這……」半之丞猶豫了。「您是說，我受到偽佛的煽動……胡說！」

「所以我說你笨嘛，你想想看，百姓與農夫好不容易能夠好好地生活，但一揆卻燒了他們的家產。到了今年冬天，大家都會餓死的。若真是大慈大悲的佛會做這種事嗎？」

「這……」半之丞的額頭上不知何時已冒出了汗水，在霧色中像鉛一般地閃爍著。

九

「半之丞。」

「是。」

「你在發抖嗎？」

「我沒有。」

「沒有的話，你就進攻啊。如果彌陀在你身後的話，你應該會成功的。」

「好吧。」蜂屋半之丞口裡雖然這麼說著，但是內心卻一片慌亂。

家康剛才所說的那句話——今年冬天大家都會餓死——使他再度想起三年前的痛苦生活。

戰爭，這不僅是戰場上生命的呼喚，更蘊含了使大地繁榮、枯竭的力量。

起初，半之丞認為這場戰爭並非一般的戰爭，而是單純的佛在懲罰佛敵。而現在他的心開始動搖了。佛應該擁有萬能的力量，祂為什麼不懲罰家康，反而讓佛友被打敗驅散呢？

（這究竟是為了什麼？）

家康的一番話在他心裡引起了一團迷惑。一揆是受了偽佛的煽動，家康的身後才是真佛。或許他說的是真的，雖然半之丞不願相信，但是手上那支他引以為傲的長槍，為何無法沾上家康的血呢？

「殿下……」半之丞頭上的汗水流到了頰邊。「真佛告訴您不能傷害我們嗎？」

「混蛋，」家康斥責道：「佛是憐惜天地萬物的，祂正在等你們回頭啊。」

「真佛……偽佛……」半之丞拿著矛，喃喃自語著。

為什麼經過這許多戰爭，家康還沒有受到懲罰呢？或許站在他們身後的，真的是偽佛。家康說真佛在等他們回頭……半之丞突然覺得頭痛欲裂、兩眼昏花，強烈的飢渴感湧上喉嚨。

「殿下，我還是……不和你打了。」半之丞再度轉過去。

「等等。」家康喊住他，但並沒有追上去。

半之丞走出幾步以後，將槍扛在肩上。霧愈來愈濃了，他的臉頰和腳上沾滿了細雨。他繼續向前奔去，愈跑愈感到胸中有股難以言喻的鬱悶，眼淚不禁流了下來。

「殿下是笨蛋……」他一邊奔跑，一邊喃喃自語道。

「他為什麼不殺了我們這些受偽佛煽動的叛徒……」

在他奔跑的時候，左右兩側隨處都可見到敗北的同伴。「後退是地獄，前進是淨土。」大家口中仍高喊著口號，一邊朝上和田逃命去。

小河傳來淙淙的流水聲，半之丞趴在地上說道：「殿下，我要喝水，我要喝水……」說著說著，他「哇」地一聲哭了出來。

十

一揆之眾撤回上和田的時候，大久保一族以忠俊老人為中心，早已在那兒等待了。不僅如此，以往一離城就停止追逐的家康，今天竟然在後面窮追不捨地跟了上來。

半之丞在通往上和田部落的茅草堆旁，遇到了正在那兒吃乾糧的渡邊半藏。半藏把他那把最得意的刀丟在枯草堆上，口裡嚼著乾糧。當他看到半之丞的時候……

「咦，你不是半嗎？」他看著半之丞說道：「你槍上的佛書怎麼不見了？」他指了指自己太刀刀柄上的佛書，上面寫著：「後退是地獄，前進是淨土……」

「半藏。」

「唔。」

「我碰到了殿下。」

「好啊，這樣你就可以殺了他呀。」半藏倒是沒有提起自己扛著刀逃跑的事。

「半藏。」半之丞將自己整個人摔在枯草堆上，坐了下來。「可是，我就是出不了手，真奇怪呀。」

「哈哈哈……這是因為你信心不夠的關係，如果是我，一定很乾脆地解決他。只可惜呀……」

「很奇怪，那個時候我感到雙手麻痺、眼睛模糊，只看到殿下身後阿彌陀如來放射出來的光芒。」

「別說謊了，阿彌陀如來在我們這邊。」

「半藏。」

「怎麼啦，你的眼神好奇怪？」

「你想，阿彌陀如來什麼時候才會懲罰殿下呢？我們春天沒有耕田，一旦夏天到了，戰爭還沒有分出勝負，過了秋天就是冬天了，我們都會餓死的。」

「這個嘛……」

「究竟是誰受到懲罰呢？難道你不認為真正受罰的是農民和我們？」

「半……」渡邊半藏不知想說些什麼，但是又把話吞了回去。「是你把槍上的佛書割掉的嗎？」

「我不會背叛阿彌陀的。」

「阿彌陀如來不是說過，祂站在我們這邊的嗎？」

「但是受罰的卻是我們，我看到殿下身後有萬道光芒。」

「半，你說的是真的嗎？」

這時，一名念佛道場的荒法師手持懸著佛書的六尺棒走了過來。「原來是半藏和半之丞啊。好機會來了，法敵家康已經追到了上和田，剛剛才進入大久保忠世的宅邸。我們剛好可以來個甕中捉鱉，將他們倆人殺了。」他氣喘喘地一口氣說完。

「什麼，在忠世的宅邸裡？」半藏很快將飯袋塞在腰邊，拿起了那把太刀。他想看看剛剛半之丞所說的，家康身後閃現彌陀光芒之事究竟是不是真的。

「好，這次讓我去，你就在這兒等著吧。」

十一

見到半藏意氣激昂地站了起來，法師也摩拳擦掌地朝手上吐了口口水，握起了那支棒子。「這次一定要將他們殺光，完成彌陀的使命。」說著，他回過頭來看看半之丞。「這麼好的機會，你不去嗎？」

「我肚子餓了，即使是阿彌陀如來的命令，總不能餓著肚子辦事吧？」

法師不屑地看了他一眼之後，趕上半藏去了。

半藏扛著太刀，朝大久保忠世的宅邸奔去。他腦中像是有隻大螳螂般地不停迴轉，始終安定不下來。無論能從阿彌陀那裡獲得多少利益，如果不耕田就沒有米，沒有米就會餓死……（曾經有人說天降蓮花……）但是從沒聽過天降稻米。不，雖然說天降蓮花，但半藏也從來沒有親眼看過。如此看來，半之丞說他看到家康身後放出光芒之事，也不能說是假的了。

霧漸漸散去，四周的雜木林和田地裡，到處飄揚著南無阿彌陀的旗幟與三葉葵的旗幟，彼此互相衝突、牽制。半藏將身子藏在竹籬笆後，聞到了馬糞的味道，原來他就在馬廄的後面。於是，他很快地潛入馬廄中，看到主屋廚房爐灶前面有馬的腳。

半藏沿著馬腳，朝上看去。

首先他看到了馬鐙，接著是馬鐙上的毛靴，然後是熟悉的鎧裙。

「是殿下！」

家康騎著馬，停在忠世宅邸的廚房邊，就在馬背上喝起湯來了。旁邊跪著一名面色蒼白的女子，她是忠世的妻子。

「夫人。」

「是。」

「你煮的味噌，味道真好。」家康騎在馬上稱讚道。

「大概是您早上沒吃，餓了的關係吧。」

「不，不，不，能煮出如此美味的味噌一定是個好妻子。你一定是個好妻子。」

「那樣的話，您要不要再來一碗？」

「嗯，肚子是有點餓，不過已經夠了。這些都是你們辛辛苦苦存下來的米，如果吃太多，亂了你們的計劃就不好了。」

「沒有的事。這些都是以備不時之需的米，多吃一點吧，再來一碗！」

「哈哈哈……」家康笑著說道。「你們明明是勉強度日，還要說這些美麗的謊言。唉，可那些參加一揆的家臣不是這樣的呀！如果他們願意道歉，我一定會原諒他們的，請再忍耐一段時間吧。」

「您千萬別這麼說。」

「看你的臉色就知道你十分辛苦。這樣吧，你替我喝了這一碗。帶孩子怎麼可以沒有奶水呢？替我喝了這碗吧！」

躲在馬匹中間看到這幕景象的半藏，突然想大哭一場。

十二

他不明白自己為什麼有想哭的衝動。那些領導一揆的人都有不同的理想，他們都認為應當為理想而犧牲，農夫、武士和百姓都是如此。

半藏當然瞭解他們的作法與觀念，但是聽到家康這番話卻讓他另有感觸。如果戰爭一直持續下去，三河一帶必會變得荒涼。即使有再高遠的理想，最後也一定會成為流民、乞丐或盜匪之徒的匯集地。不僅如此，就連老弱婦女也會餓死路旁的。

（死後進入淨土……）想到這兒，他突然覺得失去了力量。

不，半之丞說的不可能是真的。說什麼他們這邊是假彌陀，家康身後射出光芒等等，就半藏親眼所見，家康身後並未放射出光芒，還是如平常一樣粗著脖子，在為那碗湯爭持不下。

「不，不，我的奶水很夠。」忠世的妻子淚眼婆娑地說道。

「你要保重自己的身體啊，你擁有的不只是一個人的生命，還有孩子、丈夫。」家康高聲說道，一扭身將馬頭轉了過去。

一個說要為佛而死，一個說要保重身體，繼續活下去。究竟說出為佛而死的是真佛呢？還是說出繼續活下去的是真佛呢？

（有了！）

半藏扛起那把太刀。若是真佛的話，一定不會被自己的刀斬死。現在只有攻擊家康以判斷真假了。

當家康騎著馬，通過他潛伏的馬旁邊時，「等等，殿下。」半藏高喊一聲，跳了出來。

「原來是半藏啊。」家康拿著槍，轉過頭來，「來呀。」家康騎在馬上，舉起矛槍。半藏突然覺得眼前一陣眩目。

「那不是光芒，而是太陽照在頭盔上的光。」

的確，陽光透過霧氣，照射在了地面上。

「你在那兒說些什麼？你這個是非不分的傢伙。」

「殿下，我要殺了你。」

「你那把軟弱的刀能夠殺得了我嗎？試試看吧。」

半藏拿起太刀朝旁邊揮了過去。刀尖從馬的腳下劃了過去，當他跳起來的時候，家康的旗本突然將半藏圍了起來。

「叛徒，別動。」首先跳出來的是本多平八郎的大薙刀，接著是鳥居彥右衛門的槍。站在家康前面的是榊原小平太康政，只見他兩腳叉開，挺拔地擋在前面。

（糟了……）

半藏心想，即使有一把太刀在手，也不能和這些人對抗。於是半藏開始向後退了。

十三

「可惡，你又想逃嗎？」家康高聲喊道。

這個時候，半藏一個收身，躍過籬笆，穿過冬天冰冷的小溪，朝對面的田裡逃去。

「別追了。」榊原小平太向本多平八郎叫道：「說不定有敵人埋伏，我們還是守著殿下吧。」

渡邊半藏繞小徑，扛著他的太刀回到剛才的茅草堆。蜂屋半之丞看了看半藏的太刀，見上面沒有血跡，便從枯草上坐了起來。看來他已經小睡了一陣。

「怎麼樣，沒有殺成嗎？」

「唔。」

「殿下身後有沒有光芒？」

半藏不回答，只是回頭看了看，確定沒有別人之後說道：「我願意受罰。」他很激動地說道：「即使殿下那邊的是偽佛，寺院這邊的是真如來，我也願意受罰。」

「這話怎麼說呢？」

「叫我落入地獄也好，我待會兒要去大久保的宅邸。」

「你要投降？」

「不，我要回歸，我已經覺悟了。」說著，他把太刀丟在一旁，在枯草上坐了下來，小聲問道：「你呢？」

半之丞默不回答。

渡邊半藏的妻子與大久保的當家新八郎忠勝的妻子是姊妹。忠俊老人這時已經隱居起來了，自號常源。

「你和新八郎有親戚關係，當然沒問題。我呢，我能靠什麼？」

「半之丞。」

「幹麼？」

「我們一起去找新八。殿下馬上就要回城了，如果我們和新八談不攏，還可以回到一揆這邊。」

「有道理。」

「我相信你所說的殿下身後的光芒。」半之丞手上拿著槍，眼淚撲簌簌地流了下來。沒想到事到如今，還要透過別人來道歉。當初為什麼會參加這次騷亂呢？從今以後再也不要再和殿下作對了。

「半藏。」

「唔？」

「我跟著你去，但是由你和新八交談，好嗎？」

半藏點點頭，除此之外別無辦法了。一個是要人死，一個是要人生存。即使是再單純的人，也看得出何者比較珍惜自己。兩人像是突然想到什麼似地，彼此對望了一眼。

「天氣變好了。」

「現在開始耕種的話，今年還來得及。」兩人羞赧地笑了出來。

春月之風

一

在大久保忠勝的調停之下，叛兵隨著蜂屋半之丞與渡邊半藏的降服，紛紛放下了武器。當然，半之丞等人平安無事。當本多彌八郎聽說投降的人可以平安無事之後，也跟著投降了。那些煽動騷亂的人眼見無利可圖，便都紛紛逃去。

二月二十八日，三河的僧俗在上和田的淨珠寺立下起請文，交給家康後全部獲得赦罪。三月起，領民展開農耕。

解決這次事件最具影響力的，是家康的生母於大，以及於大的妹妹，即家老石川家成的母親妙西尼。於大處處為家臣說情，妙西尼則以自己的信仰向家康苦苦哀求，保全了每座寺院。

對此事幫助最大的，是大久保常源忠俊和當主新八郎忠勝。大久保一族是日蓮宗的信徒，他們超越了信仰為大家說情。常源說道：「你就免了我的職，原諒大家吧。」

常源之所以這樣委屈求全，是因為這些煽動者的背後，有今川、武田二家覬覦著。

「他們當然希望我們分裂為二，我們豈能眼睜睜地任他們擺布。」

一揆這方做夢也沒有想到，日蓮宗的大久保一族會為一向宗的信徒說情。因此，常源的誠意感動了每個人。

「我們不能分裂為二，若真的分裂了，兩邊的勢力都會減弱的。」

經由這件事讓大家團結在一起，松平家也算是轉禍為福，有了圓滿的結果。不僅如此，最大收穫的應該是家康。他在身心兩方面經此皆有顯著成長，至此也才明白了信仰的本質。

他在家臣叛變的波瀾中，學會了安撫之道。

（人畢竟是軟弱的動物。）

他暗自決定，今後無論發生什麼事，絕不可以在家臣面前顯露出自己脆弱的一面。人在別人身上發現和自己類似的弱點時，總是會很感慨地說：「這是人性啊。」但事實上，誰也不會因為這個弱點而予以扶持。

（我的弱點是什麼呢……）家康深刻地自我反省。

一個人若想在亂世立國，一定要有相當的能力，而這個能力就是領導力。

二十八日，家康接受起請文。三月一日，他帶著起請文前往二之丸拜訪生母於大。他想親自告訴母親，事情已經圓滿結束了，也算是向她表達內心的感激之意。

二

於大雖然暫居二之丸，但依律不可使用城主的房間。沿著酒谷而下的堤岸旁，是碧綠的壕溝，到處洋溢著春天的氣息。在家臣的通知下，於大將房間打掃整齊後，走出了門，來到堤岸迎接。

家康帶著榊原小平太輕快地走了過來。家康或許已經不記得了，但是在於大的腦海中，她對這四周的每寸土地都有著深刻的回憶。她在這裡迎接自己十五歲的春天，同時把刈谷帶來的棉花種子播撒下去。而今泥土依然芳香，但當時的丈夫廣忠早已從記憶中消失，而孩子家康現在已經是三河一帶的總大將，雄糾糾地站在自己面前。

「恭迎大駕。」

於大低下頭，心中無限感慨，人生的確充滿許多意想不到的事。柔弱的於大在出嫁或離別的時候，必須隱藏起意願與情感。但於大沒有絲毫怨言，相反地，她原諒了一切，祈禱上蒼讓一切轉向光明。於是，現在……

雖然廣忠在地下早已腐朽，但是身為母親的於大，卻能在此迎接雄糾糾、氣昂昂的武將兒子。

她不詛咒，默默原諒，其實她是在原諒一個肉眼無法得見的更大的事物。

「母親大人，託您的福，一切都已平安無事了。真奇妙，雖然過了兩、三年，但是直到下定決心的那一刻，我的心裡才覺得踏實、穩定。」進入居間後，家康不再像剛才那樣地高興，彷彿在思考著什麼。

「這都是因為殿下的頓悟而得到佛的獎賞。」

於大這次沒有倒酒，只把親手做的汁餅遞給家康。汁餅是用貴重的黑砂糖撒在紅豆上做成的。想到了砂糖，又有一段回憶。於大在十四歲時，首次在這個城裡吃到了從四國長曾我部領地那兒帶來的砂糖。至今，砂糖仍是相當貴重的東西。熊若宮竹之內波太郎特地將砂糖獻給了於大。

家康口中說著好吃，一連吃了三個，於大也高興地和家康閒話家常。

「今後我一定要聽母親及姑姑的教誨，對於那些因害怕而逃走的人，我一定要把他們找回來。」

當家康表示絕不寬容叛徒之時，也有四、五個人逃到國外。而今他已改變觀念，願意原諒他們，希望他們歸降。

「你有這樣一顆善良的心，相信你的願望一定會實現的。」

直到太陽下山後，家康才離開於大的住處。於大送他到多門，目送著他和小平太兩人走出酒谷的堤防。當他們二人來到盛開的櫻樹下時，只見一名女子坐在路上。

「失禮了。」女子說。

「是誰？」小平太伸開雙手，擋在家康前面。

三

「在下有事相求。」這名女子說道。

「我是小平太，你快報上名來。」小平太仔細地打量著這名坐在地上的女子。

「我是築山夫人的侍女於萬。」

「什麼，於萬？」家康走上前來。「原來是你……有什麼事嗎？」

家康從小平太手上接過太刀後，對小平太說道：「你先回去吧。」

小平太不解地搖搖頭離去。他實在不明白，在這個時候、這個地方，這名女子找上殿下會有什麼事。家康與這名少女有過一段韻事，這絕非他所能想像的。

見到小平太離去後，家康說道：「於萬，起來吧。築山夫人又叫你來幹什麼？」

於萬沒有回答這個問題，只是哀求道：「請您回去看看夫人吧。」

「過幾天我會去的。」

「不，過幾天就不行了，一定要今天晚上。」

家康內心為之不悅。

「是她說今晚一定要我去的嗎？」

「不，不，夫人……和這件事……」

「難道是你多嘴？」

「是……是的，是我瘋了。殿下，求求您……」

家康看了看於萬激動的動作。她的確和平常不太一樣，只見她雙眼布滿血絲，豐滿的胸部像波浪般起伏著。

（難道她真的瘋了……）一股寒氣頓時湧向家康。

「究竟是怎麼啦？」家康平靜地問道。聽到家康溫和的語氣，於萬頓時忍不住哭了出來。

「別哭了，你快說話呀。」

「是……」於萬平日的好強語氣早已消失得無影無蹤，此刻顫抖地俯在家康的腳下。

「殿下……夫人她……已經知道您和我之間的事了。」

「唔。」

「自此，她每天晚上都責罰我。不，她簡直是在虐待我了。」

「她怎麼虐待你？」

「這……我不能說，就算是死了也難以啟齒……殿下……」

「比死還難過？」

「求求您去看看夫人吧！否則，我……」

「否則她會殺了你嗎？」

「不……那比死還難過。她說這不是我的錯，是我身體中淫蟲的錯……」

家康凝視著俯在他腳下的於萬。

四

瀨名發現了家康和於萬之間的風流韻事……看來，事情有些麻煩了。

瀨名的神經質非比尋常，當她嫉妒時會失去理性，變得瘋狂。一旦她知道了這件事，絕不會一笑置之，也不會輕易放手。她一憤怒起來，真不知會做出什麼樣的事。

家康看著因害怕而全身顫抖的於萬，心中突然覺得不安、後悔，同時也感到憤怒與厭惡。

「有什麼恥辱會比死更可怕的？現在旁邊沒有人，你說說看！」

「不，不，我不能說。」

「你不說的話，我又怎麼知道呢？快說吧。」

但於萬只是拚命地搖著頭。事實上，瀨名的虐待絕非十六歲的於萬所能說得出口的。

「這不能怪你，都是你體內的淫念作祟。」瀨名說著，將於萬的手腳綁起來，加以踢打。同時，更對從岩津到城內來挑肥的年輕農夫說：「這名女子想要男人，我把她交給你們，你們愛怎樣就怎樣。她喜歡這樣的，別客氣。」她把半裸的萬拉到儲藏室後面之後，就進房去了。

於萬還依稀記得當時農夫的談話。有的人認為應該遵從夫人的命令，也有的人認為這樣太殘酷而躊躇不前。於萬淚眼婆娑地向大家苦苦哀求著，同時揚言如果他們靠近的話，立刻咬舌自盡。

大家討論的結果，決定不碰於萬就這麼離去。事情終於平安地過去了。大家都回去之後，瀨名狂笑地說道：「哈哈哈……你終於有機會好好發揮專長了吧，以後他們來的時候，你也得好好地招待他們……」

對阿萬百般羞辱之後，她又哭著說，家康不來築山御殿，全是阿萬害的。

瀨名之所以虐待她，恐怕是受了亂世的影響而變得心情乖戾。所以於萬希望家康能夠前往，好緩和一下瀨名的心。

「殿下，求求您。如果殿下不去的話，她今天晚上一定會殺了我。」

家康想了想於萬所說的種種，內心又氣憤又同情，心裡很不是滋味。

「於萬，你今天先回去，如果我有空的話一定會去的。就說我生病好了。」

「不，不可以。」

「為什麼？」

「這樣我就成了不忠之人了。求求您，再疼愛夫人吧。」於萬拚命地拉扯家康的下裡。

五

「什麼，使你成為不忠之人。」

「是的，我沒有做好，就是不忠。只要殿下與夫人和好之後，我就會離開的。殿下，今天晚上無論如何……」

家康凝視著於萬，他實在不明白這個女子心中究竟在想些什麼。她說要家康去築山御殿，多半是出自主人之意吧！想到這兒，家康實在為她感到可憐和同情。

「於萬……」

「殿下，您答應了吧……」

「如果我們和好的話，你就要離開嗎？」

「是的。在你們和好之前，即使被殺，也是我於萬之過。」

「離開後，你打算怎麼樣呢？」

「這……」於萬鬆開了手，頹喪地低下頭來。「離開後，我就自殺。」

「為什麼？」

於萬的臉上湧上一股愁容。

她這種幼稚的行為實在讓家康心痛。真可憐啊，但又是誰害她落到此種地步呢？是家康心中的「男人」心理。

「殿下，我……我死後，還是會陪在您身邊的。」

「陪在我身邊？」

「是的……於萬……喜歡殿下。」

家康驚訝得幾乎站不穩腳。他心中的感覺絕不僅僅是後悔。於萬不瞭解自己的價值，於萬心中的這份感覺也絕非真正的戀愛，而是花粉依附在蜜蜂身上的一種偶然吧。

（真是罪過啊……）

一顆純潔少女的心就這樣被改變了，甚至連生命都不珍惜。

早知道她是如此敏感的少女，家康當初就絕對不會去碰她的。沒想到他的這種行為，在於萬的心中留下了不可磨滅的痕跡。家康內心沉痛不已。他的良心告訴自己，應該對這個女孩負起責任。

「哦，你離開後想死嗎？」

「是，我要變成誰也看不見的鬼魂，想怎麼做就怎麼做。」

「我明白了，於萬。」

「是。」

「今天晚上你先一個人回去，放心好了，我絕對不會讓她殺你的。為了我，你就暫時忍耐一下吧。」

於萬急忙抓住家康的衣角，但並未激烈地搖晃，只是睜大眼不安地看著家康，似乎在思索家康剛才的那一番話。不久，她終於放開了手。

「好吧，」她輕聲說道：「就聽殿下的。」

夜風夾著春的氣息，徐徐吹來。

「我走了……」家康頭也不回地朝本丸走去。

家康溫柔的一句話，讓於萬的內心覺得十分溫暖。

於萬目送家康逐漸遠去的身影，內心一片迷惘。這次絕不是築山夫人要她帶家康回去的，今晚她在這兒等待，完全出自個人的想望。

於萬原本暗自打算，如果不能把家康帶回去，自己就要離開這座城，但家康的一句話卻又改變了她的計劃。

表面上她是為了築山夫人而來的，連於萬自己也這麼認為。但她這麼做，或許是因為渴望聽到家康的聲音、看見他的臉孔——於萬對家康有一股強烈的思慕之意。

她慢慢地站了起來。

（殿下說絕不會讓瀨名殺了她……）

只要有他這麼一句話，於萬認為即使真的死了也是值得的。於萬不知道自己為何有這種念頭，她決定不朝築山御殿走去，她的幻想變成了絢麗的夢想。

可禰比夫人更能抓住家康的心。而於萬可以看到自己和家康早晚同床的幻影。

殿下討厭夫人，而可禰不過是三之丸的侍女。與之相較，於萬就是抓住家康之心的女官了。

（對了，就叫小督局好了。）

於萬內心這麼想著。當她的祖母從京都嫁過來，在宮裡擔任管理侍女的職務時，她就想到了小督這個名字。

女官小督從眼睛到鼻子都十分俐落、俊俏。年輕貌美如珠露一般。她絕不會像夫人一樣，死纏著殿下，她要以賢明淑慧來抓住殿下的心……這麼一來，這些家臣就會對她另眼看待了。當於萬正在做著美夢之時，突然有一名男子發出巨響。

「是誰？」

於萬回過神來，發現自己已在築山御殿的築地之外了。

「我是夫人的侍女於萬。」

「築山夫人的侍女？怎麼連燈都不點，在做什麼呀？」提著燈籠走過來的，是在城內巡視的本多作左衛門。「好，進來吧。」

「辛苦了。」於萬走了進來，感覺到自己從幻想中又回到了現實的世界。

四周一片冷清，於萬看了看右邊的廚房，便朝著自己的小房間走去。她發現自己面頰通紅，有些氣喘，於是坐下讓自己平靜下來。就在這個時候，入口的襖門悄悄地打開了，一張蒼白的女人面孔出現在門口。

「於萬。」

「是。」

「殿下又叫你去了嗎？」

於萬驚訝地站了起來，只見瀨名站在那兒，全身憤怒地發抖著。

「於萬……」說著，瀨名伸手把房間的襖門輕輕地闔上。

於萬想回答，但舌頭卻不知怎麼地不聽使喚。瀨名的臉蒼白而扭曲。

「你的身體已經被岩津的農民碰觸過，你還敢帶著這汙穢的身子去找殿下？」

瀨名一步步地逼近，伸出顫抖的右手指著於萬，於萬害怕地向後退縮著。

「你為什麼不回答我？殿下是怎麼抱你的啊？」

「我……我……」

「像你這樣的賤人還敢談愛？你以為你的身子有多乾淨啊？」

「這……這……」

「傍晚的時候，我肩膀有點僵硬，叫你的時候，你居然不在。今天絕不會饒你的。說，你究竟在哪兒和殿下碰面？」

於萬發現瀨名手上拿著竹千代騎木馬時玩的那支野竹做的鞭子。

「夫人……請你相信於萬。」

「好，我相信你，那你就給我老實說。」

「好，我說，我絕不會說謊的。」於萬怕瀨名手上的那支竹鞭。不，可怕的不是竹鞭，而是瀨名揮出竹鞭後的瘋狂。

「殿下並沒有叫我去。」

「那麼，是你自己投懷送抱的囉？」

「是……哦，不，我是去請殿下來探望夫人的。」

「是誰叫你這麼做的？」

「是……是我自己。」

「多管閒事。」

竹鞭終於揮了下來，打在於萬的背上，隱隱作痛。但今天的感覺卻與往常不同，以往這一鞭一定會讓於萬六神無主，今天她的內心卻出奇地平靜。當然，瀨名也看出於萬冷靜的態度。

「好啊，你想跟我作對。為什麼用那種眼光看我？」

「……」

「你怎麼不說話，難道我說得不對嗎？」

「夫人。」

「有話快說。」

「為了殿下，您不可以太多疑。」

「什麼？你竟敢教訓我來了？」

「殿下離您愈來愈遠了，我很為您難過。」

瀨名舉起了竹鞭，但並沒有揮下去。她萬萬沒有想到，這些話會從一個小女子的口中說出來。以往在她竹鞭下發抖的侍女，今天竟以對等的地位和她說話。

「好啊，你這個賤人。」瀨名舉起竹鞭，毫不客氣地揮了下去。

八

第二鞭打到於萬的脖子上，一道紅線從衣領延伸到肩部。但是，於萬依舊睜著眼睛凝視著瀨名。

瀨名內心為之一震，因為她知道這個小女子已經跨越了主僕關係，以女人對女人般的對等關係在面對她，而且此女所擁有的遠勝過自己。

於萬的個性和勇氣絕不輸給男子，她的容貌和姿色也遠在瀨名之上。由於家庭環境的關係，瀨名的言行舉止十分放任，但於萬的個性也不在其下，只要她想做的，就一定會去做。從她今天獨自去找家康這件事便可證明。這種女人無法成為朋友，不過一旦成為敵人，那將會更可怕。

瀨名揮起了第三鞭，但是鞭子卻遲遲沒有打下。

（再這樣下去，於萬會成為敵人……）

畏懼與後悔暫時制止了瀨名強烈的嫉妒心。

「於萬，你不明白嗎？」

「……」

「我們實在沒有理由這樣地憎恨對方，我們主僕究竟在爭什麼？」

「我沒有爭。」

「你有，你自己也招認了。就算殿下說了什麼，你為什麼不以死抵抗呢？」

於萬心想，我為什麼要拒絕呢？

（我也喜歡殿下啊。）

我為什麼不能喜歡殿下？夫人為什麼要獨占殿下，於萬心中有千萬句反抗的話語。像家康這樣的大將，沒有只娶一個妻子的。

「於萬，我很不甘心啊。」

「為什麼呢？」

「殿下還被稱為三河的流浪兒時，我就跟著他，我是今川義元的外甥女。那時候他是多麼悲慘，我還是跟著他。」

「現在殿下已經是三河一帶的總大將了。」

「所以我說我很不甘心呀。當他貧困潦倒的時候，我可是好人家的女兒。現在，他卻把我當破草鞋般地丟棄。就算他不顧往日的情面也就罷了，可是竟然去碰像可禰那樣卑賤的侍女，還有你。我也是女人啊，叫我怎麼忍得下去呢……」

若是以前，於萬一定會跟著她流淚，但是今天她堅定地反駁著。

「如果你再這麼下去，殿下會離你愈來愈遠的。」
「什麼？你說什麼？你竟敢反抗我？」
「不，是殿下在反抗你……」
瀨名終於忍不住，揮下了第三鞭。揮下了這一鞭後的瀨名已經完全失去了理性，變得悲憤而瘋狂。

九

竹鞭不停地打在於萬的肩膀與背上，但是於萬咬著牙，始終不吭一聲。沒有想到像於萬這樣的少女心中，竟有如此強烈的反抗意志。
瀨名打了又打，一直不停。她每打一下，心中的怒氣卻愈加高漲，早已超乎尋常了。瀨名用左手抓起了於萬的頭髮，將她拖到一邊後，繼續鞭打。
「你還不道歉？你不道歉，我就絕不饒你。」
無論瀨名如何拉扯她、打她、踢她，於萬仍舊直直地看著瀨名。多麼奇特的女子啊！瀨名絕對想不到，於萬竟然會有反抗的舉動。恐怕現在殺了她，她也不會道歉吧。
「怎麼，你還不道歉？這種眼神……這種眼神。」
「……」

「你是用這種眼神看著你的主人嗎？賤人。」

竹鞭落在於萬的黑髮上，和她的黑髮絞在一起。突然，啪地一聲，竹鞭斷了。瀨名將竹鞭丟到一邊，這次以雙手作為武器。

瀨名早已不知道自己究竟在做什麼了，她像惡鬼般地抓起了於萬身上的衣服。

瀨名圍著她攻擊，將於萬的上衣撕破，露出裸露的胸部。白皙的肌膚上劃著幾條鮮紅的線條。

「賤人，你就是用這個身體來欺騙殿下的嗎……」

瀨名舉起右腳就踢，但是於萬彎下身子躲了過去。瀨名一個沒站穩，噗通一聲摔倒了，這更加深了她胸中的怒氣。

一個處罰、一個被罰，兩個人糾纏不清地滾在一起。一個高聲吶喊著、一個咬著唇始終不出聲音。兩雙手互纏在一起，就像一塊分不開的肉。

驚訝的侍女紛紛趕來，但是誰也不敢碰觸瀨名。

「夫人，原諒她吧……」

但是大家只能圍在兩人旁邊，什麼都不敢做，直到她們精疲力竭為止。兩人的體力終於達到極限了，瀨名摸到於萬衣服的帶子之後，用帶子將於萬的雙手反綁在後，於萬已經無法動彈了。

「把她拖到庭院去，綁在櫻樹下。」瀨名憤怒地說道。

「快點啊，誰敢不聽令，與她同罪。」

「是……可是。」

「快去！快去！快去！」瀨名用最後的力氣吶喊著。

兩名侍女膽戰心驚地扶起了於萬。這時的於萬就像沒有意志的人，乖乖地站了起來，來到了庭院。茂盛的櫻花映著茫茫的月色，寒冷的夜風吹在肌膚上。

「於萬，你只能等她氣消了……」

於萬頹然地坐在櫻花樹下。

十

於萬的上衣早已破爛不堪，膝蓋上淤著血。但奇怪的是，她並不覺得羞恥或憎恨。反抗之心早已飄到九霄雲外。朦朧之中，她似乎看到了其他東西。

為了平息瀨名的怒氣，走廊上的窗戶從裡面鎖了起來。瀨名大概已經回到自己的房間了吧。

四周一片靜謐，尚且不該鳴叫的蟲子從地底下傳出了聲音，似乎躍躍欲出。於萬全身關節痠痛，早已無力思考。但她心裡明白，瀨名絕不會就此罷休的。

（她會不會殺了我呢……）

還是會將自己驅逐到遠方？隨便她怎麼處理吧。想著，想著，於萬眼前浮現了家康的臉寵。即使是家康，他的力量也無法到達築山御殿……

於萬全身痠痛，再加以寒氣的逼襲，便昏昏沉沉地睡著了。她心想，若能就這樣睡到死去也好。突然，後面不知傳來了什麼聲音，但於萬並未理會。

空氣突然變溫暖了，一件陣羽織罩在她的身上，傳來陣陣男人的氣息。於萬內心一驚，想回過頭來，但是脖子痛得讓她無法轉動。

「別動。」傳來男人的聲音。「別出聲。」

「是……是……您是？」

「我是城內巡守的本多作左。」

「啊……您就是剛才那位。」

「別動，我幫你解開。」作左衛門吹熄燈籠。「這樣的瘋婆娘實在叫人無法忍受。」作左似乎不太欣賞瀨名，「真不知道羞恥。來，你自己把衣服穿上吧。」

「是。」

「站得起來嗎？能不能走路？」

「我這個樣子能去哪裡呢？」

「傻瓜，難道你要在此等死嗎？快，站起來。站不起來嗎？好吧，靠著我好了。」作左把於萬扶了起來。

「殿下也真是的。」

「您說什麼？」

「我說殿下也真是的，要想吃豆子就大大方方地摘，像隻野鼠似的，引起那麼多的麻煩。」

「野鼠……您在說什麼呀？」

「你不會瞭解的。來，靠緊我。經過門口的時候，可別碰到頭了。」作左衛門一臉嚴肅的表情，抬起頭來看看朦朧的月色。

「今天晚上真冷呀。」說著，他猛然地把於萬揹了起來。

十一

本多作左衛門把於萬揹起來之後，箭步如飛地朝樹林走去。於萬不知道他要把自己帶到什麼地方，但是一路上碰到了許多城內巡邏的足輕。

「是誰？」不知是誰問作左衛門。

「我是作左，辛苦啦。」不知從什麼時候開始，在家裡的年輕侍衛之間，作左被冠上了「鬼」的綽號。他今年三十六歲，比家康年長十三歲。

誰也沒想到作左衛門竟然在半夜裡揹著一個半裸的女人在城內奔跑。好不容易兩人避開人群，來到了城門。這個時候作左又一聲「辛苦了」，穿過了城門。

此刻的於萬意識尚不清楚，不知道自己究竟會被帶往何處。當她恢復意識的時候，感覺到自己被放在一個住家內，眼前出現了姑姑的臉。

（啊，是本多半右衛門的家……）

於萬的姑姑嫁給與作左同族的本多半右衛門家。姑姑忙著替於萬穿上衣服。旁邊則傳來半右衛和作左低沉的交談聲，其中還夾雜著怒罵聲。

「什麼，我一定得接受？」說這話的是半右衛門，聲音比作左稍微柔和些：「深更半夜的，我怎能收容這樣半裸的女子？更何況，她還跟築山夫人不和。」

「半右衛。」

「怎麼？」

「你別裝傻了。」

「裝傻的是你。作左，你想想看，一個人突然消失了，築山夫人會就此罷休嗎？即使翻遍每一寸土地也會要把她找出來的。到時候如果知道是你把她扛出來，而且被我藏起來的話，那麼會怎樣，你明白嗎？」

「不會怎樣啊，這件事全是殿下糊塗惹出來的。到時候就讓殿下自己去解決。」

「你是說，把她藏起來就沒事了嗎？」

「什麼藏不藏，我們根本不知道這件事。」

「不知道？作左，是你把人扛回來的，你竟然說不知道。好吧，就算你不知道好了，但是人在我家，我可無法交代啊。」

「半右衛，你真是愈來愈笨了。」作左嘲笑地說道：「我根本不知道這件事啊，是她自己過來的……難道她自己不能來嗎？」

「你大可這麼說，但是我可解釋不過去。」

「別急，別急，你也不知道這件事啊……只要這麼說就夠了，接下來的一切就都交給殿下吧。」

「殿下……這樣我們就真的沒事了嗎？」

「對。」作左斬釘截鐵地說道：「我們的工作又不是替殿下處理女人的事，自己闖的禍自己解決。」

十二

「作左，你真是個直言不諱的人。」

「不僅是直言不諱，我還是敢說敢做的人。」

「如果把善後的事交給殿下……你想會變成什麼樣呢？築山夫人不是普通的人，你想殿下會沒事嗎？」

「笨蛋，如果連一個女人都控制不了，那還有什麼用呢？其實，讓他受點教訓也好。」

半右衛門見作左衛門心意已決。他沉思一會兒，看看於萬，然後又看了看抱著於萬的妻子。於萬似乎已經全然沒有力量了，連動都不能動。

「作左，我想借用你的智慧。」

「有話請說吧，我們之間沒有那麼生分。」

「殿下要是顧慮築山夫人，問起為什麼於萬會在我家裡，我該怎麼辦呢？」

「就說不知道，於萬並未說明。」

「那麼……於萬為什麼要到我這兒來呢？」

「嗯。」作左沉思一會兒後，說道：「就說她懷了殿下的孩子，想靜養一下……這麼說，一定會把他嚇一跳的。」

「這……這是真的嗎？」

「我不知道，這我怎麼會知道呢？」

「唔，」半右衛門絕望地搖搖頭。「你真是個直言不諱的人啊，如果他知道於萬肚子裡並沒有孩子，那時候又該怎麼辦呢？」

「就說流產好了，流產與否不是人所能控制的。」

「不過……為了小心起見，我再問你一個問題……」半右衛門面頰顯得有些蒼白。「以後，於萬該怎麼辦呢？」

「一直躲在這兒的話，可是會引起麻煩的。到時候可得迎入內室，我會再向殿下報告的。」

「唔……」

「所以我說，殿下就是這一點不大妥當。如果他要偷吃，又怎能肯定不會搞出孩子呢？萬一真有了孩子，到時候一定又是一場風波。殿下為什麼要躲著築山夫人呢？一定是為了閃避家裡的風波。什麼是家裡的風波呢？就是在外面風流，生下許多只會惹麻煩的孩子。如果不想要惹出風流，又為什麼要招惹女人呢？我最討厭這種事了，你明白了嗎？如果你明白的話，我就要走了。」說著，他走到門口，但是又回頭看了看半右衛門。

「為了殿下，我們就給他一個考驗吧，但是最好不要傷到任何人。大風是讓大樹根部強壯的最佳良藥，說不定這一陣大風可以讓你的膽子變大一點呢……」說著說著便走了出去。作左的腳步聲逐漸遠去。

十三

殿下的風流韻事——談到這件事，任誰都會在內心苦笑，家臣早已心知肚明。

鬼作左這番作為讓半右衛門十分驚訝。花瓣散盡，不曾留下果實。嚴格來講，這確實對家康造成很大的威脅。

「喂，沒有懷孕吧？」半右衛門悄悄地問他的妻子。他的妻子點點頭，眼神十分堅定。

如果以懷孕為藉口，確實是連家康也想不出方法確認。半右衛門一直思索著築山夫人會給他什麼樣的難題，以及如何應變。如果照鬼作左所說的方法，說出懷孕一事，結果家康給出「好極了，快把她帶來」的回覆，到時候又該怎麼辦呢？

（等等。）

半右衛門看著於萬，但是眼前卻再次出現作左衛門那張嚴肅的臉。作左衛門說要建議將於萬迎入側室，又說，也許這次的大風能讓他的膽子練得大一點……

（那麼這陣大風會從那兒吹來呢……）

「不管怎麼樣，先讓她進去休息吧。」半右衛門的妻子說道，但是半右衛門只是搖搖頭，說：「等一下，等一下。」

對於這種男女感情的事，半右衛門並非不知道，但是像家康這樣到三之丸侍女的房裡風流，現在又發生於萬的事件，著實過分了些。要怪，也只能怪家康太年輕了吧，而且他也逐漸疏遠了築山夫人……

「啊，有了。」半右衛門拍拍膝蓋，用手指著他的太太。他看著妻子將半死半活的於萬帶到裡面去，臉上露出像孩子般捉狹的表情，嘴裡發出了陣陣笑聲。

他決定要把於萬帶到長老本多豐後守廣孝那裡去。如果是廣孝的話，哪怕是家康或是築山夫人，也不敢明目張膽地斥責。他可以請廣孝這麼說：「於萬懷孕的事觸怒了築山夫人，所以才從城內前來訪，我們只好收留她。」

這麼說不僅理由正當，而且家康不敢前去探望於萬，築山夫人也耍不出什麼花招了。家康得到這次教訓後，一定會對處理女人的事情有所改變。

半右衛門讓年輕的家臣先去休息，他自己一邊關上門戶，一邊反覆梳理著事情的來去。

（看來作左並不是個莽撞的人……）

如果沒有作左的話，於萬現在恐怕早就被殺了……想到這兒，半右衛門才想起了在裡面休息的於萬。他臉上又恢復了嚴肅的表情，緩緩地朝妻子的房間走去。

逃亡

一

聽到於萬逃亡到本多豐後守廣孝那裡的事，家康並不驚訝。他並不像本多半右衛門所預料的那樣，詢問起於萬懷孕一事，也沒有問起瀨名的反應，只是輕描淡寫說了「哦」，似乎早已忘了這事。

當然還是可以感覺得到他內心的激盪，只是表面上毫無跡象。家康還是像往常一般，前往三之丸可禰那裡，或把她叫來本丸。

一揆平定後，大家都認為接著會立即出兵平定東三河，但是家康卻毫無動靜。下一個目標應該是吉田城。該城已經控有糟塚和喜見寺，但是三月過去、四月接著到來，家康依舊聞風不動。

夜愈來愈短了。平定一揆之後才匆忙耕犁的田，此時要開始插秧了。從城內的高台看去，彷彿已經可以看到一片綠油油的稻田。

一日，鬼作左負責城內巡視，正當天快亮的時候，他嚴肅地走到三之丸可禰住處，在旁邊坐了下來。

以往家康偷溜出來的時候，鬼作左總是若無其事地繼續他的守護責任。但是今天早上，他卻和以往不同。他背對木門盤膝而坐，眼睛望著東方日漸發白的天空，他就像一顆朝露般地似睡未睡。

不久，可禰房間的雨窗拉開了。

天空中央已經泛白，但是四下仍是灰暗的。有兩個人影走到庭院，不久之後合而為一。一個是依依不捨的可禰，一個是迷戀可禰的家康。

當家康的腳步聲逐漸接近木門，作左突然背對木門站了起來。

家康從裡面拉開木門，看到了作左的背影。

「是誰？」怒喝的不是家康，而是作左。

「噓……」家康急忙做出手勢封住對方的口。「是我啊，別叫。」

「住嘴。」作左再度怒喝道：「本多作左衛門奉主之命在城內守護，你在這兒偷偷摸摸地幹什麼，我要逮捕你。」

「作左……是我啊，聲音別那麼大。」

「我天生嗓門就大。」

「你別亂來，快讓開。」

「讓開？」作左衛門故意探出頭來。「咦？這不是殿下嗎？」然後一臉嚴肅地搖了搖他那隻抓住家康衣帶的手。

二

「真危險啊，我差一點就把你給殺了。殿下，你怎麼到這兒來呢？」作左裝作毫不知情的樣子，叫家康不知該如何回答是好。

「作左，你別鬧了。」

「別鬧了……您說這話什麼意思啊？我一夜沒睡地在此守護，怎麼說我在胡鬧呢？」

「我知道，我知道，你聲音別這麼大！」

「我大嗓門是天生的啊。殿下到這兒來，究竟有什麼事？」

家康在霧色中看了看明亮的天空，做出一個無奈的表情。「有什麼事？你不是看到了嗎？」

「看到了……哦，對對對。」

「就跟你想的一樣，我們走吧。」

「不行！」

「為什麼不行？」

「根據我的猜想，殿下，您是來殺可禰的。這麼一來，我得替您去收拾她的屍體。」

「什麼，我來殺可禰？」
「難道不是嗎？」
「作左。」
「是。」
「你是不是想對我說什麼？」
「怎麼會呢？殿下，您天生英明，而我只是一個頑固的老傢伙，怎麼可能給您什麼意見呢？」
「那麼，你究竟想說些什麼？」家康的聲音含著怒氣。
「沒有啊。」作左衛門說道。
「我在城內巡視，不知殿下為何到這兒來。」
「你這頑固的傢伙，我是來看可禰的。」
「哦，那我知道了，原來傳言都是真的。」
「什麼傳言？」
「外面傳說殿下被織田家的間諜迷住了。」說完，鬼作左在半開的木門後面，把在那兒發抖的可禰揪了出來，拉到家康的面前。
「可禰，你是不是間諜？」
「是……這……」

「你是間諜吧？」

「是。」

「最近有很多密使到可爾這兒，大概是說美濃有事，要她回去。」

「是，這……」可爾求救似地看著家康。

「我知道了，可爾已經告訴我了。」家康對作左說道。

「是……」

「那殿下怎麼不說出來呢？調查間諜是我的責任啊。可爾！」

「你是不是不想回去，想留在殿下身邊？」

「是。」

「這怎麼可以……我已經仔細想過了，她是想殺了殿下，然後再跟著自殺，一定是這樣的。」

「什麼？」家康驚訝地退了一步，失聲地叫了出來。

三

「你說可爾要先殺了我，然後自殺？作左，你別開玩笑了。」家康緊張地高聲說道，額上青筋微微隱現。

但作左似乎對於家康緊張的表情毫不在意。即使是在一向一揆之時亦是如此，一旦他認定的事，就像緊閉的門扉難以拉開。至今，尚未有人像作左這般地直言不諱，令家康如此憤怒。若是以往，家康多半會苦笑一聲，容忍作左的囉嗦糾纏，但今天他再也無法忍耐了。

「你有什麼證據就拿出來，如果你胡亂說話，我絕不饒你。」

作左暗笑兩聲。「殿下，這種事我怎麼會亂說呢？從我替殿下做事的第一天起，早就將生死置之度外了。」

「什麼，你敢侮辱我？」

「如果你認為我是侮辱您而不高興的話，隨時可以殺了我，我不會阻止您的。不過，我這個人是有一句說一句，絕不會保留的。可禰！」

「是……」

「你說老實話，你是不是打算殺了殿下以後，再自殺？」

可禰的臉色此刻像蠟一般地蒼白，她全身顫抖，一臉畏懼地看看家康，再看看作左。

家康再也無法忍耐，插嘴說道：「可禰，你告訴他沒有這種事。」

「殿下，請您不要說話，」作左怒斥道：「您太不瞭解女人了！」

「你竟敢如此對我說話！」

「我到死也會這麼說。不，應該說，即使我死了也會這麼說。您連築山夫人都管不了了，又怎麼能瞭解這個年輕女子的心呢？女人的手腕就跟武士在戰場上的戰術一樣，一旦瘋起來是不顧生死的……我是看到您面臨險境才這麼告訴您的。可爾，你說呀！如果你不說，我絕不會放過你的。你的眼神已經告訴我了。」

「請……請原諒我。」

「沒有人說不原諒你呀，你老老實實地說出來吧！」

「我，我愛慕殿下……」

「說下去。」

「但我又不能違背主人的命令。」

「主命是要你回尾張嗎？」

「是的。」

「說下去！」

「所以我想以死相許……請原諒我。我這麼做，完全是出自對殿下的愛慕之心。」

家康驚訝地又向後退了一步。

「我懂了，不過你別擔心，我會替你在殿下面前求情的。殿下，你聽到了嗎？您聽到了這名女子的可憐心聲嗎？」

家康一直咬著唇，眼睛像要爆裂開般地看著可爾。以往家康認為足以讓人以性命交換的，只有怨恨、敵人、野心與功名之心。為愛慕而死……他從未想過這種事，而今卻出自可爾之口。尾張來的命令，她已逐一向家康說明。她所說絕無二心的愛慕，並未令人有虛假之感。儘管如此，仍然有一件事在他心中尚未解開。

「好險，」作左說道：「殿下今天差點就沒命了。」

「……」

「我相信此女所言句句屬實。如果以戰場上的武士來比喻，她就是個優秀的武士……此外，我希望殿下能饒她一命，就算免了我的職也無所謂。」

但家康只是沉默不語。他心中沒有憎恨，只是害怕，依然無法接受這個事實。

天空逐漸亮了起來。可爾跪在地上動也不動，像死去了一般。就如俗語說的，被自己養的狗咬了手一般的沮喪，此刻家康的內心十分複雜矛盾，有愛憐、害怕，有悲傷，也有惋惜。

「可爾……」過了一會兒，家康終於說話了。可爾並未像平常那樣地抬起頭。恐怕可爾被愛欲的白色山嵐給籠罩著，而內心像是被哀傷給啃噬著。

「殿下……」作左開口說道：「希望您能饒了這名女子的命。」

「……」

「女人終其一生大致經歷了三個變化，最初是蓮花般的純潔少女，接著是像鮮紅薔薇般的貴婦，最後則是成為母親。」

家康萬萬沒有想到，一身武骨鐵錚錚的作左竟會和他談論起女人。家康看著依舊跪在地上，動也不動的可爾。

「殿下，您汙染了這朵純潔的蓮花，而今白蓮花變成薔薇要刺殺殿下，這無法怪誰，只能怪殿下您自己呀。」

「……」

「其實您的內奧失和，多半源自您任意染指蓮花。像這種事，絕不可能就這樣不了了之，一定會回報到您身上的。您創造了這麼多薔薇，當然就像住在薔薇刺叢之中，這是您陷入愚蠢的第一步。」

「那麼……你是說，我不該有女人囉？」

作左笑了笑，然後對可爾說道：「好了，殿下原諒你了。你快回屋，準備離開這兒吧。」

五

作左衛門話已說出，但可爾還是跪在地上動也不動。看來她一定要等他們兩人先行離去後才肯站起來。作左明白之後，催促殿下離去。

「殿下。」

家康似乎想說些什麼，回頭看了兩次，但是作左一直跟在他的後面。

兩人默默無語地走開，來到本丸的曲輪，四周傳來小鳥的鳴叫聲。作左一直跟在家康的後面，當他們穿過多門的時候，家康內心突然感到十分羞恥。

作左對門房說道：「辛苦了。」接著便來到了寢室前的庭院，然後低頭小聲對家康說道：「您請休息吧。」

但家康一臉嚴肅。「我還不想休息。」他搖搖頭說道：「我有件事想問你，過來。」

作左苦笑一聲，跟了上去。這個年輕氣盛的主君向來不服人，看來事情不會就這麼罷休的。

「坐下。」兩人上了居間旁邊放置鞋子的階梯，家康看著作左，問道：「我倒想聽聽你對那名女子的看法？」

作左故意抬頭看了看天空，然後在階梯上坐了下來。

家康說：「這樣好了，我們先不談她，先談談女人。」

「殿下。」

「怎麼樣？」

「作左其實並非是要說給殿下聽的。而是故意逼問她的，否則她肯定會自殺的。」

「自殺……為什麼？你怎麼知道呢？」

「即使是男人，要他離開自己所崇拜的主君也是很痛苦的，更別說是女人了。如果一個人的理智重於感情，就不會那麼難下決定了。」

「你倒是挺會說話的。你說得沒錯，今後我對女人一定要節制一點。其實，男女交合是很自然的事。」家康重重地咂了舌，卻又不得不同意作左的說法。

「哈哈哈……」

「有什麼好笑的？」

「誰要殿下對女人節制啦？」

「難道不必節制？」

「你愛怎麼樣就怎麼樣，儘管去吧。」作左旁若無人地笑著：「像你這種懼內，躲到城外還不知道差點被殺的人，根本談不上兵法，只是尚未成熟的青澀之人，趕快再多學著點吧。」

「你怎麼這麼囉嗦。」家康嚴肅地瞄了作左一眼。

六

當一個人不顧生死的時候是無人能敵的。家康從不曾被家臣比喻成青澀之人，雖然家臣都知道家康喜好女色，但未曾有人敢如此明目張膽地斥責他。姑且不談像是鳥居忠吉、大久保常源、石川安藝、酒井雅樂助等人，是從他襁褓以來就跟著他的老臣，但作左不過長他十二、三歲……想到這兒，家康心中就有一股怒氣。

當然，理性地來看，他是個難得的「諫臣」，能夠捨己為主，實在少見。但在他體內那股年輕人的衝動卻抱持著相反的意見，想要給眼前這個驕傲的男人一個教訓。

「作左，你這個人嘛，不是個普通的好逞口舌之人吧？」

「不知道，我自己也不知道。」

「不要逃避話題，你不是要我多學習嗎？那麼就給我一個忠告吧。你剛剛說什麼？是不是說我懼內，躲到城外差點被殺都不知道？」

「天吶，您記得可執著啊。」

「所謂的懼內，指的是築山嗎？」

「那還用問嗎？」

「怎麼樣才能練成不懼內、不逃，還有能看穿女人心意的能力？如果連你自己都不知道，怎能說我青澀？」

作左回頭，看了看家康。「大白天談這些不是很奇怪嗎？這些話應該是晚上床邊才談的。」

「住口！」

「該住口的是您。」

「你如此不遜地在大白天裡談論我的不是，難道也該在深夜裡談嗎？」

「殿下，您是要我為剛剛的多言而道歉嗎？」

「我沒有這麼說呀，你只要想到哪兒說到哪兒就好了。」

「唔，看來我是說太多了。殿下，您是不是很喜歡女人？」

「這個……我不知道。」

「我知道殿下並未沉迷女色。不，就算沉迷好了，但您知道眼前這個時期是不該這麼做的……」

「你仔細地揣度過我？」

「不深思又怎麼能回答呢？總之，殿下並不迷戀女色，只是喜歡玩玩罷了，絕不會為此而拋棄城池、失去家臣的心。雖然你玩得還算節制，但現在面對的，是個以生命為賭注來玩這場遊戲的女子。殿下，這是很重要的一點，雖然您本身是抱著玩玩的態度，但面對的卻是一把白刃啊！殿下覺得贏得了嗎？」

「什麼？」

「玩弄純潔的東西當然會受到懲罰。如果您想玩，應該找一個和你有同樣觀念，抱著遊樂態度，不會沉陷其中的女人。」

「你的意思是說，我應該去納個遊女[34]進來嗎？」家康不悅地問道。

但作左搖搖頭回答：「您這麼說就顯得眼光太短淺了，這樣是不會有好結果的。」

34〔編註〕原泛指賣藝之女，後指性工作者。

「不會有好結果……作左，你是這樣跟我說嗎？」家康憤怒的聲音提高了起來。其實他並不想爭吵，但作左的言詞總會勾起他的怒氣。「你倒說說看，為什麼不會有好結果？」

「殿下……」作左皺皺眉頭說道：「我勸你還是放棄吧！一個是當作遊戲，一個是以生命作賭注，勝負自然一目瞭然。沒人能夠不經世事就能夠成熟的。」說著，他慢慢站了起來。

「等等，你別動。」家康憤怒地叫住他。

「可是，我還要去巡察啊！」

「你今天不用去巡察了。你說我眼光淺短，意思就是說我愚蠢，是不是？」

「您想想看。」作左仍是一臉若無其事的樣子。「女人有很多種類，有的精明、有的只圖玩樂，但您卻把她們全部歸為一類，這不是大笨蛋嗎？」

「你不要亂說話。」

「我就是要說。」作左站了起來：「像這種事最好不要有任何牽掛，您抱著玩玩的態度，對方也是如此，這樣您高興，她也高興，雙方各取所需……如果能抱持這種觀念就不會發生什麼事端了。這種女人，世界上多的是！」

「好，那你就帶一個來給我看看，如果你找不到就少說這種話。」

作左衛門慢慢地行了一個禮。「既然您這麼說的話，我就帶給您看吧。」

「如果不滿意的話，就殺了她。」

「悉聽尊便。那麼，告退了。」

「等等。」

但作左衛門已經走了出去。家康站在台階上氣得微微發抖。從來沒有人像他如此無禮。家康想叫人來將他拖出去斬了，但細細反省之下，自己的確沒有將事情處理妥當。家康突然哈哈大笑出來：「說得好，說得好。」

從他的笑聲中可以看得出來，家康已經肯定了作左對他的忠心，這種情感自然地由心中產生。

「殿下，您洗洗手吧。」不知什麼時候，榊原小平太已經端著洗手盆站在家康的背後。家康略為驚訝了一下。

「小平太。」

「是。」

「剛才作左的事你就當作沒聽到吧！作左真是個頑固的傢伙，這種臣子實在少有。」說著，家康伸出了手……

家康經常和老臣、功臣談論戰爭的方法，但是從來未談論過女人。而今，作左的一番諫言卻在家康心中掀起不小的波瀾。作左的那番話主要是告訴他，年輕的少女較易帶來生命的危險，最好不要接近。但他實在不明白作左所說的那種精明、適合遊樂的女人，或許要等到親眼見到了才能瞭解吧。

家康吃完了小平太端來的食物之後，翻開了桌上的《論語》。過一會兒，他把石川家成叫來。

「你到三之丸的花慶院那裡去一趟，如果可禰想離開的話，就讓她去吧。你把這個給她，就說是我隨手給的。」家康拿出一個包了些金子的包裹遞給他。

家成知道事情的來龍去脈，因此嚴肅地領命前往。但是當他回來時，手上卻依舊拿著那個包著金子的包裹，放在家康的面前。

「可禰約在破曉時分就離開花慶院那裡了。」

「哦？她倒是機靈得很。」

「要不要馬上派人追出去？還是……」家成早已知道家康的心事，因此態度依舊十分從容、冷靜。「還是就讓她離開？」

「她逃了啊？門衛有沒有說什麼？」

「門衛都說沒有發現。不過，她的確離開了。大概是像水一般遁地了吧。」

家康苦笑一下，眼睛又回到了《論語》上面。一定是作左衛門幫她逃走的。家成當然也知道，所以故意說她像水一般地遁地了。

「家成。」

「是。」

「家老認為作左怎麼樣？是否為可用之人？」

「是的。」家成微微偏著頭，很神祕地問道：「織田是不是馬上要開始進攻稻葉山城了？」

「美濃的稻葉山，與作左又有什麼關係呢？」

「不，我的意思是，這麼一來殿下就要朝東發展了。到時候，您就不會在岡崎城內了。」

「你的意思是到時候要派給作左什麼職務，是嗎？」

「您可以放心地任命他為岡崎的奉行，他是個難得的人才。」

「唔，看來，你也偏向作左。」

「殿下，您不也是一樣嗎？」

「好，你退下去吧，今天我想一個人靜靜地看書。」家成離去後，家康立即闔上了書本來到庭院。他帶著小平太來到西邊的望樓。

「唔，看來織田要開始進攻美濃了。」他自言自語地說著，雙眼看著朝向矢矧川延伸的白色道路。

屍道

一

一揆平定後，家康開始用心地觀察信長的一舉一動。

殺死濃姬之父道三的義龍已經死了，表面上說是生了癩病而死，但有人傳言，他是中了信長的計，被毒殺身亡的。義龍喝下治癩病的良藥之後，立即窒息而死。現在，稻葉山的城主是他的兒子龍興。

看來，信長要開始向龍興進兵了。目前他似乎在計劃聯絡甲斐的武田家，而且將自己的養女嫁給信玄的兒子勝賴。

自從竹千代與德姬之間定有婚約以來，家康和信長一直維持著良好的關係。但即使是在這種狀態之下，仍然不能掉以輕心。如果信長朝美濃出兵，那麼家康也才能安心地從東三河出兵遠江。

當於萬與可禰的事情解決了，同時東三河稻田都已播種之後，家康才開始親自率兵出吉田城，攻打小原肥前守。

「這麼一來，今年就不怕饑荒了。」

五月十四日，家康從岡崎出發，來到下五井。旗本的前鋒是年僅十七，但早已威名遠播海道的本多平八郎忠勝，以及松原主殿助、小笠原新九郎、蜂屋半之丞等等。

十四日這天，天還沒亮，平八郎離開陣地準備行動時，對半之丞挑釁道：「半之丞，怎麼樣，敢不敢用你最得意的槍和我較量一下？」

「什麼，你想和我較量？」

「你一直為一揆之事介懷，處處表現得十分勇敢，只有你能和我一較高低。」

「平八，你太驕傲了吧。」河裡的霧氣從四周飄散開來。蜂屋半之丞騎著馬，走在霧中嘲笑地說道。

「這只是個競賽，我們不賭什麼，但是輸的人絕不能不服氣。」平八郎笑著說道：「怎麼樣，就這麼決定吧？」

於是兩人決定襲擊從吉田城出動的牧野惣次郎康成之軍。本多平八郎從右邊的山丘進襲，蜂屋半之丞從左手的田埂出擊，看誰先持槍擊倒敵人。

等到本多平八郎的軍隊在山丘的松樹蔭下消失之後，蜂屋半之丞也催促著馬匹朝田埂奔去。蜂屋半之丞沒有受到任何責罰就免除了一揆的叛亂之罪，因此耿耿於懷，一心想立功贖罪。

（我絕不能輸給平八。）蜂屋半之丞擺脫了從後方緊追來的年輕士兵。太陽尚未升起，他就已度過了豐川。在堤岸上隱約可見牧野的軍旗。他回頭看看遠遠被丟在後面的戰士，然後舉起槍，騎著馬匹朝敵人陣營衝去。

「松平家的蜂屋半之丞在此，懼者閃邊……」說著同時，他朝堤岸下的窪地看去，只見本多平八郎早已和一位頭戴紅色桔梗笠、甲冑外披著女人披風的敵人，持槍你來我往地交手了。

——二——

「半之丞，你還是慢了一步。」平八郎一邊與敵人交戰，一邊說道。「你別插手，這傢伙有點意思。」

半之丞生氣地咬牙切齒，這傢伙運氣實在太好了——。頭戴紅色桔梗笠，身著母親的披風應戰的，正是牧野家中的勇者城所助之丞。

「放心，我不會動手的。」半之丞喊道，同時將長槍投了出去，自馬上跳了下來。「我蜂屋半之丞不會要二手貨的。你看！」說著，他從背上抽出了那把看家本領的豪刀。

「這是我最得意的太刀，來吧！」他頭也不回地朝敵陣中砍了過去。

平八郎看了看他的背影，與敵人之間的距離愈來愈近了。雖然他正在和城所助之丞纏鬥，但如果最重要的牧野惣次郎落入半之丞的手裡，那還有什麼意思呢？

想到這兒，平八郎內心開始著急起來，可對方卻慢慢開始後退。

「喂，你退什麼，過來呀。」

「年輕人怎麼這麼性急呢？」

「什麼？」

「你心平氣和地聽我說吧，你聽，杜鵑正在啼叫呢。」

平八郎笑了笑，又向前跨了一步。兩人又交戰了數回合。

忽然有一方的手受傷了。只見平八郎左邊的護手破裂，從裡面滲出微微的血絲。而對方的右大腿也受了輕傷。兩人額頭上都冒了汗，正當一旁的戰士要加入打鬥時，他高聲喊道：

「不要出手！」

看來，再交戰一回合就可以決定勝負了。平八郎從未想過「死」這件事，也許是他認為「死」還離自己很遠吧。只見他英勇地向前逼進，兩人之間的距離又縮短了。

「等等！」對方說道。

「你說什麼？」

「我說等一下，我有話想對你說。」

「怎麼，你害怕啦？」

「你聽我說，我不是城所助之丞。」

「什麼，你不是城所？」

對方拿著槍，向後退了一步。

「那麼，你是誰？」

對方微微一笑，高聲地報上了自己的姓名：「我是牧野惣次郎康成。」

「牧野惣次郎……是你？」

「麻煩你告訴松平家康，我志不在今川家。我和你交戰，又戴上城所的戰笠，就是在表明我的心意。」

「你是惣次郎。」平八郎收起了槍。「我明白了，真是萬幸。如果你被半之丞殺了的話……」平八郎說到這兒，突然聽見惣次郎本陣的幔幕附近傳來了異樣的呼叫聲。

三

沒有任何地方比戰場上更能看出人運氣的好壞。

本多平八郎正嫌棄城所助之丞阻礙他的進攻，誰知和他交戰的正是他心目中的大將。而蜂屋半之丞盲目地衝向本陣，卻遇到了一個意想不到的敵人——一個嚴重跛腳的男人，坐在牧野惣次郎平常坐的椅子上。

「你是誰？」

半之丞殺了兩個擋住他去路的敵人，衝到幔幕中時，只見坐在椅子上的男人慢慢站了起來。

「我是河井正德，你大概就是蜂屋半之丞吧？」說著，他拿起鐵砲槍對著半之丞的臉。

「你就是河井正德呀？」

「是的，既然你來了，我就讓你嘗一發五十匁玉的子彈。你現在退回去還來得及。」

半之丞手持太刀，看著對方諷刺地笑了笑。

河井正德以前叫做小助，有一次他在戰場上，有人對著他喊道：「那傢伙受傷逃走了，快追！」他回過頭來，瞪著對方說道：「南無八幡，誰說我受傷了？我生來就是跛腳。」

今川氏真知道此事之後，說道：「以後就叫他正德吧！」

半之丞闖入幔幕的時候，他正拿著裝好彈藥的鐵砲槍，當半之丞在進退兩難之際，不禁握緊著手上的太刀。

「半之丞，怎麼樣？你是不是要上啊？」

「我絕不會在敵人面前退縮的。」

「哦？那麼就來吧！」

正當正德在那兒嘲笑的時候，半之丞撲了上去。早晨寧靜的空氣爆裂出槍擊的聲音。揮刀的半之丞和手上拿著鐵砲槍的正德，雙雙倒了下去。

半之丞的頭顱被子彈打碎，頭上的頭髮散落開來，髮絲中還夾著血跡。而河井正德較短的那隻腳自膝蓋以下被斬斷，頹然地坐在地上。

「哈哈哈……」正德大笑著說道：「你真好，只斬我跛了的那隻腳。」

「什……什麼……」頭顱破裂的半之丞，拄著太刀站了起來。他的樣子令人不忍卒睹，像是個紅色的鬼魅一般。正德的笑聲正是為此而發。

「真不愧是正德，射得好，但你的鐵砲槍還無法置我於死地。後會有期了……」緊隨上來的士兵立刻跑上來，自左右二側攙扶住半之丞。

正德睜大著眼睛，倒在從膝蓋流出的血泊中。

半之丞對左右說道：「沒什麼，只不過是點小傷……」依然強行振作，一步一步地走了出去。

看到半之丞的恐怖慘狀，沒有敵兵敢追逐上去。

四

頭顱破裂的半之丞走到幔幕之外，感覺到兩邊和前後都有戰士攙扶，但是卻襲來了天搖地動的昏眩。

「快拿門板！」不知是誰說道，聲音顯得十分遙遠。

「不需要！」半之丞搖搖頭，皺著眉頭說道：「牽馬來……」鮮血早已模糊了半之丞的視線，他睜著眼睛卻什麼也看不見，只有河井正德手持鐵砲槍的面孔還清晰殘留在他眼前。

「哈哈哈……」當他被攙扶著走了五、六步之後，突然縱聲笑了出來。

若說人生只有五十年，他才過了一半就要面臨死亡了。雖然人總難免一死，但是當身臨其境心中難免湧起一股感傷。「哈哈哈……」半之丞再度縱聲大笑。

人實在是很奇怪的動物，他們會勇武地高喊南無阿彌陀佛，迷惑於佛與領主之間的價值……但是，僅僅是在一顆子彈之前，卻又顯得如此軟弱無力。

「好傢伙！」他並不恨河井正德射殺自己，也不後悔自己傷了對方。河井正德大概沒有當場死亡，他也絕不願意自己在正德還活著的時候先他而去。

「門板！」隨從再度喊道，但是半之丞已經聽不到他們的喊聲了。

門板帶來了，二名侍從將他扶到上面去，在他耳邊喊道：「馬牽來了！」

半之丞仰面朝天，睜大了眼睛，一手握住馬韁。

「正德……正德死了嗎？」

「是……他死了。」

「把我帶到殿下那兒去。」這是半之丞最後想見的人。他家裡還有老母。他的母親與本多的遺孀一樣，是十分剛強的女性。如果她聽到半之丞先正德而去的話，一定會老淚縱橫地說道：「這不是我的兒子，我的兒子不會這麼沒志氣。」

侍從發現半之丞的呼吸逐漸混亂，急忙度過豐川，朝家康的本陣前進。

度過河時，家康已騎著馬來到了河邊平原。

「蜂屋半之丞受傷了。」榊原小平太說道。家康勒住馬匹，來到瀕死的半之丞面前。

「半之丞。」家康下馬，走到門板旁邊。「半之丞，你怎麼傷成這個樣子？」他面色凝重地問道，但半之丞只是雙眼睜開，瞪視著天空。

五

家康急忙檢查半之丞的眼睛，再摸摸他的脈搏。還沒有死，心裡大概是在想些什麼，要不就是在昏迷狀態。

「半之丞。」家康搖了搖半之丞的盔甲。

就在這個時候，半之丞唇邊傳來了微弱的聲音。「殿下，我殺了河井正德，凱旋而歸。」

「哦，好，打得好。」

「請你告訴我的母親……我是勇敢的應戰……」這是他最後的遺言。只見半之丞咕嚕一聲，一灘血從口中噴了出來，頭無力地垂向一邊。

家康輕輕舉起一隻手來，撫蓋半之丞的雙眼。但是他死不瞑目，雙眼依舊直瞪瞪地看著天空，眼神中似乎充滿了厭惡和憎恨。

其實家康非常看重半之丞，半之丞也願意為家康效力。然而，一個是必須讓對方踏上死亡的道路，一個是自己不得不踏上死亡的道路。兩者內心都有著太多的無奈。

家康抬頭望著天空，讓風吹乾眼裡的淚水。四處傳來烏鴉的叫聲，早晨的陽光像銀粉般地灑在河面上。

「半之丞還活著。你們告訴半之丞的母親，說他是回來之後才死的。」

「是。」

「就這麼辦，快安排一下他的後事吧。」門板朝後方運過去了。家康目送著半之丞遠去，然後才慨然地上馬。

前面的馬匹踏著河水，激起美麗的浪花。這個時候，對岸的堤岸上出現戴著桔梗笠的牧野惣次郎與本多平八郎忠勝的影子。忠勝的右手腕仍裹著白布。他騎著馬，顯得神采奕奕。

看到家康的旗幟，平八郎放慢了馬跑的速度，在堤岸的青草上下地。如果他降服了牧野惣次郎，就等於降服了吉田城。年輕的平八郎全身洋溢著得意的神情，他在堤岸上下馬，昂然地迎向家康。

然而，家康並未發現平八郎的後方到處飄浮著死亡的陰影。

「這些烏鴉真討厭。」家康度過河後，看了看單膝跪地在那兒等待的平八郎。

「平八，半之丞死了。」

「什麼？半之丞被殺死了？」

「不是被殺死，而是他討平敵人後，傷重。」說完，他厭惡地看了看惣次郎，問道：「這個人是誰？」

牧野惣次郎臉色為之一變，但隨即舉拳低下頭來說道：「在下牧野惣次郎康成。」

「什麼？」惣次郎不是敵人嗎？家康內心一驚，而站在旁邊的忠勝一言不發，滿臉天真的表情。惣次郎一向擅長以智慧克服敵人，避免無益的戰爭。莫非人們對他的傳聞言過其實？惣次郎和半之丞是兩種截然不同的武士，一個是頑固而執著，一個是寬厚而識時務。或許有人不太欣賞這種武士，但是牧野的戰士不輕易放棄生命，而以光榮勝利為目標。

「你就是惣次郎？歡迎，回到小原城後我馬上會嘉獎你的。」

「謝謝。」

「鍋。」

「在。」

「你和惣次郎談一談，馬上請他協助酒井忠次，他是個好武士。」

「哈哈。」平八郎忠勝誇張地笑著。他行了一個禮之後，在眾人面前持槍上馬。

這種年紀的人總是無法察覺生命的危險，戰爭對他們來說是種有趣的挑戰，但家康內心卻像被針刺了一般。看到惣次郎與忠勝騎馬揚長而去，家康慢慢地騎著馬向前進。搬貨的貨車也已逐漸朝本陣前進，勝負已經定了。

「半之丞……」家康眼前突然出現蜂屋死去時的那張臉。「我定會早日開創一個時代，不讓像你這樣的悲劇再次發生。」他走過堤岸來到下坡，前方的天空中飄著民家燃燒的煙火。

（如果這個世界上沒有戰爭，那該有多好呢？）

如果能有一名大將足以約束全日本的武士不許相互交戰，讓人人各有職分的話，國家必定會變得更為豐盛、強健……

進到村內，想到這裡是今川的領地，家康全身有如電擊一般。多麼希望這個世界再也沒有戰爭啊！如果有位不退轉初心的勇者，不僅擁有理智的頭腦，還能懷有慈悲心，那麼這將不只是個夢想。

信長是否已有感於此而開始行動了呢？如果是這樣，神佛一定會加護於他的。

前面一行人抬著兩個門板走過來。

「誰受傷了？」家康騎在馬上問道。

「是酒井左衛門尉忠次的家士伊勢權六，還有他的舅舅長左衛門。」

「還有氣息嗎？」

「已經斷氣了……」

「停下來，我想憑弔一下。」家康下馬後，走到屍體旁，掀開了蓋在身上的毯子。

七

其中一具屍體的腹部上有槍刺傷，從傷口湧出的血已逐漸變黑。死者雙眼緊閉，面頰上的鬍子雜亂不堪，雙唇微微開啟，露出雪白的牙齒，他的右手緊握著泥土和匕首，死狀很慘。如果被他的親人看到，大概一輩子都忘不掉吧。

「這位是伊勢權六嗎？」

「是的。」

「幾歲了？」

「二十七歲。」

「他是怎麼死的，你看到了嗎？」

「他和敵人今村助成比拚太刀，後來太刀斷了，兩人便改用肉搏。權六的力量很大，他將今村助成壓在地上，準備用匕首結束對方生命的時候，另一個敵人突然從旁邊衝了上來，將他刺死。」

「那你們都袖手旁觀囉？」

「權六命令我們不准出手，他說要單挑。但是誰曉得敵人的家臣如此卑鄙，不聲不響地從旁邊衝了出來……」

「可是他救了他的主人一命。」

「這……是。」

家康輕輕地將手放在屍體上，口中喃喃唸著佛號。為了單挑，他命令屬下不得出手。正當快要攻克敵人的時候，不守信的一方卻獲勝了。不論是在戰場上或人世間，為什麼信守諾言的一方反而吃虧了呢？家康將權六的屍體蓋好。

「他有沒有孩子？」家康眼前突然出現瀨名與竹千代的身影，於是問道。

「有，有三個勇敢的男孩。」

家康點點頭，走近下一個屍體。這具屍體早已發臭，蒼蠅在上面飛舞著，其中一隻飛上家康的唇邊。家康把蓋住臉部的布掀開，不禁皺起了眉頭。這是一名頭髮半白、年約五十歲的男子，像乾柿子般地枯瘦。此人兩眼翻白，從肩部起一刀劃到胸前，甲冑裡綻出像櫻花顏色般的肉，肉上有幾隻蛆在那兒鑽動。

「你說這位是權六的舅舅？」

「是的。」

「他是怎麼被殺的？」

「他看到外甥被殺而敵人逃之夭夭，於是大罵他們是卑鄙的傢伙，然後衝上前去。」

「追到了沒有？」

「就在這個時候，今村助成突然跳了起來，從旁邊向他砍了一刀。」

「這個傷就是這樣留下的嗎？」

「是的。」

家康不禁仰頭長嘆，這一切只能說是運氣不好……是什麼原因使他們遭受這些不幸呢？難道是己方的士風招來了不幸，使他們步上了死亡之路，思及於此不由得驚懼了起來。

（正直的人被殺，卑鄙的人反而得以生存……）

八

附近的樹叢中傳來烏鴉的叫聲，家康再次回過頭來正視死屍的臉孔。早晨的太陽照在屍體上，使臉部的表情特別立體。（這就是人生……）家康內心這麼想著，但是有另一個聲音在他心中吶喊著：不，不是！

「這位舅舅有孩子嗎？」

「沒有。」年輕的戰士回答道。

（難怪權六被殺，他會如此激動。）

「妻子呢？」

「去年已經死了……」

「就他一個人嗎？」

「是，平常在家裡種種花草是他唯一的安慰。」

「種種花草……」

年輕的戰士難過得哭了出來。家康看在眼裡，內心也十分難過，他彷彿可以看到這名乾瘦的男子站在庭院裡，看著自己栽種的花草的模樣。

（是誰殺了這名男子？）

是酒井左衛門尉忠次的家臣？不，應該是命令忠次出陣的家康。

（家康為什麼……）

家康輕輕地蓋好死屍的臉部。

「請將好好他安葬吧。」

年輕的戰士跪在地上，激動地哭泣著。他是由衷地感謝家康所說的這一番話。

「快去吧。」

「是。」門板抬了起來，家康目送他們遠去，自己幾乎忘了上馬。

任何人都會經過「死亡」這一關，但若是以非自然的方法邁向這條道路，都會為之心寒的。看到這些屍首，家康心中的悲傷實在難以形容。

「殿下，請上馬吧。」鳥居彥右衛門元忠看見家康的神色與以往不同，於是小心地跟在家康身後，催促他上馬。但家康並未回應。

「殿下，若想打勝仗，千萬不可掉以輕心啊。」

「彥右衛。」

「有什麼事嗎？前鋒已經在挑城了，快走吧。」

「彥右衛，別急。我現在才算真正地看到腳下的大地。」

「你若想開玩笑，請勝利以後再談吧。」

「哦，你以為我是在開玩笑嗎？」

「我們快走吧。」

「好吧，走吧。走向死亡的道路。」家康跨上馬匹，感到自己的腳步十分沉重。如此一來，是很容易招致失敗的，於是他重新振作起來。不知怎麼，眼前突然出現了一尊佛像，那是執掌護法大義的帝釋天。

（對了，我一定要改變這一切……）

封閉死屍之道的武將，武者頭上的帝釋天，漸漸地都被忘卻在腦後……

「殿下，我們快走吧。」元忠再度催促道。

雙鶴圖

一

稻葉山上一片綠意，長良川的清流也披上了初夏的衣裝。此時城裡的已不再是去年的城主了。織田信長將齋藤龍興放逐到伊勢的長島後，便移居至此，同時將此地更名為「岐阜」。

兩個弟弟在此被殺，對阿濃姬來說，此處的山光水色帶給她太多的感觸。少女時代居住的房子已被戰火燒盡，對面山中傳來小鳥的鳴叫聲，勾起她無限的回憶。

今天，信長依舊沒有到新的城下町。信長如今的勢力已如日中天，志在天下。現在的他將目標放在進軍京都。

「首先，我們要讓百姓富足。」他開始調查新設市集的地理環境與人文風情。

濃姬在城裡繞了幾圈後，回到房間將阿類生的德姬喚來。德姬是信長的長女，今年九歲，預計在五月二十七日嫁到岡崎城。女婿竹千代與德姬同年，也是九歲。信長若志在京都，勢必得加強織田與松平兩家的關係。

「你來啦，到我這邊來。」看到可愛得像人偶般的德姬，濃姬溫柔地招招手，叫她過來。

「來喝點茶吧，你要仔細看，記下來喔？」

「是。」

德姬對正室濃姬比對親生母親阿類還要順從，她那雙烏溜溜的眼睛與信長極為相似，就連信長的妹妹市姬也比不上，姿色更是不在阿類之下。

想到這對小夫妻基於政略的考量，必須像扮家家酒般地過生活，濃姬內心就十分感傷。但，自己的婚姻不也是如此嗎？這種非自然結合的婚姻，不如說是在對方的家中安放一個間諜、一個人質，甚至有鎖牢、撫恤之意。

「一定要仔細觀察你的夫婿，如果發現有什麼不對勁，必須立刻通知我。」當她嫁給信長之前，父親齋藤道三曾經仔細地這麼叮嚀，現在，她也必須對德姬說出同樣的話。

濃姬把茶交給德姬，腦中忽然浮現德姬的夫婿竹千代的影子，一時呆在那兒動也不動。

「我明白了，謝謝。」喝完茶後，德姬很莊重地將茶碗放下，看來她的生母阿類曾經教過她。

看到她小大人般的動作，濃姬內心為之一痛。

「德姬。」

「是。」

「你知道婚禮是怎麼一回事嗎？」濃姬淡淡地問道。

二

德姬貶著眼睛默不回答，大概是不知道如何回答吧！

「我不該這麼問你的。這樣好了，你知道自己要嫁給誰嗎？」

「知道，我要嫁到岡崎城……」

「對，那麼，那人的名字呢？」

「松平信康大人。」

濃姬很認真地點點頭，信康是九歲的竹千代迎娶妻子時要使用的名字。當然，上面的信字是取自信長的信。

「你知道信康大人的父親叫什麼名字嗎？」

「松平家康……」

「他的父親為什麼叫家康，你知道嗎？」

德姬天真地搖搖頭。也難怪，她怎麼會知道呢？

「你想不想知道原因？」

「想。」

「你大概也知道，織田家就是有名的平氏之後，松平則是源氏。從前，源平兩家時有戰爭，彼此僵持了很久。到了現在，京都的將軍足利氏，也是源氏之後。你明白嗎？」

「明白。」

「這位松平家的源氏將軍努力治世，另外的平氏，也就是你的父親。」

「他和松平家不是敵人嗎？」

「不，不是。你的父親和松平家那邊的父親雖分屬源平兩家，但彼此約定一起平定天下。所以信康大人就是取你父親的信，和松平家父親的康，表示友好之意。現在你明白了嗎？」

「那麼，信康大人的父親為什麼叫家康呢？」

「你的父親從前在城裡的時候，有位名叫意足居士的學僧住在光明寺內，這位學僧喜好兵書。源氏的祖先八幡太郎義家曾將古傳的兵書四十八卷傳了下來。」

「八幡太郎……」

「你的父親請意足居士教他，但對方說這是源家的密傳之書，不能傳給平家的人，於是不得已，只好教給源氏的家康，所以他們取八幡太郎義家的家，取名為家康，以前他是叫元康的。」

德姬迷迷糊糊地點點頭，不明白為什麼要告訴她這些事。

「由於你父親的心胸寬闊，所以讓這本不能傳給自己的祕密之書，特地傳給了家康，並且約定源平兩家同心協力，力求世間太平。如果家臣中有誰想破壞約定，就要立刻派人告訴對方。」

要對孩子說明這些實在非常困難，但必須先教導她這些，再把她嫁出去。不知道這孩子將來會遇上什麼的事？

「我懂了。」德姬天真地點點頭，眼睛一直望著濃姬手上的點心。

三

濃姬發覺了德姬的眼神，心裡頓時一陣難過。像她這樣的年齡，應該是與點心、水果為伍的。然而，在世局的波瀾與陰謀的推動下，卻要被送往一個陌生的城市。不僅是德姬，所有出生在大名家中的女孩都有著同樣悲傷的命運。

信長最小的妹妹市姬也擁有絕世的容貌，現在在近江的淺井家等待出嫁。信長的外甥女，遠山勘太郎之女，也已經嫁給了武田信玄的第二個兒子勝賴。

松平家、淺井和武田二家，都是信長上洛所必須掌握的。如果還有女兒的話，一定也會在政治的驅使下，將她們嫁過去。

伊勢的北畠、近江的六角、越前的朝倉等等，都是信長在建立霸業時，可能會遇到的險阻。

濃姬把點心拿給德姬，看著她津津有味地吃著。

「你知道信康大人的母親叫什麼嗎？」

「知道，她是關口御前。」

「我們所知道的御前，都是溫柔……」說到這兒，濃姬頓了頓，心想這麼說恐怕會造成德姬心中的不安，於是改口說道：「都是溫柔大方的，這樣才能受到人民的愛戴。」

「我一定會溫柔大方的。雖然我是父親大人的孩子……」

「父親大人的孩子……怎麼說呢？」

「即使感到寂寞，也不會哭泣。」

「對，對，這樣就對了，你要做一個堅強的孩子。我們都會幫助你的。不過……雖然堅強，但是不能和信康大人爭吵喔。」

「我一定會跟信康大人和睦相處的，信康大人將是我終身為伴的夫婿啊。」

「到了岡崎城，一定要有禮貌地和大家打招呼。如果你遇到信康大人的父親，要怎麼辦呢？」

「久仰大名，今日終得一見。」

「對，很好，碰到他的母親也這麼說就可以了。那麼，你碰到家臣時該怎麼說呢？」

德姬天真無邪地搖搖頭，這個問題，生母阿類沒有教她。濃姬心想，幸好把她叫來了，否則到時候遇上了，真不知道該怎麼辦呢。

「你碰到家臣的時候，要規規矩矩地坐好，對他們說……往後請多多照顧。」

「是，要像這樣規規矩矩地坐好。」

「對，這就對了。不能太柔弱，但也不能太剛強……」說到這兒，濃姬不再說下去了，因為教得太多，德姬似乎已有些混亂了。

德姬又練了一兒琴才回去。天色還早，是遊山玩水的好天氣。濃姬將德姬送到走廊，小女孩天真地向她行了一個禮之後，手裡還保持著練琴的姿勢，將手放在胸前，小指不停的擺動。濃姬目送著她遠去。

凝望了一段時間之後，濃姬突然想起什麼似地又回到佛堂。她的雙親也是在像這樣鮮綠的季節裡，在這座城山麓的宅邸裡被殺的。

四

被殺、嫁娶、誕生、生子……人世的錯綜複雜，表面上看起來似乎是由人的意志促使的，但濃姬認為，在遙遠的高處有一條看不見的線在引導著。濃姬年過三十，歷經人生無數的變換，已經變得圓熟多了。

濃姬在佛前焚香祈禱，祈請佛祖加護德姬，然後再次親自檢查婚嫁的事，看看是否有疏漏之處。

這次擔任婚禮正使送嫁妝到岡崎城去的宰領，是佐久間右衛門尉信盛。擔任德姬的隨從前往岡崎的，是生駒八右衛門和中島與五郎兩人。

濃姬來到廣間，看到佐久間信盛正在親自對照禮品清單，清點數量眾多的物品，命人裝箱。

「辛苦了。」

聽到濃姬的聲音，信盛回過頭來，驚訝地看著濃姬。「原來是御前啊，您怎麼親自來了。」他手拿著筆，跪下膝來行禮。

送給九歲女婿的是一張虎皮、緞子、馬鞍等等。

「這個緯白織和紅梅絹是送給誰的呢？」

「這是送給親家母，也就是三河守夫人各五十反[35]。」

濃姬點點頭，又四處看了看。突然，她看到前方有個大水盆。

（這是什麼呀！）她抬頭一看，只見三尾長約三尺的大鯉魚，彎著身體仰著頭，似乎要跳出水盆一般。

「右衛門尉，這個鯉魚是？」

「這是殿下要送給三河守的禮物。」

「好珍貴的鯉魚呀。」

「是呀，這是從美濃找到尾張，好不容易才找到的鯉魚。」

「我從來沒有見過，好美呀。」濃姬說著，突然看到其中一條大鯉魚，睜大眼睛瞪著自己，內心突然覺得一寒。魚的嘴唇豐厚而寬大，滑溜溜的感覺讓人有些害怕。

「殿下還特別吩咐：『這鯉魚一條是我，一條是三河守，一條是女婿，所以一定要好好地照顧。這些大鯉魚都暗藏大志呢！』」

濃姬點點頭轉身離去，內心突然有種奇妙的感覺。一向喜歡惡作劇的信長，除了要傳達這些話之外，不知道還有沒有其他的用意。

那尾鯉魚不時地用那雙大眼睛看著家康，這樣他每次都會想起贈送這條鯉魚的信長。一切事物總有個限度，像這種超大的怪物，實在不是觀賞的好對象。

「濃，你到這兒來啦？」信長還是慣有的口氣，一手持著引以為傲的名劍光忠，笑著走進廣間。

「你來看看。我找到了可以讓家康嚇一跳的怪物。」他站在水盆旁，招呼妻子過來。

五

「這種難得一見的鯉魚，家康大人見了一定會高興的。」濃姬再度走到大水盆邊看了看裡面的鯉魚。陽光透過樹尖照在鯉魚的眼睛上，倒映出金色的光芒。那雙黑色的眼珠直直地看著濃姬。

「哈哈哈……」信長像孩子般地笑著。「家康看到這條鯉魚，不知道會是什麼表情？」

濃姬真想斥責她的丈夫。「這麼貴重的東西，他大概會和家人分享吧。」

「什麼？你說他會把這條鯉魚給煮了？」

35〔編註〕一反寬約三十四公分，長約十公尺。

「是啊。」

「這是什麼話！這條是信長，另外兩條是家康父子啊！」

「殿下……」濃姬委婉地看著信長說道。

「把活的東西比喻成人，你知道會怎麼樣嗎？」

「哈哈……你的意思是說，如果其中有一條死了就糟了，是不是？」

「不錯。」

信長笑得更大聲了。

信盛讓他們兩人在水盆邊看著魚，自己則忙著指揮。信長與妻子站在一起，彎著腰小聲說道：「濃，你以為我真的這麼愚蠢嗎？這條鯉魚可以看出家康的誠意。」

「這條鯉魚……？」

信長戲謔地微笑著點點頭：「我已經叫信盛帶口信去了，家康即使不喜歡，也必須用泉水來養著牠們。」

「你是要他好好地餵這些魚？」

「到時候，我會時常寫信問問這些鯉魚的狀況，你明白了嗎？我不能問德姬怎麼樣，但如果以鯉魚為藉口的話，就說得過去了。」

濃姬驚訝地睜大了眼睛。平常看起來像是孩子般的信長，沒想到卻有如此深的城府。

「哈哈哈，以後每當家康看到這些鯉魚就會想起我。他會把照顧鯉魚的心，移轉到織田家。你再看看這些鯉魚，牠們就代表著家康的心……哈哈哈，瞧牠們那雙大眼睛，正骨碌碌地打轉呢。」

濃姬再度看了看大水盆中的鯉魚，忍不住長嘆了一聲。丈夫的成長確實令她感慨萬千，他已經有著超乎常人、不為人所知的才智，他憑著這份才智，先是控制了甲斐的武田家，接著是三好、松永等直到足利將軍，一步一步地朝京都邁進。

濃姬在內心對丈夫說道：「明白了。」

「哈哈哈……」信長好像明朗的陽光般，笑著說道：「等婚禮一結束，家康這傢伙大概會去平定遠江。到時候，小田原、甲斐就全是我的地盤了。」

他說這話的意思是，到時就無人阻撓他進京了。濃姬閉著嘴，不說一句話。

六

五月二十七日（永祿十年〔一五六七〕）是德姬出嫁的日子，那天，岡崎城裡的人心情十分複雜。有人認為，如此一來家康的勢力會更為雄厚，也有人認為如此向信長屈膝，會讓自己受到更多的控制，因而悲憤不已。

當轎子一行來到城門的時候，家康還在本丸的居間和祐筆頭慶琢討論新的人事安排。他讓小姓和同朋[36]退下，自己搧著扇子，閉著眼睛說：「總先手侍大將是酒井忠次和石川數正。

你說說看，他們兩人旗下還有哪些人？」

慶琢額頭上流著汗水，但並未擦去，他看著桌上記錄的名冊說道：「酒井左衛門尉忠次大人之下，有松平與一郎忠正、本多廣孝、松平康忠、松平伊忠、松平清宗、松平家忠、松平康定、松平信一、松平景忠、還有牧野康成、奧平美作、菅沼新八郎、菅沼伊豆守、菅沼刑部、戶田彈正、西鄉清員、本多彥八郎、設樂越中。」

「那麼，內藤彌次右衛門是在誰的旗下？」

「在石川伯耆守數正的旗下。」

「哦，這麼說，數正旗下有內藤彌次右衛門、酒井與四郎、平岩七之助、鈴木兵庫、鈴木紀伊……」他數著數著，說道：「好，你把旗本的人數唸給我聽聽看。」

「是。旗本先鋒的大將有七人，松平甚太郎、鳥居彥右衛門、柴田七九郎、本多平八郎、榊原小平太、大久保七郎右衛門、松平彌右衛門。」

「慶琢。」

「是。」

「你覺得如何？像這樣分成三個部分，你認為哪個部分最強？如果你是敵人，會先和哪一隊交戰？」

「這我不太清楚。」

「嗯……好吧，來，你再唸唸留守的。」

「是。留守的有酒井雅樂助正家、石川日向守家成、鳥居伊賀守忠吉、久松佐渡守俊勝……」

讀到這兒，家康突然舉起手來說道：「再加上青木四郎兵衛。此外還有五人，中根平左衛門、平岩新左衛門、本多作左衛門、本多百助，以及三宅藤左衛門。」

「是。」

「還有，三奉行大須、高力、上村。」

「嗯。接下來是足輕與一般雜役。」

「我知道了，把植村出羽、渡邊半藏、服部半藏、大久保忠佐都列進去吧！」

「已經寫進去了。」

「有沒有把天野三郎兵衛，加到大小姓眾裡面？」

「有。」

「旗奉行、御船手眾、小荷駄奉行、御納戶頭、代官頭、同朋頭、書物目安奉行，連同醫者與台所人頭，以及升判、金判……」說到這兒，城內傳來了一陣騷動，大概是德姬一行人到了吧。

36〔編註〕處理雜務或藝能相關的近侍。

七

慶琢抬起頭來自言自語道：「大概是到了吧……」

家康皺著眉頭，沉默了一會兒才說道：「慶琢，外面是不是傳說我受了尾張守的控制？」

「是，哦，不……這個嘛……」

家康苦笑一聲說道：「信長大人現在像決了堤的大河，四處奔流，無人能阻擋。我想，他不久之後就會下密勅了。」

「這樣他就可以上洛囉？」

家康點點頭，嘴角微微一笑。「慶琢，我還只是水。」

「什麼？」

「我尚且還不是奔流，但只要一有空隙，就會慢慢朝那裡滲透過去的。現在，吉田城已經到手了，田原也在掌握之中。你知道接著我要流向哪裡嗎？」

「不知道。」

「接著要從曳馬野（濱松）到掛川……」說著，他抬頭看看窗外碧藍的天空。

「潺潺流水看起來或許會令人著急，但只要予以時日，總有一天會成為瀑布，奔流不息的。慶琢，我們現在要做的，就是要慢慢地匯集成大河。」

「是。」

「從現在起我不會性急，但要珍惜每一寸光陰。」

這個時候有腳步聲傳來，是天野三郎兵衛。

「殿下，他們一行人已經到了，請下指示。」

「哦，已經到了呀？」

「是的，新娘已經在二之丸更衣了，準備與您見面。」

「哦，她的心情如何？」

「進城的時候似乎有些不高興，可是很快就好了。」

「哦，挺有個性的嘛。」

「是，聽說……是因為憋著尿的關係。」

「哈哈哈……憋著尿就發脾氣呀？哦，我想起來了。以前在駿府城參加元旦賀宴的時候，我可以走到庭院的走廊撒尿，但是小姐卻不能。原來是這樣，我明白了。好，我馬上過去。」

家康高興地笑著，然後回過頭來，小聲地對慶琢說道：「今天就到這兒，這些人事千萬不可洩露出去。」

慶琢小心翼翼地把桌上的文件整理好，放到書櫃裡。

家康站了起來，一邊朝著書院後方的房間走去，一邊想著信長的大女兒長得什麼樣子？看到他的時候會說什麼話呢？想到這兒，他的心情忽然變得十分沉重。

築山夫人不贊成這場婚禮，到時候不知道又會擺出什麼樣的臉色吶！

（可惡的女人……）她怎麼始終無法瞭解一個男人的志向呢……

八

從織田家搬來的嫁妝在大廣間裡堆積得像座小山。家康到達後，佐久間信盛立刻開始報上禮單。

令人意外的是，瀨名今天的表情十分開朗，一直打量著坐在對面的德姬。德姬左右站著一些老侍女與隨從，她一臉天真地打量著即將成為夫婿的信康，以及信康的姊姊龜姬。

信長是尾張、美濃兩國的太守，他的大女兒也的確不弱。面對家康一家人，以及排坐在後面的岡崎老臣，她絲毫沒有害怕的樣子。

念完禮單後，佐久間信盛坐直了身體，開始說一些祝賀兩家的話。待信盛說完後，老侍女悄悄拉了拉德姬的衣袖。

德姬挺起了胸膛，點點頭，看著家康的臉，跪在地上行禮道：「我是德。久仰，今天幸蒙一見。」

「哈哈，好孩子，我是信康之父家康，久仰，久仰。」

德姬笑了笑，然後轉向瀨名。瀨名眼中微微露出慌亂的表情。

「母親大人，我是德。久仰，久仰。」

「好，好，我是信康大人的母親，歡迎，歡迎。」

「謝謝。」

德姬不理會年紀比她大的龜姬，看著坐在後面的一群老臣，似乎忘了該說些什麼。

「嗯……」她微微歪著小腦袋，說道：「各位……」

「什麼？」

「各位辛苦了。」

瀨名的臉色頓時為之一變。在城內，即使是瀨名也不敢對老臣如此說話。家康也愣了一下，但接下來德姬與夫婿之間天真的對話，緩和了這個僵持凝重的氣氛。

「信康大人。」德姬說道。

「什麼事啊？」信康坐在那兒，拳頭放在膝蓋上。

「我們要好好相處喔。」

老侍女悄悄拉了拉德姬的衣袖。

「好，我們去玩吧。」這時，信康站起來說道。跟著在信康左右的平岩新左衛門，慌忙地拉了拉信康的衣腳。

「放手。」信康不理會他。「德姬，來，那邊有大鯉魚喲。」

「好。」德姬也站了起來。

這個時候歡樂的氣氛立即擴散開來。德姬讓信康牽著她的手，很自然地跟著丈夫走，儼然有了小妻子的模樣了。家康縱聲笑了出來。

在這些嫁妝中，信康最喜歡的還是那三條大鯉魚。他蹲到右邊蓬萊台前面的大水盆旁說道：「這鯉魚好大啊。」

德姬也是第一次看到這些鯉魚，她睜大著眼睛，頗有同感地點點頭。

「關於這些鯉魚，主君信長要我傳一些口信給您。」佐久間信盛笑著對家康說道。

九

「哦，原來是活鯉魚呀？」

「這些大鯉魚是在貫穿美濃與尾張的木曾川中找到的。一條是三河守，一條是信康大人，另一條是主君尾張守，希望您能用泉水來飼養牠們。」

「真是雅興啊，我也想看一看。」家康站了起來，走到大水盆旁邊。「啊，好稀奇的鯉魚啊！」說著，他摸了摸信康和德姬的頭。

「久三郎，你去取些泉水來照顧這些珍奇的鯉魚。你告訴同朋頭金阿彌，叫他以後每天要好好照顧這些鯉魚。真稀奇啊，一定要小心照顧。」家康對小納戶[37]鈴木久三郎說道。

「是。」久三郎回答道，跟著也走上前來，當他看到鯉魚的時候，臉色為之一變。他大概和岐阜城的濃姬一樣，對這巨大的怪物有著害怕的感覺吧。

把鯉魚放進泉水裡頭之後，信康牽著德姬的手走進庭院，看著三條大鯉魚在其他的魚群中穿梭來回。過了一會兒，兩人又雙雙回到了廣間。

婚禮平安順利地進行著。這兩隻被命運串連在一起的鶴，似乎對彼此都很滿意，玩得十分快樂。兩人也將住在靠近築山御殿的東之丸。

此時，家康並不認為自己的生涯將在這個小城中虛擲一生。信長目前正在策劃如何拿下美濃，祕密地頒布密勅，如果再不利用自己與信長之間兄弟的關係，發展雄心大志的話，大業就會落後了。其實，在家康心中早已有了一個底案。他命令書物目安奉行如雪齋調查敘位任官的事，並且拉攏京都的近衛前久和吉田兼右等，邀請他們協助。

利用敘位任官脫離土豪的地位，取得遠江，邁向駿河……把信長的女婿信康放在城內，當然是最好的辦法。

（信康進入本丸的日子，就是我控制遠江之時……）

想到這兒，家康看向德姬的眼神不免為之改變。

家康的生母於大和義母戶田御前，特地與家康一起接見德姬。

大約在六月左右，佐久間右衛門尉信盛回到岐阜，家裡的氣氛也因這次婚禮而變得和諧多了。

37〔編註〕收納調度物資的官職。

那天，家康到菅生川的河流匯合處游泳，他已許久沒來這裡了。游泳是鍛鍊身體的最佳方法，家康也總會在夏天盡量找時間游泳。他游了一陣之後，感覺到體力逐漸恢復，便返回本丸去。經過廚房時聽到裡面傳來了歌聲，彷彿是酒酣耳熱之後的醉酒聲，家康雙眉不禁皺了起來。

十

家康拍拍手，打算責問一番。

「是你在叫我嗎？」出現在入口處的是小姓內藤彌七郎，他也是一臉醉相。

「彌七，裡面在吵什麼呀？」

「大家為了慶祝婚禮，舉辦了一個舞宴。」

「什麼，舞宴？」家康沒有立即斥罵，仔細打量一番之後低聲問道：「是誰的指令？是誰說獲得我的許可？」

「是鈴木久三郎。」

「是久三郎讓你們開宴會的？」家康低下頭陷入沉思，難道是自己酒醉時隨口說出的嗎？

最近，家康發現家裡身邊的僕役常常有一些逾矩的行為。在婚禮的四、五天前，當他打開飯碗時，看到上面只有一層薄薄的麥，中間是雪白的白米。家康苦笑了一下，把廚房的領頭天野又兵衛叫來。

「又兵衛，你以為我是小氣，所以才吃麥飯的嗎？」

「不，不，我們只是把麥比較少的飯，放入殿下您的飯碗內。」

「謝謝你們的好意，可是現在天下混亂，街頭巷尾到處是寢食難安的人，我豈能在這個時候想著滿足自己的口腹之慾。我們應該一起節約、節儉，早日求得世界的太平。往後，你們不必為我操心。」對此，家康只是略為指責，並未破口大罵。

「原來是久三郎……好，我知道了，你去叫金阿彌來。」

彌七郎領得指令後，立刻去叫了同朋頭金阿彌。

廚房裡的喧鬧聲愈來愈大，連燈都忘了點。

「您回來啦，今天是難得的日子，大家喝了不少酒。」金阿彌比彌七郎醉得更厲害，只見他滿臉通紅。

「金阿彌。」

「是。」

「你也醉了。」

「是啊，醉了……織田大人送來的赤部諸白酒，風味真好。」

「你們把織田大人送來的酒也打開了？」

「是啊，還有木曾川的大鯉魚，我從沒嘗過味道這麼好的東西……」

「金阿彌，等等。」

「是。」

「你說的大鯉魚是不是織田大人送來的那三條？」

「不，不，我們只吃了那三條中的一條，那魚可真肥啊，實在是少有的佳餚。」說著，金阿彌舔了舔下唇。

十一

家康可以感覺到自己的雙頰氣得通紅。

信長送來的三條鯉魚分別代表他自己、女婿，還有家康。而今，這些人在酒醉之時將鯉魚給煮來吃了……無論是誰下的指示，其中一定蘊含了強烈的諷刺和諫言。如果這件事傳到了信長耳裡，不但會傷害兩人之間的友情，更可能會爆發難以預料的事。

「金阿彌。」

「是。」

「去把廚房領頭的天野又兵衛叫來。」

「什麼？」這個時候，金阿彌才發現家康的臉色不對。他急忙拉起衣角，退了下去。

「殿下，是您叫我嗎？今天尚未給您行禮呢。」

「你先且慢行禮，是誰煮了那條鯉魚的？」

「那條鯉魚的味道實在是世間少有啊，在我廚師的生涯中，從未嘗過如此佳餚。」

「誰要你回想往事的，告訴我，是誰下的命令？」

「不是殿下您嗎？」

「究竟是誰下的命令以後再說，先告訴我，究竟是誰把鯉魚從泉水裡撈起來的？」

「是鈴木久三郎。久三郎獲得您的許可之後，就從泉水裡撈了一條出來。您應該看看他撈魚的樣子，真是費了不少工夫啊。」說到這兒，他放低了聲音說道：「乖乖，他那神情就好像要活捉織田尾張守似的。」

「夠了！」家康用扇子拍拍膝蓋，嚴肅地說道：「叫久三郎來。」

「難道……久三郎沒有獲得您的許可？」

「好了，東西都吃下去了，吐也吐不出來。這件事不必對其他的人說，你叫久三郎來就是了。」

「是。」

不一會兒，廚房裡的歌聲突然停了下來。

家康氣得咬牙切齒。他拿下横板上的薙刀，拔掉刀鞘。明明交代他們小心照顧，竟敢違抗命令。久三郎若想求饒，恐怕是難上加難了。

內藤彌七郎點著燈走了過來，驚訝地看著家康。只見家康呼吸急促，雙眼直直地看著庭院，燈火照映著他臉上的汗珠……和手上的薙刀。

「彌七。」

「是。」

「久三郎那傢伙怎麼還沒有來，快把他叫來！」

「大人想殺了久三郎？」

「哦，今天我一定要將此事做個了斷。誰敢阻止，與他同罪。」

「是，我馬上去叫他。」彌七郎發覺到事態嚴重，顫抖著腳步迅速地離去。

十二

家康手持薙刀站在那兒。

（久三郎，我該怎麼處理你呢？）他思考著。

反對織田家的人絕不止久三郎一人，一些硬骨頭的家臣認為家康的忍耐是懦弱的表現。人生的變異與季節一樣，儘管他一再說明，在目前的情況下單靠著岡崎的勢力無法獲勝，但還是無法讓家臣信服。久三郎只不過是這股暗流中的一環罷了。

家康轉過身來面對入口，如果他進來的話，大喝一聲讓他逃走便罷了。家康實在不想殺他。不知從那兒飛來一隻夜蛾，繞著燈火迴轉，遲遲不肯離去。如果久三郎像牠一樣，那就糟了！

「殿下。」聲音從庭園入口處傳來，家康愣了一下，回過頭來。

「讓居間染血不好，鈴木久三郎已有被殺的覺悟了，我們到庭院去吧。」

「混蛋！」家康憤怒地喝道。他原本想以這聲怒喝嚇走久三郎，但是久三郎非但不離去，反而把短刀丟在地上，走到緣廊邊。此舉更是引起家康心中的怒氣。「你竟敢違背我的命令。」

久三郎雙手叉腰，仰頭對天，只見滿空繁星。

「你為什麼不說話，是不是後悔了？」

「並非如此。」久三郎高聲說道。

「久三郎這麼做是為了殿下好。他們可以戲弄我們，我們為什麼不能以牙還牙？」

「什麼戲弄，你這麼做會破壞兩家的友誼，你知道嗎？」

「您這麼說就不對了，既然殿下知道織田是兄弟之交，他們先戲弄我們，我們為什麼不禮尚往來呢？」

「送鯉魚怎麼會是戲弄？難道我們沒有接受的器量？」

「殿下，您是害怕織田家？還是考慮欠周？」

「什麼？難道我有什麼地方沒有考慮到？」

「鯉魚是活生生的東西，更何況像這樣大的鯉魚，應該讓牠悠游地徜徉在大河之中，如果將牠放置在狹窄的泉水中，總有一天會鬱悶而死的。到時候，殿下一定會責罵家臣的粗心。

殿下，死的鯉魚是不能吃的。織田送這樣的禮物，居心叵測。我只不過是趁鯉魚還活著時，充分利用牠的價值罷了。即使您殺了我，我也不會後悔的。鯉魚在我的肚子裡也算是死得適得其所了。」說著，久三郎面對台階而坐，伸出了脖子。

「你竟敢一意孤行，我絕不饒你！」家康穿上木屐，繞到久三郎的背後。「彌七，拿水來。」

家康原本期望內藤彌七郎代他求情，但是彌七郎應聲之後，便用水杓掐起了洗手盆裡的水，淋注在家康的薙刀上。

十三

家康看看彌七郎，再看看久三郎。久三郎一臉視死如歸的表情，而彌七郎也察覺到家康心中的怒氣，不敢加以阻攔。

緣廊上的燈火將四周照得一片通明。家康擦了擦汗，此時他不得不重新考慮，鈴木久三郎竟願意為了一條鯉魚而犧牲自己的生命——但其中所蘊含的深意絕不僅是久三郎的性命。

「久三。」

「是。」

「如果你是戰死沙場還情有可原，但為了一條鯉魚而死……你不覺得太冤枉了嗎？」

久三郎睜開眼睛，看著家康。他平靜的眼神反應出內心的心境。

「殿下，家父曾經告誡我們，一個人死在戰場上不困難，但是能為平常的工作效命，就十分難得了。」

「我問的不是這個。我問的是為了一條鯉魚被殺，這算是盡忠職守嗎？」

「我認為自己這麼做是值得的，如果您認為我會畏罪潛逃，那我現在已把腦袋伸出來了。」

「這麼說，你心裡早有準備囉？」

「您不殺久三郎，以後還是有人會為這些鯉魚喪命……但這些都是小事，還有更重要的。」

「小聰明，那麼你說說看。」

「如果您因為這是對方送來的禮物而無法區分一條鯉魚和一個家臣的價值，那麼，殿下您的大志恐怕永遠無法達成了。鯉魚會引發戰爭嗎？如果久三郎的死能提醒殿下……那麼，我也算是死得其所了。殿下，東西是東西，鯉魚是鯉魚，這些是無法和人相比的呀。」

家康手持薙刀，臉上露出了笑容。

「但那件事又與這件事有所不同。久三違抗了殿下的命令，不可饒恕。請殿下斬了久三。但也請殿下以後不要再發出如此荒唐的命令。請……請快些殺了我！」

「彌七。」家康說道：「你把薙刀收回去，我不殺他了。」

「什麼？」

「久三。」

「是。」

「是我錯了，我太不成熟了。今後，在我下達命令前，一定會三思的。今天的事就一笑置之吧。」

久三郎立即跪在地上。

「你說得對，不管是什麼人送來的鯉魚，畢竟也只是條鯉魚罷了……雖然這是信長大人的好意，但是我的思慮應該要更深才是，我太不成熟了。好吧，那些鯉魚該怎麼處理就怎麼處理吧。」說完，家康步上緣廊。久三郎仍跪在地上。

星光微弱，看不見他微微顫抖的肩膀，但是家康知道，他是因為臉上的淚水而不敢抬頭。

女鷲之城

一

永祿十（一五七〇）年秋天至元龜元年春天，這三年是尾張的鷹與三河的鷲，展翅高飛之際。

永祿十年十一月，信長悄悄在家臣道家尾張守的家，迎接在鷹野歸途中的正親町天皇勅使立入賴隆，以便掌握上洛的機會。同月二十日，迎娶武田信玄的女兒作為長子奇妙丸信忠之妻，鞏固了後方。當時，新娘和新郎都是十一歲。

翌年，也就是永祿十一年七月二十八日，他終於擁護足利義昭，完成了入京的心願。

在田樂狹間斬了今川義元後的第八年，信長與三河的家康和好，滅了美濃的齋藤氏，攏絡甲斐的武田信玄，同時更穩定了伊勢的北畠氏，並讓最小的妹妹於市嫁給北近江小谷城的淺井長政，穩住根基之後堂堂上京。

前將軍足利義輝的弟弟義昭，自從將軍義輝被松永久秀攻陷自殺之後，便徘徊在越前和近江之間。信長陪伴義昭入京，立即將在京都掌握實權的三好黨驅逐到攝津、河內。十月十八日，義昭就任征夷大將軍。當然，義昭是信長的傀儡，而由信長掌握了實權，威儀天下。

在這個期間，三河的鷲也一步步地鞏固了自己的勢力。

永祿十年十二月（或十一年），家康把松平的姓留給一族人，自稱德川，獲得敕許。當時的家康，有時說是藤原氏的後裔，有時又說是源氏。說是源氏，便得要顧忌平氏的信長，而今改姓為德川，足以表明他心中的志向。

德川的姓源自新田源氏，不用德字，而是得川。家康是松平家的祖先太郎左衛門親氏（德阿彌）的子孫，因而改為德川。傳說他的祖先得川親氏，為了逃避鄉里上州地區的騷動而改稱為德阿彌，扮裝成時宗的僧侶，周遊列國。後來成為賀茂郡松平村鄉主的女婿，才定居下來。

德阿彌的「德」，除了為了掩飾得川氏的「得」，家康使用「德」字其實心裡還有其他的用意。他希望能以德治天下，至於稱為源氏，是考量到萬一信長那邊出事，可以取而代之以號令天下之用。

永祿十一年底，家康與武田信玄分割駿、遠，成為德川左京大夫源家康。當時的家康年二十七歲，與三十五歲就入京並有雄心宏圖的信長比起來，心中自然有許多感慨。

正月即將來臨，家康身在戰場。在曳馬野城北方兩里半，遠州稻佐郡的井伊谷城山上布陣，與飯尾豐前的遺孀在曳馬野城相對。

「作左，到了正月就讓遺孀降服吧。」

當時的旗本奉行是本多作左衛門重次。

——二——

本多作左衛門頭戴紙巾，身著無袖的布羽織，坐在營火前看著家康。聽到家康這麼說，他站了起來，把自己的小凳子移到家康旁邊。

「殿下，您認識飯尾豐前的遺孀嗎？」

「嗯，小時候在駿府的玩伴，是個十分好勝的女子。」

作左衛門移開視線，看了看木柵對面波光粼粼的濱名湖。

「就趁傍晚進攻，如何？」

「那倒不必，反正她一定會降服的。她對氏真應該也有所不滿才是。」

作左衛門回頭，看了看家康，然後默默添加柴薪。北風呼呼地吹著，營火的煙飄過家康的陣羽織，吹向城山。

「作左，你知道她的丈夫，也就是豐前，為何與氏真疏遠嗎？」

「不知道。」

「在桶狹間的戰役中，義元被殺而豐前平安無事，因而引起了氏真的懷疑，以為他和我之間有祕密約定，心向織田家……」

作左衛門看著煙火，一副似聽未聽的樣子。這是因為他知道飯尾豐前在中野河原受騙，被氏真殺死的經過。

豐前一直懷疑妻子是否和家康還藕斷絲連，他在臨死之前說道：妻子和城池恐怕要獻給三河的孤兒了。

家康在此布陣，等待豐前的遺孀投降，或許和這句話有些關聯吧！

現在旗本的年輕武士對這件事頗感不滿。

「聽說殿下在駿府的時候就和她十分親密了。」

「嗯，我也聽說過。比起築山御前來，殿下比較喜歡吉良的女兒，也就是現在飯尾豐前的遺孀。」

「不管他們以前如何，總不能老耗在這兒拖延戰局吧。如果沒有一個人率先點燃戰火的話，恐怕我們就要在這井伊谷裡迎接正月呢。」

其中以年輕氣盛的本多平八郎忠勝最為不滿。他在關閉城門的時候，望著毫無動靜的敵城。

「我去探探究竟。」不等家康指揮，他自己帶了幾個士兵前去探城。這點家康還不知道。

「作左，女人的城池遲早都會降服的，又何必急於一時呢？」

「殿下……關於這一點，您恐怕判斷錯誤了。」

「判斷錯誤……你倒說說看。」

作左看著家康，臉上顯露出難測的表情。

三

「飯尾的遺孀是位相當剛烈的女子。」

「的確，她的個性很強……」

「若是如此，我想，如果我們不進攻，她是絕不會投降的。」

「你的意思是要我們進攻？」家康苦笑一下。「再等等吧，她一定會派使者來的。」

作左衛門的視線轉向一邊，沉默不語。

（看來，那個傳聞是真的……）如果家康為了女人而失去自己的立場，那就糟糕了。

作左衛門認為，這名烈女絕對不可能在敵方沒有進攻的情況下，就向被丈夫生前懷疑的家康投降。不僅作左衛門有這種想法，連本多平八郎、鳥居元忠和榊原小平太也抱持同樣的想法。

在雙方僵持不下的這段期間，今川氏真的大軍已經越過小笠，節節前進了。殿下的智慧也有被蒙蔽的時候，而今，作左衛門要求殿下掀起戰火。

「作左，火快燒完了，再加點柴吧。」

作左衛門一邊添柴，一邊想著是否該讓家康參加在舊農家宅裡舉行的幕僚會議。如果把平八郎的事說出來……想到這兒，旗本中突然傳來一陣騷動。

「作左，發生了什麼事？是不是又有爭吵？」

作左衛門眉頭一皺，向家康行過禮便朝窪地走去。

「吵什麼，不怕被殿下聽到啊。」幔幕傳來低喝聲。

「老頭子，聽我說。」一隻手被大久保忠佐抓住的榊原小平太，一臉哀泣地說道：「剛才平八郎的小兵回來說，平八郎忠勝被出城迎戰的士兵圍住，有生命危險。難道我們只能坐視不顧嗎？」

「等等，別吵。」

回頭一看，果然有個小兵氣喘吁吁地縮在一角。

「平八郎在哪裡迎敵的？」

「就在大門外叫罵。他說，你這個城究竟是活的還是死的？我本多平八郎忠勝孤家寡人一個，如果你們還有人活著，就出來吧……」

「他們就出來了？有多少人呢？」

「大概有三百個，個個如阿修羅一般手持長槍……」小平太還在那兒掙扎著，想掙脫大久保忠佐緊抓住他的手。

「雖然平八郎沒有得到殿下的命令，但我們豈能坐視不顧，那是會被罵的。我們去救他吧。」

「不准。」作左衛門後面傳來家康的聲音。

（完了！）作左衛門慢慢回過頭來，只見家康一雙憤怒的眼睛瞪著大家。

外面傳來劈哩啪啦的聲音，天空下起了霰來。

四

家康已經發現了。平太立即跪了下來，高聲說道：「殿下，求求您救救平八郎吧，他現在被敵人圍困，十分危險。」

「不准。」家康氣得全身發抖。「作左。」

「是。」

「是誰命令平八攻城的？不准說不知道，是誰要他這麼做的？」

「我不知道。」

「你以為一句不知道就沒事了嗎？小平太，你給我聽好，我叫大家等待，自然有我的道理。」

「殿下。」小平太激動地說道：「現在情況緊急，在您責罵的時候，平八郎忠勝可能……」

「會被殺，是嗎？」

「如果您任由他被敵人所殺的話，旗本的士氣會被削弱的。頭戴鹿角盔飾的平八郎，伊賀八幡的神示說他是三河的名將，名聲遠播……殿下，您待會兒再責罵吧，現在……」

「我說不准就是不准，誰敢抗命，我連他也一起殺。」

「難道您就坐視平八郎的生死於不顧嗎？這不是平常的殿下啊！」

家康將手放在佩刀的把柄上，走向小平太，突然抓住他的領口。

「啊。」小平太本能地退縮。

家康氣得胸部與嘴唇微微顫抖。天色慢慢暗了下來，霰愈下愈大。

「你們什麼時候變得如此藐視軍紀啦？竟連我的話都不聽了。」說著，家康停下來平息心中的怒氣，然後以稍微冷靜的聲音說道：「要我說多少遍你們才會明白呢？單槍匹馬的打鬥已是落伍的戰法了，現在已不再是弓箭、薙刀的時代，而是鐵砲槍的世界。稍有差錯，馬上就決定了勝負。如果有誰不服從命令，不管是平八郎或是小平太、彥右衛，我絕不寬恕。我的家臣可不只他一人。」

「……」

「平八那傢伙就算平安無事回來，也無法躲過軍法的審判。兩者都是死，這是他自己選擇的，明白嗎？」

此時，沒有人敢再多說什麼了。跪在地上的小平太咬住下唇，肩膀微微顫抖著。

「作左。」

「是。」

「你替我好好看著這些年輕的傢伙。如果有誰敢再違背我的命令，格殺勿論！」說完，家康走出了幔幕。

有好一陣子，大家靜默不語。

「火快滅了，加點柴吧。」作左衛門說道。小廝立即添上松樹枝，火又大了起來。「這些話並非不能說，只是說出來了，他必定會生氣。」作左伸出雙手烤火。

五

「我以為飯尾的遺孀認識平八郎，所以不會出城迎戰。看來我是猜錯了。」作左衛門喃喃自語地說道。

「你是旗本奉行，為什麼不替平八郎求求情呢？」一直保持沉默的大久保忠佐聳起了右肩說道。忠佐是自號常源隱居起來的新八郎忠俊的姪子。

「當火勢熊熊燃燒起來的時候，最好不要馬上觸碰，再等等吧。」

「再等……等到平八郎被殺，就遲了。」

作左衛門回頭看著忠佐：「平八不會死的。」

「你怎麼知道？」

「我是不知道。不過，他是個戰場好手，如果有危險的話，他可是會像青蛙感受到雨水將臨一般的。」

「難道我們的顧慮都是多餘的，只有任由平八被殺嗎？」

作左衛門搖搖頭。「不，我不是這個意思。我現在正為殿下不想進攻飯尾遺孀的事著急。」

「不想進攻……」

「是的，我是這麼認為。殿下與築山御前不和，以他的年齡和身心來說，一定會感到十分寂寞。他從以前還是三河流浪兒時，就非常喜歡飯尾的遺孀……我是這麼猜測的。但不知殿下是否還有其他的原因。」

此時跪在地上哭泣的小平太突然站了起來。

「我去。」他拿起了槍。

「等等。」作左依舊坐在那兒。「你還想去惹殿下生氣？」

「不去不行，我一定要去。」

「你這麼做就有欠周詳了，我不是說過平八不會死嗎？」

「就算他不會死，我也要去。只要是平八郎和我兩個人，殿下就不會太為難我們的。我豈是那種眼睜睜看著平八郎被殺死的冷血之人？」

「小平太，你等等，等一下。你以為殿下會殺平八郎嗎？」

「可是，剛才他不是這麼說的嗎？」

「那是他氣頭上的話，氣總是會消的。如果你認為殿下真的會殺平八郎，那麼，小平太，你就太侮辱殿下了，殿下不是這樣的人。」

小平太站在那兒，全身微微發抖。

天色愈來愈暗了，營火變得鮮明亮麗。

「我要去，我還是要去。」小平太朝著幕外衝去，但他卻看到了一個可疑的人。

「是誰？從哪兒來的？」尖銳的叫聲與舉槍聲傳進了大家的耳朵。

六

本多作左衛門慢慢站了起來，走了出去。只見小平太的槍尖指著一個十三、四歲的村民小孩。這個小孩面對小平太的槍，沒有絲毫畏懼，眼神也與一般人不同。他那破爛的衣服下，露出兩隻凍得發紅的腳。

「小平太，怎麼回事？」

「這傢伙一直往幔幕裡偷看。」

作左衛門走向這名少年。「這裡不是小孩子該來的地方，快離開吧！如果你把大家惹火了是會受傷的。」

但這名少年卻拚命搖了搖那一頭沾滿雨雪的頭髮。「不，我要見見三河的家康大人。」

「什麼，你要見殿下？有什麼事嗎？」

「我不能對你們說，我一定要見家康大人。」

「殿下現在很忙，沒有辦法見你，你還是趕快離開吧。」

少年還是拚命搖著頭，怎樣都不肯離去。「我一定要見到他，否則絕不離開。這裡原本是我的城。」

「你是誰？」

「什麼，你的城……」作左衛門內心一驚。「好，我去問問看，你跟我來。」

「我是旗本奉行本多作左。」

「哦，你就是鬼大人呀！我聽過你的綽號，既然是你，我可以跟你談談。」

作左衛門回過頭來，看著小平太：「小平太，如果我沒有猜錯，平八郎已經回來了。你別去了，好嗎？」說完，他帶著少年來到家康帳營前的營火旁。

「坐吧，你是井伊谷主人直親的遺孤？」

少年看著作左衛門，點點頭。

「你是不是萬千代……」

「正是。」

「你找我家殿下有什麼事？還有，你如何證明自己是萬千代？」

「我要見了家康大人之後才能說。」

「如果你不說，我就不讓你見他。」說著，作左衛門又添了幾根柴火。「天寒地凍的，好冷啊。」

「鬼大人！」

「你想說才說，不想說的話不要勉強。」

「我不該懷疑鬼大人的，我來這兒是想成為家康大人的家臣。」

「就算你是為此而來，那你要如何證明呢？你得先說服我，讓我相信，我才能帶你見殿下。讓我看看你如何證明吧。」

「不行。」

「不行的話，就不能見殿下。」

「鬼大人！」

「什麼事？」

「我不能讓你看那個東西，但我可以告訴你我帶的是什麼？」

「好吧，你先說說看，你帶了什麼來？」

「我帶的是曳馬野城女主人，吉良御前的信。」

七

「什麼，曳馬野的遺孀……」作左衛門不禁拍了拍膝蓋。「對了，御前就是你的叔母。對了，對了……」他自言自語地點點頭，然後抬起頭來看著萬千代。

直到這個時候，作左衛門才體會到家康為什麼在姬街道的井伊谷布陣，而不直接攻擊迎面而立的曳馬野城。

（我實在太大意了……）作左內心這麼想著，想到自己認為殿下只是為了往日戀情而……內心實在十分慚愧。

萬千代的父親井伊直親，由於今川氏真的疑心而喪命。不僅如此，據說今川氏真還以黃金懸賞萬千代的首級。或許家康知道萬千代的藏匿之所，如果能找到萬千代，就能收攏稻佐、細井、氣賀、井伊谷、金指一帶的民心。

（原來殿下的心不僅在遠江，更在駿河……）

作左衛門居然忘了還有一位名門之子被氏真追殺，正在四處逃亡。

「原來你就是御前的姪兒，我明白了。我帶你去見殿下吧。」作左帶著萬千代，進入後面的小房子。房裡已是一片灰暗，家康桌前擺著兩個燭台，他正攤開如雪齋畫的地圖仔細研究著。

「殿下，您等待的使者終於來了。」

「什麼，使者來了？」

「是的，這位是萬千代大人。」

少年毫不畏懼地走到家康面前，家康驚訝地睜大了眼睛。「你就是井伊谷主人直親的兒子嗎？」

「是的，我是萬千代。三河的殿下，請准許萬千代為你效命吧。」

「你一直躲在曳馬野城內，是嗎？」

「是的。我一直在追逐、躲藏，追逐、躲藏之中度過。」

家康內心像被刺了一下，他看著萬千代，點了點頭。在氏真的猜疑之下，他當然只能逃匿、躲藏過日了。

家康在萬千代身後的黑暗中，彷彿看到了在駿府時代吉良女兒的面孔。當時家康很喜歡她，她也不討厭當時的竹千代。只是若非瀨名的父親關口親永遊說，加上她又是今川義元的外甥女，如今成為家康妻子的恐怕就是吉良的女兒了。

然而，吉良的女兒還是嫁給了飯尾豐前，家康也娶了瀨名為妻，而且與妻子之間也一直不怎麼和睦。

最近家康從伊賀人之中挑選特別聰明俐落的，祕密派遣到遺孀那兒去，勸她降服。家康的心境十分複雜。

八

家康派遣密使到城內，是因為他知道濱名湖邊的城將會是自己邁向駿河的要地。如果引發戰火，事後的重建工作勢必要投入相當多的時間與人力。這是其一。

氏真的沒落指日可待。武田往駿河、德川往遠江，已透過信長訂立了祕密約定，如果延遲了一天，就可能讓武田家的勢力滲透過來。

當然，他暗地裡也想幫助遺孀，並掌握百姓民心。

（絕不能讓井伊萬千代被殺。）家康心想，萬千代是否為遺孀派來的正式使者。但是，眼前的這個萬千代實在無法讓人聯想到使者。

「你叔母有沒有說過，指派你為使者到我這兒來？」

萬千代驚訝地看著家康，搖搖頭。「我曾經勸過叔母投降。」

「你……」

「但是叔母對我說，三河的殿下內心明白，你不用開口，他就知道的。」

「嗯，還有呢……」

「她還對我說，如果你仰慕三河的殿下，就帶著這封信，他一定會收你為旗本的……」說著，萬千代從懷裡取出一封仔細疊成三折的書信。「殿下，我常跟叔母說，能取得天下的只有織田或三河的殿下……叔母似乎也同意。殿下，我要成為大名，以報父仇。請你收容我為旗本吧。」

家康從萬千代手中接過信，靜靜地在燈火下打開。

本多作左衛門坐在家康腳邊的炭火旁，開始打起了瞌睡。

謹提筆問候。
看盡浮世百態，嘗盡興衰起伏。
萬千代本是與枯葉同朽，盼能成三河殿下之榮耀，換來井伊谷之城。
引頸企盼黃泉路上再相見。
春霞立日，姬小松依舊等待。
曳馬野邊細雨紛飛。

龜

家康讀完信，雙手疊抱胸前。書信裡並無降伏之意。只有淡淡的悲傷、感懷和濃濃的寒意。
「萬千代。」
「是。」
「你勸你叔母投降時，是怎麼說的？」
外面的霜雪依舊下個不停。

家康問他的時候，萬千代雙眼望著燭光。

「我說，難道氏真不是叔父的仇人？何不投降三河的殿下，以求得家人的安泰。我這麼說的時候，叔母笑了……」

「她笑的時候說了些什麼？」

「她說，你還是小孩子，無法瞭解大人的心意……後來，她含著淚水說道，如果叔母投降，卻只換得三河殿下的嘲笑的話……」說到這兒，萬千代不禁流下淚來。「三河的殿下，叔母她喜歡您啊。」

「她，她是這麼說的嗎？」

「是。她說自己原本以為義元會將她嫁給您，沒想到事與願違。興衰之人各有不同的命運，就如同一樣是雨，卻有春雨與雪雨之分。」

「嗯。」

「她說自己寧願是凄冷的雪雨。與其投降三河的殿下，成為溫潤的春雨，還不如成為冰冷的雪雨，這樣才能永遠留在三河殿下的心中。」

「夠了，夠了。」家康急忙打斷萬千代的話，再也聽不下去了。

（唉……當她還是個女孩的時候，就已經有如此強烈的個性了……）

想到自己竟然殘酷地要她投降……家康心中不禁感到一陣刺痛。當她丈夫還活著的時候，她一定曾為了逝去的戀痕所苦。而今丈夫死了，如果再投降家康，心中的苦痛必定倍增。

「叔母她……」萬千代像突然想到什麼似地說道：「叔母說，如果叔父還活著，一定會請三河殿下入城的。但她不能這麼做，實在有她的苦衷……」

「我知道了，你不要再說下去了。」

「殿下，請您借我足輕百人。雖然我叔母不肯出城，但是萬千代一定可以攻下的。」

家康默不回答。

（這麼做也無濟於事的……）

家康很明白她的用心，她一定打算守在城內，看著家臣一個個地離去，最後再自殺。

（多麼惱人的女子啊……）家康內心這麼想著。

她知道與其投降在家康身邊苟活，還不如轟轟烈烈地死去，更能抓住家康的心。看來，家康這輩子是永遠無法將她忘懷了。

「咦？好像回來了。」在那打瞌睡的作左忽然抬起頭來。「殿下，本多平八郎回來了，您還要處罰他嗎？」

家康依舊默不作答。在柔和的燈光下，他就像座雕像般，動也不動。

作左衛門笑了笑，留下他們兩人走了出去。

春雷

一

家康的長子，十二歲的竹千代在岡崎城代替父親接受家臣的新年祝賀。

在岡崎的松平次郎三郎信康，身邊有受家康之命留守在此的傅役平岩七之助親吉。他的父親家康正在曳馬野築城，因此大半的家臣都在那兒。

從祖父時代以來的老臣，酒井雅樂助正親（正家）、鳥居伊賀守忠吉、大久保常源（新八郎忠俊）等等，一大清早就聚集在廣間裡，臉上充滿笑意。鳥居忠吉早已白髮蒼蒼，大久保常源說話時，甚至還會流口水。他們的話題多半在追溯五十年前的往事，再述及今日的繁榮，然後，又從今日的繁榮，憶起往日艱苦的歲月。

「殿下打算將曳馬野城改名為濱松城。」

「真像做夢一般。駿、遠、三三國太守的今川家，如今已不復存在，我們正從遠江朝駿河出發。你們看吧，總有一天，殿下會在駿府看著氏真那傢伙蹴鞠的。」

「竟然有人說蹴鞠是和歌之道呢，我看那只是亡國奴的表徵。」

正當大家閒談的時候，久松佐渡守出現了。於是大夥人的話題又轉到於大離開時的艱辛時代。

正月的天氣已漸漸暖和，梅花早已盛開。耀眼的陽光，時時映著飛鳥的影子，照在修改成東山風的書院窗口上。

十二歲的若殿下次郎三郎信康與同齡的夫人德姬換好衣服後，約莫九時才姍姍而來。大家立即停止了交談，一起行禮。行禮時，每個人都面帶笑容。信康與他的夫人正值青春時期，兩人站在一起，一副半大不小的樣子。

每個人依序說出自己的賀詞之後，依例敬酒。

「先祖廣忠納妾的時候是幾歲呀？」鳥居忠吉問道。

「嗯，好像是十二歲……」大久保常源屈指算來，說道。

「這麼說來，我們應該教教若殿下夫婦相處之道，可惜我平岩七之助不過是一介武夫。」

「這種事應該會知道吧，這事是天地間最自然不過的了。」

「不，不，雖說是很自然的事，更應該好好處理。否則亂來一通，不知會出什麼亂子呢。」

「今天是難得的好日子，就問問那些老侍女吧。」

此時，德姬身邊一個名叫小侍從的侍婢提著酒壺走了過來。

「你不是德姬身邊的人嗎？怎麼樣，若殿下開始進出德姬的閨房了嗎？」常源老人毫不顧忌地問道。

二

小侍從一時還會意不過來。

「什麼？……」她歪著頭想了想之後，突然羞紅了雙頰。

「怎麼樣，到底進去了沒？」

「是……哦，不。」

「是？不？究竟怎麼樣嘛！」

「這件事嘛？還……」

「還沒有嗎？他們處得還不錯呀。」

「這……」小侍從為難地遞上酒壺，低下頭來。

雖然春天即將來臨，但還是有些意外妨礙了此事，主要是次郎三郎的生母築山夫人的干涉。

起初，築山夫人對於天真無邪的德姬頗有好感，但是自從次郎三郎移進本丸，德姬跟著進入本丸的內奧之後，築山夫人的態度就有了顯著的改變。與次郎三郎一起搬入本丸，德姬自然成為其中的主人了。

「我是家康的正妻，怎麼能把我趕到一邊，而讓她當大奧的主人？」

築山夫人向家康表示不平，但是家康並未接納。

「把重擔交給年輕人，你不是樂得輕鬆嗎？」

然而事實卻非如此，家康只是不希望次郎三郎發現築山夫人的愚蠢。但就在發生這件事之後，築山夫人經常去探望次郎三郎。每回築山夫人前來，就會對次郎三郎說著親近德姬之事還太早。

十五、六歲的時候，女孩比男孩發育得早。最近，德姬也已顯露些許成熟的韻味。為此，從織田家跟著德姬到這兒來的小侍從，對築山夫人略有不滿。

「如果還沒有，我就給他上一課吧。不過，看他那個樣子，好像已經長大了嘛。」

小侍從紅著臉回了一個禮，然後站在常源的前面。喝完酒，次郎三郎顯得有些坐立不安，向平岩親吉問道：「我可以下去了嗎？」

親吉點點頭。

「德姬，來，我肚子有點餓了。」

德姬點點頭，站了起來，高大的德姬隨次郎三郎站起來，兩人看來像姊弟一般。

「三郎君……」兩人走向迴廊的時候，大久保常源叫住次郎三郎。

「大久保爺爺，什麼事啊？」

「我想問一下，你們正是青春年華……三郎啊，德姬可不可以生孩子啦？要是能看到你們兩人的孩子，我就是死了也會瞑目的。鳥居爺爺也是這麼說的喔……」

「還沒有，以後會有的。您多保重啦。」次郎三郎毫不羞怯地回答，與德姬一起走了進去。

三

次郎三郎來到裡頭的居間，打量著坐在面前的德姬，說道：「德姬，爺爺說想看到我們的孩子。」

「是啊，他是這麼說的。」

「你知道要怎麼樣才會有小孩嗎？」

德姬溫柔地瞪了信康一眼，然後看著桌上熱氣騰騰的湯。

「你好像知道。」

「我不知道。」

「我知道，不過那還早。德姬覺得呢？」

德姬又瞪了信康一眼，眼神中散發著微微的春怨。

「怎麼不說話呢？德姬害羞了嗎？」

「三郎大人怎麼可以問我這種事呢？如果我說出來的話，一定會被築山御前罵的。」

「什麼，你怕被母親大人罵呀？你現在是這兒的主人了。」次郎三郎說著，走到窗前，打開窗戶。看到窗外盛開的梅花，伸手摘下了一小株。

「為什麼要摘下來呢？就這麼觀賞不是很好嗎？」

「德姬，我常想拿起太刀砍下這附近的樹。」

「好可怕，你為什麼會有這種想法？」

「因為父親大人還不讓我上戰場完成初陣。親吉，親吉。」次郎三郎一想到這件事，立刻將平岩七之助喚來。「你去央求父親，讓他准我今年初陣嘛。」

「我會替你說的。不過，你現在的騎術還不算很好，目前最重要的是多鍛鍊。」

「哦，是這樣的嗎？好，吃完中飯後，我們馬上練。」

「不行，今天是元旦，明天以後才能開始練武。這是你父親大人決定的，不能擅自更動。」平岩七之助嚴肅地說道。

「哦。」次郎三郎點點頭，「好吧，你先退下去，我有話要和德姬說。」

「是，飯菜馬上送上來，你們二位先談談吧。」

七之助退下後，信康對站在一邊的小侍從說道：「你也退下去，我們兩人有話要私下談談。」

「是，您有事再叫我吧。」

「德姬。」等到房裡只剩下二人之後，次郎三郎坐在窗邊，說道：「來這裡，我要把這朵梅花插在你的頭髮上。別害羞嘛，現在這裡只有我們兩個人。」

德姬依言走了過來。次郎三郎彎腰聞了聞德姬身上的香氣。「你一定知道怎麼樣才能生孩子。來，靠到我耳邊，悄悄地告訴我吧。」

德姬伸出手，放在次郎三郎擱在她肩上的手臂上，埋怨地搖搖頭，說道：「我不知道。」

四

看到次郎三郎孩子般的動作，德姬內心為之悲傷。自九歲起，兩人一起相處了四年。

（……這就是我的丈夫嗎？）

她從未考慮過離開次郎三郎，因為和父親信長、生母阿類，以及正室濃夫人比起來，德姬對於次郎三郎有一份更深的親切感。以往，兩人多少也有一些彆扭與爭吵，但自從去年深秋以來，他就變得成熟穩重多了。

德姬知道築山御前對於她和次郎三郎的婚姻並不高興，儘管如此，兩人還是要生活下去的。

每當次郎三郎悄悄從後面打量她，或是碰觸到她的面頰時，德姬心中就會湧起一股激動。德姬的身體早已期盼許久了，但是次郎三郎接觸到她的時候，總像一個頑皮的孩子，對男女之事似懂非懂的。今天德姬再度嘗到那種失望感，她渾身一緊，不知怎麼地，眼淚成串地落在膝蓋上。

「咦？」次郎三郎驚訝地看著她：「你怎麼啦？為什麼傷心？是不是我做錯了什麼？」他從後面貼著德姬的臉頰，問道：「別哭，別哭，不知者不罪。不要再哭了嘛。」

「不，不。」次郎三郎像孩子般地反覆問道，德姬只得拚命搖頭，她說：「我不是因三郎大人而哭的。」

「那麼，還有什麼事會讓你如此傷心？今天是元旦，是難得的好日子，你快告訴我，是誰欺負你了？」

「不，不，我高興的時候也會流眼淚的。」

「哦，這麼說，你這是快樂的眼淚囉？」

「是啊，因為三郎大人這麼溫柔地把梅花插在我的頭髮上。」

「什麼，原來就是為了這啊，你怎麼不早說呢，害我嚇了一跳。」說著，次郎三郎將德姬拉了過來，掏出懷紙為德姬擦拭眼淚。「我們是夫婦，對不對呀？」

「是啊。」

「夫婦就要和睦相處。來，把你的手也伸出來，讓我緊緊地抱著你。」

德姬頓時覺得全身一熱，她不知道這是為了什麼。但這麼一來，兩人就是真正的夫婦了……想到這兒，羞澀與期待很本能地湧了上來。

「德姬，」次郎三郎緊緊地抱著德姬，在她耳邊輕聲說道：「我愛你……」

「我也一樣。」

這個時候，正從走廊往房間走來準備道賀的築山御前突然出現，高聲喊道：「三郎大人，你這是在幹什麼？」

「啊，母親大人。」次郎三郎抱著德姬，回過頭來看著母親。

五

「三郎大人，你在做什麼？」築山御前高聲問道。

這對年輕人熱情地擁抱，對長久以來被家康屏棄在一旁的築山御前來說，是個強烈的刺激。

「三郎大人，你是這個城裡的御大將。御大將要有御大將的風範，一定要有相當的威儀。快放開她。」

「不，我不放。」次郎三郎天真地搖搖頭。

「德姬是我的御前，抱抱她有什麼關係。是不是啊，德姬？」

「德姬。」築山御前對德姬說道：「真是不要臉，竟然敢在母親面前這樣，快鬆手！」

「不要，我說沒關係就沒關係。德姬，不要走。」

但是德姬紅著臉，拚命想掙脫次郎三郎的懷抱。

築山御前就站在房間外，氣喘吁吁地瞪著兩人。此時若非老侍女端著菜飯過來，恐怕築山御前會發狂地大聲謾罵呢！

由於有人走過來，築山御前顫抖著雙唇只得將差點要罵出的話又吞了回去。

「新年恭喜。」

「母親大人，新年恭喜。」
「三郎大人。」
「是，母親大人有什麼事？」
「我也在這兒吃飯。」
「嗯，就請母親大人在這兒吃飯吧。德姬，你說好不好？」
「三郎大人。」但築山夫人卻搶先開口。
「什麼事？」
「為什麼連這種事也要問她，難道你不是這城裡的御大將嗎？」
次郎三郎像孩子般地搖搖手，回應她的母親：「不不不，雖然我是大將，不過裡外是有所分別地。德姬是內奧的大將，沒有她的允許怎麼行呢，是不是啊？德姬，我們能不能留母親大人在這兒吃飯？」
「好啊，你們慢慢談，我去準備。」德姬才說完這句話，沒想到築山御前立即轉身面對她，出聲斥責：「德姬，你太過分了。」
「是。」
「就算你是信長大人的女兒也不該如此無禮。我是三郎大人的母親，家康的正妻。」
「是。」
「我在你們這兒吃頓飯還要受你的指使，以後請你說話注意一點。」

德姬不知道築山御前為何憤怒。次郎三郎問什麼，她就回答什麼，為什麼還這麼憤怒呢？德姬看了築山御前一眼，默不作聲。沒想到這更激起了御前心中的怒氣。

「你為什麼不回答我？不要以為今川家沒落了，你就可以這樣對付我。」

這個時候，平岩親吉大聲咳嗽地走了進來。「今天是難得的日子，我們大家一起吃飯吧！小侍從，把酒壺端上來。」

六

有平岩七之助親吉出面，築山御前縱使有再多的怨氣也不敢發作出來。

用膳時，築山御前不時地瞄著七之助、德姬與次郎三郎。

陽光照在床之間的掛軸上，鶴龜上點綴著紅白餅顯得喜氣洋洋，只有築山御前經過妝飾後的臉顯得異常蒼白。

七之助親吉並未發現這已暗示了不吉祥的預兆，等到吃完飯後說：「今年對若君來說是很重要的一年。您的父親大人在濱松城與討伐駿河的武田家接境，也有入京的打算。若君，您更應該加強文武兩方面的能力了。」

就在七之助親吉神色凝重地說了這一段話之後，築山御前突然氣憤地站了起來。

家康以前在今川義元手下的時候並未擔任一官半職，而今卻要伴著信長入京。現在信長的女兒又在她的眼前，這一切也難怪會讓築山御前氣得發狂了。

「親吉。」

「御前，有什麼事嗎？」

「既然你要向三郎訓話，我就不打擾了。」

「您請慢走。」

「殿下也真是的，何時開始甘為織田的家臣，你們倒好像挺滿足的。你們就送主人和織田一起入京吧。」

七之助低下頭，沉默不語。等到御前的腳步聲遠去之後，他突然像想起什麼似地堆出笑臉，抬頭看著次郎三郎。

食事完畢，等到飯菜收下去之後，七之助隨同小侍從來到隔壁的房間。築山御前的來訪使德姬心情為之低沉。根據七之助的經驗，這個時候最好讓他們小倆口獨處比較適當。

次郎三郎只要說些安慰的話，大概就可以撫平一切。同時，七之助不希望小侍從發現德姬心中的不悅。如果這件事從小侍從的嘴裡傳出，沒多久就會傳到信長的耳裡去。如此一來，要是兩家之間的氣氛鬧僵，恐怕會導致不良的後果。

就在七之助親吉考慮的當下，他們兩人早已像夫婦地和睦相處了。

（很自然地就……）

等兩人都離去後，次郎三郎站起來伸了個懶腰，然後在書院的窗邊坐了下來。

「德姬，請你原諒，請你忍耐一下吧。」次郎三郎比他的父親家康更為冷靜、敏感。如果是家康，一定會保持沉默，陷入沉思，但他卻立即說出口來。這並不表示他比家康沉不住氣，或許是在安逸的環境中成長的緣故吧。

「母親大人常常喜歡說些無心的話，你不要生氣，多忍耐她一些吧。」

說到這兒，德姬低下頭來。

「你又哭啦？還是高興的淚水？哦，對了，一定是高興的淚水，是不是啊？」

七

高興的淚水，德姬聽他這麼說，只好點點頭說「是」。次郎三郎的溫柔體貼，令德姬十分感動。

「我很瞭解母親大人的用心，不會生氣的。」

「是嗎？你真是聰明又善解人意。」

「如果織田家被毀，三郎大人又疏遠我的話，我一定會十分悲痛的……」

「你能這麼想就好了。啊，太陽被擋住了。你看，天空變暗了，我們來玩雙六（牌戲）吧！還是叫大家一起來玩牌？」

「不，我只想跟你在一起。」

「哦，好吧，」他走上前來，扶正德姬頭髮上的梅枝。「歪了。」

德姬笑了笑，悄悄用袖口擦擦眼角。

「你還記得到岩津獵鷹的事嗎？」

「嗯，那個時候很冷。」

「我們在山腳的草原吃午餐時，一隻豬突然跑了出來。」

「然後你就用弓箭射牠……這話我已經聽了兩遍了。」

「兩遍……真的呀，不過一提及此，我總難免想談一談。」

「嗯，好吧，後來呢？」

「我拿著北原喜之助的弓發出一箭。但這個時候，七之助拿著長槍從旁邊跳出來阻止我，我很生氣。責問他為什麼不讓我再發一箭，他說，大將是不能做危險的事的。」

「對，有道理，最好能避免危險的事。」

「夏天的時候，我們大多會在菅生川的出口游泳。獵鷹與游泳是父親大人鍛鍊身體的兩項主要運動，我絕對不能輸給父親大人的。」說到這兒，他突然像想到什麼似地問道：「對了，你的父親信長大人。」

「你是說美濃的父親大人嗎？」

「嗯，聽說是他教父親大人游泳的。你知道這件事嗎？」

「我不知道。」

「哦，那我告訴你好了，父親大人在熱田時，是你的父親要他在寒冷的天氣裡游泳的。」

「寒冷的天氣裡……」德姬的情緒變得低沉下來。當她聽到在寒冷的天氣裡游泳的時候，眉頭不禁微微一皺。就在這個時候，空氣中傳來異樣的聲音。天色漸漸變暗，松樹梢傳來陣陣的風鳴。

「咦？現在怎麼會打雷呢？」

「雷……是風吧，有一首歌謠中說，雷是夏天的東西。」

「不，的確是雷哦。」次郎三郎站了起來，走到緣廊。這時北方的天空中閃出一道紫色的閃電。接著，大地響起了雷鳴。

「啊，好可怕啊……」德姬忘我地依偎在次郎三郎身邊。

八

遠處的春雷又響了兩、三次。天空突然變暗，依偎在次郎三郎身邊的德姬雙手緊緊擁著他。

（這個時候怎麼會有雷呢？……）

德姬從來不曾如此害怕過，但次郎三郎的手溫柔地擱在她的肩上，平復了她心中的恐懼。代之而起的是一種想哭的衝動與快樂。

風呼呼地吹著。次郎三郎像是在等待下一個雷鳴似地，手搭在德姬的身上，站在那兒動也不動。

「雷聲在南邊……」次郎三郎喃喃說道。

「不要再說了……」德姬緊緊地抓住次郎三郎。

「你怕雷聲嗎？」

「嗯。」

「我不怕。聽到那個聲音，我內心會湧起一股武者的震撼。」

「這是因為……三郎大人很勇敢啊？」

「難道你不勇敢？」

「我是女孩子啊。」

「哈哈哈……對對對，女孩子是溫柔的。」

「三郎大人，真希望我們兩人能像這樣一直相處下去。」

「太沒出息了……」次郎三郎被自己的聲音震住了。他感到喉嚨乾澀，剛才發出的聲音連自己都認不得了，彷彿是別人的聲音。

（這是怎麼回事啊？）

他偏著頭沉思著，卻始終想不出個所以然。在他這種年齡是無法瞭解的。這是因為一股積鬱在胸中如夏雲般的激烈感情發洩出來所致的。

「好，」三郎高聲喊道：「我要緊緊地抱著你，把你的身體擁緊。」說著，他縮緊雙臂，兩手用力。

「啊！」德姬痛得叫了出來。上半身依偎在次郎三郎身上。

次郎三郎突然感到腦中一熱，無論他雙手如何用力，德姬的身軀始終是那麼的柔軟。一接觸到這種柔軟，次郎三郎感到心中湧出一股層出不窮的雄心。

「痛嗎？」

「嗯。」

「那我放手，好嗎？」

德姬偎依在次郎三郎胸前，微微搖搖頭。她的黑髮垂在下頷部分，像是紅梅花瓣般鮮紅的耳朵在髮間露了出來。次郎三郎看到德姬的耳朵，突然感到意志飄遠，不，不該說是飄遠，而是心中湧起了一股神祕的好奇心。

「好，那我們就這麼做吧。」

這個時候，走廊傳來了腳步聲，是平岩七之助親吉。親吉看了看坐在隔壁房間襖門邊的小侍從，感覺到空氣中有一種異樣的氣息。

「你不舒服嗎？」他輕聲問道。

看到小侍從露出頸子，低著頭。

「哦，原來如此。」他嚴謹地點點頭，轉身離去。

梅之新城

一

家康在滿是紛亂木片與木屑，尚未清理的庭院裡巡視著他的城，回頭對本多作左衛門說道：「整理一下就可以賞梅了。二月中或三月初要與織田入京，入京的話，可能會多留一會兒。」

作左衛門看起來比他實際年齡蒼老些，他還是會時常開家康的玩笑，但也都是在家康迷失自我的時候。

「殿下，既然您提到賞梅，在城裡有兩個人正在賞梅呢！」

「什麼……你指的是岡崎的三郎嗎？」

「不，我指的是殿下和飯尾御前。」

「不要亂說話！」家康憤怒地說道：「你怎麼總是說一些莫名其妙的話呢，真是個又臭又硬的老傢伙。」

「哈哈哈，如果真是臭的話，那也是殿下您的關係啊。作左可是出自一片雅興呀。」

「好好好，我可要聽聽你所謂的雅興。」

就在這望樓附近，飯尾的遺孀焚身自殺，並未留下任何骨骸。

（好一個烈女子啊……）

如果兩人在駿府時能在一起，或許，飯尾御前會有另一種人生。

在熾烈焚化的殘骸中留下了一棵梅花。這棵梅花的一側開滿了白色的花朵。

「作左，把這棵梅砍掉吧。」

「為什麼要砍掉呢？這棵梅，自有它的含意在……這裡有佛的力量啊。」說著，作左好像想起什麼似地說道：「殿下，剛才平岩七之助來信提到，岡崎的三郎與德姬已經成為真正的夫婦了。」

「三郎……是真的嗎，作左？」

「是的。」

「就你來看，你覺得三郎怎麼樣？現在這裡沒有其他的人，你放心大膽地說吧。」

「這……」作左看著旁邊。「殿下，您太忙了，沒有時間陪他。就算他有再好的資質也是枉然。」

「的確，我也常常擔心這點……這樣吧，這次上京的時候，我就把你留在岡崎。」

「不，不，我對這個可不在行，鬼有鬼的工作。」

「作左，你不僅是個堅強的男子，對內務之事也有獨到的見解。我想把你跟高力、天野升作奉行。」

作左假裝沒聽到，站了起來。「殿下，您看這些花開得多好，您就在這株老梅旁休息一下吧，麥茶馬上會送來。」

「的確，這些花是開得很好。曳馬野城……不，濱松城的老樹，大概有三百多年了吧。」

正當家康欣賞著這棵老梅的時候，「麥茶來了！」廚房門口傳來了聲音。只見一名女子雙手端出一盤茶碗走了過來。家康看到她，臉色為之大變。

二

這名女子……愈看愈像死去的飯尾豐前的遺孀。長長的眼角，小小的嘴唇，就連皮膚的顏色和身高也……

家康並未接下她端過來的茶碗，只是目不轉睛地盯著她看，令她羞紅了粉頸。就連那害羞的姿態，也是那麼地相似。家康頓時感到背脊一寒。

（莫非這是鬼魂？）

但是此刻四周一片明亮。這名女子羞紅了雙頰，家康異常的態度令她感到呼吸紊亂。

（她不是死了嗎？）

家康終於接過了茶碗，小聲問道：「你叫什麼名字？」他的聲音低沉、溫柔，還夾著微微的顫抖。

「我……」這名女子從容不迫地說道：「我叫於愛。」

「於愛……你是誰家的女孩？」

這時，站在旁邊的本多作左衛門笑了出來。「她是西鄉彌左衛門正勝的孫女。」

「什麼，彌左衛門的孫女……好像啊……」

「您說像誰呀？」作左衛門又嘲諷地追問道。

「你就暫時留在這兒和殿下聊聊吧！」作左衛門對這名女子說道。

「是。」女子依言跪坐了下來：「我是彌左衛門的孫女，義勝的妻子。」

「哦，你已經不是女孩啦？」

「是，我生有一男一女。」

「哦，原來你是義勝的妻子……」家康不知何故地嘆了一口氣。這個時候，他才注意到一旁露著笑容的作左衛門。

「嗯，味道很好。再來一碗吧。」

「是。」

這名女子離去後，家康問道：「作左，你在笑什麼？」

「沒什麼，我只是突然想起殿下祖父清康的事。」

「我的祖父，怎麼啦？」

「他和水野忠政打仗談和的時候，看到忠政的妻子華陽院，便直接提出要求就把人帶回岡崎了。」

「這和我有什麼關係？不許你再開我的玩笑。」

「哈哈哈，我是在比較殿下與清康大人的豁達。」

「你又來了，如果對方是敵人的話，我會毫不考慮，但如果是家臣的妻子……太不像話了。」

這個時候於愛又端了麥茶出來，兩人隨即保持沉默。

「你說你叫於愛，今年幾歲了？」

「十九歲。」

「好，退下吧！」家康深吸一口氣，忽然感到自己面頰通紅。

「作左，你又在笑什麼？我絕不饒你！」

此時，作左衛門忍不住縱聲笑了出來。

——三——

「殿下，您別生氣，不要忘了最重要的事。」作左衛門依舊是那副表情，指了指後面的建築物。

「等這座新城造好之時，必須請一些女子來負責管理，難道您從來沒有想過彌左衛門大人的妻子為什麼派他的孫女來幫忙？」

「為什麼？」

「殿下您忘了呀，於愛是個寡婦。」

「什麼……她是寡婦。」

「彌左衛門大人的女兒，嫁給戶塚五郎大夫忠春之後，生下了於愛。她與表兄成親後回到了外祖父家，沒多久，丈夫便戰死沙場。難道您忘了嗎？」

「哦，你是說義勝啊……」

「彌左衛門大人的妻子要她到城裡來幫忙，否則無法引起殿下的注意，所以我才特意要她端麥茶來。她的家世、氣質與教養都不錯，何不讓她管理奧內的女子呢？」

「原來你又在算計我了！」

「想不到吧。」

「叫她來幫忙是可以，至於能不能管理大家，這是以後的事了。」

「是是，當然這還需要慢慢觀察。」說著，作左衛門站了起來。

「走吧。」

「哦。」

天空現出一片蔚藍，陽光從中照射下來。陽光下的濱名湖，在冬風的吹襲下泛起一波波的白色波浪。

「這裡有松濤聲。」

「希望這城的內部不會起波瀾。」

「你剛才說什麼？」

「沒什麼。作左是說，如果我沒有妻子的話。」

「不要說這種奇怪的話。如果沒有妻子，你會怎麼樣呢？」

「我會娶一位寡婦。」

家康苦笑一聲，踢著腳邊的小石頭。他的眼前浮現於愛的身影，不，或許應該是說透過於愛，讓他回想起少年時的一些夢想。

「女人需要多多接觸，才能知其真心。」

「你又在說笑。」

「天下女子何其多，總不能個個都擁有。所以，若有人能用算盤撥算出哪個女人具有良好的品質，並在她額頭上刻上『女丈夫』三字，那就好了。」

「不要胡言了，男女之事怎能用算盤計算呢？」

兩人來到家康居間外的庭院，這裡鋪著泉石，地上也整理得十分乾淨。

「殿下，有個人你必須見一見。我去叫他來。」

作左步上走廊，對裡面大聲喊道：「半右衛，半右衛，來了沒有？」

四

「哦。」本多半右衛門從裡面跑了出來。

半右衛門看到家康，立即在走廊旁邊坐了下來，然後低頭說道：「您還是一樣地勇健。」

家康沒有回答，只是看著作左衛門低聲問道：「如果你又想開什麼玩笑，我絕不饒你。」

「半右衛，快把口信說出來吧。」作左說道。

「是。本多豐後守廣孝要我傳話，說殿下的新城若建好，他想把您所託付的東西還給您。」

「託付的東西？我怎麼不記得有託付什麼東西給豐後？」

「咦，這就怪了……」

「半右衛。」作左衛門焦急地說道：「你還在那兒想什麼，殿下究竟託付了什麼，讓殿下看看不就成了嗎？真笨。」

「好，我這就去。」

家康默默打量這兩人，看不出個所以然，而作左衛門則是一臉毫不知情的樣子。

「於萬，請到這裡來。」半右衛進來後，臉上的表情也很奇特。接著，他向帶進來的一名女子說道。

「殿下，您身體可康健……」這女子顫抖的聲音清澈如冬季寂靜的湖面。
家康皺了皺眉頭。
「原來是你呀。」他瞪了作左一眼。問道：「你還好嗎？」
「很好……殿下，您看起來也很健康。」
「好，我們待會兒再說吧，你先下去休息。」
為了躲避築山夫人的嫉妒，而躲在本多豐後家裡的於萬，如今已變得豔麗、成熟。
「半右衛門，你也下去。」
「是，現在您知道託付的是什麼了吧？」
「是。」
「多嘴！還不快下去休息。」
於萬似乎還想說些什麼，但想了想，還是和半右衛門退了下去。
「作左。」
「是。」
「你以為我會欣賞你這些作法嗎？」
「我不明白您的意思。」
「不要轉移話題。」
「所謂奉公，就是奉命行事。我對於過去的事全都忘記了，有時候或許做得過分了一點……如果真是如此，您盡可處罰我。」
「說，這個女人，究竟是怎麼回事？」
「殿下。」
「怎麼，你好像還很不服氣的樣子？」
「殿下，唯有這麼做才能取得這座城。目前，除了岡崎城之外，還有哪個城有您的孩子？」說著，作左衛門在廊邊坐了下來，抬頭看著家康。

五

家康也看著作左衛門，有時候，家臣的話是不能不聽的。作左的語氣是那麼地執著，家康知道自己必須慎重考慮他說的這些話，因此保持著沉默，作左也閉口不語。
此時，去年年底就來到此的側小姓井伊萬千代，端著茶走了進來。二人依舊保持著沉默，萬千代也一直默默坐在走廊邊。冬天的風吹動松樹梢，發出沙沙聲。
「萬千代，你下去吧。」
等到萬千代離去後，家康放低聲音，嚴肅地問道：「作左，你的意思是要我生孩子嗎？」
「是的。先祖因為有了殿下您，才能在此眺望濱名湖。如果駿府的氏真有好兄弟的話，應該還不至於滅亡。但是殿下，您現在接近女子的方法實在太愚拙了。」

家康苦笑一下，立即又恢復嚴肅的表情。想到作左說的，對男女之情要好好打算盤的那一番話，內心便一陣刺痛。現下的婚姻就是如意算盤下的產物，任何大名迎娶妻妾，從不過問對方的賢愚與品性。

「女人……」作左喃喃地說道：「生來就是男人的玩具。」

「你的意思是說我在玩弄女人？」

「我並沒有這麼說。但是，殿下您所接觸的女人，有哪個是幸福的？」

「嗯。」

「每個人都是傷透了心之後離去，這些您應該是最清楚的了。」

家康不敢再看作左衛門，把臉轉了過去。他想起了在這個城裡自殺的吉良御前身影，還有築山夫人、可禰、於萬等幾位女性。他不僅傷害了她們的身心，更在自己心中留下悲痛的痕跡。

「作左，我不知道該怎麼對待女人。」

「讓我來提醒您好了。」

「你別又胡說八道了。你說得沒錯，我想照顧她們，可是卻讓她們受到了傷害。」

「殿下，您所說的照顧……其實不過是種遊玩的心理。請您收斂一下自己的感情吧。」

「什麼，你叫我不要注入感情？」

「是的。女人一生最大的希望就是生下孩子，將他們養育成人，對自己倒是不在乎。這是天地間的自然之理，不是人的情感所能改變的。」

家康回過頭來看看作左，眼神顯得十分迷惑。

作左發現之後繼續說道：「殿下也是個很奇特的人。您看看旁邊這棵松樹，再看看這座城。有根、有土的話，樹木就能生長，樹梢也會隨風鳴動。人的情感能讓松樹成長嗎？」

家康低下頭來，抓著膝蓋。

六

家康對作左衛門的這一番話似懂非懂。他知道和天地自然之理比較起來，人的情感的確微乎其微，但這種微乎其微的情感卻存在於天地自然之間……想到這兒，家康更迷惑了。

「你的意思是要我放棄情感，抓住那棵松樹的根嗎？」

「是。只要您能掌握女人的根性，就可不費吹灰之力了。」

「的確。」

「請您生孩子吧，並且將他們養育成人，這就是天地之本。口舌之仁，並非真正的仁心。」

「嗯。」

「殿下喜歡小孩，岡崎的三郎君也需要兄弟，而女人原本也是希望能夠生兒育女的……」

作左一一地指稱道，那眼神彷彿有個敵人就站在他的槍前。「一個失去了丈夫的女子，若是個真正的女中豪傑，那才是在四面八方布下了善根。要是您想發展您的根基，請趕快停止無謂的感情吧。」

家康縱聲笑了出來。

「我懂了，我懂了。你別用那種眼神看我，好像要把我吃掉似的。」

「吃掉……哈哈哈，還不至於吧！哦，我該去巡視箭樓了。」說完這一番話，作左又恢復了往日般的神情。

作左離去後，萬千代立即來到了走廊。

「殿下，您什麼時候上京？」

「嗯……」

「聽榊原小平太與本多平八郎說，您這次上京並不單純，還要跟織田一起進攻越前的朝倉義景……是真的嗎？」

但是家康彷彿在想著其他事似地沉默不語。

「殿下，求求您允許我元服初陣吧。」

「萬千代。」

「是。」

「今天把我的飯送到裡面去。有一個從本多豐後那兒來的女人，叫做於萬的，你告訴她，我在房裡吃飯。」

「是……」萬千代沒聽到自己想要的答案，頹然地站在那裡。

（於萬……）

家康脫了草鞋，走了上來。

到於萬的房間去，可以說是對築山夫人的一種挑戰。但若是將本多豐後特意送來的於萬遣返，恐也不妥。

「作左那傢伙倒真給了我一個好意見。」

走進木香四溢的居間，家康突然停住腳步。不知從哪兒傳來女人的哭泣聲音。

七

家康依稀記得這聲音，是既好勝又頑皮的於萬。她剛才一定聽到了家康對萬千代所說的話。家康大步走到隔壁房間，打開了襖門。

隔壁房裡較為陰暗，於萬慌忙地抬起頭來，那張臉蛋有如黃昏裡的花朵。家康不禁拿於萬和剛才在廚房幫忙的於愛做了比較，何者較美。

於萬已經二十歲了，於愛和吉良御前長得極為相似。而於萬有張瓜子臉，氣質不凡。一個是兩個孩子的母親，一個是委身於自己的女人。

「於萬，你聽到啦？」

「是，我擔心您會罵我。」

「罵你……為什麼呢？」

「殿下討厭女人多嘴，我想您或許會叫我回去。」

「是誰告訴你的，豐後嗎？」

「是。」

家康擺出嚴肅的臉孔，不帶一絲微笑。他腦海裡突然想起作左所說的那一番話——不要濫用感情。

「於萬，我就老實對你說吧，我最討厭女人多嘴了。」

「這我明白，殿下。」

「男人和女人的責任不同，如果我稍有差錯，不僅是自己，還會影響到你，以及全族人的生命。所以，絕對不要影響男人的思緒。」說著說著，家康內心突然覺得十分奇怪，倒不是自己有什麼地方說錯，而是對自己能說得如此順口感到很奇怪。他想到自己和築山夫人的婚姻，彼此相處得不和睦，導致築山夫人將心中的不滿轉向了於萬。

「是，是……」於萬楚楚可憐地說道：「關於這一點，叔父大人和本家殿下也都教導過我。」說著，只見她睫毛下閃爍著淚光，白皙的頸子微微顫抖著。

家康真想上前抱住她，但年齡已使他足以客觀地控制自己的感情。

（我這麼做，是稍微冷酷了點……）

但是此刻，他卻不能對女人用錯感情……想到這兒，家康又冷冷地說道：「你退下吧，這裡是女人不該來的地方。」

似乎已經有人為於萬安排好了房間。於萬行過禮便走了出去。

就在於萬離去後，家康突然感到四周還飄著她殘留下來的芳香。

（她能不能為我生孩子呢？）家康坐在桌前喃喃地自語。

八

攤在桌上的，是下一階段人事與兵力配備的腹案。這個案子在家康腦海裡反覆了好幾遍，至今仍未交給祐筆。

眼下至少有十個城絕不可掉以輕心，究竟該把誰留在岡崎，該派誰到濱松呢？

目前，武田信玄仗著越後的上杉之勢，與相模的北條爭奪著駿河的遺產。家康知道可以利用此時，和信長一起上京，與越前的朝倉一戰。至於往後會有什麼樣的變化，就不是他所能預料的。

忽然間，他想起自己的祖父與父親受挫的原因。祖父清康被殺的時候，家康年約三歲。想到人生中一些無法預知的無奈，家康覺得作左所言甚是，一個人應該盡量多子多孫。當初信長一次納三個女子為妾，絕非偶然。這也是他的一種攻擊手段。

（我也必須有所準備……）想到自己以往耽溺於愛情，實在太沒出息了。

（光是於萬，或許還不夠……）

家康開始以另一種不同的角度來看女人，直到萬千代來報告晚餐已準備好了。

當他走進裡頭去時，晚飯早已上桌，酒壺也端上了。但是端出酒壺的，竟是白天端來麥茶的於愛，而於愛一旁則坐著神采飛揚的於萬。

家康看了於愛一眼，臉色一沉，問道：「是誰要你端這酒壺來的？」

「是廚房裡的領頭天野又兵衛。」

「你去告訴又兵衛，城雖然快完成了，但是仍有許多不足的地方。在這種時候，怎麼會想到酒這等奢侈品？」

「是，我會告訴他的。」

「還有……」家康掀開飯碗蓋。「這些米太白了，叫他摻八分就可以了。」

「是。」

「一湯三菜。難道他忘了戰場的情況嗎？他可知道農民吃的是些什麼？」家康停頓了一下，又問道：「你叫於愛嗎？」

「是。」

「你要不要留在我身邊侍候？不，你現在不必回答，你那亡故丈夫的身影大概還留在你的腦海中吧！等我上京回來，你再回答吧。還站在那兒幹什麼，再幫我盛一碗……」家康這些話說得太突然，於愛愣愣地替他添飯，於萬則是看了看家康。

家康在於萬的注視下，慢慢地嚼著口中的飯。

德川家康關係年表（一五五〇～一五六七年）

西曆	年號	主要事件
一五五〇	天文十九年	正月，松平竹千代（家康）謁見今川義元。 二月十三日，大友義鑑為家臣所殺。 五月四日，前室町將軍足利義晴於近江逝世，享年四十歲。 九月，耶穌會傳教士方濟．沙勿略從肥前平戶出發，經周防山口抵達京都。〈九歲〉
一五五一	天文二〇年	三月三日，尾張的織田信秀死去，享年四十二歲。子信長繼承。 九月一日，周防山口的大內義隆為其臣陶隆房（晴賢）所害，享年四十五歲。 是年，日吉丸離家，以木下嘉衛門為名。〈十歲〉
一五五二	天文二一年	正月十日，關東管領山內上山憲政被北條氏康攻陷，投靠越後守護代長尾景虎。 三月一日，周防的陶隆房，迎來大友義震之弟晴英，成為大內家之家督。隆房，改名晴賢。〈十一歲〉
一五五三	天文二二年	閏正月十三日，尾張的織田信長的傅役平手政秀，以死向信長進諫。 四月，織田信長與齋藤利政（秀龍．道三）於尾張聖德寺會面。 八月，甲斐的武田晴信（信玄），與越後的長尾景虎（上杉謙信）於信濃川中島開戰。 秋天，長尾景虎，上洛內參獲賜天盃、御劍，領受鎮定戰亂的綸旨。〈十二歲〉
一五五四	天文二三年	二月十二日，室町將軍足利義藤，改名義輝。 三月，北條氏康，趁今川義元之虛入侵駿河。甲斐的武田晴信（信玄），援助義元與北條氏開戰。在太原雪齋斡旋下，武田晴信之女與北條氏康之子氏政，以及氏康之女與今川義元之子氏真，合婚求睦。〈十三歲〉

一五五五	弘治元年（天文二四年十月廿三日改元）	二月七日，相良晴廣制定法度（相良家法度）。 三月，松平竹千代（家康）於駿河府中今川義元宅邸元服，改稱為松平次郎三郎元信。 四月廿日，織田信長與叔父信光同謀向庶兄信廣奪下清洲，並移往該處。 七月十九日，甲斐的武田晴信（信玄）與越後的長尾景虎（上杉謙信）於信濃川中島交戰。 十月一日，安藝的毛利元就於安藝嚴島滅陶晴賢。 十月，茶人武野紹鷗死去。 閏十月十日，太原雪齋圓寂，六十歲。 十一月，那古野城主織田信光為家臣所殺。信長將那古野城交由林通勝守護。	〈十四歲〉
一五五六	弘治二年	四月廿日，美濃的齋藤利政（秀龍・道三）為其子義龍殺害，六十三歲。 四月廿一日，越前守護朝倉義景與加賀一向一揆和談落幕。 六月廿四日，松平元信捐獻土地給三河大仙寺（初見於家康的文書）。 是年，松平元信返回三河岡崎省親、進行父親的法事，並巡視領地。	〈十五歲〉
一五五七	弘治三年	正月十五日，松平元信迎娶駿府今川義元姪子關口親永（義廣）之女鶴姬，稱為築山御前。（亦有一說為弘治二年） 四月二日，毛利元就進攻長門勝山城大內義長並命其自殺。 是月，松平元信改名元康。 十一月二日，織田信長殺害其弟信行。 十一月廿五日，毛利元就訓誡三子（隆元、吉川元春、小早川隆景）團結協力。	〈十六歲〉
一五五八	永祿元年	二月五日，松平元康受今川義元之命攻打三河寺部城的鈴木重辰（家康的初陣）。	

	（弘治四年二月廿八日改元）	三月，三河岡崎城的老臣本多廣孝、石川清兼、天野甚右衛門等人直闖駿河，就松平元康回歸岡崎城乙事向今川義元請願，被拒。 九月，木下藤吉郎（秀吉）投赴織田信長之下。 ※是年，伊莉莎白女王即位（英國）。	〈十七歲〉
一五五九	永祿二年	二月，信長上洛謁見將軍足利義輝。 三月六日，松平元康的嫡子竹千代（信康）出生，母親為關口氏（築山御前）。 是月，信長幾近平定整個尾張。 四月，長尾景虎上洛謁見將軍義輝。 五月十六日，松平元康從駿府下達給岡崎的家臣七條定書。	〈十八歲〉
一五六〇	永祿三年	正月，幕府許可耶穌會傳教士賈斯伯・維萊拉（Gaspar Vilela）傳教。 五月十二日，今川義元率領大軍由駿府出發。 五月十八日，今川義元於尾張田樂狹間出陣。 同日，松平元康受命今川義元運送兵糧進入由鵜殿長照防守的尾張大高城。 五月十九日，尾張的織田信長於田樂狹間奇襲斬殺今川義元（桶狹間合戰）。 五月廿三日，松平元康歸返本城三河岡崎。松平元康於尾張阿久居的久松俊勝公館拜訪生母於大。 是年，松平元康的長女龜姬出生，生母為關口氏（築山御前）。	〈十九歲〉
一五六一	永祿四年	二月六日，松平元康與三河刈屋水野原信之兵於尾張橫根交戰。 閏三月十六日，越後守護代長尾景虎，受上杉憲政讓與成為關東管領，並繼承上杉氏，改名政虎。 是年春，松平元康與織田信長講和。 五月十一日，美濃稻葉山城的齋藤義龍死去，享年卅五歲。子義興繼承。	

		九月十日，越後的上杉政虎（謙信）與甲斐的武田信玄交戰於信濃川中島。 是年，木下藤吉郎（秀吉）迎娶八重（寧寧）。〈二十歲〉
一五六二	永祿五年	正月，三河岡崎的松平元康前往尾張清洲與織田信長締結盟約。 二月四日，松平元康斬殺進攻三河上鄉城的鵜殿長照。因此得以將長照之子送往駿府給今川氏真，交換住在駿府的元康之妻。 四月，土一揆蜂起，京中實行德政。 九月廿九日，今川氏真之軍進攻元康所屬的三河御油。為元康所破。於是三河牛久保的牧野成定歸順元康。 ※是年，宗教戰爭爆發（法國）。〈廿一歲〉
一五六三	永祿六年	三月二日，松平元康的嫡子竹千代（信康）與織田信長之女德姬締結婚約。 七月六日，松平元康脫離今川氏的支配，改名家康。 是秋，三河佐崎上宮寺、針崎勝鬘寺等一向宗諸院信徒蜂起暴動。松平家康一族及家臣亦有多人參與（三河一向一揆）。 是年，三河的一向宗徒眾進攻岡崎城。大久保一族防守於小豆坂。家康出成援救大久保一族，與蜂屋半之丞對戰。〈廿二歲〉
一五六四	永祿七年	正月十一日，松平家康與一向一揆戰於三河上和田，獲得槍彈。 二月廿八日，三河一向宗徒眾向松平家康投降。 三月，織田信長、淺井長政聯手。 五月九日，三好長慶聽信松永久秀的讒言，殺害弟弟宅冬康。 六月廿日，松平家康進攻由今川氏真部將小笠原鎮美所守的三河吉田城，並攻陷之。家康將吉田城交給久井忠政以防守東三河。 七月四日，三好長慶死去，享年四十二歲。

		八月，犬山城的織田信清倒台，織田信長統一尾張。〈廿三歲〉
一五六五	永祿八年	三月七日，松平家康指派本多康次、高力清長、天野康景為三河三奉行，負責民政、訴訟等事務。 五月十九日，三好義重（義繼）、松永久秀等襲擊將軍足利義輝。義輝，享年三十歲。 十一月，織田信長將養女嫁給武田晴信之子勝賴。 是年，松平家康次女督姬於岡崎出生，母為鵜殿氏。〈廿四歲〉
一五六六	永祿九年	四月三日，駿河的今川氏真，於富士大宮之市施行樂市。 八月廿九日，足利義秋（義昭），從近江移往若狹投靠武田義統。後又投靠越前的朝倉義景。 十二月廿九日，松平家康改姓德川，就任從五位下三河守。〈廿五歲〉
一五六七	永祿十年	四月十八日，近江的六角義治訂定家法〈義治式目〉。 五月廿七日，家康嫡子信康迎娶織田信長之女德姬。 八月十五日，織田信長攻陷齋藤龍興的美濃稻葉山城，改名為岐阜，並移往該處。 九月，織田、淺井同盟成立。信長之妹市姬與淺井長政結婚。 十月十日，松永久秀大破於奈良東大寺的三好三人眾。大佛為兵火波及。 十月廿一日，織田信長之子奇妙丸（信忠）與甲斐武田信玄之女締結婚約。 是月，織田信長於美濃加納施行樂市。 十一月，織田信長使用天下布武之印。〈廿六歲〉

德川家康：現代日本的奠基者 第二部

德川家康

作者　山岡莊八（Yamaoka Sōhachi）
譯者　何黎莉、丁小艾
責任編輯　賴譽夫、何韋毅
校對　沈如瑩
封面設計　莊謹銘
內頁排版　葉若蒂

編輯出版　遠足文化事業股份有限公司
行銷企劃　余一霞、趙鴻祐、林芳如
行銷總監　陳雅雯
副總編輯　賴譽夫
執行長　陳蕙慧
社長　郭重興
發行人　曾大福
發行　遠足文化事業股份有限公司
地址　23141 新北市新店區民權路 108 之 2 號 9 樓
代表號　02-2218-1417　傳真　02-2218-0727
客服專線　0800-221-029　Email　service@bookrep.com.tw
郵撥帳號　19504465
戶名　遠足文化事業股份有限公司
網址　www.bookrep.com.tw

法律顧問　華洋法律事務所　蘇文生律師
印製　韋懋實業有限公司
初版一刷　2023 年 1 月
ISBN　978-986-508-168-3
定價　850 元

國家圖書館出版品預行編目（CIP）資料

德川家康：現代日本的奠基者／山岡莊八著；何黎莉，丁小艾譯 .-- 初版 .-- 新北市：
遠足文化事業股份有限公司，2023.01
第二冊；14.8×21 公分
譯自：德川家康
ISBN：978-986-508-168-3（第二部：精裝）
861.57　111020293